EDITION COEURART

*Für mein heiß geliebtes Beuteltier*

Ein Panda kommt zum Fotografen,
um Passbilder machen zu lassen.
Der Fotograf so:
»Schwarz-weiß oder Farbe?«
Und der Panda so:
»Auf die Fresse, oder was?«
*(Internet-Fundstück)*

# Erster Teil:

# Brumm.

*Kein Drama*

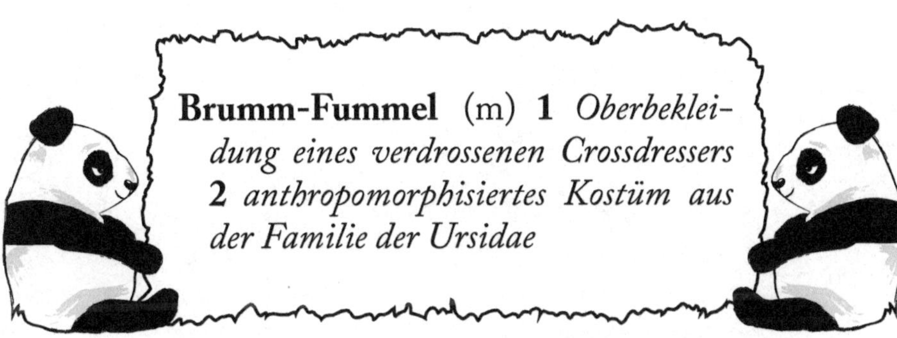

# Brumm
## *Ein Höllensturz*

Brumm!«
Hat er das wirklich gerade laut gesagt?
Urs schmeckt der Silbe nach. Ja, er spürt noch das Rollen des R in seinem Rachen, das Vibrieren des M auf den Lippen.

Er hat es tatsächlich gesagt: »Brumm!«

Hoffentlich erst, als die Tür schon hinter ihm ins Schloss gefallen ist.

Hoffentlich hat er da schon auf dem Bürgersteig gestanden.

Hoffentlich hat er Urs nicht gehört, der Herr Doktor mit seinen grau melierten Haaren und seinem weißen Kittel.

Andererseits: Und wenn schon! Der Herr Doktor hält ihn ohnehin für einen Idioten.

Und einen Doktortitel hat er schließlich selber.

Urs – Dr. Urs A. Podini!, so ermahnt er sich streng – macht einen Schritt vorwärts. Sorgsam setzt er den Fuß, um nicht auf die Kanten der Gehwegplatten zu treten. So hat er es auch schon in seiner Kindheit gemacht. »Brumm!«

Noch ein Schritt. »Brumm?«

Noch ein Schritt. »Brumm.«

Noch ein Schritt. »Brumm?!« – Ein empörtes Bärchen, rücksichtslos aus dem Winterschlaf gerissen.

Noch ein Schritt. »Brrrrummmmmmm.« – Das »R« in der Kehle rollend, das »M« auf den Lippen kitzelnd: ein Kind, das Auto spielt.

Noch ein Schritt.

»Brummmmm …« – Mit einem Hauch der Verzweiflung leise verklingend: ein letzter Protest gegen das Unvermeidliche.

Noch ein Schritt.

»BRUMM!« – Machtvoll in die Luft gemeißelt.

Laut, leise, sanft, schroff, zärtlich, verletzend, wütend, erfreut.

Gerufen, gehaucht, geflüstert, gespien, gesäuselt und – gebrummt: »Brumm.«

Da steht Urs nun, die Füße genau auf zwei Gehwegplatten, Zehen und Hacken gleich weit von den Kanten entfernt, und erfreut sich am Klang der fünf zur Lautmalerei gereihten Buchstaben.

Warum geht ihm diese Silbe nicht aus dem Kopf?

Seit diesem Morgen schon.

»Bärchen«, hat Karolin ihn genannt. Aus dem Mund seiner Lebensgefährtin ist das allerdings kein Kosename, sondern ein subtiler Hinweis darauf, dass er abnehmen und daher nicht so viel naschen sollte.

»Hör mal, Bärchen«, hat Karolin an diesem Morgen gesagt und damit ihre übliche Kaskade von Geboten und Anweisungen eingeleitet: den Karolingischen Tagesbefehl.

»Alles verstanden, Bärchen?«, hat sie zum Abschluss gefragt.

Da ist es ihm rausgerutscht, das bestätigende »Brumm«.

Karolin hat das nicht komisch gefunden. Verständlich. Wo doch an diesem Tag das große Symposium beginnt: *Ich kann sein, wer ich schon immer war: Körperbilder im 21. Jahrhundert – vom Ideal der Simulation zur hüllenlosen Authentizität.* Ihre erste, praktisch im Alleingang organisierte Großtat als frischberufene Juniorprofessorin der Theaterwissenschaft.

Da ist kein Platz für ein vorlautes »Brumm«.

Urs hat sich also sofort bei ihr entschuldigt.

Karolin hat ihm großmütig verziehen und ist dann davongeeilt. Zum Bahnhof. Professorin Doktorin Mariele Juncker-Stockmann abholen – die Star-Referentin des Symposiums.

Seither ist Urs diese Silbe nicht mehr aus dem Kopf gegangen: »Brumm!«

Auch während der Konferenz mit dem Herrn Doktor nicht.

Ja, Konferenz! Als promovierter Germanist weigert sich Urs, das Wort *Meeting* auch nur zu denken – eines dieser brausepulvrig rosafarbenen Wörter, die auf der Zunge kribbeln, als würde man an den Polen einer Batterie lecken.

Die Konferenz hat ihn also dazu gebracht, es laut auszurufen: »Brumm!«

Kaum, dass die Tür des Marktforschungsinstituts ins Schloss gefallen ist.

Die Konferenz ist …

Ja, wie ist sie denn jetzt eigentlich verlaufen?

Gut, weil sie die von Urs erwarteten Ergebnisse erbracht hat?

Schlecht, weil er seinem Kunden jetzt auseinandersetzen muss, dass die kreativen Ideen dessen sechzehnjährigen Sohnes …

Wie hat es der Herr Doktor zusammengefasst?

»Dieses Konzept ist nicht zielgruppentauglich und daher wenig erfolgversprechend!«

Urs sehnt sich nach einer Dusche. Die mitleidig angewiderten Blicke des Herrn Doktors abspülen. Der bei der Arbeit einen weißen, frisch gestärkten Kittel trägt, obwohl er doch Soziologe und Marktforscher ist.

Im Glauben, das Konzept stamme von Urs selbst, hat ihm der Herr Doktor die Leviten gelesen. Er hat Urs minutiös auseinandergesetzt, warum jede einzelne Idee »nicht zielgruppentauglich und daher wenig erfolgversprechend« ist. Bei jedem »nicht zielgruppentauglich« hat der Herr Doktor die Lippen geschürzt und bei jedem »wenig erfolgversprechend« die Nase gerümpft, als röche er Darmgase.

Urs hätte diese Belehrung nicht nötig gehabt.

Er weiß auch so, dass es keine gute Idee ist, einen führenden Anbieter von essenzieller Fahrzeugtechnik als »Bremsen-Babo« zu vermarkten – im *Pimp My Ride*-Stil, untermalt von den Versen des vom Filius eigenhändig gedroppten Bremsta-Raps:

»*Isch brems disch aus, Alter.*
*Dann ist aus die Maus, Alter.*«

DER HERR DOKTOR hat Urs also wenig Neues zu sagen gehabt. Das allerdings in einem mehrere Zentimeter dicken Bericht. Die ringgebundene Mappe ruht schwer in Urs' Rucksack: Diese Last muss er jetzt tragen.

Nach Hause. In die Agentur. Zum Kunden.

Wenigstens hat Urs recht behalten.

Kein Grund für Triumph und knallende Sektkorken. Urs behält oft recht. Er ist ja nicht erst seit gestern Kreativdirektor und Co-Geschäftsführer der *SummerPod Kommunikations-GmbH Offenbach*.

Deshalb weiß er auch bereits, wie die Geschichte ausgehen wird: Der Kunde wird dennoch auf der Umsetzung des Konzepts seines Sohnes beharren. Er wird viel Geld versenken. Sein Traditionsunternehmen wird im Shitstorm der Häme ins Schlingern geraten. Schließlich wird er im Zorn die Agentur wechseln.

Den Kunden werden sie also in jedem Fall verlieren. Dann lieber vorher noch abkassieren. Das zumindest wird Urs' beste Freundin und Geschäftspartnerin Alexa sagen.

Also: Das Gutachten in die Agentur tragen.

Dem Drang widerstehen, Herrn Dr.-Ing. Herzog samt schöpferischem Filius den ringgebundenen Bericht auf die Hinterköpfe zu hämmern. Auch wenn der Herr Dr.-Ing. Herzog, Geschäftsführer von Herzog Raubach – »dem führenden Unternehmen für Verzögerungstechnik!« – alle Argumente vom Tisch fegen wird.

An den Umsatz denken.

Freundlich nicken und lächeln.

Warum fällt diese Art der Krisendiplomatie eigentlich immer ihm zu?

Eine rhetorische Frage. Urs weiß genau warum.

Seine wenig furchteinflößenden hundertsiebzig Zentimeter Körpergröße – okay, hundertvierundsechzig Zentimeter, aber keinen Millimeter weniger.

Seine Stimme. Warm. Weich. Gerne spricht er die von ihm ersonnenen Werbespots und Filmtexte selbst ein – zumindest in der Entwurfsphase.

Der respekteinflößende Doktortitel. Ob er sich auch einen weißen Kittel zulegen soll?

Und dann ist da natürlich sein Sprachfehler: Urs kann nicht »Nein« sagen.

Eigentlich wäre das Überbringen schlechter Nachrichten ja Aufgabe des *Account Managers* – ein Ausdruck, den Urs nicht anders als kloakenbraun denken kann, mit einem Nachgeschmack von Großkantinen-Bratensoße.

Der Account Manager besteht jedoch auf diesem Titel – und ebenso darauf, »Hörb« genannt zu werden. Mit amerikanisch gerolltem »R«. Er hat mal ein Gastsemester in New York studiert.

Hörb wäre zwar eigentlich für die Kommunikation mit Dr.-Ing. Herzog zuständig, hat sich aber schon seit einiger Zeit »strategisch retreatet«, um »One-on-One Communications zwischen Kreativen und Kunden zu enablen«.

Übersetzt: Hörb ist das, was man in der Branche ein Trüffelschwein nennt. Mit seiner empfindlichen Nase wittert er Geschäftschancen ebenso gut wie – in diesem Fall – heraufziehende Krisen. Also hat er den Kopf eingezogen.

Urs schnallt die Riemen seines Rucksacks fester. Dann setzt er erneut seinen Fuß vor. Wieder genau auf eine Gehwegplatte.

Und noch einmal.

Und noch einmal.

Über die Ungerechtigkeiten dieser Welt kann er auch später noch lamentieren. Morgen zum Beispiel. Genau, Morgen!

Er blickt auf die Uhr seines Handys: halb eins. Mittag. Nachmittag. Praktisch schon Feierabend. Also erst mal heimfahren. Duschen. Home-Office bei einem Glas Rotwein.

Auf zur S-Bahn. Zur Konstabler Wache. Vorbei an *Transitions!*.

Er hätte doch den Weg über die Zeil nehmen sollen. Sich mitziehen lassen vom Getümmel auf Frankfurts Einkaufsmeile.

Er hätte nicht auf dem Tanngraben bleiben sollen.

Die parallel zur Zeil verlaufende Gasse ist bisher von Sanierungswahn und Gentrifizierung verschont geblieben. Zumindest fast: Das Marktforschungsinstitut mit seiner Fassade aus dunklem Stein und verspiegelten Fenstern ragt zwischen den alten Häusern auf wie ein nagelneuer Stiftzahn aus dem kariösen Gebiss eines Kettenrauchers.

Hier, im Tanngraben, gibt es sie noch: die Resterampen und Waffengeschäfte. Die Gebrauchtwarenläden, in denen man sein Smartphone zurückerwerben kann. Die Kneipen, aus denen man das abgestandene Bier bis auf die Straße riecht, und deren Wirte auf die Frage nach einem Latte macchiato antworten: »Latte? Die Puffs sind in der Taunusstraße.«

Und hier – auf der Straßenseite, auf der Urs geht, aber Wechseln hätte auch nicht viel genützt, der Tanngraben ist nur eine schmale Gasse: Hier also hat auch *Transitions!* seine Heimat gefunden.

Schnell daran vorbei!

Diese Scham ist doch albern, ermahnt sich Urs. *Transitions!* ist doch kein Sexshop.

*Find Your Identity!*, steht auf dem an zwei Ketten aufgehängten Schild über dem Eingang der kleinen Modeboutique.

Im Schaufenster stehen Pumps – *Bis Größe 47 lieferbar*.

Männliche Schaufensterpuppen tragen Abendkleider mit tiefem Ausschnitt und ohne Abnäher; maskuline Torsi präsentieren Bustiers mit integrierter Oberweitenpolsterung.

In den Schaufenstern der Zeil kann man Aufreizenderes bewundern – wenn auch in kleineren Größen und gefertigt für die stolzen Besitzerinnen doppelter X-Chromosomen. Mit Abnähern. Die Dessous haben keine integrierte Oberweitenpolsterung – zumindest nicht die in der Auslage. Zwar benötigen auch doppelte X-Chromosomen manchmal ergänzende Fülle, doch diese wird schamhaft erst im Geschäft selbst offeriert.

Zum Beispiel bei *Beautiful Curves*, einem Fachgeschäft für Damenunterkleidung auf der im Frankfurter Volksmund »Fressgass« genannten Verlängerung der Zeil. Beim Gedanken an *Beautiful Curves* reibt sich Urs unwillkürlich den Hinterkopf. Karolin hat ihm mal eine Kopfnuss gegeben – mitten auf der Fressgass –, weil er zu lange in das Schaufenster dieser Boutique geschaut hat.

Das Echo des Schlages hat von den Hauswänden widergehallt – zumindest in Urs' Erinnerung. Passanten sind mit peinlich gesenktem Haupt an ihm und Karolin vorbeigeeilt. Andere haben gelacht. Die

Frauenrunde am Stehtisch des benachbarten Coffeeshops hat geklatscht: Ein geschlagener Mann wird es schon verdient haben.

Auf dem Heimweg hat Karolin ihm dann einen Vortrag gehalten. Über indoktrinierte Körperbilder, heteronormativ-ästhetische Zwänge im Allgemeinen und in der Unterkleidungsbranche im Besonderen sowie über das »männlich-objektivierende Starren« in seinem Gegensatz zum »weiblich-kommunizierenden Sehen«.

Ihre Argumente sind nicht völlig von der Hand zu weisen: Sein Blick in dieses Schaufenster – das muss er sich eingestehen – ist durchaus »männlich-objektivierend« gewesen. Er hat sich vorgestellt, wie es wäre, die ausgestellten Dessous in einem Paarungsritual von realen weiblichen Kurven zu blättern.

Es sind nicht Karolins Kurven gewesen.

Nicht ihr hat er in seiner Fantasie gehuldigt, sondern … Ayla!

Wenn die Auszubildende auf den Wellen ihres Hüftschwungs durch das liebevoll Erdmännchen-Kolonie genannte Großraumbüro von SummerPod segelt, die dunklen Augen glänzend, die Wangen unter dem Karamell ihres Teints gerötet, das Lächeln ihrer Lippen geschwungen wie eine stolze Fahne im Wind, den doppelten Bug ihrer vom Rollkragenpullover keusch verhüllten Brüste vorgereckt, die schwarzen Haare bauschend wie die Segel eines Dreimasters, dann sinkt in ihrer Bugwelle die Produktivität auf null.

Also ist Karolins Kopfnuss wirklich nicht ganz unverdient gewesen, auch wenn sie gleich darauf selbst *Beautiful Curves* betreten hat. Natürlich ohne ihn. Urs solle in der Zwischenzeit Kaffee holen: Mit dieser Anweisung hat sie ihn in den Coffeeshop geschickt – ein Spießrutenlauf an der Frauenrunde vorbei.

Karolin hat bei *Beautiful Curves* übrigens eine schwarzseidene BH-/Slip-Kombination erworben. Für ihre Feiertagsgarderobe. Einmal, nach einer gelungenen Theaterpremiere, hat Urs beides von ihrem tanzgestählten Körper streifen dürfen. Er hat das als Trostpreis empfunden – natürlich mit schlechtem Gewissen.

*Transitions!*: Was Karolin wohl zu der magischen Anziehungskraft sagen würde, die die Auslage der Boutique auf Urs hat?

Sein »Cis-Gender-männlich-objektivierendes Starren«, so hört er Karolin in seinem Kopf dozieren, »ist eine Penetration des Schutzraums für die geschlechtlich nicht-binäre Klientel dieses Geschäfts.«

Das stimmt sicher. Urs ist am Tragen von Damenpumps nicht interessiert. Schon gar nicht in Größe 47.

Das wäre auch gar nicht seine Schuhgröße. Der Schöpfer hat ihm kleine Füße gegeben. Schlanke 39. Tatsächlich tragen Karolin und er beide exakt das gleiche Sportschuhmodell, wenn sie ins Fitnessstudio gehen. Karolin findet das witzig; Urs hat das Geschenk eigentlich romantisch gemeint.

Wie dem auch sei: Bloß keinen Seitenblick in das Schaufenster von *Transitions!*, auch keinen schnell erhaschten!

Er spürt Karolins Finger hart auf seinem Hinterkopf. In innerer Verbeugung vor dem Großmeister der Psychoanalyse muss er zugeben, dass sie seine bereits verstorbenen Eltern erfolgreich als Über-Ich abgelöst hat.

Vorwärts marsch! Augen geradeaus!

Einfach vorbei. Keinen Blick riskieren.

Aber …

Schwarz wie Obsidian.

Weiß wie Schnee.

Die feinen Haare strahlen im Licht der Halogenlampen wie eine Gloriole.

Dieses Objekt, das dort – gehalten von einem Mannequin – im Schaufenster von *Transitions!* steht, verdreht Urs den Kopf.

Doch es bremst leider nicht seinen Schritt.

Er hebt lediglich seinen rechten Fuß nicht so hoch an, wie er es hätte tun sollen.

Eine Platte des Bürgersteigs ist gekippt – unterspült von jenem Dauerregen, der erst vor Kurzem einem warmen Frühling gewichen ist. Die Kante der Platte ragt über den Gehweg empor. Einen Zentimeter vielleicht.

Hoch genug, dass sich Urs' Schuhspitze daran verfängt.

Sein Fuß wird abrupt gestoppt.

Die restlichen neunundsiebzig Kilo seines Körpers jedoch sind träge Masse: Kopf, Torso, Arme, linkes Bein bewegen sich weiter vorwärts, während der Rückprall seiner Zehen von der Steinplattenkante das rechte Bein nach hinten katapultiert.

»Dort im Schaufenster steht ein Panda und ich werde stürzen.« Ein Moment der Klarheit.

Da schrammen seine Hände auch schon über das Pflaster; der Reibungswiderstand stoppt seine Vorwärtsbewegung.

»Gut, dass meine Unterlagen und mein Notebook im Rucksack und daher geschützt sind.« Noch so eine luzide Hundertstelsekunde, bevor ihm, dem Gesetz der Trägheit folgend, mehrere hundert ringgebundene Seiten gegen den Hinterkopf schlagen – ein letzter garstiger Kommentar des Herrn Doktors und die züchtigende Hand Karolins zugleich.

# Brumm

## *Eine Begegnung*

Heavens, Darling! Hast du dir wehgetan?«

Eine Hand taucht in Urs' Gesichtsfeld auf: lange, schlanke Finger, die sorgsam manikürten Nägel lackiert in der Farbe edlen Rotweins.

Urs versucht sich aufzurichten. Sein Blick streift über ein Paar netzbestrumpfter, muskulöser Beine, die irgendwo in der Stratosphäre unter einem weißen Stretch-Kleid verschwinden. Das Kleid schmiegt sich an einen flachen Bauch, um dann mit Schwung den großzügigen Balkon des Dekolletés zu umschließen. Das Weiß des Stoffes betont den warmen Cappuccino-Ton der Haut, die sich von der Brust unter dem um den Hals geschlungenen, gleichfalls weißen Samtband hindurch elegant hinauf über ein ebenmäßiges Gesicht schwingt. Die Nase dieses Gesichts ragt vielleicht einen Millimeter zu weit vor, die dunklen Augen sind eine Nuance zu groß. Die wilde, schwarze Lockenmähne ergießt sich – vom Wind gebauscht – über breite Schultern.

Endlich greift Urs nach der sich ihm entgegenstreckenden Hand – nur um gleich wieder loszulassen und scharf die Luft zwischen den Zähnen einzuziehen. Die Berührung seiner aufgeschürften Haut brennt wie Säure.

Seine unbekannte Wohltäterin nimmt behutsam Urs' Handgelenk und dreht die Innenseite seiner Hand nach oben.

»Das sieht ja böse aus, Sweetie. You better come in. Da kann ich dich verarzten.« Das R rollt weich über die Zunge, die Betonungen des Satzes wollen sich nach oben wölben, nicht nach unten in die Girlanden deutscher Lautung: ein amerikanischer Akzent.

Die Wohltäterin geht in die Hocke und legt Urs den Arm um den Oberkörper. Dann stemmt sie ihn in die Höhe. Mit Leichtigkeit. Sie wäre vermutlich kräftig genug, Urs aufzuheben, auch wenn er nicht mit seinem unverletzten Bein nachhelfen würde.

Das Knie seines anderen Beines schmerzt noch zu sehr, um es zu belasten, also stützt ihn seine Wohltäterin, während er zur Tür von *Transitions!* humpelt.

Unwillkürlich blickt Urs ins Schaufenster.

Nein, er hat sich nicht getäuscht.

Dort steht, von einer Schaufensterpuppe getragen, die für menschliche Maße gefertigte Hülle eines Pandas. Das langhaarige Kunstfell erstrahlt unter den Halogenlampen der Schaufensterbeleuchtung. Das Kostüm lässt das Gesicht frei, doch die weiße Fellkapuze endet in zwei schwarzen Ohren, die sich in plüschiger Neugier in die Welt recken.

Urs' Samariterin hat unterdessen die Tür des Ladens aufgestemmt und beendet seine versonnene Betrachtung, indem sie ihn über die Schwelle hebt. Sie setzt ihn vorsichtig auf einen Stuhl vor einer kleinen Verkaufstheke mit eingelassener Vitrine, in der allerlei metallene Ringe feilgeboten werden – viele von ihnen zu groß für einen Finger. Armreifen vielleicht? Für besonders schlanke Handgelenke?

»Ich habe einen Verbandskasten und Disinfectant somewhere. Stay where you are, Darling. Be right back.« Die Wohltäterin verschwindet durch einen mit Holzperlenschnüren verhangenen Durchgang hinter dem Tresen. Die Perlenschnüre rasseln und klappern wie ein Heer von Kastagnetten.

Rumoren. Auf- und energisch wieder zugeschobene Schubladen. Derbe Flüche. »Fuck« und »Shit« sind noch die harmlosesten.

Was jetzt?

Urs hat die Schwelle von *Transitions!* tatsächlich übertreten. Wegschauen ist unmöglich. Oder soll er die Augen schließen?

Nein, das wäre albern. Er wird einfach seinen Blick schweifen lassen. Mit höflicher Neugierde. Wie es Menschen eben machen, die es an einen fremden Ort verschlägt.

Die helle, freundliche Einrichtung des Ladens ist auch gar nicht dazu angetan, schwülstige Fantasien zu inspirieren. Sie beschwört nicht einmal Bilder jener Travestierevuen herauf, die Spießbürger gerne in ihren Stadthallen besuchen, um sich verrucht vorzukommen.

*Transitions!* ist eine liebevoll eingerichtete, wenn auch arg vollgestopfte Modeboutique: deckenhohe Regale, gefüllt mit sorgfältig gefalteten Kleidungsstücken sowie Kästen und Schachteln aller Art. Kleine, mit akkurater Handschrift bemalte Schilder an den üppig bestückten Kleiderständern: *XX*. *XY*. Und *X?*.

Lange Abendkleider. Schlichte Hosenanzüge. Dessous und Korsagen. Seidene Morgenmäntel. Schuhe in den Größen 39 bis 47 – von eleganten High Heels bis zum puschelbesetzten Hausschuh. Das Schild über einem großen Drahtkorb preist Strumpfhosen in Überlänge an.

Urs läuft ein Schauer des Grusels über den Rücken.

Aber nicht wegen der dargebotenen Waren. Frauenkleider sind zwar noch nie sein Ding gewesen, sieht man von einer kurzlebigen Prinzessinnenphase im Alter von vier Jahren ab. Doch *Honi soit qui mal y pense*. Verflucht, wer Schlechtes darüber denkt.

Urs gruselt sich, weil er sich an das einzige Mal in seinem erwachsenen Leben erinnert, an dem er Frauenkleider getragen hat.

*The Gender Experience*: So hat das Motto des Kostümfests an Karolins Fakultät gelautet. Seine Lebensgefährtin hatte daher angeordnet, an jenem Abend die Geschlechter zu tauschen.

Sie hat einen seiner Anzüge getragen und ihn dafür in eine nach Lavendel und Mottenkugeln riechende Bluse ihrer verstorbenen Tante gesteckt. In einen Faltenrock, Kniestrümpfe und Gesundheitsschuhe. Karolin hat zudem darauf bestanden, dass er ein Mieder der Tante trägt. Und einen ausgeleierten Damenslip. Er solle doch mal das heteronormative Machtkonstrukt der Geschlechter am eigenen Leibe erfahren.

Urs hat sich den ganzen Abend nichts sehnlicher gewünscht, als die Klamotten wieder loszuwerden und sich unter die Dusche zu stellen.

Nicht, weil er Frauenkleider getragen hat. Im Gegenteil, eigentlich ist das Kostüm recht gelungen gewesen. Im Spiegel hat er ausgesehen wie Tante Anneliese: So hat er damals, als Kleinkind, die matronenhafte Kindergärtnerin rufen müssen, der auf Spaziergängen gerne mal die lederbehandschuhte Hand ausgerutscht ist.

Die Dusche hat er sich gewünscht, weil er auf das Mottenpulver allergisch reagiert hat. Der brennend juckende Ausschlag hat ihn noch tagelang geplagt.

Allein schon der Gedanke an das Kostümfest lässt dieses Jucken wieder seinen Rücken hochkrabbeln. Urs will die Erinnerung des Ekzems wegkratzen, doch er zwingt sich, es nicht zu tun. Das Jucken würde nur noch schlimmer werden.

Auf der Suche nach einem Rettungsring der Ablenkung lässt er den Blick weiter durch den Laden schweifen, bis er an der Schaufensterauslage hängenbleibt.

Urs kann nicht anders. Er humpelt zum Panda hinüber. Am liebsten möchte er mit beiden Händen durch das Fell streifen, um zu sehen, ob es wirklich so flauschig ist, wie der Anblick verspricht. Doch seine Handflächen sind noch immer aufgeschürft und dreckig. Also bewundert er die genau gesetzte Musterung aus weißem und schwarzem Fell, die plüschig keck abstehenden Ohren aus respektvoller Distanz.

Wie man wohl in das Kostüm hineinschlüpft? Einen Reißverschluss kann er weder auf den ersten noch auf den zweiten Blick ausmachen. Vielleicht ist der Panda Schaufensterdekoration?

Doch dann entdeckt er das handgeschriebene Preisschild, das mit einer Nadel in den Arm der Schaufensterpuppe gepinnt ist, und muss scharf die Luft einziehen: Für den darauf notierten Betrag bekommt man ja einen Anzug. Bei einem Herrenausstatter. Mit Hemd, Krawatte und Gürtel.

»Beautiful, nicht wahr?« Urs hat seine Wohltäterin gar nicht kommen hören. »Der Fursuit ist handgenäht. Auf Maß. – But please, sit down. Damit ich dich verarzten kann.«

Urs humpelt hinter ihr her und setzt sich wieder auf seinen Stuhl.

Seine Samariterin schraubt eine medizinisch-braunglasige Flasche ohne Etikett auf und befeuchtet einen Wattebausch mit einer grünbraunen, öligen Flüssigkeit. »Don't worry. Sieht eklig aus, but I know what I am doing. Ich war … wie sagt man? EMT? Sanitäter bei der Army.«

»Sanitäterin.« Einmal Germanist, immer Germanist: Die Grammatik seiner Mitmenschen zu korrigieren, ist Urs zum Reflex geworden.

»Nein. Sanitä*ter*«, korrigiert ihn seine Wohltäterin … nein, sein Wohltäter … also sie … also er … ist ein Mann? Aber er hat doch … Sie hat doch …

»Ja, ich habe einen dicken Schwanz zwischen die Beine.« Er … sie … schiebt mit den Händen seine … ihre … Brüste in die Höhe. »Aber die hier sind auch echt. Mit just a little bit of Silicone dabei. – Show me deine Pfoten.«

Verdattert streckt Urs seine Hände vor.

»Ach ja, ich bin übrigens Evelyn. Die Besitzer von *Transitions!*.« Mit diesen Worten geht Evelyn vor Urs auf die Knie, damit sie … er … seine Verletzungen besser sehen und verarzten kann.

»Der Besitzer.« Schon wieder kann Urs sich nicht zügeln.

»Richtig. Der Besitzer. Deutsche Artikel will drive me crazy one of these days. Obwohl … *die* Besitzer fits as well.« Evelyn kichert in sich hinein, während sie … er … Urs' rechte Hand kräftig mit dem Wattebausch abreibt. Es brennt höllisch.

Doch dann lässt der Schmerz schlagartig nach, bevor Urs noch jammern kann.

»Aber du bist …?« Urs beißt sich auf die Zunge, bevor ihm die Frage ganz herausrutscht.

Evelyn sieht auf, ohne in den Wisch- und Tupfbewegungen innezuhalten. »Yes?«

Da kommt er jetzt wohl nicht raus. Und Urs ist wirklich neugierig auf die Antwort. Aber wie fragt er am besten?

»Du identifizierst dich als Mann?«

»Mal so, mal so.« Evelyn zuckt mit den Schultern.

»Also genderfluid?« Urs ist stolz, dass ihm dieses Wort eingefallen ist.

»Postmodern bullshit.« Evelyn betrachtet Urs' Hand noch einmal kritisch, scheint zufrieden und tupft sie mit einem weiteren Wattebausch trocken. »Große Worte für so unwichtige Details wie das, was wir zwischen den Beinen haben oder gerne hätten. I am … wie sagt man auf Deutsch? Dazwischen. So what?«

»Dazwischen?«

»Yeah. Dazwischen. Schon immer gewesen. Mein Vater ist weiß, meine Mutter ist mixed-race, Black and Apache. Dann haben sie mich auch noch ›Evelyn‹ getauft und mir … How do you say that in German? Right! Sie haben mir diese Dazwischen in die Wiege gelegt.«

»Mit Absicht?«

»No. My father is Jewish und hat mich nach dem britischen General Evelyn Barker benannt. Dem Befreier von Bergen-Belsen. Da waren meine Großeltern eingesperrt.«

Evelyn hat sich Urs' andere Hand vorgenommen und bearbeitet sie energisch mit einem weiteren flüssigkeitsgetränkten Wattebausch. Urs beißt sich auf die Unterlippe, um nicht zu quieken.

»Ich bin also ein Dazwischen«, fährt Evelyn fort. »Ethnically speaking … und, wenn es denn sein muss, auch … How do you say genderly? Right, geschlechtlich! Who cares? What I am, ist doch längst nicht so wichtig wie *who* I am.«

»Aber du warst bei der Army.«

»Als Sanitäter, ja. Da wollte ich noch Medizin studieren.«

»Und dann?«

»I got stuck in Germany. Hab mich verliebt. Psychologie studiert.«

»Psychologie?«

»Und Modedesign. Dann habe ich *Transitions!* eröffnet. – Mach mal die Hände auf und zu.«

Urs gehorcht. Es geht problemlos. Seine Handflächen brennen nicht mehr. Sie sind sauber, die Haut ist rosig – als wäre nichts passiert. »Wie neu. Danke.«

Evelyn nickt zur Flasche auf dem Tisch. »Altes Family Recipe. Mein Onkel ist ein Healer.«

»Ein Medizinmann?« Gleich will Urs sich auf die Zunge beißen: Darf er so etwas sagen?

»Medizinmann?« Evelyn lacht. »He would love that! – No, he is professor for natural medicine and pharmacology. Hab viel von ihm gelernt.«

Fast ist Urs enttäuscht. Der Onkel hat Bilder eines Karl-May-Apachen seiner Kindheit heraufbeschworen: einen weisen Medizinmann, den Oberkörper gehüllt in ein Bärenfell, der aus den zahlreichen Beuteln an seinem Gürtel Medizinen hervorzaubert, mit denen er den tapferen Kriegern Kraft gibt für die letzte Schlacht gegen die Übermacht der Weißen. Der sich über die Verletzten beugt, heilsame Worte spricht …

»Tut's noch irgendwo weh?«, unterbricht Evelyn seinen Tagtraum.

»Das Knie.« Urs beugt es vorsichtig.

»Kannst du aufstehen?«

»Ich denke schon.«

»Dann mal runter mit die Pants.«

»Wozu das denn?«

»Ich muss mir das Knie doch ansehen. – Wenn's schlimm ist: Schräg gegenüber ist ein Orthopedist. Jetzt zeig aber erst mal.«

Urs zögert.

»Ich … How do you Germans put it so accurately? Ich guck dir schon nichts weg.« Evelyn hilft ihm aufzustehen. »And don't worry. So früh kommt selten Kundschaft. Anyway, they'll think, ich nehme Maß für einen Rock oder so.«

Tapfer lässt Urs also die Hose über seine Beine gleiten. Noch immer von Evelyn gestützt, setzt er sich wieder.

Evelyn betrachtet sein rechtes Knie. »Hm, das kann auch etwas Tinktur vertragen. Wird blau werden.« Geschickt hebt er – oder sie? Vielleicht er/sie? Sicher kein »es«. Evelyn ist ja keine Sache.

»Xier.«

Fast hätte Urs Evelyn »Gesundheit« gewünscht. »Was?«

»Xier«, wiederholt Evelyn. »Xies, xiem, xien. Gender-neutral …«

»… geschlechtsneutrale Pronomina, ich weiß.« Urs schämt sich. An der Uni ist geschlechtergerechte Sprache eines seiner Steckenpferde gewesen. Und jetzt kann er sie nicht mal anwenden, wenn er sie braucht.

Natürlich, xier.

Doch woher weiß Evelyn, woran er gerade gedacht hat?

Er … Sie … Xier! Xier zuckt mit den Achseln, auch ohne dass Urs fragen muss. »Du hattest gerade diesen Blick. Außerdem fragen sich Männer meistens zwei Dinge, wenn sie mir begegnen: Wie der Sex mit mir ist. Oder wie sie mich anreden sollen. Und für Sex-Fantasies bist du zu schüchtern.«

Urs nickt. »Okay, xier.«

»Well, some say ›sier‹. Aber I like ›xier‹ better. Lets the X shine, nicht wahr? A rather vernachlässigter Konsonant.«

Auch ein Argument. Urs fühlt sich an einen seiner Sprachwissenschaftsdozenten erinnert, der einsam für die Förderung des Ypsilons gekämpft hat.

Evelyn hat Urs' Unterschenkel angehoben und bewegt ihn vorsichtig im Kniegelenk auf und ab. »Tut das weh?«

»Nur ein wenig.«

»Good.« Evelyn betastet das Knie. »Und das?«

»Auch nur ein bisschen.«

»Excellent. – Würde sagen, nur geprellt. Ich mache dir einen Heilverband. Und wenn es morgen noch wehtut, gehst du zum Arzt, okay?«

Evelyn richtet sich auf, um aus einer abgenutzten, militärisch olivgrünen Tasche einen Stretch-Verband und einen Salbentopf zu nehmen. »Another one of my uncle's recipes. Hat damit schon Pferde wieder auf die Beine gebracht, die die Besitzer erschießen wollten.«

»Pferde? Ist er Tierarzt?«

»Menschen. Tiere. Pflanzen. A healer cares for all living creatures, sagt er. Aber nein. Er ist … What do you call a specialist for internal medicine in German?«

»Internist?«

»Right. Internist. But when he's home, schaut er auch mal nach den Tieren. Not such a big difference, he says. Wir alle tragen das Tier in uns.«

»Was für ein Tier?«

»Das kommt darauf an. Hunde. Kojoten. Eulen. Hast du vielleicht schon mal gehört: ›Entdecke das Tier in dir.‹«

Das klingt jetzt zwar nach Deo-Werbung, erinnert Urs jedoch zugleich an seine Doktorarbeit über das literarische Motiv der Metamorphose von Ovid bis Kafka. Bei seinen Recherchen hat er sich am Rande auch mit Schamanismus beschäftigt. »Gibt es nicht Rituale, die diese Tiere beschwören? Man legt sich ein Fell an und wird ein wenig zu diesem Tier?«

Evelyn lacht. »Ganz so einfach ist es nicht, but yes. Native American Folklore. Die Family meines Onkels hat daraus ein Business gemacht. Helfen burned-out city people, das Tier in sich zu entdecken.«

Unwillkürlich blickt Urs zu dem Panda im Schaufenster. Ist das vielleicht gar kein Kostüm im eigentlichen Sinne? Ist es ein … Wie nennt man das noch? Ein Totem? Ein ritueller Fetisch? Soll er fragen? Evelyn ist schließlich dier Experte … Expertin … Verdammt, wie war noch mal die geschlechtergerechte Form?

»Ist dafür das … der Panda? Für so ein Ritual?«

Evelyn lacht so sehr, dass xier aufhören muss, sein Knie mit Salbe einzureiben. »Heavens! No! Den Suit habe ich für einen Kunden machen lassen.«

»Für einen Kunden? Aber das hier ist doch ein Laden für …«

»Transenfummel?« Evelyns Augen blitzen amüsiert.

»Das wollte ich nicht …«

»Ach, so wollte ich den Laden erst nennen. *Transenfummel.* Aber … Na ja, ich mache eben mehr als nur Kleider für Männer und manchmal Anzüge für Mädchen.«

»Nämlich?«

»I help people, ihre wahre Identität zu finden. Mann. Frau. Dazwischen.«

»Oder Panda?«

Darüber muss Evelyn einen Augenblick lang nachdenken. Xier sieht schließlich zum Kostüm im Schaufenster und schüttelt den Kopf: »Not really. Der Fursuit war eine Ausnahme.«

»Fursuit?«

»So nennt man so ein Ding. Ist übrigens eine Maßanfertigung für einen Kunden. Einen Furry.«

»Einen was?«

»Einen Furry. So nennen sie sich selbst. Furries schlüpfen in die Rolle von Tieren. Aber nur so halb. Wie nennt man diese Disney-Tiere noch mal, that act like humans?«

»Anthropomorph?«

»Genau. That's the word.«

»Also ist so ein Fursuit doch wie dieses Ritual. Man zieht sich das Fell über und wird ein wenig zu diesem Tier.«

Evelyn zuckt mit den Achseln. »Maybe. In a comic book way.«

»Und dieser Furry wollte also ein Panda sein?«

»Zuerst. Ja. Überlegt sich dann plötzlich, dass er eigentlich ein Streifenhörnchen ist.«

Urs unterdrückt ein Lachen. »Wer will denn ein Streifenhörnchen sein?«

»That's what I said. Anyway, er wollte den Fursuit dann doch nicht. Honestly? I think, der war ihm zu teuer. Hat sich bestimmt eines von diesen billigen Mascot Costumes gekauft, mit denen bei uns in den US of A die fetten Schüler im Football-Stadium rumhüpfen dürfen, so they don't feel left out.«

Evelyn hat unterdessen Urs' Knie fertig verbunden. Er ist aufgestanden und hat seine Hose wieder hochgezogen. Jetzt geht er, das verletzte Bein vorsichtig belastend, wieder zu dem Kostüm ... Fursuit und bewundert die Details. »Und das hast du geschneidert?«

»I wish. Das hat ein Costume Workshop in Los Angeles gemacht. Auf Maß. Und jetzt sitze ich auf dem Ding. – Nie wieder für Anwälte. Das Streifenhörnchen-Cheapskate ist ein Shyster ... Wie sagt man? Rechtsverdreher.« Evelyn schnaubt ärgerlich. »Jetzt hoffe ich, dass ich einen Käufer finde. Nicht einfach. Der Kunde war nicht gerade ein Riese. – Wait a minute!« Xier mustert Urs von oben bis unten. »Du bist ungefähr lawyer-sized. Würdest du mal hineinschlüpfen?«

»Aber ...«

»So I can see, wie der Suit angezogen aussieht? Please?« Evelyn hat bereits die Puppe aus dem Schaufenster gehoben. »Geht auch ganz schnell. – Keine Sorge, ich will dir nichts aufschwatzen.«

Urs hebt die Schultern, um zu widersprechen, doch da ist er wieder. Sein Sprachfehler. Das Nicht-Nein-Sagen-Können.

»Gib es zu, du bist neugierig«, hört er zudem die Stimme von Alexa in seinem Kopf. Seine beste Freundin hat die Rolle des Freud'schen Es übernommen und übertönt mit ihrem rauchigen Lachen seine empört protestierende innere Karolin.

Der Fursuit hat also tatsächlich einen Reissverschluss, gut im dichten Fell verborgen, genau am Übergang von Schwarz und Weiß entlanggeführt.

Evelyn zieht ihn ehrfurchtsvoll auf. »Das Fell ist eine Spezialfaser. Extra-fluffy und federleicht. Eigentlich Polstermaterial aus der Raumfahrt. – Heb mal die Puppe hoch.«

Urs gehorcht; das Panda-Kunstfell gleitet von den Schaufensterpuppenbeinen.

»The Lining … das Innenfutter ist breathable. Atmungsaktiv. Man kann es auch herausnehmen. – Komm, over there ist eine Umkleidekabine.«

Gehorsam trabt Urs hinter Evelyn her. Xier öffnet einen Vorhang und hängt den Panda-Suit auf einen Bügel. »Fühl dich wie zu Hause.«

Urs betritt die Umkleidekabine und zieht den Vorhang hinter sich zu.

Soll er wirklich? Mit den Fingerspitzen streicht er über das Fell. Flauschig. Weich. Er widersteht dem Drang, sein Gesicht hineinzutauchen. Entschlossen zieht er sein Jackett aus und knöpft das Hemd auf. Schließlich hat er es Evelyn versprochen. Er streift Schuhe und Hose ab und steht dann, nur in Slip, Unterhemd und Socken, wieder unschlüssig vor dem Kostüm.

»Kommst du klar, Darling?«

»Ja, ja.«

Das weiche Futter des Fursuits gleitet wie von selbst über seine Haut und schmiegt sich an Beine, Rücken und Schultern. Behutsam darauf bedacht, keine Fellhaare einzuklemmen, zieht Urs den Reißverschluss zu. Nur die gepolsterte Kapuze mit den beiden Puschelohren sitzt zu locker auf seinem Kopf. Der Anwalt muss wohl einen Dickschädel haben.

Fertig! Urs betrachtet sich im Spiegel der Umkleidekabine.

Ihm sieht kein Panda entgegen. Nicht mal ein »Bärchen«.

Nur ein untersetzter Mann, eingehüllt in flauschig schwarz-weißes Fell, durch die neugierig in die Welt ragenden Plüschohren um ein paar Zentimeter gewachsen.

Ein Mann »in den besten Jahren«.

Der weniger Tage vor als hinter sich hat.

In dessen Dreitagebart mehr als nur vereinzelte graue Haare sprießen.

Dessen Augenringe von seiner Schlaflosigkeit erzählen.

Urs wendet sich vom Anblick des Jammers ab. Stattdessen zupft er den Fursuit zurecht. Wirklich federleicht! Er fühlt sich beinahe nackt. Und doch geborgen. Das Innenfutter liebkost seine Haut, wenn er sich bewegt.

»Passt er, Sweetie?«, dringt Evelyns Stimme durch den Vorhang der Umkleidekabine.

Ach ja, richtig. Urs probiert den Suit ja nicht für sich an. Er nimmt seinen ganzen Mut zusammen und zieht den Vorhang beiseite.

»Beautiful. Jetzt noch die Pfoten.« Evelyn hält ihm ein Bündel schwarzer Fellstücke hin.

Erst als Urs das Bündel nimmt, erkennt er, dass es sich um ein Paar Stiefel und um Handschuhe handelt. Auch das noch. Normalerweise empfindet er das Anprobieren von Schuhen als eine perfide Form der Folter. Urs setzt sich trotzdem auf den Stuhl vor dem Tresen, um die Stiefel anzuziehen. Sie sind mit dem gleichen geschmeidigen Material gefüttert wie der Suit, das Fußbett gleichzeitig stabil und anschmiegsam. Vorsichtig steht Urs auf, um ein paar Schritte zu gehen: äußerst angenehm.

»Sand- und Gelpolster in der Sohle. Very healthy. Wie barfuß und gute Schuhe zugleich. Und jetzt die Vorderpfoten.« Evelyn hält Urs ein Paar fellbesetzte Handschuhe hin.

Urs streift sie über und spürt …

Ja, was eigentlich? Er spürt die Handschuhe praktisch nicht. Zwar sieht er das schwarze Fell, das lederähnliche Material an der Innenseite, doch beides fühlt sich an, als sei es mit seiner Hand verwachsen. Als er die Finger bewegt, hindert ihn kein Zerren, kein Stau, keine Steife. Mit dem Daumen tippt er gegen die Fingerspitzen und spürte jede Nuance. Unwillkürlich formt seine linke Hand Akkorde.

»Du spielst Guitar?« , fragt Evelyn.

Urs nickt unsicher. Er spielt in letzter Zeit selten und nur, wenn er allein ist. Karolin mag nicht, wenn er in ihrer Gegenwart »Masturbation sublimiert«. Sie hat seine Gibson Explorer, »diesen Instrument gewordenen Phallus«, von der Wandhalterung im Wohnzimmer zurück in den Koffer verbannt.

Noch immer formt seine linke Hand Akkorde. Urs sieht ihr fasziniert dabei zu.

»Das Streifenhörnchen-Cheapskate wanted to work in that suit. Auf seinem Laptop tippen. Aber die Pfoten waren ihm angeblich zu groß und zu steif.«

»Aber die spürt man doch kaum.«

»Exactly. I guess he was just looking for a reason not to pay. Streifenhörnchen, you know. Irgendwann habe ich es aufgegeben. Nie wieder arbeite ich für Anwälte.«

Urs nickt wissend. In der Anfangsphase ihrer Agentur haben seine beste Freundin Alexa und er den Fehler gemacht, Start-ups und Rechtsanwaltskanzleien zu umwerben.

Die Start-ups sind meist bereits den Weg alles Irdischen gegangen, bevor Urs noch die Rechnung ausstellen konnte. Die Anwaltskanzleien haben sie wegen jedes einzelnen Rechnungspostens mit Beschwerden und Schriftsätzen überzogen. Es kostete sie ja nur das Porto.

»Steh mal auf und lass dich ansehen«, reißt Evelyn Urs aus seinen Gedanken.

Er gehorcht. Evelyn tritt einen Schritt zurück, um ihn zu begutachten. »Perfect. Bis auf die Kapuze, die … Oder, Moment, heb mal den Kopf.«

Urs schaut gehorsam zur Decke. Er spürt Evelyns Finger an seinem Hals, fühlt, wie sich die Kapuze enger an seinen Kopf schmiegt. Dann hört er ein Klacken.

»There is a button … ein Druckknopf.« Evelyn lässt xiere Hände am Saum der Kapuze entlanggleiten. »Fits perfectly. Wie für dich geschneidert. Nur eines noch.« Xier richtet die Ohren an der Kapuze auf und krault dann das weiche Fell dazwischen: »Sorry, that's just irresistable.«

Urs bemerkt erst zeitverzögert, dass er den Kopf gehoben hat, um sich in die Liebkosung zu schmiegen. Er wünscht sich, Evelyn würde ihn weiterkraulen. Seinen Nacken. Das weiche Fell auf seinem Bauch …

Moment! Fühlt er sich etwa zu Evelyn hingezogen? Zu einer … zu einem …

Gleich in doppelter Scham spürt Urs seine Wangen aufglühen. Nicht nur, dass ihm die zärtliche Berührung eines fremden Menschen so angenehm ist. Sondern auch, weil er sich zugleich … nein, nicht abgestoßen, das wäre zu viel gesagt … aber, dass er … Was eigentlich? Dass er solche Vorurteile gegen Evelyn hegt?

Urs schüttelt den Kopf, um die Gedanken zu vertreiben. Hoffentlich fasst Evelyn das jetzt nicht als Zurückweisung auf.

Doch xier hat schon längst aufgehört ihn zu kraulen. »Let's take some pictures. Da freuen sich die im Costume Workshop. Just a second.«

Evelyn verschwindet erneut durch den Perlenvorhang und kommt gleich darauf mit einer Spiegelreflexkamera zurück.

»Stell dich mal da vor den Spiegel. Da ist besseres Licht.«

Fotos von ihm? Als Panda verkleidet? Wirklich?

»Breite mal die Arme aus.«

»Brumm.« Das ist Urs so rausgerutscht. Aber hier passt das Wort wenigstens. Oder? Was für Laute geben Pandas eigentlich von sich? Er kann sich nur an das lautstarke Niesen des Panda-Babys aus diesem Video erinnern, das vor einigen Jahren im Internet kursiert ist.

»Streck mal die Hände vor. Beweg die Finger.« Evelyn knipst ein Foto nach dem anderen.

»Now move. Also, your ganzen Körper.«

Wie soll er sich denn bewegen? Urs blickt unsicher auf seine Hände.

»Na, geh doch mal. Auf der Stelle. Oder tanz. Oder …«

Unsicher beginnt Urs, seine Füße abwechselnd anzuheben.

Wieder und wieder. Er tapst auf der Stelle.

Nein. Nicht auf der Stelle. Seine Füße formen den »Paso Basico« – den Grundschritt des Tangos. Karolin hat ihn mal zu einem Kurs geschleppt, ihn dann aber an eine zierliche Kollegin von ihr delegiert und selbst mit dem Tanzlehrer getanzt, einem ebenso feurigen wie – zu Karolins Enttäuschung – schwulen Argentinier.

Musik? Wo kommt denn auf einmal die Musik her?

Aus seiner eigenen Kehle! Er summt tatsächlich einen Tango vor sich hin und tanzt dazu. Einhändig fotografierend schnipst Evelyn den Takt.

Warum eigentlich nicht? Urs macht größere, mutigere Schritte und tanzt bald durch den ganzen Laden. Aus einer Vase auf der Theke schnappt er sich eine Plastikrose und klemmt sie sich zwischen die Zähne. Über einer Puppe im Schaufenster hängt eine Federboa, die er sich um den Hals schlingt.

Er tanzt. Singt aus voller Kehle.

Vor dem Schaufenster sind Menschen stehen geblieben, aber das ist Urs egal. Das hier ist ein Laden für Transenfummel, da wird doch ein Panda Tango tanzen dürfen.

Endlich kann er nicht mehr. Zudem hat sich die Boa bei einem gewagteren Teil seiner improvisierten Choreografie in seinem Schritt verhakt.

Außer Atem lehnt er sich an die Theke und versucht, die Boa zu lösen, ohne sie zu beschädigen. Endlich spürt er, woran sie sich verhakt hat: »Ein Reißverschluss? Im Schritt? Das ist praktisch, wenn man mal pinkeln muss.«

Evelyn lässt schmunzelnd die Kamera sinken. »Okay, dafür auch.«

»Wofür denn noch?«

Xier sieht Urs nur mit hochgezogener Augenbraue an, bis er versteht.

»Ernsthaft? Diese … Wie heißen die doch gleich?«

»Furries?«

»Genau, Furries. Das ist ein Sex-Ding?«

Evelyn schüttelt lachend xiere langen, wilden Locken. »Of course, it's about sex, darling. Survive. Eat. Procreate. Und so ein Fursuit dient weder der Tarnung noch der Nahrungsaufnahme.«

»Mach's mir, Bärchen!«, dröhnt Karolins Stimme in Urs' Kopf. Er stellt sich vor, wie sie ihn wieder einmal reitet – sie besteht auf dieser

Stellung, das halte ihren Po und ihre Schenkel straff – und dabei die Hände in sein Brustfell krallt.

Beinahe hätte er laut losgelacht, doch …

Blinken! Glitzern!

Die Ringe in der Verkaufsvitrine funkeln einladend.

Kurzerhand klettert er auf die Theke. Neugierig zieht er die Schublade der Vitrine auf, fischt zwei besonders große Strass-besetzte Silberringe heraus und hält sie sich an die Plüschohren.

Evelyn fotografiert bereits wieder. »You do know those are cock rings, right?«

Ringe für … »Mit Strass?«

»Some balls deserve jewlery.«

Urs hält die Ringe vor sich und versucht, sich ein Strass-glitzerndes männliches Geschlecht vorzustellen. Vielleicht sollte man oben auf der Eichel noch ein rotes Signallicht anbringen. »*Rudolph, the red-cocked reindeer!*«

Er muss so sehr lachen, dass er von der Theke kullert. Mit einem dumpfen Plumps schlägt er auf dem Teppichboden auf, aber es tut nicht weh. Das Fell dämpft den Sturz. Vergnügt weiterlachend strampelt er mit den Beinen, während Evelyn sich über die Theke beugt und ein letztes Foto schießt.

Dann legt xier die Kamera beiseite, kommt um den Tresen herum, packt Urs bei der Hand, schlingt ihm den anderen Arm um den Oberkörper und zieht ihn hoch.

Als er wieder aufrecht steht, ordnet Evelyn ihm die Ohren und streicht das Fell auf Urs' Kopf glatt. »This is so soft. Da möchte man den ganzen Tag puscheln.«

Unwillkürlich weicht Urs einen Schritt zurück. Ein anderer Mensch, so dicht, und dann eingeklemmt zwischen Theke und Regal, ohne Fluchtmöglichkeit? Er schluckt den Knurrlaut herunter, der in seiner Kehle aufsteigt.

Evelyn lässt die Hand sinken. Xier lächelt noch immer. »Sorry, wollte dir nicht zu nahetreten. – Hey, hast du etwa gedacht, das ist ein Come-on?«

Come-on? Hat er wirklich gedacht, Evelyn will ihn anmachen? »Nein, nein, ich …«

Evelyns Augen funkeln amüsiert. »Don't worry about it. Meine Girlfriend würde mir die Augen auskratzen, wenn ich mit Kunden flirte.«

»Girlfriend?« Freundin?

Evelyns Lächeln verlischt schlagartig. »Nur, weil ich Fummel trage und Tits habe, muss ich auf Männer stehen?«

Oh Gott. Schon wieder so ein heteronormativer Fauxpas. Urs spürt Karolins Stahlfinger auf dem Hinterkopf.

Übergangslos prustet Evelyn los. »You should see your face. Oh, ihr deutschen Männer.« Xier holt tief Luft, um sich zu beruhigen. »Don't worry about it. Bist nicht der erste Mann, der so denkt. Hier im Laden schon mal gar nicht.«

»Also, Girlfriend«, wiederholt Urs, nur um irgendetwas zu sagen.

»Oh yeah. Really nice gal. Loves cocks and tits. Steht auf Eier und Titten. So sagt sie das zumindest.«

»Okay, das ist ja dann …« Urs beißt sich auf die Zunge. Da hat man einmal im Leben rechtzeitig die Idee zu einer witzigen Bemerkung und …

»Praktisch, exactly«, nimmt Evelyn ihm das Wort aus dem Mund. »Let's see, ob die Bilder was geworden sind.«

Xier hält Urs das Display der Kamera hin. Er zwingt sich zu einem Schritt nach vorne, denn er will ja nicht wieder schüchtern, verklemmt und vorurteilsbeladen erscheinen. Verspannt, wie er ist, gerät der kleine Schritt größer als gedacht: Er landet mit dem Gesicht auf Evelyns Dekolleté. »Sorry, tut mir …«

»Well, talk about come-ons.«

Die Fotos sind wirklich gut gelungen. Und Urs …

Er sieht darauf aus, als hätte er Spaß. Sein Mund füllt sich mit dem bitteren Geschmack der Melancholie. Wann hat ihm zuletzt etwas wirklich Spaß gemacht?

Das hat er sich in letzter Zeit oft gefragt. Dann hat er sich mit Süßigkeiten getröstet. Fruchtgummistangen. *BambooStixx* heißt die Marke.

Bambus. Essen Pandas nicht gerne Bambus?

Oh ja. Ein BambooStick wäre jetzt klasse. Oder zwei. Oder drei. Gut, dass er am Vortag welche gekauft hat. Sie warten zuhause auf ihn. In einem großen Glas auf der Anrichte im Flur seiner Wohnung. Ihm läuft das Wasser im Mund zusammen, als er sich die säuerliche Süße vorstellt.

»Everything alright? You look tired«, fragt Evelyn.

»Nur einen anstrengenden Tag gehabt.«

»Want some coffee?«

»Danke, nein. Ich muss allmählich heim.«

Urs zieht den Vorhang der Umkleidekabine hinter sich zu und lässt sich auf die schmale Bank fallen. Am liebsten möchte er sich zusammenrollen und einschlafen.

Schlafen. Das wäre schön. Mal wieder eine Nacht durchschlafen. Oder wenigstens ein paar Stunden. Er hat schon seit Monaten nicht mehr richtig geschlafen. Seit Jahren. Die Arbeit. Der Stress. Außerdem schnarcht Karolin, dass das Bett bebt.

Ihm fallen tatsächlich die Augen zu. Also zwingt sich Urs, wieder aufzustehen. Er will den Druckknopf an seinem Kinn lösen, um die Kapuze abzusetzen, doch dann zögert er und blickt noch einmal in den großen Spiegel der Kabine: kein stolzer Urside.

Nur ein kleiner, untersetzter Mann im Pandakostüm.

Den seine Freundin »Bärchen« nennt.

Der seine Träume längst eingetauscht hat gegen die Sicherheit von Eigentumswohnung, moderatem Wohlstand und homöopathisch dosierter Kreativität.

Der niemals seinen Roman schreiben, niemals Professor für vergleichende Literaturwissenschaft werden würde.

Er muss eine Träne wegblinzeln.

Als er die Augen wieder öffnet, meint er für den Bruchteil einer Sekunde, aus dem Spiegel sähe ihm ein echter Panda entgegen. Voller Mitleid. »Ich verstehe dich, Kumpel. Bambus?«

Noch ein Blinzeln, dann ist das Trugbild wieder verschwunden.

Urs räkelt sich und genießt, wie ihn das Innenfutter des Fursuits liebkost. Am liebsten würde er den Suit gar nicht mehr ausziehen, sondern einfach so, wie er ist, nach Hause gehen. Heim zu seinen geliebten BambooStixx.

Und zu Karolin. Was würde sie wohl sagen, wenn er so nach Hause käme? Als Panda verkleidet? Vielleicht fände sie es ja niedlich.

Nein. Natürlich nicht.

Sie würde sich aufregen. So wie immer.

Behutsam streift Urs Handschuhe und Stiefel ab. Dann öffnet er den Druckknopf am Kinn und schiebt die Kapuze zurück.

Der Reißverschluss leistet Widerstand; ein paar Haare haben sich darin verfangen. Urs löst sie vorsichtig, dann gleitet der Schieber zwischen den Metallzähnen herab.

Der Suit rutscht von Urs' Schultern. Er steigt hinaus und hängt ihn auf seinen Bügel.

Im Spiegel erblickt er sein in Unterwäsche gekleidetes Ebenbild und fühlt sich, als hätte sich die Schwerkraft verdoppelt. Mühsam steigt er in seine Hose. Sein Knie schmerzt wieder.

Langsam streift er sein Hemd über. Die Knöpfe zwicken ihn in die Fingerspitzen, als er sie schließt.

Fehlt nur noch das Jackett und dann ist er wieder ganz er selbst: Dr. Urs A. Podini. Gescheiterter Literaturwissenschaftler. Verkrachter Schriftsteller. Erfolgreicher Werber. So ist das eben.

Er lässt den Panda-Suit in der Kabine hängen. Nur nicht in Versuchung kommen. Jedes Risiko vermeiden. Niemals – wirklich niemals – »Nein« sagen.

Evelyn lehnt an der Theke. »Und? Alles klar?«

Urs nickt.

»Keine Schmerzen mehr? Your Knie?«

»Na ja, ein wenig.«

Evelyn muss mit der Antwort gerechnet haben, denn xier reicht ihm eine Visitenkarte. »Hier, der Orthopedist. Falls es morgen noch nicht besser ist. Tell him, Evelyn schickt dich. Er weiß dann schon.«

»Ein Kunde?«, will Urs fragen, verkneift es sich aber. Evelyn ist bestimmt nicht so indiskret, ihm wahrheitsgemäß zu antworten.

»Der ist wirklich gut.« Evelyn zögert, dann hält xier ihm noch eine weitere Visitenkarte hin. Schwarz. *Transitions!* ist darauf in silbernen Lettern eingeprägt. Eine URL, eine E-Mail-Adresse, eine Telefonnummer. Auf der Rückseite eine skizzierte Umgebungskarte.

»Falls du noch mal herkommen möchtest. Der Panda ist sicher noch eine Weile da.«

Urs nimmt die Karte und steckt sie in die Brusttasche seines Hemdes. »Danke, aber …«

»I understand. Anyway, I owe you a coffee. Für die Pictures. So, don't be a stranger.«

Evelyn geht ihm voran und öffnet die Tür. Dort reicht xier ihm noch einmal die Hand. Xien Händedruck ist fest, trocken – männlich. Urs schämt sich für diesen Gedanken.

Dann schließt sich die Tür. Ein Windspiel weht ihm zum Abschied ein paar melancholische Klänge hinterher.

# Brumm

## *Eine Entscheidung*

Urs ist zügig losgegangen. Doch der Morast der Gedanken lässt seine Schritte schon bald langsamer werden. Er schmeckt dem Spaß beim Posieren für die Fotos nach. Spürt das Echo des weichen Fursuit-Futters auf seiner Haut. Es fällt ihm zunehmend schwerer, einen Fuß vor den anderen zu setzen, und er gibt vor, sich für die Auslagen der Schaufenster zu interessieren, die er passiert.

Ein Schild an der Tür eines kleinen Teppichgeschäfts lässt ihn ganz stehen bleiben. Es offeriert *handaufgeknüpfte Perser im Schlussverkauf.* Gerne hätte Urs den Besitzer auf seinen makabren Fehler aufmerksam gemacht. Doch das Geschäft ist *wegen Todesfall geschlossen*, wie ein zweites Schild neben dem ersten besagt.

Urs will sein Handy zücken, um beide Schilder mit einem Foto zu dokumentieren: genau das Richtige für den schwarzen Humor seiner besten Freundin Alexa.

Doch …

Beinahe wäre Urs das Telefon aus der Hand gerutscht.

Nein. Das ist keine Illusion.

Dort – im Schaufenster nebenan – sitzt tatsächlich ein Panda. Das schwarz-weiße Fellknäuel sieht nach draußen auf das Treiben der Straße, bedächtig an einem Stück Bambus kauend, die Ohren neugierig in die Welt gereckt.

Kein echter Panda natürlich, wie Urs erkennt, als er sich von seinem Schreck erholt hat. Ein lebensgroßes Plüschtier.

Eine Tafel neben dem Panda offeriert in kreidener Kalligraphie: *Mittagstisch – Ente mit frischem Bambus.*

Er steht vor einem chinesischen Restaurant?

Urs macht einen Schritt rückwärts, um das Schild über der Tür zu lesen: *Xiongmao* steht dort. Von diesem Restaurant hat er noch nie gehört.

*Ente mit frischem Bambus* – das klingt verlockend. Das Display seines Handys zeigt auch schon kurz nach halb zwei, längst Zeit für ein Mittagessen.

Im ersten Augenblick fürchtet Urs, das Lokal sei geschlossen; im dämmrigen Gastraum sitzen keine Gäste.

Doch durch den Mittelgang schwebt ein zierlicher Chinese auf ihn zu: fein geschnittene Gesichtszüge, weißer Bart, dunkel-melancholische Augen. Seine weiße Kochjacke ist blitzsauber, die silbernen Knöpfe blinken. In der Hand hält er eine Speisekarte.

»Herzlich willkommen bei Xiongmao.« Seine singend tiefe Stimme lässt den Chinesen klingen, als sei er der Abt eines lang vergessenen Tempels und begrüße einen Forscher mit der Verheißung kulinarischer Weisheit. »Wo selbst Xiongmao sich gern zu einem Mahl niederlässt. Möchten Sie speisen?«

Urs nickt unsicher.

In erhabener Prozession schreitet dieser Weise der Kulinarik ihm voran zu einem Tisch in einer Nische. Er rückt einen Stuhl zurecht, wartet, bis Urs Platz genommen hat, und legt dann die Speisekarte aufgeschlagen vor ihn hin. Mit einem großen Streichholz zündet er die Kerze auf dem Tisch an wie eine Opfergabe.

»Möchten Sie etwas trinken?«

»Einen Jasmin-Tee bitte. Grün.«

Der Mann notiert sich die Bestellung auf seinem Block. »Gestatten Sie, dass ich Ihnen auch etwas Wasser bringe? Tee treibt die Säfte aus dem Körper, doch Ihre Augen verraten mir, dass Sie heute zu wenig getrunken haben.«

Das ist aber mal ein besorgter und bemühter Kellner. Der warme, freundliche Singsang mit dem chinesisch gerollten R – es ist eine Legende, dass Chinesen kein R sprechen können, sie rollen den Buchstaben nur in ihrer ganz eigenen Art; dieser Ton jedenfalls ist eine dankenswerte Abwechslung von der missmutigen Ruppigkeit, die in Hessen als höflich gilt – und in jedem anderen Bundesland als Kriegserklärung.

»Das wäre sehr freundlich, danke.«

»Keine Ursache.« Zufrieden macht sich der Mann eine weitere Notiz und schreitet dann davon.

Achtlos blättert Urs in der Speisekarte. Er weiß eigentlich schon, was er will. Also schlägt er die Karte zu und reibt sich die Augen.

Als er sie wieder öffnet, steht der Kellner neben ihm. Von einem Tablett nimmt er eine Kanne und eine winzige Tasse aus feinwandigem, weißem Porzellan und stellt sie vor Urs auf den Tisch, ebenso eine schlank-geschwungene Karaffe und ein passendes Glas. Er schenkt Urs Wasser ein.

»Den Tee sollten Sie noch zwei Minuten ruhen lassen, damit er seine Kraft entfaltet.« Aus dem Munde des Chinesen klingt das wie ein Lehrsatz des Konfuzius. »Womit kann ich Ihren Gaumen erfreuen?«

Urs braucht eine Sekunde, bis er verstanden hat, dass ihn der Mann um seine Essensbestellung bittet. »Also ... Ich hätte gerne die Ente mit Bambus.«

Der Kellner nickt wohlwollend, während er auf seinem Block schreibt wie ein Kalligraphie-Künstler. »Eine gute Wahl.«

»Und hätten Sie vorweg diese Krabbenchips? Krupuk?«

»Leider nicht. Zu viel Aufwand, sie frisch zuzubereiten. Und die fertigen Chips ... Nun, die kann ich den Gaumen und Lebern meiner Patienten kaum zumuten.«

»Lebern?«, will Urs fragen, doch dann stolpern seine Gedanken über ein anderes Wort. »Patienten?«

»Gäste. Das wollte ich sagen. Verzeihung. Ich war einmal Arzt. In einem anderen Leben. – Darf ich Ihnen als Vorspeise die Gemüse-Nudelsuppe empfehlen? Der Ingwer wird Ihre Lebensgeister wecken.«

»Arzt waren Sie einmal?« Im nächsten Augenblick geniert sich Urs für seinen Anfall von Neugier. Wer weiß, welches Drama sich hinter diesem Berufswechsel verbirgt.

Der Chinese nickt gelassen. »Bis zu meiner Pensionierung. Aber das Kochen war schon immer meine Leidenschaft. Wer rastet, der rostet. Also habe ich dieses Restaurant eröffnet.«

»Das ist ein großer Sprung.«

»Nicht so groß, wie man meinen könnte. Im Grunde sorge ich noch immer für das Wohl der Menschen. Nur kommen sie jetzt freiwillig und gerne zu mir. Das ist nach vierzig Jahren Krankenhaus eine wahre Wonne.«

»Ich … Ich koche auch gerne.« Und gut, wie Urs' Freunde nicht müde werden, zu bestätigen.

»Eine weise Beschäftigung. Ich mache mich sogleich an die Zubereitung Ihrer Speisen. Allerdings bitte ich um Geduld. Denn wie hat es ein kluger Mann einmal gesagt? Gut Ding will Weile haben.«

Die Redewendung klingt im Singsang des Mannes so fremd, dass Urs zunächst der Überzeugung ist, er habe Mandarin gesprochen.

Das Warten macht Urs nichts aus. Er checkt die Mails auf seinem Smartphone: nichts, was sich nicht aufschieben ließe. Dann gießt er sich Tee ein.

Der Tee ist heiß, also lässt Urs sich nur einen kleinen Schluck auf der Zunge zergehen, während er seinen Blick durch das Halbdunkel des Restaurants schweifen lässt.

Keine chinesischen Laternen mit roten Fransen.

Keine goldenen Buddha-Statuen, von denen es früher immer geheißen hatte, sie kennzeichneten Lokale, die von den Triaden, der chinesischen Mafia, kontrolliert werden.

Nicht einmal ein großes Aquarium, in dem Koi-Karpfen träge ihrem Schicksal entgegenpaddeln.

Stattdessen: Pandas.

Bilder, Fotos, Statuen, Stoffbären. Selbst die Salz- und Pfefferstreuer sind nach dem Ebenbild der schwarz-weißen Tiere geformt.

Der an die Wand über seinem Tisch gemalte Panda hat grüßend die Pfote erhoben. »Entspann dich, Kumpel«, will er vielleicht sagen, »Bambus kommt gleich.«

Was mögen diese Tiere wohl für den alten Chinesen bedeuten?

Erinnerungen an die Heimat? Symbole? Wenn ja, wofür? Wofür stehen Pandas in China?

Urs muss sich eingestehen, dass er wenig über Pandas weiß – außer, dass sie schwarz-weiß und vom Aussterben bedroht sind. Sind sie überhaupt Bären? Essen sie wirklich Bambus?

Die Porzellanschale mit Suppe muss sich aus dem Nichts materialisiert haben. Völlig versunken in die Welt der Pandas, hat Urs den Weisen der Kulinarik weder kommen noch gehen sehen.

Feierlich nimmt er den gleichfalls aus weißem Porzellan geformten Löffel, taucht ihn in die Suppe und führt ihn zum Mund. Dann zögert er. Von solch einem Löffel muss man die Suppe schlürfen. In westlichen Ohren ein peinliches Geräusch. Urs meint jedoch, einmal gelesen zu haben, dass genau dieses Schlürfen in China als gutes Benehmen gilt.

Mit Genuss – und, zugegeben, Karolin innerlich eine Nase drehend: Ihr sind Körpergeräusche jeder Art zuwider; sie würde niemals zugeben, dass sie schnarcht oder manchmal lautstarke Blähungen hat. Er schlürft also genussvoll die Suppe vom Löffel und lässt sie im Mund kreisen, bis alle Geschmacksknospen versorgt und der Schluck kühl genug ist, um ihn die Speiseröhre passieren zu lassen. Das Gemüse und die Nudeln zerreibt er sorgsam mit Zähnen und Zunge.

Dann nimmt er den nächsten Löffel voll Suppe. Und noch einen. Und noch einen.

Endlich stößt der Löffel mit einem Klacken auf den Boden der Porzellanschale. Urs sieht sich verstohlen um, hebt die Schale an die Lippen und lässt sich die restliche Suppe in den Mund rinnen. Mit dem Löffel schiebt er die verbliebenen Nudeln und Gemüsestücke hinterher.

Dann stellt er die Schale auf den Tisch, legt den Löffel hinein und tupft sich die Lippen mit der Serviette ab, um alle Spuren seiner Gier zu tilgen.

Im gleichen Moment schwingt die Tür der Küche auf. Hindurch schreitet der alte Chinese mit einem beladenen Tablett, das er zu Urs' Tisch trägt.

Er entzündet die Teelichter in den beiden Stövchen ähnlich zeremoniell wie zuvor schon die Kerze. Auf die Stövchen stellt er zwei Tonschalen mit Deckel.

Eine gleichfalls tönerne Schüssel platziert er vor Urs. Auf eine Serviette legt er zwei Essstäbchen.

Essstäbchen und Schüssel? Ohne dass Urs darum bitten muss? Karolin schimpft immer, wenn er in einem asiatischen Restaurant um Stäbchen bittet. Kulturelle Appropriation nennt sie das. Doch asiatische Küche schmeckt nun mal am besten mit Stäbchen.

Der alte Chinese muss seinen Gedankengang und die damit einhergehende Frage ahnen. »Da Sie wissen, wie man unsere Suppe isst, dachte ich, Sie wüssten vielleicht auch beim Hauptgang traditionelleres Essgerät zu schätzen. Aber ich bringe gerne Messer und Gabel.«

»Danke, das ist nicht nötig.« Karolin ist ja fern.

»Dann wünsche ich Ihnen einen guten Appetit. Oder ›Essen Sie langsam und mit Genuss‹, wie wir Chinesen – und auch Xiongmao – es sagen würden.«

»Wer ist eigentlich dieser Xiongmao?« Urs hofft, mit seiner Frage keine allzu peinliche Bildungslücke zu offenbaren.

Der alte Chinese deutet höflich auf den an die Wand gemalten Panda. »Er dort. Xiongmao ist unser Wort für den Panda. Für den schwarz-weißen großen Panda, genauer gesagt. Der rote, kleine Panda heißt Xiaoxiongmao. Also folgen Sie dem Beispiel von Xiongmao und essen Sie langsam und mit Genuss.« Mit diesen Worten hebt der Chinese die Deckel von den Tonschalen.

Ein besonders schönes Stück Bambus hat Urs sich für den Schluss aufgespart. Er nimmt es mit den Stäbchen, schiebt es sich in den Mund und erfreut sich am Knacken zwischen seinen Zähnen, am Fluss von Saft und Sauce auf seiner Zunge. Dreimal kann er schlucken, erst dann ist auch dieser Bissen bewältigt – und die beiden Tonschüsseln ratzeputz leer.

Urs legt die Stäbchen auf seine Schüssel, lässt den Geschmack des Essens noch ein paar Minuten nachklingen; trinkt dann von seinem

Wasser, merkt, wie durstig er ist, schenkt nach und stürzt auch das zweite Glas hinunter. Dann ist das Wasser leer und Urs gießt sich den Rest des Tees in seine Tasse.

Er kann nicht widerstehen und grüßt mit der Tasse zu seinem wandgemalten Tischgenossen. »Das war guter Bambus, Kumpel. Brumm!«

»Ich spreche auch manchmal mit ihnen, wenn ich allein bin.« Der alte Chinese steht schon wieder neben seinem Tisch, ohne dass Urs sein Kommen bemerkt hätte. »Allerdings brummen Pandas nicht. Es ist eher ein Bellen, wie von einem aufgeregten jungen Hund.«

»Sie lieben Pandas, oder?« Urs sieht sich dabei zu, wie seine Hand in den Raum deutet.

»Nun, ich finde sie … Wie ist dieses schöne Wort deutscher Sprache? Ach ja: Ich finde sie drollig. Ein freundlicheres Nationaltier als ein Drache, nicht wahr? Und mit ihrem ständigen Appetit ein gutes Aushängeschild für ein Restaurant. Mal was anderes als dieser Plunder mit den roten Troddeln, den Pagoden-Lampen, dem Tierquäler-Aquarium und der goldenen Buddha-Statue. Aber ein Großteil der Sammlung gehört meiner Tochter. Ich dachte, hier in meinem Restaurant wäre ein würdiger Platz dafür, bis sie wiederkommt.«

»Bis Ihre Tochter wiederkommt?«

»Oh, Lynn ist in China«, verkündet der Chinese, erfüllt von väterlichem Stolz. »Sie arbeitet als Panda-Kuschlerin.«

»Als Panda … was?«

»Nun, der offizielle Titel ist …« Der stolze Vater sagt ein Wort auf Mandarin, das sich Urs nicht einmal geschrieben vorstellen, geschweige denn klanglich nachvollziehen oder merken kann. »Aber Panda-Kuschlerin ist eine halbwegs angemessene Übersetzung. – Sie ist Tierärztin.« Der Chinese kichert in sich hinein. »Und außerdem seit Neuestem stramme Kommunistin.«

»Kommunistin?«

»Ja, sie musste nicht nur ihren chinesischen Pass akzeptieren, sondern auch in die Partei eintreten, um überhaupt in die Nähe der Pandas zu dürfen. Die chinesische Regierung ist mit unserem Nationaltier äußerst eigen, wissen Sie? Alle Pandas sind offizielles Staatseigentum der Volksrepublik.«

»Sie meinen, die Pandas in China?«

»Nein, *alle* Pandas. Auf der ganzen Welt. Die Tiere in den Zoos außerhalb Chinas sind nur Leihgaben. Entweder zur höheren Ehre und Freundschaft mit dem jeweiligen Staat. Oder gegen eine saftige Gebühr. Oder beides. – Jedenfalls: Lynn musste in die Partei eintreten, um in Chengdu arbeiten zu dürfen. Dort ist die größte Panda-Forschungsstation der Welt. Sie ist jetzt eine der leitenden Wissenschaftlerinnen dort. Das Spielen und Schmusen mit den Tieren gehört zu ihren Aufgaben. Daher Panda-Kuschlerin.« Jetzt scheint der Chinese vor Stolz zu leuchten. »Lynn war sogar in der Zeitung. Gerade gestern. – Aber wo habe ich nur meinen Kopf?« Er gießt Urs Wasser aus einer frischen Karaffe ein. »Das wird Ihre Verdauung fördern: Gebirgswasser.«

Urs trinkt das Glas in einem Zug aus, bevor er fragt: »Auch aus China?«

Der alte Chinese lacht wie nach einem gelungenen Schabernack. »Nein, aus dem Taunus. Besonders rein und mineralhaltig. – Trinken Sie ausreichend. Dann schlafen Sie auch besser.«

»Woher wissen Sie …?«

»Einmal Arzt, immer Arzt. Und bei Ihnen muss man kein brillanter Diagnostiker sein. Sie haben ja schon Ringe unter den Augen, als wollten Sie es Xiongmao gleichtun.«

Urs kann nicht anders, als zu lächeln. »Komisch …«

»Ja?« Neugierig hat der alte Chinese sich vorgelehnt.

»Es ist … Nun, es ist so, dass ich gerade überall Pandas sehe …« Hoffentlich ist der Chinese kein Psychiater im Ruhestand. »Also vorhin …« Nein, von den Ereignissen bei *Transitions!* spricht er besser nicht. »Und jetzt hier bei Ihnen.«

»Oh, das ist gut. Einen Panda zu treffen, verheißt dir Glück, sagt man.«

»Aha.« Das ist doch ein guter Einstieg. »Was sagt man denn noch so? Über Pandas, meine ich.«

»Ach, das Übliche. Yin und Yang, Sie wissen schon, wegen dem Schwarz-Weiß. Aber das könnte man über Stinktiere auch sagen.« Der alte Chinese schmunzelt verschmitzt in sich hinein. »Viele sagen auch, Pandas stünden für Frieden und Seelenruhe.« Er wiederholt das Wort ehrfürchtig, als handele es sich um ein buddhistisches Mantra: »Seelenruhe. Ein schönes deutsches Wort, das viel zu selten benutzt wird.«

Urs lässt sich das Wort stumm auf der Zunge zergehen. Es schmeckt wirklich angenehm nach frühsommerlicher Waldluft.

»Pandas leben in den Tag hinein«, fährt der Chinese fort. »Die eine Hälfte ihrer Zeit verbringen sie mit Fressen, die andere Hälfte mit Verdauen. Zen-Meister des Tierreichs hat man sie auch schon genannt. – Andere sagen jedoch …«

Er hält inne, ohne seinen Gedanken zu Ende zu führen. Will er Urs auf die Folter spannen?

»Die anderen? Was sagen die?«

»Nun, die sehen in ihm den tapferen, hartnäckigen Kämpfer.«

»Kämpfer?« Urs unterdrückt ein Lachen. Diese schläfrig-schwarzweißen Tollpatsche sollen Kämpfer sein? Hartnäckig und tapfer noch dazu?

»Unterschätzen Sie die Pandas nicht. Sie sind Einzelgänger und äußerst territorial.« Der Chinese lässt die viele Rs des Wortes über die Zunge rollen. »Sie schützen ihr Revier und ihre Jungen. Im Berliner Zoo hat mal ein Panda einem Fotografen den Finger abgebissen.«

»Den Finger abgebissen?« Unwillkürlich blickt Urs auf seine Hand.

»Der Fotograf ist ihm wohl zu nahegekommen, obwohl ihn die Pfleger gewarnt haben. – Bei uns sagt man, der Panda ist freundlich und die Verkörperung der Seelenruhe, doch begegnest du ihm, tritt ihm nicht zu nahe, willst du nicht gegen einen gnadenlosen Krieger kämpfen.«

»Und stattdessen? Was sollte man stattdessen machen, wenn man einem Panda begegnet?«

»Sich seines Glücks erfreuen. Und ihm Gastfreundschaft anbieten. Wenn der Panda will, wird er die Einladung annehmen und Glück in dein Haus bringen. Aber schnell musst du handeln. Denn der Panda ist flink. Flinker als man ihm zutraut. – Lynn, also meine Tochter, die muss immer lachen, wenn sie das hört.«

»Ach, warum?«

»Sie ist doch den ganzen Tag von Pandas umgeben. Nichts als Grütze, Unfug und Bambus im Kopf haben die, sagt sie immer. Die würden dein Leben sofort ins Chaos stürzen. Aber Lynn liebt die Tiere trotzdem über alles. – So, und jetzt bringe ich uns einen Bambusschnaps für die Verdauung.«

Wie hochprozentig ist Bambusschnaps eigentlich? Oder liegt es nicht am Alkohol, sondern am Bambus?

Das würde erklären, warum Pandas diese Pflanze mit religiösem Eifer verzehren. Warum sie so entspannt sind und gleichzeitig gerne herumtollen und Unsinn anstellen.

Wie hat das der alte Chinese …? Urs schämt sich, ihn im Geiste noch immer so zu nennen. Er hätte nach dem Namen fragen sollen. Wie also hat der Weise der Kulinarik es genannt? »Nichts als Grütze, Unfug und Bambus im Kopf.«

Der alte Chinese – der Weise der Kulinarik, der Quell des Panda-Wissens – hat die Flasche Bambusschnaps mit an den Tisch gebracht. Und zwei Gläser. Dann hat er mit Urs angestoßen und sofort nachgeschenkt. »In China müssen Gläser immer voll sein.«

Am Fuße des dritten Glases hat Urs sich entschuldigt: Er müsse an diesem Nachmittag noch arbeiten und brauche einen einigermaßen klaren Kopf. Dann hat er um die Rechnung gebeten.

»Bieten Sie ihm Gastfreundschaft an, wenn Sie dem Panda noch einmal begegnen.« So haben die Abschiedsworte des alten Chinesen gelautet. »Er wird Ihnen Glück bringen. Und zögern Sie nicht, sonst ist es vielleicht zu spät.«

Als Urs auf der Strasse steht, holt er tief Luft, um einen klaren Kopf zu bekommen.

Wohin jetzt? Wenn er nach rechts geht, bringt ihn sein Weg direkt zur Konstabler Wache. Zur S-Bahn. Und letztlich nach Hause.

Also wendet er sich nach links. Ein kleiner Spaziergang wird ihm guttun. Zur Ausnüchterung. Damit das Essen sackt. Über den Tanngraben zur Hauptwache und von da über die Zeil zurück zur Konstabler

Wache, vielleicht mit einem kleinen Umweg über die DVD-Abteilung eines Elektronikmarkts.

Natürlich wird ihn sein Weg so auch erneut an *Transitions!* vorbeiführen. Da ist ja nun wirklich nichts dabei. Er wird sogar einen Blick in das Schaufenster wagen. Ob sein … Ob der Panda noch dort ist?

Da! Die keck aus dem Bürgersteig emporragende Steinplatte, die ihn zu Fall gebracht hat. Mit einem Stampfen seines Fußes drückt Urs die Platte zurück an ihren angestammten Platz. Ihr knirschender Widerstand ist kurz.

Im nächsten Augenblick hat er Mitleid mit der Platte. Was war denn ihre Sünde? Aus der Masse ihrer Mitplatten herauszuragen?

Jetzt ist sie wieder auf ihre normale Aufgabe reduziert: kein Hindernis, kein *Disruptor*, wie es im Beratersprech heißt – nicht einmal eine besonders schöne Steinplatte unter Tausenden ihresgleichen. Ist das gerecht?

Am liebsten hätte Urs die Platte wieder aus ihren Fugen gehoben.

Er atmet erneut tief durch, um die Wirkung des Bambusschnapses aus seinem Kopf zu vertreiben, bevor er diesem Impuls wirklich nachgibt.

Aber er ist doch aus gutem Grund stehen geblieben – nicht nur wegen der Platte?

Ach ja. Richtig. Er will ins Schaufenster von *Transitions!* sehen. Einen Blick erhaschen auf den Panda. Halb amüsiert, halb beschämt ertappt er sich dabei, dass er sich umschaut, ob ihn auch niemand beobachtet.

Drei Schaufensterpuppen, drei Kleider: eine festlich rote Robe, ein kurzes Schwarzes und ein weißes Sommerkleid.

Kein Panda!

»Bieten Sie ihm Gastfreundschaft an, wenn Sie dem Panda noch einmal begegnen«, hört er die Abschiedsworte des alten Chinesen in seinem Kopf nachklingen. »Er wird Ihnen Glück bringen. Und zögern Sie nicht, sonst ist es vielleicht zu spät.«

Zu spät. Der Fursuit muss inzwischen verkauft worden sein.

Urs hat gezögert. Und damit seine Chance vertan. Wie so oft.

Damals an der Uni: Nach Sankt Petersburg hätte er gehen können. Als Dozent an die dortige Universität. Als er sich nach langem Zögern endlich hat bewerben wollen, war die Stelle weg. Ein Kommilitone hat sie bekommen. Triumphal ist er zwei Jahre später nach Deutschland zurückgekehrt. Jetzt ist er Dekan eben jenes germanistischen Institutes, an dem Urs studiert hat.

Oder als er noch für eine Großagentur gearbeitet hat: Ein Konkurrent hat nach Führungspersonal für eine neue Dependance in San Francisco gesucht. Erneut hat Urs zu lange gezögert.

Nun also der Fursuit. Das neueste Glied in der Kette vertaner Chancen, die ihn – um seinen Hals geschlungen – langsam zu Tode würgt.

Es ist doch nur ein Fursuit! Ein Kostüm! Egal, wie gut es sich getragen anfühlt.

Dennoch: wieder einmal gescheitert.

An seiner Schüchternheit. Seiner Feigheit. Seinem Geiz!

Urs hätte sich den Suit bequem leisten können. Vor lauter Angst, mit der Agentur zu scheitern und von einem Tag auf den anderen auf der Straße zu sitzen, bunkert er sein Geld. Alexa, seine Agenturpartnerin, lacht immer, wenn sie seinen kleinen verbeulten Toyota sieht. Sie fährt einen Roadster von BMW. Und ein Motorrad der gleichen Marke.

Sein Steuerberater hat ihn praktisch mit vorgehaltener Pistole zwingen müssen, aus seiner Zwei-Zimmer-Mietskasernen-Wohnung auszuziehen und sich etwas Eigenes zu kaufen. Wieder fast zu spät. Die Offenbacher Immobilienblase hatte schon angefangen, sich aufzublähen.

Ärger ballt sich in Urs' Magen zu einem glühend kalten Klumpen. Am liebsten möchte er aufstampfen und schreien.

Doch … Moment! Hat Evelyn nicht erzählt, dass xier den Fursuit auf Bestellung eines Kunden hat anfertigen lassen? Die können doch bestimmt noch einen nähen.

Kurzerhand schiebt er die Glastür auf. Aus dieser Richtung klingt das Windspiel gleich sehr viel freundlicher.

*Transitions!* ist verwaist. Evelyn ist nirgends zu sehen.

Hinter der Theke steht jetzt eine …

Das muss die Statue einer afrikanischen Fruchtbarkeitsgöttin sein. Mit Liebe zum Detail aus tiefschwarzem Ebenholz geschnitzt, lebensecht bemalt, bestimmt zwei Meter hoch, die Schultern breit, die Kurven üppig.

Evelyn plant wohl, sie als Schaufensterpuppe einzusetzen, denn sie hat ihr einen weinroten Rollkragenpullover übergestreift. Und hat die Statue wirklich eine Zigarette im Mundwinkel?

»Hi, kann ich dir helfen?«, fragt die Statue.

Urs wäre vor Schreck beinahe rückwärts in einen Ständer voller Abendkleider gefallen. Oh Gott, ist das peinlich. Und rassistisch. Und sexistisch. Und …

»Wait a minute. You are … du bist der Cutie mit dem Panda costume, right? Evelyn hat mir die Fotos gezeigt. – Evelyn! Your cute little panda is here!« Die Fruchtbarkeitsgött… Frau streckt Urs die Hand hin. »Hi, ich bin Stephanie. Evelyn's girlfriend.«

Ihr Händedruck ist warm, fest und trocken, die Haut schwielig. Stephanie ist es offenbar gewohnt, mit den Händen zu arbeiten.

»Coming, Schätzchen«, dringt Evelyns Alt aus dem Nebenraum. Dann teilt sich auch schon der Holzperlenvorhang mit lautem Rasseln und Evelyn tritt mit tänzerischer Verve hindurch. Xier trägt jetzt schwarze Jeans und ein Jim-Morrison-T-Shirt, darüber eine Motorradlederjacke. Die Haarmähne hat xier zu einem Zopf gebändigt.

Evelyn bleibt stehen, als xier Urs erkennt. »Ach, du bist's. How is your leg? Dein Bein, meine ich.«

»Gut. Danke.« Urs nimmt allen Mut zusammen und geniert sich sogleich, dass er überhaupt Überwindung benötigt. »Ich wollte noch mal nachfragen. Der Panda … also der Fursuit … Der ist weg, oder?«

Evelyn schmunzelt.

»Aber könnte man … der war doch auf Bestellung gefertigt, oder?«

Jetzt lacht Evelyn sogar. »Don't worry, Sweetie. I had a hunch, dass du zurückkommst. Ich habe ihn hinten, damit ihn dir niemand vor der Nase wegschnappt. Just a second.«

Evelyn rauscht durch den Vorhang in den Nebenraum, nur um im nächsten Moment zurückzukehren, das Objekt des Begehrens über dem Arm, die Füße und Hände des Kostüms in der Hand.

»This is so cute.« Stephanie streicht zärtlich über das Fell.

»Want it?« Evelyn legt den Fursuit vor Urs auf die Theke.

Da ist er: der Moment der Wahrheit.

Als wäre sein bewusstes Selbst zum Beifahrer degradiert und von dieser Entscheidung ausgeschlossen, hat Urs schon genickt und seine Brieftasche hervorgezogen. »Klar. Wenn ich mit Kreditkarte bezahlen kann?«

»Sure. No problem.« Evelyn nimmt Urs' Karte. »Platinum, huh? Can I interest you … Ein schönes Bustier vielleicht?«

»Be careful«, sagt Stephanie. »Wenn du nicht aufpasst, Evelyn will bleed you dry.«

»Moi, Cherie?« Evelyn legt die gespreizten Finger an xier Dekolleté.

»Nein danke«, sagt Urs rasch. »Ich stehe nicht so auf Frauenkleider.«

Stephanie prustet los vor Lachen. »Neither do I, Honey. Neither do I.«

»But maybe für deine Freundin?«, schlägt Evelyn vor.

Karolin und ein Geschenk von *Transitions!*? Und dann auch noch Dessous? Das wäre wohl das Ende der Beziehung. »Nein, nein. Meine Freundin …«

»Oh dear. Let me guess: Gifting lingerie is sexistisch?«

Urs nickt unwillkürlich. Mitleidig schlägt ihm Stephanie erneut auf die Schulter. »Let's buy the poor guy a drink.«

Evelyn schiebt die Kreditkarte in das Lesegerät neben der Kasse. Dann reicht xier Urs den Beleg zur Unterschrift.

Er wirft einen Blick darauf. »Bei den Preisen sollte deine Boutique eigentlich in der Goethestraße liegen.«

Stephanie grinst breit. »That's what I always say.«

»Can you imagine that?« Evelyn lacht lauthals. »Meine Trannies zwischen all den feinen Damen und den arabischen Vollschleier-Pinguinen? That would be a riot. – Pleasure doing business with you.« Xier legt ihren Durchschlag des Belegs in die Kasse und reicht Urs die

Kreditkarte zurück. Dann faltet Evelyn den Fursuit sorgsam zusammen und schiebt ihn in eine große Papiertüte. »A word of warning, though: Am Anfang nicht zu oft und zu lange tragen. Das macht süchtig. Or so I am told. – One second.«

Erneut verschwindet xier im Nebenraum und kommt gleich darauf mit einer Bürste und einer weißen Plastikflasche zurück. »Here. Für die Pflege. The brush …«

Sie blickt fragend zu Stephanie, die artig souffliert: »Die Bürste.«

»Die Bürste hat ganz feine, weiche Borsten. Damit reißt du keine Haare aus dem Fell. Und hier …« Xier hält Urs die Flasche hin.

Er liest die Aufschrift. »Baby-Shampoo?«

»The best for empfindliche Textilien. As for the suit: Simply take a shower with it. Blow-dry it, but not too hot. And brush it, but delicately.«

»Duschen, Föhnen und Bürsten?«, wiederholt Urs ungläubig.

»You better do as you're told«, sagt Stephanie. »Evelyn is a Kleiderpflege-Nazi, but they know what they are talking about.«

»Yes, I am. And yes, I do, Darling.« Evelyn haucht Stephanie einen Kuss auf die Lippen. Dazu muss xier sich auf die Zehenspitzen stellen.

Urs legt Bürste und Shampoo obenauf in die Tüte, nachdem er sich versichert hat, dass die Flasche fest zugeschraubt ist.

Er will sich schon verabschieden, als Evelyn ihn noch einmal aufhält. »Wait a second. I've got a little something for you. On the house.« Xier taucht hinter den Tresen ab.

Urs hört, wie eine Schublade aufgezogen und zugeschoben wird. Dann richtet Evelyn sich wieder auf. Xier legt Urs über den Tresen hinweg eine Lederschnur mit einem kleinen Anhänger um den Hals: ein schwarz-weißer Stein in einer dünnen Silberfassung.

»Wie für dich gemacht. Mein Onkel … Ich habe dir doch erzählt, dass his people … Sie sind Schamanen und helfen Menschen, ihre … Wie sagt man? Spirit animals?« Wieder ein hilfesuchender Blick zu Stephanie.

»Krafttiere?«

»Genau. Helfen den Menschen, ihre Krafttiere zu finden. They make these amulets. Maybe, der Panda ist dein Krafttier. You never know. Might bring you serenity. Gelassenheit.«

»You don't seriously believe that bullshit, do you?« Stephanie schüttelt missbilligend den Kopf.

»You never know. Anyway, it's cute and it's fitting.« Evelyn wendet sich wieder an Urs. »Ich hoffe, es bringt dir Glück. – And don't be a stranger.«

Urs betrachtet den Stein noch einmal genauer. Er erinnert wirklich an einen kleinen Panda. Und ist da nicht ein grünes Einsprengsel? Hält ihm der Panda einen Bambusstängel hin?

# Brumm

## *Eine Ernüchterung*

Das hellgemaserte Furnier wirkt billig, die goldglänzenden Beschläge und der verschnörkelte Türgriff sind Baumarkt-Prunk: Beim Anblick seiner Wohnungstür bekommt Urs stets gute Laune, denn sie erinnert ihn an das Schnäppchen seines Lebens.
Der frühere Wohnungseigentümer ist aus guten Gründen auf seine Sicherheit bedacht gewesen. Daher verbirgt sich unter dem Heimwerkerchic der Wohnungstür eine schusssichere Stahlplatte. Acht Schließbolzen greifen in einen robusten, mit dreißig Zentimeter langen Schrauben im Beton der Wand verankerten Stahlrahmen. Der Polizei ist es nicht gelungen, die Tür aufzubrechen. Man hat zwei Stunden lang mit dem ehrbaren Besitzer mehrerer Münzspielautomaten-Salons verhandeln müssen, bevor er sich endlich hat festnehmen lassen. Dann hat er Geld für seine Verteidigung gebraucht. Auch deshalb hat Urs die Luxus-Maisonette-Wohnung mit großem Abschlag erwerben können. Genützt hat der Verkauf dem ehemaligen Immobilienbesitzer übrigens nicht viel: Er sitzt bis auf Weiteres in der JVA Weiterstadt ein – wegen gewerbsmäßigen Betrugs, Steuerhinterziehung, räuberischer Erpressung, Drogenhandel und Zuhälterei.

Urs findet seinen Schlüsselbund in den Tiefen seines Rucksacks, gut verborgen unter dem Bericht des Herrn Doktors. Aber dieses Magnum Opus wird seine Laune heute nicht mehr verderben; er hat den Abend ganz allein für sich. Karolin ist mit dem Symposium beschäftigt.

Das gibt ihm die Gelegenheit, die Begegnung mit dem Panda niederzuschreiben. Eine Kurzgeschichte? Vielleicht der Anfang seines ersten Romans? Man wird sehen.

Urs steckt den Schlüssel ins Türschloss. Nanu? Nicht abgeschlossen?

Er ist als Letzter aus dem Haus gegangen und hat wie immer kontrolliert, ob er wirklich abgeschlossen hat. Oder etwa nicht?

Automatisch schließt Urs die Augen, um sich zu erinnern. Doch! Auch an diesem Morgen ist er seinem Ritual des Wohnung-Verlassens gefolgt: Rundgang durch alle Zimmer. Kontrolle von Fenstern, Lichtern, Herd und Kaffeemaschine. Doppeltes Schlüssel-Brieftasche-Handy-Bekreuzigen. Tür hinter sich ins Schloss ziehen. Einmal nachziehen, zweimal umschließen, dreimal gegen die Tür drücken, viermal auf den Türknauf tippen. »Abgeschlossen, abgeschlossen, abgeschlossen, abgeschlossen«, sagt Urs dann laut zu sich selbst.

Er öffnet die Augen wieder: Er hat abgeschlossen. Ganz sicher. Gelobt sei die Zwangsneurose!

Aber warum hat er noch mal gezweifelt? Er entdeckt den Schlüssel in seiner Hand, den er eben ins Schlüsselloch gesteckt hat: Richtig, die Wohnung ist nicht abgeschlossen.

Karolin sollte doch noch in der Uni sein, oder? Auf ihrem Symposium?

Vorsichtig schiebt Urs die Wohnungstür auf. Zu voreilig? Was soll er eigentlich machen, wenn er einen Einbrecher auf frischer Tat ertappt?

Im nächsten Moment kann er aufatmen: Kein Eindringling hat sich seiner Wohnung bemächtigt. Neben dem kleinen Garderobentisch liegt Karolins abgegriffener Lederrucksack. Auch ihre rote Jacke hängt an der Garderobe.

Schade! In der nächsten Sekunde schämt sich Urs für diesen Gedanken. Was, wenn nun etwas passiert ist? Hoffentlich ist das Symposium nicht …

Rumoren aus der Küche, begleitet von Karolins atonalem Gute-Laune-Pfeifen – alles im grünen Bereich.

Er legt seinen Rucksack neben den ihren und zieht sein Jackett aus. Eigentlich sollte er jetzt seinen Lustkauf verbergen, den er in der Papiertüte an sich drückt; doch er hat die Vorahnung eines Geschmacks im Mund. Zitrone und Cola.

Natürlich! BambooStixx. Darauf hat er sich den ganzen Heimweg gefreut.

Er will in das Glas auf dem Garderobentisch greifen. Doch es ist nicht da. Karolin muss es weggeräumt haben.

Also: keine BambooStixx. Schade. Aber er hat ja eine wichtige Aufgabe zu erledigen.

Er lauscht erneut: Noch immer rumort es in der Küche.

Das ist seine Chance. Die Tüte mit dem Fursuit ängstlich umklammert, huscht er die marmorne Wendeltreppe zur zweiten Ebene seiner Wohnung hinauf.

Die Paranoia des Vorbesitzers hat nicht an der Haustür haltgemacht: Der von Urs genutzte Einbauschrank im Schlafzimmer – die beiden anderen sind von Karolin belegt – besitzt eine falsche Rückwand. Den dahinter ursprünglich eingebauten Tresor hat die Staatsanwaltschaft beschlagnahmt. In dem so entstandenen Hohlraum hat Urs auch schon seine Gitarre versteckt, nachdem Karolin erklärt hat, die könne man doch bedürftigen Jugendlichen spenden.

Leise schiebt er die Rückwand auf, legt die Tüte mit dem Fursuit in den Hohlraum und schließt die Wand sorgfältig wieder.

Zufrieden schiebt er die Schranktür zu, atmet durch und tritt wieder auf die Galerie hinaus, von der das Schlafzimmer und ein zweites kleines Bad abgehen.

Urs ist stolz auf seine Wohnung. Zwar im uncoolen Offenbach gelegen, jedoch im noblen Viertel Buchrain. Hundertdreißig Quadratmeter Luxusneubau. Maisonette. Wohnbereich und Galerie bilden einen einzigen großen Raum – dank der sechs Meter hohen Fensterfront auch jetzt, in der Abenddämmerung, noch lichtdurchflutet. Urs tritt an das Geländer der Galerie und genießt den Ausblick über den Stadtwald. Diese Wohnung ist die erste, in der er wirklich ein Zuhause gefunden hat.

Auf der Galerie hat Urs sich eigentlich einen zweiten Arbeitsplatz eingerichtet. Das Bücherregal enthält seine größten Schätze, der Eichenschreibtisch ist antik. Er hat den Flohmarktfund selbst wiederaufgearbeitet.

An diesem Ort hat er in seiner Freizeit endlich seinen Roman schreiben wollen. Doch Karolin hat den Schreibtisch mit Beschlag belegt. Natürlich, sie muss ja irgendwo arbeiten.

Apropos Karolin: Es ist Zeit, wieder nach unten zu gehen und seine Lebensgefährtin zu begrüßen.

Ein paar Sekunden lang steht er am Kopf der Treppe und wünscht sich, er hätte den Mut, das Geländer herunterzurutschen. Der Makler hat es ihm bei der Besichtigung vorgemacht, um ihn von der Qualität der Bausubstanz und der Ausstattung zu überzeugen. Als hätte es dessen bedurft: Urs hatte sich schon beim Betreten in die Wohnung verliebt. Keine sechs Wochen später ist er eingezogen.

Karolin hat sein neues Domizil eher skeptisch gesehen und daher ihre kleine Wohnung in Bockenheim behalten. Sie hat dort schon seit Beginn ihres Studiums gewohnt, entsprechend günstig ist die Miete. Außerdem braucht sie einen Rückzugsraum. Urs versteht das.

Nun denn: Stufe für Stufe steigt Urs die Treppe hinab. Unten angekommen, will er schon seine Schritte Richtung Küche lenken, als er …

Wieder hat er den Geschmack nach Cola und Zitrone auf der Zunge – BambooStixx. Und er weiß auch, wo er welche findet: in seinem Arbeitszimmer. Ja, er besitzt noch ein nüchtern eingerichtetes Arbeitszimmer als Zweitbüro, in dem er konzentriert arbeiten kann, wenn es ihm in der Agentur zu hektisch wird. Dort, in einer Schublade verborgen, liegt eine weitere Packung BambooStixx.

Er lauscht nochmals. Karolin werkelt noch immer in der Küche. Was macht sie da? Kochen ist doch seine Aufgabe.

Ach ja, richtig, sie ist mit Einkaufen an der Reihe gewesen. Vermutlich »füllt sie gerade die Scheuer«: Als Studentin hat sie stets zu wenig Geld gehabt und sich deshalb am Monatsanfang immer mit Lebensmitteln eingedeckt. Alte Gewohnheiten – schwer abzulegen.

Soll er in die Küche gehen und ihr beim Einräumen helfen?

Das kann er auch gleich noch tun. Erst mal was Süßes!

Schreien!

Nein. Kreischen.

Eine Frau. Nackt. Kreischend.

Die Frau ist nicht Karolin.

Das Kreisch-Crescendo schraubt sich eine weitere Quint nach oben.

»Entschuldigungdastutmirleidichwolltenicht…« Urs erwacht endlich aus seiner Schockstarre und stolpert rückwärts aus dem Raum. Panisch schließt er die Tür.

Steht da wirklich eine nackte Frau in seinem Arbeitszimmer?

Fast ist Urs versucht, nach der Klinke zu greifen und sich zu vergewissern.

»Da kannst du jetzt nicht rein. Da ist Mariele drin.«

Urs dreht sich um.

Karolin mustert ihn missbilligend, einen Korkenzieher und eine Flasche Rotwein in den Händen.

»Wer … Wer ist Mariele?«

Seine Lebensgefährtin stößt empört die Luft aus. »Mariele Juncker-Stockmann. Die Gastreferentin. Sie schläft während des Symposiums bei uns.«

Hat Karolin ihm das …? Nein, das hat sie ihm nicht gesagt.

»Hat sie kein Hotel –?«

»Hotel? Du kannst doch nicht ernsthaft erwarten, dass ich unsere Gastreferentin in einem unpersönlichen Hotel abstelle. Wo sie in Frankfurt doch keinen Menschen kennt.« Karolin senkt die Stimme. »Außerdem ist sie ein wichtiger Kontakt für mich. Ich muss doch an mein Netzwerk denken.«

»Aber mein Arbeitszimmer –«

»Du nutzt es doch sowieso nicht.«

»Ich wollte heute Abend schreiben.«

»Schnickschnack.« Karolin schüttelt den Kopf, als wolle sie eine Fliege verscheuchen. »Sei lieber nützlich und mach den Rotwein auf.«

Sie streckt ihm Flasche und Korkenzieher hin.

Urs blickt auf das Etikett: *Viliera Pinotage. 1999 Vintage.* Das Jahr hat er an der Uni Kapstadt verbracht, um deutsche Literatur zu unterrichten und endlich seine Dissertation zu Ende zu schreiben. Auf dem Weingut hat er damals die Abgabe gefeiert.

Sechs Flaschen dieses Jahrgangs hat er noch auftreiben können, als er dank der Agentur endlich genug Geld verdient hat. Sie liegen für besondere Anlässe auf dem Weinregal im Keller.

»Haben wir keinen anderen Rotwein? Dieser hier –«

»Sei nicht so etepetete.« Karolin stemmt die Fäuste in die Hüften. »Ist doch nur Wein.«

Nur Wein? Urs spürt einen glühenden Ball des Ärgers im Magen. »Aber mein –«

»Vielleicht denkst du zur Abwechslung mal nicht nur an dich?«

Urs sieht auf Wein und Korkenzieher in seinen Händen. Dann auf den beigen Teppich. Nein. Er würde die Flasche in der Küche aufmachen. Dort steht schließlich auch der Dekanter.

Karolin schaut ihm über die Schulter, während er den Wein dekantiert.

Als er endlich fertig ist, holt sie zwei Rotweingläser aus dem Schrank und schenkt eines davon voll. Dann nimmt sie einen großen Schluck. »Saure Brühe.«

»Der Wein muss noch atmen.«

»Warum brauen die keinen Wein, den man sofort trinken kann?«

Urs holt tief Luft. Besser das Thema wechseln. »Wo ist eigentlich das Glas mit den BambooStixx? Du weißt schon. Das in der Garderobe stand.«

»Da.« Karolin deutet auf das oberste Fach des Küchenregals. So hoch, dass Urs nicht reichen kann. »Du isst ohnehin zu viele von den Dingern. Und die Packung aus deinem Schreibtisch habe ich auch genommen.«

»Du warst an meinem Schreib–?«

»Also wirklich! Süßigkeiten verstecken! Wie alt bist du? Zwölf?«

Da ist er wieder, dieser Fast-Streit: Karolin klärt ihn über sein Fehlverhalten auf und damit ist das Thema erledigt. Urs hat sich daran gewöhnt. Sie meint es schließlich gut.

»Warum kochst du uns nicht was Leckeres, Schatz?«, säuselt sie. Mit diesem Ton beendet sie einen Fast-Streit immer. Alles wieder gut, so lange Urs brav ist.

»Und was?« Urs muss zugeben: Das ist schärfer herausgekommen als beabsichtigt.

»Sei doch nicht so gereizt, nur weil ich deine Süßigkeiten versteckt habe.« Karolin kräuselt die Nase. Urs weiß nicht, wie sie das macht. Ihm selbst fehlen die dafür notwendigen Muskeln.

Das Nasekräuseln ist der Vorbote von Tränen, also hebt Urs besänftigend die Hände. »Was soll ich denn kochen? Was hast du eingekauft?«

Die Nase zieht sich wieder glatt. Karolins Augen werden so schmal wie ihre Lippen. »Wann hätte ich denn zum Einkaufen kommen sollen?«

»Aber du wolltest –«

»Also wirklich, Urs. Was soll ich denn noch alles machen?«

Der Panda beisst mit vor Genuss glänzenden Augen in den Leckerbissen, den er in seiner Pfote hält. »Alles wird gut, Kumpel. Bambus?«

Nein, nicht »Bambus«.

BambooStixx.

Der große Papp-Aufsteller mit dem in Disney-Manier gezeichneten Panda bewirbt seine Lieblingssüßigkeit. Urs legt gleich drei Packungen in seinen Einkaufwagen. Cola, Kirsche, Blaubeere. Einzig die Geschmacksrichtung Erdbeere mag er nicht.

Letztlich ist Urs froh gewesen, seine Wohnung noch einmal verlassen zu können. Mariele Juncker-Stockmann ist aus dem Arbeitszimmer gekommen, ohne ihn eines Blickes zu würdigen. Karolin hat ihn auch nicht vorgestellt. Stattdessen hat sie ihrem Gast einen Platz am Esstisch angeboten – Urs' Stammplatz – und ihr ein Glas Wein eingeschenkt. Urs' erneute Entschuldigung hat die Professorin gerade einmal mit einem halben Kopfnicken zur Kenntnis genommen.

Also hat Urs Jacke und Schuhe angezogen und sich auf den Weg zum Supermarkt gemacht.

Er versteht auch nicht, warum in seinem Bauch die Wut rumort. Immerhin ist er es gewesen, der in das Zimmer geplatzt ist, in dem sich Mariele Juncker-Stockmann gerade umgezogen hat. Und Karolin hat recht. Die Professorin ist ein wichtiger Kontakt. Wirklich zu wichtig, um in einem anonymen Hotel abgestellt zu werden.

Dennoch nagt an ihm, dass Karolin ihm nicht einmal Bescheid gesagt hat. Geschweige denn gefragt.

»Ach komm, sei nicht so territorial.« Urs ist sich gar nicht bewusst gewesen, dass er die Ermahnung an sich selbst laut ausgesprochen hat – ausgerechnet, als ihm eine Gruppe Jugendlicher entgegenkommt.

Der Anführer baut sich drohend vor ihm auf: »Hastu Problem, oder was?«

Urs entschuldigt sich hastig, bevor er sich noch Schläge einfängt. Offenbach kann ein gefährliches Pflaster sein.

Der Supermarkt: Diese Insel der kulinarischen Glückseligkeit begrüßt ihn also gleich am Eingang mit seinen Lieblingsleckereien. Urs mag diesen Markt – und zwar nicht nur, weil er in Fußnähe zu seiner Wohnung liegt.

In der Obst- und Gemüseabteilung läuft ihm stets das Wasser im Munde zusammen, denn dort regiert Herr Matthäus – ein feiner, rundlicher Mann mit Nickelbrille und sorgfältig frisiertem silbergrauem Haarkranz, der einst einen Feinkostladen besessen hat. Der Ruhestand ist ihm zu langweilig gewesen, also hat er in diesem Supermarkt angeheuert. Dort ist er jetzt der Herr über alles Frische. Das hat er Urs mal erzählt, als sie über ein paar Blaukartoffeln ins Gespräch gekommen sind.

Urs' Handy piept, als er gerade auf der Jagd nach kulinarischer Inspiration durch die Gemüseabteilung pirscht. Eine SMS von Karolin: *Mariele = vegan*.

Okay, auch kein Problem. Urs stellt sich in die Mitte der Obst- und Gemüseabteilung, dreht sich einmal im Kreis, um sich inspirieren zu lassen – und sieht vor seinem inneren Auge wieder den Panda aus dem Spiegel bei *Transitions!*: »Wie wär's mit Bambus, Kumpel?«

Genau! Gemüse-Pfanne, Asia-Style. Mit Bambussprossen. So kann er gleichzeitig den Wok einweihen, den er sich selbst zum Geburtstag geschenkt hat.

Schnell sucht er ein Sammelsurium an Zutaten zusammen, entdeckt sogar ein paar frische Soja-Keimlinge. Dann macht er sich auf den

Weg zu den asiatischen Spezialitäten, denen der Supermarkt ein ganzes Regal gewidmet hat.

Keine Bambussprossen! Das dazugehörige Fach ist leer und auch der eilends aufgesuchte Herr Matthäus kann Urs nicht helfen.

Nun, dann eben keinen Bambus. Urs entscheidet sich für eine süß-saure Alternative. Er findet tatsächlich frische Lychees, wenn auch zum Apothekenpreis. Aus dem Asia-Regal holt er dann noch eine Flasche Lychee-Wein für die Sauce. Und für die gute Laune.

Apropos Wein!

In der Weinabteilung wählt er zwei Flaschen akzeptablen, aber keineswegs edlen Pinotage aus. Karolin würde den Unterschied ohnehin nicht schmecken.

Er ist gerade rechtzeitig mit den Einkäufen nach Hause gekommen. Karolin, die noch immer mit der Professorin am Esstisch sitzt, wedelt zur Begrüßung mit dem leeren Dekanter: Ob Urs denn so lieb wäre, noch einen Wein aufzumachen? Sie hätte schon welchen kaltgestellt.

Kaltgestellt?

Tatsächlich! Im Getränkefach des Kühlschranks stehen zwei weitere Flaschen Viliera Pinotage, 1999 Vintage. Wenigstens hat Karolin sie nicht in den Tiefkühler gelegt. Er versteckt die Flaschen zwischen den Putzlappen und Handtüchern in der Speisekammer.

Dann öffnet er eine Flasche des neu gekauften Weins und dekantiert sie. Die frisch gefüllte Karaffe bringt er nach draußen zum Esstisch. Die Professorin hält ihm das Glas hin und lässt sich gnädig nachschenken. Natürlich bedankt sie sich nicht.

Zurück in der Küche gießt Urs sich erst einmal ein Glas Lychee-Wein ein. Während er das Gemüse wäscht und schneidet, lauscht er den Gesprächsfetzen, die durch die angelehnte Küchentür dringen. Wie oft hat er in seiner Uni-Zeit selbst so mit Kommilitonen und Kollegen zusammengesessen, Rotwein getrunken und den aktuellsten akademischen Klatsch durchgehechelt?

Wissenschaftliche Themen sind tabu, Fachdiskussionen erst wieder ab der dritten Flasche erlaubt. Auch Karolin und die Professorin tratschen vor allem darüber, welche Koryphäe der Geisteswissenschaft jetzt wieder welche »Doktorandenschlampe fickt«.

»Na ja, mir sind ja die Muschis meiner Studentinnen auch lieber.« Die Professorin jauchzt vor trunkenem Vergnügen.

Karolin lacht kehlig. »Bleibt uns ja auch nichts anderes übrig. Bei dem männlichen Junggemüse, mit dem wir uns rumschlagen müssen. Alles Schluffis und Schwuchteln.«

Leise schließt Urs die Küchentür, während die beiden Frauen kreischend loslachen.

Karolin meint solche Sätze zwar weder sexistisch noch homophob. Frauen können ja per definitionem nicht sexistisch sein, weil ihnen die institutionelle Macht fehlt. So hat es ihm Karolin einmal erklärt: Diese Sprache sei lediglich ein Ventil für den Druck patriarchaler Oppression.

Trotzdem – oder vielleicht deshalb – fällt es Urs schwer zuzuhören: Genauso müssen er und seine Freunde sich bei ihren Gesprächen »unter Männern« früher auch angehört haben.

Nachdenklich öffnet er eine Packung seiner Lieblingssüßigkeiten. Der gezeichnete Panda lacht ihn an. »Grübel nicht so viel, Kumpel. BambooStick?«

Das Schnippeln und Probieren, das Würzen und Abschmecken, das appetitliche Anrichten – und auch der Lychee-Wein: All das hat dazu beigetragen, Urs' Laune wieder zu heben.

Er nimmt zwei der angerichteten Teller, schiebt die Küchentür mit dem Fuß auf und schreitet feierlich zum Esstisch. Dort stellt er einen der Teller vor die Professorin, den anderen vor Karolin.

Seine Lebensgefährtin greift sofort nach ihrer Gabel. Doch die Professorin betrachtet ihren Teller mit gerümpfter Nase und gekräuselten Lippen, als hätte Urs ihr Abfälle serviert.

»Das ist absolut vegan.« Auch ohne, dass die Professorin etwas sagt, hat Urs das Bedürfnis sich zu verteidigen. »Kein Tier kam bei diesem Teller zu Schaden.« Der Scherz ist ein Rohrkrepierer.

Die Professorin schiebt den Teller von sich weg. »Reis? Das sind doch leere Kohlehydratkalorien ohne Nährstoffe.«

»Das ist ungeschälter Wildreis. Nur gegart, nicht gekocht. Da sind jede Menge Spurenelemente drin. Und alle Vitamine intakt.«

Die Professorin betrachtet den Teller noch immer wie eine Portion Erbrochenes.

Urs spürt wieder den glühenden Ball des Ärgers in sich aufsteigen. »Ich kann rasch ein paar Kartoffeln in die Mikrowelle werfen.« Das kommt ihm überraschend freundlich über die Lippen.

Endlich würdigt Mariele Juncker-Stockmann Urs eines – wenn auch eisigen – Blickes. »Auf verstrahltes Gemüse verzichte ich dankend.«

Dann muss sie halt hungrig bleiben. Urs streckt die Hand nach dem Teller an, um ihn abzutragen.

Die Professorin zieht den Teller schützend zu sich heran und greift nach dem Besteck.

Gewonnen!

Ein Funken Stolz steigt in Urs auf und will sich Bahn brechen. Er kann die Silbe gerade noch ins Reich der Gedanken verbannen: »Brumm.«

Die Professorin isst nicht wie ein Scheunendrescher. Eine landwirtschaftliche Nutzmaschine arbeitet koordiniert und ordentlich. Urs ist froh, dass Karolin daran gedacht hat, vor dem Decken Sets auf die empfindliche Platte des alten Eichentischs zu legen.

Aber wenigstens scheint es Mariele Juncker-Stockmann zu schmecken. Zweimal hält sie Urs den Teller für Nachschlag hin. Ohne etwas zu sagen, aber den Küchenchef lobt man ja nicht mit Worten, sondern mit Messer und Gabel.

Nach dem Essen ist dann auch die dritte Flasche Wein leer. Urs weiß nicht, wohin mit sich. Das Arbeitszimmer ist blockiert, die Galerie auch – Karolin mag es nicht, wenn er an ihrem Schreibtisch arbeitet. Der Wohnbereich geht fließend in die Essecke über, Fernsehen fällt also flach. Und fürs Bett ist es einfach noch zu früh.

Er erhebt sich. »Ich stelle mal gerade das Geschirr in die Spülmaschine.«

Die Professorin greift nach seiner Hand. Ihre knochigen Finger sind eiskalt. »Dann zeig doch mal deine gute Erziehung und bring noch Wein mit.«

Schwer schiebt er die Küchentür ins Schloss. Das Geschirr steht zwar bereits in der Spülmaschine, aber er braucht eine Auszeit. In ihm zieht ein gewitterschwarzes Grollen herauf: *Seine* Wohnung! *Sein* Reich! Da muss er sich nicht von einer besoffenen Professorin herumkommandieren lassen.

Rasch holt er die angebrochene Packung BambooStixx aus ihrem Versteck zwischen den Putzmitteln. Der grinsende Panda scheint sich über ihn lustig zu machen. »Streck dich mal nach der Decke, Kumpel. Bambus?«

Urs fischt einen Stick aus der Packung und schiebt ihn langsam kauend in den Mund. Die säuerliche Süße hilft, den bitteren Zorn zu vertreiben.

»Der Wein?«, ruft Karolin aus dem Wohnzimmer.

Richtig. Urs ist ja zum Weinholen abkommandiert. Doch die neu gekauften Flaschen sind bereits leer. Was jetzt? Soll er doch den Vintage opfern?

Er sieht auf die Packung BambooStixx in seiner Hand. Hat ihm der Panda darauf gerade zugezwinkert? Nein, das ist nur ein Lichtreflex.

Dennoch hat Urs eine Eingebung. Er spürt, wie sich seine Lippen zu einem garstigen Grinsen verziehen.

Irgendwo in der Speisekammer hat er doch …

Da. Ein Dreiliter-Karton Pennerglück, den Karolin für seine Geburtstagsfeier gekauft hat. Bei einem Discounter. Im Sonderangebot. Urs musste den Karton verstecken, sonst hätte sie den Wein seinen Gästen wirklich vorgesetzt.

Kurzerhand füllt Urs den Dekanter aus dem Karton und probiert einen Schluck. Zu süß. Er gibt einen Schuss Essig hinzu und probiert erneut. Seine Lippen kräuseln sich. Perfekt.

Rasch füllt er auch noch zwei leere Weinflaschen mit der Rezeptur. Ist ja nicht sein Kopf, der morgen schmerzen wird.

Er geht zurück ins Wohnzimmer und stellt den Dekanter wieder auf den Tisch. »Ich fürchte, ich muss mich jetzt zurückziehen. Ich habe morgen einen sehr langen Tag vor mir. Aber ich habe noch zwei weitere Flaschen geöffnet. Damit der Wein atmen kann. Sie stehen in der Küche.«

»Ach, du bist so lieb zu uns und wir sind so grässlich.« Karolin zieht ihn am Ärmel zu sich herab und gibt ihm einen trunkenen Kuss.

»Genau, ganz grässliche Weiber sind wir«, stimmt die Professorin zu. »Kriege ich auch einen?«

Urs hat sich auf sein Bett gefreut. Müde ist er eigentlich auch. Aber schlafen kann er natürlich nicht. Wann immer er auch nur wegdöst, schreckt ihn eine neue Lachkaskade aus der unteren Etage auf. Also wälzt er sich wieder aus dem Bett und schließt die Schlafzimmertür.

Jetzt ist es zwar ruhig, aber stickig. Also steht er noch einmal auf und öffnet das Fenster.

Nun wiederum ist es zu kalt. Er erhebt sich ein drittes Mal und tauscht T-Shirt und Boxershorts gegen einen Flanell-Pyjama.

Noch immer kann er nicht schlafen. Der Wirbel aus Gedanken und Bildern in seinem Kopf hält ihn wach: das Gespräch mit dem Herrn Doktor über den »Bremsen-Babo«, sein Sturz vor *Transitions!*, Evelyn, die improvisierte Modenschau und immer wieder der Panda. Als Kostüm, als Fantasie im Spiegel, als Papp-Aufsteller und auf der Verpackung der BambooStixx.

Schon als Kind hat er unter solch schlafraubenden Stürmen seines Gedankenozeans gelitten. Die Ärzte haben es ADHS genannt und ihn auf Ritalin gesetzt; das Mommy-Speed hat ihn aber nur noch weiter aufgeputscht.

Ein Psychologe hat dann Urs' überbordende Fantasie als Ursache für seine Schlaflosigkeit ausgemacht und mit ihm Entspannungstechniken trainiert, progressive Muskelentspannung und autogenes Training. Mit der Zeit hat Urs dann entdeckt, mit welchen Fantasien er das sturmgepeitschte Meer seiner Gedanken beruhigen und ihm ein wenig Schlaf abtrotzen kann.

Als Kind hat er sich immer vorgestellt, ein Hund zu sein, der nach wilder Jagd durch frischen Schnee vor dem Kamin liegt und im Traum die Pfoten bewegt.

Zusammenrollen und schlafen? Wann hat er …? Natürlich, in der Umkleidekabine von *Transitions!*.

Sehnsüchtig blickt Urs zum Wandschrank. Ob ihm wohl der Fursuit Schlaf schenken kann?

Nein! Daran ist überhaupt nicht zu denken. Karolin würde einen Tobsuchtsanfall bekommen.

Also muss er auf seine Geheimwaffe zurückgreifen: Kopfkino.

Er dreht sich auf den Rücken, atmet tief ein und lässt den Atem langsam aus dem Mund ausströmen. Der Gedankensturm beruhigt sich; sein Penis füllt sich in Vorfreude auf die zu erwartende Fantasie mit Blut. Echter Sex hilft natürlich noch besser. Zumindest hat er besser geholfen, bis sich die Akte zwischen Karolin und ihm in Parforceritte verwandelt haben.

Der Gedanke an seine Lebensgefährtin lässt wieder Ärger aufflammen, also entschließt Urs sich zu einer subtilen Form der Rache, die ihm hoffentlich zugleich den gewünschten Schlaf schenken wird.

Eben hat er sich noch an den warmen, weichen Körper Aylas geschmiegt. Er hält ihre vollen Brüste umfasst, sein Geschlecht drückt gegen ihr Gesäß. Da flammt das Licht im Schlafzimmer auf.

Im selben Moment wird ihm die Decke weggerissen und auch das Kissen, an das er sich gekuschelt hat. Karolin krabbelt zu ihm ins Bett und streift mit einem Ruck seine Pyjamahose herunter.

»Ich will ficken.« Warum muss sie immer so ordinär sein? Und hätte sie sich nicht wenigstens die Zähne putzen können? Sie schmeckt nach billigem Rotwein und Essig, als sie ihre Lippen auf seine presst und die Zunge in seinen Mund schiebt.

Urs ist dankbar, als von ihm ablässt. Doch im nächsten Augenblick hat sie sein von der Fantasie noch halbsteifes Glied im Mund. Hoffentlich hinterlässt ihr Speichel keine Verätzungen. Wer weiß schon, mit welchen Chemikalien der Billigwein versetzt gewesen ist. Über diesen Gedanken – und auch über seinen gelungenen Streich – muss er kichern.

Karolin funkelt ihn böse an: »Was ist so komisch?«

»Nichts ... Äh, das kitzelt. Dein Haar.« Gut, dass ihm diese Notlüge noch eingefallen ist. Karolin umfasst mit einer Hand ihren Haarschopf und mit der anderen seinen alles andere als steifen Penis, um dann mit der Sensibilität einer übersteuerten Vakuumpumpe daran zu saugen.

Als sein Glied nicht so reagiert, wie es soll, gibt sie ihm ein paar Schläge auf die Eichel. »Was jetzt? Wird's bald?«

Urs schließt die Augen und bemüht wieder seine Fantasie: Er stellt sich Ayla vor, die mit warmer Stimme Zärtlichkeiten flüstert.

Es funktioniert halbwegs.

Karolin schwingt sich in den Sattel. Auf, ab, vor, zurück: Sie reitet ihn, als gälte es, das Kentucky Derby zu gewinnen. Er lässt sie machen. Jede Einmischung seinerseits würde sie ohnehin nur als Ablenkung empfinden.

Urs ist noch meilenweit von seiner eigenen Orgasmus-Ziellinie entfernt, als Karolin mit einer letzten heftigen Bewegung ihrer Hüften noch einmal auf ihn herabstößt. Dann sackt sie von ihm herunter auf ihre Seite des Bettes und rollt sich in ihre Decke ein. Schon nach wenigen Minuten geht ihr Atem in alkoholgetränktes Schnarchen über.

Seufzend rappelt Urs sich auf und geht in das kleine Bad auf der anderen Seite der Galerie.

Er schließt hinter sich ab und tritt ans Waschbecken. Mit eiskaltem Wasser wäscht er seinen Penis, bis seine Erektion endlich in sich zusammengefallen ist.

Dann schleicht er sich zurück ins Bett.

An Schlaf ist natürlich noch immer nicht zu denken. Also greift Urs nach seinem Tablet-PC. Lustlos blättert er sich durch das Angebot eines Online-Nachrichtenmagazins.

Nur der übliche Skandal des Tages: Henning von Fehlauer, der rührige Außenminister, hat in seiner unnachahmlich diplomatischen Art das Staatsoberhaupt eines nahöstlichen Landes als muselmanischen Großwesir bezeichnet. Jetzt muss er sich, nicht zum ersten Mal in seiner Politikerlaufbahn, mit einer Anklage wegen Beleidigung und Ehrverletzung herumschlagen.

Ein Link mit dem Bild eines Pandas zieht Urs' Aufmerksamkeit auf sich: Unter der Überschrift *Panda-Diplomatie* beschäftigt sich ein Special des Online-Magazins mit den schwarz-weißen Tieren. Anlass ist die angekündigte Leihgabe von zwei Pandas an den Frankfurter Zoo – eine Geste der Verbundenheit und Freundschaft der Völker, wie der chinesische Botschafter betont.

Urs wischt sich mit allmählich abflauendem Interesse durch die Artikel des Specials, bis sein Blick an einer reißerischen Überschrift hängenbleibt:

*Dann lasst sie halt aussterben!*

Das, so klärt ihn gleich der erste Absatz auf, hat eine Panda-Expertin über ihre Schützlinge gesagt: *Dr. Lynn Gao – in Deutschland ausgebildete Tierärztin und offizielle Panda-Kuschlerin.*

Ein Foto neben dem Artikel zeigt die junge Chinesin. In ihren dunklen Augen blitzt der Schalk, die Mundwinkel hat sie zu einem ironischen Lächeln hochgezogen. Mit einer Hand streicht sie über den Pferdeschwanz ihres langen schwarzen Haares.

Moment! Lynn? Panda-Kuschlerin?

Natürlich! *Sie* muss die Tochter des Weisen der Kulinarik sein! Und *dies* der Artikel, auf den ihr Vater so stolz gewesen ist.

Der Bericht handelt von den Schwierigkeiten bei der Stabilisierung des Panda-Bestandes. Nicht nur engt der Mensch den Lebensraum der schwarz-weißen Bambusesser immer weiter ein; auch das eigenwillige Paarungsverhalten und die Dickköpfigkeit dieser Tiere machen eine vernünftige Fortpflanzungsrate beinahe unmöglich.

Die Weibchen sind nur wenige Tage im Jahr paarungsbereit. Darüber hinaus sind beide Geschlechter dieser Spezies bei der Partnerwahl äußerst anspruchsvoll.

Wortreich schildert der Artikel, vor welchen Schwierigkeiten die Wissenschaftler in der größten Aufzuchtstation Chinas stehen, wenn sie die Tiere zur Paarung überreden wollen. Nur sehr selten vertragen und paaren sie sich erfolgreich. Manchmal mag das Männchen das Weibchen nicht, manchmal das Weibchen das Männchen.

Die Fotos zu dem Artikel dokumentieren einen dieser Versuche: Das Weibchen hat es sich mitten im Paarungsakt anders überlegt und das Männchen mit Hieben und Bissen vertrieben. Ein Foto zeigt den derart verschmähten Liebhaber. Frustriert hängt er in einer Astgabel. Am liebsten hätte Urs ihn gestreichelt. »Ich versteh dich, Kumpel. Bambus?«

# Brumm

## *Eine Austreibung*

Irgendwann hat Urs die Hoffnung aufgegeben, doch noch Schlaf zu finden.

Er ist leise aufgestanden, hat Anzug, Hemd und Krawatte in einen kleinen Koffer gepackt. Dann ist er in ein paar Sportklamotten geschlüpft.

Er will nicht … Nein, er muss ehrlich zu sich sein: Er traut sich nicht, daheim zu duschen. Das von der Professorin okkupierte Arbeitszimmer liegt direkt neben dem Bad; sie würde vom Rauschen der Dusche bestimmt aufwachen – mit einem veritablen Kater und entsprechender Laune.

Also hat er sich auf sein Fahrrad geschwungen und ist zur Agentur gefahren. Noch ein Vorteil seiner Wohnung: Mit dem Rad braucht er morgens gerade mal fünf Minuten zur Arbeit. Zu Fuß vielleicht eine Viertelstunde. Der Weg führt durch Parks und ruhige Wohnviertel.

SummerPod residiert in einer alten Offenbacher Hinterhofmanufaktur – denkmalgeschützt, kommunal gefördert und daher für wenig Geld zu mieten.

Zugegeben, die Agentur befindet sich nicht gerade in Bestlage. Das Vorderhaus teilen sich die Filiale eines Textil-Discounters, eine Zahnarzt-Praxis sowie das *Atelier of Pain*, das größte S/M-Studio des Rhein/Main-Gebiets. Dafür sind S-Bahn, Bahnhof und Autobahn nicht weit, es gibt ausreichend Parkplätze im Hof und der Frankfurter Flughafen ist in weniger als einer halben Stunde erreichbar.

Außerdem haben die zwei Stockwerke der Hinterhofmanufaktur mit ihren unverputzten Backsteinmauern, den altmodisch verzierten Stahlträgern und hohen Decken Charme, lassen sich gut aufteilen und bieten ausreichend Raum für den Wachstumskurs, den Urs' Co-Geschäftsführerin Alexa der Agentur verordnet hat.

In der oberen, dank der großen Fensterfront und der Oberlichter im Dach freundlich lichtdurchfluteten Etage liegen die Erdmännchen-Kolonie der Kreativen sowie ein großer und ein kleiner Besprechungsraum. In einer Ecke des Großraumbüros hat sich Alexa mit Glaswänden ein Einzelbüro abgeteilt. Urs selbst sitzt lieber zwischen den Erdmännchen und saugt die Atmosphäre emsiger Kreativität in sich auf.

In der unteren Etage haben ein Tonstudio und der Serverraum ihre Heimat gefunden, außerdem der ganze Stolz der Agentur: ein Foto- und Videostudio. Für die Darsteller, Models und Gäste gibt es eine komfortable Garderobe mit Dusche, die so früh am Morgen natürlich noch nicht belegt ist. Dort kann sich Urs ungestört seiner Morgentoilette widmen.

»Hast du dich als Panda verkleidet oder nur wieder nicht geschlafen?«

Alexa drückt ihm ein großes Glas in die Hand: ein dreifacher Espresso mit Milchschaum.

Dass sie praktisch mitten in der Nacht in der Kaffeeküche der Agentur aufeinandertreffen, erstaunt beide nicht weiter. Urs hat seine Schlaflosigkeit. Und Alexa … hat Ulla.

Ulla ist Alexas Gemahlin. Auf diesem Wort bestehen beide, nachdem sie die Zeremonie zur Eintragung ihrer Lebenspartnerschaft – und später dann ihre offizielle Hochzeit – pompös gefeiert haben. Ulla arbeitet zwar als Möbeldesignerin, hat vor ihrem Studium jedoch Tischlerin gelernt und die »Wer früh zu Bett geht, früh erwacht«-Mentalität dieser Profession verinnerlicht. Daher heißt es im Hause Sommer & Winnter – Ullas Nachname lautet tatsächlich Winnter – Aufstehen beim ersten Hahnenschrei. Alexa nutzt den frühen Morgen im Büro zumeist, um ein paar Geschäfte an den asiatischen Börsen zu tätigen und *World of Warcraft* zu spielen.

»Hast du dich als Panda verkleidet oder nur wieder nicht geschlafen?«, fragt Alexa also.

Zur Antwort lässt Urs die Schultern hängen. Wortlos bedeutet ihm seine beste Freundin, ihr zu folgen. Schon auf dem Weg in ihr Büro fischt sie eine Lucky Strike aus der Brusttasche ihres übergroßen Flanell-Hemdes. Alexas Kleidung ist stets bequem – und ein Statement zu ihrem Lebensstil. Mit ihren großen, grauen Augen, der rauchigen Stimme, der lässig gestylten Kurzhaarfrisur, ihrem subtilen Make-up und dem Cowgirl-Look ist sie nicht nur bester Kumpel der Firmenchefs aus der mittelständischen Industrie – der Hauptkundengruppe von SummerPod – sondern auch deren heimlicher, unerreichbarer Schwarm.

Alexa hat übrigens Jura studiert – und dann, um sich in der Zeit zwischen dem ersten und zweiten Staatsexamen nicht allzu sehr zu langweilen, auch noch Psychologie. Nach ihrem erfolgreichen Doppelabschluss hat sie jedoch festgestellt, dass sie nur eine Personengruppe noch weniger leiden kann als »Bekloppte« (ihr Wort) und Rechtsratsuchende, nämlich »bekloppte Rechtsratsuchende«. Also hat sie ihren Traum einer Verbindung von Kanzlei und therapeutischer Praxis aufgegeben und ist in die Rechtsabteilung jener Großagentur gewechselt, in der auch Urs seine ersten Schritte gemacht hat, damals zur Jahrtausendwende, als die Werbung eine Goldgrube gewesen ist – mit fürstlicher Entlohnung selbst für Praktikanten.

Sie haben sich kennengelernt, als sie eines Tages im Foyer der Großagentur gemeinsam den saphirblauen Augen, den rasanten Kurven und den wallenden blonden Haaren einer Sprecherin hinterhergeschmachtet haben, mit der Urs zuvor einen Werbespot aufgenommen hatte. Alexa hat ihr noch eine Vertraulichkeitsvereinbarung abringen müssen, dann ist die Sprecherin durch die große Glastür davon geschwebt. Urs und Alexa haben gleichzeitig sehnsüchtig aufgeseufzt. So hat ihre Freundschaft begonnen.

Alexa, die schon frühzeitig erkannt hat, dass es mit der Großagentur bergab geht, hat Urs überzeugt, ihrem Arbeitgeber einen goldenen Handschlag abzuringen und gemeinsam SummerPod zu gründen.

Die Aufgaben in der Agentur sind von Anfang an klar verteilt: Urs, mit seinem Doktortitel und seinem Sinn fürs Schöne, ist für Niveau, Feingeistigkeit und Strategie zuständig, außerdem nominelles Oberhaupt der Kreativen. Alexa umreißt ihre eigene Aufgabe so: »Jede Firma braucht ein zynisches Arschloch, das nur ans Geldverdienen denkt. Bei SummerPod bin ich das.«

Alexa lotst Urs ins »Lesben-Aquarium«. So hat sie ihr Glaskastenbüro getauft. Dort schaltet sie die speziell installierte Entlüftungsanlage ein, bevor sie ihre Zigarette anzündet und einen tiefen Zug nimmt. Sie lässt sich in ihr Sofa zurücksinken und stößt genüsslich einen Rauchring aus.

»Erzähl! Was hat die Trittbrettfahrerin diesmal angestellt?«

Alexa spricht von Karolin stets nur als der »Trittbrettfahrerin«, während Karolin im Gegenzug Alexas Existenz eisig ignoriert. Urs weiß nicht, von wem die Animositäten zuerst ausgegangen sind, aber sie haben angefangen, als er die beiden auf einer Party einander vorgestellt und dann für eine halbe Stunde alleingelassen hat, damit sie sich beschnuppern können. Immerhin spielen beide Frauen eine große Rolle in seinem Leben – und Urs ist der Fehleinschätzung erlegen, dass es eine gute Idee wäre, wenn sie sich kennenlernen.

Am nächsten Morgen hat Alexa Urs eine Moralpredigt zu seiner Partnerwahl gehalten: »Lass dir das von einer seit über zwanzig Jahren militant frauenbewegten Kampflesbe gesagt sein: Diese Möchtegern-Feministin –«

»Intersektionale Postfeministin«, hat sich Urs getraut zu widersprechen.

»Stimmt! Die Frau ist echt so was von jenseits von Gut und Böse. Genau der Typ Pseudo-Emanze, der Feministin zum Schimpfwort gemacht hat. Dieser Trittbrettfahrerin geht es nur um das Wohl einer einzigen Frau auf diesen Planeten. Und die trägt den Namen Karolin.«

»Wann schmeisst du die Trittbrettfahrerin endlich raus?«

Urs hat Alexa von dem Abend erzählt. Von der Nacht. Von den maskulin-territorialen Impulsen, für die er sich geschämt hat.

»Manchmal bist du echt der Golden Retriever unter den Männern.« Alexa schüttelt mit dem Kopf. »Dass du so ein Brechmittel wie die Professorin – wie hieß sie noch?«

»Mariele Juncker-Stockmann.«

»Natürlich. Akademikerin mit Doppelnamen!« Diese Personengruppe ist Alexas drittliebstes Feindbild – direkt hinter Karolin und Fliesenlegern. Urs hat nie ganz verstanden, was Alexa eigentlich gegen Fliesenleger hat.

»Du musst solche Menschen nicht mögen. Bekochen musst du sie auch nicht«, fährt Alexa fort. »Und schon gar nicht sollte die Trittbrettfahrerin über deinen Kopf hinweg Gäste bei dir einquartieren. Sie hat ihre eigene Wohnung. Für die du hoffentlich nicht die Miete zahlst.«

Urs senkt den Kopf. »Nur, wenn sie knapp bei Kasse ist.«

»Knapp bei Kasse? Die Frau ist Professorin.«

»Juniorprofessorin.«

»Besoldungsgruppe W1. Viertausend Euro monatlich.«

»Die Wissenschaft ist eben … Als Frau und –«

»Sag bloß nicht wieder Post-Feministin. Dieser möchtegern-emanzipierte weibliche Chauvinismus mit seinem Opfergehabe ist eine Schande für unser Geschlecht. Sie nutzt deine Gutmütigkeit aus und stilisiert das noch zum Gender-Kampfprogramm. Das ist *läppisch*!«

Alexa ist selten um drastische Worte verlegen, doch das Wort »läppisch« nimmt eine Ausnahmestellung ein. Es ist für die schlimmstmöglichen Vergehen reserviert – und für Scherze mit ihrem Namen im Zusammenhang mit künstlicher Intelligenz.

»Und dann der Sex«, fährt Alexa fort. Urs hat ihr davon erzählt, dabei allerdings seine Fantasie über Ayla verschwiegen. »Das war Missbrauch, das weißt du, oder?«

»Missbrauch? Aber –«

»Stell dir das mal umgedreht vor«, schneidet Alexa ihm das Wort ab. »Ein Mann stolpert besoffen ins Schlafzimmer seiner Frau, reißt ihr die Klamotten vom Leib, rammt seinen Schwanz in sie, fickt sie durch, kommt, dreht sich um und schläft ein. Was wäre das? – Na?«, bohrt sie nach, als Urs nicht schnell genug antwortet.

»Eine Vergewaltigung. Aber –«

»Genau. Eine Vergewaltigung. Und erzähl mir nicht, dass du doch auch gewollt haben musst, weil du einen Ständer hattest – wie auch immer du das hinbekommen hast. Es gibt auch Frauen, die bei einer Vergewaltigung einen Orgasmus bekommen. Das hat aber nichts damit zu tun, dass sie doch irgendwie gewollt haben.« Alexa zündet sich eine weitere Zigarette an und bläst den Rauch so ärgerlich in die Luft, dass er sich über ihr ausbreitet wie ein Miniatur-Atompilz. »Und du machst dir ernsthaft Gedanken, ob du *ihr* vielleicht zu nahe getreten sein könntest mit deinem ›maskulin territorialen Gehabe‹?« Sie zeichnet gigantische Gänsefüßchen in die Luft. »Bist noch ganz bei Trost?«

»Aber –«

»Und fang ja nicht an mit ›Frau und patriarchale Gesellschaft‹, oder was die Trittbrettfahrerin sonst so von sich gibt. Menschen, die andere missbrauchen, sind Weltmeister darin, ihren Missbrauch als gute Tat zu verbrämen. ›Es tut mir mehr weh als dir, wenn ich dich schlage. Aber ich muss dich doch vor dir selber schützen.‹ Was Karolin macht, ist nichts anderes. Nur dass sie dazu ihren pseudofeministischen Theoriequark anrührt. – Also, tu dir selbst einen Gefallen und wirf die Trittbrettfahrerin endlich raus. Und dann geh zum Arzt und lass dir was zum Einschlafen verschreiben. – Apropos: Wie war es eigentlich gestern beim Marktforschungs-Doktor? Hat er wieder seinen weißen Kittel getragen?«

»Eigentlich sollten wir den Auftrag gleich ablehnen.« Alexa drückt energisch ihre nunmehr dritte Zigarette aus. Sie hat sich Urs' Zusammenfassung der niederschmetternden, aber nicht unerwarteten Erkenntnisse des Marktforschungsinstitutes angehört, dabei geraucht und den ringgebundenen Bericht durchgeblättert.

»Vielleicht sollten wir es erst mal diplomatisch versuchen. Wir haben ja die Fakten auf unserer Seite.«

»Im Kampf Fakten gegen Weltbild verlieren die Fakten.« Alexa sucht in ihrer Brusttasche bereits wieder nach einem Glimmstängel.

»Dennoch. Ich meine, das ist was … eine halbe Million Umsatz? Nur für Designs und Creatives, das Media Buying noch gar nicht gerechnet?«

»Hey! Ich bin hier das zynische Arschloch, das nur ans Geldverdienen denkt.«

»Wenigstens probieren sollten wir es.«

»Meinetwegen. Aber du übernimmst das Reden, Urs. Hörb verspricht doch nur wieder das Blaue vom Himmel und ich … Ich würde Doktor Herzog wohl aus dem Fenster werfen. Besonders, wenn er wieder den kleinen Scheißer anschleppt.«

Dr.-Ing. Wendelin Rainer Herzog ist Geschäftsführer und Eigentümer von *Herzog Raubach*, einem »führenden Hersteller von Verzögerungstechnologie«. Das Unternehmen stellt Bremsen her. Hochwertig. In vielen Automarken der Welt verbaut.

Herzog, selbst Ingenieur, hat das Unternehmen von seinem Vater übernommen und zum »Global Player« ausgebaut. Als Patriarch alter Schule hofft er, dereinst den Betrieb an den Spross seiner Lenden weitergeben zu können: Lukas Herzog. »MC Lucky« für seine »Bros« aus der »Hood«. Im Kellergeschoss der Herzoglichen Villa bastelt der Industriellenspross an »total krassen Street Beats« für seinen großen Durchbruch als Gangsta-Rapper.

Alexa nennt ihn nur noch den »kleinen Scheißer«, seit er beim letzten Briefing-Gespräch die Agentur als »total schwul. Offenbach, Alter« bezeichnet und dann die Frechheit besessen hat, »meine sicke Campaign für den Laden meines Alten« zu präsentieren.

Da Hörb und Alexa sich daraufhin eilig in eine »wichtige Telefonkonferenz« verabschiedet haben, ist Urs die Aufgabe zugefallen, die Fassung zu wahren und in seiner Funktion als doktorbetitelter Würdenträger der Agentur den Anweisungen des Vaters zu lauschen:

SummerPod möge diese Kampagne seines Stammhalters in höchster Werktreue umsetzen. So könne man das Image von Herzog Raubach verjüngen und Verzögerungstechnologie »cool machen«.

Urs hat sich der Macht väterlichen Stolzes gebeugt. Allerdings, so hat er sich ausbedungen, solle man doch so einen radikalen Wechsel des Erscheinungsbildes sicherheitshalber von einem externen Marktforschungsinstitut evaluieren lassen. Eventuell gäbe es ja noch den einen oder anderen Tweak. Der kleine Scheißer hat zwar seinem Missfallen lautstark Ausdruck verliehen; die »voll schwulen Werbefuzzis« hätten keinen »Respääkt« für seine »Campaign«. Doch der Vater hat den in aller Eile zusammengezimmerten Auftrag für die Evaluierung siegesgewiss unterschrieben.

»Ach ja, Evelyn ist schon eine Naturgewalt.«

Um das Thema erneut zu wechseln, hat Urs Alexa von seinem Sturz und dem unfreiwilligen Besuch bei *Transitions!* erzählt. Von seiner Begegnung mit dem Panda, von der »Modenschau«, von seiner heimlichen Erwerbung. Alexa hat lachend genickt. *Transitions!* und Evelyn sind ihr wohlbekannt. »Hat mir ein wunderschönes Bustier gefertigt. Willst du sehen?«

Urs winkt ab, als Alexa den obersten Knopf ihres Flanell-Hemdes öffnen will. Hinter ihnen ist die Erdmännchen-Kolonie bereits zum Leben erwacht und Alexa hat die Jalousien zum Lesben-Aquarium nicht heruntergelassen.

Dennoch muss Urs schmunzeln. Er weiß, dass Alexa schöne Unterwäsche liebt. Schon damals, in der Großagentur, ist sie in Samt, Seide und Spitzen gekleidet gewesen – allerdings unter übergroß-schlabbrig an ihr herabhängenden dreiteiligen Anzügen mit Hemd und Krawatte, die sie in kreativem Protest gegen die Kleiderordnung der Agentur getragen hat: schwarzer Rollkragenpullover und Designer-Jeans für die Kreativen, Anzug oder Kostüm für die Execs.

In diesem Augenblick schiebt sich Ayla durch die Glastür des Büros. Die Auszubildende balanciert ein Tablett mit zwei kunstvoll schaumig gefüllten Cappuccino-Tassen.

»Ich dachte, ich bringe euch zwei Hübschen noch einen Kaffee, bevor der Doktor Herzog über euch hereinbricht. Der hat gerade angerufen. Er gabelt die Kartoffel auf und ist dann auf dem Weg hierher.«

»Die Kartoffel«: Das ist Aylas Spitzname für Lukas Herzog, Industriellenspross, »MC Lucky für seine Bros« oder – in Alexas Worten – »den kleinen Scheißer«.

Bei seinem letzten Besuch in der Agentur hat er natürlich versucht, Ayla anzugraben. Sie hat ihm mit sonnigem Lächeln erklärt, es täte ihr leid, aber sie ginge grundsätzlich nicht mit Kartoffeln aus. MC Lucky hat daraufhin beleidigt erklärt, er hätte ohnehin schon eine »feste Bitch«.

»Danke für den Kaffee, Ayla, das ist sehr lieb von dir.« Alexas Stimme ist eine Terz nach oben gerutscht. Sie ist genauso von Ayla verzaubert wie Urs und die übrige Belegschaft von SummerPod.

»Nichts zu danken, Chefin.« Ayla beugt sich vor, um die Tassen auf den kleinen Couchtisch zu stellen. Dabei hüpft das Stofftier auf und ab, das sie an die Brust ihres Rollkragenpullovers gepinnt hat.

»Heute ein Panda?«, fragt Alexa. Ayla trägt jeden Tag ein anderes »Krafttier« aus Plüsch an ihrem Busen. In der Agentur ist daraus eine Art Tageshoroskop geworden.

»Ja«, erwidert Ayla selig lächelnd. »Pandas sind cool. Immer ruhig und entspannt. Lassen sich nicht hetzen. Sitzen lieber auf ihrem Felsen und knabbern Bambus. Dachte, das passt. Wo doch heute Stress angesagt ist. Wegen dem Doktor Herzog und der Kartoffel.«

Sie nimmt ihr Tablett und segelt wieder nach draußen. Alexa und Urs reißen sich zusammen, bis die Glastür geschlossen ist. Dann seufzen sie unisono sehnsuchtsvoll auf und recken ihre Hälse, um zuzusehen, wie Ayla durch den Mittelgang der Erdmännchen-Kolonie gleitet und dabei eine Bugwelle sich nach ihr umdrehender Köpfe hinter sich herzieht.

Mit einem Räuspern ruft Alexa sich selbst zur Ordnung und fischt nach einer frischen Zigarette. »Du solltest das Pandakostüm mal in der Agentur tragen. Dann bespringt sie dich sofort.«

Urs muss seine Cappuccino-Tasse wieder absetzen, bevor er Schaum durch das Lesben-Aquarium prustet. »Was?«

»Komm schon. Ist dir noch nicht aufgefallen, dass Ayla für dich schwärmt?« Zum Beweis deutet Alexa auf die Milchschaumkrone von Urs' Cappuccino, die ein Herzchen aus Kakaopulver ziert.

»Spinnst du? Ayla ist … Wie alt ist sie? Sie könnte doch meine Tochter sein.«

»Dann geh wenigstens mal mit ihr essen. Lass dich ein bisschen anhimmeln. *Nachdem* du die Trittbrettfahrerin rausgeworfen hast.« Alexa lässt zur Bekräftigung ihr Zippo aufflammen. Sie zündet ihre Zigarette an, lehnt sich zurück und bläst erneut einen Rauchring in die Luft. »Aber du solltest das Kostüm wirklich mal bei der Arbeit tragen. *SummerPod – die Agentur mit dem Wer-Bärchen*: Das hat was.«

»Das Gutachten zeigt ja, dass das neue Image …« Urs muss das Wort über seine Lippen zwingen. Es schmeckt nach Schmieröl und abgestandenem Himbeersirup. »*Bremsen-Babo* bei Ihrer Zielgruppe nicht –«

»Frau Ludwig hat es ausgezeichnet gefallen«, unterbricht ihn Dr.-Ing. Herzog. Frau Ludwig besteht auf dem altmodischen Titel Chefsekretärin und wacht streng über Termine und Wohlbefinden ihres Chefs.

»Halt keine Checker hier, Dad. Die Campaign ist escht konkret sick.« Der kleine Scheißer ist in seinem schwarz-weißen Hoodie und den tief auf der Hüfte sitzenden Jeans in den Besprechungsraum geschlurft gekommen – er verzichtet auf das Heben der Füße, um nicht auf die pinkfarbenen Schnürsenkel seiner neongrünen Sneaker zu treten –, hat sich grußlos auf einen der Sessel gefläzt, eine Dose Energy Drink aus dem Hoodie-Beutel gezogen, geöffnet und in einem Zug ausgetrunken. Wenigstens hat er sich beim Rülpser danach die Hand vor den Mund gehalten. »Wohl bekomm's«, hat der stolze Vater ihm gewünscht.

Seither hat der kleine Scheißer oder die Kartoffel – Urs weiß nicht, welcher Spitzname ihm besser gefällt – ungefähr jeden zweiten Satz von Urs kommentiert. Er spricht seinen persönlichen Street Slang, der nur drei Adverbien kennt: »escht konkret« oder »escht total« oder »krass total«. Alle »ch«- oder stimmhaften »s«-Laute werden zu einem verwaschenen »sch«. Das Vokabular ist mit ehrenvoll ergrauten Neologismen und englischen Wörtern in einer wohl dem Gangsta-Rap entlehnten eigenwillig verdrehten Verwendung gespickt. Alles in allem hinkt der kleine Scheißer etwa fünf Jahre hinter den eigentlichen Trends der Jugendsprache hinterher. In den Betonschluchten von Raubach vergeht die Zeit offenbar langsamer.

Urs holt tief Luft. Die Besprechung wäre wohl auch ohne die Anwesenheit des kleinen Scheißers nicht besonders gut verlaufen. Wo der nicht dazwischen krakeelt, hat Dr.-Ing. Herzog selbst Einwände und zieht dazu Überraschungszeugen aus der Tasche, nun eben Frau Ludwig. Die hat wenigstens noch halbwegs Autorität, weil sie das Firmengefüge von Bremsen-Babo Herzog Raubach besser kennt als ihr Chef.

Wo selbst Herzog keine Gegenargumente mehr einfallen, blättert Hörb in dem Gutachten, wiegt den Kopf und erklärt, das könne man »jetzt so oder so interpretieren«.

Am liebsten würde Urs Hörb das Gutachten auf den Hinterkopf schlagen. Aber den Gefallen tut er dem kleinen Scheißer nicht. Der hat ohnehin schon verkündet, in der Werbung arbeiteten doch »escht nur krass voll schwule Schwuchteln, Alter«. Er würde vermutlich aufspringen und skandieren: »Bitch Fight! Bitch Fight! Bitch Fight!«

Wenigstens ist Hörb nach seinem letzten »so oder so« halb unter dem Tisch abgetaucht, um sein schmerzendes Schienbein zu reiben. Alexa trägt – ihrem Stil treu – Doc Martens mit Stahlkappe.

Urs holt also Luft, um sich zu sammeln. Es ist Zeit, die größte Trumpfkarte auszuspielen: Zum Leidwesen von Dr.-Ing. Wendelin Herzog wird die Verzögerungstechnik von Herzog Raubach zwar von Barcelona bis Peking, von Göteborg bis Kapstadt verbaut, doch der nordamerikanische Kontinent ist auf der Landkarte des Unternehmens noch eine große weiße Fläche. Der Imagewechsel, so erhofft sich Herzog, werde diese schmerzliche Lücke schließen.

»Um jetzt einmal über den Zielmarkt USA zu sprechen …«

Herzog hebt die Hände, um Urs zu bremsen. »Unsere Zugehfrau ist mit einem GI verheiratet. Dem gefällt die Kampagne auch.«

Urs zwingt sich zu einem freundlichen Lächeln. »Das mag sein. Doch die amerikanische Autoindustrie ist äußerst konservativ und sehr auf Qualität bedacht, besonders beim Import von Technik …«

»Also, das kann man so oder so – aua!« Alexa hat Hörb erneut getreten.

»Da ist natürlich das Engineering, das ›Made in Germany‹ bietet –«, will Urs fortfahren.

»Niggas in the Hood stehen krass-total auf Tschörmään Rides. Audi, Benz … Braking Head Honcho!« Der kleine Scheißer unterstreicht seine Aussage, indem er mit beiden Händen Teufelshörner formt und gleichzeitig schräg nach unten boxt – eine Rapper-Geste, deren Bedeutung sich Urs entzieht. Dem kleinen Scheißer vermutlich auch. Hoffentlich ist es die Aufforderung zum Analverkehr oder etwas Ähnliches, was den Industriellenspross in Schwierigkeiten bringt, wenn er mal auf einen Trupp echter Gangstas trifft.

»Nun, die Zielgruppe der US-amerikanischen Autoindustrie ist aber vorrangig die weiße und gleichfalls konservativ eingestellte Landbevölkerung, der alles Fremde, Städtische suspekt ist.«

Zu Urs' Erstaunen nickt Dr.-Ing. Herzog zustimmend. »Ja, wie die Menschen bei uns in Raubach.«

»Aus den Medien wissen wir ja: Dieser Teil der amerikanischen Bevölkerung macht gerade harte Zeiten durch – zusammen mit der Automobilindustrie im Rust Belt. Wie das Gutachten auch erwähnt, sind die momentan wirksamsten Kernthemen dort ›Sicherheit‹, ›Haltbarkeit‹ und ›Tradition‹.«

»Das kann man so oder so – aua!«

»Und genau hier müsste meiner Meinung nach der Imagewechsel von Herzog Raubach ansetzen. Weg vom Hightech-Hochglanz, hin zu den Mühen des Alltags der nordamerikanischen Landbevölkerung, von denen viele übrigens deutschstämmig sind – und stolz auf ihre Herkunft. Stellen Sie sich einmal den folgenden Film vor: Ein hart arbeitender Farmer fährt mit seinem Pick-up heim von der Feldarbeit. Seine Landarbeiter sitzen hinten auf der Ladefläche. Die einsame Landstraße führt durch ein Waldstück. Und aus dem Wald …« Urs sieht sich im Geiste schon mit einer Filmcrew auf dieser Landstraße stehen. Vielleicht im Norden der USA. Vielleicht in Kanada. Er springt auf, um schwärmerisch fortzufahren: »Aus diesem Wald tritt ein Elch auf die Straße. Der Farmer tritt auf die Bremse. Der Weg ist eigentlich zu knapp. Es muss zur Kollision kommen. Doch dann …«

Herzog und selbst der kleine Scheißer lehnen sich gespannt lauschend vor.

»Doch dann kommt der Pick-up zum Stehen. Zentimeter vom Elch entfernt. Der Elch starrt unbeeindruckt durch die Windschutzscheibe des Pick-ups. Der Farmer atmet auf. Ebenso die Landarbeiter. Endlich trabt der Elch von der Straße und wir sehen den Pick-up in den Sonnenuntergang fahren. Und dann … Da nehmen wir einen Sprecher mit ganz tiefer Stimme, der sagt: ›Brake engineering by Herzog Raubach. Safety made in Germany‹.«

Dr.-Ing. Herzog …

… nickt!

Gewonnen.

Oder?

MC Lucky plustert sich auf. »Escht total schwule Werberscheiße. Da ficken die in der Hood doch deine Mutter-Bitch für.« Der stolze Vater legt seinem Sohn liebevoll die Hand auf den Arm.

Okay, das war es dann wohl mit den Dreharbeiten in den Rocky Mountains. Urs unterdrückt ein Seufzen. Vielleicht sollte er klein beigeben. Vielleicht sollten sie einfach die »Bremsen-Babo«-Kampagne umsetzen und die halbe Million einstreichen. Nach ihnen die Sintflut.

Aber … Moment!

Der Industriellenspross hat sich die weiße Kapuze seines Hoodies über den Kopf gestreift.

Hat die Kapuze etwa …

… große, schwarze Puschelohren?

Jetzt reicht es!

Urs lehnt sich vor und stützt die Fäuste auf den Konferenztisch.

»Jetzt hör mal zu, du kleiner Scheißer. Du bist nicht Gangsta, auch nicht ›suppa konkret krass kreativ, Alter‹. Du bist eine verzogene Wohlstands-Rotzgöre, die weder Benehmen noch Anstand hat – und vor allem keinen Funken Sprachgefühl. Und wenn du hier noch mal Wörter wie ›Nigga‹ oder ›Hood‹ oder ›Bitch‹ verwendest, schleife ich dich am Ohr ins Offenbacher Nordend. Da lernst du die Hood mal kennen. Wenn sie dich nicht gleich an ihre Kampfhunde verfüttern.« Urs will sich schon hinsetzen. Doch dann spürt er noch mehr Groll in sich aufsteigen: »Und nimm die verdammte Kapuze ab, du Möchtegern-Panda. Bevor noch ein echter Xiongmao kommt und dir den Finger abbeißt. Die fressen Kartoffeln wie dich zum Frühstück. – Brumm!«

Moment, hat er gerade wirklich »Brumm!« gesagt? Urs kommt nicht dazu, darüber nachzudenken: Alexa tritt ihm beherzt vor das Schienbein, was ihn zurück auf seinen Stuhl plumpsen lässt.

Hörb hat in einer Mischung aus Gebet und Magenkrampf den Kopf gebeugt und gibt einen leisen, langgezogen heulenden Ton von sich: »Üüüüüüüüüüüh.«

Ayla, die zum Protokollschreiben abkommandiert ist und deshalb auf der anderen Seite von Urs sitzt, hat gleichfalls den Blick gesenkt. Doch ihr Busen hüpft im Takt unterdrückten Lachens. Der kleine Plüschpanda genießt die Schaukelpartie. Mit dem grünen Stängel in seiner Hand grüßt er in Richtung Urs. »Den hast du ja voll gedisst, Kumpel. – Bambus?«

Dissen. Richtig. Rapper beleidigt, tadelt oder beschimpft man nicht; man disst sie. Auf jeden Fall würde Little Shitman MC Lucky jetzt »total krass Beef« mit Urs haben.

Urs spürt, wie sich sein Atem beruhigt. Mit wissenschaftlicher Neugier mustert er den Industriellenspross.

Der hat reflexartig die Kapuze mit den Ohren abgestreift. Und er entdeckt einen neuen Teil seiner Bully-Anatomie: das Glaskinn.

Dicke Tränen rollen dem kleinen Scheißer über die kartoffelbleichen Wangen. Rotz fließt ihm aus der Nase.

»Dad! Sag – dass – der – so – was – nicht – sagen – darf«, stößt er zwischen Schluchzern hervor.

Der so Angesprochene zieht scharf Luft durch die Nase ein und bläht dabei die Brust, als müsse er seine Hydraulik aufpumpen wie ein alter Citroën. Unter dem bereits zurückgewichenen Haaransatz beginnend, breitet sich ungesunde Röte auf Herzogs Gesicht aus.

Er klappt dem Mund auf. Dann klappt er ihn wieder zu. Als wolle er dessen Funktion überprüfen.

Erst dann kann Herzog Lippen, Kiefer, Zunge und Atem wieder koordinieren: »Solch eine Respektlosigkeit ist mir ja noch nie untergekommen.«

»Genau. Reschpäääkt«, stimmt der Spross seinem Erzeuger schluchzend zu.

Urs lehnt sich nach vorne. Wäre der Konferenztisch nicht so breit gewesen, hätte er seine Hand auf die von Dr.-Ing. Herzog gelegt. »Da gebe ich Ihnen ganz recht.«

Der Angesprochene richtet sich auf, um die Entschuldigung entgegenzunehmen.

»Einen so respektlosen Menschen wie Ihren Sohn habe ich auch lange nicht erlebt. Ich kann nicht umhin, festzustellen, dass Sie wohl noch einiges an erzieherischer Arbeit zu leisten haben.« Die Worte perlen munter aus Urs' Mund. Auf Herzogs Wangen zeichnen sich lilafarbene Flecken ab. Hoffentlich trifft ihn nicht der Schlag. Eine kleine, böse Stimme in Urs ruft: »Warum eigentlich nicht?«

»Ihr Sohn hat keinen Respekt vor der Arbeit anderer, kann sich nicht benehmen, und glaubt, weil er mal eine Idee hatte, weiß er schon alles über Werbung. Ach ja«, wendet Urs sich wieder an den kleinen Scheißer, »Pimp My Ride wurde bereits vor mehr als zehn Jahren eingestellt. Und Babo sagt niemand mehr. Das ist so was von 2013. Vielleicht sollten wir wirklich mal einen Ausflug in die Hood machen.«

MC Lucky schnappt nach Luft, während er gleichzeitig den Rotz in seiner Nase hochzieht. Das Ergebnis ist ein schmatzender Schnarcher.

Das Gesicht von Dr.-Ing. Herzog ist jetzt vollständig violett. Er ist aufgesprungen und schlägt mit der Faust auf den Tisch.

»So sprechen Sie nicht mit meinem Sohn. So nicht! – Es gibt noch mehr Werbeagenturen!«

Urs nickt freundlich: »Ganz recht. Und viele davon sind sicher bereit, den Quark umzusetzen, den Ihr Filius da verzapft hat. Ist ja Ihr Geld. Ihr Image.«

»Üüüüüüüüüüüh.« Hörb klingt, als hätte ihn jemand bei den Hoden gepackt und würde diese nun ganz langsam um die eigene Achse drehen.

Urs erhebt sich gelassen. »Und wissen Sie was, Herr Doktor Herzog? Ich finde, das ist eine hervorragende Idee. Sie sollten die Entwürfe nehmen – und auch das Gutachten. Sie haben es ja schließlich bezahlt. Dann gehen Sie damit zu einer anderen Agentur. Ich bin es leid, mich mit Kunden wie Ihnen herumzuschlagen. Ihre Zugehfrau findet die Kampagne also gut, ja? Ich hoffe mal, Ihre Bremsen werden von Personal mit etwas mehr Expertise entwickelt.« Die Worte grollen angenehm in Urs' Kehle. »Ich schlage vor, Sie nehmen jetzt Ihren Kram und gehen. Aus dem Besprechungsraum. Den Gang entlang. Die Treppe runter. Aus der Tür.«

»Sie können doch nicht –«

»Doch. Ich kann. Und vergessen Sie Ihren Lendenfehlschuss da nicht.«

Dr.-Ing. Herzog richtet sich auf. Ein oder zwei Evolutionsstufen früher hätte er mit den Fäusten auf seiner Brust getrommelt.

Urs weiß nicht, wie lange er und Herzog sich anstarren, doch er spürt ein tiefes Knurren in sich aufsteigen.

Herzogs halb erhobene Hände beginnen zu zittern. Von einer Sekunde zur anderen wendet er den Blick ab.

»Komm, Lukas. Wir gehen!« Hastig rafft er die auf dem Tisch liegenden Unterlagen zusammen.

Ohne den Blick von Herzog abzuwenden, schubst Urs das dicke, ringgebundene Gutachten über den Tisch.

Herzog nimmt es gehorsam. Dann dreht er sich um.

Auch sein Spross ist von seinem Sessel geschwappt, braucht jedoch erst ein scharfes Kopfnicken seines alten Herrn, bis er begreift, dass dieser die Arme voller Unterlagen hat und nicht in der Lage ist, die Glastür des Besprechungsraums selbst zu öffnen.

Als der Sohn endlich die Tür aufgestemmt hat, rauscht Dr.-Ing. Herzog – Imperator der Verzögerungstechnik – nach draußen, durch den Mittelgang der Erdmännchen-Kolonie und zur Treppe.

Zwanzig Sekunden später hört Urs das Rumsen der Eingangstür. Dann endlich lässt er sich in seinen Sitz fallen.

Rascheln. Das Klick-Ratsch eines Zippos. Alexa zieht so stark an ihrer Zigarette, dass sie schon beim ersten Zug zur Hälfte herunterbrennt. »Als ich vorhin meinte: ›Agentur mit dem Wer-Bärchen‹, hatte ich eigentlich an einen kuscheligen Panda gedacht. Und nicht an einen wütenden Grizzly.«

»Üüüüüüüüüüüüh!«

»Ach, halt doch die Klappe, Hörb. – Sag mal, hast du den kleinen Scheißer gerade wirklich einen Lendenfehlschuss genannt?«

Urs bekommt all das nur noch durch einen wattigen Nebel mit. Er hat seinen Kopf auf die Tischplatte sinken lassen.

Rütteln an seiner Schulter.

»Er ist tatsächlich eingeschlafen. Ayla, hol mal –«

»Einen Arzt?«

»Nein, Kaffee.«

Urs schlägt die Augen auf. Sein Kopf liegt noch immer auf seinen Armen, die gleichfalls noch immer auf dem Konferenztisch liegen. Am liebsten würde er die Augen wieder zumachen. Doch er richtet sich auf. Was für ein Kraftaufwand!

»Was ist …?« Er braucht ein paar Sekunden, um sich zu orientieren. Dann fällt ihm alles wieder ein. »Habe ich gerade wirklich den kleinen Sch… Lukas Herzog zusammengestaucht?«

»Dann hast du dem Vater geraten, er solle sich eine andere Agentur suchen. Und ihn rausgeworfen.«

»Großer Gott. Ich muss –«

Urs will aufstehen, doch Alexa hält ihn an der Schulter zurück. »Gar nichts musst du. Außer dich endlich mal auszuschlafen. Ab nach Hause und ins Bett mit dir. Und sag dem Grizzly in dir, er soll auch gleich die Trittbrettfahrerin vor die Tür setzen, wo er gerade so schön in Schwung ist.«

# Brumm

## *Ein Beziehungsdrama*

Tja, und jetzt?

Urs liegt hellwach auf seinem Bett und starrt zur Decke. Die Wolke wohliger Müdigkeit, die ihn nach der Auseinandersetzung mit Dr.-Ing. Herzog und dessen Lendenfehlschuss umfangen hat, ist verflogen.

Selbst seine bevorzugte Fantasie hat ihm weder Entspannung noch Schlaf geschenkt.

Im Gegenteil.

»Ist dir noch nicht aufgefallen, dass Ayla für dich schwärmt?« Alexas Satz geht Urs nicht mehr aus dem Kopf.

Das Herzchen auf dem Cappuccino. Der vom Lachen auf und ab wogende Panda auf dem üppigen, wenn auch keusch verhüllten Busen. Aylas Lächeln mit diesen kleinen Grübchen. Das Blitzen in ihren großen, dunklen Augen.

Seine Fantasie ist zur realen Möglichkeit geworden. Dieser Gedanke hat Urs über alle Maßen erregt – und beschämt:

»Wir vertrauen dir unsere Tochter an«, hat der Vater an Aylas erstem Arbeitstag zu Urs gesagt. Die Eltern haben sie begleitet wie bei einer Einschulung.

Dennoch meint Urs, Aylas Duft einzuatmen. Dieses Aroma von Zimt und Honig, das man nur wahrnimmt, wenn man ganz in ihrer Nähe ist.

Schließlich hat er den Druck nicht mehr ausgehalten. Die Spannung, mit der seine Erektion gegen die Unterhose gedrückt hat. Er hat sich selbst befriedigt – sorgfältig darauf achtend, jeden Tropfen Sperma in einem Taschentuch aufzufangen, das er gleich darauf in der Toilette runterspült.

Nur keine Spuren hinterlassen! Karolin hasst es, wenn er masturbiert. »Einen Akt maskuliner Gewalt« nennt sie den würgenden Griff um den Penis-Schaft, die ruppige Auf- und Ab-Bewegung, das schnelle Verspritzen ohne Rücksicht auf den imaginären Partner, der im Akt der Selbstbefriedigung zum bloßen Objekt degradiert, ja, im Grunde vergewaltigt und – wenn auch nicht in der Realität, so doch zumindest in der Fantasie – von den zähflüssigen Schlieren des Spermas besudelt wird: markiert als Beute, gedemütigt als Opfer.

Er hat einmal einen ganzen Abend mit Karolin über dieses Thema diskutiert. Genauer: Sie hat doziert, er hat zugehört.

Anschließend hat Urs schüchtern gewagt zu fragen, wie es denn mit weiblicher Selbstbefriedigung sei: Karolin besäße doch selbst zwei Vibratoren, von denen sie immer mindestens einen mitnähme, wenn sie verreise.

Der Akt ausgelebter weiblicher Lust, hat Karolin erwidert, sei ein Akt der Selbstermächtigung. Indem sie ihre Lust in die eigene Hand nehme, streife sie die ihr patriarchal aufoktroyierte Rolle des passiven Objekts endgültig ab und werde zum Subjekt ihres Genusses.

Dann hat sie Urs über den Kopf gestreichelt und erklärt, sie sei stolz, dass er als Mann so aufgeklärt sei, sich dieser Debatte zu stellen und produktiv an sich zu arbeiten.

Urs liegt also in seinem Bett, starrt zur Decke und fühlt sich schmutzig. Hat er Ayla wirklich in seiner Fantasie …?

Aber sie wollte doch, die Ayla in seinem Kopf.

»Das sagen alle Vergewaltiger«, widerspricht Über-Ich Karolin energisch.

Urs spürt ein Grollen in sich aufsteigen. Im Geiste hört er Karolins trunkenes Schnarchen der vergangenen Nacht, riecht den Alkohol in ihrem Atem. Die soll ihn noch mal als Vergewaltiger beschimpfen.

Außerdem …

Als er nach Hause gekommen ist, hat er auf dem Esstisch eine Notiz von ihr vorgefunden. Überschrieben ist der Zettel mit *Liebes Bärchen*, aber das macht den Inhalt nicht besser: *Mariele möchte heute Abend Rohkost.*

*Mach also Salat. Aber ohne Dressing. Du müssest außerdem das Regal oben leerräumen und deine Bücher in den Keller bringen. Ich brauche den Platz für meinen Semesterapparat.*

Zornig hat er die Notiz zerknüllt. Am liebsten hätte er sich sofort darangemacht, einen Salat zuzubereiten. Kartoffelsalat. Mit Speck. Eiern. Und einer Extra-Portion Mayonnaise.

Stattdessen hat er Alexas Befehl befolgt, sich ins Bett gelegt und versucht zu schlafen. Erfolglos.

Noch eine halbe Treppe bis zu seiner Wohnungstür. Ächzend erklimmt Urs Stufe um Stufe. Er hat völlig vergessen, wie schwer diese verdammten Umzugskartons sind.

Endlich geschafft. Jetzt müssen die Kisten nur noch über die Marmortreppe auf die Galerie. Keine Müdigkeit vorschützen. Weiter!

Als Urs gerade den Fuß auf die Treppe setzen will, rutschen ihm vor Entsetzen die Kartons aus den Händen; sie verfehlen seine Zehen nur um Zentimeter.

Die Tür zu seinem Arbeitszimmer steht offen: Dass der ungebetene Gast Papiere und Kleidungsstücke überall im Raum verteilt und nicht für nötig befunden hat, ihr Bett zu machen, ist ja noch zu verschmerzen. Aber …

Mariele Juncker-Stockmann hat tatsächlich ihre benutzte Unterwäsche ausgewaschen. Und das schlecht. Dann hat sie die Wäschestücke – mit Bremsspuren und allem – auf seinem mit Wildleder bezogenen Bürosessel zum Trocknen ausgebreitet. Ernsthaft?

So kann das nicht bleiben. Urs holt Gummihandschuhe aus der Abstellkammer. Im ersten Moment ist er versucht, die Wäsche einfach im Klo runterzuspülen, doch dann hängt er sie angeekelt über die Heizung im Badezimmer. Mit einem weichen Tuch und Lederpflege-Spray rückt er anschließend den Wasserflecken auf dem Polster des Sessels zu Leibe.

Das ist das letzte Mal, dass Karolin Gäste bei ihm einquartiert.

Ach verdammt, jetzt ist er schon wieder so maskulin-territorial!

Endlich hat Urs den ersten Stapel Kartons auch die Treppe hoch auf die Galerie geschafft und muss einen Moment verschnaufen. Er geht ins Schlafzimmer, setzt sich aufs Bett und fischt einen BambooStick aus der Nachttischschublade. Langsam kauend betrachtet er sich im Spiegel seiner Schlafzimmerschranktür. Ist sein Bart schon wieder grauer geworden?

Und dann die Ringe unter seinen Augen: »Hast du dich als Panda verkleidet?«, hört er Alexa in seinem Kopf spotten.

Panda? Panda!

Urs öffnet seinen Schrank, schiebt die verborgene Schiebetür in der Rückwand auf und zieht seinen Schatz hervor. Ehrfürchtig lässt er den Fursuit aus seiner papierenen Hülle gleiten und breitet ihn auf dem Bett aus. Wenigstens kurz will er sich an seiner Errungenschaft erfreuen.

Er erinnert sich an den Vortag. An die Anprobe. Wie zärtlich das Futter seine Haut umschmeichelt, wie viel Spaß er beim Schießen der Fotos mit Evelyn gehabt hat. Und wie traurig er gewesen ist, als er den Suit hat ausziehen müssen.

Fünf Minuten! Diese Zeit wird er sich gönnen.

Er wird den Suit überstreifen, die Handschuhe, die Stiefel. Nur um zu sehen, ob wirklich alles passt. Ob er sich nicht getäuscht hat. Ob er nicht noch einmal zu *Transitions!* muss, um den Suit ändern zu lassen.

Urs streift sein T-Shirt ab. Die Jeans. Die Strümpfe. Schließlich steht er nur in Boxershorts vor dem Bett.

Er fühlt sich ... Ja, wie eigentlich?

Erregt? Ja. Aber nicht sexuell.

Er fühlt sich so wie damals als Kind, wenn er morgens aus dem Fenster geschaut und den ersten Schnee entdeckt hat. Er hat die weichen, kalten Flocken geliebt, die in ihrem Schweben die ganze Welt auf Zeitlupe abbremsen. Die auf Haut und Haaren innehalten, bevor sie schmelzen. Die beim Schlittenfahren eisig ins Gesicht beißen, bis die Haut rot glüht.

Heute ist ihm Schnee egal, sogar lästig, wenn wieder mal der Verkehr in Frankfurt zum Erliegen kommt, weil all die Autofahrer mit kindlichem Staunen zum Himmel starren: »Was ist dies seltsame Weiß, das da so kalt auf mich herabfällt?«

Aber jetzt fühlt er sich wieder an die Schneetage seiner Kindheit erinnert. Hat er nicht einmal ein Video gesehen, in dem ein Panda mit Vergnügen durch frisch gefallenen Schnee kullert?

Feierlich nimmt Urs den Suit und steigt hinein. Wie schon bei der Anprobe gleitet das Futter wie von selbst über seine Beine, seine Schultern. Er lässt den Reißverschluss zugleiten und streift die Kapuze über. Den Druckknopf findet er auf Anhieb.

Die schwarzen Plüschohren sind zerdrückt. Behutsam richtet er sie auf und zupft sie mit den Fingern zurecht, bis sie wieder keck und aufrecht in die Welt lauschen.

Er setzt sich aufs Bett und streift die weichen Stiefel über. Zuletzt die Handschuhe.

»Gut siehst du aus, Kumpel. Bambus?«

Der Panda im Spiegel zwinkert ihm vergnügt zu.

»Huhu, Bärchen! Wir sind wieder daheim. – Bärchen?«

Oh verdammt. Wie lange hat er so vor dem Spiegel gestanden?

»Bärchen? Urs?« Karolin klingt jetzt schon drängend. Fast ärgerlich. Gleich wird sie die Treppe zur Galerie heraufkommen und ihn so vorfinden.

Schnell! Er muss den Fursuit aus- und sich wieder anziehen.

»Urs!« Aus dem suchenden Fragen ist ein Appell zum Antreten geworden. Er greift nach dem Reißverschluss. Hoffentlich …

»Wo steckst du denn?«

Seine Hand weigert sich, den Befehl auszuführen, den ihr das Gehirn erteilt hat.

Stattdessen denkt Urs wieder an die nasse, dreckige Unterwäsche auf seinem Bürostuhl. An den Rotwein, den Karolin genommen hat, ohne ihn zu fragen. Daran, dass sie einfach so einem Gast sein Arbeitszimmer überlassen hat. An die Bücher, die er in den Keller bringen soll. *Seine* Bücher!

Der eisig glühende Wutball in seinem Bauch lässt sich nicht mehr zurückdrängen.

»Also Urs, wirklich. Wo steckst du –?«

»Brumm!« Hat er gerade wirklich diesen Laut ausgestoßen?

Das ist kein freundlich-scherzhaftes »Brumm!« gewesen, keine neckische Begrüßung. Die Silbe hat in seiner Kehle gegrollt wie die Worte, mit denen er Dr.-Ing. Herzog samt Filius aus der Agentur befördert hat.

Dies ist *seine* Wohnung! Und *sein* Fursuit! In *seiner* Wohnung kann er tragen, was *er* will!

»Ich komme. Sekunde.« Mit Macht ringt er seiner Stimme eine Nuance Freundlichkeit ab. Er stapft aus dem Schlafzimmer über die Galerie. Eben will er schon einen Fuß auf die Treppe setzen …

Nein! Diesmal traut er sich.

Urs schwingt sich auf das Geländer.

Er genießt den Fahrtwind der viel zu kurzen Rutschpartie. Dann ist schon das Ende des Geländers erreicht; er stößt sich ab und ist selbst erstaunt über die Leichtfüßigkeit seiner Landung. Trotzdem lässt er sich abrollen, strampelt, auf dem Rücken liegend, kurz mit den Füßen und steht schwungvoll auf.

Wow! So viel Elan hat er zuletzt in seinen frühen Dreißigern gehabt. Direkt vor Karolin kommt er zum Stehen und breitet die Arme aus wie ein Kunstturner. »Brumm!«

Er will seine Lebensgefährtin umarmen, doch sie macht einen Schritt rückwärts.

Nein, sie springt! Dabei quiekt sie, als hätte er ihr einen sich erdverklebt windenden Regenwurm hingehalten. »Was ist das?«

»Das ist ein Fursuit. Gefällt er dir?«

»Zieh sofort dieses Ding aus. Was soll denn Mariele –?«

»Nein.« Da ist sie wieder, diese machtvolle Ruhe, die ihn auch in der Auseinandersetzung mit Dr.-Ing. Herzog erfüllt hat.

»Du ziehst das da sofort aus. Was glaubst du eigentlich, wer –?«

»Aaaah.« Den hohen, spitzen Schrei hat nicht Karolin ausgestoßen. Und auch nicht Urs.

Mariele Juncker-Stockmann kommt aus dem Arbeitszimmer gestürmt. »Meine Unterwäsche! Wo ist meine Unterwäsche?«

»Im Bad. Auf der Heizung. Zum Trocknen.«

»Du hast in meiner Unterwäsche rumgewühlt?«

»Und du hast deine Unterwäsche auf meinem Ledersessel aufgehängt?«, äfft Urs die Professorin nach. Er macht einen Schritt auf sie zu, seine Stimme grollt. »Sei lieber froh, dass auf dem Leder keine Wasserflecke entstanden sind.«

»Aber du hast –?«

»Meine Wohnung ist kein Hotel. Hier benehmen sich die Gäste. Und, ach ja, ich möchte von Ihnen nicht geduzt werden. Die korrekte Anrede ist …« Urs macht einen weiteren schnellen Schritt. »*Doktor* Podini.«

Er hat seine Stimme nicht erhoben. Nicht gedroht. Dennoch starrt die Professorin ihn so entgeistert an wie Janet Leigh das Messer in Psycho.

»Urs, also wirklich. Hast du den Verstand verloren?« Karolin legt den Arm um die Professorin und funkelt ihn böse an. »Ist wenigstens der Salat fertig?«

Unsicher weicht Urs einen Schritt zurück. Der Salat, verdammt! Den hat er … Er schüttelt den Kopf.

»Na dann aber hurtig. Wir müssen doch gleich wieder los.«

Urs hat schon mit gesenktem Haupt zwei Schritte in Richtung Küche getan, als sein Körper erneut den Gehorsam verweigert.

Die glühende Wutkugel in seinem Bauch sendet ihre kalten Strahlen bis in die Fingerspitzen. Ganz langsam dreht er sich wieder um. »Nein.«

»Nein?« Karolin will wohl wütend mit dem Fuß aufstampfen, doch sie erstarrt. Dann weicht sie vor ihm zurück wie vor einem Raubtier.

Erstaunt hört Urs sich dabei zu, wie die Worte aus seiner Kehle grollen. »Nein. Das hier ist kein Restaurant. Ich bin nicht dein Angestellter. Und das hier ist immer noch *meine* Wohnung.«

»Aber –«

»Und wenn du demnächst Gäste unterbringen musst, dann in deinen eigenen vier Wänden.«

»Aber –«

»Wo auch genug Platz ist für deinen Semesterapparat. Meine Bücher bleiben, wo sie sind.«

»Aber –« Karolin ist immer weiter zurückgewichen. Inzwischen steht sie mit dem Rücken zur Wand.

»Und jetzt schlage ich vor, du klemmst dir deinen Gast unter den Arm und ihr sucht euch irgendwo eine Wiese zum Grasen.«

»Das wirst du bereuen.« Karolins Grollen verreckt jämmerlich in ihrer Kehle. »Komm, Mariele, wir gehen.«

»Ganz recht.« Die Professorin klemmt sich den unförmigen Lederbeutel, der ihr als Handtasche dient, noch fester unter den Arm. Hastig geht sie zur Wohnungstür und reißt sie auf. »Mit so einem gewalttätigen Psychopathen lebst du unter einem Dach?«

Die Tür fällt mit einem lauten Knall ins Schloss.

Und dann … Stille!

Urs lauscht. Nichts. Kein Klingeln, kein Klopfen, kein sich im Schloss drehender Schlüssel. Sie kommen nicht zurück.

Er hat Karolin … Er hat sie aus seiner Wohnung geworfen?

Seufzend lässt er die Schultern sinken. Was ist nur in ihn gefahren? Er würde doch niemals …

Er kann doch einer Frau noch nicht mal wehtun, wenn sie ihn ausdrücklich darum bittet. So wie damals, als Karolin gerade dieses Buch gelesen hat. Das mit dem farblosen Milliardär und dem Mädchen. Das Alexa immer nur die Missbrauchsschwarte nennt.

Karolin hat darauf bestanden, dass er sie von hinten nimmt und ihr gleichzeitig den Po versohlt. Urs hat sich dabei gefühlt wie ein Bongospieler bei Seegang.

Er schüttelt den Kopf, um sich zur Ordnung zu rufen. Was hat er angerichtet?

Sein Blick fällt auf die restlichen Umzugskartons, die noch immer am Geländer der Treppe lehnen. Richtig. Er würde seine Bücher in den Keller bringen. Jetzt gleich. So kann er sein toxisch-maskulines Versagen vielleicht ein wenig wiedergutmachen.

Urs hat den ersten Karton zusammengefaltet und hält einen Buchschuber in der Hand – eine kommentierte Ausgabe von Kafkas Erzählungen; zwischen den Seiten stecken noch die Lesezeichen aus seiner Dissertationszeit –, als sein Blick auf Karolins Schreibtisch fällt.

Auf *seinen* Schreibtisch!

Er hat den antiken Tisch auf einem Flohmarkt gekauft und mit Schmirgelpapier und Wachs selbst wiederaufgearbeitet.

Jetzt stapelt sich darauf ein Chaos von Papieren und Stiften, benutzten Gläsern und Tassen, halb voll mit altem Kaffee. Sie werden auf der empfindlichen Platte Ränder hinterlassen. Aber er darf hier nicht aufräumen. Schon gar nicht heute Abend. Karolin würde das als Verletzung ihrer Intimsphäre werten.

Seufzend wiegt er den Buchschuber in seiner Hand, will ihn schon in den Umzugskarton legen.

Dann entdeckt er im Chaos des Schreibtischs den Fotorahmen: gebürstetes Aluminium, das Glas entspiegelt. Als er Karolin diesen Rahmen geschenkt hat, ist darin ein Bild von ihnen beiden gewesen. Von ihrer New York-Reise. Sie sind mit der Fähre nach Staten Island gefahren, bei Sonnenuntergang, und haben einen Mitpassagier gebeten, sie zu fotografieren. Im Gegenlicht. Die Freiheitsstatue in ihrem Rücken.

Sie wollten dem freundlichen Familienvater aus Wisconsin eigentlich eines ihrer Handys geben, doch er hat darauf bestanden, sie mit seiner eigenen Kamera zu fotografieren. Das Bild hat er ihnen eine Woche später per Mail zugeschickt. Urs hat es zweimal abziehen lassen. Und zwei passende Rahmen gekauft. Einen für sich, einen für Karolin.

Sein Rahmen steht auf seinem Schreibtisch in der Agentur.

Karolin hat das Bild in ihrem Rahmen gegen ein anderes ausgetauscht. Es zeigt sie und diesen Starregisseur, für dessen Produktion sie die Dramaturgie hat machen dürfen. Er hat den Arm um sie gelegt und zieht sie an sich. Seine Hand liegt auf ihrem Hintern. Sie lässt es sich gerne gefallen.

Und das in *seinem* Rahmen?

Urs wischt sich den Schweiss von der Stirn. Dann nippt er an seinem Weinglas. Er hat eine der südafrikanischen Flaschen geopfert, die er am Vorabend versteckt hat. Den Vintage hat er sich jetzt verdient.

Über zwei Stunden hat er geräumt und geackert.

Dann endlich sind Karolins Kleider, ihre Bücher, ihre Arbeitsunterlagen und was sie sonst noch so in seine Wohnung geschleppt hat, in

Umzugskartons verpackt, die er fein säuberlich im Treppenhaus aufgestapelt hat. Selbst auf den Ablagen im Bad herrscht gähnende Leere. Dafür, dass Karolin in ihrer Körperpflege eher praktisch als dekorativ denkt, hat sich eine Menge Kram angesammelt. Er ist so freundlich gewesen, eine kleine Reisetasche für sie zu packen. Kulturbeutel, frische Unterwäsche, Jeans, zwei T-Shirts, eine Bluse und ihr Pyjama. Die Reisetasche hat er auf die Kartons gestellt. Direkt neben den Rollkoffer, in den er die Habseligkeiten der Professorin gestopft hat. Die nasse Unterwäsche hat er obenauf gelegt.

Jetzt bleibt nur noch eines zu tun: Mit dem Weinglas in der Hand geht er ins Arbeitszimmer und zieht den Ordner mit den Unterlagen zu seiner Wohnung aus dem Regal. Er weiß, dass er darin das Wort *24-Stunden-Service* gelesen hat.

# Brumm
## *Ein Briefing*

Die Wiese ist frisch-grün weich unter seinen Schritten. Darauf herumzukullern ist ein verlockender Gedanke. Oder soll er im nahen Bambushain einen Imbiss zu sich nehmen?

Erst mal eine kurze Siesta! Er lässt sich auf den Boden sinken, streckt seine Beine von sich und erfreut sich an der wärmenden Sonne auf seinem Pelz.

»Huhu, Urs!«

Das Holz poliert, die Äste sauber gestutzt und blank wie die Stufen einer Leiter: So ragt *der Baum* vor ihm in den Himmel. Hat der eben auch schon dort gestanden?

»Huhu, Urs!«

Er legt den Kopf in den Nacken, um zu sehen, woher die Rufe kommen.

Dort oben, in der Krone *des Baums*, dicht unter den Schäfchenwolken, ist eine Plattform angebracht. Die Hand, die ihm über den Rand hinweg zuwinkt, scheint ihm winzig.

Respektvoll nähert er sich *dem Baum* und setzt die erste Pfote auf einen der Äste. Kein Knirschen. Kein Knacksen. Der Ast gibt nicht nach. Ein guter Anfang.

Ast um Ast klettert er *den Baum* empor. Bald muss er verschnaufen. Wie weit ist er schon? Er blickt nach unten.

Großer Fehler! Vor Schreck drohen seine Pfoten abzurutschen. Panisch klammert er sich an den Stamm *des Baums*.

»Huhu, Urs!«, lockt die Stimme erneut.

Die Augen fest geschlossen, versucht er sich zu erinnern, was man in solchen Fällen tut: Nicht nach unten sehen! Nach oben, zum Ziel!

Er legt den Kopf in den Nacken und zwingt sich, die Augen zu öffnen.

Nur noch ein paar Meter!

Ängstlich lässt er mit einer Pfote den Stamm los und streckt den Arm nach dem nächsten Halt über ihm aus. Langsam, ganz langsam zieht er sich in die Höhe, immer alle vier Pfoten am Holz *des Baums*.

Und noch mal. Und noch mal.

Endlich: Ein letzter Ast und er hat die Einstiegsöffnung der aus knorrigem Holz gezimmerten Plattform erreicht.

Er krabbelt über den Rand. Lässt sich auf den Rücken sinken. Hoch über ihm ritzt ein Flugzeug seinen Kondensstreifen in den blauen Himmel.

»Huhu, Urs!« Die Stimme gehört wirklich Ayla. Sie sitzt auf der Plattform, zwei Panda-Kinder auf dem Schoß, denen sie verträumt das Fell krault. Dann hebt sie den Kopf und schenkt ihm ein Lächeln, dessen Grübchen sofort jede Hirntätigkeit in einen wohligen Wirbel verwandeln. »Alexa lässt fragen, wann du heute in die Agentur kommst. Wegen des Briefings für VenTEC.«

Wo ist er denn jetzt?

Nicht mehr auf der Plattform *des Baums*! Er sitzt …

Ja, er sitzt auf der Kante seines Bettes, sein Handy ans Ohr gepresst.

»Urs, bist du noch da?«, dringt Aylas Stimme gedämpft zu ihm durch. »Habe ich dich geweckt? Das tut mir so leid, aber Alexa hat gesagt, ich soll … Entschuldigung, das wollte ich nicht.«

»Nicht so schlimm.« Urs unterdrückt ein Gähnen und wirft einen Blick zum Wecker auf seinem Nachttisch: halb neun. »Ich komme, so rasch ich kann. In einer Stunde oder so.«

»Fein. Bis gleich.«

Urs lässt das Handy sinken und starrt es an. Hat Ayla wirklich ein Küsschen in den Hörer gehaucht? Nein, bestimmt nicht. Das muss das Knacken vom Auflegen gewesen sein.

Er spürt ein erneutes Gähnen in seiner Kehle aufsteigen, will es unterdrücken, doch wozu? Er gähnt lauthals, streckt räkelnd Arme und Beine von sich. So gut hat er schon lange nicht mehr geschlafen.

Moment! Er hat geschlafen? Und das auch noch gut? Das ist das erste Mal gewesen seit … Ja, seit wann eigentlich?

Egal, jetzt braucht er erst einmal einen Kaffee, um dem noch immer lockenden Ruf des Bettes widerstehen zu können.

Er zwingt sich also, aufzustehen.

Im Spiegel des Wandschranks … Was ist das? Sieht er schon wieder Pandas?

Urs blinzelt. Nein, das ist er selbst. Er trägt den Fursuit. Ist er wirklich so ins Bett gegangen?

Was hat er überhaupt gestern Abend gemacht?

Da war …

Richtig. Der Streit mit Karolin. Ihr empörter Abgang.

Hat er danach wirklich all ihre Sachen in Kisten verpackt und ins Treppenhaus gestellt?

Das lässt sich ja leicht herausfinden. Er schiebt die Türen der Schränke auf, die Karolin mit Beschlag belegt hat. Leer. Es ist also kein Traum gewesen.

Was hat er dann gemacht?

Klar, Nägel mit Köpfen! Er hat den Schließzylinder an seiner Wohnungstür austauschen lassen. Der untersetzte Schlosser mit den langen Armen hat ihm wissend zugezwinkert. Als die Arbeit getan ist, hat er den Fursuit bewundert. Urs gefragt, wo er ihn herhabe. Und ob es dort auch Orang-Utans gäbe. Im Tausch gegen die Visitenkarte von *Transitions!* hat der Schlosser Urs einen guten Preis gemacht. »Wir Furrys müssen zusammenhalten.«

Und dann?

Urs hat Rotwein getrunken.

Das letzte Glas hat er mit ans Bett genommen. Es steht noch auf seinem Nachttisch. Karolin wird schimpfen.

Ach nein. Nicht mehr! Urs ertappt sich bei einem zufriedenen Kichern.

Und jetzt? Kaffee!

Er tritt aus dem Schlafzimmer auf die Galerie. Endlich begrüßt ihn dort nicht mehr Karolins Arbeitschaos. Rotweintrinkend hat er den weiteren Abend damit verbracht, die Platte seines Schreibtisches zu polieren und zu wachsen.

Dann hat er eine neue Schreibtischunterlage aufgedeckt. In einer Konservendose – *Campbell's Tomato Soup*; er hat die Dose aus New York mitgebracht – steckt eine Sammlung jener dünnen, gestreiften Filzstifte, mit denen er so gerne schreibt. Frisches Papier für Notizen, Karteikarten, Post-its: All das liegt bereit, um bei der Niederschrift seines Romans zu Diensten zu sein.

Sobald er an diesem Abend aus der Agentur heimkommt, wird er damit beginnen. Ganz bestimmt.

Mit einem zufriedenen Grinsen rutscht er das Geländer der Treppe hinunter, fängt sich leichtfüßig ab und geht in die Küche, um Kaffee aufzusetzen.

Während die Kaffeemaschine mit trägem Gurgeln Wasser auf das Pulver speit, nimmt sich Urs die Zeit, auf sein Handy zu blicken: fünfzehn WhatsApp-Nachrichten, achtzehn SMS, neun verpasste Anrufe. Alle von Karolin.

Er erinnert sich dunkel, dass er vor dem Einschlafen die Anrufe und Nachrichten seiner Lebens… seiner *Ex*-Lebensgefährtin stummgeschaltet hat: der finale Akt des Widerstands.

Dann hat er seinen letzten Schluck Wein getrunken und ist ins Bett gekrabbelt. Wohlig hat er sich zusammengerollt. Mitten auf der Matratze.

Das laute Zischen, mit dem ihn die Kaffeemaschine wissen lässt, sie habe soeben das letzte heiße Wasser ausgespuckt und der Kaffee sei in Bälde fertig, reißt Urs aus seinen Gedanken. Er hält noch immer das Handy in der Hand, den Blick starr auf das Display gerichtet.

Soll er die Kurznachrichten lesen? Nein, darauf hat er keine Lust. Also löscht er sie ungesehen.

Er schenkt sich einen Kaffee ein. Das Handy legt er auf die Arbeitsplatte, schaltet es auf Freisprechen und wählt die Nummer seiner Mailbox. Während der Ansage – »Herzlich willkommen in Ihrer Mailbox. Sie haben neun neue Nachrichten« – trinkt er den ersten Schluck Kaffee.

Dann dringt auch schon Karolins Stimme aus dem Gerät. Genervt und ein wenig verwaschen von zu viel Wein.

»Hör mal, wo steckst du denn? Das Schloss –«

Kurzerhand tippt Urs auf die Zwei. »Nachricht gelöscht. Nächste neue Nachricht«, verkündet die freundliche Frauenstimme der Ansage.

»Warum machst –?« – »Nachricht gelöscht. Nächste neue Nachricht.«

»Jetzt mach schon –« – »Nachricht gelöscht. Nächste neue Nachricht.«

Karolins Ton wird zunehmend schriller.

»Du Arschloch. Das wirst –« – »Nachricht gelöscht. Nächste neue Nachricht.«

Bei der siebten Nachricht versucht Karolin es dann versöhnlich.

»Bärchen, es tut mir leid. Mach doch bitte –« – »Nachricht gelöscht. Nächste neue Nachricht.«

Nummer Acht besteht aus blubberndem Schluchzen. – »Nachricht gelöscht. Nächste neue Nachricht.«

Wütendes Trommeln gegen Holz. Kreischen. »Ich bring dich um. Das kannst du doch –« Dann eine ruhig strenge Männerstimme. »Kommen Sie bitte mit.« Lärmen. Ein Schmerzensschrei. Klappern. Schwere Schritte. Eine zuschlagende Tür. Dann ist die Nachrichtenzeit um.

Echt? Sogar dieses Spektakel im Treppenhaus hat er verschlafen?

Urs tippt erneut die Zwei.

»Nachricht gelöscht. Keine neuen Nachrichten. Wenn Sie die Mailbox-Einstellungen ändern möchten –«

Mit einem letzten Tippen auf das rote Hörersymbol beendet Urs das Telefonat und nimmt noch einen Schluck Kaffee.

Sollte Karolin ihm nicht leidtun? Sollte er sie nicht zurückrufen?

Das seltsam wohlige Gefühl, das – garniert mit einem Hauch schlechten Gewissens – bis in seine Finger und Zehen vordringt, lässt sich in zwei Worten zusammenfassen: »Keine Lust.«

»Halleluja! Du hast die Trittbrettfahrerin rausgeworfen.« Alexa hat Urs am Empfang der Agentur abgepasst und ihn direkt ins

Lesben-Aquarium geschleift. Dort hat sie sich auf die Couch fallen lassen, eine Zigarette aus der Brusttasche ihres Hemdes gefischt und sie angezündet.

»Erzähl«, fordert sie ihn rauchausstoßend auf. »Hast du wirklich den ganzen Kram der Trittbrettfahrerin in Kartons gestopft, ins Treppenhaus gestellt und dann das Schloss ausgetauscht?«

Urs nickt zögernd. »Ich hoffe, ich habe mich damit nicht strafbar gemacht?«

Alexa lacht. »Natürlich nicht, solange du nichts beschädigt hast.«

»Ich glaube nicht. Aber …« Eigentlich will Urs berichten, wie er die feuchte Unterwäsche der Professorin mitten auf ihre Arbeitsunterlagen gelegt hat, doch dann stutzt er. »Woher weißt du eigentlich davon?«

»Die Trittbrettfahrerin hat mich angerufen. Mitten in der Nacht.«

»Dich? Ausgerechnet? Warum das denn?«

»Wollte wissen, wo du steckst. Als ich ihr das nicht sagen konnte, hat sie mich angefleht, ihr einen Anwalt zu besorgen.« Alexa grinst wie eine Katze, die gerade den Thunfisch aus dem Salat geklaut hat. »Sie muss bei dir im Treppenhaus ein Höllenspektakel veranstaltet haben. Daraufhin hat der Nachbar unter dir die Polizei gerufen.«

»Der Herr Gregorius? Der ist doch stocktaub.«

»Wie dem auch sei: Die Polizei ist gekommen und wollte sie beruhigen. Daraufhin hat sie einen Polizisten gebissen.«

»Gebissen? Einen Polizisten?«

»Ich habe es dir doch immer gesagt: Die Trittbrettfahrerin ist nicht ganz richtig im Kopf. – Auf jeden Fall haben die Polizisten sie vorläufig festgenommen und auf die Wache gebracht. Dort hat sie dann mich angerufen. Weil sie dich nicht erreicht hat.«

»Ich … ich habe geschlafen.«

»Richtig so. Sie hat mich angefleht, ihr einen Anwalt zu besorgen. Das habe ich dann auch getan. Einen Studienkollegen, der sich auf Strafrecht spezialisiert hat.«

»Und jetzt? Wo ist Karolin jetzt?«

Alexa zuckt mit den Schultern. »Noch immer in ihrer Zelle, nehme ich an. Ich habe Tammo – also Tammo Palmer, meinem Studienkollegen:

Dem habe ich ans Herz gelegt, sich Zeit zu lassen. Außerdem hat sie einen Polizisten gebissen. Da wird sie wohl kaum ohne psychiatrische Begutachtung freikommen.«

Urs spürt in sich eine warme, goldene Kugel der Genugtuung aufsteigen und schämt sich sogleich.

In diesem Augenblick schiebt sich Ayla durch die Tür. Auf einem Tablett balanciert sie zwei große Cappuccino-Tassen.

»Es tut mir so leid, dass ich dich aus dem Schlaf gerissen habe«, trällert sie, während sie die Tassen abstellt. »Wenn ich gewusst hätte …«

»Keine Ursache. Ich musste ja … Dings …« Aylas Grübchenlächeln hat Urs' Hirntätigkeit zum Erliegen gebracht.

»Aufstehen«, souffliert Alexa. »Könntest du die anderen schon mal in den Besprechungsraum rufen, Ayla? Wegen VenTEC?«

»Klar, Chefin. Mach ich.« Ayla segelt aus dem Raum.

Urs und Alexa blicken ihr nach, unisono seufzend.

»Fragst du sie endlich mal, ob sie mit dir ausgeht? Ich meine, wo du doch jetzt Single bist. Und …« Alexa deutet auf Urs' Cappuccino, dessen Schaum diesmal mit zwei verschlungenen Herzchen dekoriert ist. »Ich kann nicht umhin festzustellen, dass mein Kaffee nicht so aussieht.«

»Aber Ayla ist doch … Wie alt ist sie? Siebzehn? Achtzehn?«

»Einundzwanzig.«

»Aber ich bin doch ihr Chef. Das ist doch bestimmt –«

Alexa lacht kehlig, drückt ihre Zigarette aus und fischt eine neue hervor. »Technisch gesehen bin *ich* ihre Chefin. Ihren Arbeitsvertrag hat sie mit meiner Hälfte von SummerPod.«

Alexa und Urs haben die Agentur in zwei Teilfirmen aufgeteilt, die je einem von ihnen gehören. Während Urs' Hälfte alles Kreative umfasst, gehört alles Organisatorische, von der Buchhaltung über den Kundenkontakt bis hin zur Vermietung des Studios in Alexas Herrschaftsbereich.

Alexa und ihr Steuerberater haben sich dieses Konstrukt ausgedacht. Der Prüfer des Finanzamts hat nur mit dem Kopf geschüttelt. Drei Wochen hat er ihre Geschäfte auf Herz und Nieren überprüft und sich dann in einen längeren Kuraufenthalt verabschiedet. Einen Monat später kam eine große Steuerrückzahlung.

»Ayla ist bei mir angestellt. Rechtlich bist du also ganz auf der sicheren Seite. Du musst nur noch den Mund aufmachen. Wenn du dich traust.«

»Aber –«

»Feigling, Feigling, Feigling«, schneidet ihm Alexa mit spöttischem Singsang das Wort ab. »Komm. VenTEC wartet.«

Hörb räuspert sich pompös. Dann rückt er sein ultraflach-aluminiumgebürstetes Notebook zurecht. Und räuspert sich erneut. Pompös.

Alexa sitzt auf dem Platz neben Hörb, Urs den beiden gegenüber, Ayla mit ihrem Notizblock neben sich. Diesmal ist es eine kleine Giraffe, die auf ihrem Busen auf und ab wogt.

»Anmut und Weitsicht«, hat die Auszubildende die Bedeutung des Tieres erklärt.

Auf der anderen Seite von Urs sitzt Torsten, Senior-Texter und Resident Nerd, wie er sich selbst bezeichnet. Er hat Computer-Linguistik studiert, bevor es ihn in die Werbung verschlagen hat.

An einem Kopfende hat sich Olàve auf einen der Sessel gefläzt; für jede andere Sitzhaltung ist die Lacklederhose des Art Directors viel zu knapp geschnitten. Eigentlich haben ihn seine Eltern hausbacken Olaf getauft, doch Olàve besteht auf der französischen Aussprache samt Accent grave. Sein Göttergatte sei Geschäftsführer in einem Baumarkt, erklärt er stets, also falle es in *seine* Verantwortung, die Fahnen schwuler Kultur und Lebensart hochzuhalten.

Ihm gegenüber, am anderen Kopfende, hat Élodie sich bereits wieder in ihr High-End-Workstation-Notebook versenkt und wirkt allenfalls körperlich anwesend. Die zierliche Elsässerin, mit ihren grauen Augen und dunkelbraun-lockigen halblangen Haaren eher Französin als Deutsche, ist für alles Bewegte und Interaktive in der Agentur zuständig.

Wie immer, wenn Hörb etwas präsentiert, lassen Alexa und Urs einen kleinen roten Stressball zwischen sich hin und her rollen. Der

Account Manager kann einem mit seiner schneidenden Stimme zum Wahnsinn treiben. Der Ball ist das einzige Mittel, Alexa vom Rauchen abzuhalten und Urs daran zu hindern, Hörb zu erwürgen.

Hörb räuspert sich ein drittes Mal – pompös – und tippt auf eine Taste seines Notebooks. »Der Luftbewegungstechnikhersteller VenTEC –«

»Wintec?«, unterbricht ihn Élodie.

»Nein, VenTEC. Von ›vent‹ – französisch für Wind. Und TEC–«

»Französisches Unternehmen?«, fragt Resident Nerd Torsten.

»Nein, deutsch«, erklärt Hörb, ungehalten ob der neuen Unterbrechung. »Der Firmengründer, Vorstandsvorsitzende und langjährige Geschäftsführer Hasso von Bargenbrück war frankophil.«

»Wieso *war*?«

»Der ist im letzten Jahr verstorben.«

»Und deswegen sitzen wir jetzt hier«, stiehlt Alexa Hörb das Wort. »Seine Nachfolgerin ist Gisela Christine Sandmann. Sie war Keynote-Sprecherin auf der ›Women in Business‹ Convention, die wir vor ein paar Jahren betreut haben. Daher kenne ich sie. Und ich muss ihr auch im Gedächtnis geblieben sein. Jedenfalls hat ihre Assistentin mich vor drei Tagen angerufen und um unsere Teilnahme an einem Pitch gebeten. Hörb ist vorgestern hingefahren –«

»Moment, Moment«, unterbricht Urs sie, »Gisela Christine Sandmann? Bei dem Namen klingelt irgendetwas bei mir.«

»Das sollte es auch. Sie hat nicht nur einen Vorstand gründlich aufgemischt. Hinter vorgehaltener Hand nennt man sie auch ›die Guillotine‹. Zuletzt war sie Finanzchefin bei Fingerberger Lorenz und hat dort das große Aufräumen nach den ganzen Bestechungsskandalen beaufsichtigt. Danach hat sie sich eine Auszeit genommen. Aus persönlichen Gründen, wie es heißt. Jetzt ist sie wieder da.«

»Bei VenTEC?« Allein schon der Name klingt nach dem typischen Kunden von SummerPod. Pseudoinnovativer Mittelständler. In irgendeiner hessischen Kleinstadt ansässig. Der Patriarch schreitet morgens durch die Werkshallen und begrüßt seine Mitarbeiter per Handschlag. »Von einem Weltkonzern wie Fingerberger Lorenz aus ein Abstieg, oder nicht?«

Alexa fischt eine Zigarette aus dem Softpack in ihrer Hemdtasche, schiebt sie dann aber doch hinter ihr Ohr. »Wie man's nimmt. – Hörb?«

Stolz, endlich mit seinem Wissen glänzen zu können, drückt der Angesprochene eine Taste auf seinem Notebook. Auf der Leinwand hinter ihm leuchtet die erste Folie seiner Präsentation auf.

»VenTEC – TEC steht übrigens für –«

»Technology?«

»Nein.« Hörb betrachtet Olàve, den störenden Frager, über seine Nasenspitze hinweg. »TEC steht für Têcnològie Énèrgie Còmpâgnie«, streut er großzügig näselnde Accents über den original Mittelhessen-französischen Firmennamen, »VenTEC ist ein Hidden Champion der deutschen Wirtschaft. Das Unternehmen beschäftigt weltweit mehr als zwölftausend Mitarbeiter, hat neben dem deutschen Stammwerk in Kindesheim noch Produktionsstätten in Osteuropa und China und erwirtschaftet einen Jahresumsatz von dreizehn Milliarden Euro.«

»Dreizehn Milliarden Euro?« Urs meint, sich verhört zu haben. »So viel Umsatz? Mit was?«

»Mit Luftbewegungstechnik.« Erneut tippt Hörb auf seine Notebooktastatur. Auf der Leinwand erscheint eine Montage mit Bildern von Ventilatoren aller Größen. »Praktisch überall, wo Luft bewegt werden muss, steckt VenTEC drin. Auf dem Gebäudetechnik-Markt haben sie fast schon ein Monopol. Und in den Werken Osteuropas fertigen sie Stand- und Deckenventilatoren für die Weltmärkte.«

»Für Deutschland auch?« Olàve nimmt Urs die Frage aus dem Mund. »Ich habe von der Marke noch nie gehört. Göttergatte Stéphane auch nicht. Und der vertickt Ventilatoren.« Göttergatte Stéphane, eigentlich Stefan, ist Olàves baumarktleitender Ehemann.

Hörb reckt die Brust vor. »Das kommt daher, dass sie für den Consumer-Markt bisher nur in Lohnfertigung arbeiten. Die Geräte werden von anderen Labels angeboten. Mehr als ein Viertel aller weltweit verkauften Decken- und Standventilatoren stammen aber eigentlich aus den Werken von VenTEC, obwohl das niemand weiß. Das soll sich jetzt ändern. Und da kommen wir ins Spiel.«

»Haben die keine Leadagentur?«, fragt Torsten.

»Doch. Bisher wird der Account von Mathram Olynx betreut.«

Urs pfeift zwischen den Zähnen. Mathram Olynx ist eines der größten Agenturnetzwerke der Welt, das auch seinen und Alexas früheren Arbeitgeber nach dessen Insolvenz geschluckt hat.

»Sind sie mit denen nicht mehr zufrieden?« In Alexas Augen glitzert Blutdurst. Mathram Olynx einen Großkunden abzujagen steht auf ihrer Bucket List ganz weit oben.

»Doch, doch. Sehr sogar. Das hat mir Doktor Waengel extra gesagt.«

»Schwengel?«, fragt Élodie hinter ihrem Notebook hervor.

»Nein. Waengel. Mit A-E. Der Vertriebs-, Marketing- und Sales-Direktor für Europa, den Nahen Osten und Afrika. Also EMEA.« Gleich zwei von Hörbs lästigsten Angewohnheiten in einem Satz: Wann immer er eine Person vorstellt, nennt er deren vollständigen Titel. Außerdem muss er jede Abkürzung ausbuchstabieren. »Doktor Waengel geht d'accord mit der neuen Vorstandsvorsitzenden und Geschäftsführerin Doktor h. c., also honoris causa, Gisela Christine Sandmann, dass man bei diesem Produkt-Launch versuchsweise regionalen Agenturen eine Chance geben sollte.«

»Was für ein Produkt soll denn gelauncht werden?«

Hörbs Augen leuchten auf. »Gut, dass du fragst, Urs. Darf ich vorstellen?«

Er hebt einen aufrecht auf einen Fuß aus gebürstetem Metall montierten Ring von etwa fünfzig Zentimeter Durchmesser auf den Tisch. Der zweite Gegenstand, den Hörb daneben stellt, sieht genauso aus wie der Erste, nur kleiner. Der Ring hat vielleicht fünfzehn Zentimeter Durchmesser.

»VenTEC SummerBreeze: Ventilatoren der nächsten Generation«, preist Hörb die beiden Geräte an, als wäre er bei einem Shopping-Kanal auf Sendung. Er tippt auf einen Taster am Fuß des größeren der beiden Geräte. Die Innenseite des Rings flammt blau auf.

»Lautlos. Energieeffizient. Formschön. Gemacht für die Ewigkeit. VenTEC will damit direkt auf den High-End- und Pro-Consumer-Markt. – Hey!«

Élodie hat einen Bleistift durch den Ring geworfen, der jetzt klappernd auf der Tischplatte landet. »Sorry, ich wollte nur sehen, ob das wirklich ein Ventilator ist – und nicht das Portal in ein entferntes Universum.«

Hörb hüstelt empört. »In den Ring ist eine Vollspektrum-Tageslichtlampe integriert. Sie passt die Farbe ihres Lichtes automatisch an Standort, Datum und Uhrzeit an. Der Fuß enthält zudem einen Wassertank. Das Wasser wird als feiner Nebel in die durchströmende Luft gesprüht und feuchtet sie an. – Der Luftstrom ist ganz gleichmäßig und sorgt so für Erfrischung und Luftaustausch ohne die üblichen Verwirbelungen. Der VenTEC SummerBreeze – und das ist einzigartig – ist ein Player im Internet der Dinge. Mit seinen Sensoren analysiert er die Umgebung kontinuierlich und trägt mit Licht, Luft und Feuchtigkeit zu einem gesunden Raumklima bei.«

Wie ein Magier zieht Hörb eine Feder aus der Brusttasche seines Jacketts und lässt sie vor dem Ring fallen. Die Feder schwebt gleichmäßig über den Tisch – getragen von den unsichtbaren Händen des Luftstroms –, bis die »Sommerbrise« nicht mehr ausreicht und die Feder sanft auf die Tischplatte absinkt.

Olàve macht sich eine Notiz auf seinem Block. »Sieht nett aus. Was brauchen wir denn? Und bis wann?«

»Also, die Präsentation ist morgen.«

»Morgen? Bist du von allen guten Geis–?«

»Keine Panik.« Hörb hebt besänftigend die Hände. »Frau Doktor Sandmann und Herr Doktor Waengel wollen sich erst einmal einen Eindruck verschaffen. Und dank unserer persönlichen Connection«, Hörb nickt gönnerhaft in Alexas Richtung, die daraufhin den Stressball so hart zu Urs spielt, dass dieser ihn beinahe nicht mehr fangen kann, »haben wir gute Karten. – Außerdem hat Doktor Waengel schon genaue Vorstellungen von der Kampagne. Sie soll vollständig in line mit dem CI und dem Core Messaging des Unternehmens sein.«

»Mit dem Erscheinungsbild und den Werbebotschaften des Unternehmens«, will Urs Hörbs Denglisch korrigieren, beißt sich aber auf die Zunge. Stattdessen nickt er dem Account Manager zu, er möge fortfahren.

Urs kämpft gegen den Drang an, sich ein Glas Wein zu holen. Er sitzt mit seinem Notebook an seinem zurückeroberten Schreibtisch auf der Galerie seiner Wohnung.

Nach dem Briefing ist er nach Hause gefahren, um in Ruhe das Konzept zu schreiben. In der Agentur wird er ohnehin nicht benötigt.

Élodie und Olàve sind im Studio dem größeren der beiden Ringe mit Fotoapparat und 3D-Scanner zu Leibe gerückt, um Bildmaterial zu produzieren. Jetzt trudeln per E-Mail bereits die ersten Entwürfe ein.

Der kleinere der beiden Ringe steht auf Urs' Schreibtisch, leuchtet in den Farben des strahlenden Frühlingstags und dreht sich auf seinem Sockel im Kreis, während er den Raum um sich herum mit einer Sommerbrise erfrischt.

Noch einmal blättert sich Urs durch Hörbs Präsentation und das Briefing-Material des Kunden: Dr. Waengel hat wirklich seine Hausaufgaben gemacht. Die Zielgruppe ist bereits definiert, die Vertriebskanäle stehen fest: hochpreisige Möbel-, Accessoire- und Elektronikgeschäfte sowie ein speziell aufgesetzter Onlineshop und das Außendienstmitarbeiternetz des Unternehmens. Als besonderen Bonus lässt VenTEC den preisgekrönten Kundendienst seiner Professional-Produktpalette auch dem SummerBreeze angedeihen: achtundvierzig Monate Garantie, Austausch oder Reparatur innerhalb von vierundzwanzig Stunden.

Doch dann stößt Urs auf die Beispiele, die Doktor Waengel aus dem Archiv des Unternehmens gefischt und die Hörb als »Moods« bezeichnet hat. Stimmungsbilder. Hightech-Hochglanz, Licht, das sich auf Ventilatorenflügeln bricht wie auf Damaszener-Klingen. Schwarz, Blau und Metallic. Edel, stylish, mit klarer Designhandschrift. Keine Revolution, aber auch nichts, mit dem man etwas falsch machen könnte.

Oder? In Urs schrillen die Alarmsirenen. Warum, weiß er nicht. Was die Sirenen noch lauter heulen lässt. Aber vielleicht kommt er ja während der Arbeit noch drauf. Er öffnet also eine neue Präsentationsvorlage und beginnt zu tippen.

Zwei Stunden später ist er fertig. Die Arbeit ist ihm gut von der Hand gegangen, denn er muss nur die schöne Sitte pflegen, dem König nach dem Munde zu reden: Die Vorgaben von Dr. Waengel in neue Worte kleiden, die eine oder andere kleinere eigene Idee einpflegen, das Ganze mit ein paar Zitaten und Anekdoten spicken ... Solche Präsentationen hat er schon zu Hunderten verfasst und gehalten. Eine Fingerübung. Zu einfach?

Hörb hat Alexa sofort zugestimmt, dass Urs die Präsentation halten soll: »Klar. Das ist C-Level.«

Wirklich? Hörb verzichtet freiwillig auf den großen Auftritt? Hat das Trüffelschwein Unrat gewittert wie bei Herzog Raubach?

Dieser Gedanke lässt Urs' Unbehagen nicht gerade kleiner werden.

Oder täuscht ihn sein Instinkt? Ist er einfach in seiner Eitelkeit gekränkt, weil man ihm das Konzipieren und Strategisieren aus der Hand genommen hat? Fehlt ihm das Stöbern und Lernen?

Vielleicht ist es das. Denn so gut das Material ist, das Hörb zusammengetragen und aufbereitet hat, es sind nur die Fakten. Etwas Entscheidendes fehlt: die Atmosphäre.

Urs lässt sich gerne auf ausgedehnte Rundgänge durch das Kundenunternehmen mitnehmen. Er atmet die Stimmung in den Werkshallen. Lauscht dem Ton der Gespräche in der Kantine. Achtet auf Begeisterung oder Missmut, wenn die Mitarbeiter über das Unternehmen oder die Produkte sprechen.

Diesmal muss er wohl darauf verzichten. Allerdings kann er zumindest selbst ein wenig recherchieren, soweit das in der knappen Zeit möglich ist. Sich ein Bild machen von den Menschen, vor denen er präsentieren soll.

Urs öffnet ein Browserfenster. Zunächst sucht er nach Gisela Christine Sandmann. Sie hat sogar ihren eigenen Wikipedia-Artikel, der aber nur bestätigt, was Alexa erzählt hat: Während der Abschnitt *Wirken* ihre Vorreiter-Rolle für Frauen im gehobenen Management und ihre unbestechliche Arbeit im Kampf gegen Korruption und Misswirtschaft lobt, setzte sich der nachfolgende Abschnitt *Kritik* vor allem mit ihrem energischen, zielorientierten Management-Stil auseinander. »Frau Sandmann versteht ihre Rolle als die einer Scharfrichterin«, wird ein anonymer Kollege zitiert.

Das Bild neben dem Artikel scheint ihm recht geben zu wollen. Kurze, eisgraue Haare, das Gesicht markant geschnitten, hohe Wangenknochen und ein kräftiges Kinn. Die Augen sind stechend klar auf den Betrachter gerichtet. Abschätzend. Anpeilend. Zielerfassungssysteme.

Der Mund ist leicht schief, eine Narbe im Mundwinkel sieht aus wie der Schmiss eines Duells, rührt aber von einem Verkehrsunfall her, wie der Artikel zu berichten weiß.

Der letzte Abschnitt des Eintrags beschäftigt sich mit dem Privatleben. Er füllt nicht einmal zwei Zeilen: *Von Juli 2015 bis Januar 2019 legte Gisela Christine Sandmann aus persönlichen Gründen eine längere Auszeit ein. Sie ist unverheiratet und kinderlos.*

Lesbisch? Vielleicht hat Alexa deshalb bei ihr einen Stein im Brett. Aber das geht Urs nichts an. Und es würde ihm auch nicht weiterhelfen.

Der Artikel sagt nur wenig über Gisela Christine Sandmanns Beziehung zu VenTEC – außer der kargen Information, dass sie dort den Geschäftsführungsposten übernommen habe. Eine Fußnote verweist auf ein Interview mit der Witwe von Hasso von Bargenbrück, die darin stolz erklärt, man habe »mit Gisela Christine Sandmann eine der profiliertesten deutschen Managerinnen für das Unternehmen gewinnen können, von der man sich das innovative Fortschreiben der Success Story von VenTEC verspreche«. Gleich drei Buzzword-Bingo-Wörter in einem Satz: Der PR-Manager der Bargenbrücks ist sicher stolz auf dieses Juwel der Unternehmenskommunikation aus seiner Feder.

Dr. Christian Waengel ist zwar nicht bei Wikipedia vertreten, hat jedoch reichlich andere Spuren im Netz hinterlassen: LinkedIn, Xing, Gastdozentenseiten bei mehreren Universitäten.

Natürlich wird er prominent auf der Firmenwebsite von VenTEC präsentiert – mit Vita und Foto: ein Mittvierziger mit verfrühtem Haarausfall, dem man eingeredet hat, sein Charakterkopf käme durch eine Schädelrasur erst richtig zur Geltung. Er lächelt mit PR-tauglicher Verbindlichkeit, seine dezent weinrote Krawatte über dem weißen Hemd ist mit einem Windsorknoten gebunden. Neben dem Foto prangt ein Zitat von ihm, das so nichtssagend ist, dass Urs es schon vergessen hat, bevor er noch beim letzten Wort angekommen ist, irgendwas mit Luftbewegungstechnik, Global Player und Innovation.

Urs ruft wieder das Suchfenster auf. Doch die Suchbegriffskombination »Waengel« und »VenTEC« fördert nur noch einen einzigen weiteren brauchbaren Link zu Tage: einen Nachruf auf Hasso von Bargenbrück, den Gründer des Unternehmens – immerhin erschienen in der *WirtschaftsWoche*.

Den Artikel ziert ein Foto, auf dem zwei Männer in Jagdkleidung und mit Schrotflinten zu sehen sind: der eine untersetzt und bärtig, der andere schlank und kahlgeschoren. Die Bildunterschrift lautet: *Bei der Hessischen Hubertus-Jagd 2016: Unternehmenslenker Hasso von Bargenbrück und sein Kronprinz Dr. Christian Waengel.*

Kronprinz? Das zumindest sollte Alexa wissen. Urs greift zum Handy.

»Du meinst, dieser Waengel will uns ausbooten?« Alexas Zippo ratscht. Urs hört das Fauchen gierigen Raucheinziehens, bevor seine Geschäftspartnerin weiterspricht. »Um seiner ihm vor die Nase gesetzten Chefin eins auszuwischen?«

»Oder die Kampagne soll schlecht werden, damit die Sandmann gleich bei ihrem ersten großen Projekt scheitert, ja.«

»Urs, bist du sicher, dass du nicht ein wenig paranoid bist? Was ist denn an unserer Kampagne schlecht?«

»Ich weiß es nicht. Das ist es ja gerade. Ich habe nur dieses Bauchgefühl, dass etwas nicht stimmt.«

»Und wenn du dich irrst?«

Normalerweise hätte Urs ihr zugestimmt. Daher ist er selbst überrascht, als er sich sagen hört: »Alexa, ich bitte dich. Wann hätte ich mich jemals in so einer Sache geirrt?«

Aus dem Hörer dringt ein Schnauben. Urs kann seine Geschäftspartnerin vor sich sehen, wie sie den Rauch ihrer Zigarette durch die Nase ausbläst. »Irgendeine Idee, wie es besser geht?«

»Nein, das nicht. Aber –«

»Ich fürchte, dann sind uns die Hände gebunden. Unsere Kreativkrabbelgruppe ist schon ziemlich durch den Wind. Außerdem müssen die noch anderes Zeug fertig machen. Und einen Freelancer will ich für so einen unbezahlten Pitch auch nicht holen. Zumindest nicht ohne eine geniale Idee von dir. Wenn dir also nicht jetzt sofort spontan etwas einfällt …« Alexa hält inne. Sie wartet wohl tatsächlich auf einen Geistesblitz von Urs. »Ruh dich lieber gut aus für die Präsentation morgen. Die Sandmann ist ein hartes Publikum.«

»Das wollte ich dich ohnehin noch fragen: Du hast die Sandmann doch erlebt. Wie ist die so drauf?«

»Gitanes ohne Filter.«

»Und das heißt?«

»Was wohl? Sie hat bei Fingerberger Lorenz aufgeräumt. Das geht nicht mit Mädchen-Kuscheln. Auch auf diesem Event hat sie uns rumgescheucht wie ein Feldwebel. Aber sie weiß ganz genau, was sie will.«

»Das ist doch gut, oder?«

»Theoretisch. Aber das schützt sie dennoch nicht davor, dass dieser Waengel ihr und uns morgen in den Rücken schießt. Aber da zähle ich auf dich. Dann brauchen wir eine spontane Idee wie bei diesem Herzog gestern. Du weißt schon, der Pick-up-Truck und der Elch. Schade, dass wir das nicht drehen können.«

Alexa hat gesprochen. Und sie hat – wie meistens – recht.

Feierabend. Die letzten Entwürfe sind eingebaut. Die Präsentation ist gespeichert und ins Firmennetzwerk übertragen.

Mit seinem Weinglas in der Hand tritt Urs auf den großen Balkon seiner Wohnung. Der Fursuit hängt dort zum Auslüften auf einem Bügel. Er nimmt ihn besser wieder mit rein. Es sieht zwar nicht nach Regen aus, aber man weiß ja nie.

Noch immer nagt das Unbehagen an Urs. Was stimmt nur nicht mit der Kampagne? Verdammt, er ist doch sonst schneller im Kopf!

Oder bildet er sich das alles ein? Ist seine Paranoia ein Nachbeben des Beziehungsstresses?

Als er nach Hause gekommen ist, sind die Kartons im Treppenhaus übrigens verschwunden gewesen; Karolins Schlüssel haben im Briefkasten gelegen. Es hat Urs erstaunlich wenig ausgemacht.

In der leider fehlgeleiteten Hoffnung, dass ihn das warme Wasser entspannen und inspirieren würde, hat Urs ausgiebig geduscht. Jetzt steht er nur in Unterwäsche im Wohnzimmer. Der Fursuit liegt einladend auf dem Sofa.

»Das Streifenhörnchen-Cheapskate wanted to work in that suit. Auf seinem Laptop tippen«, hört Urs Evelyns Stimme in seinem Kopf.

Arbeiten im Fursuit? Soll er das mal probieren?

Oder sucht er nur nach einer Ausrede, um wieder in den Panda schlüpfen zu können?

Egal. Einen Versuch ist es wert. Noch bevor er es selbst realisiert, gleitet das Futter des Suits schon über seine Schultern.

Urs muss laut lachen, als er sein Spiegelbild im Display des Notebooks erblickt – als Panda verkleidet, ein Glas Wein in der Hand, die frisch aufgerissene Packung BambooStixx neben sich.

Endlich ist der Computer fertig hochgefahren und Urs ruft erneut die Präsentation auf.

Folie für Folie lässt er sie Revue passieren, während er bedächtig an einem BambooStick kaut und langsam auf seinem Bürosessel wippt.

Vor – und zurück.

Wie ein Panda in den Ästen seines Lieblingsbaums.

Vor – und zurück.

Warum auch immer: Er muss wieder an die Vorfreude des vergangenen Abends denken, als er in den Fursuit geschlüpft ist. Und an den Winter.

Vor – und zurück.

Am liebsten würde er jetzt in seinem Fursuit durch frisch gefallenen Schnee tollen.

Vor – und zurück.

Was machen Pandas eigentlich, wenn es Sommer wird? Ist ihr Fell dann nicht viel zu warm?

Vor – und ...

Warm?

Natürlich! So muss die Kampagne aussehen!

Urs greift nach dem Handy und wählte Alexas Nummer. Nur die Mailbox. Auf dem Festnetz meldet sich auch nur der Anrufbeantworter. Ach ja, es ist Alexas Date Night. Der Abend ist nur ihrer Gemahlin gewidmet – selbst wenn Welt und Agentur in Flammen stünden.

Also wählt er die Nummer der Agentur. Dort geht auch niemand ans Telefon. Es ist ja auch schon nach neun Uhr abends, das Tagwerk ist getan.

Urs betrachtet den Notebook-Bildschirm und kratzt sich mit den Pfoten hinter seinen Ohren. Es hilft wohl nichts: Selbst ist der Xiongmao.

Er kann seine Ideen wenigstens skizzieren und morgen als Einfall aus der Tasche ziehen, wenn sich seine Befürchtungen bewahrheiten sollten.

Schnell lädt er alles Notwendige vom Server der Agentur herunter. Dann ruft er die Seite einer Bildagentur auf. In das Suchfenster tippt er das Wort »Eisscholle«.

# Brumm
## *Eine Präsentation*

Der Morgentau kühlt ihm die Pfoten, während er über das frischgrün weiche Gras wandert, um sein Revier zu erkunden.

Zur Linken bietet der Bambushain Schatten und Schutz vor neugierigen Blicken. Zur Rechten lädt ein sprudelnder Bach zum Baden ein – eine willkommene Abkühlung, sollte der Tag wärmer werden, die Sonne ihn nicht mehr streicheln, sondern auf den schwarzen Puschelohren brennen.

Und dann ist da natürlich *der Baum*.

Majestätisch ragt er empor, die polierten Äste Sprossen einer Jakobsleiter hinauf zu jener Plattform, von der aus er die Hügel und Täler, die Felder und Wälder überblicken kann.

Vor allem aber sitzt *sie* dort oben. *Sie* wird seinen Nacken, sein Bauchfell kraulen – und diese Stelle zwischen seinen Ohren. Im Arm wird sie ihn halten, ihn vielleicht auch wieder bürsten, mit ihm spielen …

Ja, genau. Er wird *sie* besuchen. Dort oben. Seine Höhenangst kann ihn mal. Er ist schließlich Xiongmao, der mutigste Kämpfer unter der Sonne.

Auf allen vieren pirscht er sich an *den Baum* heran, legt die Pfoten prüfend auf die unteren Äste.

Dann beginnt er mit dem Aufstieg. Immer höher. Nicht nach unten sehen. Nur nach oben. Zur Plattform. Zum Einstieg. Zu ihr. Er ist sich sicher, dass sie ihm zugewinkt hat. Ganz sicher.

Was –? Rasseln! Schnarren! Direkt neben seinem Kopf!

Der Ast, an den er sich gerade noch geklammert hat, rutscht ihm durch die Finger. Seine Pfoten finden am blanken Holz keinen Halt. Er stürzt in die Tiefe.

Urs liegt nicht mehr in seinem Bett. Eindeutig. Das Bett ragt nämlich riesenhaft neben ihm auf. Ebenso der Nachttisch. Er …

Ja, er liegt tatsächlich auf dem Teppichboden seines Schlafzimmers.

Ist er wirklich aus dem Bett gefallen?

Das Schnarren aus seinem Traum hat noch immer nicht aufgehört.

Was ist –? Ach ja! Das ist der Klingelton seines Handys. Welcher Barbar wagt es, ihn aus dem Bett zu werfen?

»Ja?«, meldet er sich mürrisch.

»Wo bleibst du denn?«, dringt Alexas Stimme so energisch aus dem Hörer, als wolle sie ihn packen und durch die Telefonleitung ziehen. »Die Sandmann rückt doch gleich an.«

Gleich? Wie spät …?

Zwei Minuten nach neun, verkündet der Wecker auf dem Nachttisch in viel zu grellen Ziffern. Verdammt!

»Sorry, ich habe verschlafen.«

»Verschlafen? Du?« Alexas Verblüffung hält nicht lange an. »Beweg deinen Hintern hierher. Aber hurtig!«

Klicken. Das Telefonat ist beendet.

Urs gähnt, bis ihm die Augen tränen. Das Bett sieht so verlockend aus. Vielleicht noch …

Dann endlich schaltet sein Gehirn in den Panikmodus.

Agentur! Präsentation!

Wo ist sein Laptop?

Ach ja, richtig. Auf der Galerie. Auf seinem Schreibtisch.

Schnell rafft er zusammen, was er braucht, schlingt sich einen Träger seines Rucksacks über die Schulter und rutscht das Geländer der Treppe nach unten. Brieftasche und Schlüsselbund findet er auf der Ablage der Garderobe: Bereit zum Abmarsch!

Auf dem Parkplatz der Agentur steht nur Alexas BMW Roadster. Der Gästeparkplatz ist noch leer. Er ist also halbwegs pünktlich.

Urs erlaubt sich ein paar verschnaufende Atemzüge, bevor er sein Fahrrad in den Ständer wuchtet, das Schloss zuschnappen lässt und die Stufen zum Eingang hoch hetzt.

Alexa hat beim Empfang schon auf ihn gewartet.

»Na end... – Was soll das denn?«

»Was soll was?« Urs ist rutschend vor ihr zum Stehen gekommen.

»Das!« Alexa tippt ihm auf die Brust. »Als ich meinte, du sollst das Ding in der Agentur tragen, war das als Scherz gemeint.«

»Hui, wie niedlich!« Ayla kommt mit einem Tablett voller Gläser aus der Küche geschossen. Das Tablett auf einer Hand balancierend, umkurvt sie Urs. Mit der anderen Hand krault sie ihn kurz zwischen den flauschigen Ohren, bevor sie die Treppe hinauf in die Erdmännchen-Kolonie segelt. Am liebsten hätte Urs vor Vergnügen mit den Pfoten gestrampelt.

Moment! Flauschige Ohren? Pfoten?

Oh nein! Er trägt noch immer den Fursuit. »Sorry, den habe ich völlig vergessen.«

»Vergessen?« Alexa nestelt panisch an der Brusttasche ihres Jacketts, doch es gelingt ihr nicht, eine Zigarette herauszufischen. »Zieh dich um. Die kommen doch ... – Zu spät!«

Die beiden Flügel der Agenturtür schwingen auf, gehalten von zwei jüngeren Frauen in fast identischem Business-Dress. Sie sprechen in ihre Handys: Herolde, die in polyphoner Fanfare die Ankunft der Herrscherin vermelden.

Die Erscheinung, die die Treppe zur Agentur hochschwebt, hat allerdings wenig Ähnlichkeit mit einer Königin.

Eher mit einem wohlgenährten Schmetterling.

Gewänder aus rotem, weißem und grünem Stoff flattern. Lange graue Haare wehen. Holzperlenketten um Hals und Handgelenke klappern im Rhythmus der Schritte wie Kastagnetten.

Fast auf gleicher Höhe mit der Erscheinung geht ein marineblauer Zweiteiler mit weißem Hemd und roter Krawatte, die spitzen Lederschuhe frisch poliert. Aus dem windsorbeknoteten Kragen ragt der Kurzhaar-Charakterkopf von Dr. Christian Waengel.

Auf dem oberen Treppenabsatz, kurz bevor sie die Tür passieren, stoßen die beiden gegeneinander, weichen zurück, nur um gleich wieder in den Raum zwischen ihnen vorzustoßen. Die Erscheinung hat die Nase vorn. Dr. Christian Waengel ist gezwungen, ihr den Vortritt zu lassen, will er sie nicht mit einem Bodycheck von der Treppe befördern. Urs kann sich des Eindrucks nicht erwehren, dass Waengel darüber ernsthaft nachdenken muss.

Die drei jungen Männer, die hinter ihnen in sportivem Gleichschritt die Treppe erklimmen, sind wohl an diesem Morgen frisch aus dem Werk geliefert worden. Sie alle tragen den gleichen dunklen Anzug, das gleiche blaue Hemd, die gleichen in den Firmenfarben von VenTEC gestreiften Krawatten. Unter dem Arm halten sie die gleichen ledernen Mappen. Einzig in der Farbe ihrer sorgsam gegelten Frisuren unterscheiden sie sich: dunkel-brünett, brünett und hell-brünett. Der Mittlere – brünett – trägt zudem eine Brille mit schwarzem Rahmen und geht exakt eine Stufe vor den anderen – der Kopf eines übereifrigen Insekts.

Die Erscheinung segelt mit bunt wehenden Gewändern auf Alexa zu, die sich – ihn halb schützend, halb verbergend – vor Urs gestellt hat. Die Gewänder umhüllen Alexa kurz in inniger Umarmung, bevor zwei knochige Hände aus den Ärmeln schießen, die so Begrüßte an den Schultern packen und von sich schieben, nur um sie dann zackig zum dreifachen akademischen Küsschen wieder zu sich heranzuziehen.

»Alexa, liebes Kind. Schön dich zu sehen.« Die Stimme der Erscheinung ist violetter Samt. Wer ist …? Dann entdeckt Urs die Narbe im Mundwinkel: Vor ihnen steht tatsächlich Gisela Christine Sandmann.

Alexa ist mindestens ebenso perplex wie er.

»Danke gut. Und selbst?«, fragt sie, sich halb an den Silben verschluckend.

Doch die Erscheinung hat sie schon sanft beiseitegeschoben.

»Hallo, wen haben wir denn hier?« Gisela Christine Sandmann mustert Urs von oben bis unten. Sie klingt … samtig? Neugierig?

Alexa klappt ihren Mund auf und zu; dann endlich stößt sie hervor: »Das ist Urs Podini, mein Co-Geschäftsführer. – Er ist unser Wer-Bärchen«, fügt sie hastig hinzu.

Unsicher streckt Urs die Hand zur Begrüßung aus. Gisela Christine Sandmann schüttelt sie kräftig.

Dennoch fühlt Urs sich verpflichtet, seine Kostümierung zu begründen: »Der Panda ist mein Krafttier.«

Dr. Christian Waengel lacht blechern, die Phalanx fällt gehorsam ein.

Gisela Christine Sandmann schießt herum. Noch im Drehen wandelt sich ihr Blick. Die Zielerfassungssysteme bringen die Phalanx zum Verstummen – selbst Waengel, der sich wenigstens mit einem süffisanten Grinsen behaupten will.

»Pandas sind ausgezeichnete Krafttiere.« Die Stimme der Sandmann hat sich von Samt zu Stahl gewandelt. »Sie vereinen die Prinzipien des Männlichen und des Weiblichen in Ruhe und Ausgeglichenheit. Ihre verspielte Kreativität erlaubt ihnen zudem, außerhalb eingetretener Pfade zu denken.« Sie mustert Waengel abschätzig. »Eine Eigenschaft, die ja leider vielen Menschen abgeht.«

Sie wendet sich wieder Urs zu, ihr Blick wird sanft, ihre Stimme samten. »Na, dann wollen wir doch mal schauen, was Sie Schönes für uns vorbereitet haben, junger Mann.«

Aylas Eltern führen ein osmanisch-hessisches Fusion-Restaurant in der Frankfurter Innenstadt. Die Tochter hat daher bereits mit der Muttermilch aufgesogen, eine gute Gastgeberin zu sein:

Eine weiße Tischdecke bedeckt den großen Konferenztisch. Aus strategisch verteilten Vasen verbreiten frische Blumen Frühlingsduft.

Gläser sind zu kunstvollen Pyramiden gestapelt. Mineralwasser, Softdrinks und Saft in Karaffen warten darauf, konsumiert zu werden. Teller mit Kanapees laden zum Naschen ein.

Vor allem die Schalen mit Schmalzgebäck lassen Urs das Wasser im Mund zusammenlaufen: kleine Kugeln, in Fett gebacken, mit Puderzucker bestreut, irgendwo zwischen türkischen Lokmas und hessischen Kräppeln – eine Erfindung von Aylas Eltern.

In der Mitte des Tisches steht der Star der Präsentation: der VenTEC SummerBreeze.

Während die Gäste ihre Sitzordnung aushandeln – offenbar gelten für Sandmann und Waengel ebenso wie für die Phalanx strenge protokollarische Regeln –, eilen Ayla und zwei von ihr extra zu diesem Zweck abgestellte Praktikanten mit Tabletts herum, verteilen Schreibblocks und Stifte, bieten Getränke an.

Einen Dämpfer erhält Ayla, als sie Gisela Christine Sandmann einen ihrer dekorierten Cappuccinos offerieren will. Sandmann, die sich soeben auf den zentralen Platz an der Längsseite des Tisches gesetzt und damit den ersten Zug in der Sitzplatzrochade getan hat, zieht einen an einem Lederband um ihr Handgelenk geschlungenen Anhänger mit einem Kristall aus ihrem Ärmel und lässt ihn über der Tasse pendeln. Offenbar gefällt ihr das Resultat nicht, denn sie lässt das Pendel wieder im Ärmel verschwinden und schüttelt den Kopf. »Tut mir leid, mein Kind. Ich nehme besser nur ein Mineralwasser.«

Ein Gast hat immer recht. Das hat Ayla von ihren Eltern gelernt. Daher listet sie höflich die Wassersorten auf, die die Agentur auf Lager hat. Bei einer Marke nickt Gisela Christine Sandmann wohlwollend. Ayla segelt aus dem Raum und bringt so die Phalanx zum stummen Verharren.

Nach einem strengen Räuspern der Sandmann geht das Stühlerücken weiter, bis endlich jeder seinen Platz gefunden hat.

Urs schiebt derweil sein Notebook hin und her, versichert sich mehrfach des ordnungsgemäßen Funktionierens der Präsentation und des kleinen Handschalters mit integriertem Laserpointer. Sein Unbehagen hat sich in seinem Magen zu einem Klumpen Angst verklebt.

Auch Waengel und die Phalanx haben endlich Platz genommen. Der Kronprinz a. D. sitzt zur Linken von Gisela Christine Sandmann, neben ihm wiederum seine beiden Assistenten, einer der Männer (hellbrünett) und eine der beiden Frauen. Die drei anderen sind wohl der Chefin selbst zugeordnet. Der Brillenträger sitzt zu ihrer Rechten: Metatron, emsiger Schreiber Gottes, wartet darauf, ewige Weisheiten für die Nachwelt festzuhalten.

Die Sandmann trinkt einen Schluck des von Ayla persönlich kredenzten Wassers, legt die Hände höflich vor sich auf den Tisch und bedeutet Urs mit einem Kopfnicken, dass er beginnen möge.

Verloren!

Das weiß Urs schon, noch bevor Gisela Christine Sandmann ihr Urteil spricht.

Dabei hat die Präsentation gut angefangen. Produktvorteile, USP und Markteinschätzung hat die Sandmann huldvoll abgenickt, während die Stifte ihrer Lakaien über die Blöcke kritzeln.

Auch die Zielgruppendefinition findet angemessenen Anklang.

Bei den Wünschen und Bedürfnissen der potenziellen Kunden verengen sich die Augen der Sandmann bereits ein wenig; die Stifte kritzeln langsamer.

Doch der Todesstoß kommt, als Urs den ersten Entwurf präsentiert. *Air Quality – Made in Germany* lautet die Headline über dem Bild des SummerBreeze. Grellweiß bricht sich das Licht im gebürsteten Stahl des Rings, der Hintergrund der Anzeige ist ein Kosmos von Schwarz und Blau.

Gisela Christine Sandmann schüttelt den Kopf, während Urs noch durch das Design führt. Ihre Augen wandeln sich jedoch nicht zu Zielerfassungssystemen, sondern sie füllen sich …

… mit unendlicher Traurigkeit? Endlich hebt sie die Hand, um Urs in seiner Rede Einhalt zu gebieten.

»Ich muss zugeben, dass ich enttäuscht bin«, sagt sie. »Dafür hätte ich auch zu Mathram Olynx gehen können.«

Urs schluckt schwer. Glücklicherweise springt ihm Alexa zur Seite. »Nun, wir haben die Vorgaben des Briefings umgesetzt«, sagt sie halb zur Sandmann, halb in Richtung Waengel, der die Hand vor den Mund gelegt hat, um sein schadenfrohes Grinsen zu verbergen.

Der Kopf der Sandmann dreht sich langsam zu ihm. Diesmal verwandeln sich ihre Augen.

Waengel lässt die Hand sinken. Seine Stimme ist sonor. Offenbar hatte er sich schon mit Sprechunterricht auf die Rolle des Vorstands-Granden vorbereitet. »Ich habe SummerPod natürlich unser CI-Handbuch übergeben und Zugang zu unserem Archiv gewährt, aber –«

Mit einer Handbewegung, als wolle sie eine Schmeißfliege verscheuchen, bringt ihn die Sandmann zum Verstummen.

Dann wendet sie sich wieder zu Urs. Ihr Blick wird etwas weicher. Ist sie bereit, das Todesurteil in eine Bewährungsstrafe umzuwandeln?

»Unser bisheriges CI und unsere früheren Anzeigen erfüllen durchaus ihren Zweck – auf dem B2B-Markt«, erläutert sie freundlich. »Doch mit dem VenTEC SummerBreeze wollen wir ganz andere Kundenschichten ansprechen. Gehobene Konsumenten. Die Käufer von Luxusuhren und anderen Edel-Accessoires. Die können wir mit so einer Kampagne nicht hinter dem Ofen hervorlocken.«

Urs nickt. Gisela Christine Sandmann fasst genau die Bedenken in Worte, die seit dem Vorabend an ihm genagt haben.

»Sehen Sie, der VenTEC SummerBreeze ist nicht nur ein Produkt«, fährt die Sandmann fort. Sie erhebt sich in warmblütiger Emphase. »Er ist eine Mission. Wir wollen Gesundheit und gutes Klima – körperlich und seelisch – in das Heim unserer Kunden bringen. Seine Umwelt und seine Aura heilen. Doch dazu müssen unsere Patienten den SummerBreeze in ihren Wohn- und Schlafzimmern gerne willkommen heißen. Das dort«, sie zeigt auf die Anzeige, die noch immer auf die Leinwand hinter Urs projiziert wird, »das dort ist ein Blutdruckmessgerät. Du nutzt es vielleicht zweimal, weil der Arzt es verordnet hat. Aber dann landet es in der Schublade.« Sie lässt die Finger zärtlich über das gebürstete Metall des Ventilators gleiten. »Der SummerBreeze ist dein Freund. Er will, dass du dich wohlfühlst. – So müssen wir die Kunden ansprechen. Mit Zärtlichkeit. Mit Fürsorge. Vielleicht mit einem Schuss Humor. Diesen Gedanken finde ich in Ihrer Kampagne überhaupt nicht wieder.«

In diesem Moment macht es in Urs ganz laut *Klick*. Nein. Nicht *Klick*, sondern …

»Brumm!«

Gisela Christine Sandmann hält verdutzt inne. »Brumm?«

Hat er wirklich »Brumm« gesagt?

Einerlei: Endlich hat Urs sich daran erinnert, wie er am Vorabend den Fursuit angezogen und sich dann wieder vor den Rechner gesetzt hat. Mit einem Male hat er gewusst, was nicht stimmt. Und wie die Kampagne eigentlich aussehen muss. Die halbe Nacht hat er damit verbracht, fieberhaft seine eigenen Entwürfe zu skizzieren.

Er holt tief Luft und richtet sich auf. »Genau das haben wir uns auch gedacht. Daher haben wir einen Alternativvorschlag vorbereitet.«

Die Sandmann setzt sich wieder, nimmt noch einen Schluck Wasser und faltet die Hände. Offenbar ist sie bereit, weiter zuzuhören.

»Unsere Alternative hebt genau auf den Umweltaspekt und den Humor ab, von dem Sie gerade gesprochen haben. Moment.« Eilig blättert Urs mit der Fernbedienung durch die Folien. Da. Endlich der Zwischentitel. »Ich nenne sie die *Alternative mit dem Bären*.«

Huscht da etwa der Anflug eines Lächelns über das Gesicht der Sandmann? Waengel jedenfalls sieht aus, als rumore ein vergammeltes Thunfisch-Sandwich in seinem Magen.

Mit einem Gefühl des Triumphs tippt Urs erneut auf seine Fernbedienung.

Der Bildschirm seines Notebooks färbt sich …

… blau.

Blue Screen of Death!

Nein, nein, nein! Nicht jetzt! Hektisch tippt Urs noch einmal auf die Taste. Sinnlos.

Was jetzt? Klammeraffengriff! STRG und ALT und ENTF. Er findet die Tasten schließlich mit seinen felligen Pfoten.

Der Bildschirm verlischt.

Und bleibt dunkel. Die LEDs am Rechner blinken hektisch, dann verlöschen auch sie – bis auf die eine, die verkündet, der Computer sei angeschaltet. Urs tippt auf die Leertaste, dann auf Escape. Nichts passiert.

»Tja, für die Kampagne sehe ich schwarz«, bühnenflüstert Waengel. Seine Entourage lacht pflichtschuldigst.

Am liebsten würde sich Urs jetzt unter den Tisch verkriechen. Auf die Handflächen gestützt sieht er sein eigenes Spiegelbild im noch immer dunklen Display des Computers. Schweißtropfen rinnen ihm über die Stirn. Und dann …

… blickt ihm ein Panda entgegen.

Oh nein! Nicht auch noch Halluzinationen. Nicht gerade jetzt.

Er will mit der Faust auf die Tastatur hämmern.

Der Panda hält ihm seelenruhig einen grünen Zweig hin. »Lass mich nur machen, Kumpel. – Bambus?«

»Hallo? Urs? Geht es dir gut?« Klapse auf seinen Wangen. Jemand rüttelt heftig an seiner Schulter. »Soll ich einen Arzt rufen?«

Urs öffnet die Augen.

Ein Meer von Weiß. So grell, dass er die Augen gleich wieder schließt.

»Nicht wieder einschlafen.«

Schlafen? Gute Idee!

»Hey. Bleib bei mir.«

Mit Kraft wird er an der Schulter und an der Flanke gepackt und auf den Rücken gedreht. Gleich will er sich wieder einrollen, doch die Hände halten ihn fest. Also öffnet er die Augen erneut.

Alexa hat sich über ihn gebeugt. »Bist du wieder wach?«

Ihre Worte dringen an seine Ohren wie durch dicken Stoff. Als ob er eine Kapuze trägt. Er will nach seinem Kopf tasten, doch dann erblickt er ... Sind das seine Hände? Das sind ja Pfoten. Ganz mit schwarzem Fell besetzt.

Nein, das sind Handschuhe! Er trägt den Panda-Fursuit. Warum …?

Die Erinnerung zieht herauf wie eine Gewitterfront: Am Vorabend ist er in dem Suit eingeschlafen, hat vergessen, ihn wieder auszuziehen, und ist damit an diesem Morgen in die Agentur gefahren.

Richtig! Er ist in der Agentur.

Aber warum liegt er auf dem Rücken? Und worauf?

Das ist keine Matratze, auch keiner der Liegesessel aus dem Ruhe- und Meditationsraum.

Er liegt auf etwas Hartem. Es raschelt, als er mit den Fingern über die raue Oberfläche streicht.

Vielleicht sollte er sich aufsetzen.

»Ja, ja, gut. Setz dich auf. Trink was.« Alexa stützt ihn, bis er ins Sitzen kommt. Dann hält sie ihm ein Glas an die Lippen. Mineralwasser. Er nimmt einen winzigen Schluck. Doch. Das tut gut. Also greift er mit beiden Pfoten …

*Händen!*

Er greift mit beiden *Händen* nach dem Glas und leert es gierig. Dann hält er das leere Gefäß Alexa hin, die sich beeilt, ihm nachzuschenken. Auch das zweite Glas leert er in einem Zug. Dann das dritte.

Endlich zwingt er sich, das Glas abzusetzen, und sieht sich um.

Er sitzt auf dem großen Konferenztisch im Besprechungszimmer.

Die Tischplatte ist mit einem weißen Tischtuch bedeckt. Gläser. Flaschen. Tassen. Teller und Schüsseln – sorgfältig beiseite geräumt, sodass er inmitten einer weißen Insel sitzt.

Vor ihm steht ein aufrecht auf einem Fuß montierter Ring aus gebürstetem Metall: der VenTEC SummerBreeze. Der kühl schmeichelnde Luftzug, der durch den Ring strömt, lässt die feinen Haare seines Fursuits flattern.

Die Gewitterfront seiner Erinnerung stößt grollend Bilder aus:

Die Präsentation.

Die freundliche Standpauke von Gisela Christine Sandmann.

Der Computerabsturz.

Der Panda, der ihm aus dem spiegelnd-schwarzen Display seines Notebooks zuzwinkert.

Und dann?

»Wie bin ich hier hingekommen?«

Alexa, die neben ihm hockt, noch immer auf dem Sprung, ihn zu stützen, sollte er wieder in sich zusammensacken, fragt verdutzt: »Wie ›hier hingekommen‹? Du bist doch selbst auf den Tisch geklettert.«

»Ich bin was?«

»Auf den Tisch …« Sie stutzt. »Erinnerst du dich nicht?«

Erinnern? An was?

»Urs. Mach keinen Scheiß. Ich meine, die Linie zwischen Genie und Wahnsinn ist dünn, aber …«

»Genie? Wahnsinn?«

»Weißt du nicht mehr?« Alexa setzt sich hin, atmet durch, sieht ihn durchdringend an. »Was weißt du denn noch?«

»Ich weiß, dass ich die Präsentation verhauen habe. Dass mein Rechner abgestürzt ist. Dann war da dieser Panda –«

»Panda?«

»Im Spiegel. Also im Notebook-Display. Aber dann?« Er hebt ratlos die Schultern.

»Und danach? Erinnerst du dich an irgendwas danach?«

Der Schatten eines Geschmacks legt sich auf seine Zunge. Warm. Süß.

»Ich habe von diesen Lokma-Kräppeln gegessen, oder?«

Alexa nickt. »Ja, aber das war später. Und davor? Erinnerst du dich an irgendwas davor?«

Urs schüttelt den Kopf. »Was habe ich angestellt?«

»Also, du bist auf den Tisch gestiegen –«

»Auf den Tisch?«

»Ja. Und dann hast du uns gebeten, die ganzen Gläser und Tassen und Teller und so beiseite zu räumen. Du bräuchtest Platz.«

»Die müssen doch gedacht haben, ich bin übergeschnappt.«

»Der Waengel schon. Aber die Sandmann hat erklärt, wir sollen dich machen lassen.«

»Aha. Und dann?«

»Dann hast du dich auf den Tisch gesetzt, den SummerBreeze zu dir gedreht und eingeschaltet. Gesagt, wir sollen uns jetzt mal vorstellen, die weiße Tischdecke sei eine Eisscholle.«

»Und dann?«

»Dann hast du angefangen zu erzählen. Von strahlend blauem Himmel. Palmenstrand im Hintergrund. Eine Eisscholle, die in der Südsee treibt. – Und wir sollten uns vorstellen, du seiest jetzt mal kein Panda, sondern ein Eisbär.«

»Ein Eisbär?«

»Ja. Der Eisbär, so hast du erklärt, sitzt an diesem tropisch warmen Sommertag auf seiner Eisscholle – und vor ihm der SummerBreeze. Der die Wärme für ihn erträglich macht. Dann hast du dich vor den SummerBreeze gesetzt, ihn auf Vollgas gestellt und dir mit geschlossenen Augen den Wind um die Nase wehen lassen.«

Erinnerungsschwaden driften durch Urs' Kopf. Ihm ist viel zu warm gewesen in seinem Fursuit. Er hat geschwitzt. Eine kühle Brise auf seinem Gesicht: welch eine Wohltat!

»Und dann?«

»Dann hast du gesagt: ›Die Headline lautet: Brumm!‹«

»Und die haben nicht nach den Männern mit der weißen Jacke gerufen?«

»Der Waengel hatte sogar schon sein Handy gezückt.« Alexa kann sich ein Kichern nicht verkneifen. »Doch die Sandmann hat es ihm aus der Hand genommen. Das sei genau der Spirit, den sie sich wünscht, hat sie gesagt. Dann hat sie das Handy auf den Tisch gelegt und mit dem Boden ihrer Mineralwasserflasche zerstampft.«

»Und der Waengel?«

»Wollte irgendwas von Geisteszustand sagen. Aber sie hat ihm erklärt, wenn er auch mal sein Krafttier zulassen würde, wäre er sicher kreativer. – Und dann hat sie gemutmaßt, sein Krafttier sei wohl ein Grottenolm.«

»Wieso denn ein Grottenolm?«

»Das haben wir uns auch alle gefragt. Aber du hast nur bestätigend genickt. Und ›Brumm‹ gesagt.«

»Brumm?«

»Ja. Sehr viel mehr kam von dir dann auch nicht mehr. Das hat aber gereicht. Die Sandmann war völlig aus dem Häuschen. Vor allem, als du losgekrabbelt bist und –«

»Ich bin was?«

»Du bist auf allen vieren über den Tisch gekrabbelt und hast dich einer großen Schale Lokma-Kräppel bemächtigt, mit der du dich wieder vor den SummerBreeze verzogen hast. Du hast durch den Ring in die Ferne gesehen und Kräppel gegessen.«

»Und dann?«

»Die Sandmann hat dich irgendetwas gefragt. Ich weiß nicht mehr genau, was. Und du …«

»Ich habe ›Brumm‹ gesagt?« Urs spürt das Blut in seine Wangen strömen. In seinem Magen bildet sich wieder ein eisiger Ball der Verzweiflung.

»Das auch. Vor allem hast du ihr die Schale hingehalten. Ihr Kräppel angeboten. Und als sie nicht sofort reagiert hat, hast du mit der Hand neben dich auf den Tisch geklopft. Sie solle dort Platz nehmen.«

»Platz nehmen?«

»Ja. Die Sandmann ist also auf den Tisch geklettert und hat sich neben dich gesetzt. Gemeinsam habt ihr dann die ganze Schale Kräppel verputzt und durch den Ring in die Ferne geschaut. – Wie dem auch sei: Du und die Sandmann, ihr habt abwechselnd immer wieder ›Brumm!‹ gesagt. Als ob ihr ein tiefsinniges Gespräch führt. Dann hast du dich an ihrer Seite zusammengerollt und bist eingeschlafen.«

Urs verbirgt das Gesicht in den Händen vor Scham. »Die muss doch denken, ich bin vollkommen derangiert.«

Alexa lacht. »Vielleicht. Aber genau richtig derangiert. Jedenfalls ist sie vom Tisch geklettert und hat erklärt, wir sollten leise den Raum verlassen und dich schlafen lassen. Pandas hätten ein äußerst ruhebedürftiges Naturell.«

»Aha. Und ich?«

»Du hast geschlafen. Wir sind also leise aufgestanden und wollten gehen. Doch dann ist dein Notebook wieder angesprungen. Und hat uns das hier gezeigt.«

Sie streckt sich über den Tisch, dreht das Gerät zu sich und tippt auf die Leertaste.

Der Beamer erwacht zum Leben, auf der Leinwand erscheint das Anzeigenmotiv, das Urs am Vorabend gebastelt hat: ein Eisbär auf seiner Scholle im tropischen Meer, genüsslich die Nase in den Wind des SummerBreeze steckend. Darüber der Schriftzug *Brumm!* – mit Ausrufezeichen.

Urs erinnert sich dunkel, dass er das als Platzhalter geschrieben hat. Danach muss er wohl vergessen haben, die eigentliche Headline einzufügen. Vielleicht ist ihm auch keine eingefallen.

»Da ist die Sandmann noch mal stehen geblieben, hat auf das Bild gedeutet und erklärt, genau so müsse die Kampagne aussehen.« Alexa legt Urs den Arm um die Schulter und zieht ihn kräftig an sich. »Ich liebe deine Geniestreiche. Aber warn uns beim nächsten Mal vor, wenn du wieder so eine Show planst. Mit ausgefallenem Notebook und auf den Tisch klettern und so.«

»Das … das war nicht geplant.«

Alexa stupst ihm ihren Ellbogen in die Rippen. »Jaja, erzähl das nur.«

»Und dann? Ich habe geschlafen und …?«

»Die Sandmann hat uns nach draußen gescheucht. Wir sollten dich bloß schlafen lassen. Krafttiere wüssten schon am besten, was ihre Träger brauchen. Sie und ich sind in mein Büro gegangen und haben Nägel mit Köpfen gemacht.«

»Nägel mit Köpfen?«

»Wir haben die Eckpunkte unseres Vertrags festgehämmert. Vollständige Kampagne für den SummerBreeze. Online, Display, Native, Print, TV, Point of Sale, Messen, PR – alles. Wenn das gut läuft, neue Lead-Agentur für die Consumer-Schiene.«

»Wow!« Urs spürt, wie der Verzweiflungsball in ein Freudenfeuerwerk zerplatzt. »Und Kronprinz Waengel?«

»Ayla musste ihm einen doppelten Raki einflößen, als er von dem Vertrag gehört hat. – Ach ja!« Alexa greift in ihre Brusttasche, befördert jedoch keine Zigarette hervor, sondern eine Visitenkarte, die sie Urs reicht. »Die hier hat mir die Sandmann noch gegeben.«

Urs dreht die Karte so, dass er sie lesen kann. Bambuspapier, das erkennt er sofort. *Nanga Doda – Guru* steht auf der Vorderseite, auf der Rückseite eine Münchner Adresse.

»Sie meinte, wir sollten den hier konsultieren, falls wir das Krafttier-Prinzip auf die ganze Agentur ausweiten wollen«, erklärt Alexa. »Der hätte auch ihr geholfen.«

»Geholfen?«

»Ja. Nachdem sich damals der Rauch bei Fingerberger Lorenz allmählich gelichtet hatte, hat sie wohl wahnsinnige Rückenprobleme bekommen. Herzbeschwerden. Und hohen Blutdruck. Die Ärzte konnten ihr nicht helfen. Aber dieser Nanga Doda. Der hätte ihr gezeigt, was Leben wirklich bedeutet. Dass es nicht um Aufwärts, Aufwärts, Aufwärts geht. Mit ihm hat sie auch ihren neuen Look gefunden. Und ihr persönliches Krafttier. Ein Ai.«

»Ein Ei? Von welchem Vogel?«

»Nein. Ai mit A-I. Eine Faultierart.«

Urs unterdrückt ein Lachen. »Da habe ich ja mit meinem Panda noch mal Glück gehabt.«

»In der Tat.« Alexa legt den Arm um Urs. »Du und ich und das Wer-Bärchen: Wir werden jede Menge Kohle scheffeln.«

# Brumm

## *Ein Bäckereibesuch*

Alexa hat ihn nach Hause geschickt.

Trotz des Triumphs.

Trotz des in aller Eile von Ayla organisierten Champagners, mit dem die Bewohner der Erdmännchen-Kolonie feierlich angestoßen haben.

Trotz der anstehenden Aufgabe, Urs' Idee zur Kampagne auszuarbeiten.

Er solle es machen wie sein innerer Panda, hat Alexa gesagt: Immer mit der Ruhe! Leckere Dinge essen. Sich ausschlafen. Und sich keine Sorgen machen wegen des Gedächtnisaussetzers. Er sei überarbeitet. Trittbrettfahrerinnen-geschädigt.

Morgen sei auch noch ein Tag. Oder übermorgen. Oder nächste Woche.

Wenn es dann nicht besser sei, könne er noch immer zum Arzt gehen. Doch jetzt solle er erst einmal sein Kraftbärchen pflegen.

»Brumm!«, hat er darauf bestätigend gesagt.

»Brumm!«, hat Alexa erwidert. Dennoch hat sie ihm die Visitenkarte eines Neurologen in die Hand gedrückt. Für alle Fälle.

Jetzt steht er unschlüssig auf dem Vorplatz der Agentur. Soll er das Fahrrad nehmen oder zu Fuß gehen?

Urs hat zwar schon den Lenker in der Hand, lässt den Drahtesel dann aber doch im Ständer stehen. Er wird zu Fuß nach Hause gehen. Die Frühlingssonne lockt, den Kopf bei einem Spaziergang auszulüften.

Also zieht er die Riemen seines Rucksacks fester und marschiert durch die Einfahrt des Innenhofs zur Straße.

Kaum ist er aus der Einfahrt gebogen und ein paar Schritte gegangen, halten seine Füße inne. Er meint, Blicke auf sich zu spüren.

Sein Versuch, sich unauffällig umzuschauen, scheitert: Die Kapuze des Fursuits behindert seine Sicht. Also dreht er sich einmal um die eigene Achse. Er ist ja als Panda verkleidet. Da kann er auch Pirouetten drehen.

Ein paar Hauseingänge entfernt lehnen zwei Jugendliche an einer Wand und rauchen. Der kleinere der beiden trägt einen weißen Hoodie mit schwarzen Armen. Die Kapuze mit den schwarzen Ohren hat er über den Kopf gezogen.

Die Jugendlichen beachten Urs nicht weiter. Und außer ihnen ist niemand auf der Straße. Er muss sich getäuscht haben. Außerdem ist der Tag viel zu sonnig, um sich Sorgen zu machen. Was soll ihm schon geschehen zu dieser Tageszeit – selbst mitten in Offenbach?

Absätze klackern hinter ihm auf dem Gehweg.

Wird er doch verfolgt?

Urs bleibt stehen und dreht sich um. Ayla rennt beinahe gegen ihn. »Hi. – Gut, dass ich dich noch erwische.«

Ayla ihn erwischen? Warum? Na klar! »Lass mich raten: Die Chefin hat dich geschickt?«

»Ja. Das heißt nein. Ich bin … Also, ich dachte, ich mache gerade mal meine Brötchen-Tour. Außerdem …« Aylas Wangen röten sich.

»Außerdem?«

»Na ja, ich habe da eine Frage. Alexa meint, du kennst dich da besser aus.«

Seit wann muss man Ayla denn jedes Wort aus der Nase ziehen? »Ja?«

»Also … Hui, dein Öhrchen ist verrutscht.« Sie rückt es zurecht, dann streicht sie mit der Hand durch das Fell auf Urs' Kopf. »Das ist wirklich flauschig.«

»Deine Frage?«

Ayla beißt sich auf die Unterlippe. »Sollen wir erst mal weiter?«

»Zur geheimen Brötchenquelle?« Seit Ayla zum ersten Mal die extra-lecker belegten Brötchen und Baguettes geholt hat, ist in der Agentur der Wettstreit ausgebrochen, wem es gelingt, ihr das wohlgehütete Geheimnis der Herkunft zu entlocken.

»Na gut. Aber dafür darf ich meine Frage stellen, abgemacht?«

»Klar.«

Sie setzen den Weg fort. Ayla schweigt beharrlich.

»Und? Was möchtest du wissen?«, fragt Urs schließlich.

»Also, es hat … mit meinem Beruf. Mit … du weißt schon … meiner Ausbildung. Damit hat es zu tun.« Endlich sprudelt es aus ihr heraus. »Ich will gerne Texterin werden. Und Strategin. So wie du. Wie macht man das? Wie wird man das?«

Im ersten Moment spürt Urs einen Stich der Enttäuschung. Was hat er auch erwartet? Einen Heiratsantrag?

Andererseits: Warum druckst Ayla so herum? Als ihr Ausbilder ist er schließlich für solche Fragen da.

Ist die Frage vielleicht doch vorgeschoben? Urs sieht die Kakao-Herzchen auf seinem Cappuccino vor sich. Soll er es wirklich wagen?

»Hui, das ist eine komplexe Frage«, beginnt er zögernd. »So zwischen Tür und Angel …« Er hält inne, als hätte er gerade einen Geistesblitz, und bemüht sich, seine Stimme so väterlich wie möglich klingen zu lassen, obwohl sein Herz rast. »Sag mal, was hältst du davon, wenn wir zwei dazu einfach mal essen gehen? Dann können wir uns in Ruhe unterhalten. – Freitag vielleicht?«

Ayla stößt einen Kiekser aus. »Fein! Da freue ich mich.«

Aylas sagenumwobene Brötchenquelle entpuppt sich als neue Bäckerei. Urs ist schon häufiger an dem bisher leerstehenden Ladengeschäft vorbeigekommen. Das Schaufenster ist lange blind gewesen, von innen mit Packpapier verklebt, um neugierige Blicke auszusperren.

*Bäckerei und ToGo Bistro Kaymaz* steht jetzt in goldenen Lettern an der glänzenden Scheibe. Darunter hängt ein liebevoll handgemaltes Schild: *Neueröffnung! Yeni açılış!*

Und darunter …

Urs läuft das Wasser im Munde zusammen, als er die Brötchen und Kuchen in der Auslage sieht.

Hat er nicht in der Agentur eine ganze Schale Lokma-Kräppel gegessen? Ach, das ist doch schon wieder ewig her.

Außerdem hat Alexa gesagt, er solle leckere Dinge essen. Doch, Urs ist sich ganz sicher, dass seine beste Freundin das zum Abschied gesagt hat.

Moment, hat er Geld dabei?

Er greift ins Vorderfach seines Rucksacks: Ja, da sind seine Hausschlüssel und auch seine Brieftasche. Gut, dann muss er seine Auszubildende nicht anpumpen.

»Hallo, Ayla! Heute mit Kavalier?«, fragt die junge Frau hinter der mit Leckereien überladenen Theke. *Es bedient sie Akanyildiz Kaymaz!* steht auf dem Namensschild, das sie an der Brust ihrer frisch gestärkten, weißen Schürze trägt wie einen Orden.

»Das ist mein Chef«, stellt Ayla Urs vor. »Doktor Urs Podini.«

Hat sie wirklich den Doktortitel stolz verklingen lassen und dann vor seinem Nachnamen kaum hörbar geseufzt? Nein, das muss Urs sich einbilden.

Er will Ayla den Vortritt lassen, doch sie winkt ab, während sie ihren Notizblock aus der Tasche zieht: »Bestell du zuerst. Bis Akanyildiz und ich die ganzen Sonderwünsche auseinandersortiert haben, bist du verhungert.«

Seit Ayla sich um die Mittagessen-Bestellungen kümmert, hat das Buhlen der Erdmännchen-Kolonie um ihre Aufmerksamkeit ganz neue Dimensionen angenommen. Alle versuchen, Ayla durch extravagante Bestellungen und Ernährungsgewohnheiten ein paar Sekunden länger ganz für sich zu haben. Urs muss sich eingestehen, dass er an diesem Wettkampf auch schon teilgenommen hat. Jetzt will er am liebsten die Arme hochreißen und laut rufen: »Gewonnen!«

»Und ich dachte immer, Pandas essen nur Bambus.« Drei Baguettes hat Urs sich ausgesucht – eines üppiger und bunter belegt als das andere –, die Akanyildiz jetzt in Papiertüten packt. »Darf es noch etwas sein? Vielleicht was Süßes?«

Urs überlegt. Noch mehr Lokma vielleicht?

Doch dann entdeckt er das kleine Weingummi-Sortiment in einer Ecke des Ladens. Soll er wirklich? Was wird wohl Ayla von ihm denken?

Andererseits: Soll sie doch seine Schwäche ruhig kennen. »Noch eine Packung BambooStixx bitte. Cola-Geschmack.«

»Ach, die mag ich auch«, sagt Ayla.

Noch eine Gemeinsamkeit! Urs wäre am liebsten vor Freude durch die Bäckerei gekullert.

Er hat seine Einkäufe in seinem Rucksack verstaut, als die Ladentür aufgerissen wird.

»So sieht man sich wieder.« Der Sprecher hat wohl dräuend schnarren wollen, doch das Ergebnis ist ein jämmerliches Quäken.

»Ach nee, die Kartoffel«, sagt Ayla.

»Halts Maul, Schlampe. Fick isch disch gleich hier!«

Dort steht tatsächlich der kleine Scheißer!

Der Typ hinter ihm muss dann wohl der große Scheißer sein. Der große, kahlgeschorene, muskelbepackte Scheißer!

Er zieht den Rotz hoch. »Isser das, oder was? Sieht ja voll schwul aus mit dem Pelz, ey.«

»Isser auch. Voll schwuler Werber-Arsch, ey.« Der kleine Scheißer stößt Urs mit dem Zeigefinger vor die Brust. »Haste nicht gedacht, du Schwuchtel, was? Mach isch disch fertisch.«

»Raus, ihr zwei. Oder ich rufe die Polizei.« Die Bäckerin hat schon ihr Telefon in der Hand, doch der große Scheißer lässt seine Faust vor ihr auf den Tresen krachen, dass die Glasplatte zerspringt.

»Leg das Ding weg, Fotze. Sonst kriegste auch.«

Die Bäckerin sieht hilfesuchend zu Urs.

Verdammt. Zwei gegen einen. Urs hebt besänftigend die Hände. »Ich glaube –«

»Isch mach disch alle, Alter.« Der kleine Scheißer stößt ihm seine Fäuste vor die Brust, dass Urs nach hinten taumelt.

In ihm ballt sich ein glühender Zornesball zusammen. Er spürt ein zähnefletschendes Grollen in seiner Kehle aufsteigen.

Der kleine Scheißer streckt Urs den Zeigefinger ins Gesicht. »Kriegstu Stress.«

# Brumm

## *Ein Rutschvergnügen*

Vor – und zurück.

Urs hat gar nicht gewusst, dass sie diese auf dicken Federn im Boden verankerten Schaukeltiere auch für Erwachsene bauen.

Vor – und zurück.

Und doch: Hier steht ein größeres Tier neben ein paar Kleineren. *Mutter- und Kind-Schaukeln* heißt es auf dem Schild daneben.

Vor – und zurück.

Okay, technisch gesehen trifft das auf ihn nicht zu. Er hat kein Kind dabei. Und Mutter ist er auch nicht.

Vor – und zurück.

Aber er nimmt ja niemandem den Platz weg. Es ist noch früh. Keine Kinder in Sicht. Keine Mütter. Der Spielplatz ist verwaist.

Vor – und zurück.

Spielplatz? Mit den Füßen stoppt Urs das Wippen.

Wie ist er hierhergekommen? Auf den Spielplatz? Auf dieses blaurotgelbe, mit einer großen Stahlfeder in einem Betonsockel verankerte Plastikpferd? Zeit für eine Bestandsaufnahme:

Er sitzt auf einem Schaukeltier. Gut.

Vor sich auf dem Sattel steht sein Rucksack. Gut.

In der Hand hält er eines der Baguettes, die er in der Bäckerei gekauft hat. Gut.

Den Spielplatz kennt er auch. Auf seinem Heimweg kommt er stets daran vorbei. Gut.

Aber war er nicht eben noch in der Bäckerei? Hat ihn dort nicht der kleine Scheißer bedroht? Und ist da nicht auch ein großer Scheißer gewesen?

Die Auseinandersetzung muss wohl gut ausgegangen sein. Sonst säße er ja nicht hier. Auf einem Schaukelpferd. Mit einem Baguette in der Hand.

Urs stößt sich mit den Füßen ab, um weiter zu wippen.

Vor – und zurück.

Mit geschlossenen Augen legt er den Kopf in den Nacken. Die Frühlingssonne streichelt sein Gesicht. Eine Brise flauscht sein Fell.

Vor – und zurück.

Dann und wann nimmt er einen Bissen von seinem Baguette.

Vor – und zurück.

Er kaut langsam und genießt das Knurpsen der Brötchenkruste, die saftige Kühle von Salat und Tomate, die herbe Symbiose von Schinken und gesalzener Butter.

Vor – und zurück.

Ob es solche Schaukeltiere auch für Privatpersonen zu kaufen gibt?

Vor – und zurück.

Für den Balkon?

Vor – und zurück.

Oder fürs Wohnzimmer?

Vor – und zurück.

Vor – und zurück.

Vor – und zurück.

»Mats-Mika? Lässt du den Mann in Ruhe?«

Urs setzt die Füße auf den Boden auf, um das Schaukeln zu stoppen. Dann öffnet er die Augen.

Vielleicht einen Meter vor ihm steht ein Panda.

Nein. Kein Panda. Ein Junge.

Wie alt? Vier? Fünf? Das ist ja immer so schwer zu schätzen.

Der Junge trägt …? Ja, er trägt einen Panda-Fursuit!

Nein, keinen Fursuit. Urs erinnert sich, dass solche Overalls für Kinder – nennt man sie in diesem Alter noch Strampelanzüge? – gerade in Mode sind.

Dieser Junge trägt also einen Panda-Strampler. Selbst die Plüschkapuze mit den schwarzen Ohren hat er übergestreift. Trotz des warmen

Wetters. In den Händen hält er einen blauen Eimer und ein gelbes Schäufelchen.

Die Lippen des Jungen beben. Über seine Wangen rollen Tränen.

Urs hat Kinder noch nie weinen sehen können. Er steigt vom Schaukelpferd herab und geht vor dem Jungen in die Hocke. »Warum weinst du –?«

»Mats-Mika, kommst du von dem Mann da weg.«

Etwas in ihm will gegen diese Einmischung in ein Gespräch unter Artgenossen protestieren, doch Urs muss sich eingestehen, dass er das Misstrauen der Mutter versteht. Schließlich spricht er am helllichten Tag auf einem Spielplatz ein wildfremdes Kind an. Und er trägt einen Panda-Fursuit.

Langsam richtet er sich auf und macht einen Schritt rückwärts, um die Mutter, die sich bereits drohend über ihm aufgebaut hat, nicht zu provozieren. »Verzeihung. Ich wollte Mats-Mika –«

»Woher wissen Sie den Namen meines Sohnes?«, fragt die Mutter im Ton einer Polizistin, die einen Lustmörder vernimmt. Sie schwingt ihre Handtasche angriffslustig hin und her. Bestimmt hat die Tasche einen Bleiboden. So hat Karolin sich auch stets bewaffnet.

»Sie … Sie haben ihn gerade so gerufen. Und der Name ist so …« Bescheuert, will ihm seine innere Stimme soufflieren. »So ungewöhnlich, da …«

»Ach so.« Die Mutter lässt die Handtasche ein paar Zentimeter sinken und schwingt sie auch nicht mehr.

»Also, ich … Ich kann Kinder nicht weinen sehen. Da wollte ich mal schauen, ob … also, ob ich ihn vielleicht trösten kann.« Kaum haben diese Worte seinen Mund verlassen, will Urs sich auf die Zunge beißen: Er klingt wie ein Kinderschänder.

Zu seinem Erstaunen seufzt die Mutter tief. »Mats-Mika will immer auf den Spielplatz. Dann fängt er an zu weinen und will nicht sagen, warum.«

Mats-Mika ist unterdessen davongetapst. Jetzt sitzt er in der Sandkiste und schaufelt energisch Sand in sein Eimerchen, nur um ihn gleich wieder auszukippen. Noch immer kullern ihm die Tränen über die Wangen.

Urs wendet sich wieder an die Mutter. »Darf ich mal versuchen? Ich …« Ja, welche Qualifikationen hat er eigentlich, um ein Kind zu trösten? »Also, in meinem Freundeskreis bin ich ein beliebter Babysitter.«

Er ist es zumindest gewesen. Bis Karolin ihm erklärt hat, dass er mit über vierzig doch allmählich zu alt fürs Babysitten sei.

Die Mutter lässt ihren Blick noch einmal kritisch über Urs streifen, ist dann aber wohl überzeugt, dass sie ihn im Ernstfall überwältigen kann. »Bitte, versuchen Sie es.« Ihre Mundwinkel zucken. »Wenn es gelingt, spendiere ich Ihnen eine Portion Bambus.«

Urs hat zunächst Bedenken, sich einfach so mit seinem Fursuit in den Sandkasten zu setzen. Dann fällt ihm wieder ein, dass er den Suit ohnehin gründlich waschen wollte.

Doch, er ist sicher, dass er sich das vorgenommen hat. Er kann sich nur nicht mehr konkret erinnern, wann und warum. Einerlei: Auf ihn wartet eine wichtige Aufgabe.

Er hockt sich in den Sandkasten und formt mit seinen Pfoten kleine Kuppeln. Damit tastet er sich allmählich in Richtung Mats-Mika vor, der noch immer vehement Sand in sein Eimerchen schaufelt, nur um ihn dann wieder auszukippen.

»Brumm!«, sagt Urs zur Begrüßung.

Mats-Mika zieht trotzig die Nase hoch. »Pandas brummen nicht.«

»Nein? Wie machen Pandas denn dann?«

»Sie machen so wie kleine Hunde. Bellen und so.« Mit höchster Konzentration nimmt Mats-Mika das Schaufeln wieder auf.

»Aha? So?« Urs versucht, die ersten Bellversuche des Labradorwelpen seiner Nachbarn zu imitieren.

»Hmhm.« Mats-Mika ist nicht beeindruckt. Er blickt nicht einmal auf, sondern schaufelt noch schneller.

»Was baust du denn da?«, fragt Urs neugierig.

»Nichts.« Mats-Mika kippt den Eimer wieder aus und beginnt von Neuem ihn vollzuschaufeln.

Gut, so geht es also nicht. Doch Urs' Ehrgeiz ist geweckt. Außerdem hat er sich an eines seiner Lieblings-Sandkastenspiele aus seiner

Kindheit erinnert. Kurzerhand beginnt er, mit den Händen Sand aus einer immer tiefer werdenden Kuhle auf einen Berg zu schaufeln. Endlich hat er tief genug gegraben: Der Sand wird feucht und lässt sich modellieren.

Sorgfältig streicht Urs den Sand der Serpentine glatt, die um seinen Berg herumführt. Jetzt fehlt nur noch …

Nein, er hat genau, was er braucht! Aus der Vordertasche seines Rucksacks fischt er den leuchtend roten Anti-Stress-Ball, den er und Alexa in Konferenzen zwischen sich hin und her rollen.

Der Ball kullert die Serpentine herab, bis er von einer Unebenheit gestoppt wird. Sofort streicht Urs die Stelle mit den Fingern glatt und lässt den Ball erneut rollen. Jetzt findet er seinen Weg bis ganz nach unten.

Stolz lässt Urs den Ball gleich noch mal die Serpentine herabkullern. Schön. Aber zu kurz. Vielleicht …

Er sieht auf und bemerkt, dass Mats-Mika mit seinem Geschaufel aufgehört hat und ihn beobachtet.

»Leihst du mir deine Schaufel?«

Misstrauisch reicht der Junge ihm das kleine, gelbe Plastikwerkzeug. Urs beginnt, Sand auf seinen Berg zu schaufeln. So geht das doch gleich viel schneller.

Mats-Mika hat sich unterdessen angepirscht. »Was machst'n du da?«

»Ich baue eine Bahn für meinen Ball.«

»Hmhm.« Unschlüssig spielt Mats-Mika mit dem Henkel seines Eimers. »Darf ich mitmachen?«

Immer höher und höher ist der Berg gewachsen. Dann haben Urs und Mats-Mika den Sand festgeklopft und begonnen, eine lange Serpentine zu formen. Urs hat sogar versucht, einen Tunnel durch den Berg zu graben, doch dazu ist der Sand nicht feucht genug.

»Sollen wir mal probieren?«

Mats-Mika nickt feierlich. Urs legt den Ball ganz oben auf die Serpentine. Ein kleiner Stoß und …

Der Ball kullert und kullert und kullert. Selbst die Sprungschanze meistert er tadellos, dann rollt er endlich in den Graben, den sie am Ende der Serpentine angelegt haben.

»Es funktioniert!«

»Noch mal! Noch mal!«, ruft Mats-Mika.

Urs will den Ball schon wieder selbst in die Serpentine legen, doch dann hat er eine bessere Idee. »Jetzt du.«

Mats-Mika muss sich auf die Zehenspitzen stellen, um den Ball auf die Startplattform zu legen und ihm den nötigen Stups zu geben. Erneut kullert der Ball die Serpentine hinab.

»Noch mal! Noch mal!«

Urs und Mats-Mika wechseln sich dabei ab, den Ball kullern zu lassen. Zudem verlängern sie den Graben und wetten, bei wem der Ball am weitesten rollt. Mats-Mika gewinnt.

Doch so leicht gibt Urs sich nicht geschlagen. Er wischt die Bahn noch einmal ab, damit nur ja kein Sandkorn im Wege ist. Dann will er den Ball auf die Serpentine legen, doch er bemerkt, dass Mats-Mika mit seiner Aufmerksamkeit nicht mehr bei ihrem Spiel ist.

Erst jetzt nimmt Urs den Lärm der Kinder bewusst wahr, die das strahlende Zentrum des Spielplatzes belagern: den großen Kletterturm aus wuchtigen Holzbohlen, den man über ein Netz aus dicken Tauen oder – für sicherheitsbedachtere Gemüter – über eine Treppe erklimmen kann. Von der Plattform des Turms führt eine lange, rote Rutsche nach unten. Breit genug für zwei Rutscher gleichzeitig. Mit Buckel!

Die Kinder klettern immer wieder auf den Turm und lassen sich johlend die Rutschbahn hinuntergleiten – manchmal alleine, manchmal mit ihrem besten Freund, manchmal in ganzen Gruppen. Sie jauchzen auf, wenn sie den Buckel passieren. Vergnügt kugeln sie durch den weichen Sand am Fuß der Rutsche, der unter ihrem Einschlag aufspritzt.

Wenn das Spiel allzu wild wird, hebt eine der auf den Bänken sitzenden Mütter den Kopf von ihrem Smartphone und gibt ihrem Malte-Anders oder ihrer Leonie-Maria, ihrem Volkan oder ihrer Ayram den klugen Rat, es nicht zu übertreiben.

Rutschen! Das muss Spaß machen. Urs hat sich aufgerichtet und wäre fast schon den ersten Schritt in Richtung Rutschturm gegangen, als er spürt, dass jemand seine Felltatze mit beiden Händen umklammert: Mats-Mika.

Urs geht wieder in die Hocke. »Sollen wir mal rutschen?«

Mats-Mika sieht trotzig zu Boden.

»Was ist? Ärgern dich die anderen Kinder?«

Energisches Kopfschütteln, begleitet von kullernden Tränen.

»Was dann?«

Statt einer Antwort setzt sich Mats-Mika wieder auf den Boden und schaufelt Sand in seinen Eimer.

Vor Urs' innerem Auge entfaltet sich der Albtraum seiner Fahrtenschwimmer-Prüfung, damals in der dritten Klasse: Er hat auf dem Drei-Meter-Brett gestanden. Für den Pflichtsprung. Doch dann ist er mit zitternden Knien die Leiter wieder hinuntergeklettert. Seine Klassenkameraden haben ihn ausgelacht. Als der Lehrer gefragt hat, warum er nicht gesprungen sei – er könne doch schwimmen wie ein Fisch! –, hat Urs nur gesagt, er hätte Bauchweh.

Der Turm ist hoch, die Rutsche steil. Hat Mats-Mika Höhenangst wie er selbst?

Wenn er den Jungen direkt fragt, kriegt er bestimmt keine Antwort. Also wendet Urs sich wieder der Ballburg zu. »Du hast recht. Die Rutsche ist so hoch, da habe ich Angst.«

»Echt?«, fragt Mats-Mika misstrauisch. »Du bist doch schon groß.«

»Echt. Ich habe Angst vor Höhen.«

»Das ist doof, wenn man Angst hat.« Mats-Mika hämmert mit der Schaufel auf den Sand in seinem Eimerchen, fester und fester. Schließlich kippt er den Eimer wieder aus.

Urs dreht sich zum Kletterturm um. Gerade rutschen zwei Mädchen Hand in Hand. Eines der Mädchen sieht ängstlich aus – so sehr, dass die dazugehörende Mutter ihr Smartphone weggesteckt hat und jetzt am Fuß der Rutsche steht, um ihren Nachwuchs aufzufangen.

Auch Mats-Mika sieht zu den beiden Mädchen, gibt jedoch vor, zu schaufeln. Der Sand fällt neben den Eimer.

»Sollen wir zusammen rutschen?«, fragt Urs. »So wie die da?«

Mats-Mikas Augen glimmen auf, seine Mundwinkel heben sich zur Andeutung eines Lächelns. Urs steht auf und streckt ihm die Hand hin. Doch der Junge zögert. »Mama hat gesagt, ich darf nicht mit fremden Männern mitgehen.«

»Ich bin doch k–« Die Mutter hat ja recht. »Komm, dann fragen wir deine Mama.«

Mats-Mikas Mutter sitzt auf einer Bank in der Nähe der Sandkiste. Sie liest in einem E-Book-Reader – oder gibt es zumindest vor. Über den Rand des Gerätes hat sie ihren Sohn und seinen eigenwilligen Spielgefährten jedoch stets unter Beobachtung.

Als Urs und Mats-Mika auf sie zukommen, lässt sie den Reader sinken. »Holen Sie zur Bewältigung Ihrer Midlife-Crisis Ihre Kindheit nach? Andere Männer kaufen sich einfach einen Porsche Cayenne.«

Urs zuckt mit den Schultern. »Der passt nicht auf meinen Tiefgaragenstellplatz. – Sagen Sie, dürfen wir, also Mats-Mika und ich ... dürfen wir mal rutschen?« Dann schiebt er hinterher: »Zusammen haben wir beide nicht so viel Angst dabei.«

»Ist das –?«

Urs kann die Mutter durch ein knappes Kopfnicken gerade noch daran hindern, ihren Satz zu Ende zu sprechen.

»Na, meinetwegen. – Soll ich Sie beide auffangen oder nur Mats-Mika?«

Genau das richtige Wort zur richtigen Zeit.

»Kann ich alleine!« Mats-Mika stapft stolz erhobenen Hauptes in Richtung Kletterturm davon.

Urs hält der Mutter seinen Rucksack hin. »Könnten Sie kurz darauf aufpassen?«

»Klar. Gerne.« Die Mutter nimmt den Rucksack, dann mustert sie Urs prüfend. »Ihre eigenen Kinder sind wohl schon zu alt für den Spielplatz?«

Er schüttelt den Kopf. »Ich habe keine Kinder.«

»Echt? Ich hätte schwören können ...«

Urs zwingt ein Lächeln auf sein Gesicht. »Ich bin wohl nicht der Vatertyp. Mehr der Abenteueronkel.«

»Tja, wenn Sie das sagen.« Die Mutter senkt den Blick wieder in ihren E-Book-Reader.

Als Urs sich umdreht und Mats-Mika folgen will, sind seine Schritte langsamer, als sie sein sollten.

Kinder? Hätte er gerne Kinder?

Er hat lange nicht darüber nachgedacht. Früher hat er immer geglaubt, das würde sich alles automatisch ergeben: Studium. Arbeit. Frau fürs Leben. Heirat. Kinder.

Nun ja, zu spät. Mit sechsundvierzig ist er zu alt, um sich noch fortzupflanzen. Da hat Karolin sicher recht.

Der Erbauer des Kletterturms muss die Fettleibigkeits-Epidemie unter Kindern und Jugendlichen vorausgeahnt haben: Gleich mehrere Schilder verbieten die Nutzung bei einem Körpergewicht von mehr als hundert Kilo. So viel bringt selbst Urs nicht auf die Waage. Die maximale Körpergröße ist mit hundertfünfundsechzig Zentimetern angegeben. Mit den schwarzen Ohren seines Fursuits dürfte er etwas größer sein, aber das würde wohl kaum jemand nachmessen.

Mats-Mika hält ihn bei der Hand, während sie die enge Stiege zur Plattform emporsteigen. Die anderen Kinder machen ihnen Platz. Auch die Mütter lassen ihre Smartphones sinken. Zwei ganz Kecke haben sich allerdings erhoben, die Kameras schussbereit. Vater und Sohn, so schließen sie messerscharf, beide als Pandas verkleidet. *Parenting like a Pro!* werden sie unter das Instagram-Bild schreiben.

»Du zuerst«, sagt Mats-Mika, als sie am Kopf der Rutsche stehen.

Hui, ist das hoch!

Viel höher und steiler als das Geländer der Galerietreppe in seiner Wohnung. Kein Wunder, dass Mats-Mika Schiss hat. Unsicher setzt sich Urs auf seinen Hintern. Aber er kann den kleinen Jungen nicht enttäuschen. Also stößt er sich ab.

Die Rutsche ist steil! Und glatt! Das Fell leistet überhaupt keinen Widerstand! Der Buckel der Rutschbahn lässt ihn sogar kurz den

Kontakt mit dem Metall verlieren. Das Blech dröhnt wie eine defekte Glocke, als sein Hintern wieder aufsetzt.

Dann rast das Ende der Bahn auf ihn zu. Viel zu schnell.

Wie bremst man auf so einem Ding?

Zu spät.

Sand spritzt auf und Urs kullert über den Boden.

Die Kinder lachen und klatschen. Ein paar der Mütter auch.

»Ich komme«, hört Urs die Stimme von Mats-Mika.

Er rappelt sich auf, um den Jungen nach seiner rasanten Talfahrt notfalls aufzufangen, doch die Sorge ist unnötig: Das Tempo mit den Händen am Geländer kontrollierend gleitet Mats-Mika in gelassener Majestät nach unten. Am Fuß der Rutsche stoppt er, steht auf und läuft stolz zu seiner Mutter: »Ich bin gerutscht, Mama! Ich bin gerutscht!«

Noch bevor sie ihn beglückwünschen kann, dreht er um und stapft zu Urs zurück: »Noch mal!«

Das zweite Mal kostet Urs und Mats-Mika noch Überwindung. Das dritte Mal auch. Aber dann reihen sich die beiden ganz von selbst in die Rutschwilligen ein, rutschen allein und gemeinsam, einmal sogar rückwärts – weil das Mutigere der beiden Mädchen sie dazu herausgefordert hat.

Als sie erneut an der Reihe sind, stellt sich ihnen ein feister Junge in den Weg: »Traust du dich auch auf dem Bauch?«

»Du dich denn?«, fragt Mats-Mika keck.

»Klar.« Kopfüber stürzt sich der Junge in den Rutschenabgrund, dass der Kletterturm bebt.

Die Kinder um sie herum werden still: Wird Urs die Herausforderung annehmen? Für eine Sekunde schwindelt es ihm, doch dann überkommt ihn wieder die Selbstsicherheit, mit der er das Geländer in seiner Wohnung herabgeglitten ist – Karolin vor die Füße.

Er legt sich also auf den Bauch und stößt sich ab.

Der Buckel lässt seinen Magen hüpfen. Gleich wird er im Sand landen, also streckt er sicherheitshalber die Arme vor. Dann spürt er auch schon, wie ihm die Sandkörner ins Gesicht prasseln, die seine Hände aufspritzen lassen.

Stillstand. Seine Hände berühren Stoff.

Er öffnet die zum Schutz vor dem Sand zusammengekniffenen Augen.

Der Stoff in seinen Händen ist dunkelblau: ein Hosenbein. Genauer: das Hosenbein einer Polizeiuniform.

Die Besitzerin des Hosenbeins sieht alles andere als freundlich auf ihn herab. »Sind Sie Herr Podini?«

Urs zieht die Knie unter sich, um sich aufzurichten.

Die Polizistin legt die Hand an den Griff ihrer Pistole. »Schön langsam, Herr Podini. Machen Sie keine Schwierigkeiten.«

Was jetzt? Sollte er die Hände heben? Aber dann kann er wahrscheinlich nicht aufstehen, zumindest nicht »schön langsam«, also entscheidet er sich dagegen. In Zeitlupe erhebt er sich, während der Sand in staubigen Bächen von ihm herabrieselt.

»Was wollen Sie denn von ihm?«, fragt eine der Mütter. Die gleiche Frage hat Urs auch gerade stellen wollen.

»Sie sehen doch, dass er nur mit seinem Sohn spielt.« Eine weitere Mutter deutet auf Mats-Mika, der gerade die Rutsche heruntergeglitten kommt.

»Darum geht es nicht«, will die Polizistin ansetzen. »Herr Podini –«

»Ach, seinen Namen kennen Sie auch schon?« Eine dritte Mutter stampft mit dem Fuß auf, dass der Sand staubt. »Spionieren Sie uns etwa aus?«

»Weil wir Kopftücher tragen?«, mischt sich eine weitere Mutter mit zornesblitzenden Augen ein. »Tut mir leid, Sprengstoffgürtel sind diese Saison haram, schreibt die Muslim Vogue.«

»Nein, natürlich spionieren wir nicht …« Ein zweiter Polizist ist zwischen die Mütter und seine Kollegin getreten. Er bemüht sich verzweifelt, seiner Stimme einen Hauch von Schutzmann von nebenan abzutrotzen. »Wir –«

»Hey, du. Schlumpf. Lässt du Panda in Ruhe!«

Sieben Mann hoch stehen sie mit einem Male da. Lederjacken über Hoodies. Jogging-Hosen. Sneakers. Die Haare gegelt.

»Hast du nicht gehört, Schlumpf?« Die Stimme des Anführers ist heiser. Die Silben kommen stoßweise. »Du sollst Panda in Ruhe lassen. Hat Akanyildiz beschützt.«

Die ganze Gang tritt martialisch einen Schritt vor.

Unsicher hebt die Polizistin ihr Funkgerät an den Mund. »029 für Spielplatz.« Ihre andere Hand fällt auf den Griff ihres Schlagstocks.

Beides löst den nächsten Proteststurm der Mütter aus.

»Ja natürlich. Erst mal zur Waffe greifen!«

»Stress machen und gleich die Kollegen aufhetzen!«

»Klar. Wir sind wieder die Schuldigen.«

»Und die Nachbarschaft geht vor die Hunde.«

»Wie wäre es, wenn Sie sich mal um *unsere* Sicherheit sorgen?«

In der nächsten Sekunde finden sich die Polizisten – und auch Urs – von einem dichten Ring von Müttern eingeschlossen. Sie reden alle gleichzeitig auf die beiden Beamten ein: Warum sich die Polizei nicht richtig um ihr Viertel kümmere? Wann endlich mal was gegen die Nazischmierereien unternommen werde? Und gegen die Fahrraddiebstähle?

Zwischendurch hört Urs immer wieder die Rufe »Schlumpf«, »Panda« und »Akanyildiz«. Doch es gelingt dem Gang-Chef nicht, sich akustisch gegen die Mütter durchzusetzen, die ihren Frust mit der öffentlichen Sicherheit immer lauter auf die beiden Polizisten einschreien.

Sirenen. Reifenquietschen. Gleich drei Streifenwagen schießen staubaufwirbelnd auf den Spielplatz. Die Beamten springen heraus, um ihren Kollegen zur Hilfe zu eilen.

Das sieht die Polizistin wohl als Signal zum Handeln. »Sie kommen jetzt mal mit, Herr Podini!« Sie packt Urs am Arm.

Das hätte sie nicht tun sollen.

# Brumm

## *Eine Konsultation*

W*enn du unschuldig bist, halt die Klappe.* Diesen Satz hat Urs mal in einem Krimi gelesen. Und da er keine Erfahrung mit Strafrecht hat, ist dieser Rat so gut wie jeder andere.

Als sich das Chaos auf dem Spielplatz endlich lichtet, findet er sich selbst auf dem Rücksitz eines Streifenwagens wieder. In Handschellen.

Man bringt ihn auf das Polizeipräsidium Offenbach, »behandelt ihn erkennungsdienstlich«, durchwühlt seinen Rucksack und studiert seine Papiere so gründlich, als handele es sich um neue Funde aus Qumran.

Den Fursuit lässt man ihm, nur seine Kapuze muss er für die Fotos abstreifen. Der für das Fotografieren zuständige Beamte flucht, weil er das mühsam auf Gardemaß eingerichtete Stativ der Kamera absenken muss.

Endlich führen zwei Beamte Urs in einen kargen Raum mit weiß gekalkten Wänden – ein Vernehmungszimmer. Den Großteil einer Wand nimmt ein Spiegel ein. Ein Zweigwegspiegel? Das hat Urs immer für ein Krimiklischee gehalten.

Man bietet ihm Kaffee an, bringt ihm auf sein Bitten die restlichen BambooStixx aus seinem Rucksack.

Doch so insistierend der freundliche Beamte mit den halblangen Haaren und dem nikotinvergilbten Schnauzbart auch fragt, Urs sagt nichts als: »Ich möchte meinen Anwalt sprechen. Rufen Sie bitte Alexa Sommer in der Werbeagentur SummerPod an.«

Schließlich lässt man ihn allein im Vernehmungszimmer sitzen. Vor lauter Frust streift er sich seine Kapuze wieder über. Doch aus dem großen Spiegel zwinkert ihm kein Panda entgegen. Auch dort sitzt nur ein untersetzter Mann Mitte vierzig im Panda-Kostüm.

Hin und wieder geht die Tür des Vernehmungszimmers auf. Bei den ersten Malen erhebt Urs sich noch erwartungsfroh. Doch es sind nur Polizeibeamte, mal in Uniform, mal in zivil, die den Kopf hereinstecken, ihn mustern und dann mit kaum unterdrücktem Kichern fragen, ob er irgendetwas brauche. Zunächst lehnt Urs noch dankend ab, dann äußert er zum Zeitvertreib Wünsche: noch mehr Kaffee, Mineralwasser, schließlich eine Zigarette – nur um zu sehen, ob das geht.

Im Präsidium herrscht Rauchverbot, doch der Beamte mit den halblangen Haaren und dem Schnauzer führt Urs auf einen vergitterten Balkon und hält ihm seine Zigarettenschachtel hin. Dann steckt er sich selber eine an.

Urs ist also gezwungen, diese freundliche Gabe höflich zu konsumieren, was ihm ohne allzu auffällige Hustenanfälle gelingt; die vielen Stunden in Alexas Lesben-Aquarium zahlen sich aus. Dennoch ist ihm schwindelig vom Nikotin, als ihn der Beamte in den Vernehmungsraum zurückführt.

»Hier steckst du!«

Als die Tür wieder einmal aufgeht, hat Urs tief Luft geholt, um seine neueste Bestellung aufzugeben: »Chinesisches Essen. Mit viel Bambus.«

Doch es ist kein Beamter, der den Verrückten im Panda-Kostüm mal aus der Nähe sehen will, sondern Alexa. Im Schlepptau hat sie einen kleinen Mann in einem braunen Cordanzug, hellblauem Hemd und viel zu breiter Krawatte.

»Hast du dem kleinen Scheißer wirklich den Finger abgebissen?«, fragt Alexa, kaum, dass die Tür des Vernehmungszimmers wieder ins Schloss gefallen ist.

Er hat was …!?

»Oh Mann, den ganzen Spaß in der Agentur hast du.« Alexa fällt auf einen der Stühle am Vernehmungstisch, fischt eine Zigarette aus ihrer Brusttasche und lässt ihr Zippo aufflammen. Gleich ertönt energisches Klopfen aus Richtung des Spiegels.

»Schon gut, schon gut.« Sie steckt sich die Zigarette hinter das Ohr und lässt ihr Zippo wieder in die Hemdtasche gleiten.

Moment!

Urs ist doch nicht allein in der Bäckerei gewesen. Er war doch zusammen mit …

»Ayla? Ist sie okay?«

»Ja, ihr ist nichts passiert.« Alexa kräuselt frustriert die Lippen. »Steht aber unter Schock. Ich habe sie nach Hause geschickt.«

»Was habe ich nur angerichtet?« Urs will den Kopf auf die Tischplatte sinken lassen.

»Alles wird gut.« Alexa legt ihre Hand auf seine. »Und hast du wirklich eine Straßenschlacht mit der Polizei angezettelt?«

Urs holt Luft, doch der kleine Mann, der die ganze Zeit grimmig in den Zweiwegspiegel gestarrt hat, bringt ihn mit einer Geste des Halsdurchschneidens zum Schweigen.

»Schalten Sie die Mikrofone und Kameras ab«, sagt er in Richtung des Spiegels. »Ich bestehe auf Privatsphäre für das Gespräch mit meinem Mandanten.«

Aus einem an der Decke hängenden Lautsprecher erklingt ein Knacksen. Der kleine Mann nickt befriedigt. Dennoch schraubt er das Tischmikrofon ab und legt es in einer Ecke des Vernehmungszimmers auf den Boden.

Dann setzt auch er sich. Seiner Aktenmappe entnimmt er einen Notizblock und einen Bleistift, auf dessen rückwärtigem Ende eine Gummifigur von Donald Duck steckt.

»Das ist Tammo Palmer«, stellt Alexa ihn vor. »Ein ehemaliger Kommilitone von mir, der sich auf Strafrecht spezialisiert hat.«

»Keine Sorge, wir holen Sie hier schon raus.« Die Stimme des Anwalts ist quäkend. Und auch sonst strahlt er nicht unbedingt Kompetenz aus mit seinen schütteren Haaren und dem unkorrigierten Überbiss. Wenn er lächelt – wie jetzt – sind seine Schneidezähne groß wie Nagezähne. »Sie und ich: Wir werden Geschichte schreiben. Und Sie werden die flauschige Hülle Ihres wahren Seins nie wieder abstreifen müssen.«

## Zweiter Teil:

# Brumm!

*Keine Strafsache*



**Brumm-Stummel** (m) **1** *kleinwüchsiger Mann mit notorisch schlechter Laune* **2** *durch bedrängten Ursiden verursachte Verletzung der Hand*

# Brumm
## *Ein Prozessauftakt*

Tammo Palmer hat es geschafft, die *Strafsache Podini* derart zu eskalieren, dass statt des Schöffengerichts im Amtsgericht Offenbach jetzt die erste Strafkammer des Landgerichts Darmstadt zuständig ist.

»Das ist nur gut für uns!« Urs' Anwalt ist äußerst zufrieden. Ebenso Alexa, die höchstselbst die Presse- und Öffentlichkeitsarbeit in die Hand genommen hat. Ihr Engagement trifft auf reges Interesse, doch die Medien sind in ihrer Reaktion gespalten – und das nicht nur nach rechts und links.

Während man links zwar den Widerstand gegen die staatliche Gewalt gutheißt, spricht man doch auch von kultureller Appropriation: Urs habe das Sein des Pandas illegitim anthropomorphisiert und so gleichzeitig die chinesische Kultur marginalisiert.

Auf der rechten Seite des politischen Spektrums unterstützt man zwar »den erfolgreichen Unternehmer in seinem Recht auf freie Entfaltung der Persönlichkeit«, doch gleichzeitig empört man sich über den terroristischen Akt des Landfriedensbruchs.

Aufrechte Vertreter aller Fraktionen fragen sich zudem, was denn ein erwachsener Mann in einem Pandakostüm auf einem Spielplatz verloren habe. Und ob man demnächst damit rechnen müsse, dass »solche wie Dr. Podini« auch an Schulen oder in Kindergärten auftauchen.

Erstaunlich ruhig hingegen sind die Vertreter der diversen Religionsgemeinschaften. Die einen sind froh, einmal nicht mit den eigenen moralischen Verfehlungen konfrontiert zu werden; die anderen, dass *ihre* Bekleidungsvorschriften ausnahmsweise nicht zur Debatte stehen.

Der freundliche Missionar der Zeugen Jehovas, der Urs in halbjährlichem Rhythmus heimsucht, hat bei seinem letzten Besuch übrigens erklärt, in seiner Religionsgemeinschaft sei jeder willkommen, »der ein gerechtes Leben führt – im Anzug oder Panda-Fell«. Er selbst fühle sich der Rohrdommel verbunden.

Wegen des regen öffentlichen Interesses hat das Landgericht Darmstadt den Prozess auf den frühestmöglichen Termin gelegt. Die Staatsanwaltschaft hat den Fall so schnell ausermittelt und prozessfertig gemacht, dass noch gar nicht alle Blessuren der Offenbacher Mütter verheilt sind, die jetzt in Scharen die Bänke des Gerichtssaals besetzen.

Sie drängen sich dicht an dicht mit Pferden und Einhörnern, Hunden und Waschbären, Yetis und Kaninchen: Urs' Prozess wird in der Furry-Community genau verfolgt.

Viele von ihnen sind heute hier, um ihren inzwischen überregional bekannten Vertreter zu unterstützen.

Andere wollen »den Poser sterben sehen«, wie es ein kontroverser Blogeintrag auf *Furry-Forum.de* formuliert. Urs hätte sich gefälligst in ihrer Szene nach oben dienen sollen! Sich einfach ein Panda-Fell überzustreifen und eine Massenschlägerei auszulösen, sei »narzisstischer Verrat an der Bewegung«.

Einen nicht geringen Teil des Zuschauerraums hat man für die Medien reservieren, die Plätze sogar verlosen müssen. Selbst die führende Gerichtsreporterin des konservativen *Frankfurter Kuriers*, die es sonst nicht unter Mord, Totschlag und Wirtschaftsskandal tut, thront mit ihren stechend dunklen Augen und ihrer unbezähmbar wallenden schwarzen Lockenmähne in der ersten Reihe, das gebundene Notizbuch auf den Knien, den mit Tinte in der Farbe edlen Burgunders betankten Füllfederhalter gezückt.

Als Urs durch die große Flügeltür des Gerichtssaals tritt, ist er froh, nicht allein zu sein. Neben ihm wuselt siegesgewiss lächelnd Tammo Palmer, gefolgt von seiner Gehilfin Yasmin, einer blonden Reitgerte, die ihren Chef um Haupteslänge überragt. Sie trägt einen Stapel Aktenordner auf dem Arm. Palmer hat Urs streng untersagt, ihr zur Hand zu gehen. Nichts solle den Blick auf das schwarz-weiße Fell des Anstoßes verstellen, in das er auch zu diesem Anlass gekleidet ist: Tammo Palmer hat ihn schon im Vernehmungszimmer der Polizei dazu verdonnert, sich nur noch im Fursuit in der Öffentlichkeit zu zeigen. Seine Freiheit hänge davon ab.

Auf der anderen Seite flankiert ihn Alexa. Seine beste Freundin hat sich eigens für diesen Tag auf ihren einst erlernten Beruf der Anwältin besonnen. Unter ihrer schwarzen Robe trägt sie sogar eine weiße Bluse. Dafür stecken die Hosenbeine in Cowboystiefeln.

Kameras klicken wie Hagel, der auf ein Dachfenster prasselt. Mikrofone unter neugierig bunten Schaumstoffkappen recken sich Urs entgegen; aber Palmer und Alexa bahnen ihm einen Weg durch das Meer der Medienvertreter zur Anklagebank. Urs wünscht sich einen Aktenordner, um dahinter sein Gesicht verstecken zu können, wie er es so oft in den Fernsehberichten zu anderen Strafprozessen gesehen hat. Doch er hört auf seinen Anwalt. Bleibt stoisch sitzen, aufrecht seinem Schicksal entgegenblickend, während der Kamerahagel Schauer um Schauer auf ihn einprasselt.

Menschen und … Otherkin! So nennen sich die Furries selbst; das hat ihm Tammo Palmer beigebracht. Menschen und Otherkin recken ihre Hälse, um einen Blick auf ihn zu erhaschen.

Einzig die Gerichtsreporterin des Frankfurter Kuriers widmet ihre Aufmerksamkeit ihrem Notizbuch. Sich hin und wieder eine widerspenstige Locke aus der Stirn wischend, kalligraphiert sie mit schwingenden Bewegungen ihre ersten Eindrücke.

Als der Kamerahagel abflaut, zieht Alexa eine Packung BambooStixx unter ihrer Robe hervor und schiebt sie auf der Anklagebank zu Urs: »Iss.«

»Echt? Im Gericht?«

»Tu, was ich dir sage.«

Urs will widersprechen, doch eigentlich läuft ihm bereits das Wasser im Munde zusammen. Also nestelt er einen Stick aus der Packung und will ihn sich in den Mund schieben.

Der Gerichtssaal verstummt. Kameras werden von den Augen genommen. Menschen und Otherkin mustern ihn neugierig. Selbst die Gerichtsreporterin hat in ihren kalligraphischen Exerzitien innegehalten.

Alexa muss Urs mit dem Ellbogen anstupsen, bis er begreift und sich den Stick zwischen die Lippen steckt. Mit den Schneidezähnen knabbernd, die kleinen Fruchtgummistückchen mit der Zunge im Mund bewegend, verzehrt Urs die Stange.

Noch einmal rauscht der Kamerahagel auf, um dieses einmalige Bild für die Nachwelt festzuhalten.

»Schmeckt's?«

Erschrocken öffnet Urs die Augen. Er ist so sehr in den Verzehr seines nunmehr dritten BambooStixx versunken gewesen, dass er gar nicht bemerkt hat, dass es im Gerichtssaal wieder still geworden ist.

In der Mitte der Richterbank, flankiert von Beisitzern und Schöffen, steht ein hochgewachsener Mann, der den silbergrauen Kranz seiner verbliebenen Haare so stolz trägt wie einst Julius Caesar den Siegeslorbeer. Ein mächtiger Greifvogel, die schwarze Richterrobe sein Gefieder, die Haut von der Sonne gebräunt: Als Anhänger der Freikörperkultur verbringt Richter Dr. Arnulf Sperber seine Urlaube stets am Strand von St. Peter-Ording – bei Wind und Wetter nackt den Naturgewalten trotzend.

Aus eisgrauen Augen unter buschigen Brauen mustert der Richter Urs mit einer Mischung aus Strenge und Neugier.

Urs beeilt sich, den Rest seines BambooSticks auf die Anklagebank zu legen und aufzuspringen. Alle übrigen Anwesenden stehen bereits, wie es die Prozessordnung vorschreibt.

Zufrieden streicht der Richter seine Robe glatt und will Platz nehmen. Doch dann zögert er. Mustert Urs erneut. Schüttelt den Kopf. »Möchten Sie vielleicht dem Anlass angemessenere Kleidung anlegen?«

Darauf hat Tammo Palmer offenkundig nur gewartet: »Ich muss energisch protestieren«, deklamiert er mit Stentorstimme. »Dieser, der Fursuit meines Mandanten, ist Ausdruck seiner innersten Wesenheit. Auch über diese wird hier zu Gericht gesessen!«

Das ist nur der Auftakt einer flammenden Rede, in der Palmer die Meinungsfreiheit, die freie Entfaltung der Persönlichkeit und die systemimmanente Befangenheit der Rechtsordnung so intensiv beschwört, dass

Urs befürchtet, diese würden, dem Faust'schen Erdgeist gleich, im nächsten Moment durch den Marmorfußboden des Gerichtssaals brechen.

Mit gesenktem Kopf seinem Verteidiger lauschend ertappt er sich dabei, sich zu wünschen, der Richter würde ihn tatsächlich zum Umziehen nach Hause schicken. Die Luft im Gerichtssaal ist stickig. Schweißtropfen rinnen über seinen Rücken. Die Haut unter dem Saum der Kapuze juckt.

Er wartet ab, bis Tammo Palmer, der nun mit großer Geste durch den Gerichtssaal schreitet, am anderen Ende angelangt ist. Dann versucht er unauffällig, sich zu kratzen. Es gelingt ihm aber nicht, den Finger unter den Rand der Kapuze zu schieben. Seine Haare müssen sich verfangen haben, denn der Versuch ziept so sehr, dass Urs die Tränen in die Augen steigen. Schnell lässt er die Hand wieder sinken.

Richter Sperber nutzt eine dramatische Kunstpause Tammo Palmers, um den Anwalt mit amüsiert-tadelnd hochgezogener Augenbraue zu unterbrechen: »Schon gut, Herr Verteidiger. Ihr Mandant darf sein Fell ja anbehalten.«

Seine sorgsam vorbereitete Rede nicht zu Ende führen zu können, bringt Tammo Palmer völlig aus dem Konzept. Er bleibt mitten im Gerichtssaal stehen wie eine Aufziehpuppe mit abgelaufener Feder, die Arme weltumgreifend ausgebreitet.

Der Richter zieht auch noch die andere Augenbraue hoch. Man möchte meinen, er sei versucht, Tammo Palmer jetzt einfach so stehen zu lassen. Endlich erbarmt er sich. »Wenn Sie sich setzen würden, werter Herr Verteidiger, könnten wir den Prozess eröffnen.«

Der Anwalt erwacht aus seiner Schockstarre und wuselt auf seinen Platz zurück.

»Gut«, wendet sich der Richter an die Protokollantin. »Rufen Sie bitte die Zeugen zur Belehrung herein.«

Es sind so viele Zeugen geladen, dass sie sich in mehreren Reihen vor dem Richterpult aufstellen müssen: Polizeibeamte. Mütter. Die Narbe auf der Stirn von Mats-Mikas Mutter leuchtet rot. Die Frau neben ihr trägt den Arm in der Schlinge. Doch beide haben sie die Brust vorgereckt und das Kinn gehoben: stolze Kriegerinnen – geschlagen, aber nicht besiegt. Neben ihnen steht die Bäckerin mit dem unaussprechlichen Namen. Und …

Ayla! Dort ist wirklich Ayla. Urs freut sich, sie endlich wiederzusehen. Gleichzeitig plagt ihn das schlechte Gewissen. Noch immer kann er sich nicht genau erinnern, was in der Bäckerei passiert ist, doch Ayla muss den Schock ihres Lebens erlitten haben. Schließlich ist sie seither krankgeschrieben. Seine Schuld. Einzig seine Schuld.

Apropos: Der kleine und der große Schei…

Industriellenspross Lukas Herzog und sein großer Schatten, dessen Namen Urs nicht kennt, stehen auch dort. Lukas Herzog feixt in Urs' Richtung, bis ihn der Richter mit einem tadelnden Räuspern zur Ordnung ruft.

Mit wohlgesetzten Worten erklärt Sperber den versammelten Zeugen den Ablauf des Prozesses, belehrt sie über ihre Rechte und Pflichten, zählt ihnen – den Blick auf Lukas Herzog und Gefolge gerichtet – die Strafen für Fehlverhalten auf und bittet sie dann wieder nach draußen vor die Tür des Gerichtssaals, wo sie auf ihren Aufruf warten sollen.

»Ihr vollständiger Name?«

Tammo Palmer erklärt vorauseilend, sein Mandant wolle sich nicht zur Sache äußern.

»Aber seine Personalien dürfen wir schon noch aufnehmen?« Mit einer Geste bittet der Richter Urs, auf einem Stuhl vor der Richterbank Platz zu nehmen. Viel zu weit von seinem Anwalt, von Alexa und von der trostspendenden Tüte BambooStixx entfernt.

»Ihr vollständiger Name also, Herr Podini?«

»Urs Podini. Urs A. Podini. Also Doktor Urs A. Podini.«

»Gut, Herr Doktor Podini. Verraten Sie uns noch, wofür das A steht?«

»Welches A?«

»Da A in Doktor Urs A. Podini.«

»Ist das wirklich wichtig?«

»Herr Doktor Podini, bitte. Der Vollständigkeit halber.«

»Also gut.« Urs senkt den Kopf in sein Brustfell und murmelt etwas.

»Wie bitte? Könnten Sie das noch einmal lauter wiederholen?«

»Ai ... Also, mein zweiter Vorname lautet Ailuro. Mit A und I. Nicht mit E und Y.« Dann sprudelt es aus Urs heraus. »Der kommt von meinem Vater, also eigentlich von seinem italienischen Großvater, der wiederum ... Es ist so: Der Name ist eine Familientradition. Alle Jungen werden mit zweitem Vornamen Ailuro getauft, alle Mädchen Ailura.«

»Aha. Herzlichen Dank für diesen interessanten Einblick in Ihre Familiengeschichte. Aber der Name hätte uns eigentlich genügt.« Mit einem Blick will sich der Richter versichern, dass die Protokollantin diese lebenswichtige Information notiert hat, doch dann hält er wieder inne. »Gibt es da nicht diesen italienischen Schlager? – *Ailuroooo!*«, hebt er mit sonorem Bariton an zu singen.

Der ganze Gerichtssaal lacht. Das hat Urs befürchtet. Das Trauma seiner Jugend. Genau deshalb zieht er es vor, seinen zweiten Vornamen zu verschweigen.

»Nein, das ist, also, der heißt *Azzurro*, Himmelblau«, bemüht er sich den Richter zu korrigieren. »Euer Ehren«, schiebt er sicherheitshalber hinterher. Redet man einen Richter wirklich so an?

Arnulf Sperber hört auf zu singen. »Ach ja, stimmt. – Hat hier noch jemand Appetit auf frische Pasta?« Ohne eine Antwort abzuwarten, fragt er die Protokollantin: »Wie spät ist es?«

»Zu früh für eine Mittagspause.« Die Protokollantin weiß, wann sie ihren Chef an die Kandare nehmen muss. »Und wir haben eben erst angefangen.«

»Ach ja, richtig. Wo waren wir?«

»Beim Namen des Angeklagten. Doktor Urs Ailuro Podini.«

»Na, das ist doch schon mal was.« Der Richter grinst, die Protokollantin verdreht die Augen – ein eingespieltes Team.

Doch dann räuspert sich Richter Sperber scharf und wendet seine eisgrauen Augen wieder Urs zu.

Geburtstag und -ort, aktuelle Anschrift, Beruf, Verdienst, selbst den Titel seiner Doktorarbeit: All das verlangt der Richter, bevor er Urs endlich wieder auf seinen Platz entlässt.

# Brumm

## *Eine Anklage*

Dem Angeklagten wird zur Last gelegt:«
Staatsanwältin Grachthoven hält nach jedem Absatz der Anklageschrift inne, um den Schwerverbrecher im Panda-Fell über den Rand ihrer goldgeränderten Lesebrille hinweg so missbilligend zu mustern, als nähme sie ihm seine Untaten persönlich übel.

Jedes Wort, jeder weitere Eintrag in sein Sündenregister lastet schwer auf Urs' Schultern und drückt ihn tiefer in seinen Stuhl.

Dem Fußboden näher.

Der Höllenfahrt.

Wenn dereinst tatsächlich himmlische Heerscharen über ihn zu Gericht sitzen sollten: Er hätte wohl nicht halb so viel Angst.

Mit schneidender Stimme zeichnet die Staatsanwältin das Porträt eines blutrünstigen Untiers, das zuerst einen jungen Menschen der Fingerkuppe, damit im Prinzip der Hand, somit aller Chancen im Leben brutal beraubt und die jugendlich-empfindsame Seele aufs Schwerste traumatisiert habe, um dann sein zweites Opfer durch eine gebrochene Nase auf alle Zeiten zu entstellen.

Die beiden verletzten und somit des Lebensglücks beraubten jungen Menschen sind jedoch nur der Auftakt einer Orgie der Gewalt; der erste Akt für das wahre Verbrechen des zweiten Anklagepunktes: Landfriedensbruch!

*Die Bastille von Offenbach*: So würde man dereinst den Kletterturm nennen. Dessen ist Urs sich sicher, während die Worte der Staatsanwältin auf ihn einprasseln.

Doch ihm ist nicht die Rolle des Anführers der Revolution gegen eine Herrschaft des Schreckens beschieden, den man später auf

Gemälden verewigen würde – mit entblößter Brust und Flagge in der Hand.

Er würde als Aufwiegler der Massen in die Geschichte eingehen. Als Rädelsführer eines Aufstands gegen die edlen Ritter der Staatsmacht, von denen nicht weniger als »dreiundzwanzig so ernsthaft verletzt wurden, dass sie anschließend medizinisch versorgt werden mussten«, wie die Staatsanwältin mit bebender Stimme zu berichten weiß.

Sein Haupt, davon ist Urs inzwischen überzeugt, wird man auf den Mauern des Büsing-Palais ausstellen, aufgespießt an den schwarzen Plüschohren. Als Mahnung. Und zum Amüsement der Bourgeoisie.

Die Schlägerei, die Straßen- und Spielplatzschlacht: Ist sie wirklich seine Schuld gewesen?

Es ist ja alles so schnell gegangen. Eben noch will ihn die Polizistin abführen, dann liegt sie auch schon vor ihm im Staub, hinterrücks niedergestreckt vom Schlag einer bleibeschwerten Handtasche: der Auftakt zum Hexentanz.

Nein, kein Hexentanz. Ein Hexentanz folgt bei aller Sündigkeit noch gewissen Ordnungsprinzipien.

Ein Moshpit. Wie auf einem Heavy Metal Konzert. Nur härter. Und wilder. *Wall of Death*: Mütter gegen Staatsmacht.

Wie zwei Tsunamiwellen sind diese beiden Kräfte aufeinandergeprallt und haben die Welt in einen Wirbelsturm aus Armen und Beinen, aus Handtaschen und Schlagknüppeln, aus brüllenden Polizisten und schreienden Müttern verwandelt.

Urs sieht sich selbst in der Mitte des Wirbels stehen. Im Auge des Sturms. Doch wie ist er von dort auf den Rücksitz des Streifenwagens gekommen?

Die Anklageschrift endet mit der langen Liste der Paragrafen, gegen die Urs mutmaßlich verstoßen hat. Aus dem Munde der Staatsanwältin klingt die Aufzählung wie der Trommelwirbel vor einer Exekution.

Die Salve des Füsilier-Kommandos bleibt jedoch aus. Vorerst. Sehr zum Leidwesen der Staatsanwältin.

»Sie haben das Recht zu schweigen«, wendet sich Richter Sperber nach einer endlosen Pause endlich an Urs. »Doch wenn –«

»Mein Mandant macht von diesem Recht Gebrauch und wird zu diesem Zeitpunkt keine Angaben zur Sache machen.«

»Aber, aber, Herr Palmer.« Richter Sperber sieht den Anwalt über seine zusammengelegten Fingerspitzen hinweg an. »Wer wird denn so vorlaut sein, wo ich mir doch solche Mühe gemacht habe, die Belehrung auswendig zu lernen.«

Tammo Palmer blättert geschäftig in dem Aktenordner vor ihm, während der Richter seine Belehrung weiter abspult.

»Schließen Sie sich den Angaben Ihres Anwalts an, dass Sie keine Aussage zur Sache machen wollen?«

»Brumm!«

Eine Welle des Lachens rollt durch den Gerichtssaal, der sich auch der Richter nicht so ganz entziehen kann. Die Staatsanwältin mustert Urs jedoch, als wolle sie bereits für die Galgenschlinge Maß nehmen.

Endlich bringt der Richter das Auditorium mit einer knappen Geste zum Schweigen, um sich dann dem Angeklagten zuzuwenden: »Brumm?«

Verdammt! Hat er wirklich »Brumm!« gesagt?

»Ich meine natürlich ›Ja‹. Entschuldigung.«

# Brumm

## *Eine Spurensuche*

Von den polierten Schuhen über die messerscharfe Bügelfalte in der Uniformhose und das frischgestärkte blaue Hemd bis zu den in Reih und Glied geordneten blonden Haaren: POK – Polizeioberkommissar, wie er erläuternd hinterherschiebt – Stefan Jeloszewicz ist ganz Schneidigkeit und Akkuratesse.

Er sitzt auf dem Zeugenstuhl, ohne sich anzulehnen, die Mütze seiner Uniform exakt mittig ausgerichtet vor sich auf dem Tisch.

»Der Notruf ging um zwölf Uhr siebenundvierzig in der Zentrale ein. Um zwölf Uhr neunundvierzig wurde unser Einsatzwagen zum Ort des Geschehens beordert. Wir trafen um zwölf Uhr dreiundfünfzig in der Bäckerei Kaymaz ein und betraten im Rahmen des ersten Angriffs die Verkaufsräume.« Für seinen Bericht muss der Polizist nicht auf das Blatt schauen, das er aus einem Aktenhefter genommen und neben die Mütze gelegt hat.

»Dort trafen wir auf die Zeugin Akanyildiz Kaymaz.« Der Name geht ihm fehlerfrei über die Lippen. »Sie gab sich als die Person zu erkennen, die den Notruf abgesetzt hatte. Ebenfalls anwesend waren die Zeugin Ayla Gönenç sowie die beiden Geschädigten Lukas Herzog und Marko Brauns, die erhebliche Verletzungen an der Hand beziehungsweise im Gesicht aufwiesen. Nach einer Erstversorgung der Verletzten sowie der Anforderung medizinischer Unterstützung erfolgte die Erstvernehmung der Anwesenden. Den übereinstimmenden Aussagen zufolge war der Täter flüchtig, jedoch in ein auffälliges Pandakostüm gekleidet.«

»So wie jener Herr dort?« Richter Sperber deutet auf Urs.

»Eine Ähnlichkeit ist anzunehmen, ja. – Meine Kollegen, POK Andrea Weninger sowie PK Frank Weidlich, haben dann die Fahndung nach dem Verdächtigen übernommen, während ich am Ort des Geschehens zurückgeblieben bin, um die medizinische Versorgung der Geschädigten sicherzustellen und weitere Aussagen aufzunehmen.«

»Welche Erkenntnisse haben diese Aussagen erbracht?« Richter Sperber reibt sich mit dem Daumen gemächlich über sein Kinn, während er dem Zeugen zuhört.

»Wir konnten einen ungefähren Tathergang rekonstruieren. Um etwa zwölf Uhr achtundzwanzig hat der Angeklagte in Begleitung der Zeugin Gönenç die Verkaufsräume der Bäckerei Kaymaz betreten, um Lebensmittel zu erwerben. Kurz darauf folgten den Angaben der Zeugen zufolge die beiden Geschädigten.«

Daran kann Urs sich noch erinnern. Der kleine und der große Schei… Also, die beiden Jugendlichen haben plötzlich in der Bäckerei gestanden.

Splittern von Glas: Der Größere hat mit der Faust auf die Verkaufstheke geschlagen. Der Kleinere hat Urs vor die Brust gestoßen.

»Isch mach disch alle, Alter.«

Der Panda in der spiegelnden Scheibe der Verkaufstheke: Hat er wirklich die Zähne gefletscht?

»Kriegstu Stress.« Urs sieht, riecht den Zeigefinger, den ihm der kleine Scheißer ins Gesicht streckt.

Von einem Herzschlag zum nächsten haben die beiden Jugendlichen auf dem Boden gelegen. Lukas Herzog presst seine Hand auf die weiße Brust seines Hoodies. Das Baumwollgewebe saugt das Blut gierig auf; der rote Fleck wird schnell größer und größer.

Urs schüttelt den Kopf, um seine Aufmerksamkeit zurück in den Gerichtssaal zu bringen.

»Es sei dann zu einer physischen Auseinandersetzung zwischen den Geschädigten und dem Täter gekommen«, fährt POK Stefan Jeloszewicz gerade in seinem Bericht fort, »in deren Verlauf der Täter dem Geschädigten Herzog die Fingerkuppe abgebissen und dem Geschädigten Brauns eine Fraktur des Nasenbeins zugefügt hat.«

»Konnten Sie in Erfahrung bringen, was die Ursache für den Streit war?«, fragt der Richter den Polizeibeamten.

»Soweit ich es habe rekonstruieren können, ging es unter anderem um die Androhung sexueller Gewalt gegenüber der Zeugin Gönenç.«

»Durch wen?«

»Wohl durch den Angeklagten. Die Zeugen waren jedoch verständlicherweise recht durcheinander und die Aussagen inkonsistent.«

Was hat der Polizist da gerade gesagt? Sexuelle Gewalt? Hat er Ayla wirklich …? Das kann doch nicht sein, oder?

»Ist Ihnen nicht gut, Herr Doktor Podini?«, reißt die Stimme des Richters Urs aus seinen Grübeleien. »Sie sind ganz blass.«

»Nein, nein. Alles in Ordnung«, sagt Urs lauter als beabsichtigt und setzt sich aufrecht hin.

Der Richter wendet sich wieder dem Zeugen zu. »Und wie ging es dann weiter?«

»Danach ist es wohl der Zeugin Kaymaz durch beherztes Eingreifen gelungen, den Angeklagten zur Flucht zu bewegen.«

Der Satz bringt Urs in seinen Erinnerungen erneut zurück an den Tatort:

»Keinen Schritt weiter!« Die Bäckerin hält ihm eine Dose Pfefferspray ins Gesicht. »Raus! Sofort!«

Und dann?

»J'ACCUSE, PANDA!«, würde Lukas Herzog wohl ausrufen, wenn seine Bildung standesgemäß wäre. Er zeigt mit dem kuppenlosen Zeigefinger seiner rechten Hand anklagend auf Urs. »Der da war das. Der hat mich verstümmelt.«

Mit frisch gegelten Haaren, in einen blauen Anzug mit Hemd und Krawatte gekleidet, sitzt der Industriellenspross auf dem Zeugenstuhl und beantwortet fast kleinlaut die Fragen. Selbst um eine halbwegs anständige Aussprache ist er bemüht.

Der stolze Vater, der in der ersten Reihe im Publikum sitzt, nickt bei jeder Antwort vehement. Der Mann im Maßanzug neben ihm macht sich Notizen, seinen Oberkörper hin- und herschwingend wie eine Kobra vor dem tödlichen Biss. Der Anwalt der Herzogs, wie Tammo Palmer Urs zugeflüstert hat.

Richter Sperber stützt die Ellbogen auf den Richtertisch und legt das Kinn in die Hände.

»Gut, Herr Herzog, dann schildern Sie mal die Vorkommnisse aus Ihrer Sicht.«

»Ich bin echt total unschuldig.«

»Sie stehen ja auch nicht unter Anklage. Also?«

»Ich bin mit meinem Kumpel … also meinem Freund … also dem Marko nach Offenbach gefahren. Wir haben Hunger gekriegt und sind in die Bäckerei rein. Und da beißt mir dieser Panda-Fuzzi den Finger ab. Dem Marko, dem hat er Nase gebrochen.« Erneut hat Lukas Herzog den verkürzten Zeigefinger in Urs' Richtung ausgestreckt. »Der da. Der war das.«

»Hat es denn zuvor einen Streit zwischen Ihnen und Herrn Doktor Podini gegeben?«

Lukas Herzog schüttelt vehement den Kopf. »Natürlich nicht. Hab-bisch nichts gemacht.«

»Kannten Sie den Angeklagten denn vorher?«

»Nein. Woher denn?«

Der Richter schüttelt missmutig den Kopf. »Frau Staatsanwältin? Haben Sie Fragen an den Zeugen?«

Staatsanwältin Grachthoven verneint. Warum jetzt eventuell die falsche Frage stellen, wo sie doch auf der Siegstraße ist?

»Sie, Herr Verteidiger?«

Auch Tammo Palmer verneint. Als Urs ihn fragen will, warum er den kleinen Scheißer nicht ins Kreuzverhör nimmt, legt ihm sein Anwalt beruhigend die Hand auf den Arm. Hoffentlich weiß Palmer, was er tut.

»Bleiben Sie bitte im Saal, falls wir später noch Fragen haben«, entlässt Richter Sperber den Zeugen Lukas Herzog.

Dieser erhebt sich. Da er sich am Ende seines Auftritts als wohlerzogener Industriellensohn wähnt, schlurft er zu den Stühlen, die für die Zeugen vorgesehen sind. Er kann es nicht lassen und deutet noch einmal feixend mit dem verkürzten Zeigefinger auf Urs.

Ehe Urs sich bremsen kann, hat er schon die Zähne gefletscht und ein drohend knurrendes »Brumm« ausgestoßen.

Schnell zieht der kleine Scheißer seinen Finger zurück und flüchtet sich auf den Platz, der am weitesten von Urs entfernt ist.

Dem Richter ist dies alles nicht entgangen. »Herr Herzog, Sie benehmen sich besser.« Noch bevor die Kobra im Maßanzug im Namen seiner Klienten protestieren kann, wendet sich Sperber auch an Tammo Palmer. »Und Sie rufen bitte Ihren Klienten zur Raison. Sonst muss er ab sofort einen Maulkorb tragen.«

Das Publikum lacht, doch Herzog Senior, Herzog Junior und die Herzogliche Kobra nicken aus tiefster Überzeugung.

»Ihr Name?«

»Na, ich bin der Marko.«

»Marko. Und weiter?«

»Wie weiter?«

»Mit Nachnamen.«

»Na, Brauns natürlich. Sie haben mich doch gerade so reingerufen.«

Damit hat der neue Zeuge natürlich recht, doch besonders hell im Kopf wirkt er trotzdem nicht: ein Muskelberg, die frisch gebrochene Nase schief im Gesicht, erste Anzeichen eines Blumenkohlohrs. Für Auseinandersetzungen bedient er sich wohl nur selten des scharfen Floretts der Worte.

»Würden Sie bitte hier im Gerichtssaal Ihre Kopfbedeckung abnehmen?«

»Was?«

»Ihre Kappe.«

»Ach so. Tschuldigung.« Marko Brauns fischt die schiefsitzende Basecap von seinem Kopf und knüllt sie zwischen den Händen. Auf seiner Stirn stehen Schweißtropfen.

»Sie sind bekannt mit Lukas Herzog?«

»Mit wem?«

»Mit mir, du Vollpfosten«, mischt sich der Industriellenspross von seinem Platz aus ein.

»Besser hätte ich es auch nicht ausdrücken können. Dennoch haben Sie jetzt nicht das Wort, Herr Herzog.«

Der so Zurechtgewiesene besinnt sich auf seine Rolle des kultivierten Industriellensprosses: »Entschuldigung, Herr Richter.«

»Also, sind Sie mit jenem Herrn dort bekannt?« Der Richter deutet auf Lukas Herzog.

Marko Brauns muss offenbar wirklich erst mal überlegen, bevor sich sein Gesicht zu einem erfreuten Lächeln verzieht: Endlich kann er eine Frage richtig beantworten. »MC Lucky? Klar. Ich spiel in seiner Band.«

»In seiner Band?« Sperber lehnt sich neugierig vor. »Und welches Instrument?«

»Instrument? Wieso Instrument?«

Der Richter räuspert sich. »Belassen wir es dabei. Vielleicht schildern Sie uns die Vorgänge jenes Tages einmal der Reihe nach.«

»Was für ein Tag?«

Die buschigen Brauen des Richters senken sich tief über seine Augen.

Die Staatsanwältin hebt die Hand. »Wenn ich …?«

»Aber gerne, Frau Kollegin.«

Die Stimme von Staatsanwältin Grachthoven klingt ungewohnt sanft, als sie fragt. »Also, Marko … ich darf doch Marko und Du sagen?«

Der Gefragte strahlt, als habe ihm die Staatsanwältin gerade angeboten, ihn zu entjungfern. »Klar.«

»Also, der Tag, an dem deine Nase gebrochen wurde: Was ist da passiert?«

»Na, da hat der Kung-Fu-Panda mich gehauen.« Er deutet auf Urs. »Voll auf die Fresse.«

»Aha. Und davor?«

»Wie davor?«

»Was hast du da so den ganzen Tag gemacht?«

»Ach so. Also, ich bin mit dem MC Lucky nach Offenbach gefahren.«

»Und warum?«

»Damit er mich in seiner Band mitspielen lässt.«

»In seiner Band?«

»Er hat gesagt, wenn ich in seiner Band mitspielen will, soll ich mit nach Offenbach kommen. Der wollte mit so einem Typen reden, der ihn und seinen Dad gedisst hat.«

»Und dieser ›Typ‹? War das der Angeklagte? Jener Herr dort?« Der Richter deutet auf Urs.

»Weiß nicht.« Marko zuckt mit den Schultern. »Kann sein. Hat er eine Werbeagentur?«

»Ja, hat er.« Die Stimme der Staatsanwältin klingt noch immer sanft, auch wenn das Timbre der Anspannung nicht zu überhören ist. »Und dann? Was habt ihr in Offenbach gemacht?«

»Okay, na, also, wir haben da an so 'ner Straßenecke abgehangen, bis der Kung-Fu-Panda vorbeigekommen ist. Und so 'ne Türkenbraut. Da sind wir hinterher.«

»Und warum?«

»Das hat der MC Lucky nicht gesagt.«

»Hast du denn eine Vermutung?«

»Na, die Türkenbraut hatte einen Knackarsch.« Er vergewissert sich mit einem Blick zu Lukas Herzog, ob er auch das Richtige gesagt hat.

»Nun gut, dann erzähl uns doch mal, was in der Bäckerei passiert ist.« Das Lächeln der Staatsanwältin ist eingefroren.

»Okay. Wir sind in die Bäckerei rein. Fand ich gut. Hatte Hunger.«

»Und? Was ist dann passiert?«

»Dann hat der Kung-Fu-Panda dem MC Lucky den Finger abgebissen. Und mir auf die Fresse gegeben.«

»Und wie kam es dazu?«

»Weiß nicht. Der MC Lucky hatte irgendwie Beef mit der Türkenbraut und dem Panda. – Ging doch alles zack und so.«

»Wie groß sind Sie?«, fragt Richter Sperber dazwischen.

»Einen Meter fünfundneunzig«, ist die stolze Antwort.

»Und Sie wiegen?«

»Hundertsiebzehn Kilo. Sechzehn Prozent Fettanteil. – Das ist spitze, sagt mein Trainer.«

»Was trainieren Sie denn?«

»Boxen.«

»Aha.« Sperber wendet sich zur Anklagebank. »Und wie groß sind Sie, Herr Doktor Podini? Einen Meter sechzig?«

»Einen Meter vierundsechzig«, korrigiert Urs den Richter schüchtern.

»Aha.« Sperber widmet seine Aufmerksamkeit wieder dem Zeugen. »Und Herr Doktor Podini hat Sie also zu Boden geschlagen?«

»Wer?«

»Der Herr dort auf der Anklagebank.«

»Ach so, der Panda. Na, der kann doch Kung-Fu. Zack! Hatte ich seine Faust in der Fresse.«

Im Geiste sieht Urs seine mit schwarzem Kunstfell überzogene Faust auf der Nase von Marko Brauns landen, spürt das befriedigende Knacken unter seinen Knöcheln. Er muss sich auf die Unterlippe beißen, um nicht stolz zu grinsen.

»Und danach? Was ist dann passiert?«

»Weiß nicht. Hat ja arschig wehgetan. Hab nur rot und schwarz gesehen, bis dieser Bulle mir einen Eisbeutel auf die Nase getan hat.«

»Sie meinen, dieser *Polizist*?« Der Richter deutet auf POK Stefan Jeloszewicz, der kerzengerade auf einem der für die Zeugen vorgesehenen Stühle sitzt.

»Klar. Dieser Bulle da.«

»Ihr Name?«

»Akanyildiz Kaymaz.« Geduldig buchstabiert die junge Frau mit dem langen, lockig-schwarzen Pferdeschwanz ihren Vor- und Nachnamen, ohne dass die Protokollantin sie extra darum bitten muss.

»Sie arbeiten in der Bäckerei …?«

»Mir *gehört* die Bäckerei Kaymaz«, korrigiert sie den Richter höflich, aber bestimmt.

»Entschuldigung. Sie sind also Eigentümerin der Bäckerei Kaymaz und haben an dem fraglichen Tag die Kundschaft bedient?«

»Wie jeden Tag. Sogar sonntags. Auch da gibt es bei uns frische Brötchen.«

»Gut, das zu wissen.« Richter Sperber macht sich eine Notiz. »Was ist an diesem Tag passiert? Erzählen Sie am besten einfach mal.«

»Na ja, also, ich hatte gerade frische Baguettes belegt: Die sind unser Verkaufsrenner, besonders zur Mittagszeit. Da kommt Ayla rein, wie fast jeden Tag.«

»Ayla? Sie meinen die Zeugin Ayla Gönenç?«

»Genau. Die kauft bei uns immer das Mittagessen für die Werbeagentur, in der sie arbeitet. An dem Tag hatte sie einen Mann dabei.«

»Können Sie diesen Mann identifizieren?«

»Klar. Der sitzt doch dort.« Sie deutet zur Anklagebank. »Den Panda-Anzug hatte er auch an.«

»Hat Sie das gewundert?«

»Ja, schon. Hat man ja nicht jeden Tag. Aber dann hat Ayla ihn als ihren Chef vorgestellt. Da dachte ich mir, der wird wohl irgendwas mit Werbung zu haben, der Panda-Anzug. Der Mann war ja auch superfreundlich und hat Baguettes gekauft. Und BambooStixx. Sie wissen schon, diese Süßigkeiten.«

»Natürlich. – Und jetzt essen Sie endlich einen davon, Herr Doktor Podini!« Der Ton des Richters ist beinahe unangemessen scharf. »Das ist ja nicht zum Aushalten. Ich kann Ihren Magen bis hierher knurren hören.«

Schüchtern fischt Urs einen BambooStick aus der Packung und schiebt ein Ende zwischen die Zähne. Gleich rumort sein Magen leiser.

Durch das Publikum geht ein leise raunendes »Oooooh«.

Urs sackt noch tiefer in seinen Stuhl und verbirgt den BambooStick in seiner Hand, während er weiter daran knabbert.

Der Richter hat sich inzwischen wieder der Zeugin zugewandt: »Also, Frau Kaymaz, wie ging es dann weiter?«

»Was? Ach so. Also, der Panda … Aylas Chef … Sorry, ich weiß seinen Namen gar nicht so richtig.«

»Doktor Urs *Ailuro* Podini.« Der Richter kann es sich nicht verkneifen, Urs zweiten Vornamen zu betonen.

»Also, der Herr Doktor Podini hatte gerade seine Einkäufe bezahlt und im Rucksack verstaut, da kommen die beiden Jugendlichen rein und fangen direkt Stunk mit Ayla und Herrn Doktor Podini an.«

»Nisch wahr, du Schlampe!« MC Lucky ist aufgesprungen. Der brave Bürgersohn ist wohl vergessen.

»Sendepause, Herr Herzog.« Der Ton des Richters ist so schneidend, dass der Angesprochene zurück auf seinen Stuhl fällt, als sei er geschubst worden.

Wieder an die Zeugin gewandt, fragt der Richter ungleich freundlicher: »Wissen Sie, worum es in dem Streit ging?«

»Ach, ein Streit war das eigentlich nicht. Der Kleinere der beiden … also, der da …«

»Fürs Protokoll: Die Zeugin deutet auf den Geschädigten Lukas Herzog. – Bitte, fahren Sie fort.«

»Also, der da hat erklärt, er will Herrn Doktor Podini jetzt fertigmachen.«

»Und dann?«

»Ich wollte keine Schlägerei in meinem Laden, also habe ich mein Telefon genommen und gedroht, die Polizei zu rufen. Das hilft meistens.«

»Meistens? Kommt so was öfter vor?«

»Meine Bäckerei ist in Offenbach.«

Wissendes Raunen im Publikum. Vereinzeltes Murren aus den Reihen der Mütter.

»Sie haben dann also die Polizei gerufen?«

»Nein, dazu bin ich gar nicht gekommen. Der Größere der beiden Jugendlichen, also der da …«

»Die Zeugin deutet auf den Geschädigten Marko Brauns.«

»Der hat mit seiner Faust so fest auf den Tresen gehauen, dass die Platte gesprungen ist. Gleichzeitig ist der Kleinere auf Herrn Doktor Podini los. Er hat ihn gegen die Theke geschubst.«

»Und dann?«

»Das ging ja alles so schnell.«

»Sagen Sie zumindest, woran Sie sich erinnern.«

»Also: Der Herr Doktor Podini, der hat plötzlich ganz tief geknurrt und die Zähne gefletscht. – Und der Kleinere hat ihm trotzdem seinen Finger ins Gesicht gestreckt. Ich habe noch gedacht, gleich ist der Finger ab.«

»Warum?«

»Na, weil der Doktor Podini doch so geknurrt hat. Der klang voll wie der Pitbull von meinem Freund. – Der da hat dem Herrn Doktor Podini also den Finger ins Gesicht gestreckt. Dann liegen die beiden

Jugendlichen auch schon auf dem Boden. Und Ayla hat geschrien wie am Spieß. Der Panda ist zu ihr hin. Da hab ich gedacht, der will ihr vielleicht auch was tun. Ich packe also mein Pfefferspray und bin rum um den Tresen.«

»Und dann?«

»Ich habe dem Panda gesagt, er soll Ayla in Ruhe lassen und abhauen. Er ist weggerannt. Ayla hat noch mehr geschrien. Und ich habe die Polizei gerufen.«

Die Staatsanwältin hebt erneut die Hand. Der Richter erteilt ihr das Wort.

»Wissen Sie, warum Frau Gönenç so geschrien hat?«

»Wegen der Schlägerei. Ayla kommt doch aus Bad Vilbel. Die kennt so was nicht.«

»In den von der Polizei aufgenommenen Aussagen von Ihnen und Frau Gönenç wird übereinstimmend eine Vergewaltigungsdrohung erwähnt. Haben Sie gehört, wie diese Drohung vom Angeklagten ausgesprochen wurde?«

Vergewaltigung? Das hat der Polizist vorhin auch schon gesagt. Hat er Ayla wirklich bedroht? Erinnerungen steigen in Urs' Hirn auf wie Blasen in einer dickflüssigen Suppe: der Finger des kleinen Scheißers in seinem Gesicht. Ungewaschen verschwitzte Haut. Scharfes Knacken unter seinen Zähnen. Der Geschmack von Kupfer und Eisen auf der Zunge.

Angreifern keine Chance geben! Das hat Urs in der Schule gelernt. Auf dem Pausenhof. Lieber als Erster zuschlagen. Zwei Schritte braucht er, bis er vor seinem zweiten Gegner steht. Das Nasenbein knirscht befriedigend unter seiner pelzbehandschuhten Faust. Ein Knie in die Genitalien schickt den großen Scheißer zu Boden. Urs kann gerade noch ausweichen, bevor ihn der Fleischberg unter sich begräbt.

Und dann?

Der kleine und der große Scheißer krümmen sich auf dem Boden. Der eine ruft wimmernd nach seinem Papa. »Kung-Fu-Panda«, heult der andere immer wieder. »Kung-Fu-Panda.«

Ein Schrei hinter ihm: Ayla! Sie muss sich an die Theke klammern, um nicht umzufallen. Er springt hin. Warum? Um sie aufzufangen?

Er sieht Aylas Gesicht vor sich, hört seine Stimme, wie er leise und ruhig zu ihr spricht. Er weiß nicht mehr was. Ayla schreit noch lauter.

Er wird weggerissen. Die Bäckerin streckt ihm die Dose Pfefferspray ins Gesicht.

Sein Rucksack, sein Rucksack, sein Rucksack befiehlt sein Gehirn in einer Endlosschleife.

Er krallt sich seinen Rucksack, der im Kampfgetümmel zu Boden gefallen ist. Streift sich die Riemen über seine Schultern. Will sie festziehen.

Ein erster Stoß Pfefferspray treibt ihn rückwärts. Er stolpert über den kleinen Scheißer. »Mein Alter verklagt disch. Der macht disch und deine Schwuchtelagentur pleite.«

Urs steigt rückwärts über ihn hinweg und tastet sich weiter bis zur Tür. Endlich spürt er den metallenen Türgriff in seinen Händen.

Keuchen. Seine Lungen schmerzen. Urs rennt und rennt.

Irgendwann kann er nicht mehr. Er muss sich an einem parkenden Auto abstützen, um nicht hinzufallen.

Erst jetzt bemerkt er den metallischen Geschmack in seinem Mund: Blut.

Mit der Zunge tastet er nach möglichen Verletzungen. Spürt einen Fremdkörper. Haben ihm die beiden Scheißer etwa einen Zahn ausgeschlagen?

Er will den Fremdkörper schon in seine Hand spucken, besinnt sich jedoch eines Besseren und fischt aus der Vordertasche seines Rucksacks ein Taschentuch.

Der Gegenstand, der, mit Speichel und Blut vermischt, auf das weiße Tuch fällt, ist kein Zahn, sondern …

… das oberste Glied eines Fingers.

Erschrocken lässt Urs das Taschentuch fallen, die Fingerkuppe rollt in den Bordstein. Und weiter in einen Gully. Ein leises Platschen, als wollten Fingerglied und Gully Urs gemeinsam verhöhnen.

Stöhnend richtet er sich auf. In der getönten Scheibe des Autos sieht er sein Spiegelbild: Sein Gesicht ist blutverschmiert. Schnell nimmt er ein weiteres Taschentuch und wischt das Blut ab, so gut es geht. Wenigstens ist nichts auf das weiße Fell gekommen, sonst sähe er jetzt wohl aus wie der Panda-Schlachter von Offenbach.

»Ayla Gönenç, bitte.« Der Name, den die Protokollantin in das Mikrofon vor ihr spricht, reißt Urs aus seinem Nachtmahr.

Die große Flügeltür des Gerichtssaals schwingt auf, Ayla tritt hindurch. Auf ihrer Brust sitzt kein Plüschtier. Ihre Haare hat sie zu einem Dutt gesteckt, doch auch ohne schwarz wehendes Mähnensegel verfehlt ihr Auftritt seine Wirkung nicht. Selbst die Star-Gerichtsreporterin hält für einen Moment in ihren Notizen inne, wischt sich die widerspenstige Haarsträhne aus den Augen und mustert die Neuankömmlingin, die höflich wartet, bis der Richter sie bittet, Platz zu nehmen.

Erst jetzt widmet Ayla ihre Aufmerksamkeit auch Urs. Ihr Lächeln lässt ihre Augen strahlen und zaubert Grübchen in die geröteten Wangen.

Für einen kurzen Moment wähnt sich Urs wieder in seinem Lieblingstraum: Eben hat er den Kletterbaum erklommen und sich auf die Plattform gezogen; jetzt ruht sein Kopf in Aylas Schoß, während sie ihn zwischen den Ohren krault. Gemeinsam blicken sie in den blauen Himmel über ihnen.

»Nun, Frau Gönenç, dann schildern Sie doch mal die Ereignisse jenes Tages aus Ihrer Sicht.«

Der Satz des Richters holt Urs aus seinem Tagtraum. Er lehnt sich vor, um nur ja kein Wort Aylas zu versäumen.

»Also …« Ayla räuspert sich. »Ich … also wir … also Urs … also Doktor Podini und ich … Vielleicht fange ich etwas früher an?«

Das Ayla-Lächeln lässt selbst einen ehrwürdigen Greifvogel wie den Richter zum Kuscheltier werden: »Aber gerne. Wie Sie denken, Frau Gönenç.«

»Wir hatten an dem Morgen eine große Präsentation in der Agentur. Also, Urs musste die Präsentation halten. Danach war er ziemlich erschöpft und Alexa, also Alexa Sommer, meine Chefin …«

»Moment«, mischt sich die Staatsanwältin ein. »Ist nicht Doktor Podini Ihr Chef?«

»Ja. Auch. Aber meinen Vertrag habe ich mit Alexa. Weil, die Agentur, das sind eigentlich zwei Firmen, die aber … Das ist furchtbar kompliziert, irgendwie.«

»Aber Herr Doktor Podini ist Ihnen gegenüber weisungsbefugt?«

»Weisungs… was?«

»Er darf Ihnen befehlen, was Sie tun sollen und was nicht«, übersetzt der Richter.

»Was? Ja … Nein … Also, das würde der Urs nie tun. Der bittet immer ganz freundlich.«

»Hat er Sie auch gebeten –?«

»Was die Staatsanwältin fragen will«, schneidet der Richter seiner Kollegin das Wort ab. »Hat Herr Doktor Podini Sie aufgefordert, hier in seinem Sinne auszusagen?«

»Wieso das denn? Wir haben auch seitdem nicht mehr miteinander …« Aylas Augen leuchten auf. »Das wäre doch verboten, oder? Nee, das würde der Urs nie tun.«

»Gut, dann wäre das geklärt.« Der Richter nickt zufrieden. »Sie hatten also die große Präsentation. – In Ihrer Agentur. An dem Tag«, schiebt er hinterher, als Ayla ihn verständnislos ansieht.

»Was? Ach ja. Wir hatten die Präsentation. Die Kunden waren sehr zufrieden, obwohl einiges schiefgelaufen ist. Und Alexa hat Urs nach Hause geschickt. Sich ausruhen.«

»Trug er da seinen Panda-Anzug?«

»Ja, klar. Auch schon in der Präsentation. Gehörte dazu.«

»Ist das üblich, dass Herr Doktor Podini bei Präsentationen Kostüme trägt?«

»Eigentlich nicht.« Ayla zuckt mit den Schultern. »Das war aber eine süße Idee. Die Kundin fand das auch ganz toll.«

»Ihre Chefin …«

»Alexa Sommer«, hilft Ayla aus.

»Genau. Frau Sommer hat Herrn Doktor Podini also nach Hause geschickt. Und Sie mit ihm?«

»Nein, aber sie hat kurz darauf gemeint, ich solle ihn besser ein Stück begleiten. Urs war nach der Präsentation so müde, dass er auf dem Konferenztisch eingeschlafen ist.«

»Eingeschlafen? *Auf* dem Konferenztisch?«

»Ja. Da saß Urs während der Präsentation. – Okay, das hört sich jetzt bestimmt komisch an.«

»Meinen Sie?« Der Richter kann sich ein Schmunzeln nicht ganz verkneifen.

»Ja. Urs ... also Doktor Podini ... Dem ist bei der Präsentation das Notebook ausgefallen. Und da hat er das Anzeigenmotiv einfach vorgespielt: ein Eisbär auf einer Eisscholle. Im Tropenmeer.«

»Aha. Aber Herr Doktor Podini war als Panda kostümiert.«

»Er meinte, wir sollten uns einfach vorstellen, er sei ganz weiß. Dann hat er dagesessen, zusammen mit der Kundin, und hat Lokma-Kräppel gegessen.«

»Er hat was gegessen?«

»Lokma-Kräppel. Die haben meine Eltern erfunden, eine Kreuzung aus Kräppeln und Lokmas. – Dann ist Urs eingeschlafen. Und die Kundin hat den Vertrag unterzeichnet.«

»Aha. Herr Doktor Podini schlief also auf dem Tisch.«

»Ja. Dort hat Alexa ihn dann geweckt und nach Hause geschickt. Und mich hinterher. Ich musste ja ohnehin das Mittagessen für die Agentur holen. Belegte Brötchen. Die hole ich immer bei Akanyildiz.«

»Wo?«

»In der Bäckerei Kaymaz. Ich bin hinterher und wir, also Urs und ich, sind zu zweit in Richtung Bäckerei gegangen. Wir haben über die Arbeit gesprochen. Weil ich doch Texterin werden will. So wie er. Deswegen hat er mich auch zum Essen eingeladen.«

Alle Köpfe drehen sich zu Urs; einhellig tadelnde Blicke spießen ihn auf.

»Fanden Sie das ...« Die Staatsanwältin muss nachdenken, bevor ihr ein Wort einfällt, mit dem sie ihr Missfallen zum Ausdruck bringen kann. »... unangemessen?«

Ayla blickt sie erstaunt an. »Warum?« Dann lacht sie ein glöckchenklingelndes Lachen. »Sie meinen, er will mit mir in die Kiste? Nicht der Urs. Der ist viel zu lieb.«

»Hat er Ihnen gegenüber nie Avancen gemacht?«

»Nein, nie. Der flirtet ja nicht mal mit mir, wie alle anderen in der Agentur.«

Hat sich da etwa Bedauern in Aylas Stimme gemischt?

»Keine Avancen und kein Flirten. Gut, dass wir auch das geklärt haben«, reißt der Richter die Vernehmung wieder an sich. »Sie sind also gemeinsam mit Herrn Doktor Podini zur Bäckerei gegangen.«

»Ja, die liegt so halb auf seinem Heimweg. – Und, na ja, da sind mir die beiden Typen schon aufgefallen.«

»Was für Typen?«

»Die, mit denen es dann in der Bäckerei den Ärger gab. Die schlurften da schon hinter uns her.«

»Hatten Sie eine Vermutung warum?«

»Die wollten mir wohl auf den Hintern starren, dachte ich«, erklärt Ayla sachlich. »Offenbach halt.«

»Kannten Sie die beiden?«

»Nein, das heißt ja. Den einen.« Ayla dreht sich zu Lukas Herzog um. »Ihn da. Aber ich habe ihn nicht erkannt. Erst in der Bäckerei.«

»Ja, kommen wir zu den Ereignissen in der Bäckerei Kaymaz. Was ist dort passiert?«

»Also, Urs und ich sind rein. Ich habe Urs beim Bestellen den Vortritt gelassen, weil … Bei uns in der Agentur hat jeder einen anderen Geschmack. Einige vertragen auch Dinge nicht und so. Daher dauert das immer, wenn ich die Brötchen bestelle. Urs hat sich also Baguettes gekauft und dann noch eine Packung BambooStixx. Sie wissen schon, diese Süßigkeiten.«

Der Richter lächelt milde. »Sie meinen solche, wie sie Herr Doktor Podini gerade verzehrt?«

Erschrocken nimmt Urs die Fruchtgummistange aus dem Mund. Er muss sie geistesabwesend aus der Packung gefischt haben, während er Ayla zugehört hat.

»Genau. Ich weiß noch, wie ich zu ihm gesagt habe, dass ich die auch mag. Urs hat also seinen Kram in den Rucksack gesteckt und bezahlt. Da ist die Tür aufgegangen und die Kartoffel kommt rein.«

»Kartoffel?« Der Richter hat die Stirn gerunzelt.

Ayla errötet. »Verzeihung. Also Lukas Herzog.«

»Jener Herr dort?« Sperber deutet auf den Industriellenspross, der seine Rolle als wohlerzogenes, wertvolles Mitglied der Gesellschaft ganz vergessen hat und sich so sehr auf den Zeugenstuhl fläzt, dass er beinahe liegt.

»Genau.«

»Sie kannten also Herrn Herzog?«

»Ich glaube, das tut jetzt nichts zur Sache«, will die Staatsanwältin abwiegeln.

Tammo Palmer springt auf, um Einspruch zu erheben, doch der Richter hat bereits die Hand gehoben, um ihn zu bremsen. »Mich interessiert das auch, Herr Verteidiger. – Sie kannten also Herrn Lukas Herzog, den Geschädigten, vorher schon.«

Ayla nickt verdutzt. »Klar. Der war doch mit seinem Vater …«, sie blickt sich im Gerichtssaal um, deutet dann auf Herzog Senior, »… zweimal bei uns in der Agentur. Zuletzt zwei Tage vor der ganzen Geschichte. Da hat Urs die beiden rausgeworfen.«

»Rausgeworfen? Warum das?«

»Na ja, die Kartoffel … Verzeihung … Lukas Herzog hat sich eine Werbekampagne für die Firma seines Vaters ausgedacht. Und wir sollten die umsetzen. Doch die Kampagne war so richtig schei… schlecht.«

»Die Campaign war voll sick.« Lukas Herzog ist wutentbrannt aufgesprungen. »Diese Scheiß-Werberschwuchteln sind doch voll unfähisch.«

Zum ersten Mal an diesem Tag hebt der Richter die Stimme über Zimmerlautstärke. »Und damit wäre ein Ordnungsgeld für Herrn Herzog fällig. Wahlweise ein Tag Ordnungshaft.«

Die Strafe verfehlt leider ihre Wirkung. »Isch komm in Knast? Voll sick, ey!«

»Darf ich auch in den Knast?«, fragt Marko Brauns.

Der Richter schüttelt ungläubig den Kopf. »Bitte fahren Sie fort, Frau Gönenç. Und verzeihen Sie die Unterbrechung. Herr Doktor Podini hat also Herrn Herzog und seinen Vater aus der Agentur geworfen.«

»Ja, hochkant. Und vorher hat er sie zusammengestaucht. Deswegen ja der ganze Ärger.«

»Deswegen?«

»Klar. Warum denn sonst?«

»Gut, was ist dann in der Bäckerei passiert?«

»Die Kar… Also, der da kommt in die Bäckerei, seinen Kumpel im Schlepptau, und geht direkt auf Urs los. Sagt, er will ihn jetzt fertigmachen.«

»Haben Sie das als Androhung physischer Gewalt aufgefasst?«

Ayla braucht zwei Sekunden, bevor sie die Frage des Richters verstanden hat. »Klar, der wollte Urs verprügeln. Deswegen hat er doch auch diesen anderen mitgebracht.«

»Gar nisch wahr. Wollte nur zeigen, wie sick meine Campaign ist.«

Ayla lässt sich von Lukas Herzogs Einwurf nicht beirren. »Akanyildiz hat gedroht, die Polizei zu rufen. Da hat der Große so stark mit der Faust auf den Tresen gehauen, dass die Glasplatte gesprungen ist. Und der Lukas Herzog hat Urs geschubst. Mit aller Kraft. Dass Urs rücklings gegen die Theke geknallt ist. Der Lukas Herzog ist hinterher und … Na ja, dann weiß ich auch nicht so recht. Ging ja alles so schnell. Plötzlich liegen die beiden Jungs auf dem Boden und heulen. Und der Urs dreht sich zu mir um …«

Sie hält inne. Die Staatsanwältin nutzt ihre Chance. »Nach Aussagen der Zeugin Kaymaz haben Sie laut geschrien. Haben Sie sich von Herrn Doktor Podini bedroht gefühlt?«

»Bedroht? Warum das denn?« Verblüffung weicht der Erinnerung; Tränen glänzen in Aylas Augen. »Ich habe geschrien, weil ich dachte, dem Urs ist was Schlimmes passiert. Sein Gesicht war doch voller Blut.«

Urs muss wieder kurz die Augen schließen. Er spürt das Knacken des Fingerknochens zwischen den Zähnen, ein Reißen, als der kleine Scheißer die Hand zurückzieht. Warmes Blut spritzt aus der Wunde auf sein Gesicht.

Bitter brennend steigt Galle seine Kehle hoch. Rasch zwingt sich Urs, die Augen wieder zu öffnen. Zurück in die Realität des Gerichtssaals.

»Und dennoch sah sich Frau Kaymaz veranlasst, Herrn Doktor Podini mit Pfefferspray abzuwehren.«

»Ach, das dürfen Sie ihr nicht übel nehmen«, sagt Ayla. »Das ging ja alles so schnell. Sie wusste ja nicht, wer wer ist. Und sie hat dann ja den Murat hinterhergeschickt. Ihren Freund. Damit er Urs zurückholt.«

»Sprechen Sie von Murat Cavanar, der auch auf der Zeugenliste steht?«, fragt der Richter.

»Den Nachnamen weiß ich nicht, aber er sitzt auch draußen und wartet, ja.«

Sperber legt die Fingerspitzen zusammen. »Noch einmal nachgefragt: Der Angriff erfolgte also zunächst einseitig durch Herrn Herzog und Herrn Brauns? Ohne dass Herr Doktor Podini sie seinerseits provoziert hätte?«

»Nein, das würde der Urs nie tun. War ja auch keine Zeit dafür. Die sind in den Laden rein und direkt auf ihn los.«

Der Richter macht sich eine Notiz. »Gut, dann können wir die Zeugin –«

Tammo Palmer und die Staatsanwältin heben gleichzeitig die Hände.

»Ene mene muh …«, zählt der Richter aus. »Herr Verteidiger, Sie haben zuerst das Wort.«

»Hat mein Mandant zuvor eine Warnung oder eine Drohung ausgesprochen, dass er seinerseits willens ist, Gewalt anzuwenden?«

Ayla zuckt hilflos mit den Achseln. »Nicht direkt, aber …«

»Aber?«, bohrt Palmer nach.

»Na ja, als ihm die Kartoff… Also, als ihn Lukas Herzog geschubst und ihm dann so den Finger ins Gesicht gesteckt hat, da … Also, das war schon fast witzig. Ich dachte, Urs macht sich lustig über die beiden.«

»Er macht sich lustig? Und wie?«

»Er hat ganz tief geknurrt. Und die Zähne gefletscht. Wie ein richtiger Bär.«

»Und dann hat er direkt zugebissen?«

»Nein, erst als Lukas Herzog ihm den Finger noch mal ins Gesicht stoßen wollte.«

»Danke.« Zufrieden macht sich Tammo Palmer eine Notiz.

»Noch weitere Fragen, Herr Verteidiger?«, meldet sich Richter Sperber zu Wort.

»Nein, danke.«

»Gern geschehen«, erwidert der Richter ohne jede Ironie. »Und Sie, Frau Staatsanwältin?«

»Ja, eine Frage steht meines Erachtens noch im Raum. Herr Doktor Podini hat Sie ja den Zeugenaussagen zufolge mit Vergewaltigung bedroht –«

»Was? Nein.« Aylas Stimme überschlägt sich. »Das würde Urs doch nie tun.«

»Aber in den Zeugenaussagen steht etwas von einer Vergewaltigungsdrohung.«

»Aber doch von dem da!« Ayla deutet auf Lukas Herzog. »Als er in die Bäckerei gekommen ist, hat er mich angeschnauzt, ich soll die Klappe halten, sonst … Also, Verzeihung, dass ich so etwas Vulgäres wiederhole, also, er hat gesagt: ›Halts Maul, du Schlampe. Fick isch disch gleich hier!‹«

Lukas Herzog springt auf. »Isch fick doch keine Türkenfotzen.«

Der Richter erhebt sich gleichfalls: ein mächtiger Adler beim Beuteschlagen. »Jetzt reicht es. – Bitte geleiten Sie Herrn Herzog aus dem Saal und nehmen Sie ihn in Gewahrsam«, weist er die beiden uniformierten Beamten an, die hinter der Anklagebank sitzen und eigentlich ein wachsames Auge auf Urs haben sollen.

Die Herzogliche Anwalts-Kobra richtet sich auf, um zu protestieren, doch der Richter lässt ihn gar nicht erst zu Wort kommen. »Ich schlage vor, Sie begleiten Ihren Mandanten, denn ich bin mir sicher, dass die Beamten vom Jugenddezernat ein Gespräch mit ihm führen wollen.«

Lukas Herzog schreit und strampelt. Beide Justizwachtmeister sind nötig, um ihn nach draußen zu schleppen, doch endlich fällt die schwere Tür des Saals ins Schloss.

# Brumm
## *Eine Beweisaufnahme*

Andrea Weninger, POK«, stellt sich die Polizistin mit dem blonden Pferdeschwanz ähnlich schneidig vor wie ihr Kollege. Die Uniformmütze unter dem Arm wartet sie in Hab-Acht-Stellung neben dem Zeugenstuhl, bis Richter Sperber sie bittet, Platz zu nehmen.

Zuvor hat der Richter die Beweisaufnahme für den *Tatkomplex Körperverletzung* in der Bäckerei für abgeschlossen erklärt.

Urs ist das mehr als recht. Alles, um den Prozess zu beschleunigen. Er schwitzt so stark, dass selbst das »atmungsaktive Futter« des Fursuits die Fluten nicht mehr eindämmen kann. Der Schweiß brennt auf seiner Haut wie Säure. Er will nur noch raus aus dem Panda-Fell. Unter die nächste Dusche.

Doch noch steht der *Tatkomplex Landfriedensbruch* aus.

Der mutige *Widerstand gegen die Übergriffe der Staatsmacht*, wie die linke *TagesZeitung* getitelt hat.

Der *Aufstand der Unanständigen*, wie das rechte Boulevardblatt der Region gegenhält.

Die Hauptsache!

Urs meint, durch ihre glänzenden Augen hindurch direkt in das Hirn von Staatsanwältin Grachthoven sehen zu können: Dort sitzt ein Scharfrichter auf dem Richtblock und schärft gemächlich seine Axt.

Die Füsse mit ganzer Sohle auf dem Boden, akkurat ausgerichtet, Ober- und Unterschenkel im rechten Winkel, der Rücken kerzengerade: So sitzt die Polizistin Andrea Weninger auf dem Zeugenstuhl.

»Ich gehörte zu der Besatzung des Streifenwagens, der zur Schlägerei in der Bäckerei Kaymaz beordert wurde.« Sie bemüht sich, abgeklärt zu klingen – eine harte Polizistin, die die Straße kennt. »Da die dortige Situation nicht mehr akut war, hat mein Kollege POK Stefan Jeloszewicz die weitere Absicherung übernommen und mich gemeinsam mit PK Frank Weidlich beordert, die Fahndung nach dem flüchtigen Verdächtigen aufzunehmen.«

»Den Sie dann …«, der Richter wirft einen Blick in seine Unterlagen, »auf dem Spielplatz Buchhain gestellt haben.«

»Dort haben wir Herrn Doktor Podini angetroffen, ja. Er war wegen seiner auffälligen Bekleidung leicht zu identifizieren.«

»Was hat Herr Doktor Podini dort …?«, bremst der Richter sich selbst. »Sekunde, vielleicht erst eine andere Frage. – Herr Doktor Podini?«

Urs hebt den Kopf.

»Wie sind Sie eigentlich auf den Spielplatz gekommen?«

Das ist eine gute Frage. Urs schließt die Augen. Die Erinnerung eines bittermetallischen Geschmacks legt sich auf seine Zunge: Blut, schmutziger Finger, Adrenalin. Unter seinen Händen spürt er wieder das lackierte Metall des schwarzen Audis, an dem er sich abstützen muss. Eben ist das Fingerstück im Gully verschwunden. Er sieht sein blutverschmiertes Gesicht im Spiegel des getönten Seitenfensters.

Was ist in der Bäckerei geschehen?

Der kleine Scheißer streckt ihm seinen Zeigefinger ins Gesicht. Der Panda im Spiegel der Theke fletscht die Zähne. Und dann?

Das Herz in Urs' Brust klopft wild. Vor seinen Augen flimmert es.

Ein Filmriss. Der zweite innerhalb weniger Stunden.

Ist er wirklich nur erschöpft, wie Alexa behauptet?

Oder stimmt etwas nicht mit ihm?

Zum Arzt! Sofort! Urs fischt in seinem Rucksack nach der Visitenkarte des Neurologen, die ihm Alexa in die Hand gedrückt hat. Dann sucht er nach seinem Handy. Wo ist …?

Oh nein, das liegt wohl noch auf seinem Nachttisch.

Dann eben nach Hause! So schnell wie möglich!

Zur Nervenberuhigung – und um endlich den Geschmack nach kleinem Scheißer aus seinem Mund zu vertreiben – reißt Urs die Packung

BambooStixx auf und steckt sich einen der Fruchtgummistängel in den Mund.

Dann setzt er den Rucksack wieder auf.

Zieht die Schulterriemen stramm.

Macht einen Schritt vorwärts. Es gelingt ihm, ohne umzukippen.

Noch einen Schritt und noch einen und noch einen: Artig setzt er einen Fuß vor den anderen. Jeder Schritt wirbelt die Gedankenfetzen in seinem Kopf auf wie ein herbstlicher Windstoß das Laub.

Psychose!

Geschlossene Abteilung. Gitter vor den Fenstern. Keine Chance auf Entlassung. Zu gewalttätig.

Ärzte, die traurig mit dem Kopf schütteln.

Hirntumor!

Aufgesägter Schädel. Bestrahlung.

Ärzte, die traurig mit dem Kopf schütteln.

Schlaganfall!

Noch mehr geistige Aussetzer. Körperliche Ausfälle. Krankenhaus. Intensivstation.

Ärzte, die traurig mit dem Kopf schütteln.

Seine Beerdigung. Alle tragen Schwarz: Alexa, seine Freunde, die Agenturmitarbeiter. Auch Ayla. Sie weint.

Nein, sie würde nicht weinen. Sie würde froh sein, dem Psycho entkommen zu sein.

Dieser verdammte Panda. Er hat sein Leben vergiftet …

Vergiftet?

Es gibt doch Gifte, die einen in den Wahnsinn treiben können, oder?

Hat man ihn wirklich vergiftet? Nur wann? Und wie?

Absichtlich? Wohl kaum. Wer sollte ihn denn vergiften wollen?

Vielleicht ist das Gift in seiner Umwelt.

In der Agentur? Die anderen sind doch alle gesund.

Oder in seiner Wohnung? Auch nicht wahrscheinlich. Der frühere Eigentümer ist nicht nur schwerstkriminell, sondern auch sehr auf seine Gesundheit bedacht gewesen. Der Makler hat Urs mindestens zehnmal auf die in der Wohnung verbauten ökologischen Materialien hingewiesen.

Aber vielleicht war ja genau das des Guten ein wenig zu viel? Dort hat es schließlich begonnen, oder?

Nein! Begonnen hat es bei *Transitions!*. In der Umkleidekabine hat er den Panda zum ersten Mal halluziniert.

Urs erinnert sich an eine Schlagzeile, die vor mehreren Jahren ganz Offenbach in Aufruhr versetzt hat:

*Mörderische Jeans!*

Gefälschte Ware, der Stoff verseucht mit verbotenen Chemikalien, von den Ladeflächen osteuropäischer Lastwagen herab verscherbelt. Die jugendlichen Käufer sind reihenweise umgefallen. Einige sind auch durchgedreht.

So wie er!

Der Fursuit: Was hat Evelyn über dessen Herkunft erzählt? Im Ausland gefertigt?

Wer weiß, mit was für Substanzen die den Suit imprägniert haben.

Waschen! Er muss den Suit waschen. Evelyn hat ihm ja erklärt, wie. Und beim Arzt muss er sein Blut testen lassen.

Wenn es nicht schon zu spät ist. Wenn das Gift –

Oh, ein Spielplatz!

»Herr Doktor Podini? Ist Ihnen nicht gut?«

Die besorgt sanften Worte des Richters stehen im krassen Gegensatz zu dem Ellbogenhieb, mit dem Alexa Urs zurück in die Realität des Gerichtssaals geholt hat.

Urs reibt sich über das Gesicht, um die letzten Erinnerungssplitter zu vertreiben. Hat er den Anzug eigentlich gewaschen? Ja! Mehrfach. Sogar in der Waschmaschine. Evelyns Anweisungen zum Trotz.

»Was … Was war noch mal die Frage?«

»Wie Sie auf den Spielplatz gekommen sind«, wiederholt der Richter geduldig.

»Nun, ich …«

Glücklicherweise springt Tammo Palmer ihm zur Seite: »Mein Mandant möchte in diesem Moment und zu diesem Thema keine Angaben machen.«

»Auch nicht bei so einer harmlosen Frage?«

»Bei allem Respekt: Vor Gericht gibt es keine harmlosen Fragen.«

Der Richter holt Luft für eine Erwiderung, gibt dann aber klein bei und wendet sich an die Zeugin. »Was hat Herr Doktor Podini dort gemacht? Auf dem Spielplatz?«

»Er ist gerutscht.«

»Gerutscht?«

Andrea Weninger nickt zackig. »Jawoll.«

»Kam Ihnen das ungewöhnlich vor? Oder vielleicht verdächtig?«

»Selbstverständlich. Doch die Kinder standen ja alle unter der Aufsicht von Erziehungsberechtigten.«

»Ja, die Mütter.« Der Richter wiegt den Kopf hin und her. »Zu denen kommen wir gleich noch. Was geschah dann?«

»Wir haben Herrn Doktor Podini gebeten, mit uns zu kommen. Im nächsten Augenblick fanden wir uns in bedrohlicher Weise umringt.«

»Umringt? Von wem?«

»Von …« Die Stimme der Polizistin wird leiser. »Von den Müttern.«

Ein Kichern rauscht durch den Gerichtssaal. Richter Sperber bittet nachdrücklich um Ruhe.

»Außerdem von einer Gruppe junger Männer, die uns durch ihr Auftreten provozieren wollten«, schiebt die Polizistin mit rechtfertigend vorgerecktem Kinn hinterher.

»Provozieren? Wie?«

»Sie haben mich und meinen Kollegen … Schlumpf genannt.«

Diesmal kann sich auch der Richter dem Kichern nur mühsam entziehen.

»In der anschließenden verbalen Auseinandersetzung«, verschafft sich die Polizistin mit scharfer Stimme Gehör, »protestierten die Anwesenden nicht nur gegen die Festnahme von Herrn Doktor Podini. Sie brachten auch zahlreiche Anschuldigungen gegen die Polizei vor.«

»Was für Anschuldigungen?«, fragt Richter Sperber.

»Die anwesenden Bürgerinnen und Bürger fühlten sich wohl von unserer Seite nicht ausreichend geachtet und geschützt. Und außerdem drangsaliert. Aber wir machen doch auch nur unseren Job.«

In das mürrische Gemurmel der Zuschauer mischen sich einzelne Rufe: »Nazi-Methoden!« – »Rechte Hetzer!« – »Braune Büttel!«

Mit einer knappen Geste bringt der Richter das Publikum zum Schweigen. »Und dann? Was geschah dann? Wie kam es zur körperlichen Auseinandersetzung?«

»Davon habe ich leider nicht mehr viel mitbekommen. Soweit ich mich erinnern kann, habe ich per Funk Unterstützung angefordert. Doch ein hinterrücks erfolgter Schlag auf meinen Kopf ... Meine Erinnerung setzt danach aus. – Ich war mit einer Gehirnerschütterung krankgeschrieben«, schiebt die Polizistin zur Entschuldigung ihrer Gedächtnislücke hinterher.

Der Richter räuspert sich, blickt dann zur Staatsanwältin, die vor Anspannung wohl am liebsten über ihren Tisch springen würde. Gerne reißt sie das Wort an sich.

»Die Auseinandersetzung mag wohl eskaliert sein«, beginnt sie, ihre Worte sorgfältig wählend. »Aber sie hatte Ursache und Grund in Herrn Doktor Podini, nicht wahr?«

»Ja, die Anwesenden wollten – das war offensichtlich – seine Festnahme mit allen Mitteln verhindern.«

»Danke.« Die Staatsanwältin macht sich befriedigt eine Notiz.

»Herr Verteidiger?«, wendet sich der Richter an Tammo Palmer.

Urs' Anwalt legt die Handflächen zusammen, die Zeigefinger an seinen Lippen, und schaut so lange zur Decke des Gerichtssaals, dass ihm der Richter das Wort schon wieder entziehen will. Dann endlich senkt er die Hände. Die beiden Zeigefinger deuten auf die Polizistin wie zwei Pistolenläufe. »Hat mein Mandant denn die Anwesenden explizit dazu aufgefordert, ihn zu beschützen und die Festnahme zu verhindern?«

»Explizit nicht, aber die Situation war doch offenkundig. Er muss bereits vorher um diesen Schutz gebeten haben.«

»Ich wäre dankbar, wenn Sie auf Spekulationen verzichten würden«, reißt Tammo Palmer die Vernehmung an sich, noch bevor der Richter die Polizistin seinerseits belehren kann. »Sie haben also keinerlei derartige Äußerung von Herrn Doktor Podini vernommen?«

»Nein, aber –«

»Handzeichen vielleicht? Andere Signale?«

»Nein, aber –«

»Hat Herr Doktor Podini denn Widerstand geleistet oder anderweitig gezeigt, dass er sich einer Festnahme zu widersetzen gedenkt?«

Die Polizistin muss nachdenken, schüttelt aber schließlich den Kopf. »Nein. Meiner Erinnerung nach nicht.«

»Hat er Ihren Anweisungen bis zu diesem Zeitpunkt Folge geleistet?«

»Ja, aber –«

»Hat er sich zu den Vorgängen überhaupt irgendwie geäußert?«

»Nein, aber –«

»Hat Herr Doktor Podini den Schlag gegen Sie ausgeführt?«

»Nein«, muss die Polizistin zugeben. »Der kam von hinten. Der Angeklagte stand vor mir.«

»War mein Mandant anderweitig an der späteren körperlichen Auseinandersetzung beteiligt?«

Endlich befindet sich die Polizistin mit ihrer Aussage wieder auf sicherem Grund. »Dazu kann ich Ihnen keine Auskunft geben, da ich selbst zu diesem Zeitpunkt bereits ohne Bewusstsein war.«

Natürlich hat Urs die Polizistin nicht geschlagen. Sie ist doch fast einen Kopf größer als er. Außerdem sieht er noch ganz deutlich Mats-Mikas Mutter vor sich, wie sie über der am Boden liegenden Polizistin steht, kampflustig ihre Handtasche schwingend.

Er hat die Polizistin also nicht geschlagen. Und auch nicht versucht wegzulaufen. Doch was hat er stattdessen gemacht?

Er spult den Film seiner Erinnerung ein Stück zurück. Zur letzten Rutschpartie. Bäuchlings. Weil ihn dieser feiste Junge dazu herausgefordert hat. Beim Rutschen hat er die Augen geschlossen. Das weiß er noch.

Er spürt das glatte, von der Sonne und den vielen Kinderhintern erwärmte Metall der Rutsche. Dann den Sand unter seinem Bauch.

Stoff. Ein Hosenbein. Er ist beinahe gegen das Bein geprallt.

Das Bein gehört einer Polizistin. Sie fordert ihn auf, aufzustehen und mitzukommen.

Und dann haben da plötzlich die ganzen Mütter gestanden.

Hat er um Hilfe gerufen? Oder vorher darum gebeten?

Warum hätte er das tun sollen? Er hat ja nicht damit gerechnet, festgenommen zu werden. Die Ereignisse in der Bäckerei sind da schon so weit weg gewesen.

Rutschen. Ballburg. Warme Sonne auf seinem Gesicht. Schaukeln.

Vor – und zurück.

Vor – und zurück.

Vor – und zurück.

Das protestierende Knarzen seines Stuhls holt Urs aus seinem Tagtraum in den Gerichtssaal zurück. Beschämt setzt er sich aufrecht hin und lässt den BambooStick verschwinden, an dem er geknabbert hat.

Polizeioberkommissarin Andrea Weninger ist inzwischen aus dem Zeugenstand entlassen worden. Polizeikommissar Frank Weidlich befindet sich bereits mitten in seiner Aussage. Obwohl sicher noch keine dreißig, wirkt der untersetzte Mann mit dem Schnauzbart so, als hätte er bereits zu viel im Leben gesehen und könne beinahe alles davon verzeihen. Ein Schutzmann von nebenan, frei von der beflissenen Schneidigkeit seiner Kollegen. Der oberste Knopf seines Hemdes ist geöffnet, die Ärmel hat er auf den Unterarm hochgeschoben, die Bügelfalte in seiner Hose verläuft in gemächlichen Schlangenlinien. Er spricht, als müsse er eine alte Dame beruhigen, der man die Handtasche geklaut hat.

»Herrn Doktor Podini zu finden, war schwerer, als wir dachten. Man sollte meinen, ein als Panda verkleideter Mann würde auffallen. Außerdem wussten wir ja von der Zeugin Gönenç, wo Doktor Podini wohnt, und wir haben angenommen, er sei in diese Richtung geflohen. Dass er auf einen Spielplatz geht, hat uns überrascht.«

Nicht nur ihn. Doch das Schaukeltier hat so verlockend nach Urs gerufen.

»Die Passanten und Anwohner waren auch keine echte Hilfe«, fährt der Polizist fort. »Ich habe ja schon immer gesagt, dass wir zu wenig Polizei auf der Straße haben. Und im Zweifelsfall auf alle Dunkelhäutigen ist auch keine echte Fahndungsstrategie. Kein Wunder, dass uns die Leute misstrauen.«

»Genau«, raunt eine Stimme aus dem Publikum, gefolgt von zustimmendem Gemurmel.

»Sie haben also Verständnis für den Krawall?«, fragt der Richter, nachdem er mit einem kernig knappen »Ruhe, bitte!« für Ordnung gesorgt hat.

»Für den Krawall nicht.« Zur Bestätigung hebt der Polizist seine Hand, deren Gelenk in einer Lederschiene steckt. »Aber dass das irgendwann mal knallt, war mir schon klar.«

»Welche Rolle hat denn der Angeklagte für den Beginn der körperlichen Auseinandersetzung gespielt?« Die Staatsanwältin ist so lange auf ihrem Stuhl hin- und her gerutscht, bis ihr Richter Sperber endlich das Wort erteilt hat.

PK Frank Weidlich zuckt mit den Schultern. »Keine offensichtliche.«

»Hat er eventuell vorher die Menge a-gi-tiert?« Die Staatsanwältin ist offensichtlich stolz auf dieses Kleinod ihres Wortschatzes.

»Sie meinen aufgehetzt? Da müsste ich jetzt spekulieren. Als wir eintrafen, hat er mit den Kindern gespielt. Und schien seinen Spaß zu haben. Kann ich nachvollziehen.«

»Nachvollziehen?«, fragt der Richter.

»Ja, ich habe selbst zwei kleine Kinder. Und ich kriege auch immer Lust zu rutschen, wenn ich mit denen auf dem Spielplatz bin. Ich bin aber … zu breit gebaut.«

»Könnte es sein«, reißt die Staatsanwältin das Wort wieder an sich, »dass der Angeklagte aus taktischen Gründen mit den Kindern gespielt hat? Um so die Mütter für sich zu gewinnen?«

Der Polizist kann ein Kopfschütteln nicht unterdrücken. »Sie haben keine Kinder, oder?«

Die Wangen der Staatsanwältin färben sich rosa, ihr Blick wird eisig. Sie verzichtet auf eine Antwort.

»Kinder wissen zumeist ziemlich gut, wer es beim Spielen ehrlich mit ihnen meint – und wer nicht.«

Zustimmendes Murmeln im Zuschauerraum, das aber endet, ohne dass Richter Sperber eingreifen muss.

»Aber hat Sie die Situation nicht gewundert?«, fragt der Richter. »Immerhin hatte der Angeklagte Ihres Wissens nach ja kurz zuvor noch zwei Körperverletzungen begangen.«

»Nach fast zehn Jahren Dienst in Offenbach wundert mich nicht mehr viel.«

Tammo Palmer hebt die Hand und der Richter erteilt ihm das Wort.

»Ich würde jetzt gerne zur Schlägerei kommen –«

»Ich denke, wir können von einer veritablen Straßenschlacht sprechen«, fällt ihm die Staatsanwältin ins Wort. »Dreiundzwanzig verletzte Polizeibeamte.«

»Meinetwegen, Frau Kollegin. Straßenschlacht.« Tammo Palmer wendet sich wieder an den Zeugen. »Herr Weidlich, können Sie uns schildern, wie die Lage so eskalieren konnte und welche Rolle mein Mandant dabei gespielt hat?«

PK Frank Weidlich hebt die Schultern. »Ob ich dazu wirklich viel sagen kann … Es ging ja alles so schnell.«

Schnell? Explosionsartig! Gerade eben noch fällt die Polizistin vor Urs in den Sand. Und dann …

Moshpit. Wall of Death. Frauen gegen Polizisten.

Ein Wirbelsturm aus Armen, Beinen, Handtaschen, Knüppeln. Der trockene Sand staubt, gelber Dunst bricht das Licht: Mad Max in Buchenhain.

Doch was hat Urs selbst gemacht?

Hat er mitgemischt? Geschlagen? Geschubst? Er kann es sich eigentlich nicht vorstellen.

Andererseits: Hatte er nicht kurz zuvor zwei Jugendliche fürs Leben gezeichnet? Oder war das der Panda? Hat der pelzige Mitbewohner seines Geistes auch auf dem Spielplatz wieder das Ruder übernommen? Wenigstens wurden nicht noch mehr Gliedmaßen abgetrennt. Das zumindest weiß Urs aus dem Polizeibericht.

Was hat er also gemacht?

Die gleiche Frage richtet Tammo Palmer gerade an Frank Weidlich: »Und was hat mein Mandant währenddessen gemacht? Konnten Sie das beobachten?«

Der Polizist zuckt hilflos mit den Achseln. »Das ging alles so schnell. Und wir waren ja erst mal damit beschäftigt, unsere Haut zu retten.«

»Haben Sie meinen Mandanten denn noch einmal gesehen?«

»Nur einmal. Ganz kurz. – Das hat sich mir aber ins Gedächtnis gebrannt, weil ich gedacht hab', ich hätte jetzt auch einen Schlag auf den Kopf bekommen.«

»Warum das?«

»Nun … also, der Angeklagte … Herr Doktor Podini … der hatte seinerseits einen Panda auf dem Arm.«

Panda? Auf dem Arm? Urs schließt die Augen, um sich zu erinnern – und sieht Mats-Mikas verheultes Gesicht vor sich. Der Junge krallt sich in seine Schulter. Urs muss ihn hochgehoben haben. Doch warum?

»Sie haben also meinen Mandanten mit einem Panda auf dem Arm gesehen?«, hakt Tammo Palmer nach. »Und das haben Sie sich nicht nur eingebildet?«

Der Polizist stößt ratlos die Luft aus. »Das weiß ich eben nicht. Ging ja alles so schnell. Ich weiß nur, dass ich stehen geblieben bin, als ich die beiden gesehen habe. Doch dann werde ich von hinten angerempelt. Und als ich mich wieder gefangen habe, sind die beiden nicht mehr da.«

»Und sonst haben Sie meinen Mandanten nicht mehr gesehen?«

»Nicht bewusst, nein.«

»Sie haben also nicht gesehen, dass er einen Ihrer Kollegen geschlagen hätte? Gestoßen? Gebissen?«

»Nein.«

»Und Ihre Kollegen? Haben die später so etwas berichtet?«

»Nicht, dass ich wüsste. Nein.«

»Sie können also weder bezeugen, dass mein Mandant die Schlägerei in irgendeiner Weise initiiert hat, noch dass er an den Kampfhandlungen beteiligt gewesen ist?«

»Nein. Aber das heißt ja nicht –«

»Danke. Ich habe keine weiteren Fragen an den Zeugen.«

»Auf Anraten meines Anwalts mache ich von meinem Auskunftsverweigerungsrecht nach Paragraf Fünfundfünfzig StPO Gebrauch.«

Fünf jüngere Frauen in unterschiedlich lädiertem Zustand treten in den Zeugenstand, fünfmal spielt sich die gleiche Szene ab: Mal mehr, mal weniger flüssig lesen sie diesen Satz von einer kleinen Karte ab.

Natürlich! Die als Zeugen geladenen Mütter stehen gleichfalls unter Anklage. Also verweigern sie die Aussage, um sich nicht selbst zu belasten.

Der Richter entlässt sie »mit Dank«, auch wenn seine Stimme angespannt klingt.

»Myriam Reimers, bitte.« Die Protokollantin klingt noch immer so frisch wie die Stockwerksansage im Fahrstuhl.

Selbstbewusst nimmt Mats-Mikas Mutter auf dem Zeugenstuhl Platz, ohne dazu aufgefordert worden zu sein. Auch sie dreht bereits die kleine Karte zwischen den Fingern.

Der Richter stützt sein Kinn in die Handfläche: »Lassen Sie mich raten: Auf Anraten Ihres Anwalts machen Sie von … – Was gibt es denn, Herr Verteidiger?«

Tammo Palmer schnippst mit den Fingern wie ein ungeduldiger Schüler. »Wenn *ich* ein paar Fragen an die Zeugin richten dürfte?«

»Seien Sie mein Gast.«

Der Anwalt nickt dankend, doch zum ersten Mal wirkt er angespannt: »Frau Reimers, Sie haben meinen Mandanten bereits auf dem Spielplatz gesehen, bevor die Kampfhandlungen begannen?«

»Natürlich. Lange davor. Ihr Mandant … Also, der Herr Doktor Podini hat mit meinem Mats-Mika gespielt.«

»Gespielt?«, fragt der Richter.

»Ja, also, das war so: Ich bin mit Mats-Mika auf den Spielplatz gekommen; da saß der Herr Doktor Podini auf diesem Schaukeltier. Er trug einen Panda-Overall. Genau wie mein Sohn. Ich sag zwar immer, er ist schon zu alt dafür – also, mein Sohn –, aber Mats-Mika liebt seinen Panda-Strampler. – Na ja, auf jeden Fall hat mein Mats-Mika geweint und das hat der Herr Doktor Podini gesehen. Da ist er von dem Schaukelpferd aufgestanden, um meinen Sohn zu trösten.«

»Das kam Ihnen nicht verdächtig vor?«, mischt sich die Staatsanwältin ein.

»Doch. Natürlich. Ich meine: ein erwachsener Mann und dann das Kostüm? Aber ich war ja dabei. Und ehrlich gesagt mit meinem Latein am Ende. Denn der Mats-Mika wollte zwar immer auf den Spielplatz, hat aber gleichzeitig Rotz und Wasser geheult.«

»Und warum?«, fragt Tammo Palmer.

»Das hab ich auch nicht gewusst. Aber der Herr Doktor Podini wollte versuchen, das rauszufinden. Da habe ich mir gedacht, ich bin ja dabei, der Doktor Podini ist kleiner als ich und in meiner Handtasche habe ich einen Bleibod… – Also, ich war sicher, dass Mats-Mika nichts passieren würde. Und so war es dann ja auch. Der Herr Doktor Podini hat mit Mats-Mika in der Sandkiste eine Ballburg gebaut.«

»Und was haben Sie da gedacht?«

»Dass die beiden ihren Spaß haben. Und dass der Herr Doktor Podini wohl eine Midlife-Crisis hat.«

»Gewundert hat Sie das nicht?«

Die Zeugin schüttelt den Kopf. »Ich bin Abteilungsleiterin in einem Elektronikmarkt, wissen Sie? Und es sind Männer wie Herr Doktor Podini, die die ganzen teuren Spielekonsolen kaufen. Angeblich für ihre Kinder. Aber wenn Sie das Glänzen in den Augen der Männer sehen, dann wissen Sie die Wahrheit.«

Ein paar ertappte männliche Lacher im Publikum.

»Hat Herr Doktor Podini denn auch herausgefunden, warum Ihr Sohn geweint hat?«

»Ja, das hat er. Mats-Mika wollte gerne rutschen, hatte aber Angst davor. Und da ist der Doktor Podini mit ihm Rutschen gegangen. Immer wieder und wieder.«

»Und dann? Was ist dann passiert?«

»Also: Die ganzen Kinder und der Herr Doktor Podini, die sind um die Wette gerutscht. Dann sind da die beiden Polizisten aus dem Nichts aufgetaucht und wollten den Doktor Podini fortschleppen. Da haben wir uns gewehrt. Die anderen Mütter und ich.«

»Hat Sie der Angeklagte zuvor dazu aufgefordert?«

Auf die Frage der Staatsanwältin stößt Mats-Mikas Mutter verächtlich die Luft durch die Lippen. »Wenn es darum geht, einen Menschen gegen Ungerechtigkeit und Polizeigewalt zu verteidigen, brauche ich keine Extra-Einladung.«

»Sie haben Herrn Doktor Podini mit Gewalt verteidigt?«

»Auf Anraten meines Anwalts mache ich von meinem Auskunftsverweigerungsrecht nach Paragraf Fünfundfünfzig StPO Gebrauch.«

»Wenn's der Wahrheitsfindung dient: Rufen Sie bitte den nächsten Zeugen herein.« Richter Sperber hat die Verhandlung für zehn Minuten unterbrochen, vorgeblich für einen Toilettengang, doch er hat die Staatsanwältin am Ärmel mit sich geschleift.

Offenbar verlief das Gespräch zwischen den beiden alles andere als kollegial. Als der Richter zurückkehrt, haben sich tiefe Stressfalten in sein Gesicht gegraben. Die Staatsanwältin hingegen triumphiert spitznasig. Und die Verhandlung geht weiter.

»Herr Murat Cavanar, bitte«, flötet die Protokollantin ins Mikrofon vor ihr.

Lederjacke, Jeans, Sneaker – zur Feier des Tages geschnürt –, weißes T-Shirt, Undercut, die längeren Haare oben auf dem Haupt mit Gel mühsam gebändigt. So nimmt Murat Cavanar auf dem Zeugenstuhl Platz. Er winkt ab, als ihn der Richter über seine Rechte und Pflichten belehren will. »Weiß isch doch alles.«

»In der Tat. Ihrem Vorstrafenregister zufolge sind Sie dem Amte wohlbekannt.«

»Diesmal habisch nix gemacht. Ehrlisch.«

»Deswegen sind Sie ja auch nur als Zeuge geladen. – Sie waren aber an dem fraglichen Tag auch auf dem Spielplatz? Kurz vor Beginn der körperlichen Auseinandersetzungen?«

»Damit habisch nix zu tun. Ehrlisch.«

»Das will ich Ihnen mal glauben. – Wie sind Sie denn auf den Spielplatz gekommen?«

»Na, die Akanyildiz hat misch doch losgeschickt.« Er sieht zur Bäckerin, die neben Ayla sitzt. »Misch und meine Freunde.«

»Aha. Und warum?«

»Na, um den Panda zu finden.«

»Warum das?«

»Na, weil: Der hat doch die beiden Kartoffeln plattgemacht, die die Bäckerei überfallen haben. Da sollten wir ihn zurückbringen. Und aufpassen, dass ihm nix passiert.«

»Und Sie haben ihn gefunden?«

»Ja, aber zu spät. Die Bulette da …« Er zeigt auf Andrea Weninger.

»Polizistin bitte«, korrigiert ihn der Richter.

»Sorry. Tschuldigung«, sagt Murat Cavanar aufrichtig. »Also, die da hatte den da«, er deutet auf Urs, »bereits am Wickel.«

»Und dann?«

»Dann hab isch sie gebeten, den Panda in Ruh zu lassen. Weil … Der hat doch die Akanyildiz beschützt.«

»Und dann?«

»Dann kam noch mehr Bullerei … Also, noch mehr Polizisten. Und alle haben angefangen, sich zu kloppen.«

»Haben Sie gesehen warum?«

»Na, die Bull… Polizisten haben halt den Panda nicht losgelassen.«

»Es ging also um die Rettung von Herrn Doktor Podini vor der Festnahme?«

»Rettung von wem?«

»Vom Panda«, mischt sich Tammo Palmer freundlich lächelnd ein.

»Klar. Genau.«

»Hat denn der Herr Doktor Podini – der Panda – Sie oder andere Anwesende dazu aufgefordert, die Festnahme zu verhindern?«, fragt der Richter.

»Nö. War doch Ehrensache.«

»Danke, wir verstehen. – Konnten Sie denn beobachten, ob und wie der Herr Doktor Podini in die Kampfhandlungen eingegriffen hat?«

»Ob der mitgekloppt hat, meinen Sie?«

»Genau. Hat der Angeklagte … mitgekloppt?« Mühsam hält der Richter seine Hände im Zaum, um keine Anführungszeichen in die Luft zu malen.

»Das weiß isch nisch.«

»Warum das denn nicht?«, fragt die Staatsanwältin mit verärgerter Überraschung dazwischen.

Murat Cavanar schrumpft in den Zeugenstuhl hinein. Er spielt mit seinen Fingernägeln.

»Würden Sie bitte die Frage der Frau Staatsanwältin beantworten?«, fordert ihn der Richter bestimmt auf.

»Also, ehrlisch gesagt: Wir sind abgehauen, als die Schlägerei losging.«

»Warum das denn?«

»Na ja, also erstens … Sie wissen doch … Isch bin vorbestraft. Und isch wollt nisch schon wieder Ärger mit den Bull… mit der Polizei.«

»Und zweitens?«, bohrt der Richter nach.

»Na ja … Haben Sie sich schon mal mit Weibern geprügelt?«

»Nein, ich kann nicht sagen, dass ich diese Erfahrung gemacht habe.«

»Alter, wenn so Ischen erst mal loskloppen, da siehste besser zu, dass du Land gewinnst. Die machen disch sonst escht Krückstock, weisstu?«

»Wirklich, Herr Palmer? Noch ein Zeuge?«

Gerne hätte Richter Sperber wohl an dieser Stelle die Beweisaufnahme beendet. Er hat Staatsanwaltschaft und Verteidigung mit blumigen Worten diesen Vorschlag unterbreitet.

Tammo Palmer steht auf, um seinen Worten Nachdruck zu verleihen. »Hohes Gericht, ich muss auf diesem Zeugen bestehen. Denn ich kann nicht zulassen, dass an der friedfertigen Wesenheit meines Mandanten irgendwelche Zweifel bleiben. Ich bin daher –«

»Herr Palmer, um des lieben Friedens willen: Nehmen Sie bitte wieder Platz.« Der Richter nickt der Protokollantin zu. »Rufen Sie den Zeugen herein.«

»Leon-Malte Ahrens, bitte.«

Die Klinke senkt sich, doch die schwere Tür des Gerichtssaals bewegt sich zunächst nur zentimeterweise. Endlich schwingt das Portal auf. Hindurch tritt ein vielleicht achtjähriger Junge. Feist. Er schüttelt die Hand seiner Begleitperson ab – der Figur nach der Vater – und stapft durch den Mittelgang.

»Nun, Leon-Malte, du weißt, wo du hier bist?«, fragt der Richter freundlich, nachdem der Junge den Zeugenstuhl erklommen hat.

»Klar. Im Gericht.«

»Und du weißt, dass du hier die Wahrheit sagen musst?«

»Klar. Ich sag, was war. Großes Indianerehrenwort.« Der Junge hebt drei Finger zum Schwur. »Und drauf gespuckt.«

»Dann erzähl doch mal, was du an dem Tag gemacht hast.«

»Gerutscht«, verkündet Leon-Malte.

Jetzt erkennt Urs den Jungen wieder. »Traust du dich auch auf dem Bauch?« Leon-Malte hat ihn zum Duell im Bäuchlings-Rutschen herausgefordert. Kurz bevor die Polizisten aufgetaucht sind.

»Du bist also gerutscht?«, fragt der Richter.

»Und ich hab' die Kinder gerettet!«, schiebt der Junge stolz hinterher. »Ich und der Panda. Wir haben die Kinder gerettet.«

VERKNÄULTE KÖRPER, FLIEGENDE HANDTASCHEN. Sirenengeheul. Geschrei. Die Schlacht ist in vollem Gang.

Mittendrin im Chaos: die Kinder. Schockstarr. Mats-Mika weint. Urs nimmt ihn auf den Arm, drückt den Kopf des Kleinen an seine Brust.

Schnell. Er muss Mats-Mika in Sicherheit bringen. Nur wohin?

Noch mehr Polizisten stürmen auf den Spielplatz. Der Ausgang ist von Streifenwagen versperrt.

Es geht weder vor noch zurück. Daher bleibt nur ein Fluchtweg: nach oben. Auf den Kletterturm!

»Was machst'n da?« Der feiste Junge, der ihn eben zum Rutschduell herausgefordert hat, ist blass, doch er hat das Haupt stolz erhoben, die Fäuste kampfbereit geballt.

Da hat Urs eine Idee. »Los, wir müssen die Kleinen retten«, ruft er dem Jungen zu. »Wir bringen sie auf den Rutschturm.«

Das lässt sich der Junge nicht zweimal sagen. Er stürmt los wie ein Footballspieler beim spielentscheidenden Touchdown. Ein Polizist kommt ihm in die Quere und wird von einer Kinderschulter in den Schritt gefällt.

Der Junge rennt zu einer Gruppe von Kindern, packt zwei der Kleinsten an den Händen und schleift sie mit sich mit. Sie schreien und weinen.

Erst will Urs eingreifen. Dem Jungen sagen, er soll nicht so grob sein. Aber egal! Die Kinder müssen aus der Schussbahn.

Er trägt Mats-Mika die Treppe des Rutschturms hoch, befiehlt ihm, dort sitzen zu bleiben, und stürmt die Stufen wieder hinunter. Am Fuß der Treppe nimmt er dem feisten Jungen die beiden Kinder ab. Der Junge stürzt sich sofort wieder ins Kampfgetümmel. Urs folgt ihm, sobald er die Kinder auf der Plattform des Rutschturms in Sicherheit gebracht hat.

»Und so haben wir alle Kinder gerettet«, beendet Leon-Malte zufrieden schnaufend seine Heldensaga. »Ich und der Panda. Ganz allein.«

Seine männliche Begleitperson legt ihm stolz die Hand auf die Schulter.

»Und dann?«, fragt der Richter.

»Wir haben BambooStixx gegessen. Und bei der Klopperei zugeschaut.«

Der Richter lehnt sich zufrieden zurück. »Noch Fragen an den Zeugen Ahrens?«

Leon-Maltes Brust schwillt vor Stolz, als er hört, welchen Ehrentitel ihm der Richter verliehen hat.

»Et tu, Frau Staatsanwältin?« Erneut will Richter Sperber die Beweisaufnahme beenden, erneut scheitert sein Ansinnen.

»Wir haben noch einen dritten Anklagepunkt«, ermahnt ihn die Staatsanwältin spitz. »Widerstand gegen die Staatsgewalt.«

»Was hat denn Herr Doktor Podini diesmal gemacht? Eine Beamtin in die Flucht geflauscht?«

»Ich finde diese Nonchalance reichlich unangebracht, Herr Doktor Sperber.«

Der Richter seufzt. »Dann rufen Sie in Gottes Namen den nächsten Zeugen herein. – Könnte ich«, wendet er sich an Urs, »eine Ihrer Fruchtgummistangen haben?«

Hilfsbereit hält Urs die Packung BambooStixx in die Höhe. Die Protokollantin nimmt sie an sich, gibt sie dem Richter, der sich eine Stange herausfischt und die Packung zurückreicht.

Unterdessen hat der Polizist mit dem Schnauzer und den halblangen Haaren, der seine Zigaretten mit Urs geteilt hat, auf dem Zeugenstuhl platzgenommen. »Kriminaloberkommissar Hans Martin Meyer, E-Ypsilon«, stellt er sich vor.

»Meyer Zwo?«, fragt der Richter, an seinem BambooStick nuckelnd.

Seine Bemerkung läuft ins Leere. »Im Polizeipräsidium Offenbach bin ich der einzige Meyer.«

»Nun gut. Sie haben den Angeklagten nach …« Hilfesuchend blickt der Richter zur Protokollantin. »Was war jetzt unsere offizielle Sprachregelung? Schlägerei? Straßenschlacht? Tumult?«

Die Protokollantin zuckt hilflos mit den Schultern.

»Nun gut. Sie haben den Angeklagten nach Ende der Ereignisse festgenommen?«

»Jawoll.«

»Hat er dabei gewaltsam Widerstand geleistet?«

»Nun, gewaltsam nicht direkt, aber …« Irritiert blickt der Zeuge zu Urs, der in diesem Augenblick von einem unterdrückten Kichern geschüttelt wird.

»Fester, Mama! Gib's ihm!« Und ähnliche Rufe, zumindest dem Klang nach, denn die Kinder, die mit Urs auf dem Turm sitzen und über die Brüstung hinweg dem Kampfgetümmel zuschauen, sprechen mindestens vier verschiedene Sprachen. Urs ist versucht, ihre Deutschkenntnisse um »Haut die Bullen platt wie Stullen« zu erweitern.

Irgendwie muss es ihm gelungen sein, auch seinen Rucksack zu retten. Er verteilt BambooStixx an die Kinder, während unter ihnen der Kampf erst seinen Höhepunkt erreicht und dann allmählich abklingt. Gelber Spielplatzsand staubt wie Schießpulverdampf über dem Schlachtfeld.

Der Mann, der in gerader Linie durch das Chaos auf dem Spielplatz schreitet, fällt auf mit seiner Zivilkleidung, der verspiegelten Sonnenbrille, den halblangen Haaren und dem Schnauzer.

Endlich steht er am Fuß des Rutsch- und Kletterturms. Er muss Urs gesehen oder einen Tipp erhalten haben, denn behände schwingt er sich auf das Kletternetz aus dicken Seilen.

Schnaufend schiebt er sich schließlich über die Brüstung und zückt eine grüne Ausweiskarte, die er Urs hinhält. »Kriminaloberkommissar Hans Martin Meyer. Sind Sie Herr Podini?«

»Doktor Podini.« Urs beißt noch ein Stück von seinem BambooStick ab und kaut mit Genuss darauf herum.

»Herr *Doktor* Podini, ich muss Sie bitten aufzustehen und mitzukommen.«

»Nö.« Urs hält dem Polizisten die aufgerissene Packung hin. »BambooStick?«

»Herr Doktor Podini, machen Sie bitte keine Schwierigkeiten.« Der Polizist will einen Schritt auf Urs zu gehen, doch schlagartig sieht er sich mit einer kampflustigen Mauer von Kindern konfrontiert. Die niedrige Kopfhöhe seiner Gegner lässt den Polizisten reflexhaft die Hände vor den Schritt nehmen.

Urs räkelt und streckt sich, dann betrachtet er den von seinen kleinen Freunden in Schach gehaltenen Polizisten. Ach nein. Nicht noch mehr Gewalt.

Betont langsam steht er auf und schiebt die Arme durch die Riemen seines Rucksacks. Eigentlich will er der Aufforderung des Polizisten Folge leisten.

Doch dann sieht er sein Spiegelbild in der Brille des Mannes. Nein. Nicht sein Spiegelbild. Den Panda. Spöttisch lachend.

»Wettrutschen?« Ohne die Antwort des Polizisten auf seinen Vorschlag abzuwarten, stürzt Urs sich Kopf voran auf die Rutsche. Genießt zum letzten Mal das flaue Gefühl im Magen, als er den Buckel passiert. Pflügt schließlich mit den Händen durch den Sand, um sich abzubremsen.

Er steht auf, schüttelt sich und schlägt den Sand aus seinem Fell. Dann blickt er nach oben. Dort, an der Kante der Rutschbahn, steht der Polizist.

Um ihn zu ermuntern, streckt Urs ihm die Hände hin. Gekreuzt. Bereit für Handschellen.

Endlich gibt der Polizist nach. Er setzt sich auf den Hosenboden und lässt sich, mit den Händen bremsend, langsam über das Metall gleiten.

»Dann hat sich der Angeklagte widerstandslos abführen lassen.«

Als Kriminaloberkommissar Hans Martin Meyer seine Ausführungen zähneknirschend beendet hat, muss sich der Richter eine Lachträne aus dem Augenwinkel wischen. »Weitere Fragen an den Zeugen?«

Zum ersten Mal an diesem Tag sind sich Verteidigung und Staatsanwaltschaft einig: Der Zeuge wird mit Dank entlassen.

»Noch weitere Anträge?«, fragt der Richter, nur um sofort hinterherzusetzen: »Ausgezeichnet. Dann schließe ich hiermit die Beweisaufnahme. Frau Staatsanwältin?«

Überrumpelt steht die Angesprochene auf. Doch dann scheint sie vergessen zu haben, warum sie eigentlich steht, und will sich wieder setzen.

»Ihr Plädoyer?«, erinnert sie der Richter.

Die Staatsanwältin holt tief Luft, die mit ihrem nächsten Satz aus ihr entweicht und sie zusammensacken lässt wie ein leckes Schlauchboot. »Die Beweisaufnahme konnte die Schuld des Angeklagten nicht zweifelsfrei belegen.«

Sie will sich setzen, doch noch einmal hilft der Richter aus: »Und Ihr Antrag?«

»Ich beantrage Freispruch«, murmelt die Staatsanwältin. Dann endlich setzt sie sich und beginnt, sich mit ihren Akten zu beschäftigen.

»Herr Verteidiger? Sie schließen sich sicher dem Antrag der Staatsanwaltschaft an?« Richter Sperber hat sich zu früh gefreut. Tammo Palmer steht auf und legt eine Hand auf seine Brust.

»Hohes Gericht«, hebt er mit bebender Stimme an.

Verzweifelt lässt der Richter den Kopf in die Hände sinken.

Der Anwalt fährt unbeirrt fort: »Die heutige Beweisaufnahme, die Aussagen der vielen Zeugen, die wir gehört haben, Alt und Jung, Mann und Frau, Staatsbedienstete und Zivilisten, lassen nur einen einzigen Schluss zu:

Mein Mandant, Doktor Urs Ailuro Podini, hat sich nichts zuschulden kommen lassen. Er hat stets im Einklang mit Recht und Gesetz gehandelt, vor allem aber in Harmonie mit seiner Wesenheit als Panda!

In seiner Wesenheit als Panda hat er seine Kräfte genutzt, um zwei junge Frauen vor Unbill zu schützen. Und wer um die Kräfte von Bären weiß, der kann bestätigen: Mit dem Verlust einer Fingerkuppe sowie einer gebrochenen Nase sind die Täter noch einmal glimpflich davongekommen.

In seiner Wesenheit als Panda hat er nach dieser nervlichen Belastung Ruhe und Ausgleich auf einem Schaukeltier gesucht.

In seiner Wesenheit als Panda hat er im Spiel mit seinem kleinen Artgenossen Mats-Mika wertvolle pädagogische Arbeit geleistet, wie es im Tierreich, im Gegensatz zu unserer ach so zivilisierten Menschenwelt, selbstverständlich ist.

In seiner Wesenheit als Panda hat er in der Not das Wichtigste getan, das ein Wesen – Mensch oder Tier – nur leisten kann: Er hat den Nachwuchs gerettet.

Und dann, zu guter Letzt, hat er in seiner Wesenheit als Panda den Anweisungen des Polizisten kreativ Folge geleistet und diesem die Freuden einer kindlichen Rutschpartie beschert – an einem der stressreichsten Tage seiner beruflichen Laufbahn.

Mein Mandant hat also im Einklang mit Gesetz und Wesenheit gehandelt wie nur wenige Menschen.

Das Urteil kann daher nur lauten: Freiheit für den Panda!

Ich beantrage …«

Er dehnt die Kunstpause vor seinem letzten Wort so sehr aus, dass es dem Richter zu bunt wird. »Freispruch?«

Doch Palmer lässt sich das Wort nicht aus dem Munde nehmen. Noch einmal lässt er seine Stimme dramatisch orgeln: »Ich beantrage Freispruch.«

Er stößt den restlichen Atem aus und lässt sich erschöpft auf seinen Stuhl fallen.

Der Richter klatscht dreimal in die Hände.

Das Publikum fällt – ganz ohne Ironie – in den Applaus ein. Endlich muss Richter Sperber um Ruhe bitten.

»Herr Angeklagter, Sie haben das letzte Wort.«

Urs hat lange über diesen Moment nachgedacht. Sich Worte zurechtgelegt. Worte der Entschuldigung. Der Sühne. Doch diese wollen jetzt nicht mehr recht passen. Also …

Er öffnet den Mund, um sich den Worten seines Verteidigers anzuschließen, wie er es mal in einem Fernsehgericht gesehen hat. Doch heraus kommen nur fünf Buchstaben:

»Brumm!«

# Brumm

## *Ein Urteil*

»Fünfzehn Minuten Unterbrechung«, hat Richter Sperber verkündet. Zur Beratung und zum Verfassen des Urteils. »Außerdem zwingt mich meine Wesenheit als älterer Mitbürger zum Pinkeln.«

Die Staatsanwältin ist schon türenschlagend aus dem Raum gestürmt, bevor der Richter und seine Beisitzer auch nur aufgestanden sind.

Die Gerichtsdiener bitten alle Anwesenden nachdrücklich, den Saal zu verlassen, während sie bereits die großen Fenster aufreißen.

Alexa wühlt unter ihrer Robe nach Zigaretten. Dann verabschiedet sie sich in Richtung Raucherhof.

Urs lehnt sich im Flur vor dem Gerichtssaal an eine Wand und schließt die Augen. Er will nur noch raus aus dem Fursuit, duschen und dann schlafen.

»Du? Kann ich kurz mit dir reden?« Ayla. Ihre Wangen haben sich rosé gefärbt. »Ich … Also, erst mal Glückwunsch zum Freispruch und so.«

»Na ja, noch hat der Richter sein Urteil nicht gesprochen, aber … Danke.« Urs mustert Ayla, die ihrerseits beschämt zu Boden schaut. »Alles in Ordnung? Bist du noch krankgeschrieben?«

»Ja. Das heißt nein. Diese Woche noch, aber …« Sie holt tief Luft. »Ich komme nicht … Meine Eltern wollen nicht, dass ich weiter in Offenbach arbeite. Ich soll zu einer Agentur in Bad Vilbel wechseln.«

Urs schluckt, doch der Kloß im Hals steckt fest. »Und du? Was willst *du*?«

»Na ja, sie haben schon … Also, *ich* habe schon eine neue Stelle. Ab nächster Woche.« Aylas Augen füllen sich mit Tränen.

»Ist okay. Kann ich verstehen.« Diese weiße Lüge schmerzt Urs selbst.

»Danke, ich …« Ayla schweigt. Streichelt ihm durch das Fell zwischen den Plüschohren. Lehnt sich vor. Haucht ihm einen Kuss … nicht auf die Wange! Auf die Lippen!

Wohliges Feuer breitet sich in Urs aus. Er will sich vorlehnen. Den Kuss erwidern.

Doch da hat Ayla sich schon abgewandt. Ihre Schritte hallen durch den Gang, als sie davoneilt, ohne sich noch einmal umzudrehen.

»Alles in Ordnung?« Alexa hat sich neben Urs an die Wand gelehnt.

»Warum?« Er hat eigentlich keine Lust zu reden.

»Du hast eine Träne auf der Wange.«

»Ayla … Sie …«

»Ich weiß. Sie hat gekündigt. Weil ihre Eltern Offenbach für ein zu heißes Pflaster halten. Sorry. Ich wollte es dir vor dem Prozess nicht sagen.«

»Nein, ich … sie …«

»Sie ist jung, Urs.«

»Ja, aber ich dachte, sie wäre selbstbewusster.«

Alexa zuckt mit den Schultern. »Na ja, wenn ich so bedroht worden wäre und hätte mit ansehen müssen, wie du zwei Kerle vermöbelst … Hast du das eigentlich in dem Selbstverteidigungskurs gelernt, zu dem die Trittbrettfahrerin dich geschleift hat?«

Karolin hatte darauf bestanden, dass Urs zu dem Kurs mitkommt. Damit sie einen männlichen Gegner hat. Er schüttelt den Kopf. »Nein, das war der Panda.«

Alexa lacht. »Hat Tammo dich jetzt schon angesteckt mit seinem Wesenheitsgefasel?«

Statt zu antworten, blickt Urs den Gang hinunter in die Richtung, in der Ayla aus seinem Leben verschwunden ist. Hätte sie nicht ein wenig so sein können wie Karolin? Karolin hätte sich nie Vorschriften von ihren Eltern …

»Aua.«

In einem Anfall von Telepathie hat Alexa ihn gegen die Schulter geboxt. »Jetzt fang nur nicht an, der Trittbrettfahrerin hinterher zu heulen. Und untersteh dich, sie anzurufen. Sonst lege ich dich übers Knie.«

»Hiermit ergeht im Namen des Volkes folgendes Urteil: Der Angeklagte …« Richter Sperber sieht zur Staatsanwältin. Zu Urs. Zu Tammo Palmer. Lässt schließlich den Blick über das Publikum hinweg in die Ferne schweifen.

Endlich, als das Hüsteln im Saal die gespannte Stille überwiegt, holt er noch einmal Luft. »… wird freigesprochen. – Bitte nehmen Sie Platz.«

Urs lässt sich behutsam auf seinen Stuhl sinken. Gegen die Rückenlehne. Alle Spannung entweicht aus seinem Körper und scheint ihn sogar seines Skeletts zu berauben, sodass er beinahe zu Boden fließt.

Auch Alexa lehnt sich zurück und verschränkt die Arme.

Nur Tammo Palmer ist noch immer angespannt wie eine Bogensehne kurz vor dem Schuss. Er hockt auf der vordersten Kante seines Stuhls und fixiert den Richter mit starrem Blick.

»Zur Begründung«, fährt der Richter fort, nachdem er sich umständlich hingesetzt hat. »Wie die Beweisaufnahme ergibt, hat der Angeklagte im Anklagepunkt der Körperverletzung im Einklang mit den Bestimmungen zur Notwehr gehandelt, ist daher in diesem Punkt freizusprechen. Ansonsten konnten ihm keine Gesetzesverstöße nachgewiesen werden.« Der Richter legt an dieser Stelle zwar eine Pause ein, senkt seine Stimme jedoch nicht zum Schlusspunkt.

Tammo Palmer hat sich in die Tischplatte gekrallt, seine Fingerspitzen und Knöchel sind weiß.

»Der Angeklagte hat also gesetzeskonform gehandelt …« Erneut senkt der Richter seine Stimme nicht, aber er dehnt die Kunstpause genussvoll aus, den Blick auf Tammo Palmer gerichtet. »Und auch im Einklang mit seiner Wesenheit als Panda«, fährt er endlich erlösend fort.

Urs will laut auflachen, doch Alexa bremst ihn mit einem knappen Seitenhieb. Und Tammo Palmer reißt die Arme hoch wie ein Nationalspieler beim Weltmeisterschaftstreffer.

# Brumm

## *Eine Rechtsnorm*

*Aus tiefer Not schrei ich zu dir!*«

Umgeben von einer Armee pink leuchtender Flamingos steht Urs in seinem frisch gewaschen in der Sonne strahlenden Fursuit auf einer saftig grünen Wiese und verliert den Verstand.

»*Yohoho, und 'ne Buddel voll Rum.*«

Anders kann er sich nicht erklären, dass er das laute Singen eines vielköpfigen Chores hört.

»*Herr Gott, erhör mein Rufen.*«

Genauer: das laute Singen eines schwulen Herrenchors, zu dessen Konzert ihn Karolin mal geschleift hat.

»*Yohoho, und 'ne Buddel voll Rum.*«

Spezialität des Chores sind Mashups aus geistlicher Musik …

»*Dein gnädig Ohr neig zu mir her …*«

… und Seemanns-Shantys.

»*Yohoho, und 'ne Buddel voll Rum.*«

Aus voller Kehle fleht der Chor um Gottes Gnade:

»*… und meiner Bitt es öffne;*«

Sowie um Alkohol:

»*Yohoho, und 'ne Buddel voll Rum.*«

Natürlich ist der Chor eine Halluzination. Das weiß Urs. Um ihn ist ja niemand, der singen könnte. Nur die Flamingos.

»*Denn so du willst das sehen an …*«

Die staksigen, rosafarbenen Vögel könnten zwar rein optisch bei der nächsten LGBTQIA+ Pride Parade ihren eigenen Wagen bemannen, doch vom »Gesang der Flamingos« hat Urs noch nie gehört.

»*Yohoho, und 'ne Buddel voll Rum.*«

So ähnlich hat es bei seiner Großtante auch angefangen. Bei ihr ist es allerdings die Elefantenrunde gewesen. Die aus den Siebzigern. Wehner, Strauß, Kohl und Genscher. Die vier Herren haben in ihrem Kopf gesessen, geraucht und das Leben der Großtante debattiert. Manchmal hat sich auch Helmut Schmidt dazugesellt. Den mochte seine Großtante besonders, weil er Menthol-Zigaretten geraucht hat wie sie auch.

»*Was Sünd und Unrecht ist getan …*«

Bei Urs ist es eben ein schwuler Herrenchor. Egal, er hatte keine Vorurteile. Aber müssen es ausgerechnet sakrale Lieder sein?

»*Yohoho, und 'ne Buddel voll Rum.*«

Das ist schon besser. Alkohol.

»*Wer kann, Herr, vor dir bleiben?*«

Gute Frage. Urs nimmt sich vor, intensiv darüber nachzudenken.

»*Yohoho, und 'ne Buddel voll Rum.*«

Er hat ja demnächst viel Zeit dafür. In seiner Gummizelle.

»*Bei dir gilt nichts denn Gnad und Gunst, die Sünden zu vergeben!*«

Sünde! Gnade! Vergebung! Und keine neuen, auf seinem Rücken ausgehandelten Rechtsnormen! So eine Theokratie hat auch ihre Vorteile.

»*Yohoho, und 'ne Buddel voll Brumm!*« Lauthals fällt Urs in den Gesang ein. Dann lässt er sich auf den Rücken kullern und streckt lachend alle viere von sich.

»Ja, ja, gut.« – »Jetzt noch hierherschauen.« Die Stimmen der Fotografen dringen kaum durch den musikalischen Radau des Chors. »Können Sie ein bisschen langsamer strampeln?«

Urs tut ihnen den Gefallen gerne. Hätte er doch diesen Lachanfall schon viel früher bekommen. Spätestens vor einer halben Stunde. Auf der Bühne des Fritz-Rémond-Theaters.

»Der heutige Tag markiert ein historisches Datum.«

Urs hätte nicht gedacht, dass so viel Pathos in ein so kleines Streifenhörnchen passt. Tammo Palmer trägt seinen eigenen Fursuit wie eine Ritterrüstung. Den Kopf des Kostüms hat er abgenommen, um besser das Wort an die Massen richten zu können. Stolz hält er Urs' neuen

Reisepass neben das Gesicht seines Besitzers, sodass die Fotografen in der ersten Reihe mit ihren Teleobjektiven ein gutes Motiv bekommen.

»Denn der heutige Tag markiert den Anbeginn einer Zeit, in der der wahre Kern jedes Menschen – ja, jedes Lebewesens – Anerkennung erfährt!«

Urs möchte vor Scham am liebsten im Boden versinken und fragt sich zum wiederholten Male, was er hier eigentlich macht.

Es hätte alles ganz einfach sein sollen. Nach überstandenem Prozess und Freispruch hat er den Fursuit eigentlich in den Schrank hängen wollen. Nur gelegentlich hineinschlüpfen. Wenn er nicht schlafen kann.

Stattdessen ist Urs zum unfreiwilligen Internet-Star aufgestiegen. Fast täglich kursieren neue Videos mit einer Wer-Bärchen-Sichtung durch die sozialen Netzwerke.

Inzwischen löst Urs wahre Stürme des Hasses aus, wenn er es wagt, sich in der Öffentlichkeit (oder auch nur auf seinem Balkon) ohne seinen Fursuit zu zeigen.

Umgekehrt wittern die Wächter über Moral und Menschentum in dem Mann im Panda-Kostüm den Untergang des Abendlandes. Mindestens. Eine kleine, besonders fanatische Gruppe folgt Urs von seiner Wohnung zur Agentur und zurück. Dabei tut sie auf Transparenten ihre Meinung resolut kund. Besonders angetan hat es Urs ein Mann mit Mondgesicht unter kahlrasiertem Schädel, dessen Schild die Aufschrift trägt: *Beränn zurük nach Afriecka!*

Urs hätte sich dieses Bannerträgers für das Totalversagen des deutschen Bildungssystems gerne angenommen. Ihm die Schönheiten deutscher Kultur, Sprache, Rechtschreibung nähergebracht – und vielleicht ein wenig Biogeografie. Doch der Mann ist einen Kopf größer als Urs. Und doppelt so breit. Seine Springerstiefel dröhnen auf dem Pflaster, wenn er vor der Agentur auf und ab marschiert.

Apropos Agentur: Alexa hat das Geschäft ihres Lebens gewittert und Urs muss das jetzt ausbaden. Kaum ein Tag vergeht, an dem seine Geschäftspartnerin nicht darauf besteht, dass er im Fursuit zur Arbeit kommt, damit sie ihn potenziellen Kunden als »Wer-Bär-Träger« anpreisen kann.

Wenigstens stammt eine der vielversprechendsten Anfragen von einem großen Süßwarenhersteller. Das Marketing-Team sucht nach einem neuen Testimonial für BambooStixx.

Die grösste Plage in Urs' Leben heißt jedoch Tammo Palmer. Der Anwalt hat den Revolutionär in sich entdeckt. Bereits am Tag nach dem Urteil – die Tinte der Begründung ist noch nicht trocken gewesen. Im wahrsten Sinne des Wortes! Tammo Palmer hat das Dokument so schnell aus dem Drucker gerissen, dass der Toner verwischt ist.

Also, bereits am Tag nach dem Urteil hat der Anwalt Urs zum in Offenbach Bürgerbüro genannten Einwohnermeldeamt geschleift – im Schlepptau gleich einen ganzen Tross Medienvertreter auf der Suche nach Füllmaterial für das Sommerloch.

Im Bürgerbüro hat Palmer verlangt, man möge Urs' gerichtlich attestierte Panda-Wesenheit in dessen Personalausweis und auch in den Reisepass eintragen. Die überforderte Verwaltungsfachangestellte hat dieses Ansinnen abgelehnt.

Daraufhin hat Tammo Palmer ihr mit dem Ausdruck der Urteilsbegründung unter der Nase gewedelt. Er hätte es schwarz auf weiß. Gerichtlich bestätigt. Urs hätte damit ganz offiziell die Wesenheit *Panda* – und diese sei auf Aufforderung in offizielle Dokumente einzutragen.

Doch die Verwaltungsfachangestellte hat auf ihrer Ansicht beharrt: Kein offizielles Dokument sähe einen Eintrag *Wesenheit* vor. Die Computerdatenbank des Einwohnermeldewesens schon gar nicht.

Also hat Tammo Palmer in die Kameras, Mikrofone und Notizblöcke der Medienvertreter gedroht, er werde die Angelegenheit bis zur höchsten Instanz eskalieren. Bis nach Karlsruhe oder sogar bis nach Straßburg zum Europäischen Gerichtshof für Menschenrechte. Niemand könne seinem Mandanten die Anerkennung seiner wahren Identität verwehren. Nicht jetzt, wo die Rechtsnorm der Wesenheit mit dem Urteil des Landgerichts etabliert sei!

Diese Rechtsnorm – so hat der Anwalt Urs später erklärt – sei der größte Triumph des Urteils. Urs' Einwand, dass er nicht im Gefängnis sitze, sei ja auch ganz schön, wischt Tammo Palmer vom Tisch: »Die offizielle Anerkennung unserer Wesenheit ist größer und wichtiger als ein schnöder Freispruch!«

Streifenhörnchen sind nicht die mutigsten Wesen. Urs muss Tammo Palmer nur ein einziges Mal anbrummen, bis der Anwalt zugibt, all das von langer Hand vorbereitet und dabei eine Lücke im Rechtssystem ausgenutzt zu haben: Während es zwar jede Menge Gesetze gäbe, die Tiere von Menschen trennten, sei das umgedreht nicht der Fall. Es gäbe exakt kein Gesetz, keine Vorschrift, nicht einmal eine implizite Regel, dass Menschen sich nicht auch gleichzeitig als Tiere identifizieren und diese Wesenheit offiziell leben dürften.

Alles, was Palmer gebraucht habe, sei ein Präzedenzfall gewesen. Ein gerichtliches Urteil, das die Tier-Wesenheit eines Menschen bestätigt.

Der Anwalt ist fest entschlossen, die Angelegenheit bis zum Ende auszufechten. Binnen weniger Wochen nach ihrem erfolglosen Besuch im Bürgerbüro hat er die Situation derart zuspitzen können, dass die hohen Gerichte des Landes bereits Kapazitäten und Senate freimachen.

Das Sommertheater findet jedoch ein annähernd versöhnliches Ende. Ein ehemaliger Verfassungsrichter merkt an, dass zum einen Tammo Palmer mit seiner Rechtsauffassung zumindest nicht falschliege, zum anderen exakt keine staatlichen Verpflichtungen entstünden, wenn man Urs – und allen Menschen, die dies wünschen – erlaube, sich ihre Wesenheit qua amtlichem Dokument attestieren zu lassen.

Als er dann auch noch vorrechnet, was eine entsprechende Prozesskette kosten würde, an deren Ende vermutlich genau das gleiche Ergebnis stünde, gibt man nach: Die Innenminister der Länder beschließen einen gemeinsamen Erlass, der Dokumente sowie Formulare ergänzt und das Prozedere für den Eintrag einer Wesenheit definiert.

Mit einer Kopie des Erlasses wedelnd wie mit einer Kriegsfahne hat Tammo Palmer Urs erneut zum Bürgerbüro geschleift. Mit dem gleichen Tross von Medienvertretern im Schlepptau. Zur gleichen Verwaltungsfachangestellten. Die jetzt – zu Palmers Enttäuschung –

keinen Widerstand mehr leistet, sondern geschäftsmäßig den gewünschten Eintrag vornimmt. Einzig der Reisepass müsse neu gedruckt werden. Das brauche zwei Wochen.

Stolz hält Palmer das Passformular und den mit einem Wesenheitsaufkleber versehenen Personalausweis in die Höhe, bevor er in die Kameras verkündet: »Ich und mein Mandant: Gemeinsam haben wir den Wind der Menschenrechtsgeschichte zum Orkan entfacht.«

Dieser Orkan hat Urs jetzt auf die Bühne des Fritz-Rémond-Theaters am Frankfurter Zoo geweht.

»Der heutige Tag markiert ein historisches Datum«, wiederholt Tammo Palmer mit vibrierendem Pathos. »Dieses Land, ja, die Menschheit, ist echter Gleichheit, echter Anerkennung und echtem Respekt vor jeder Form des Seins einen entscheidenden Schritt nähergekommen.«

Das Publikum jubelt. Die Pferde und Eichhörnchen, die Bullen und Einhörner, die Drachen und Großpudel: Sie alle sind in das Theater am Frankfurter Zoo gepilgert, um diesen Tag im Gewand ihres inneren Tieres zu zelebrieren.

Mit ausgebreiteten Armen hält Tammo Palmer seine ganz persönliche Bergpredigt: »Die neue Rechtsnorm der Wesenheit ist nichts Geringeres als eine Revolution. Eine Revolution in unserem Verständnis von Menschen und Tieren. Darauf erhebe ich mein Glas.«

Na endlich! Urs kippt seinen Sekt hinunter, nimmt noch ein Glas, will es gleichfalls leeren, doch Tammo Palmer hält seinen Arm fest. Erst sollen die Fotografen ihn und seinen neuen Reisepass auf ihre Speicherkarten bannen.

Endlich verklingt das Rauschen der Kamera-Auslöser. Noch einmal breitet Palmer segnend die Arme aus: »Das Buffet ist eröffnet!«

Essen! Darauf hat Urs sich schon gefreut, als die Kellnerinnen die großen Platten und Schüsseln für das Buffet an ihm vorbeigetragen haben. Er will sich dem Zuschauerstrom ins Foyer anschließen.

Aber Alexa, die die ganze Zeit aus der Bühnengasse über ihr wertvollstes Asset gewacht hat, hält Urs am Rückenfell fest. »Halt, wo willst du denn hin? Du musst doch in die Maske!«

# Brumm

## *Ein Zoobesuch*

Nun macht schon, Mädels. Auch die Füße müssen schön flauschig sein.« Stevie ist einer der besten Visagisten im Rhein-Main-Gebiet, obwohl (oder weil) er Frauen hasst. Seine beiden Assistentinnen kriechen auf dem Boden und versuchen, das Haar der Fursuit-Stiefel in die von ihrem Chef gewünschte Form zu bändigen.

Der Meister selbst umkreist Urs mit einem quellwassergefüllten Zerstäuber aus Kristallglas und einer kleinen Haarbürste mit goldenem Griff; er legt letzte Hand an sein Meisterwerk.

Das hofft Urs zumindest. Bereits seit einer halben Stunde steht er mit abgespreizten Armen in dem kleinen Raum hinter der Bühne, von zwei Flutlichtern gnadenlos angestrahlt. Das Antitranspirationsspray, mit dem ihn die beiden Assistentinnen eingenebelt haben, bevor er gnädigerweise seine Blöße wieder mit Kunstfell hat verhüllen dürfen, verhindert wenigstens vorerst, dass salzige Sturzbäche über seinen Körper rinnen. Doch seine Armmuskeln fangen allmählich an zu zittern.

Stevie ist noch immer nicht zufrieden mit den Ohren. Den Schwarzen aus Plüsch. Er bürstet, er sprüht, er zupft – und er hüstelt protestierend, wenn Urs sich anmaßt, die Arme sinken zu lassen.

Endlich tritt der Meister-Visagist einen Schritt zurück. Mit einem Pfiff gebietet er auch seinen Assistentinnen, sich zurückzuziehen, damit er sein Werk begutachten kann.

Urs fragt sich, was wohl Karolin gemacht hätte: Die Assistentinnen in ihrer Würde verteidigen gegen die patriarchale Übermacht? Wäre solch ein Eingreifen aber nicht ein diskriminierender Akt gegenüber dem eindeutig homosexuellen Stevie? Dieses Paradox hätte Karolin wohl in einen Stupor versetzt.

Apropos Karolin: Seine Verflossene hat ihm ein paarmal auf den Anrufbeantworter gesprochen. Erstaunlich freundlich. Sie hat ihn zum Freispruch beglückwünscht und zu einer Performance in der Uni eingeladen.

Urs ist stolz auf sich. Er ist standhaft geblieben und hat nicht zurückgerufen. Und das nicht nur, weil Alexa ihm Schläge angedroht hat.

Dafür hat er Ayla wiedergesehen. Als er sich getraut hat, im Restaurant ihrer Eltern zu essen. Sie hat an dem Abend beim Kellnern ausgeholfen. Aber nicht an seinem Tisch. Erst als er gegangen ist, hat sie ihm zugelächelt. Ihr Ayla-Lächeln.

Lautes Klopfen an der Tür der Garderobe reißt Urs aus seinem Tagtraum. Der Mann, der eintritt, ist groß gewachsen und breitschultrig; das kurze dunkelblonde Haar und der gepflegte Bart sind von Grau durchsetzt. Seine Haut hat die ehrliche Bräune von Arbeit an der frischen Luft. Seine festen Jeans, das karierte Flanellhemd sind sauber und gebügelt, seine Arbeitsstiefel frisch poliert, doch durch häufiges Tragen abgenutzt.

»Thomas«, stellt sich der Mann mit einer angedeuteten Verneigung vor. »Sie sind sicher Herr Doktor Podini. Der Panda im Herzen.« Urs schüttelt dem Pfleger die raue, große, feste Hand.

»Ich bin der Chef-Pfleger hier und führe Sie gleich herum. Außerdem lotse ich Sie in die Gehege.« Thomas schmunzelt, die Lachfältchen um seine Augen vertiefen sich. »Molly wird begeistert sein. Sie liebt alles Schwarz-Weiße. – Also, wenn Sie in die Gehege gehen, dann folgen Sie bitte unbedingt meinen Anweisungen. Wir haben es hier mit wilden Tieren zu tun und …«

Urs lässt die Belehrungen des Tierpflegers an sich vorbeirauschen. Ein wildes Tier ist er schließlich selber. Immerhin hat er einem Menschen den Finger abgebissen.

Unbeeindruckt vom schwarz-weissen Besucher in ihrem Gehege staksen die Flamingos über die grüne Wiese und schmettern ihr Mashup aus Chorälen und Shantys. Gelegentlich flattert einer der Vögel in den flachen, künstlichen See, der das Gehege nach hinten begrenzt.

»Gefüllt mit Salzwasser, angereichert mit Plankton und Beutetieren«, hat Chef-Pfleger Thomas Urs und den Fotografen stolz erläutert. »So können wir eine artgerechte Ernährung sicherstellen und die Rosafärbung der Tiere erhalten.«

Ob man die Tiere wohl blau färben könnte, wenn man ihnen Curaçao verabreicht? Diese Vision von im wahren wie im übertragenden Sinne blauen Flamingos, die über ihre Wiese torkeln, lässt Urs noch mehr lachen. Im Chor mit den rosa Vögeln grölt er: »*Yohoho, und 'ne Buddel voll Brumm*!«

»Was soll das denn sein? Kuh? Schneeleopard?«

Urs wäre beinahe gestolpert, als er so angesprochen wird. Doch der Braunbär befindet sich glücklicherweise auf der anderen Seite eines tiefen Grabens.

»Panda?«, antwortet er also unsicher.

»Doofe Viecher. Nichts als Bambus im Kopf. Aber alle finden sie sooooo niedlich. – Und? Können die vielleicht das?« Der Braunbär stellt sich auf die Hinterpfoten, breitet die Vorderbeine aus und grollt, dass die Erde bebt. »Roooooaaaaaarrrrrr!«

Vor Schreck fällt Urs auf den Hintern. Die Fotografen hinter ihm lachen. Und knipsen. Na klasse.

Der Bär senkt sich wieder auf alle vier Pfoten herab und dreht Urs sein mächtiges Hinterteil zu. »Das ist mir echt zu viel Stress hier.«

»Moment«, ruft Urs dem davonstapfenden Bären hinterher. Doch dann schluckt er seine Frage herunter. Stellt sie sich nur selber. Hat der Bär gerade wirklich mit ihm gesprochen?

»Junge, ich kann dich nicht ständig wieder aufflauschen.« Stevie kommt zu dem noch immer auf dem Boden sitzenden Urs geflattert, Bürste und Quellwasserflakon im Anschlag, flankiert von seinen beiden Assistentinnen, die, kaum, dass sie Urs auf die Beine gestellt haben, in den Staub des Weges niedersinken, um seine Beine zu striegeln.

Artig breitet Urs die Arme aus. Der Wassernebel aus dem Flakon ist angenehm kühl. Er schließt die Augen und genießt die kurzfristig eingetretene Ruhe.

Kein redender Bär. Kein Chor, der ihn mit Choral-Shanty-Mashups zudröhnt. Irgendwo trompetet ein Elefant. Ein paar exotische Vögel kreischen. Die Fotografen plappern.

Erst die zweite Etappe des Rundgangs und Urs wünscht sich schon nach Hause. Oder ins Sanatorium. Auf jeden Fall an einen Ort ohne Menschen. Ohne Tiere. Und mit einer kühlen Dusche. Das Antitranspirationsspray hat längst versagt, denn die Sonne brennt gnadenlos auf Urs' Pelz.

Ein energischer Bürstenstrich von Stevie scheucht eine Ameisenkolonie auf, die friedlich unter seiner Haut geschlummert haben muss und die ihr emsiges Treiben bald über Urs' ganzen Körper ausbreitet. Das Jucken lässt Urs die Luft durch die Zähne einziehen. Er kann sich nicht mal kratzen. Nicht vor den ganzen Fotografen. Nachher heißt es noch: Der Panda hat Flöhe!

In einer weichen Welle der Erleichterung lässt der Juckreiz plötzlich nach. Verschwindet wie weggezaubert. Weggezaubert von …

Musik? Urs meint, ein Cembalo zu hören. Er öffnet die Augen und geht den Klängen nach.

Die Musik kommt aus dem Nachbargehege des Bären. Aber dort ist kein Tier zu sehen. Halluziniert er schon wieder?

»Da wohnt der Mufflon.« Pfleger Thomas ist Urs gefolgt. »Der ist um diese Tageszeit immer ziemlich scheu. Schade eigentlich. Eines ist nämlich lustig: Der Mufflon hat einen Mitbewohner.«

»Einen Mitbewohner?«, fragt Urs mäßig interessiert. Warum sollte ein Mufflon auch allein in einem so großen Gehege leben?

»Ja. Einen Kakadu. Der ist aus der Fasanerie entkommen und hat sich hier niedergelassen. Die beiden sind die besten Freunde. – Ah, hörst du?«

»KREEEEEIIIIIIIISSSSSCH!«

Natürlich hört Urs das. Das Vogelgeschrei ist ja ohrenbetäubend. Im nächsten Moment bricht auch schon ein Kakadu Blätter und weiße Federn stiebend aus einem Gebüsch. Dicht hinter ihm kämpft sich schnaubend und stampfend ein bulliges, braunes Wildschaf durch das

Buschwerk und versucht den Vogel mit seinen geschwungenen Hörnern zu erwischen: »Möööööööööööööh!«

Der Vogel nimmt Zuflucht in den Ästen eines kahlen Baumes. Der Mufflon bleibt am Fuß des Baumes stehen, scharrt mit den Hufen, dass es staubt, und starrt feindselig zu dem Vogel empor.

»KREEEEIIIIIISSSSCH!« – »MÖÖÖÖÖÖÖH!« Der Mufflon stampft noch wilder, während der Kakadu sein Gefieder spreizt.

Endlich gibt der Mufflon auf, wendet sich ab und stapft zurück in das Buschwerk.

»Das ist das letzte Mal, dass ich versuche, dem kleinen Schreihals Gesangsunterricht zu geben. Da ist die Nebelkrähe ja musikalischer«, hört Urs ihn zornig murmeln.

»Sieht so aus, als hätten sich die beiden Freunde mal wieder gestritten«, erklärt Thomas vergnügt. »Das passiert hin und wieder. In ein paar Minuten haben sie sich wieder vertragen. Der Mufflon ist etwas jähzornig.«

»Versucht er wirklich, dem Kakadu das Singen beizubringen?«, fragt Urs, ohne nachzudenken.

»Was?« Thomas dreht sich überrascht zu Urs um. Dann lacht er herzlich. »Das würde natürlich einiges erklären. Kakadus sind völlig unmusikalisch.«

»Kreisch!«, unterstreicht der Kakadu die Worte des Tierpflegers.

Wieder erklingt Musik aus dem Gehege. Cembalo-Akkorde perlen empor, zunächst vereinzelt, dann formen sie allmählich einen die Seele streichelnden Klang: Bachs Goldberg-Variationen. Urs atmet tief durch und genießt die beruhigende Wirkung seiner Halluzination.

PINGUINE TRÖTEN! Wer hätte das gedacht?

Wenigstens sprechen sie nicht. Und singen nicht. Und stimmen auch keine Instrumente – was ja zumindest eine ihren kleinen Fräcken angemessene Beschäftigung wäre.

Stattdessen begutachten die Tiere aufgeregt trötend den großen, schwarz-weißen Neu-Ankömmling, der sich in ihr Gehege vortastet.

Vorsichtig setzt Urs Fuß vor Fuß. Die weichen Ledersohlen seiner Fursuit-Stiefel finden auf dem Eis kaum Halt. Ein falscher Schritt – und Urs würde auf der abschüssigen Fläche bis ins Robbenbecken rutschen.

Aber wenigstens neigt sich der Rundgang durch den Zoo dem Ende zu. Er hat zwischen Giraffen posiert, sich in einer großen Voliere von bunten Vögeln umschwärmen lassen, auf dem Rücken eines unbeeindruckten Bisons gesessen und im Streichelzoo mit Zwergziegen und Kaninchen herumgetollt.

Bis jetzt ist er von weiteren Halluzinationen verschont geblieben. Nur einmal hat er gemeint, ein »Eitler Sack!« zu vernehmen. Als er in Bodybuilder-Manier vor dem Löwengehege posiert hat.

Nun also Pinguine. Schwarz-weiß und schwarz-weiß. Die Fotografen sind begeistert.

Die Pinguine offenbar auch. Die antarktischen Wasservögel seien harmlos, immens neugierig und sehr verspielt, hat ihm Thomas erklärt, als er Urs ins Gehege geschleust hat.

Jetzt begleiten sie jeden seiner Schritte mit anfeuerndem Tröten. Ein besonders neugieriger Vogel zupft am Kunstfell seiner Beine, nur um schnatternd wegzuwatscheln. Offenbar sind die Haare nicht nach seinem Geschmack.

Endlich hat Urs die Mitte der Eisfläche erreicht und steht dort, wo ihn die Fotografen haben wollen. Vorsichtig dreht er sich im Kreis. Die Pinguine umstehen ihn von allen Seiten, flattern mit ihren Flügelstummeln und tröten begeistert.

Zwei Pinguinküken knuffen und drängen die größeren Tiere, um sich Sicht auf das fremde Wesen zu verschaffen.

»Lasst doch mal die Kleinen nach vorne.«

Die anderen Pinguine stocken kurz in ihrem Schnattern und Tröten, weichen dann aber beiseite, um die fluffigen Jungtiere durchzulassen.

Urs geht in die Hocke, um den beiden neugierig fiependen Babypinguinen vorsichtig das Kopfgefieder zu streicheln. Sie lassen es sich vergnügt gefallen. Pinguine kuscheln also gerne. Wer hätte das gedacht?

Platsch! Rumms! Die künstliche Eisscholle erbebt unter einem schweren Schlag.

Der Schreck lässt Urs nach vorne kippen. Geistesgegenwärtig stützt er sich mit den Händen ab, um nicht auf die beiden Jungpinguine zu fallen, die erschrocken fiepend davonwatscheln. Die anderen Pinguine stimmen laut trötend in den Protest ein, der jedoch nicht Urs gilt, sondern dem Neuankömmling.

»Süüüüüdtiiiiiiere!« Hoch wie ein Haus ragt der Seelöwe über Urs auf. Er hat sich aufgebäumt und schwingt die Flossen. »Illegal emigriiiiierte Süüüüüdtiiiiiere sind unser Unglück!«

Wenn dieser Koloss sich auf ihn fallen lässt, ist es aus. Urs will rückwärts krabbeln. Doch seine Hände und Füße finden auf dem glatten Eis keinen Halt. Im Gegenteil. Das Gewicht des Seelöwen muss die künstliche Eisscholle noch stärker geneigt haben, denn Urs rutscht unaufhaltsam vor dessen massigen Körper.

»Sie wollen uns Norrrrrdtiiiiiiere umvolken und ausrotten!« Die Schnurrbarthaare des Seelöwen flattern unter mächtigen Atemstößen. »Wir müssen die Gefahr bekämpfen. Wir müssen mobil machen. Wir müssen sie auf ihre Wüstenweiden am Bosporus zurückschicken.« Zur Bestätigung seiner Worte stößt der Seelöwe einen lauten Rülpser aus.

»Arf, arf, arf!« Ein halbes Dutzend Robben sind neben dem Seelöwen auf das Eis gesprungen. Sie schlagen applaudierend die Vorderflossen gegeneinander.

»Süüüüüdtiiiiiiere«, grölt der Seelöwe noch einmal.

»Arf, arf, arf!«, applaudieren die Robben.

»Tod den Süüüüüdtiiiiiieren!«

»Hey, Stalin!« Breitbeinig auf dem Eis stehend, schwingt Thomas einen großen Fisch durch die Luft. »Willst du einen Leckerbissen?«

»Wiiiir werden kämpfen bis zuletzt! Wir sind unbestechlich!«

Thomas wirft den Fisch. Platschend trifft er auf die Wasseroberfläche des Robbenbeckens.

»Tod den –« Überraschend behände dreht der Seelöwe sich um. Mit der Schwanzflosse wischt er seine Claqueure beiseite und stürzt sich in die Fluten. Ein paar Sekunden später taucht er mit dem Fisch im Maul wieder auf.

»Alles klar?« Thomas ist neben Urs in die Hocke gegangen. »Stalin erschreckt gerne mal die Pinguine. Aber im Grunde ist er harmlos.«

»Stalin?«, fragt Urs.

»Ja, so nenne ich ihn. Wegen des Schnauzbarts. Außerdem: Wenn er sich so aufbäumt, die Flossen schwingt und bellt, sieht er aus, als würde er die revolutionären Massen agitieren, oder nicht?«

Agitieren ja, denkt Urs. Aber revolutionäre Massen? Eher reaktionäre Idioten. Er wird zukünftig in Seehunden nichts mehr anderes sehen können als fischbrötchensüchtige Skinheads.

Thomas streckt ihm die Hand hin. Es gelingt ihm, Urs wieder auf die Hinterpfoten zu stellen.

An der Hand des Pflegers tastet Urs sich von der Eisscholle herunter; die besorgt trötende Pinguinschar watschelt hinter ihnen her. Am Rand des Eises dreht sich Urs noch mal um. Die Pinguine verstummen und mustern ihn mit schiefgelegten Köpfen.

Welche gute Botschaft hat er für sie? »Macht euch nichts draus«, sagt er schließlich. »Spinner gibt es überall. Und ihr seid tausendmal niedlicher.«

Seinen Worten Applaus zollend tröten die Pinguine begeistert los. Urs hört sie noch, als die große Stahltür zum Robben- und Pinguinbereich schon hinter ihm und Thomas ins Schloss gefallen ist.

»Huhu! Bärchen!«

Urs ist ängstlich darauf bedacht, den Tieren nicht zu nahe zu kommen. Er will nicht noch einmal halluzinieren. Doch offenbar hat er kein Glück.

»Bärchen! Hallo! Komm doch mal hierher!«

Urs bleibt stehen, um zu sehen, wo die fröhlich flötende Stimme herkommt.

»Bärchen! Hierher!«

Endlich meint er, die Quelle seiner neuen Halluzination zu sehen – wild auf und ab hüpfend am Zaun eines Geheges.

»Sie haben hier Kängurus?«

Thomas blickt in die Richtung, in die Urs zeigt. »Ach ja. Molly. Stimmt. Die müssen wir noch besuchen. Sonst ist sie ganz enttäuscht.«

»Molly?«

»Unser rotes Riesenkänguru. Die ist ganz versessen auf schwarz-weiße Tiere. Dabei sollte man meinen, dass die Begegnung mit den Skunks sie eines Besseren belehrt hat.« Der Pfleger lacht. »Keine Sorge. Wir haben sie danach gründlich gewaschen. Kommen Sie. Molly wird sich freuen.«

»Ein Bärchen. Ein Pandabärchen. Ein schwarz-weißes Samsa-Pandabärchen.« Glücklich hüpft Molly, das rote Riesenkänguru, am Zaun ihres Geheges auf und ab.

»Hui, ist die groß.« Molly überragt Urs um Känguruhauptеslänge. Dabei hat er immer gedacht, dass Kängurus kleine Tiere sind. Vielleicht so hoch wie Gazellen.

Thomas nickt. »Ja, eine Laune der Natur. Vielleicht auch das gute Futter hier im Zoo. Die Weibchen werden sonst nicht so groß. Nur die Männchen.«

»Weibchen!« Molly schnaubt empört. »Dieses Weibchen tritt dich gleich mal.« Doch dann widmet sie ihre Aufmerksamkeit wieder Urs. Sie streckt den Kopf über den Zaun und legt ihn an die Brust des Fursuits. »Hui, bist du flauschig, Bärchen!«

Urs streichelt dem Känguru über den Kopf und den Hals.

»Hihihi, nicht doch. Ich bin kitzlig.«

»Entschuldigung«, sagt Urs reflexhaft.

»Wie meinen?«, fragt Thomas.

Oh nein, schon wieder hat er auf eine Halluzination laut geantwortet. »Nichts, nichts.«

»Hey, den Kopf kannst du weiterstreicheln«, protestiert Molly.

Geduldig krault Urs das Känguru zwischen den Ohren.

»Hmmmmmmm. So. Schön. Flauschig.« Molly schnurrt vor Glück, knurrt aber auch unwillig, sobald Urs seine Haltung verändert.

»Was ist das dort?« Urs deutet mit seiner freien Hand auf das Gehege neben dem von Molly. Ein mit dunkler Folie abgehängtes Baugerüst verdeckt den Blick ins Innere. »Welches Tier lebt da?«

Thomas zuckt mit den Schultern. »Momentan überhaupt keins. Wir renovieren es gerade. Für einen ›Überraschungsgast‹, der demnächst kommen soll. Darf ich aber noch nichts zu sagen. Nur so viel …« Er neigt sich zu Urs' Plüschohr. »Es ist einer Ihrer Art.«

Molly muss ihn auch gehört haben. »Au ja. Warum ziehst du da nicht ein? Dann sind wir Nachbarn. Und wir können kuscheln. Kuscheln. Kuscheln. Den ganzen Tag.« Mit einem großen Sprung setzt sie über den Zaun ihres Geheges und schließt Urs in die Vorderpfoten. »Kuscheln!«

Sollten Kängurus so kräftig sein? Mit Urs im Arm springt Molly auf und ab. »Kuscheln! Kuscheln! Kuscheln!«

An die wild hüpfende Brust eines verschmusten Kängurus gedrückt, wird Urs endlich schwarz vor Augen.

»Let me through. Ich bin EMT … Sanitäter.« Urs kennt die Stimme. Ihm will bloß nicht einfallen, woher.

Der Druckknopf seiner Bärenkapuze wird geöffnet, der Reißverschluss des Suits aufgezogen. Kühle Luft streichelt seine Haut. Endlich.

»Er ist vollkommen dehydrated. Er braucht Wasser!«

Wasser! Trinken! Prima Idee! Eine kräftige Hand schiebt sich unter seinen Rücken, richtet ihn auf. Eine Flasche wird an seine Lippen gesetzt.

Er trinkt. Verschluckt sich. Hustet.

»Nicht so hastig. Kleine Schlucke«, kommandiert die Stimme seines unbekannten Wohltäters. Nein, Wohltäterin. Oder … Ja, was eigentlich? WohltäterX? Wie spricht man das aus? Erix? Erx? Das klingt, als ob man auf einen trockenen Zweig tritt. Beim Waldspaziergang. Wald. Männlein stehen im Walde ganz still und stumm. Und es gibt Tiere. Sind die auch stumm? Singen Rehe? Führen Wildschweine angeregte Diskussionen?

»Bleib bei mir!« Schläge auf seine Wangen holen Urs in die Realität zurück.

Haut in der Farbe von Triple Mocca Schoko Latte, die sich vom üppigen Dekolleté über einen schlanken Hals zieht. Große, dunkle Augen. Eine wallende, schwarze Lockenmähne, nur mit Mühe zu einem Pferdeschwanz gebändigt. Es ist tatsächlich Evelyn, dier ihm da besorgt eine Wasserflasche an die Lippen hält.

»Kleine Schlucke. Nice and easy.«

Urs muss sich zwingen zu gehorchen. Zu sehr lockt das Nass, das mit seidiger Kühle durch seine Kehle rinnt.

»Oh, oh, Bärchen! Geht es dir gut?« Molly streckt den Kopf über Evelyns Schulter. »Das tut mir so leid. Ich wollte dich nicht ausknocken. Aber … Kuscheln? Ich kuschele doch so gerne. Sorry, sorry, sorry.«

Und wieder wird Urs schwarz vor Augen.

# Brumm

## *Ein Krankenlager*

War er nicht eben noch im Zoo?

Seine Augen gewöhnen sich nur schlecht an die Dunkelheit. Er muss bewusstlos gewesen sein. Doch wie lange?

Er will sich aufsetzen.

»Careful!« Jemand drückt ihn behutsam zurück auf die Matratze. »Don't tear out the infusion.«

Infusion?

Endlich haben sich seine Augen an die Umgebung gewöhnt. Er liegt … Ja, das muss ein Krankenhaus sein. Weiße Möbel. Weiße Bettwäsche.

Regelmäßiges Piepen. Urs dreht den Kopf. Ein Monitor neben dem Bett zeigt Zahlen, deren Bedeutung er nicht entschlüsseln kann.

Mit einem feuchten Tuch wischt ihm jemand die Stirn ab. Welch eine Wohltat.

Er will sich bedanken, doch aus seiner Kehle kommt nur ein Krächzen.

»Wait. Ich geb' dir zu trinken.«

Ein Motor summt. Er spürt, wie sich das Oberteil des Bettes unter ihm aufrichtet.

Dann schiebt ihm jemand einen Strohhalm zwischen seine Lippen. Urs saugt vorsichtig. Pfefferminztee. Lecker. Mehr!

»Vorsicht. Verschluck dich nicht.«

Urs kennt die Stimme. Auf seiner Bettkante sitzt …

»Evelyn?«

»So nice of you to remember me.«

»Was machst du hier?«

»I thought, ich fahre besser mit ins Krankenhaus. To make sure, dass die dich richtig behandeln. You collapsed. Im Zoo. Remember? Als das Känguru dich angegriffen hat?«

Angegriffen? »Molly wollte nur kuscheln.«

»Kuscheln? Das Tier ist über den Zaun des Geheges gesprungen. Und wollte dich nicht in Ruhe lassen.«

»Ist Molly was passiert?«

»Molly?«

»Dem Känguru?«

Evelyn zuckt mit den Schultern. »No idea. It kicked some serious ass. They were still trying to catch it, als wir abgefahren sind.«

Urs meint sich zu erinnern. Hände packen ihn und legen ihn auf eine Trage. Er wird hochgehoben. Gellende Rufe. »Ich muss zu meinem Samsa-Pandabärchen.«

»Hat Molly mich k. o. geschlagen?«, fragt Urs.

»Nein. You were dehydrated und hast das Bewusstsein verloren. Der Angriff des Kängurus war wohl nur … wie sagt man … der heiße Stein, that broke the camel's back?«

»Und du? Was hast du im Zoo gemacht?«

Evelyn lacht xier warmes Lachen. »I wanted to see the fursuit in action. Kommt ja nicht jeden Tag vor, dass ein Kleidungsstück, das ich verkauft habe, becomes famous. – Gut, dass ich da war. I am always flabbergasted by the complete lack of first aid knowledge my fellow humans display.«

»Du bist auch mit ins Krankenhaus gefahren?«

»Ja. Ich und deine Kollegin. Alexa. Wir wollten dich nicht alleine lassen.«

»Wo ist Alexa jetzt?«

»Sucht den Doctor. – Hier, have another sip. Fursuit on a hot day and not enough to drink? That takes its toll.« Evelyn schiebt Urs wieder den Strohhalm zwischen die Lippen. Er saugt die kühle Flüssigkeit in seinen Mund, schluckt, spürt sie durch die Speiseröhre in seinen Magen rinnen. Endlich ist die Tasse ganz leer und er schlürft nur noch Luft durch das dünne Röhrchen.

Soll er …? Evelyn ist vielleicht der einzige Mensch, dier er sich anvertrauen kann. Und xier hat möglicherweise eine Erklärung.

»Die Tiere: Sie haben mit mir gesprochen. – Die Flamingos haben gesungen. Der Seelöwe, der ist rechtsradikal. Und zuletzt Molly. Die wollte kuscheln.«

Evelyn nickt. »Du warst dehydrated und überhitzt. Das gibt Halluzinations.«

»Meinst du?«

»What else sollte es sein?«

»Ich weiß nicht. Der Fursuit. Der Panda …« Urs stockt. Wie soll er es erklären?

»Yes?«

»Er hat Macht über mich. Ich … ich habe einem Menschen den Finger abgebissen.«

»Self-defense, I believe? War ja in allen Medien.«

»Nein, das war der Panda.«

Und dann sprudelt es aus Urs heraus: alles, was er mit dem Panda erlebt hat. Wie er Firmenlenker Herzog nebst Filius aus der Agentur geworfen hat. Und Karolin aus seiner Wohnung. Präsentation. Filmriss. Bäckerei. Spielplatz.

Evelyn sitzt auf der Bettkante und hört zu.

Als Urs geendet hat, fragt xier: »Und du glaubst, das alles hat mit dem Suit zu tun? Mit dem Panda?«

»Ja. Ich meine, es gibt doch diese Krafttier-Rituale …«

»Well. – Everything is possible.«

»Wirklich?«

»No, you moron.« Evelyn lacht schallend. »There is no such thing as a Krafttier. That's Esoterik-Hokuspokus.«

»Und was passiert dann mit mir?«

»Simple. It's called Maskeneffekt. Manchmal, we need to wear a mask to show our true self.«

»Du meinst …?« Ja, was meint xier eigentlich?

»Look, from what I understand, this Karolin was a real Horrorbraut, right? Abusive? Habgierig? And you were … Du hattest Angst vor ihr?«

Widerstrebend nickt Urs.

»Und dieser Kunde, dieser Herzog … der war transgressive and disrespectful to the point, dass man mit ihm nicht mehr arbeiten konnte?«

Urs nickt erneut.

»Die Präsentation, that was kind of a life or death situation, right?«

»Nun … ja. Aber was hat das mit Masken zu tun?«

»As I said: Manchmal können wir nur unter einer Maske ehrlich sein. I mean, look at me. This is not the body I was born in. This is not the clothing I am meant to wear according to my DNA. I wear a mask to be my true self.«

»Und der Panda?«

»Horrorbraut had to go. Der Kunde genauso. Der Panda hat dir den Mut gegeben to do what needed to be done.«

»Und die Halluzinationen?«

»Du warst totally dehydrated. I told you.«

»Aber ich habe den Panda doch schon vorher gesehen.«

»Come on. Du hast eben viel Fantasie, or not? Wolltest du den Panda sehen, maybe? Is that possible?«

Das ist in der Tat eine einleuchtende Erklärung. »Aber vielleicht sollte ich doch den Doktor fragen. Sicher ist sicher.«

»Hell, no!« Evelyn ist aufgesprungen.

»Why not? Ich meine, warum nicht?«

»Weil die dich dann hier nicht mehr rauslassen. Wenn du einmal den Stempel ›psychotic‹ hast, bist du auf alle Zeiten, well, abgestempelt. No matter, how well-adjusted you are. – Dann siehst du halt hin und wieder Pandas und hörst Tiere sprechen. So what? Bisher hat es dir ja nur gutgetan, am I right?«

Urs muss wieder an seine Großtante denken. Auch sie ist nicht mehr aus der Psychiatrie rausgekommen. Dabei war sie doch nur eine alte Dame mit der Elefantenrunde im Kopf. Auch sie hat den Fehler gemacht, bei einer Routine-Untersuchung ihrem Arzt beiläufig davon zu erzählen.

»You see?« Evelyn muss ahnen, was er denkt. »Glaub mir: Nothing good comes from too much honesty in the wrong places. Ich weiß, wovon ich spreche.«

»Der Hämatokrit ist ein wenig erhöht, aber sonst ist Ihr Blutbild normal, Herr Doktor Podini.« Alles an Dr. Eric Neurath ist eine Nummer zu groß und hängt deshalb schlaff an ihm herab, von den Gesichtszügen über die Arme bin hin zum Kittel. Dem Namensschild auf seiner Brust nach ist er Neurologe.

»Und Ihre Temperatur«, der Arzt wirft einen Blick auf den Monitor neben Urs' Bett, »ist auch ein wenig erhöht. Alles in allem würde ich sagen: eine leichte Hitze-Erschöpfung und Dehydratation. – Haben Sie denn sonst irgendwelche Beschwerden?«

Urs holt Luft, doch Evelyn, dier hinter Dr. Neurath steht, schüttelt energisch mit dem Kopf.

Dem Arzt muss das Zögern aufgefallen sein. »Ja?«

»Nur ein wenig Kopfschmerzen«, lügt Urs rasch.

»Kann sein, dass er einen Schlag auf den Kopf bekommen hat«, mischt sich Alexa ein, die zusammen mit dem Doktor in Urs' Krankenzimmer gekommen ist. »Vom Känguru.«

»Molly wollte nur kusch–«, setzt Urs an zu protestieren, doch gleich beißt er sich auf die Zunge.

Dr. Neurath mustert ihn kritisch.

»Also, Molly – so heißt das Känguru –, die hat mich nicht geschlagen oder so.«

Der Neurologe nickt. »Bei der Untersuchung habe ich auch keine äußeren Verletzungen feststellen können. Aber vielleicht röntgen wir sicherheitshalber den Kopf und machen ein MRT, damit wir nichts übersehen. Sie sind doch privat versichert, oder?«

Endlich allein. Endlich pinkeln. Welch eine Wohltat!

Der Strahl seines Urins plätschert in die Kloschüssel. Die Entspannung breitet sich von Urs' Unterleib über seinen ganzen Körper aus.

Geschafft. Röntgen und MRT sind überstanden. Die Schwestern haben ihn von Elektroden und Infusionen befreit und ihm erlaubt, sein Bett zu verlassen.

Evelyn hat sich diskret zurückgezogen, um einen Kaffee aufzutreiben. Einer staunenden Praktikantin hat xier erklärt, xiere Haut bliebe schließlich nicht von allein so dunkel. Die Schwesternschülerin hat auf die blasse Haut ihrer eigenen Unterarme gestarrt.

Urs hat sich in das kleine Badezimmer verzogen und hinter sich den Riegel vorgelegt. Minutenlang, so scheint es ihm, schießt der hellgoldene Strahl in die Toilettenschüssel, dann ist seine Blase endlich leer. Vorsichtig tupft er den letzten Tropfen mit einem Blatt Toilettenpapier ab. Dann wäscht er sich gründlich die Hände. Desinfiziert sie mit dem Spray aus einem an die Wand geschraubten Spender.

Als er die Badezimmertür aufzieht, ist die Praktikantin dabei, seinen Fursuit auf einen Bügel zu hängen. Sie streichelt mit beiden Händen über das Fell, doch dann bemerkt sie Urs. Schnell huscht sie aus dem Krankenzimmer, die Wangen ertappt gerötet.

»Röntgenbild und MRT weisen keine Auffälligkeiten auf.« Dr. Neurath wischt auf einem Tablet herum. »Sicherheitshalber würde ich Sie aber gerne über Nacht hierbehalten. Zur Beobachtung.«

»Aber morgen kann er entlassen werden, oder?«, fragt Alexa.

»Ich denke schon. Wie schon gesagt, es ist nur eine Vorsichtsmaßnahme.«

»Und außerdem kann das Krankenhaus die Extra-Nacht zum Sondersatz abrechnen.« Alexas Finger spielen mit ihrem Zippo. »Sei es, wie es sei: Wir müssen morgen nach Berlin. Zu Anke Zoll. In die Talkshow.«

# Brumm

## *Eine Anfahrt*

Wenn die Chinesen endlich von Stäbchen auf Messer und Gabel umsteigen würden, dann gelänge es der zweitgrößten Wirtschaftsmacht der Welt vielleicht sogar, ihre Bevölkerung zu ernähren – auch ohne deutsche Entwicklungshilfe.«

Wieder einmal ist es geschehen: Mit sonnigem Humor sowie untrüglichem Gespür für Pointen und den richtigen Moment hat Henning von Fehlauer ein Gala-Diner in der chinesischen Botschaft zum Anlass genommen, eine internationale Krise heraufzubeschwören.

Bereits zum dritten Mal schallt das Zitat des Außenministers aus den sechzehn verborgenen Lautsprechern der Stretch-Limousine, die Urs und Alexa nach Berlin bringt.

Zurzeit stehen sie allerdings bei Halle an der Saale im Stau und lauschen der Radiosendung, in der sich Politiker aller Couleur über Außenminister Fehlauer empören. »Einzig der chinesische Botschafter ist für einen Kommentar nicht zu erreichen gewesen«, verkündet die Moderatorin. Ihr Tremolo dräut wie rasselnde Panzerketten.

Alexa gießt sich einen großzügigen Whiskey aus der Bar der Limousine ein. In Urs' Glas hingegen ist kaum der Boden benetzt. »Du musst einen klaren Kopf behalten. Für heute Abend.«

Im Radio äußert gerade der Wirtschaftsminister die Sorge, dass der Außenminister mit seinen kernigen Worten das mit der Volksrepublik China mühselig ausgehandelte wirtschaftliche Kooperationsabkommen in letzter Minute zum Platzen bringen könnte. Außerdem sei nun ungewiss, ob und wann Deutschland das versprochene Pandapärchen erhalte.

»Die Panda-Diplomatie der chinesischen Regierung«, die Stimme der Moderatorin klingt ob des knuffigen Themas gleich sehr viel freundlicher, »hat eine lange Tradition. Tiere dieser Gattung sind nach internationalem Recht Eigentum Chinas. Sie werden nur besonders geschätzten Partnerländern als Leihgabe überlassen. Schon lange hat die chinesische Regierung ihrem Wirtschaftspartner Deutschland ein weiteres Pandapärchen versprochen.«

Alexa prustet in ihr Whiskeyglas.

Urs kann sich denken, was sich in ihrem Kopf abspielt: »Wehe, du bietest mich dem Wirtschaftsministerium als Ersatz an.«

»Nicht doch. – Aber ich stelle mir gerade vor, wie die Chinesen Ansprüche auf dich erheben.«

Bei dem Gedanken muss auch Urs lachen. »Ach ja, ein Lebensabend in Chengdu. Davon habe ich schon immer geträumt.«

»Wo?«

»In Chengdu ist die größte Panda-Forschungs- und Aufzuchtstation der Welt.«

»Du Trivial Pursuit-Streber.« Alexa nippt an ihrem Glas, dann lehnt sie den Kopf an das Lederpolster. »An solche Limousinen könnte ich mich gewöhnen. – Apropos: Du solltest dich entscheiden, von welcher Automobilmarke du dich sponsern lässt. Damit Yves endlich aufs Altenteil kann.«

Yves ist Urs' ramponierter, aber heiß geliebter Toyota Corolla – das erste Auto, das er sich von eigenem Geld gekauft hat. Deswegen fragt er nur halbherzig: »Welche Angebote gibt es denn?«

Alexa zieht ihr Tablet aus dem Leinenrucksack mit Karomuster, der ihr als Handtasche dient. »Also, da wäre natürlich Fiat. Du weißt schon.«

»Für den –?«

»Genau. Aber so eine Klapperkiste kommt mir nicht auf den Firmenparkplatz. Audi und Mercedes bieten kleinere Modelle in schwarz-weißer Sonderlackierung, wollen aber ihr Firmensymbol auf den Seitentüren. – Und dann …« Sie zeigt Urs ein Bild auf ihrem Tablet.

»Was ist das denn für ein Monster?«

»Das ist der Qoros Xiongmao. Aus China. Xiongmao heißt –«

»Panda auf Mandarin, ich weiß. Aber so ein Kraftstoffschlucker? Steht der Panda nicht für Umweltschutz?«

»Angeblich verfügt der Wagen über einen sparsamen Hybrid-Antrieb. Und wir kriegen ihn mit schwarz-weißer Sonderlackierung. Da machen wir bei Kunden sicher Eindruck. Außerdem hat der Wagen Fahrassistent und Einparkhilfe. Das dürfte dir entgegenkommen.«

Urs ist kein begnadeter Einparker. Die zahlreichen Beulen in Yves Türen und Kotflügeln legen Zeugnis davon ab.

»Jetzt reicht es.« Damit meint Alexa das Radio, aus dem gerade Hubertus Alois Huber gegen seinen Lieblingsfeind bollert: den Außenminister.

Es gelingt Alexa, das Entertainment-System davon zu überzeugen, den Sender zu wechseln. Vivaldis *Vier Jahreszeiten* rinnt aus den Speakern wie klanggewordene Vanillesauce. Immerhin besser als Hubertus Alois Huber.

»Der Sepplhut-Nazi«, sagt Urs für sich. So hat Außenminister Fehlauer den Politiker der Christlich Bayrischen Union einmal bezeichnet.

»Den triffst du heute Abend auch. Er ist Gast bei Anke Zoll.«

»Na klasse. Der verlangt bestimmt Leinenzwang für mich. – Wer kommt denn noch alles?«

Alexa zieht einen zusammengefalteten Zettel aus der Brusttasche ihres Holzfällerhemdes. Dabei streichelt sie sehnsüchtig ihre Zigarettenschachtel.

Der Zettel ist ein Fax der Produktionsfirma von *Checkpoint Gesellschaft – Der Polit-Talk mit Anke Zoll.* Mit blumigen Worten bedankt sich die Producerin für Urs' Kommen. Unter dem Brief steht die Gästeliste. Der übliche Polit-Proporz-Mix aus Hinterbänklern und Jungstars der Parteien von rechts bis links.

Interessanter sind da schon die Gäste jenseits der Politik: Ruprecht David Richards ist Philosoph und Bestseller-Autor. Der überzeugte Veganer wird wohl die Sendung zum Anlass nehmen, sein neues Buch zum Thema Tierrechte zu präsentieren.

Vorausgesetzt, Milöösh lässt ihn zu Wort kommen. Der exaltiert schwule Modeschöpfer hat sich als »Frontkämpfer für die Rechte der Männer« einen Namen gemacht. In einer Glosse mit dem Titel *Endlich dürfen wir alle Schoßhündchen sein* hat er schon einmal apokalyptisch ausgemalt, was passiert, wenn »die FemiNazis« die Wesenheit als politisches Werkzeug für sich entdecken.

Um Milöösh etwas entgegenzusetzen, hatte man ursprünglich die in Ehren ergraute Doyenne des deutschen Feminismus eingeladen. Doch der Name ist durchgestrichen. Daneben steht handschriftlich »TBD«.

»TBD? Was heißt denn das?«, fragt Urs.

»To be determined. Das solltest du eigentlich wissen, du Scrabble-Hengst. Die suchen noch nach Ersatz. Hoffentlich nicht diese Danella Diëns.«

»Warum nicht? Die ist doch ein gutes Gegenstück zu Milöösh.« Danella Diëns – Künstlerinnenname: Doppel-D – ist eine Comedienne mit einem unerschöpflichen Repertoire ordinärer Witze über Schwänze, Muschis und die eigenen Rubenskurven. Seine Lebensgef… Seine *Ex*-Lebensgefährtin hat Urs einmal zu einem Auftritt geschleift. »Karolin findet sie ganz große Klasse.«

»Noch ein Grund, Danella Diëns nicht zu mögen. Warum die überall als neue Speerspitze des Feminismus gefeiert wird, ist mir ein Rätsel.« Alexa muss ihre Empörung mit einem großen Schluck Whiskey beruhigen. »Apropos: Die Trittbrettfahrerin würde gut in diese Talkrunde passen.«

»Karolin und ich in der gleichen Talkshow? Ernsthaft?«

»Warum nicht? Die hat sich doch auch sonst gerne an dich und deine Brieftasche gehängt. Mich wundert, dass sie ihre Story noch nicht exklusiv verkauft hat. – Ach ja, hast du die Trittbrettfahrerin eigentlich mal zurückgerufen?«

Urs schüttelt energisch den Kopf.

»Das will ich dir auch geraten haben. Wehe, du wirst rückfällig.« Alexa lehnt sich vor. »Hey, du könntest den Ruhm heute Abend nutzen und dir ein Groupie aussuchen. Um die Trittbrettfahrerin endlich mal aus deinem System zu spülen.«

»Und wen? Eine Zuschauerin aus Anke Zolls Fanklub vielleicht? Engagiert vegane Gymnasialpädagogin mit ganz eigener Meinung?«

»Vielleicht wird du unter den Gästen fündig? Diana Schuberth ist niedlich.« Alexa seufzt träumerisch. »Ich bin so neidisch.«

Urs unterdrückt ein Lachen. Diana »Politik muss wieder sexy werden« Schuberth ist der Shooting-Star der Liberalen. Sie ist für ihre knackigen Reden und ihre spritzigen Aperçus ebenso bekannt wie für ihre ringelbestrumpften Beine unterm Minikleid. Karolin hat sie gehasst. Alexa hingegen hat einen schweren Celebrity-Crush: Diana Schuberths Autogrammkarte hängt an der Scheibe des Lesben-Aquariums.

»Oder«, Alexa richtet sich auf, »Milöösh!«

»Milöösh? Wie kommst du denn da drauf?«

»Der steht doch auf Bären, wie er immer wieder betont.«

»Nicht doch. Der schreibt doch gleich eine Kolumne drüber. Genau wie über seine anderen Lover.« Milöösh breitet gerne sein Liebesleben in der Öffentlichkeit aus, besonders, wenn seine Partner der Bevölkerungsgruppe angehören, gegen die er gerade hetzt. »Wie kommst du überhaupt darauf, dass *der* mich reizen könnte?«

Alexa zuckt mit den Schultern. »Ich dachte, du hast vielleicht die Seiten gewechselt. Evelyn scheint ja sehr von dir angetan.«

Urs lacht schnaubend. »Evelyn steht nicht auf Männer.«

»Echt nicht?«

»Nein. Xier hat eine total nette Freundin.«

Alexa stößt verblüfft die Luft aus. »Sieh an, so kann man sich täuschen. – Anyway, auf jeden Fall brauchst du mal jemanden fürs Bett.«

»Bestimmt nicht aus der Talkrunde. Diana Schuberth ist eine Nummer zu groß für mich. Und dann ist da nur noch die von Höggemeulher.« Mit in der Kehle kitzelndem Grusel hat Urs den Namen Petra Beatrix von Höggemeulher auf der Gästeliste gesehen: die Parteivorsitzende der Nationalen Alternative.

»Stimmt. Großvater KZ-Kommandeur und der Apfel fällt nicht weit vom Stamm. Die hat bestimmt ›Arbeit macht frei‹ über ihre Muschi tätowiert. – Verdammt, ich brauche eine Zigarette.« Alexa klopft gegen die Trennscheibe zum Chauffeur. »Können wir an der nächsten Raststätte mal halten?«

# Brumm

## *Ein Vorgeplänkel*

»Hi, ich bin Paulina. Die Maske.« Die Frau mit den kurzen, blonden Haaren, den roten Cargo-Pants und der aus allen Taschen überquellenden Anglerweste über dem Muppets-T-Shirt begrüßt Urs mit kräftigem Handschlag. Gott sei Dank! Kein Stevie. Keine goldgeränderten Haarbürsten. Keine aufgescheuchten Ameisen.

Das *Visage and Wardrobe Center* ist ein langer Schlauch, aus dem eine Stahltür direkt in das Studio 3 der Berlin Night Productions führt. Von dort wird später *Checkpoint Gesellschaft – Der Polit-Talk mit Anke Zoll* übertragen – *live und mit unübertroffenem Viewer-Engagement*, wie die Imagebroschüre des Studios nicht müde wird zu betonen.

Durch die offenstehende Studiotür dringen Hammerschläge. Männer brüllen sich zornig an. Offenbar quietscht einer der Kamera-Kräne, außerdem »reißt die verfickte Twitter-Wall das ganze Studio auf«.

»Warte mal.« Paulina wirft die Stahltür ins Schloss. Jetzt sind Geschrei und Hammerschläge nur noch gedämpft zu hören. »Das ist besser.«

An den Wänden des Maskenschlauchs sind Spiegel montiert, die in regelmäßigen Abständen von Lichterreihen unterbrochen werden. So entstehen Plätze, vor denen Frisierstühle stehen.

Paulina führt Urs zu einem erhabenen Stuhl. »Du bist der Erste. Deshalb kriegst du den Kanzlerinnen-Thron. Kaffee?«

Urs schüttelt den Kopf, während er auf den Stuhl krabbelt.

»Das machst du richtig. Kaffee gibt nur Herzklopfen und will genau im falschen Moment wieder raus. Solltest aber trotzdem ordentlich trinken vorher. Ist gut für den Teint. Außerdem sitzt heute Georg am Licht. Der verwandelt das Studio gerne mal in eine Sauna.«

Sie dreht Urs auf seinen Stuhl zu sich und lacht kehlig. »Die Bild-Regie wird kotzen. Das weiße Fell wird denen Löcher in die Kamerasensoren brennen.« Sie nimmt Urs' Kinn und bewegt seinen Kopf hin und her. »Na, da ist ja nicht so viel zu tun. Bisschen Foundation, bisschen Puder. Und ein bisschen Balm, damit die Lippen nicht austrocknen. – So, jetzt lehn dich mal zurück und entspann dich.«

»Der ist ja flauschig.« Die junge Frau, die das Visage and Wardrobe Center betreten hat, trägt Jeans und Strickpullover. Über ihrem Arm hängt eine Kleiderschutzhülle, mit der anderen Hand zieht sie einen kleinen Rollkoffer. Sie legt ihre Handtasche auf den Maskenstuhl neben Urs, bevor sie Paulina mit zwei Wangenküsschen begrüßt. Dann gähnt die junge Frau herzhaft und reckt sich. »Entschuldigung. Bin seit heute Morgen um vier auf den Beinen. – Ist das der Ehrengast?« Sie streckt Urs die Hand hin. »Hi, ich bin Diana Schuberth.«

Ohne ihr Minikleid und mit unglamourösem Pferdeschwanz hätte Urs die Jungpolitikerin fast nicht erkannt. Er schüttelt ihr die Hand und muss dabei ein zufriedenes Grinsen unterdrücken: Alexa wird vor Neid platzen.

»Ach, aus der Nähe ist das Fell ja noch viel flauschiger als auf den Bildern. Ob ich wohl …?« Schüchtern streckt die Frau die Hand aus. Urs lässt es zu, dass die Politikerin ihn zwischen den schwarzen Plüschohren krault.

Dann lehnt Diana Schuberth sich vor, um Urs dreimal angedeutet über die linke Schulter zu spucken. »Toitoitoi. Deine erste Talkshow?«

Urs nickt nur, denn der Duft der jungen Frau nach Frühlingswald und Honig hat ihn der Sprache beraubt.

»Na dann: Willkommen in der Hölle.«

»Bei uns im scheana Bayernland genga mir oba ganz anders mit Problembären um.« Hut mit Gamsbart, Trachtenjanker, aber wenigstens keine Kniebundhosen: Hubertus Alois Huber schiebt sich durch die Tür.

Er wird jedoch gleich darauf beiseitegedrängt.

»Bären? Hier sind Bären?« Milöösh segelt in den Raum – ein Paradiesvogel im Anflug: gestreifte Schlaghose, Altherren-Weste über türkisfarbener Rüschenbluse, die blondierten Haare kunstvoll verwuschelt. Die Holzperlenketten um Hals und Handgelenke rasseln wie Maracas, als er auf die Maskenbildnerin zu gleitet. »Paulina! Die Hose sieht ganz furchtbar an dir aus«, verkündet er, als würde er das Kompliment seines Lebens machen.

Paulina lässt die Küsschen zur Begrüßung über sich ergehen.

»Ist er das?« Ohne zu fragen, dreht Milöösh Urs' Friseurstuhl zu sich herum. »Das ist ja wirklich schnuckelig.« Mit ebenso geschickten wie schamlosen Fingern befühlt Milöösh den Fursuit. »Wirklich gute Arbeit. Weißt du, was das für ein Material ist?«

Perplex schüttelt Urs den Kopf.

»Wer hat den denn gemacht? Damit ich weiß, wen ich erschießen muss, bevor ich meine eigene Tierkollektion auf den Markt werfe.«

»Also, gekauft habe ich ihn bei *Transitions!* in –«

»Evelyn! Wie geht es der alten Fummel-Transe denn?«

Milöösh will sich auf den Frisierstuhl neben Urs fallen lassen, sieht dann aber die Handtasche, die dort liegt.

»Schuberth'sche?«, ruft er in den Raum. »Hast du wieder dein Revier markiert?«

»Und wehe, du packst meine Tasche an«, kommt es aus der Umkleidekabine, in die sich Diana Schuberth zurückgezogen hat.

»Miaaaaaauuuuu. Das Kätzchen hat die Krallen ausgefahren.« Milöösh wirft einen angewiderten Blick auf die Handtasche. »Gucci-Knock-off? So was fasse ich nicht mal mit der Kneifzange an.«

Er tänzelt um Urs' Stuhl herum und dreht ihn dabei mit sich. Dann lässt er sich in den Frisierstuhl auf der anderen Seite fallen.

»Cooler Troll-Move, übrigens, das mit der Panda-Wesenheit. Noch besser kann man doch den Randgruppen-Schutzwahn nicht ad absurdum führen. Hätte von mir stammen können.« Er legt nachdenklich die Finger an die Lippen. »Ich wäre aber kein Panda. Was wäre ich wohl?«

»Skunk«, ruft Diana Schuberth aus ihrer Umkleidekabine und kommt damit Hubertus Alois Huber zuvor.

»Egal wos, in Bayern warad ganzjährig Jagdsaison«, bollert er.

»Gerupfte Gans, die sich für einen Kakadu hält.« Paulina dreht Urs energisch wieder zu sich. Mit Bürstchen und Wimperntusche rückt sie den grauen Stellen in seinem Bart zu Leibe.

Milöösh plustert sich auf, um etwas zu erwidern, doch dann dreht er sich zum Spiegel, um den nächsten Neuankömmling geflissentlich zu übersehen. »Wo wir gerade von Randgruppen-Schutzwahn sprechen …«

»Schwingst du wieder große Reden, Dirk? Ohne Leute wie mich müsstest du dich noch immer auf öffentlichen Toiletten herumdrücken und hoffen, dass dich kein Zivilbulle einbuchtet.«

Milöösh knirscht mit den Zähnen. Vor seinem Coming-out als sturzkonservativer Modeschöpfer ist er aktives Mitglied der Grünen Alternativen gewesen – allerdings noch unter seinem Taufnamen Dirk Fabian Müller. Das weiß der Mann natürlich, der jetzt das Visage and Wardrobe Center betreten hat und seinen Trenchcoat abwirft wie ein Torero das Cape: Devin Maria Zengin ist Dauerspitzenkandidat und langjähriges Mitglied des Führungstrios seiner Partei.

»Kümmern Sie sich nicht um Dirk.« Zengin hält Urs die Hand zum Gruße hin wie ein Kardinal einem Gläubigen den Ring zum Kuss. Urs spürt ein widerwilliges Knurren in sich aufsteigen. »Wir werden Sie und Ihresgleichen schon schützen. Wir unterstützen immer die Armen, Schwachen.«

»Schwach?« Milöösh lacht schrill auf. »Der hat einem Profiboxer den Finger abgebissen und dreiundzwanzig Polizisten vermöbelt.«

Urs möchte vor Scham in seinem Frisierstuhl versinken. Alexa hat ihm strikt verboten, solche Übertreibungen zu korrigieren. Profitable Legendenbildung hat sie das genannt. Das hat er jetzt davon.

Devin Maria Zengin zieht erschrocken seine Hand zurück. Er öffnet den Mund, um etwas zu sagen, doch Milöösh ist mit einem Male aufgesprungen und hat die rechte Hand in die Höhe gestreckt. »Heil Högge!«

Dieser Gruß gilt jedoch weder Zengin noch Urs, sondern der hochgewachsenen Frau mit den zu einem Zopfkranz geflochtenen aschblonden Haaren, die jetzt hereingestöckelt kommt. Petra Beatrix von Höggemeulher rümpft ihr aristokratisches Näschen, als röche sie Darmgase, und stakst schnurstracks zu einem Stuhl in der hintersten Ecke.

Milöösh spottet zwar gerne über jede nur erdenkliche Gruppe vom »Deutschen mit Islamisierungshintergrund« bis hin zum Salon-Linken, der seine Kinder nicht auf die inklusive Stadtteilschule, sondern auf ein privates Institut schickt. Doch seine Mutter ist jüdisch und hat einen Großteil ihrer Familie in den KZs von Auschwitz und Buchenwald verloren.

Er lässt sich wieder auf seinen Frisierstuhl fallen und wendet sich zu Urs. »Pass bloß auf, des Führers Patenenkelin will dich bestimmt kastrieren lassen.«

Petra Beatrix von Höggemeulher hat sich in einem Interview für die zwangsweise Sterilisierung von »Homo- und Transsexuellen sowie anderen Behinderten und Abartigen« ausgesprochen. Empört stößt sie jetzt die Luft aus, entscheidet dann wohl, dass die beiden Untermenschen ihre Aufmerksamkeit nicht wert sind und wendet sich wieder zum Spiegel, um die ihrem Zopfkranz entkommenen Haare zur Raison zu bringen.

Fast unbemerkt hat ein weiterer Mann den Raum betreten, sorgsam die Tür hinter sich geschlossen und dreimal mit dem Zeigefinger auf die Klinke getippt. Jetzt stakst er zu einem Stuhl, die Hände auf dem Rücken verschränkt, den Kopf gebeugt, die halblangen Haare hängen ihm ins Gesicht.

Er grüßt nicht, blickt nicht auf, sondern krächzt Unverständliches in sich hinein, während er sich der für ihn fast unlösbaren Aufgabe widmet, den sich um die eigene Achse drehenden Frisierstuhl zu besteigen.

Ein missgelaunter Vogel, denkt Urs. Ein Marabu. Oder eine Eule, die man am helllichten Tag aus dem Schlaf gerissen hat.

Als der Mann endlich seinen Platz erklommen hat, zieht er einen Kamm hervor, und beginnt, seine Haare zu striegeln. Jetzt erkennt Urs ihn: Ruprecht David Richards.

Milöösh deutet mit dem Daumen auf den Philosophen: »Lass dich nicht täuschen. Sobald die Kamera an ist, dreht der auf. Hab mal mit ihm auf einem Podium gesessen; da mussten sie das Licht abschalten, damit er aufhört zu reden.«

»Da ist er nicht der Einzige, Dirk.« Devin Maria Zengin hat die Beine übergeschlagen, um sich auf seinem Frisierstuhl angemessen zu drapieren. Jetzt blättert er demonstrativ in einem roten Aktenhefter. Schließlich ist er ein hart arbeitender Politiker, der hier großzügig seine Lebenszeit dem öffentlichen Diskurs opfert.

Milöösh will etwas erwidern, entscheidet sich dann aber doch anders und zieht aus einer extra tief hängenden, fellbesetzten Bauchtasche ein Strass-besetztes Smartphone.

»Hallo, ich soll hier … Also, die an der Pforte haben mich hierhergeschickt und …«

Urs erkennt die Stimme, noch bevor Paulina die Neuankömmlingin begrüßt: »Dann müssen Sie Frau Doktorin Mascula sein. Hereinspaziert.«

Tatsächlich. Dort in der Tür steht Karolin. Sie trägt ihre sonst nur Premieren vorbehaltene Festgarderobe: schwarze Stoffhose, schwarze Bluse, die Halbschuhe frisch poliert, um den Hals die Perlenkette ihrer Großtante. Was will die denn hier?

»Guten Abend, ich bin –«, will sie sich in den Raum hinein vorstellen.

»Die Emanze vom Dienst, schon klar.« Milöösh blickt nicht mal von seinem Twitterfeed auf. »Komm rein, setz dich und nimm dir 'nen Keks.«

»Schön dich zu sehen.« Damit meint Karolin nicht Milöösh. Ihre Stimme ist eine Terz nach oben gerutscht, sie kommt auf Urs zu geflattert und schließt ihn ungeschickt in die Arme.

Als sie ihn auf die Wange küssen will, hält Paulina ihre Hand dazwischen. »Vorsicht. Frisch gestrichen.«

Unsicher lässt Karolin Urs los und hockt sich auf den Rand des Frisierstuhls neben ihm. »Mensch, ist das nicht toll, dass wir uns hier wiedersehen? In meiner ersten Talkshow? – Hättest du doch mal früher was gesagt. Ich meine, hätte ich das gewusst, dann … Ich habe mir ja solche Sorgen gemacht. Weil du auf einmal so maskulin-territorial warst. Das hat doch gar nicht zu dir gepasst. Und warum hast du mich nie zurückgerufen?«

»Ist das etwa deine Ex?« Milöösh hat jetzt doch den Blick von seinem Handy gehoben. »Eine Karriere-Emanze? Da wäre ich auch lieber Panda. Hättest vielleicht gleich nach China abhauen sollen.«

Karolin streckt ihren Rücken. Öffnet den Mund. Schließt ihn. Und wendet sich wieder Urs zu. »Du, wir haben ja noch gar nicht gesprochen, seit … Wollen wir nicht nach der Show was trinken gehen? Freunde von mir haben da dieses alternative Speakeasy in Neukölln und … Dann können wir reden. Also, so ganz in Ruhe. Ich meine … Ich weiß ja gar nicht, wie es dir … Wie geht es dir überhaupt?«

Echt? Karolin hat ihn tatsächlich gefragt, wie es ihm geht? Das dürfte das erste Mal sein, seit … Urs kann sich nicht erinnern, dass sie ihn das überhaupt jemals gefragt hat. Er öffnet den Mund, um zu antworten. Doch dann spürt er wieder diese fünf Buchstaben in sich aufsteigen. Nein, er wird jetzt nicht …

»Darf ich vielleicht auf meinen Platz?« Diana Schuberth steht neben dem von ihr per Handtasche reservierten Frisierstuhl und macht eine scheuchende Handbewegung in Richtung Karolin. »Ich bin noch nicht geschminkt.«

Milöösh pfeift zwischen den Zähnen. »Wow! Hoffentlich holst du dir vor lauter liberaler Offenherzigkeit keinen Mösenhusten, Schuberth'sche!«

In der Tat ist das Stretchkleid, dass die Politikerin jetzt über ihren zum Markenzeichen gewordenen Ringelstrümpfen trägt, besonders kurz ausgefallen.

»Lass dich von Milöösh besser nicht auf die Palme bringen, Kleines.« Diana Schuberth hat Karolin die Hand auf die Schulter gelegt. »Er sagt immer das Unverschämteste, was ihm gerade so durch die Rübe rauscht, und hält das für politisch extra unkorrekte Rhetorik.«

Milöösh nickt begeistert. »Ich darf das. Schließlich bin ich eine –«

»Eine ganz gefährliche Schwuchtel, wir wissen es. Ärgerst du wieder die Kleinen, Milöösh?« Mit großen Schritten hat Anke Zoll den Raum erobert – eine siegreiche Feldherrin, der weinrote Hosenanzug ihre Gala-Uniform.

Sie ist bereits fertig frisiert, geschminkt und verkabelt, dem Ansteckmikrofon an ihrem Revers nach zu urteilen. Einzig der Ohrhörer, über den sie später Anweisungen von der Regie erhält, baumelt noch an ihrem Kragen.

»Anke Zoll.« Sie streckt Karolin die Hand hin, als müsse sie sich ernsthaft vorstellen. »Ich schlage vor, Sie suchen sich einen Platz, Frau Professorin Mascula. Dann kann ich schon mal meinen Pep-Talk halten, während Sie geschminkt werden.«

Der einzige noch freie Platz befindet sich zwischen Hubertus Alois Huber und Petra Beatrix von Höggemeulher. Als Karolin auf den Frisierstuhl klettert, mustert von Höggemeulher sie mit gerümpfter Nase.

»Die Ziabale, die uns die Feministinnen schicken, wern a jeds Joahr jinger«, bollert Hubertus Alois Huber. »Die Schwarzer, des ist no a Kaliber, da – Aua!«

Anke Zoll hat Huber mit der flachen Hand auf den Hinterkopf geschlagen. »Sendepause. – Wir haben zwei Talk-Jungfern im Programm. Ihr anderen benehmt euch also anständig. Klar, Milöösh?«

»Ja, Mommy.«

»So ist es brav. Also: Ich will einen fairen Kampf sehen. Hart in der Sache. Aber nicht unter der Gürtellinie. Und sprecht gefälligst deutlich. Ich will nicht ständig von der Regie ermahnt werden, euch eure Hirnblähungen wiederholen zu lassen. – Okay, hier noch mal der Ablauf der Sendung. Zum Mitbeten …«

# Brumm

## *Ein Einspieler*

Deshalb sind wir im Gremium übereingekommen, den Eintrag der Wesenheit unbürokratisch zu ermöglichen.« Der hessische Minister des Inneren und für Sport, turnusmäßig Vorsitzender der Innenministerkonferenz der Länder, stößt die drei Blätter der eben von ihm verlesenen Presseerklärung mit der Kante auf den Tisch, um sie zu ordnen. »Haben Sie dazu Fragen?«, wendet er sich geschäftsmäßig an die Medienvertreter. Ein solches Thema ist eigentlich unter seiner Würde.

Stimmengewirr. Rufe. Blitzlichtgewitter.

»Bitte, meine Damen und Herren.« Der Minister hebt die Hände, um die Journalisten zu beruhigen. »Ja, Sie?« Er deutet auf einen Mann in der ersten Reihe.

»Ab wann gilt das?«

Der Minister zuckt mit den Achseln. »Die Anträge können ab sofort gestellt werden. Kann aber noch ein paar Tage dauern, bis überall die technischen Voraussetzungen geschaffen sind.«

SCHNITT.

POTSDAMER PLATZ. Vor einer großen Leinwand haben sie sich versammelt: Hunde und Pferde, Einhörner und Drachen, Katzen und Kaninchen, Eulen und Adler, Zebras und Hippogreife, Schweine und Nilpferde. Selbst ein paar gigantische Ameisen lauschen der live übertragenen Pressekonferenz. Bei den Worten des Ministers brechen sie in Jubel aus.

»Bilder vom Juli dieses Jahres.« Sabine Kacinski, die Station Voice des Senders, lässt ihre Stimme orgeln. »Bilder, die an historische Ereignisse erinnern!«

SCHNITT.

»Das tritt nach meiner Kenntnis … ist das sofort, unverzüglich.« Günter Schabowski verkündet die Öffnung der Grenzen der kurz darauf unsanft entschlafenen DDR.

Menschen tanzen auf der Berliner Mauer. Trabbi-Schlangen stehen vor den Grenzübergängen von Ost nach West.

SCHNITT.

Urs hält seinen neuen Reisepass in die Kamera. Das Blitzlichtgewitter lässt ihn blinzeln.

»Die Republik wird von einer Revolution ergriffen«, verkündet Sabine Kacinski fanfarengleich. »Ausgelöst durch den Kampf eines einzelnen Mannes.«

SCHNITT.

»Mein Mandant wird seine gerichtlich bestätigte Wesenheit anerkannt bekommen.« Tammo Palmer hat die übergroßen Schneidezähne gefletscht, während er seine Kampfansage in die Kamera spricht. »Und wenn wir dafür bis vor den Europäischen Gerichtshof für Menschenrechte ziehen müssen.«

SCHNITT.

Noch einmal Impressionen vom Potsdamer Platz: Menschen in Tierkostümen, die gespannt auf die Leinwand starren. Noch einmal der befreiende Jubel.

SCHNITT.

Lange Schlangen vor den Einwohnermeldeämtern und Bürgerbüros: alt, jung, männlich, weiblich, Tier oder Fantasiegeschöpf. Die Kamera kann sich nicht sattsehen an der vielfältigen Pracht.

»Furries oder Otherkin nennen sie sich«, erläutert Sabine Kacinski, als moderierte sie eine Dokumentation über vom Aussterben bedrohte exotische Tierarten.

»Wir tragen die Seele unseres Tiers im Herzen.« Atemlos spricht ein Zebra diesen Satz in das hingehaltene Mikrofon.

»Menschen, die sich als Tiere fühlen – und das ausleben wollen«, setzt Sabine Kacinski ihre Erklärung fort, während die Kamera das offenherzige Kostüm der Befragten erkundet.

SCHNITT.

Der Rentner trägt einen braunen Cordhut. »Die sind doch bekloppt, sind die doch. Die gehören doch in den Zoo. – Nicht wahr, Fussl?«, wendet er sich an den Dackel, den er an der Leine führt.

Als wolle sie ihm antworten, dröhnt Kacinski: »Marginalisiert, für verrückt erklärt, weggesperrt, anerkannt nur im kleinen Kreis ihrer Community: So lebten Otherkin bislang unter uns. Ist die offizielle Anerkennung der Wesenheit jetzt der Wendepunkt?«

SCHNITT.

Wieder Urs auf der Bühne des Fritz-Rémond-Theaters, seinen Reisepass in der Hand. Neben ihm, den Arm um Urs' flauschige Schultern gelegt, steht Tammo Palmer.

»Unterstützt von seinem Anwalt hat Doktor Urs A. Podini seine Wesenheit gerichtlich durchgesetzt.« Sabine Kacinski lässt die schwere Last der Unterdrückung und Marginalisierung von ihrer Stimme abfallen. »Und seine Mit-Offenbacher stehen hinter ihm.«

SCHNITT.

»Wenn er doch als Panda glücklicher ist? Er schadet ja niemandem.« Myriam Reimers hat ihre Fäuste in die Hüften gestemmt, während sie in die Kamera spricht. »Und er hat meinen Mats-Mika gerettet.«

SCHNITT.

»Doch es gibt auch kritische Stimmen.« Niemand im deutschen Fernsehen dräut so schön wie Sabine Kacinski.

Im Bild jetzt Vater und Filius Herzog: beide im Anzug mit weißem Hemd und roter Krawatte.

»Der ist doch gemeingefährlich. Meinen Sohn hat er fürs Leben verstümmelt«, ereifert sich Vater Herzog.

In stummer Anklage hält der Spross seinen verkürzten Zeigefinger in die Höhe.

Die Kamera schwenkt auf die Familienanwalts-Kobra, hochgereckt und bereit zum Biss. »Ein Erwachsener gegen ein halbes Kind! Dass das Landgericht hier auf Notwehr erkannt hat und Herrn Doktor Podini jetzt auch noch durch die Anerkennung seiner Wesenheit für sein Tun belohnt, ist für mich un-er-träg-lich!«

SCHNITT.

»Ein Skandal!« Petra Beatrix von Höggemeulher schlägt mit der Faust auf das Rednerpult. Ihre Stimme heult wie eine Luftschutzsirene. »Steuergelder ehrlich arbeitender Bürger werden jetzt für eine neue Randgruppe rausgeworfen. Asyltouristen, Schwule, Lesben, Transsexuelle, Islamfaschisten – und jetzt … Otherkin.« Sie spuckt das Wort aus wie Rotz. »So wollen die Pinocchio-Politiker zusammen mit der Lügenpresse unser Land ruinieren. Uns Deutsche umvolken und ausrotten.«

Die Teilnehmer der lang angekündigten Demonstration *Gegen Unzucht und Sittenverfall! Für das wahre Deutschland!* auf dem kopfsteingepflasterten Marktplatz einer ostdeutschen Kleinstadt sind gering an der Zahl, aber ihrer Sache ergeben: »Bären nach Afrika. Bären nach Afrika«, skandieren sie; und so mancher reckt den Arm zum deutschen Gruß.

SCHNITT.

»Doch nicht nur von rechts kommt Kritik«, sorgt Sabine Kacinski für politischen Proporz.

Die Kamera fährt die Fassade des Café MarX ab, einem bekannten Refugium der Frankfurter Linksautonomie. Bei einer Gruppe Demonstranten hält die Kamerafahrt inne. *Gegen identiBäre Wesenheitspolitik* und *Kampf der zoologischen Appropriation* verkünden die Transparente.

»Wesenheit ist Kolonialismus in Reinform!« Die Sprecherin der Demonstration hat vor Aufregung ganz rote Bäckchen, was sich mit ihren leuchtend violetten Haaren beißt. »Das kapitalistische Patriarchat

hat sich bereits alle menschengeschaffenen Kulturen dieser Welt einverleibt. Jetzt ist das Tierreich dran. Gerade der Panda, das Wappentier der chinesischen Kultur, gehört nicht in die Hand des weißen, heterosexuellen Cis-Gender-Mannes.«

SCHNITT.

Sabine Kacinski lässt die Worte der Demonstrantin im Halbdunkel des Studios verklingen. Die Kamera gleitet über die bedrohlich blau von hinten angeleuchteten Silhouetten der Talkgäste, um dann beim Schattenriss von Urs mit seinen aufgereckten Fursuit-Ohren stehen zu bleiben.

»Wesenheit: Identität oder Fetisch? Untergang des Abendlandes oder Aufbruch in neue Freiheit?« Sabine Kacinskis Worte zerschneiden die Stille – ein Trompetensignal zum Schlachtenbeginn.

»Darüber diskutieren heute bei Checkpoint Gesellschaft …«

Bei jeder Namensnennung flammt ein Spot auf, der den entsprechenden Sessel beleuchtet.

»Aus der Politik: Petra Beatrix von Höggemeulher. Bundesvorsitzende der Nationalen Alternative.«

Standesgemäß rechts außen platziert, nickt Petra Beatrix von Höggemeulher huldvoll ins Publikum. Der Applaus, der sie empfängt, ist kühl.

»Hubertus Alois Huber. Bundestagsabgeordneter und stellvertretender Bezirksvorsitzender der Christlich Bayrischen Union.«

Paulina hat Huber kurz vor dem Auftritt noch den Hut abgenommen, sonst würde er damit jetzt ins Publikum grüßen. So bleibt es bei einem hoheitsvollen Kopfnicken.

»Devin Maria Zengin, Bundestagsabgeordneter und Fraktionsvorstandsmitglied der Grünen Alternativen.«

Der so Vorgestellte hat sich malerisch in seinen Sessel drapiert. Er genießt den Applaus und die Bravo-Rufe der strategisch platzierten Claqueure.

»Und Diana Schuberth, frisch gekürte Generalsekretärin der Liberalen.«

Die junge Politikerin lächelt verschmitzt und gleich fliegen ihr die Herzen zu. Ihre Beine hat sie keusch übergeschlagen, doch die Kamera bewundert aus der Ferne ihre wohlgeformten Knie.

»Als Vertreter der Gesellschaft begrüßen wir Milöösh, Modeschöpfer und Männerrechtler.«

Milöösh richtet sich auf. Den Buh-Rufen der Claqueure zeigt er die Mittelfinger.

»Ruprecht David Richards, Philosoph und Tierrechtsaktivist.« Richards hat das Kinn auf die Faust gestützt: eine schlanke, langhaarige Ausgabe von Rodins Denker.

Die Gymnasialpädagoginnen im Publikum applaudieren orgiastisch.

»Und Doktorin Karolin Elisabeth Mascula, Professorin für Theorie der Körperbilder in der darstellenden Kunst an der Johann-Wolfgang-Goethe-Universität Frankfurt am Main.«

Karolin nickt beflissen in die Kamera, doch das Publikum weiß mit ihr nichts anzufangen. Entsprechend gedämpft ist die Reaktion.

»Sie alle diskutieren mit dem Mann, dessen Kampf um seine Wesenheit im Mittelpunkt der gesellschaftlichen Debatte steht: Doktor Urs A. Podini.«

Urs' Herz klopft bis zum Kinn. Er richtet sich auf, als sein Scheinwerfer erstrahlt, und zwingt sich zu einem Lächeln.

Irritiertes Staunen. Vereinzeltes Gelächter. Dann ein erlösendes »Oooooooh«. Die Kamera versucht, die schmachtend seufzende Zuschauerin zu finden, doch es gelingt ihr nicht.

Das befreiende Lachen geht in Applaus über.

»Und hier ist Ihre Gastgeberin:« Sabine Kacinski lässt ihre Stimme röhren wie einen Trommelwirbel. Sie dehnt die Kunstpause, bis das Publikum zufriedenstellend ruhig ist. »Anke Zoll!«

Von pulsierend wummernden Synthesizer-Klängen unterlegt, wird der Sessel der Moderatorin nicht nur angeleuchtet, sondern an die Bühnenrampe gefahren.

Donnernder Applaus begrüßt sie – wie von den Anzeigetafeln im Studio befohlen. Zwei Animateure rudern wild mit den Armen, um das Publikum zu Höchstleistungen anzupeitschen.

Anke Zoll hebt huldvoll die Hände, um die nicht enden wollenden Akklamationen im Zaum zu halten. Auf dieses Zeichen hin verlöschen die Applaus-Schilder und die Animateure huschen ins Dunkel.

»Fetisch oder Identität? Aufbruch zu neuer Freiheit oder Untergang des Abendlandes?«, paraphrasiert die Moderatorin das Thema der Sendung mit jenem Ton zwischen Anklage und Verbindlichkeit, der ihr Markenzeichen ist. »Darüber diskutieren heute Abend Vertreter aus Politik und Gesellschaft. Ich begrüße Sie im Studio und im Lande vor den Fernsehgeräten ganz herzlich. Mein Name ist Anke Zoll.«

Erneut rollt eine Welle stürmischen Applauses durch das Publikum, bis die Moderatorin Einhalt gebietet.

»Zunächst spreche ich mit dem Mann … oder mit dem Panda, dessen Kampf um Anerkennung seiner Wesenheit Auslöser einer neuen Bewegung geworden ist. Begrüßen Sie mit mir ganz herzlich: Doktor Urs A. Podini.«

Urs hat es endlich geschafft, sich so auf seinem Sessel zu drapieren, dass er halbwegs präsentabel aussieht. Zumindest hofft er das.

Als jetzt das kleine Podium, auf dem sein Sessel steht, unvermutet anfährt, um ihn neben die Moderatorin an die Rampe zu befördern, erschrickt er so sehr, dass er vergisst, sich festzuhalten: Er purzelt zu Boden.

Unter lautem Gelächter des Publikums krabbelt er wieder zurück auf seinen Sessel.

»Offenbar sind unsere Möbel nicht gerade Panda-freundlich«, versucht Anke Zoll die Peinlichkeit zu überspielen. Dann wirft sie einen Blick auf ihre Karteikarte. »Herr Doktor Podini. Es war ein langer Weg vom heimlichen Panda über den Schritt in die Öffentlichkeit und die Anklage wegen Körperverletzung und Landfriedensbruch bis zur Anerkennung Ihrer Wesenheit. Wie haben Sie diese Zeit persönlich wahrgenommen und empfunden? Und wie fühlen Sie sich jetzt, da die Öffentlichkeit Ihre Wesenheit offenbar akzeptiert und Sie Wegbereiter für viele Ihrer Art geworden sind? Hat sich Ihr Leben verändert? Und würden Sie diesen Schritt erneut gehen?«

Die Moderatorin ist offenbar endlich am Ende ihrer Frage angekommen und hält inne, ohne ihre Stimme besonders zu heben oder zu senken. Der Aufnahmeleiter deutet auf Urs, das rote Licht der Kamera direkt vor ihm leuchtet auf. Nicht nur im Studio starren ihn die Menschen an, sondern auch vor Millionen von Fernsehgeräten. Diese Erkenntnis lässt den Fluss von Urs' Gedanken einfrieren.

Lange hat er mit Alexa um dieses Eröffnungsstatement gerungen. Punkt für Punkt sind sie es immer wieder durchgegangen, haben es viele Male umgeschrieben, bis sie endlich zufrieden waren.

Doch jetzt sind die Worte fort. Aus seinem Hirn geblasen vom »zum Orkan angefachten Wind der Geschichte«, wie es Tammo Palmer genannt hat. Ein Sturm, der ihn jetzt hierher geweht hat. In ein Talkshow-Studio. Vor ein Millionenpublikum.

Urs sieht glänzende Punkte in der Dunkelheit schweben: Die Augen der Zuschauer reflektieren das Licht auf der Bühne. Erneut deutet der Aufnahmeleiter auf ihn. Der Sessel von Anke Zoll knarrt leise, als sich ihr Körper anspannt.

Und dann, endlich, spürt Urs Klang in seiner Kehle aufsteigen.

Ein einzelnes Wort. Nein, kein Wort. Die fünf Buchstaben einer Lautmalerei.

»Brumm!«

# Brumm

## *Ein Polit-Talk*

Die Stille im Studio ist dick wie Sirup, die Zuschauer verharren gebannt. Doch Urs' Hirn ist weiterhin leer gefegt. Anke Zoll geht es offenbar ähnlich. Ihr Mund steht offen, eingefroren im Auftakt ihrer Nachhakefrage. Dann, endlich, der Moment der Befreiung: Irgendjemand fängt an zu lachen. Und zu klatschen. Das ganze Publikum fällt ein.

Sein Applaus, seine Lacher: Urs lehnt sich zurück und greift nach einem BambooStick aus dem Glas auf dem kleinen Tisch neben sich. Genüsslich beißt er in den blau gefüllten, weinroten Fruchtgummi-Schlauch und erntet damit gleich noch einen Lacher, in den sich »Ooooohs« und »Aaaaahs« mischen.

Der Aufnahmeleiter hat sein schadenfrohes Grinsen hinter seinem Klemmbrett verborgen. Zum ersten Mal in der Geschichte von *Checkpoint Gesellschaft* ist es einem Gast gelungen, seine Chefin sprachlos zu machen.

Anke Zoll räuspert sich, blickt auf ihre Karteikarte, dreht sie in den Fingern, bis sich das Publikum beruhigt hat. So leicht lässt sie sich nicht unterkriegen.

»Herr Doktor Podini, immer mehr Menschen gehen wie Sie den Weg in die Wesenheit, die ja andererseits von vielen Seiten argwöhnisch betrachtet wird. Ärzte sprechen von einer Variante der Körperfehlwahrnehmung oder Dysmorphophobie – des Phänomens, dass Menschen sich als missgestaltet oder im falschen Körper wahrnehmen. Die Wesenheit: Ist das die Auseinandersetzung mit den Unzulänglichkeiten des eigenen Körpers im Versuch sie … oder ist es eine Form des Eskapismus, also der Flucht aus der Realität, wenn ja, was wären die Gründe hierfür? Vielleicht könnten Sie das einmal aus Ihrer Warte.«

Urs muss blinzeln. Es mag am Lampenfieber, an der Hitze des Studios liegen, aber er hat Anke Zoll schon nach ihrer ersten rhetorischen Kurve nicht mehr folgen können. Außerdem kann er sich des Eindrucks nicht erwehren, dass der Frage auf dem Weg vom Hirn zur Zunge der Moderatorin ein Fünftel der Worte abhandengekommen sind.

Und jetzt? Noch ehe Urs sich bewusst für eine Reaktion entscheiden kann, hat er sich auch schon vorgelehnt und sieht die Moderatorin aus großen, ratlosen Augen an: »Brumm?«

Lachen. Applaus.

Man nennt Anke Zoll jedoch nicht grundlos die »Zuchtmeisterin des deutschen Talks«: Sie hat schon ganz andere Kaliber gebändigt als Urs. Mit einem Ruck am großen Knopf ihres Jacketts rückt sie das Revers zurecht. Strafend blickt sie ins Publikum – eine Lehrerin, die gleich Sechsen verteilt.

Als wieder Ruhe eingekehrt ist, räuspert sie sich erneut. Ein Ass hat sie noch im Ärmel. Genüsslich spielt sie es aus: »Herr Doktor Podini, vom promovierten Germanisten zum Werbekaufmann zum Panda zur hoch dotierten Werbefigur. Da ist die kritische Frage berechtigt: Ist diese Entwicklung Zufall oder steckt dahinter kommerzielles Kalkül?«

»Natürlich!«, würde Urs am liebsten laut rufen. »Das ist alles nur ein Werbegag.« Und sich dann mitten im Studio den Fursuit vom Leibe reißen. Nur in Unterwäsche über die Bühne tanzen.

Doch er besinnt sich eines Besseren und entscheidet sich für Konsequenz:

Seinerseits richtet er sich auf.

Blickt gedankenverloren zur Scheinwerfer-bestückten Decke.

Lässt die Finger seiner befellhandschuhten Hand über sein Kinn streifen.

Dann lehnt er sich vor und nimmt sein Wasserglas. Leert es mit langsamen Schlucken bis zur Neige. Stellt es wieder ab. Genau auf den Untersetzer mit dem Logo der Sendung.

Zuletzt nickt er mit philosophischer Gemächlichkeit. »Brumm.«

Die Sendung entgleitet ihr: Das weiß Anke Zoll als gewiefter Medien-Profi natürlich. Sonst sitzen ihr in diesen Einzelinterviews am

Anfang der Sendung »Opfer der Umstände« gegenüber – nur allzu willens, ihr Schicksal auszubreiten und das Thema des Abends menscheln zu lassen. Dass sich ihr ein Interviewgast völlig entzieht, wie jetzt Urs, ist Anke Zoll seit ihrer Volontärszeit bei der Braunschweiger Zeitung nicht mehr passiert.

Also zurück in die vertraute Rolle – Herrin des politischen Diskurses der Republik. Mit einem zackigen Kopfschütteln signalisiert sie dem Aufnahmeleiter: Das Interview ist beendet. Gelassen hebt dieser den Daumen und flüstert dann eine Anweisung in sein Headset.

Die beiden Spots auf die Sessel an der Rampe verlöschen. Anke Zoll und Urs fahren mit ihren Podesten zurück auf ihre Positionen in der Talkrunde. Urs nutzt die Chance auf noch einen Lacher: Er lässt sich kurzerhand aus seinem Sessel auf den Boden plumpsen, um dann seinen Sitz wieder mühselig zu erklimmen.

Offenbar übertreibt er es ein wenig mit dem Mühsal. Eine wohlmeinende Assistentin kommt aus der Kulisse geeilt, um ihm aufzuhelfen. Zum Dank reicht Urs ihr einen BambooStick. Sie nimmt ihn an, um dann unter dem Gelächter des Publikums mit knallroten Wangen von der Bühne zu huschen.

Die Spielregeln der Talkrunde von *Checkpoint Gesellschaft* sind denkbar einfach: Angeheizt von einer kantig-provokanten Frage Anke Zolls kommen abwechselnd Vertreter von Politik und Gesellschaft zu Wort.

Gezielt zu diesem Zweck eingeladene Provokateure wie Milöösh oder Petra Beatrix von Höggemeulher übernehmen dann den Rest. Sie verwandeln die Sendung in etwas, das selbst erfahrene Zuschauer für eine »kontroverse Debatte« halten. Deshalb ist die Talkshow am nächsten Tag stets Medienthema – eine Simulation von Relevanz, an der Jean Baudrillard seine Freude gehabt hätte. Mit funkelnden Augen hätte sich »Frankreichs wichtigster Kettenraucher« eine filterlose Zigarette angezündet, um dann schaurig-schön das Ende der Geschichte in der Simulation heraufzubeschwören.

»Und das sollen wir jetzt noch toppen?«, flüstert Diana Schuberth kichernd. Sie streckt die Hand aus und ordnet eines von Urs' Plüschohren.

»Du wirst wohl diesmal wirklich den Striptease machen müssen, den du uns immer versprichst«, mischt sich Milöösh von seinem Platz aus ein.

»Träum weiter, du latenter Hetero.«

Anke Zoll ruft ihre Talkrunde mit einem scharfen Räuspern zur Ordnung. Die blauen Interviewkarten sind verschwunden. Stattdessen hält sie jetzt die fliederfarben auf ihren Hosenanzug abgestimmten Karten für den Talk in der Hand. Ihre Fingerkuppen sind weiß: Sie drückt auf die Karten, als wolle sie eine gelungene Sendung aus ihnen herausquetschen.

»Herr Zengin«, hebt sie streng an, sobald es der abklingende Applaus zulässt. »Die Politik hat im Falle der Wesenheit ungewohnt schnell und unbürokratisch reagiert – unter Federführung der mehrheitlich konservativen Innenministerkonferenz. Ist dies auch ein Anzeichen dafür, dass die Inklusion marginalisierter gesellschaftlicher Gruppen – bisher Markenkern Ihrer Partei – jetzt breit gesellschaftlich akzeptiert ist? Wenn ja, wie werden die Grünen Alternativen in Zukunft ihre Politik ausrichten, um ihre Relevanz zu wahren?«

Devin Maria Zengin richtet sich auf und rückt sein Jackett zurecht: Der Kranich spreizt seine Flügel. »Da müssen wir gar nichts neu ausrichten. Unser Markenkern, wie Sie es nennen, ist relevant wie nie zuvor. Wir wollen uns doch ins Gedächtnis rufen, dass die Innenministerkonferenz vom Verfassungsgericht gezwungen worden ist zu handeln. Und es war ein Entwurf meiner Partei, der die Grundlage für den Beschluss bildete.«

»Dem ganz unbenommen. Doch ist die Akzeptanz für ...« Anke Zoll macht eine Kunstpause, die Devin Maria Zengin natürlich nutzt, um ihr dramatisch ins Wort zu fallen.

»Diese Akzeptanz gibt es doch überhaupt nur, weil sich meine Partei seit Jahrzehnten für marginalisierte Randgruppen einsetzt: Schwule, Lesben, Frauen, Menschen mit Behinderung, Transmenschen –«

»Dönerbudenbesitzer.« Hubertus Alois Huber erntet für seinen Einwurf hämisch zustimmende Lacher: Devin Maria Zengins Vater ist Herr über eine Kette türkischer Fast-Food-Restaurants mit Filialen in ganz Baden-Württemberg. Damit ist der anatolische Bauernsohn alles andere als das von Zengins Partei so oft beschworene »Opfer von Umständen und Diskriminierung« und außerdem, sehr zum Zorn seines Sohnes, glühender Verehrer des türkischen Staatsautokraten.

»Menschen mit Migrationshintergrund«, fügt Devin Maria Zengin daher seiner Aufzählung derart bitter hinzu, dass man meinen könnte, er wolle diese Gruppe, der er doch selbst anhört, am liebsten eigenhändig ausweisen. Doch dann ist seine Stimme wieder kreidiger Wohlklang: »Und natürlich Otherkin wie Herrn Doktor Podini. Wir kämpfen stets für die Armen und Schwachen. Und diesen Kampf werden wir auch weiterhin führen. Er ist dringend nötig. Vielleicht mehr denn je.«

Milöösh reckt die linke Faust in die Höhe. »Der Kampf geht weiter, Genossen!«

Devin Maria Zengin nutzt die spärlichen Lacher im Publikum, um sich malerisch auf seinem Sessel zu drapieren und die Fingerspitzen gegeneinander zu legen. »Du kannst noch so sehr versuchen, mich in die Nähe der RAF zu rücken, *Dirk*. – Wer in seiner neuesten Kollektion das Palästinensertuch als Stilelement feiert, sollte aber mit dem Vorwurf des Terrorismus vorsichtig sein.«

Er hält inne, bis der Satz seine Wirkung getan hat: Applaus und ein paar an Milöösh gerichtete Buhrufe.

Dann fährt er fort: »Wie dem auch sei: Herr Doktor Podini ist das beste Beispiel dafür, wie sehr Otherkin marginalisiert und in unserer Gesellschaft unterdrückt sind. Dafür spricht ja allein schon das Tier, dass er sich gewählt hat. Ein Panda: gejagt, vertrieben, von Aussterben bedroht, während der Mensch seinen Lebensraum vernichtet.«

Urs, der mit wachsendem Erstaunen zugehört hat, fasst sich an die Brust wie bei einem Herzanfall. Er lässt seinen Kopf in den Schoß von Anke Zoll fallen, die ihn erschrocken von sich schubst. Also sackt er gegen die Schulter von Diana Schuberth, die ihn nur zu gerne auffängt und hinter den Ohren krault.

Das Publikum lacht. Devin Maria Zengin zieht einen Flunsch.

Anke Zoll ist froh, dass sie jetzt einen Vertreter der Gesellschaft zu Wort kommen lassen und Urs daher die kalte Schulter zeigen kann:

»Schon die ersten Diskussionsbeiträge heute Abend zeigen: Wesenheit ist ein kontroverses und emotionales Thema. Mit unserem nächsten Gast wollen wir jedoch den Versuch wagen, den Diskurs zu versachlichen. Ruprecht David Richards ist Professor für philosophische Ethik an der Technischen Universität Darmstadt. In seinem neuesten Buch – *Macht euch die Erde untertan? Tierrechte sind Menschenrechte* – setzt er sich auch mit den fließenden Grenzen zwischen Tier und Mensch auseinander. – Herr Professor Richards, die Anerkennung der Wesenheit als Rechtsnorm müsste ja ein Schritt ganz in Ihrem Sinne sein, oder?«

»Wenn ich zunächst eine Kleinigkeit korrigieren dürfte:« Ruprecht David Richards' Stimme hat jetzt, da er auf Sendung ist, alles Krächzende verloren. Sein sonorer Tenorbariton hat seine Kritiker schon dazu verleitet, den YouTube-Kanal seines Lehrstuhls als »PornHub für die akademisch gebildete Hausfrau« zu bezeichnen. »Pandas brummen nicht. Sie verständigen sich über Laute, die dem Bellen junger Hunde ähnlich sind. Etwa so:«

Die Laute, die der Philosoph ausstößt, klingen in der Tat nach einsamem Retriever-Welpen; so kläglich und herzzerreißend, dass Urs einfach nicht anders kann: Er reicht Ruprecht David Richards über den Schoß von Anke Zoll hinweg einen BambooStick.

Dankbar nimmt der Professor die Süßigkeit. Er steckt sich ein Ende in den Mund. Dann saugt er den BambooStick Stück für Stück ein – den Kopf dabei immer wieder in den Nacken werfend. Derart beschäftigt schließt er die Augen. Die Frage hat er wohl im Zuckerrausch vergessen.

Anke Zoll wiederholt: »Herr Professor Richards, die Anerkennung der Wesenheit ist ja ein weiterer Schritt, die Grenzen zwischen dem Tierreich und den Menschen auch rechtlich fließender zu gestalten. Das müsste doch ganz in Ihrem Sinne sein, oder?«

»Hm?« Der Philosoph zieht das letzte Stück BambooStick ruckartig in Mund, kaut, schluckt. Dann besinnt er sich wohl darauf, wo er ist: »Ach ja, genau. Die Anerkennung der Wesenheit ist natürlich ein wichtiger Schritt für uns Menschen. Doch letztlich nicht überraschend. Die Grenze von Mensch nach Tier war schon immer permeabler als umgedreht.« Er nimmt sein Wasserglas, nippt daran und legt den Kopf in den Nacken, um zu schlucken.

»Die Grenze von Mensch nach Tier ist durchlässig? Wie meinen Sie das?«, kann die Moderatorin endlich eine der von ihr so geliebten Nachhakefragen stellen.

»Nun, die gesamte Menschheit – überall auf der Welt – kennt Mythen, in denen sich Menschen oder Götter in Tiere verwandeln. Nehmen wir etwa Zeus, der sich in Schwan und Stier verwandelt, um Jungfrauen zu verführen. Der nordische Gott Loki erscheint gleichfalls in einer Vielzahl von Tiergewändern von der Fliege bis zum Lachs. Oder denken Sie an die Skinwalker und Werwölfe, die sich in Fledermäuse verwandelnden Vampire, die unsere Schauergeschichten bevölkern. – Doch um positive Beispiele zu nennen: Viele heidnische, naturverbundene Religionen kennen das Krafttier. Interessanterweise hat Herr Doktor Podini genau das in seiner Doktorarbeit thematisiert: die Metamorphose von Mensch nach Tier.«

Urs setzt sich überrascht auf. Jemand hat seinen Wälzer tatsächlich gelesen?

Die Moderatorin wirft ihm einen scheelen Seitenblick zu. »Ich würde Herrn Doktor Podini dazu gerne befragen, aber er spricht ja nicht mit uns. Seine eigene Metamorphose ist wohl schon zu weit fortgeschritten.«

Waren da im Publikum … waren das etwa hämische Lacher?

»Brumm!« Urs nickt betont zustimmend und senkt das Kinn auf die befellhandschuhte Faust. Jetzt hat er die Lacher wieder auf seiner Seite.

»Aber zurück zu Ihnen, Herr *Professor* Richards.« Anke Zoll legt eine Extraportion Stimmhonig in die Nennung des Titels. »Sie haben die Anerkennung der Wesenheit dennoch als richtigen Schritt bezeichnet –«

»Als wichtigen Schritt«, korrigiert Ruprecht David Richards die Moderatorin. »Richtig? Das wird sich noch weisen. Wir Menschen haben keine Schwierigkeiten damit, unsere animalische Seite, das Tier in uns zu erkennen. Praktisch alle Religionen, alle Denkschulen aller Zeiten haben nach dem richtigen Umgang damit gesucht – sei es in der strengen Abgrenzung wie die abrahamitischen Religionen, sei es im gezielten Schaffen von Ventilen. Nehmen Sie etwa das Dionysische der griechischen Mythologie in seinem Gegensatz zum vernunftgetragenen Apollinischen. Sei es in der Versinnbildlichung unserer animalischen Natur in den unterschiedlichen Gottesgestalten zwischen Tier und Mensch im Hinduismus.« Ruprecht David Richards sitzt auf der Kante seines Sessels. Am liebsten würde er wohl dozierend herumstolzieren wie im Hörsaal. »Umgekehrt fällt es uns Menschen sehr viel schwerer, uns selbst im Tier zu erkennen.«

»Oiso, in am gscheidn Schweinshaxn erkenn i mein Appetit scho wieder.« Hubertus Alois Huber – sich selbst stets das beste Publikum – klopft sich begeistert auf die Schenkel.

»Da sprechen Sie genau das richtige Thema an«, erwidert Richards mit der Milde des Weisen. »Wir Menschen sind Omnivoren, Allesfresser. Wir essen Fleisch und allein schon deshalb können wir Tieren keine menschlichen Eigenschaften zusprechen. Weder Intelligenz noch Bewusstsein oder Gefühle. Zumindest keinen Tieren, die wir essen wollen. Keine Sprache der Welt kennt zum Beispiel die Redewendung ›klug wie eine Kuh‹.«

»Weil Kühe strunzdumm sind.« Milöösh erntet neben den zum Ritual gewordenen Buhrufen tatsächlich auch vereinzelt Applaus aus dem Publikum.

»Genau dieser Einwand belegt meine These. Wir sind nicht in der Lage, Kühe als Subjekte ihrer Lebenswelt anzuerkennen. Zwar nehmen wir gerne die positiven Eigenschaften von Tieren für uns in Anspruch: mutig wie ein Löwe, schlau wie ein Fuchs, grazil wie eine Gazelle –«

»Knusprig wie ein Brathendl!« Erneut schlägt sich Huber vor lauter Begeisterung über den eigenen Esprit auf die Schenkel.

Richards ignoriert ihn. »Doch umgedreht können wir in Tieren jene Eigenschaften nicht anerkennen, die wir als spezifisch menschlich sehen, zum Beispiel Intelligenz im klassischen Sinne. Und das, obwohl die Forschung beinahe täglich Beispiele für das Gegenteil liefert.

Denken Sie nur an die komplexe Sprache der Delfine. Schimpansen, die Werkzeuge benutzen. Gorillas, die Gebärdensprache lernen. Alles Anzeichen von Intelligenz und Bewusstsein.«

»Also Godzilla, mein Zwergpudel, ist wahnsinnig intelligent«, mischt sich Milöösh ein. »Der weiß immer ganz genau, wann es wo Leckerchen zu finden gibt.«

»Gutes Beispiel.« Wie ein Aikido-Meister lässt Richards die Energie seines Gegners einfach ins Leere laufen. »Wir entscheiden nach eigenem Gusto, welchen Tieren wir menschliche Eigenschaften gestatten. Und damit natürlich auch, welche Rechte wir ihnen zugestehen – beginnend beim Recht auf Existenz. Doch langfristig führt gar kein Weg daran vorbei, Tiere als uns ebenbürtig und damit gleichberechtigt anzuerkennen. Das ist eine Überlebensfrage für unseren Planeten – und damit letztlich für die Menschheit. Die Anerkennung der Wesenheit hat – und damit kehre ich zur Ausgangsfrage zurück: Sie hat das Potenzial, ein Brückenschlag zu sein. Der Erste von hoffentlich vielen weiteren. Doch da ist jetzt die Politik gefordert.«

Zufrieden lehnt sich Ruprecht David Richards zurück. Auch auf dem Tischchen neben ihm steht ein Glas mit BambooStixx, das er sorgfältig durchsucht. Er entscheidet sich für einen roten Stick, zieht ihn hervor und steckt das Ende in seinen Mund.

»Die Politik ist gefordert«, greift die Moderatorin das Stichwort auf. »Da gebe ich das Wort gleich einmal an Sie, Herr Huber. Als Vertreter der Regierungskoalition und Vorsitzender des Ausschusses für Ernährung und Landwirtschaft: Wie sehen Sie die Anerkennung der Wesenheit und die damit jetzt einhergehenden Forderungen nach der Erweiterung der Tierrechte?«

Wieder klatscht sich Huber auf die Schenkel. »Mei, mia Bayern kenna natürlich auch andere Methoden, mit Problembären umzugehen.«

Es ist Milöösh, der nach endlosen Sekunden das eisige Schweigen bricht, das das ganze Studio erfasst hat – Zuschauer wie Akteure. »Den Witz haben Sie gerade schon in der Garderobe gerissen, Huber. Da war er auch ein Rohrkrepierer.«

Zum ersten Mal an diesem Abend – vielleicht zum ersten Mal in seiner Karriere – wird Milöösh mit einhelligem Applaus belohnt. Unsicher lächelt er in die Kamera. Die Situation ist ihm wohl selbst nicht ganz geheuer.

Huber hat die Unterbrechung genutzt, um sich für einen seiner berüchtigten Tobsuchtsanfälle aufzupumpen. Seine Gesichtshaut ist bereits dunkelrot.

»Wir haben bereits eines der strengsten Tierschutzgesetze der Welt«, poltert er los, als endlich das rote Licht seiner Kamera angeht. »So streng, dass die bayerische Fleischindustrie in ihrer Existenz gefährdet ist. Trotzdem haben wir das Gesetz allein in dieser Legislaturperiode zweimal verschärft. Ich lasse mir hier also nicht vorwerfen, wir würden nichts für den Tierschutz tun.«

»Aber es geht doch um die Tier*rechte*«, will die Moderatorin scheinberuhigend eingreifen, doch damit bringt sie Huber noch mehr in Rage.

»Der Wähler draußen im Land will nicht mit seim Eisbein üba den Sinn des Lebens diskutieren. Den interessiert nur die Frage: Sauerkraut oder Knödel? Genauso wenig hom die Bürgerinnen und Bürger Verständnis für die Anerkennung der Wesenheit. Noch eine Minderheit, die wir bauchpinseln und mit Steuergeldern aufpäppeln müssen – ohne anständige Gegenfinanzierung wie die durch unsern Ministerpräsidenten angeregte Wesenheitssteuer. Und für wos werfen wir des Geld mit vollen Händen raus? Dafür, dass sich a paar alleinstehende Männer Tierfelle anziehen und wer weiß wos anstellen kenna, ohne dass sie a nur ansatzweise zur Verantwortung gezogen oder zur Kasse gebeten werdn.«

»Dass Sie Schwuchteln wie mich und andere Abartige am liebsten zu Tode besteuern wollen, ist doch allgemein bekannt, Herr Huber«, giftet Milöösh zurück. »Und da wir gerade beim Überstreifen von Tierfellen sind: Wer kämpft denn seit Jahren für die Umsatzsteuerbefreiung für Lederhosen?«

Huber muss nach Luft schnappen. »Des ist Brauchtumspflege!«

Ruprecht David Richards räuspert sich. Spontane Diskussionsbeiträge von ihm sind selten, daher hat er gleich die ganze Aufmerksamkeit. »Dass

Menschen sich verkleiden und so in die Rolle von Tieren schlüpfen, ist ein Brauch, der bis in die Vorzeit zurückreicht.«

»Bei die Indianern vielleicht«, poltert Huber.

Das kann der fanatische Baden-Württemberger Devin Maria Zengin nicht auf sich sitzen lassen. »Dafür, dass Sie die Fahne der Tradition so hochhalten, sind Sie aber erschreckend wenig mit den Fastnachtsbräuchen in diesem, unserem Lande vertraut, Herr Huber.«

Das bringt Zengin herzlichen Applaus ein, in dem er sich unverhohlen sonnt.

Hubers Gesicht ist unterdessen violett angelaufen. »Wos da Doktor Podini zu Fastnacht tut, is eine Sache. Aber mittn im Summa a Tierkostüm anziehn, randalierend den Staatsfrieden zu gefährden und dann a no zu erwarten, dass seine ›Wesenheit‹ ihn vor dem Gefängnis bewahrt: Des is abartig und pervers. Da Wähler draußen im Land hat dafür – zu Recht! – kein Verständnis.«

»Aber, Herr Huber –«, will Anke Zoll moderierend eingreifen.

»Kein Verständnis!«

»Aber –«

»Kein! Verständnis!«

Huber atmet schwer.

Zitternd greift er zum Wasserglas, trinkt, verschluckt sich, hustet. Devin Maria Zengin klopft dem politischen Gegner auf den Rücken, während Diana Schuberth das Wasserglas an sich nimmt und abstellt.

Aus dem Augenwinkel sieht Urs die Assistentin der Moderatorin in der Gasse aufgeregt winken. Hinter ihr steht ein Sanitäter. Offenbar befürchten beide, dass Huber diesmal wirklich der Schlag trifft.

Doch nach ein paar weiteren keuchenden Atemzügen hat sein Gesicht schon wieder eine gesündere Farbe. Er lehnt sich im Sessel zurück und nickt seinen beiden barmherzigen Samaritern dankend zu.

Die Moderatorin nimmt dies als Schlussakkord für Hubers Auftritt und widmet ihre Aufmerksamkeit dem nächsten Vertreter der Gesellschaft: »Milöösh, Sie betrachten das Thema Wesenheit auch als Ausdruck einer Männlichkeit in der Krise –«

»Männlichkeit in der Krise?« Milööshs Augen blitzen fanatisch auf. »In der Krise? Männlichkeit? *Zu Tode diskriminiert in politischer Kastration!* Das wäre die passendere Formulierung.«

»Sie sind also –?«

»13,4 Prozent geringere Lebenserwartung, hundertacht Prozent höhere Suizidrate, 3,7-mal so oft strafrechtlich verurteilt und mit 1,5-mal härteren Strafen belegt: Das ist Diskriminierung.«

»Und die Zusatzzahl ist fünfzehn. Willkommen bei Milööshs Statistiklotterie«, flüstert Diana Schuberth Urs ins Ohr. Es ist Milööshs Standardtaktik, mit erfundenen oder zumindest fragwürdigen Zahlen und Statistiken um sich zu werfen – im Wissen, dass seine Gegner ihn nicht widerlegen können. Zumindest nicht spontan. Karolin hat deswegen oft den Fernseher angeschrien. Urs wagt einen Seitenblick auf seine Ex-Lebensgefährtin. Ihre Lippen kräuseln sich. Gleich wird sie Milöösh den Einlauf seines Lebens verpassen.

»Männer erwirtschaften dreiundsiebzig Prozent des Bruttoinlandsprodukts und zahlen einundachtzig Prozent aller Steuern. Sie arbeiten im Durchschnitt einundzwanzig Prozent länger und sterben achtmal so häufig bei Arbeitsunfällen. Und zum Dank kriecht die Regierung Frauen und anderen Randgruppen in den Hintern. Die wahren Leistungsträger – die Männer! – kommen in der Politik allenfalls als Sündenbock und Goldesel vor.«

An dieser Stelle muss Milöösh Luft holen. Doch Anke Zoll ist nicht willens, ihn jetzt bereits vom Haken zu lassen. Ein exaltierter Wutausbruch, in dem Milöösh alle Anwesenden der Reihe nach beleidigt, ist das Einzige, was noch viral gehen und damit die Schmach des gescheiterten Interviews mit Urs ausgleichen kann. Also bohrt sie nach: »Und Sie sehen also die Wesenheit als Flucht aus dieser Krise der Männlichkeit?«

Milöösh hat gerade an seinem Glas genippt. Prustend verwandelt er das Wasser in Sprühnebel, der sogar noch die Zuschauer in der ersten Reihe bespritzt.

»Natürlich ist das eine Flucht. Ist doch kein Wunder, wenn wirtschaftliche Leistungsträger wie Herr Doktor Podini lieber Teddybär sind als Mann. Vor allem, wenn sie bis in ihr Privatleben hinein mit überprivilegierten Kampfemanzen konfrontiert sind, die ihr Geld damit verdienen, zu erkunden, warum Schauspieler auf der Bühne ihr Schwänzchen im Winde wedeln lassen.«

Urs lehnt sich vor. Er will seinen Logenplatz genießen, wenn Karolin Milöösh jetzt einen Kopf kürzer macht. *Nackte Tatsachen zwischen Performance und Penetration: Der männliche Körper auf der Bühne des 21. Jahrhunderts* ist der Titel ihrer Habilitationsschrift. Milööshs letzte Giftspritze ging also direkt gegen sie.

Karolins Lippen kräuseln sich noch stärker. Sie holt Luft.

Öffnet den Mund.

Und …

… klappt ihn wieder zu.

Sie lehnt sich zurück und verschränkt die Arme.

Auch Anke Zoll hat sich wohl auf ein Feuergefecht eingestellt. Als jetzt die rote Lampe ihrer Kamera aufleuchtet, blättert sie hektisch in ihren Karteikarten, um sich dann doch wieder Milöösh zuzuwenden.

»Und was sehen Sie als Ausweg –?«

»Ausweg?« Milöösh lacht schrill. »Es gibt keinen Ausweg. Nicht, solange die FemiNazis und ihre Hofberichterstatter auf ihren Machtpöstchen festkleben und mit Political Correctness jede echte Diskussion im Keim ersticken. Es wird nur noch schlimmer werden. Achtunddreißig Prozent aller Kinder wachsen inzwischen ohne jede männliche Bezugsperson heran – in der Familie gibt es sie nicht, in der Schule nicht und in den Medien schon gar nicht. Dort wird doch inzwischen jeder Furz verweiblicht – von den Nachrichten bis zum Raumschiff Enterprise. Wo sollen da die positiven männlichen Rollenvorbilder herkommen?«

»Solche wie Sie?« Petra Beatrix von Höggemeulher hat das Aristokratennäschen gerümpft. Ihr Markenzeichen, das auch die zahllosen Wahlplakate der Nationalen Alternative geziert hat – bis die Jusos per Aufkleber den Slogan ersetzt haben: *Ich schnuppere nur an deutschen Pupsen! – Anale Alternative.*

»Warum nicht?« Milöösh schlägt sich die Hand vor die Brust. »Zart wie Leder, strahlend wie Kruppstahl, elegant wie Windhunde.«

Bereits zum zweiten Mal an diesem Abend erntet er einen einhelligen Lacher.

»Ein besserrrres Design als brrrrraune Hemden und rrrrrote Arrrrmbinden finde ich garrrrantiert. – Dorrrrt auf meiner Insel, die Sie mirrrr als Läbensraum versprrrachen.« Milöösh reckt den rechten Arm und deutet mit Zeige- und Mittelfinger der linken Hand einen Schnurrbart an.

»Die Insel« ist eine Anspielung auf das Interview, das Petra Beatrix von Höggemeulher zum Thema »Schwule, Lesben, Transsexuelle und andere Abartige« gegeben hat. Darin fordert sie, diese Gruppen doch auf eine Insel oder in ein anderes abgeschlossenes Gelände umzusiedeln. Dort könnten sie ja dann »ihrem Lebensstil nachgehen, ohne ihn der normalen Bevölkerung aufzuoktroyieren und Krankheiten zu verbreiten«.

Anke Zolls Augen glänzen. Milöösh und Petra Beatrix von Höggemeulher: immer eine sichere Bank. Siegesgewiss blättert sie eine Karteikarte um. Dieser Streit lässt sich sicher noch weiter anheizen. Sie spricht gerade noch rechtzeitig, um von Höggemeulher – die bereits den Mund halb geöffnet hat – nicht allzu offensichtlich das Wort abzuschneiden.

»Zur Position Ihrer Partei zur Wesenheit möchte ich Sie gleich noch befragen, Frau von Höggemeulher. Doch zunächst möchte ich Frau Professorin Mascula die Gelegenheit geben –«

Das war genau das Falsche, was sie hätte sagen können. Oder – aus fernsehdramaturgischer Perspektive – genau das Richtige.

Petra Beatrix von Höggemeulher zieht scharf die Luft durch das Rümpfnäschen, bevor sie der heulenden Sirene ihrer Stimme freien Lauf lässt. »Das ist wieder typisch, wie ich hier übergangen werde – und mit mir die vielen Wähler, die hinter der Nationalen Alternative stehen. Wenn man mich ungestraft in die braune Ecke stellen darf –«

»Wohin denn sonst?« Milöösh legt die Hände auf die Brust und richtet verträumt den Blick gen Himmel. »Edelbert ›Arbeit macht frei‹ von Höggemeulher wäre stolz auf seine Enkelin, die so begeistert in die Stapfen seiner Schaftstiefel tritt.«

Die so Angesprochene will gleichzeitig schreien und empört die Luft einziehen. Der Laut aus ihrem Mund klingt nach quietschendem Sargdeckel.

Anke Zoll hebt besänftigend die Hände. »Eines nach dem anderen. Zunächst möchte ich –«

»Ich muss protestieren, wie hier die Lügenmedien versuchen, mich der Lächerlichkeit preiszugeben. Mich und die Volksbewegung hinter mir. Und das nur, um Schwulen, Feministinnen und anderen Abnormen wie Herrn Doktor Podini auf meine Kosten eine Bühne zu geben.«

Urs kann nicht anders: Mit einem langgezogenen Furzgeräusch streckt er Petra Beatrix von Höggemeulher die Zunge heraus.

Die Leuchttafeln brauchen gar nicht erst anzugehen, die Animateure gar nicht erst aufzuspringen: Das Publikum weiß auch so, dass es Zeit ist, frenetisch zu applaudieren.

Diana Schuberth rutscht vor Lachen beinahe vom Sessel. Hubertus Alois Huber schlägt sich so vergnügt auf die Schenkel, als hätte er selber einen Witz gerissen. Anke Zoll muss ihre entgleisenden Gesichtszüge hinter ihren Karteikarten verbergen, die sie fahrig durchblättert, bis sich das Publikum beruhigt hat.

Dann wendet sich die Moderatorin wieder Karolin zu. »Frau Professorin Mascula –«

»Also, wenn ich hier derart ins Abseits gestellt werde«, Petra Beatrix von Höggemeulher ist von ihrem Sessel aufgesprungen, »dann gehe ich.«

Sie wartet, bis Anke Zoll sich wieder zu ihr dreht – und das rote Licht ihrer Kamera aufleuchtet. Dann stürmt sie von der Bühne. Die Moderationsassistentin kann ihr gerade noch aus dem Weg springen.

Sekunden später dröhnt das Zuschlagen einer Stahltür durch das Studio.

»Beim letztn Moi hat sie no die Kulisse eingerissen«, lässt sich Hubertus Alois Huber nach ein paar Sekunden dramatischer Stille vernehmen. Er kann seiner Stimme sogar ein Quäntchen Sorge abringen. »Sie werd doch etz wohl net scho altersmilde werden, des junge Ding?«

Den aufkeimenden Lacher im Publikum kann Milöösh nicht auf sich sitzen lassen. Die Höggemeulher ist schließlich *seine* Todfeindin.

»Vielleicht hat sie auch endlich ihre Tage bekommen und ihr Dauer-PMS klingt ab.«

Urs blickt zu Karolin. Solch offenen Sexismus kann sie nun wirklich nicht mehr hinnehmen, oder?

Karolin streckt ihren Rücken gerade, öffnet den Mund …

… und schließt ihn wieder, ohne etwas zu sagen.

Milöösh legt ihr die Hand aufs Knie.

»Heute ist Ihr Glückstag, Fräulein Professor. Sie haben jetzt meine ungeteilte Aufmerksamkeit.«

Fräulein? Professor? Gleich zwei Fettnäpfchen, in die Milöösh mit voller Absicht hineinspringt?

Karolin streckt ihren Rücken gerade, öffnet den Mund …

… und schließt ihn wieder, ohne etwas zu sagen.

»Aber ich will ja nicht pietätlos sein«, fährt Milöösh fort, »genauso wie Ihr Ex-Lebensgefährte gehören Sie schließlich einer aussterbenden Art an.«

Zwischen die leisen Unmuts-Buhs aus dem Publikum mischt sich auch Kichern. Ein einsames Paar Hände applaudiert sogar kurz.

Karolin streckt ihren Rücken gerade, öffnet den Mund …

… und schließt ihn wieder, ohne etwas zu sagen.

»Nur dreiundzwanzig Prozent aller Frauen bezeichnen sich heute noch als Feministin – Tendenz fallend. Den Rest habt ihr mit Gender Mainstreaming, Quotenjagd und einem Chauvinismus vergrault, der so dümmlich ist, dass selbst wir Männer uns dafür geschämt hätten. Damals in den Fünfzigern.«

Karolin streckt ihren Rücken gerade, öffnet den Mund …

… und schließt ihn wieder, ohne etwas zu sagen.

»Frauen kommunizieren besser, pinkeln besser, ficken besser, sind die besseren Menschen? Ernsthaft? Diese Heiligsprechung alles Weiblichen ist doch nichts anderes als das überidealisierte Frauenbild des neunzehnten Jahrhunderts. Und wir wissen ja, was für eine aufgeklärte Zeit der Gleichberechtigung das war.«

Karolin streckt ihren Rücken gerade, öffnet den Mund …

… und schließt ihn wieder, ohne etwas zu sagen.

»Das Abstreifen von High Heels auf dem roten Teppich gilt jetzt schon als revolutionärer Akt? Ihr bejubelt es als Sieg des Feminismus, wenn in Saudi-Arabien auch Frauen Autofahren dürfen? Wo ist eure Empörung gegenüber Staaten, in denen Frauen geschlagen und gesteinigt werden? Männer nur dreimal ›Scheidung‹ sagen müssen, um sich ihres Weibes zu entledigen? Dreiundsiebzig Prozent aller deutschen Feministinnen halten den Islam für eine besonders frauenfreundliche Religion. Vermutlich, weil die Burka für viele von euch eine echte optische Verbesserung wäre.«

Urs hält den Atem an: Der Islam ist ein Thema, das Ansichten in Karolin hochkochen lässt, gegen die sich Petra Beatrix von Höggemeulher als hypertolerante Liberale ausnimmt. Sie hat sogar mal die Angestellte eines türkischen Restaurants zusammengestaucht, dass sie gefälligst ihr Kopftuch abwerfen solle, diese patriarchale Hirnfessel.

Das Mädchen ist weinend in die Küche gelaufen. Der Koch selbst ist nach vorne gekommen und hat Karolin entschuldigend erklärt, dass in der Küche eine Kopfbedeckung vorgeschrieben sei. Dann hat er ihr einen Raki aufs Haus spendiert.

Milöösh nippt an seinem Wasserglas.

Karolin streckt ihren Rücken gerade, öffnet den Mund …

… und schließt ihn wieder, ohne etwas zu sagen.

Sie wehrt sich nicht?

Urs spürt, wie sich eine heiß glühende Kugel in ihm zusammenballt. Das ist wohl sein »patriarchaler Beschützerinstinkt«, wie Karolin das mal genannt hat.

Milöösh stellt das Glas wieder ab. »Und die anderen, die vernünftigen Frauen laufen euch in Scharen davon. Kein Wunder. Statt echte Probleme zu lösen und wirklich benachteiligten Frauen zu helfen – von denen es übrigens mehr als genug gibt –, forscht ihr ›Gender‹.« Mit Genuss malt er die Anführungszeichen in die Luft. »Genderforschung: Arbeitsbeschaffungsprogramm für Töchter aus höherem Hause, deren einziger vermarktbarer Skill ihr Geschlecht ist.«

Karolin streckt ihren Rücken gerade, öffnet den Mund …

… und schließt ihn wieder, ohne etwas zu sagen.

Die heißglühende Kugel verbannt sein bewusstes Selbst auf den Beifahrersitz. In Urs steigt ein Grollen auf, das in seiner Kehle zu einem tiefen Knurren mutiert. Er spürt, wie der Panda seine Zähne fletscht.

Die vereinzelten Lacher im Publikum ersticken rasch.

Anke Zoll rutschen ihre Karteikarten aus der Hand.

Auch Milöösh hört das Knurren. »Hui, das Bärchen ist …«

Seine Worte versiegen. Sein Grinsen erstarrt und fällt in sich zusammen. Betont entspannt will er sich zurücklehnen. Doch in Wahrheit verkriecht er sich immer weiter in seinen Sessel.

Das Knurren will nicht aufhören. Das Zähnefletschen auch nicht. Urs spürt, wie sich alle seine Muskeln anspannen: Bereit zum Angriff!

Doch dann hat sich Milöösh zu weit nach hinten gelehnt. Er verliert die Balance und kippt mitsamt seinem Sessel vom Podest.

Das endlich bricht den Bann.

Das Publikum rast. Lachen, Pfiffe und Jubelrufe mischen sich in den begeisterten Applaus.

Die heiße Kugel in Urs kühlt ab, überlässt ihm wieder das Steuer. Er holt Luft. Lehnt sich in seinem Sessel zurück. Diana Schuberth legt ihm beruhigend die Hand auf den Arm.

Anke Zoll nutzt die Gelegenheit, zumindest einen Teil ihrer Karteikarten wieder aufzusammeln. Mit einem Blick versichert sie sich, dass ihre Kamera ausgeschaltet ist. Dann grinst sie in sich hinein. Milööshs Sesselsturz wird das virale Video der Sendung. Ganz sicher.

Mit einem letzten Rest von Würde ignoriert Milöösh ihm hilfreich angebotene Hände, rappelt sich auf, wuchtet den Sessel zurück auf das Podest und lässt sich hineingleiten. Dann rückt er sich den Rüschenkragen seines Hemdes zurecht.

Zeit, in ihrer Show wieder das Ruder zu übernehmen! Anke Zoll wendet ihren Sessel in Richtung Karolin: »Frau Professorin Mascula, Sie beschäftigen sich in Ihrer Forschung intensiv mit Geschlechterrollen und Körperbildern. Die Wesenheit bringt ja jetzt einen ganz neuen Aspekt in die Debatte. Folgt nun auf das Spektrum der Geschlechter auch der fließende Übergang zwischen Mensch und Tier? Was sagt die Forschung?«

Karolin streckt ihren Rücken gerade, öffnet den Mund …

… und endlich spricht sie.

»Grenzen zu überwinden – zwischen Himmel und Erde, zwischen Land und Meer, zwischen Rassen, Geschlechtern und Spezies –, diese Grenzen nach Belieben zu passieren ist schon immer Menschheitstraum gewesen.«

Urs horcht auf. Diese Worte sind ihm wohlvertraut: Es handelt sich um den ersten Satz seiner Doktorarbeit.

»Gerade die Grenze zwischen Mensch und Tier hat schon immer die Fantasie beflügelt: Sie bildet einen integralen Topos von Mythos und Literatur – vom griechischen Olymp bis zu Franz Kafka und weiter in unsere Gegenwart.«

Der zweite Satz.

»Selbst in die Populärkultur ist dieser Topos vorgedrungen. Die heutige Unterhaltungsliteratur wimmelt von anthropomorphen Tieren – von Katzen und Schafen, die Verbrechen aufklären, von Reinkarnationsfantasien in Tierkörpern oder von sprechenden Hunden.«

Der dritte.

Urs ist stolz. Und gerührt. Gleich wird Karolin sicher berichten, wem sie diese Worte verdankt?

Zu früh gefreut. Seine Ex-Lebensgefährtin doziert einfach weiter. Quer durch die Einleitung seiner Doktorarbeit springt sie, ohne auch nur zu ihm zu schauen, geschweige denn auf ihre Quelle hinzuweisen.

»Männer sind beschränkt und unvollkommen, und sie versuchen, ihre Mängel mit Gewalt, totalem Leistungsstreben und Kreativität auszugleichen. Oder eben per Wesenheits-Metamorphose.«

Okay, das ist jetzt nicht mehr von Urs, sondern eine Variation über ein Thema von Camilla Paglia. Schon wieder nennt Karolin nicht, woher sie den Gedanken hat. Stattdessen fährt sie in ihrem Pastiche fort. Roland Barthes muss mit seinen *Mythen des Alltags* ebenso herhalten wie Jacques Derrida und sein *Animot*:

»Weder Spezies noch Gender noch Individuum, ist es eine irreduzible lebendige Vielfalt von Sterblichem. Die Wesenheit öffnet uns für die referenzielle Erfahrung der Sache als solche; als das, was sie in ihrem

Sein ist«, entstellt Karolin einen Kernsatz des Philosophen. Natürlich ohne Quellenangabe.

Während sie weiter die Greatest Hits kritischer Theorie durch gelegentliches Einschieben des Wortes *Wesenheit* als brandaktuelle Gedanken präsentiert, formt sich vor Urs' innerem Auge ein einzelnes Wort in grün blinkender Neonschrift: *Trittbrettfahrerin.*

Karolin ist eine Trittbrettfahrerin. Ein Bully. Sie tritt nur nach unten. Aber vor anderen Bullys buckelt sie – selbst vor intellektuellen Scheinriesen wie Milöösh.

»Wir müssen natürlich bedenken, dass in das Konzept der Wesenheit deutliche Spuren weiß-maskuliner Appropriation eingeschrieben sind«, predigt sie gerade.

In Sachen Aneignung sollte Karolin besser mal ganz ruhig sein – so wie sie sich hier die Gedanken anderer einverleibt. Die soll noch mal wagen, in seiner Gegenwart von der Unterdrückung durch das Patriarchat und von kultureller Appropriation zu schwadronieren.

Warum hat er sich von ihr nur so herumschubsen und ausnehmen lassen? Wieso hat er so viel Lebenszeit darauf verschwendet, ihr jeden Wunsch von den Augen abzulesen? Wie soll er die verlorene Zeit wieder aufholen?

Zehn! Verdammte! Jahre!

Ärger grollt in seinem Magen. Er schluckt kräftig, damit sich nur ja kein Knurren aus seiner Kehle stiehlt. Milöösh zu bedrohen ist das eine. Aber seine Ex-Lebensgefährtin?

Doch gleichzeitig fühlt er sich …

Frei! Der Dämon ist ausgetrieben!

Vor ihm liegt der grüne Bambushain der Zukunft.

Er fischt sich einen BambooStick aus dem Glas …

… und legt ihn in die bittend ausgestreckte Hand von Diana Schuberth. Sie krault ihm zum Dank zwischen den Ohren.

»Der weisse Mann entscheidet nach eigenem Gusto, welchen Tieren er menschliche Eigenschaften gestattet. Und damit natürlich auch, welche Rechte er ihm zugesteht – beginnend beim Recht auf

Existenz. Doch langfristig führt gar kein Weg daran vorbei, Tiere als ebenbürtig und damit gleichberechtigt anzuerkennen. Die feminine Seite der Wesenheit schlägt hier jedoch eine Brücke. Sie schafft Aufmerksamkeit für ein gerechtes Miteinander von Geschlechtern, Rassen und Spezies. Und jetzt ist die Politik gefordert«, kommt Karolin endlich zum Ende.

Ruprecht David Richards seufzt resigniert. Ihm ist nicht entgangen, dass Karolin seine Worte in ihren Theorie-Smoothie eingerührt hat – natürlich ohne Hinweis auf die Quelle.

Milöösh hat sich demonstrativ in das Display seines Smartphones vertieft und die Ohren auf Durchzug geschaltet.

Devin Maria Zengin hat sich während Karolins Referat in der Tatsache gesonnt, ein aufgeklärter, feministischer, zudem migrationshintergründiger, somit nur begrenzt weißer Mann und daher nicht gemeint zu sein.

Huber simuliert aufmerksames Zuhören. Es ist ihm sogar gelungen, das eine oder andere Mal an den richtigen Stellen zu nicken oder die Stirn zu runzeln, wenn die Bildregie zufällig gerade auf ihn schneidet.

Auch das Publikum ist Karolin wohlgesonnen. Hinreichend unterhaltsam hat sie ihren Zuhörern das Gefühl vermittelt, an profunden Gedanken teilzuhaben. Der von den Schildern im Studio eingeforderte Applaus fällt daher warmherzig aus.

Anke Zoll lächelt zufrieden. Ein letztes Mal blättert sie ihre Karteikarten um. »Die Politik ist gefordert! Frau Schuberth, von Ihrer Partei hat man zum Thema Wesenheit bisher wenig gehört. Wie finden Sie als Politikerin und als Frau –?«

»Ich?« Geschickt nimmt Diana Schuberth den Ball auf, bevor sich Anke Zoll wieder in einer Bandwurmfrage verheddert. Demonstrativ legt sie den Kopf an Urs' Schulter. »Also ich finde Herrn Doktor Podini ausgesprochen flauschig. Als Politikerin *und* als Frau.«

Verträumt schließt sie die Augen, während die »Ooohs« und »Aaaahs« im Publikum in Lachen und dann in Applaus übergehen.

Anke Zoll rückt sich das Jackett zurecht. »Und doch haben wir von Ihrer Partei –?«

»Meine Partei – und auch ich – haben schon immer die Meinung vertreten, dass Menschen so sein dürfen, wie sie wollen.« Diana Schuberth hat sich aufgesetzt und die ringelbestrumpften Beine übereinandergeschlagen. »Aufgabe des Staates ist es allenfalls, die freie Entfaltung der Persönlichkeit zu ermöglichen. Ansonsten sollten gerade wir in der Politik uns aus dem Leben des Einzelnen raushalten.«

Der spontane Applaus, dem sich selbst Milöösh und Huber anschließen, gibt Diana Schuberth die Gelegenheit, ihre Füße nebeneinanderzustellen und ihren Rock züchtig bis zum Knie zu ziehen.

»Daher wäre es schön«, fährt sie freundlich, aber bestimmt fort. »Wenn wir dieses Sommertheater beenden und uns den echten Herausforderungen zuwenden: dem katastrophalen Zustand unseres Bildungssystems, der unzureichenden Internet-Infrastruktur, den verrottenden Straßen, den vielen Bürgern, die von der öffentlichen Teilhabe abgehängt werden und so den Aufstieg von Populisten wie der Nationalen Alternative erst möglich machen. Der inneren und äußeren Sicherheit.«

»Verbraucherschutz«, wirft Devin Maria Zengin ein und kommt Huber zuvor, der »Landwirtschaft« ruft.

»Tierrechte«, fordert Ruprecht David Richards.

Milöösh findet sich schockstarr vor dem roten Auge seiner Kamera wie ein Reh im Scheinwerferlicht. »Jogginghosen«, sagt er das Erste, was ihm einfällt. Dann schwenkt die Kamera zu seiner Sitznachbarin.

Karolin streckt ihren Rücken gerade, öffnet den Mund und …

Nach einer endlosen Schrecksekunde erlöst Diana Schuberth sie. »Und nicht zu vergessen der hausgemachte Klimawandel, der unsere Welt in den Abgrund stürzen wird, wenn wir nicht endlich zu Potte kommen. – All das sind wichtigere Themen als die Panda-Wesenheit von Herrn Doktor Podini. Obwohl er natürlich wirklich schön flauschig ist.« Sie lehnt sich erneut an Urs' Schulter.

Das rote Licht der Moderatorinnen-Kamera springt an: Zeit für Anke Zolls Abschluss-Pastorale. Doch sie ist zu lange im Geschäft. Sie weiß genau, dass sie das jetzt nicht mehr toppen kann.

»Das war ein exzellentes Schlusswort.« Verbindlich lächelnd hält die Moderatorin eine Sekunde inne, dann fährt sie fort. »Wesenheit:

Fetisch oder Identität? Aufbruch zu neuen Freiheiten oder Untergang des Abendlandes? Dieses kontroverse Thema diskutierten heute Abend meine Gäste beim *Checkpoint Gesellschaft* mit Herrn Doktor Urs A. Podini, dem ersten offiziell anerkannten menschlichen Panda.«

Das rote Licht wechselt zu Urs' Kamera. Diana Schuberth gibt ihm einen leichten Stoß in die Rippen. Er reckt die schwarzbefellten Daumen in die Höhe: »Brumm!«

Während das Publikum lacht und klatscht, signalisiert Anke Zoll dem Aufnahmeleiter mit einer Geste des Halsdurchschneidens: Die Sendung ist zu Ende.

Er deutet auf die Countdown-Uhr, die noch dreiundvierzig Sekunden zeigt.

Anke Zoll zuckt mit den Achseln. Nicht ihr Problem!

Hektisch spricht der Aufnahmeleiter in sein Headset. Die Applauslichter blinken, die Animateure springen auf und ab. Und die Kameramänner suchen verzweifelt nach geeigneten Motiven, die unter der extralangen Version der Titelmelodie liegen könnten.

Kaum ist der Countdown bei null angelangt und alle roten Leuchten an den Kameras verloschen, springt Anke Zoll auf und rauscht von der Bühne. Die Karteikarten drückt sie ihrer Assistentin so heftig vor die Brust, dass diese beinahe in die Kulisse stürzt. Drei Sekunden später dröhnt zum zweiten Mal an diesem Abend das Zufallen der großen Stahltür durch das Studio.

# Brumm

## *Eine Liebesnacht*

Der in der Einladung zur Sendung versprochene *Sektempfang mit Buffet* fällt frostig aus und das liegt nicht an den kalten Getränken: Die Gastgeberin hat eine betont desinteressierte Runde über die Party gedreht und ihren Hauptgast dabei geflissentlich übersehen. Dann ist sie aus dem Studiogebäude davongerauscht.

Das Buffet, auf dem die Salatblätter ihrem Schicksal entgegenwelken, ist gleichfalls nicht besonders einladend – außer vielleicht für Salmonellen. Aber Urs ist das Adrenalin der Sendung ohnehin auf den Magen geschlagen. Am liebsten möchte er jetzt allein sein. Sein Entkommen in die freie Wildbahn feiern. So – das hat er beschlossen – wird er in Zukunft seine Karolingische Erkenntnis betrachten. Er wird Alexas Beispiel folgen und nur noch von der *Trittbrettfahrerin* sprechen. Seine beste Freundin wird stolz auf ihn sein.

Mit seinem Sektglas in der Hand hat sich Urs in eine Ecke des Saals verzogen und hofft, dass niemand ihn anspricht.

Alexa hingegen ist voll in ihrem Element. Bei aller Nonkonformität ist sie eine Meisterin des Small Talks. Es gelingt ihr sogar, Milöösh eine Visitenkarte zu entlocken, die dieser extra aufreizend aus seiner tief hängenden Bauchtasche zieht.

Leider kann Urs nicht hören, was Alexa darauf erwidert, doch es muss gesessen haben. Milöösh sackt tief getroffen zusammen, nur um dann laut aufzulachen und seiner Gesprächspartnerin kumpelhaft auf die Schulter zu schlagen.

Karolin hat ihn erspäht. Schnurstracks steuert sie auf Urs zu, doch er hat Glück im Unglück: Ihr Weg kreuzt den von zwei Redakteurinnen, von denen sie sich in ein Gespräch verwickeln lässt. Trittbretter kann man ja nie genug haben.

Urs nutzt die Chance und flüchtet sich hinter den Garderobenständer. Sobald der erste Gast seinen Mantel nimmt, um zu gehen, will er dessen Beispiel folgen.

Er muss nicht lange warten. Hubertus Alois Huber fischt seinen Gamsbart-geschmückten Hut und seinen Trachtenjanker vom Ständer.

Es kostet Urs Überwindung, doch er schlüpft hinter Huber aus der Tür, in der Hoffnung, dass der Politiker ihn ignoriert.

Ihm ist kein Glück beschieden. Huber hört seine Schritte, bleibt stehen und dreht sich um.

»Ach, unser Problembär.« Er schlägt Urs auf die Schulter. »Na, Sie hom se ja tapfer geschlagen. Als Schwarzbär hätten Sie bei uns etz an sicheren Listenplatz.« Huber lacht. Dann tritt er einen Schritt an Urs heran. »Sogns amoi, wo hombsn den Anzug macha lassen? Und denga sie, die kenna a Woiperdinger?«

HUBER WIRD VON EINER LIMOUSINE MIT CHAUFFEUR ABGEHOLT. Leider führt ihn sein Weg stadtauswärts, »heim ins scheane Bayernland«. Urs lässt sich deshalb vom Pförtner des Studios ein Taxi rufen.

Der beige Mercedes ist eben vorgefahren und der Fahrer ausgestiegen, um Urs den Wagenschlag zu öffnen, als die Tür des Studios erneut aufgeschoben wird.

»Urs, Urs, warte mal.«

Karolin!

Am liebsten würde Urs ins Taxi springen und dem Fahrer befehlen, aufs Gas zu treten. Doch da hat Karolin den Wagen erreicht, schlüpft durch die vom Fahrer aufgehaltene Tür und krabbelt über den Sitz.

Seufzend steigt Urs nach ihr ein, denn es hat zu nieseln begonnen und er will nicht noch mal auf ein Taxi warten.

»Zum Adlon«, bittet er den Fahrer.

»Wir wollten doch zum Speakeasy nach Neukölln.«

»Du, Karolin, sorry, aber ich hatte einen langen Tag und …« Jetzt fällt er schon wieder darauf rein. Es gibt gar keinen Grund sich zu entschuldigen. Er hat Karolin sicher nicht zugesagt, mit ihr nach Neukölln zu fahren, oder?

»Schon okay. Klar.« Karolin kräuselt ihre Nase zu einem »Ich bin nicht böse, nur echt enttäuscht«-Blick. So hat sie ihn früher immer kleingekriegt.

Der Fahrer mustert Urs und seine Mitfahrerin im Rückspiegel. Er wartet wohl auf die Anweisung, jetzt doch nach Neukölln zu fahren.

»Zum Adlon«, wiederholt Urs mit kühlem Nachdruck.

Karolin streckt ihren Rücken gerade, öffnet den Mund …

… und schließt ihn wieder, ohne etwas zu sagen.

So geht das also. Das hätte er früher wissen müssen.

»Na, das war doch echt gut gerade, oder?« Karolin räkelt sich in ihrem Sitz. »Die Frau Doktor Meißner – das ist die Chefredakteurin Politik im Sender –, also, die hat gesagt, ich wäre echt telegen. Und ich solle mich auf weitere Anfragen gefasst machen. Meine Expertise sei gefragt.«

»Und du hast meine Doktorarbeit wieder mal gelesen.« Urs ärgert sich, kaum, dass er den Satz ausgesprochen hat. Warum buhlt er um Karolins Anerkennung?

»Den alten Schinken? Nee.« Das ist alles, was Karolin zu dem Thema zu sagen hat, nur um dann gleich wieder von den Chancen solch einer Medienpräsenz zu schwärmen.

Zentimeter für Zentimeter ist Karolin näher an Urs herangerückt und zwingt ihn so zum Zurückweichen, bis er mit einer Pobacke in der Ritze zwischen Sitz und Tür festhängt.

Dabei redet sie ununterbrochen. *Ihr* tolles Seminar. *Ihr* neuestes Buch. *Ihr* Symposium: »Die Mariele« sei so angetan gewesen, dass sie »*mich* nach Cape Town empfohlen hat«.

Hoffentlich wird sie dort bei einem Carnapping erschossen. Urs ist erstaunt (aber auch ein wenig stolz), dass er sich bei diesem Gedanken nicht schämt. Kapstadt ist *seine* Stadt. Dort hat er die glücklichste Zeit seines Lebens verbracht. Karolin hat dort nichts verloren.

»Du musst wirklich mal in mein Seminar kommen«, sagt Karolin bereits zum dritten Mal, als das Taxi endlich vor dem Adlon vorfährt.

Ein übereifriger Portier reißt die Tür des Wagens so rasch auf, dass Urs auf den bis zum Straßenrand reichenden roten Teppich purzelt. Der Portier hält ihm die Hand hin, um ihm aufzuhelfen, doch Urs rappelt sich selbst auf.

Nur weg. Ins Hotel. In sein Zimmer.

»Hey, du musst noch das Taxi bezahlen«, ruft Karolin ihm hinterher.

Urs ignoriert sie und stapft durch die große Drehtür. Die Frau Juniorprofessorin kann sich ja wohl eine Taxifahrt leisten. Wenn sie mal wieder »ihr Portemonnaie vergessen« hat, ist das nicht sein Problem. Nicht mehr.

An der Rezeption muss Urs auf seine Schlüsselkarte warten, sodass Karolin ihn wieder einholen kann.

Sie boxt ihn gegen die Schulter. Es ist spielerisch gemeint, doch Urs muss einen halben seitlichen Ausfallschritt machen, um nicht umzufallen. »Du hättest mir doch sagen können, dass der Sender das Taxi bezahlt.«

»Das wusste ich ja nicht, du Trittbrettfahrerin.« Das würde er gerne antworten. Und ihr eine Standpauke zum Thema geistiges Eigentum halten. Ihr sagen, dass sie aus seinem Leben verschwinden soll. Vorzugsweise auf einen entfernten Planeten. Ohne Rückfahrschein.

Noch lieber würde er sie gleichfalls gegen die Schulter boxen, dass sie sich auf den mit rotem Teppich belegten Marmorboden setzen muss.

Doch über seine Lippen kommt … Nein, nicht einmal ein protestierendes oder wenigstens neutrales »Brumm«.

»Sorry.«

»Waschlappen!« Seine innere Alexa schlägt ihm auf den Hinterkopf.

Zu allem Unglück hat Karolin ihre Schlüsselkarte bereits, sodass sie ihn direkt zum Fahrstuhl begleiten kann.

Oh nein! So hat das damals auch angefangen.

Bei einem Symposium mit dem einladenden Titel *Lebensrisiko Geisteswissenschaften? Die Humanities und der volatile Arbeitsmarkt*, auf dem er einen Vortrag zum Thema *Personal Branding* gehalten hat.

Alexas Versuch, neue Kundenschichten zu gewinnen *und* Urs' akademische Karriere wiederzubeleben. Ersteres ist geglückt, Letzteres nicht.

Nach seinem Vortrag hat Karolin ihn abgepasst. Ihn auf die kleine Party begleitet. Sein Bier mit ihm geteilt. Ist mit ihm ins Hotel gefahren. Im Aufzug hat sie ihn dann überrumpelt.

Urs sieht aus den Augenwinkeln, wie Karolin ihre Zunge vorschnellen lässt, um sich über die Lippen zu lecken. Das macht sie immer, wenn sie küssen will. Hat ihr eigentlich noch nie jemand gesagt, dass sie dann aussieht wie eine ausgehungerte Eidechse?

Ein dezentes »Ping!« verkündet die Ankunft der Fahrstuhlkabine. Die messingbeschlagenen Türen gleiten auseinander. Urs tritt einen Schritt zur Seite, um einer älteren Dame Platz zu machen. »Früher hätte man für so was den Kammerjäger gerufen«, sagt der Blick, den die Dame Urs über den Rand ihrer goldgefassten Lesebrille zuwirft.

Er macht einen raschen Schritt in den Fahrstuhl, vom Wahn gepackt, er könnte Karolin entkommen, doch sie ist fast ebenso schnell wie er.

Dort stehen sie dann. Unschlüssig. Urs wartet darauf, dass Karolin endlich ihr Stockwerk wählt. Er wird dann einfach die Taste der Etage darüber drücken. Oder zwei Etagen darüber. Hoffentlich ist sie nicht unter dem Dach untergebracht.

Doch Karolin macht keine Anstalten, eine Taste zu tippen. Stattdessen deutet sie ungeduldig auf das Schlüsselkartenmäppchen in seiner Hand.

Es geht wohl nicht anders. Er klappt das Mäppchen auf. »Etage: 5« steht dort neben seiner Zimmernummer.

Seufzend streckt er die Hand nach der Steuertafel des Aufzugs aus.

»Halt. Wartet.« Teppichgedämpfte, eilige Schritte. Diana Schuberth schlüpft zu ihnen in die Kabine. Mit einer fließenden Bewegung wählt sie die fünfte Etage. Dann gleitet die schwere Aufzugtür auch schon hinter ihr zu.

Sie lässt ihren Rollkoffer los, legt ihren Kleiderschoner darüber und fällt Urs um den Hals. »Hach, das ist so flauschig.«

Dann küsst sie ihn. Mit Zunge. Urs wird ganz schummrig. Er muss sich festhalten. An der jungen Frau.

Der Aufzug hält.

Sind sie schon da? Hat der Kuss also ein Ende?

Über der Fahrstuhltür leuchtet die Ziffer Drei. Noch Zeit.

Urs schließt die Augen wieder.

Hört, wie sich die Fahrstuhltür öffnet und schließt. Spürt, wie sich die Kabine wieder in Bewegung setzt.

Dann endlich macht sich Diana sanft von ihm los. Sie sind nur noch zu zweit. Karolin muss den Aufzug in der dritten Etage verlassen haben. Am liebsten möchte Urs die Fäuste geballt in die Höhe recken und ganz laut rufen: »Frei.«

»Sorry für den Überfall.« Dianas Wangen sind gerötet. »Aber du sahst so unglücklich aus mit deiner Ex auf den Fersen …«

Am liebsten würde Urs sie gleich wieder küssen. Doch er traut sich nicht.

»Danke«, sagt er stattdessen.

Und dann …

… wagt er es: Er streichelt ihr mit dem Fell an der Außenseite seiner Finger über die Wange. Diana schließt die Augen. Genießt sie die Berührung wirklich?

Urs hat keine Zeit, darüber nachzudenken. Der Fahrstuhl ist in der fünften Etage angelangt. Die Tür gleitet majestätisch auf.

Er will sich nach Dianas Gepäck bücken und stößt dabei beinahe mit ihr zusammen. Sie lächelt, nimmt ihren Kleiderschoner und überlässt ihm den Rollkoffer.

Er hebt ihn an.

Genauer: Er will ihn anheben.

Es gelingt ihm nicht. Der Koffer ist schwer wie Blei. »Was ist da denn drin?«

»Na, was wohl? Goldbarren aus unserer schwarzen Parteikasse.« Diana lacht. »Nein, im Ernst: die Unterlagen für das neue Parteiprogramm. Mehr als tausend Seiten.«

»Tausend Seiten ›Ich will keine Steuern zahlen‹?« Das ist Urs so rausgerutscht.

»So ungefähr. Außerdem habe ich da noch ein paar Fallakten drin.«

»Fallakten?«

»Ich bin doch Anwältin, wenn ich nicht durch die Talkshows hüpfe.« Sie zieht den Teleskopgriff des Koffers aus, überlässt ihn jedoch Urs. »Komm.«

Sie treten gerade aus dem Fahrstuhl, als ein dezentes Ping die Ankunft eines zweiten Aufzugs ankündigt.

»Jetzt reiß ich deinen Knackarsch auf«, schallt es ihnen entgegen, kaum, dass sich die Fahrstuhltür auch nur einen Spalt geöffnet hat.

Heraus taumeln, in heftigem Clinch …

… Milöösh und Devin Maria Zengin.

Milöösh hat Zengins Krawatte gepackt. Der wiederum hat seine Hand in das tief hängende Bauchtäschchen gekrallt. Sie zerren einander an den Kleidern. So heftig, dass Urs schon befürchtet, er müsse den Sicherheitsdienst rufen.

Doch dann packt Devin Maria Zengin mit der zweiten Hand Milöösh am Nacken, zieht ihn heran …

Und küsst ihn. So heftig, dass das Klacken der kollidierenden Schneidezähne durch den Korridor hallt.

Diana hat Urs gegen die Wand geschoben. Aus der Bahn.

Das ist auch dringend notwendig.

Die beiden Männer fangen an, sich gegenseitig die Kleider vom Leibe zu reißen.

Ein lautstarkes Räuspern von Diana lässt das Pärchen in ihrem Akt innehalten. Sie kichern. Dann raffen sie ihre Hemden, Jacketts und Blusen wieder vom Boden auf und stürmen gemeinsam davon, den Gang hinunter. Eine Zimmertür knallt. Stille.

Diana blickt den beiden kopfschüttelnd nach. »Jedes Mal das Gleiche.« Dann wendet sie sich an Urs. »Deine Zimmernummer?«

Urs muss erneut im kleinen Mäppchen mit seiner Schlüsselkarte nachschauen. »538.«

»Da haben wir den gleichen Weg. Da runter.« Diana deutet in die entgegengesetzte Richtung zu der, in der Milöösh und Devin Maria Zengin verschwunden sind.

Langsam sind sie nebeneinander hergegangen. Endlich – oder leider – stehen sie vor der Tür zu Zimmer 538. Diana deutet den Gang hinunter. »Ich muss noch weiter.«

Sie greift nach dem Koffergriff und berührt dabei Urs' Hand. Ihre Finger schlingen sich um seine Pfote.

Diesmal küsst Urs zuerst. Glaubt er zumindest. Ist ja auch egal.

Wieder ist es Diana, die den Kuss löst. Sie lächelt ihn an. Krault ihn zwischen den Ohren. »Bittest du mich nun in dein Zimmer, oder nicht?«

Überrumpelt von diesem Angebot sind Urs' Hände so fahrig, dass er die Schlüsselkarte erst nicht aus dem Mäppchen bekommt. Doch dann – es geschehen noch Zeichen und Wunder! – gelingt es ihm, das Schloss zu öffnen. Die Hand auf seinem Hintern schiebt Diana ihn durch die Tür. Als sie in der Mitte des Zimmers stehen, am Fuße des großen, einladend aufgeschlagenen Bettes, ist Urs' letzter Rest Selbstvertrauen aufgebraucht.

»Was ist?«, fragt Diana.

»Weißt du, ich …«

»Soll ich lieber gehen?«

»Nein, nein, ich …« Ja, was eigentlich? Warum fühlt er sich plötzlich so …? Klar! »Du, ich stecke schon den ganzen Tag in diesem Suit. Ich fühle mich verschwitzt und klebrig und …« Hat er an diesem Morgen überhaupt frische Unterwäsche angezogen? »Ich würde gerne noch kurz unter die Dusche. Okay?«

Diana fischt ihm die Schlüsselkarte aus der Hand. »Klar. Nicht, dass wir nachher noch aneinander festpappen. Ich mache es uns inzwischen gemütlich und bestell noch was zu trinken. Keine Sorge, der Sender zahlt. Immerhin waren wir heute die Quoten-Kings. Milööshs Sesselsturz wird sicher der Talk of the Town.«

Ob Luxushotels wie das Adlon ihr Duschwasser aus einer speziellen Quelle geliefert bekommen? Perrier ExtraPerligSamtigPrasselig? Und ob man das wohl auch als Privatmann kaufen kann?

Urs steht in der gläsernen Duschkabine, lässt sich extra-perlig-samtig-prasselig beregnen und seift sich mit dezent wohlriechendem Schaum ein. Seine Erektion vom Kuss mit Diana ist noch immer nicht abgeklungen. Im Gegenteil. Als er sein Glied einseift, zuckt es in freudiger Erwartung.

Oh nein, er ist völlig übererregt. Was, wenn er gleich zu früh …?

Mein Gott, er ist doch kein Teenager mehr. Sondern sechsundvierzig.

Aber: Was hat er damals gemacht, um vorzeitige Peinlichkeiten zu vermeiden? Druckabbau. Auf dem Klo. Oder auch unter der Dusche.

Natürlich.

Er schließt seine Faust fester um seinen Penis. Bewegt sie schnell vor und zurück. Es kribbelt herrlich unter dem Seifenschaum.

Karolin hat es nicht gemocht, wenn er …

Fick dich, Karolin!

Aber …

Moment …

Er ist doch keine zwanzig mehr.

Was, wenn es heute nur zu diesem einen Schuss –?

Zu spät.

Als er die Augen wieder öffnet, hat das Duschwasser die Spuren seines Ergusses bereits fortgespült. Sein Glied schrumpft in seiner Hand.

Hoffentlich kriegt er gleich noch …

Tja, jetzt ist es ohnehin zu spät. Außerdem: Er hat Hände, Lippen, Zunge – und er kann damit umgehen. Zumindest konnte er das mal. Damals. Vor den Karolingischen Galoppritten. Aber so was verlernt man ja nicht, oder?

Frisch getrocknet und geföhnt, wohlig duftend, im Mund noch den Geschmack von Zahnpasta und Mundwasser, tritt Urs aus dem Badezimmer. Erst jetzt stellt er fest, dass er wieder in den Fursuit geschlüpft ist. Selbst die Handschuhe hat er übergestreift. Nur die Stiefel hält er in der Hand.

Das Licht in seinem Zimmer ist gedämpft. Eine Kerze brennt auf dem kleinen Tischchen mit dem Champagnerkühler. Zwei Kristallkelche stehen bereit.

Diana liegt im Bett. Ihr offenes Haar fließt als heller Strom über das Kissen. Ihre Brüste sind unbedeckt. Beim Anblick der neckisch hellbraunen Brustwarzen stellt Urs fest, dass er sich keine Sorgen um seine Potenz hätte machen müssen. Schnell schlüpft er unter seine Seite der übergroßen Bettdecke.

Dann hört er es: leises Schnarchen.

Diana öffnet schläfrig ein Auge. »Ist das flauschig.«

Sie kuschelt sich in seinen Arm. Ihr Kopf ruht auf seiner Schulter. Und sie schnarcht bereits wieder.

Urs gibt ihr einen Kuss auf das weiche Haar. Ihre Hand wandert tiefer …

Vielleicht doch?

… und bleibt auf seinem Bauch liegen.

Nun denn, Kuscheln ist auch schön. Noch etwas, das er in seiner Zeit mit Karolin vermisst hat.

Gerne würde er sein Gesicht in das blonde Haar Dianas versenken und gleichfalls einschlafen, doch er ist noch zu aufgekratzt. Also schaltet er den Fernseher an. Das Hotel war so freundlich, *Checkpoint Gesellschaft* für ihn aufzuzeichnen. »Brumm!«, dringt seine Stimme leise aus den Lautsprechern.

# Brumm

## *Ein Liebesakt*

Brumm!«, tönt Urs' Schlusswort aus dem Fernseher.

»Das war doch ein gelungener Auftritt«, murmelt Diana zufrieden.

Während der Abspann der Sendung über den Bildschirm flimmert, krault ihre Hand das Fell auf Urs' Bauch. Er möchte vor Vergnügen am liebsten mit den Füßen strampeln.

Dann hört die Hand auf zu kraulen. Diana hat ihre Augen jetzt ganz geöffnet. »Sorry, ich bin wohl eingeschlafen. Aber … so flauschig …«

Urs streicht ihr über das Haar. »Ist doch in Ordnung. Schlaf weiter.« Er würde dann eben ins Bad gehen und sich noch einen runterholen.

Als hätte Diana seinen Gedanken gelesen, schließt sich ihre Hand um seine fellverhüllte Erektion. »Und das hier verschwenden? – Aber …«

»Ja?«

»Ich geh mich gerade mal frisch machen. Ich habe noch immer Talkshow-Geschmack im Mund.« Sie wirft die Bettdecke ab, schwingt die Beine über die Bettkante und steht auf. Ihre Hüften im Rhythmus einer unhörbaren Musik schwingend, tänzelt sie zur Badezimmertür. Dort dreht sie sich noch einmal um.

»Gieß uns doch schon mal den Champagner ein.«

Urs tut wie ihm befohlen, während Diana im Bad rumort. Als sie zurückkommt, perlt der Champagner bereits in den Kelchen: *Dom Perignon Vintage*, darunter tut es das Adlon nicht. Hoffentlich hat Diana recht und der Sender zahlt; gleich darauf schilt sich Urs für seinen Geiz.

Diana gleitet neben ihn auf die Bettkante. Schlingt die Arme um ihn. »Soooo flauschig.«

Sie küsst ihn.

Urs lässt seine Hände, seine flauschfellbezogenen Arme über Dianas Rücken wandern, über die festen Kurven ihres Pos.

Außer Atem lässt sie nach ein paar Minuten von ihm ab: »Rück mal. Ich will auch wieder ins Bett.«

Urs gehorcht. Diana schlüpft aber nicht unter die Decke, sondern bleibt neben ihm liegen. Dann richtet sie sich noch mal auf und nimmt die Champagnerkelche.

»Cheers.«

Sie stoßen an. Urs nimmt einen großen Schluck, Diana nippt an ihrem Glas. Dann lässt sie sich auf den Rücken gleiten und …

Behutsam träufelt sie den Champagner über ihre Brüste. Ihren Bauch. Ihre Schenkel.

Urs ist nicht besonders gut darin, weibliche Signale zu interpretieren. Aber diese Einladung versteht sogar er. Er küsst den Champagner von Dianas hellbraunen Brustwarzen. Leckt ihn aus ihrem Bauchnabel. Von ihren Schenkeln. Schließlich von ihrer Scham.

Tropfen für Tropfen für Tropfen.

Auch als schon längst kein Champagner mehr da ist.

Diana schubst Urs zurück. »Ich bin dran.«

Dann ist sie über ihm, schmiegt ihren Unterleib an seinen Schoß, während ihre Hände durch das Fell des Suits fahren.

»Schade, dass du den nicht einfach anbehalten kannst. Sooo flauschig!«

Sie tastet, sucht, ihre Hände fahren unter sein Kinn, dann lehnt sie sich zurück und lacht. »So muss sich ein männlicher Teenie beim ersten BH fühlen. Wie geht das Ding denn auf?«

»Da ist ein Reißverschluss. Moment.« Urs tastet durch das Brustfell, doch vielleicht sind seine Finger zu fahrig. Er kann die metallene Naht nicht finden. Auch den Druckknopf der Kapuze nicht. Ärgerlich reißt er an dem Stoff unter seinem Kinn, versucht die Finger dazwischen zu schieben.

»Au!« Das Ziepen schießt ihm durch Mark und Bein.

Auch Diana wühlt durch das Fell. »Da ist kein Reißverschluss.«

Verdammt!

»Of course, it's about sex, darling. Survive. Eat. Procreate.« Evelyns Stimme tönt in seinem Kopf. Urs spürt, wie sich die Wogen seiner Panik glätten.

Natürlich! Warum ist er nicht gleich darauf gekommen?

Er tastet über seinen Unterleib: Da! Er zieht und zergelt an der kleinen metallenen Griffplatte. Schließlich schiebt Diana seine Hand weg. Unter ihren geschickten Fingern gleitet der Reißverschluss im Schritt wie von selbst auseinander. Dann lockt sie seinen Penis ins Freie. Im nächsten Moment hat sie ein Kondom in der Hand, das sie mit sicherem Griff aus der Nachttischschublade gefischt hat. Urs fragt sich, ob Diana das Kondom dort deponiert hat – oder das Hotel einfach den perfekten Service bietet. Das ist sein letzter klarer Gedanke.

»Das. War. Extra. Flauschig.« Dianas Brust hebt und senkt sich im Rhythmus ihrer Worte.

Auch Urs ringt nach Atem. Sein Herz pocht, als ob es gleich platzen will.

Soll es doch. Dann ist er wenigstens glücklich gestorben.

Diana hat ihr Bein über Urs geschlungen. Ihr Kopf ruht auf seiner Schulter. Er streichelt mit seiner noch immer behandschuhten Hand über ihre Haare, dann über die Kurven ihres unteren Rückens.

Als sie wieder zu Atem gekommen sind, richtet Diana sich auf. Stützt sich auf den Ellbogen. Lässt den Finger ihrer anderen Hand über Urs' Lippen gleiten. »Ich fürchte, ich muss noch mal kurz unter die Dusche. Sonst kleben wir morgen früh aneinander. Und dein Kostüm …«

»Fursuit …«

»Okay, Fursuit. Sollten wir den nicht besser auswaschen?«

Urs ist kurzerhand zu Diana in die Dusche gestiegen. Im Fursuit. Bewaffnet mit einer Flasche Babyshampoo.

Diana hat ihn zunächst für verrückt erklärt. Doch dann hat Urs ihr Evelyns Waschanleitung erläutert. Begeistert hat Diana ihn eingeschäumt. Mit der Handbrause das Fell ausgespült.

Nachdem sie sich selbst abgetrocknet hat, ist sie Urs mit dem extragroßen Föhn zu Leibe gerückt, den er für diesen Zweck im Gepäck hat. Hat ihn gebürstet. Seine Plüschohren aufgerichtet.

Der Reißverschluss hat sich übrigens auch wieder angefunden. Urs hat den Fursuit aber anbehalten.

Jetzt liegen sie wieder im Bett. Urs hält Diana in seinen Armen.

»So flausch…« Ihre Worte gehen in leises Schnarchen über, das auch Urs ins Reich der Träume lockt.

Dritter Teil:

# Brumm?

*Keine Staatsaffäre*

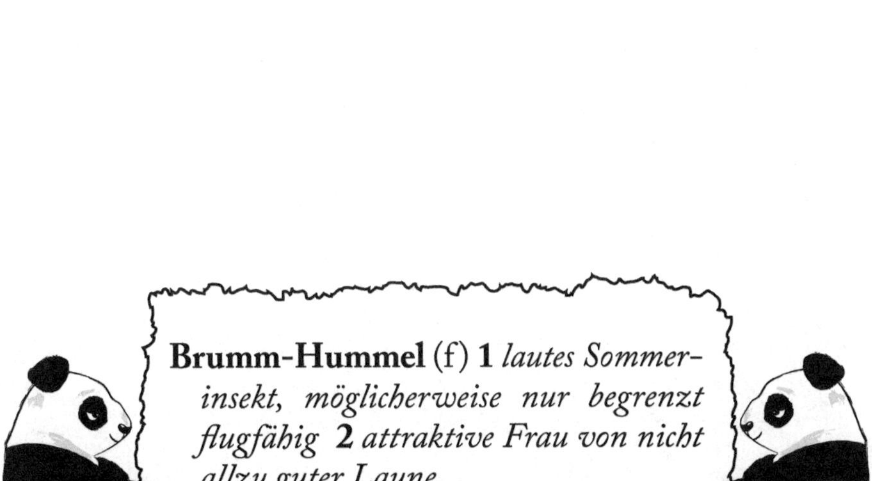

# Brumm

## *Ein internationaler Zwischenfall*

Gewitter?

Gewehrschüsse?

Urs sitzt aufrecht im Bett, noch bevor seine Augen richtig offen sind.

Donnern. Wummern. Hämmern. Das kommt …? Von der Tür!

»Urs! Mach auf!« Karolin. »Ich weiß, dass du diese liberale Schlampe mit ihren Ringelstrümpfen fickst.«

Unter das Donnern und Lärmen mischt sich das Schmerzknirschen berstenden Holzes.

In einem Splitterregen verliert die Tür endlich ihren tapfer ausgefochtenen Kampf.

In der nächsten Sekunde schiebt sich der Kopf der Karolin-Echse ins Zimmer. Ihre peitschende Zunge lässt Möbel zersplittern.

»Flaaaauuusch!« Diana schwingt eine Perserkatze am Schwanz wie einen Morgenstern und lässt sie auf das Echsenhaupt niedersausen.

Zu langsam. Die Echse schnappt zu, ihre Kiefer zerschneiden das in Todesangst miauende Tier in zwei Hälften.

In einem Regen aus Blut, Knochen und Fell schnellt die Echsenzunge gleich wieder hervor und umschlingt Diana. Zieht sie gnadenlos zwischen die rasiermesserscharfen Knochenplatten der Echsenkiefer.

Das endlich erweckt den territorialen Ursiden in ihm. Er bäumt sich auf, streckt seine klauenbewehrten Pranken aus. Seine Zähne sind gefletscht, seine Kiefer weit aufgesperrt.

»Mach dich fort, du blutegelige, Doktorarbeiten stehlende, chauvinistische Trittbrettfahrerin«, will Urs brüllen. Sein »Brumm!« lässt die Fenster beben, dass sie bersten.

Die Karolin-Echse erstarrt. Ihre Zunge lässt Diana los und schnellt in das weit aufgerissene Maul zurück.

Dann schrumpft die Echse. Und schrumpft. Und schrumpft. Bald ist sie auf dem Muster des Parketts kaum noch zu erkennen.

Urs hebt die Hinterpfote und stampft zu. Es knirscht befriedigend. Dann ist die Karolin-Echse nur noch ein schmieriger Fleck auf dem edlen Holz.

Wenn es jemals einen richtigen Zeitpunkt für die fünf Buchstaben gegeben hat, dann jetzt!

»Brumm!«

Urs sitzt wieder aufrecht in seinem Bett.

Es hämmert gegen die verschlossene, unbeschädigte Tür. »Herr Doktor Podini! Staatsschutz! Wir wissen, dass Sie da drin sind.«

»Staatsschutz?« Diana hat sich gleichfalls im Bett aufgesetzt. »Was hast du denn ausgefressen?«

»Kommen Sie raus!« Unter den Faustschlägen bebt die Tür im Rahmen. »Oder wir kommen rein!«

Stille. Doch nur kurz. Das elektronische Schloss piept und klickt. Die Tür wird aufgestoßen. Zu dritt stürmen sie in Urs' Hotelzimmer: große, kräftige Männer in schwarzen Mänteln. Einer hält eine Pistole in der Hand.

Der vorderste Mann hat Luft geholt, um den nächsten Befehl zu bellen. Doch er erstarrt so schlagartig, dass seine Kollegen gegen ihn rennen.

Kein Wunder. Diana hat sich ihnen entgegengestellt. Nackt, wie sie ist.

»Machen Sie keine Schwierigkeiten.« Es soll wohl noch immer martialisch klingen, doch der Sprecher windet den Kopf zur Decke, um seinen Blick von Dianas Blöße abzuwenden. »Wir haben einen Überstellungsbefehl und müssen Herrn Doktor Podini bitten, mit uns zu kommen.«

»Ich bin die Anwältin von Herrn Doktor Podini. Zeigen Sie mir mal diesen ›Überstellungsbefehl‹.« Diana malt die Anführungszeichen übergroß in die Luft. Die Bewegung lässt ihren Busen tanzen. Das bringt den Mann mit der Pistole so aus der Fassung, dass er stolpert und sich unfreiwillig auf den Teppich setzt.

Der Anführer fischt in der Innentasche seines Mantels, bis es ihm im dritten Anlauf gelingt, ein gefaltetes Blatt herauszuziehen. Er will es Diana reichen, doch es rutscht ihm durch die Finger.

Geschickt fängt Diana das Dokument auf, faltet es auseinander und studiert es eingehend.

»So, so. Ein Überstellungsbefehl. Und an wen?« Diana lässt das Blatt sinken und enthüllt so erneut ihre Brüste.

»An was wen was wie? An was? Was an? An wen was?«

»An wen sollen Sie Herrn Doktor Podini überstellen?«

Der Angesprochene reckt das Kinn vor. »Das ist Verschlusssache. Anweisung aus dem Wirtschaftsministerium.«

»Aus dem Wirtschaftsministerium? Und von wem dort?«

»Staatssekretär Doktor Schneuff!« Es fehlt nur noch, dass der Mann die Hacken zusammenschlägt.

»Das Asia-Schneuffchen?« Diana hat die Hände in die Hüften gestemmt. Das bringt die Vorzüge ihres Körpers so gut zur Geltung, dass die drei Männer den Kopf in den Nacken legen und die Stuckdecke einer intensiven Betrachtung unterziehen müssen. »Dann will ich den mal anrufen und die Sache klären. – Würden Sie uns bitte den Raum überlassen? Ich muss mich mit meinem Mandanten unter vier Augen beraten.«

»Das ist leider nicht möglich! Brustgefahr. – Nein, Büstgef-, also Verlustgefahr. – Ich meinte Fluchtgefahr«, schiebt der Staatsschutzbeamte kleinlaut hinterher.

Diana schüttelt den Kopf wie eine Mutter, die ihr schwer erziehbares Kind ermahnt. »Wir sind hier im fünften Stock. Wie soll mein Mandant denn hier fliehen?«

»Ich kann Ihnen fünf Minuten –«

»Fristsetzung übersteigt Ihre Kompetenzen.« Dianas Erwiderung schneidet dem Beamten das Wort ab wie ein Skalpell. Gleichzeitig tritt sie einen Schritt vor.

Derart von wohlgeformter Oberweite bedroht, ordnet der Beamte den geordneten Rückzug an. Seine beiden Kollegen können der Anweisung nicht schnell genug folgen. Nur Sekunden später klickt die Tür hinter ihnen ins Schloss.

Diana stößt die Luft aus. Dann dreht sie sich zu Urs um, der noch immer schockstarr auf dem Bett sitzt.

»Sag mal, hast du irgendwelche krummen Dinger in Asien am Laufen?«

Urs schüttelt den Kopf. Er hat überhaupt nichts in Asien am Laufen. Alexa versucht zwar ständig was einzufädeln, hatte aber bisher kein Glück.

»Dachte ich mir. Dennoch: Du stehst besser auf, ziehst dich an und packst. Der Überstellungsbefehl trägt ein höchstrichterliches Siegel. Da kann ich momentan wenig gegen machen. – Na, nun komm schon.«

Sie streckt Urs die Hand hin. Endlich springt seine Motorik an und er lässt sich von Diana in den Stand ziehen.

»Ganz zerrauft.« Sie richtet ihm die Plüschohren und seufzt. »Schade, das Morgen-Flauschen muss wohl ausfallen. – Jetzt geh ins Bad. Ich ruf derweil das Schneuffchen an.«

Urs will sich schon in Bewegung setzen wie geheißen. Doch dann bleibt er stehen. »Danke.«

Diana grinst. »Nichts zu danken. Ich muss doch mein Lieblingsflauschbärchen retten. Und meine Kanzlei wird begeistert sein, den ersten menschlichen Panda zu vertreten.«

»Hattest du keine Angst, dass du …?« Urs deutet mit der Pfote auf Dianas Blöße.

Sie lacht lauthals. »Die hätten meine reduzierte Kleidungssituation noch nicht mal erwähnen dürfen, ohne eine Klage wegen sexueller Belästigung zu riskieren. Die waren ohnehin schon auf sehr dünnem Eis.«

»Warum das denn?«

»Eine Frau, dann auch noch nackt? Da wäre die Anwesenheit einer weiblichen Beamtin zwingend erforderlich gewesen. Das ist Vorschrift. – Nun geh ins Bad, Bärchen.«

Natürlich. Er hat vergessen, zivile Kleidung mit ins Bad zu nehmen. Andererseits: Soll ihn der Staatsschutz doch im Fellgewand abführen. Das ist auch Alexas Meinung, die er eben per SMS über die neueste Verwicklung seines – ach, so sorgenfreien – Pandalebens informiert hat: *Lass dich im Suit verhaften. Gute PR. Komme, so schnell ich kann.*

Als er aus dem Bad kommt, steht Diana am Fenster, sieht in die Morgendämmerung und telefoniert – nackt, wie die Evolution sie geschaffen hat. Am liebsten würde Urs …

Die Welt ist einfach nicht fair. Ausschlafen, Flauschen, gemeinsames Frühstück im Bett und noch mehr Flauschen: So hätte der Morgen aussehen sollen.

Stattdessen: Festnahme durch den Staatsschutz. Aber was hat Urs schon erwartet? Mehr als einen flüchtigen Moment des Glücks?

Rasch wirft er seine Habseligkeiten in seinen kleinen Rollkoffer. Ob er den wohl mitnehmen darf? Wenn im Fernsehen jemand verhaftet wird, heißt es doch immer: »Wir müssen Sie für ein paar Tage mitnehmen. Packen Sie das Notwendigste.«

Festgenommen. Zum zweiten Mal in seinem Leben. Beim ersten Mal ist er vor Gericht gelandet – und freigesprochen worden. Was hat sich das Schicksal wohl diesmal für ihn ausgedacht? Zumindest hat er nichts verbrochen. Oder?

Endlich hat Diana das Telefonat beendet. Ihr Haar leuchtet in der eben aufgehenden Sonne. Urs muss schlucken. Sein Unterleib kribbelt. Sollten Pandas nicht viel paarungsunfroher sein?

»Also«, reißt Diana Urs aus seinen erotischen Träumereien, »Doktor Schneuff kümmert sich persönlich um den Fall. Er bittet dich, mit dem Staatsschutz mitzugehen. Du sollst dir aber keine Sorgen machen. Es geht nicht ins Gefängnis. Und du stehst auch nicht unter Anklage. – Das Schneuffchen ist okay. Wir holen dich da schon wieder raus, versprochen.«

»Danke.«

Unschlüssig bleibt Urs stehen. Endlich ergreift Diana die Initiative: Sie umarmt ihn und legt den Kopf auf seine Schulter. »So flauschig.«

Urs streichelt Dianas Rücken, während er gleichzeitig versucht, seine Erektion einzuziehen. Die Erregung ist bestimmt nicht angemessen.

Endlich macht sich Diana von ihm los. Lässt ihre Unterlippe unsicher durch die Zähne gleiten. »Du weißt, dass ich verheiratet bin, oder? Dass das hier nichts Ernstes ist?«

Was soll er darauf antworten? Eine ernsthafte Beziehung? Mit einer Frau wie Diana? Keine Chance, klar! Er nickt also, kann aber nicht widerstehen zu fragen: »Und? Was sagt dein Mann dazu?«

»Solange es nur kurze, schöne Begegnungen sind … Wir führen eine offene Beziehung. Er wird mir aber wieder drohen, zur Revanche Petra Beatrix von Höggemeulher zu vernaschen.«

Urs kann ein Kichern nicht unterdrücken, untersteht sich aber zu fragen, ob ihr Mann masochistisch veranlagt ist.

»Zu diesem Rendezvous würde ich ihn sogar persönlich chauffieren. Bei so viel Bereitschaft zur Selbstaufopferung«, fährt Diana fort. »Aber keine Chance.«

»Warum denn nicht?«

»Weil sie mit ihrer geheimen Lebenspartnerin in der Schweiz lebt. Dort muss die Partnerin die Höggemeulher'sche Brut aufziehen, während Führerin Petra Beatrix dem deutschen Volk wieder Lebensraum verschafft.«

»Sie ist …?«

»Lesbisch. Ja. Darf nur niemand wissen. Was soll denn der Fanklub ihres Opas denken?« Diana seufzt tief, während sie ihre Finger über Urs' Brustfell gleiten lässt. »Ich glaube, du gehst jetzt besser.«

Urs will sein Rollköfferchen aufheben, da schlingt Diana ihm die Arme um den Hals und küsst ihn zärtlich.

Noch bevor er den Kuss wirklich erwidern kann, hat sie schon wieder von ihm abgelassen. »Und jetzt geh.«

Diana gibt Urs einen spielerischen Klaps auf den Hintern. Dann ist sie im Bad verschwunden. »So flauschig«, hört er noch, bevor die Badezimmertür sich schließt.

Karolin hat ihn nie zum Abschied geküsst. Oder zur Begrüßung. Oder überhaupt, wenn sie nicht gerade vögeln wollte.

Zehn! Verdammte! Jahre!

Todesmutig tritt Urs auf den Flur hinaus. Er nickt den drei dort wartenden Männern zu. »Gehen wir«, will er sagen. Einen coolen Auftritt hinlegen.

Doch so weit kommt er nicht. Zwei der Männer packen ihn, der dritte zieht ein schwarzes Stück Stoff aus der Tasche seines Trenchcoats. Urs erkennt erst, was es ist, als ihm der Mann die Kapuze schon über den Kopf streift.

Die glühende Kugel des Ärgers ballt sich wieder in Urs' Magen zusammen. Ein dumpfes Knurren bahnt sich den Weg durch seine Kehle.

Die Kapuze wird fester gezogen, doch er kann die Hand vor seinem Gesicht riechen.

»Aua, du Scheißvieh!«

Urs hat blind zugeschnappt. Doch durch den Stoff hindurch haben sich seine Zähne in weiche Haut gebohrt.

»Leisten Sie keinen Widerstand. Wir können auch anders.«

Okay, okay. Die Männer packen ihn unter den Armen und marschieren los. Urs fällt in ihren Trott ein, obwohl er nicht wenig Lust hat, sich einfach schleifen zu lassen.

Kurzer Stopp. Das Ping eines Aufzugs. Er wird in die Kabine geschubst. Das Absacken des Fahrstuhls verursacht ein flaues Gefühl im Magen.

Der Aufzug stoppt, die Türen fahren auseinander. Verbrauchte Luft, Abfall und verbranntes Benzin: die Tiefgarage. Dann führt auch schon eine Pranke mit Stahlklauen seinen Kopf, um ihn auf die Rückbank eines Autos zu verfrachten.

Wie lange sind sie jetzt schon unterwegs? 10 Minuten? Eine Stunde? Urs hat unter der Kapuze jedes Zeitgefühl verloren.

Der Wagen stoppt, dann rollt er weiter, bevor er endgültig anhält. Urs wird aus dem Auto gezerrt und von kräftigen Armen fortgeschleift. Durch eine Tür, dann über Steinfußboden und wieder in einen Aufzug.

Ein dezentes Ping. Das metallische Schaben aufgehender Fahrstuhltüren. Seine Füße schleifen über Parkett. Er wird aufrecht hingestellt. Dann endlich scheint seine Odyssee ein Ende zu finden.

»Wir überstellen Herrn Doktor Urs Ailuro Podini, wie vom Wirtschaftsministerium angeordnet«, hört Urs den Anführer sagen.

»Aber, aber …« Die Stimme ist sanft und freundlich, das R eigenwillig gerollt. »Herr Doktor Podini ist unser Gast. Nehmen Sie ihm doch bitte die Kapuze ab.«

Mit einem Ruck wird die Kapuze von Urs' Kopf gezogen.

»Sie können dann gehen, meine Herren.«

Urs fällt beinahe hin, so plötzlich lassen ihn die Männer los. Er hört ihre Schritte auf dem Parkett, eine sich schließende Tür.

Dann endlich haben sich seine Augen an die Helligkeit gewöhnt.

»Ich bitte vielmals um Verzeihung, dass ich Ihnen dieses Ungemach bereitet habe.« Der untersetzte Asiate verneigt sich höflich. Er ist ungefähr in Urs' Alter. Sein pausbäckiges Gesicht ziert eine Brille mit Metallrahmen. »Darf ich Ihnen einen Tee anbieten?«

Endlich hat Urs seine Sinne so weit beisammen, dass er fragen kann: »Wo bin ich?«

Der Mann verneigt sich wieder. »In der Botschaft der Volksrepublik China. Mein Name ist Gao Shixin.«

»Aha.« Urs nimmt ratlos die Hand, die der Mann ihm hinstreckt. Muss er ihn erkennen?

»Der Botschafter«, löst der Asiate das Rätsel.

Endlich hat sich eine zweite Frage in Urs' Kopf geformt und wagt sich nach draußen: »Was mache ich hier?«

»Nehmen Sie doch erst einmal Platz.« Der Botschafter deutet auf ein Sofa und zwei Sessel, die sich um einen zierlichen Tisch mit geschnitzten Intarsien gruppieren. »Und trinken Sie einen Tee. Dann werde ich Ihnen alles erklären.«

Unschlüssig besieht sich Urs die Sitzgruppe. Die Sessel wirken so filigran, dass er sich nicht sicher ist, ob sie einen übergewichtigen Europäer tragen, daher lässt er sich auf dem Sofa nieder. Anders als erwartet ist es weich und bequem. Urs überkommt der Wunsch, ein Handvoll Kekse aus der Schale auf dem Tisch zu nehmen, sich auf dem Sofa zusammenzurollen und dösend zu knabbern. Er ertappt sich dabei, dass er seine Hand bereits nach den Keksen ausstreckt.

Schnell zieht er den Arm zurück. Mit geschlossenen Füßen sitzt er auf dem Sofa, ohne sich anzulehnen, während der Botschafter umständlich Tee in zwei Tassen gießt.

Dann lässt sich Gao Shixin auf einem der Sesselchen nieder – nur, um gleich wieder aufzuspringen. »Möchten Sie vielleicht etwas essen? Unsere Küche serviert heute frischen Bambus.« Er erstarrt, verneigt sich. »Verzeihung, ich wollte mich nicht … Das sollte keine Anspielung sein.«

Anspielung? Urs kann die Frage gerade noch rechtzeitig runterschlucken. Wäre ja peinlich gewesen, wenn er ausgerechnet in Gegenwart des chinesischen Botschafters vergessen hätte, wovon Pandas sich ernähren.

Und wie war das noch mit der Etikette in China? Urs wünscht sich, er hätte in dem Seminar zur kulturellen Verständigung besser aufgepasst, zu dem Alexa ihn geschleift hat. Seit Jahren träumt sie schon davon, mit der Agentur chinesische Unternehmen zu betreuen, die auf dem deutschen Markt Fuß fassen wollen.

Also: Wie war das?

Teller niemals leer essen, Stäbchen nicht senkrecht in den Reis stechen (das macht man wohl nur bei Essensgaben für Verstorbene), Geschenke erst beim dritten Anbieten annehmen, keine Blumen mitbringen. Schlürfen, Rülpsen und Schmatzen sind erlaubt. Wird Alkohol serviert: Mitsaufen oder sich *vorher* aus gesundheitlichen Gründen entschuldigen.

Aber wie war das mit angebotenem Essen? Darf, muss man das ablehnen? Oder annehmen?

Es ist sein knurrender Magen, der die Entscheidung fällt. »Frischen Bambus probiere ich gerne.«

Offenbar die richtige Antwort. Der chinesische Botschafter eilt beflissen zum Telefon, in das er ein paar Befehle bellt.

Dann setzt er sich wieder auf sein Sesselchen und schlägt die Beine über. Es soll wohl lässig aussehen, doch unablässig trommelt er mit den Fingern auf seinem Knie herum.

»Und Sie sind also ein Xiongmao …« Der Botschafter sucht nach dem richtigen Wort. »Ein …«

»Ja, ein Xiongmao«, echot Urs und betet, dass er das Wort richtig ausgesprochen hat. Nicht, dass er den Botschafter aus Versehen als *kleines, schleimiges Wesen vom Boden des Gelben Flusses* betitelt.

Doch der Botschafter nickt anerkennend.

Also setzt Urs noch einmal bekräftigend hinterher: »Meine Wesenheit ist Xiongmao.«

»Dann wissen Sie ja sicher, welche Bedeutung diese edle Tiergattung für meine Nation hat. Die Begegnung mit einem Xiongmao, so sagt man bei uns, verheißt Glück und Frieden. Doch wir respektieren auch seine Stärke, seine Ruhe und seinen Kampfgeist.«

In diesem Augenblick klopft es.

»Ihr Essen, Herr Doktor Podini. Möge Ihr Appetit dem des Xiongmao in nichts nachstehen.«

Dieser freundliche Wunsch hat seinen Grund. Ein weiß gekleideter Mann mit hoher Kochmütze rollt einen mehrstöckigen Servierwagen in das Büro des Botschafters, beladen mit einer großen Schüssel Reis und jeder Menge Schälchen mit unterschiedlichen Gerichten. Urs wird sie alle probieren müssen, denn das gilt in China als höflich. Als man ihm Messer und Gabel reichen will, lehnt er dankend ab und greift nach den bereitliegenden Stäbchen.

Der Botschafter schaut ihn überrascht an. Hoffentlich ist das jetzt kein Fauxpas gewesen. Egal, Urs läuft das Wasser im Mund zusammen.

WÄHREND URS SPEIST – eine nicht enden wollende Prozedur, denn der Koch tut ihm immer neue Gerichte auf –, setzt der Botschafter seinen Vortrag über die Bedeutung des Xiongmao in China fort.

Zwischendurch holt er sogar einen Tablet-PC von seinem Schreibtisch: Der ganze Stolz der chinesischen Wirtschaft; in das Gehäuse aus gebürstetem Magnesium ist ein Panda eingraviert. Auf dem Tablet zeigt der Botschafter Urs Bilder aus Chengdu. Er ist hinreichend beeindruckt, als Urs sagt: »Die größte Panda-Aufzuchtstation der Welt, ich weiß.«

»Sie kennen Ihren Xiongmao.« Dann fährt der Botschafter in seinem Vortrag fort und erläutert Urs die Anstrengungen, die die chinesische Regierung in Chengdu unternimmt, um dieses edle Tier zu erhalten.

Besonders hat es dem Botschafter jedoch ein schmuckes, kleines Haus angetan, das alle Annehmlichkeiten modernen Lebens bietet. Er bezeichnet es, vielleicht etwas vollmundig, als »Villa für Ehrengäste des chinesischen Volkes in der Panda-Forschungs- und Aufzuchtstation Chengdu«.

Zuletzt spricht der Botschafter dann vom Xiongmao, dem natürlichen Diplomaten. Die chinesische Regierung schicke ihn in die Welt hinaus – als Sendbote des Friedens und der Freundschaft mit den Völkern der Erde.

Urs hat unterdessen vor der Übermacht der Speisen kapituliert. Mit blumigen Worten dankt er dem Koch für dieses köstliche Mahl, er könne jetzt aber wirklich keinen Bissen mehr herunterkriegen. Der Koch erwidert den Dank mit einer knappen Verbeugung.

KAUM HAT SICH DIE TÜR hinter dem Koch und seinem Servierwagen geschlossen, nimmt Gao Shixin den Faden seines Vortrags wieder auf. Stolz schildert er das neueste Kapitel der Panda-Diplomatie: Als Zeichen der Verbundenheit zwischen dem chinesischen und dem deutschen Volk solle bald ein Panda-Pärchen seine neue Heimat im Frankfurter Zoo beziehen.

Dann endlich muss er Luft holen und gibt so Urs die Chance zu fragen: »Eure Exzellenz, was hat das alles mit mir zu tun?«

Der Botschafter schaut betreten zu Boden. Umständlich zieht er seine Hosenbeine glatt, steht dann auf, um den Tablet-PC auf dem Schreibtisch abzulegen, setzt sich wieder, und muss nun die Hosenbeine erneut glatt ziehen.

Endlich gibt es wohl nichts mehr zu tun. Er öffnet den Mund, um – so hofft Urs – endlich zu antworten. Doch das Schnarren der Gegensprechanlage erlöst den Botschafter im letzten Moment. »Das wird Staatssekretär Doktor Schneuff sein. Er wird Ihnen alles erklären.«

MINUTEN SPÄTER FÜHREN ZWEI UNIFORMIERTE CHINESEN mit steinerner Miene einen großen, breitschultrigen Mann mit gegelten Haaren und einer horngefassten Brille herein. Die zwei Frauen in seinem Gefolge wirken neben ihm doppelt zierlich – Diana und Alexa.

Sie nehmen auf eine einladende Geste des Botschafters hin umstandslos rechts und links von Urs auf dem Sofa Platz.

Ganz selbstverständlich ordnet Diana dabei eines von Urs' Plüschohren. Alexa zieht daraus den richtigen Schluss. Mit dem Daumen deutet sie auf Diana. Ihre Lippen formen ein stummes: »Echt?«

Der große Mann – offenbar Staatssekretär Schneuff, auch wenn er sich nicht vorstellt – schält sich umständlich aus seinem rotbraunen Kaschmirmantel und drückt ihn einem der Uniformierten in die Hand.

Dann lässt er sich auf dem zweiten Sesselchen nieder und schafft es dabei, die Balance auf diesem für ihn viel zu kleinen Sitzmöbel zu halten und gleichzeitig elegant auszusehen.

Geschlagene fünf Minuten verbringen der chinesische Botschafter und Staatssekretär Schneuff damit, Höflichkeiten auszutauschen.

Urs ist davon inzwischen so gestresst, dass er ein knurriges »Brumm!« in seiner Kehle aufsteigen fühlt.

Diana verliert die Geduld noch vor ihm: »Könnten wir dann zur Sache kommen? Warum ist mein Mandant hier?«

»Mandant nennt man das jetzt?«, murmelt Alexa. Urs gibt ihr einen Stups mit dem Ellbogen.

Dianas Vorstoß verläuft im Sande. Zwar haben Schneuff und der chinesische Botschafter den Floskelaustausch eingestellt, überbieten sich jetzt aber darin, dem jeweils anderen den Vortritt beim Erklären der Situation zu lassen.

»Brumm!« Urs' Zähne sind gefletscht. Die Vorderpfoten auf den Tisch gestützt, hat er sich drohend aufgerichtet. Der kleine Auftritt seiner Wesenheit zeigt Wirkung:

»Sehen Sie, es ist so ... In ein paar Jahren werden wir sicher gemeinsam darüber lachen«, beginnt Staatssekretär Schneuff eingeschüchtert.

»Und es ist mir außerordentlich unangenehm, diese Forderung meiner Regierung durchsetzen zu müssen.« Der Botschafter deutet eine demütige Verneigung an. »Das versichere ich Ihnen.«

Schneuff lehnt sich zurück. »Sie haben ja vielleicht die letzte Eskapade unseres verehrten Herrn Außenministers Henning von Fehlauer mitbekommen.«

Urs ist überfragt. Doch Alexa kann sich an die Radiosendung vom Vortag erinnern. »Das mit den Essstäbchen und der Entwicklungshilfe?«

Der Botschafter nickt. »Sicher werden Sie verstehen, dass meine Regierung über diesen durch nichts provozierten Angriff alles andere als erfreut ist.«

Urs nickt gleichfalls. »Selbstverständlich.«

»Sehr gut.« Der Botschafter und der Staatssekretär lehnen sich zurück. Und schweigen.

»Und was hat das jetzt mit Herrn Doktor Podini zu tun?« Diana steht wohl kurz davor, ihren Perserkatzen-Morgenstern auszupacken. »Meines Wissens ist er weder Außenminister noch mit ihm verwandt oder verschwägert.«

Staatssekretär Schneuff hebt besänftigend die Hände. »Nun, es ist so, liebe Frau Schuberth … – Aber vielleicht erklären Sie das besser, Herr Botschafter.«

»Aber nein, verehrter Herr Staatssekretär. Das überlasse ich gerne Ihnen.«

»Es fällt doch aber eher in Ihr Hoheitsgebiet.«

»Brumm!« Urs hat die zu Fäusten geballten Vorderpfoten auf den Tisch vor sich geschlagen. Das Teegeschirr macht einen klirrenden Satz.

Aus den Gesichtern von Botschafter und Staatssekretär weicht jede Farbe. Diana legt Urs beruhigend die Hand auf das Knie.

Das Räuspern des Staatssekretärs steigert sich zu einem Husten, den er mit einem Schluck aus einer Teetasse dämpft, die ihm der Botschafter reicht. Endlich ist er wieder zu Luft gekommen und setzt an, zu sprechen. »Wie Sie sicher wissen, lieber Herr Doktor Podini, ist der Panda oder Xiongmao, wie er in der Landessprache heißt, ein wichtiges Symbol der chinesischen Kultur. Er bringt Glück und Frieden. Doch man respektiert und schätzt auch seine Stärke und seinen Kampfgeist.«

Urs will diesem Kampfgeist am liebsten freien Lauf lassen und dem Staatssekretär die Nase abbeißen. Deshalb holt er tief Luft und atmet langsam aus, um »seinen Parasympathikus zu beruhigen«, wie es die Yogalehrerin nennt, die sie manchmal in die Agentur einladen, wenn die zwischenmenschlichen Spannungen überhandnehmen. Er lässt es sich jedoch nicht nehmen, seine Atemluft grollend die Stimmbänder passieren zu lassen.

»Gut, gut, ja, natürlich«, sagt der Staatssekretär hastig. »Klar. Sicher. Sie kennen Ihren Panda.« Er dreht und windet sich, als wolle er am liebsten davonlaufen. »Dann wissen Sie aber sicher auch, dass die Volksrepublik China aufgrund der Bedeutung dieser Tiere für das Land das Eigentum an allen Pandas dieser Erde beansprucht.«

»Das ist uns in mehreren Abkommen zugestanden worden«, ergänzt der Botschafter. »Es ist also geltendes internationales Recht.«

»Und was hat –?« Diana stockt. »Wollen Sie damit sagen, Sie erheben Eigentumsanspruch auf Urs … Herrn Doktor Podini?«

Der Botschafter und der Staatssekretär sehen sich betroffen an. Dann atmen sie synchron erleichtert aus. Endlich ist die Katze aus dem Sack.

»Ganz recht«, ergreift der Botschafter das Wort. »Meine Regierung ist nicht gewillt, die Beleidigung unseres Volkes durch Herrn Fehlauer ohne Konsequenzen hinzunehmen. Herr Podini und seine Xiongmao-Wesenheit sind in unseren Medien äußerst präsent – und also auch im Bewusstsein des chinesischen Volkes. Daher hat Ministerpräsident Sun Bahu sich entschlossen, auch diesen Panda dem chinesischen Volke zuzuführen.«

»Aber, Doktor Podini ist doch kein Tier und somit keine Sache.«

Staatssekretär Schneuff nimmt seine Brille ab und poliert sie umständlich mit seiner Krawatte. »Sehen Sie, liebe Frau Schuberth – und natürlich lieber Herr Doktor Podini –, es ist so: Die doch recht schnelle und nicht ganz zu Ende durchdachte Einführung der Wesenheit, die wir natürlich alle als Erweiterung der bürgerlichen Rechte und Freiheiten begrüßen. Das steht doch außer Frage.« Er nickt bestätigend. »Ja, genau!«

»Was ist jetzt mit der Einführung der Wesenheit?« Alexa hat sich aufgerichtet. Nervös spielt sie mit ihrer Zigarettenschachtel.

»Ach so, ja«, fährt Schneuff ertappt fort. »Die Einführung der Wesenheit hat ein paar zuvor nicht erkannte rechtliche Konsequenzen, deren vollen Umfang wir jetzt erst allmählich begreifen. Sie haben bestimmt davon gehört, dass eine Münchner Bürgerinitiative Leinen- und Maulkorbzwang für Tierwesenheiten im Englischen Garten durchsetzen will? Wie es momentan aussieht, kommen sie damit durch.«

»Und was hat das …?«, will Diana erneut fragen, doch dann versteht sie. »Sie wollen damit doch nicht sagen, dass Herr Doktor Podini tatsächlich rechtlich als Panda gilt und –«

»Eigentum der Volksrepublik China ist, jawohl«, setzt der Staatssekretär ihren Satz fort. »Damit hat die chinesische Regierung Anspruch auf Ihren Mandanten. Zumindest sieht es das Verwaltungsgericht in seiner Eilentscheidung so – die Basis für den Überstellungsbefehl.«

»Aber es ist doch gerade so, dass die Wesenheit ein Zusatz zum Menschsein ist«, mischt sich Alexa ein. Der Botschafter hat ihr zuvorkommend einen Aschenbecher gereicht und sie zieht heftig an ihrer Zigarette, bevor sie weiterspricht. »Urs, also Doktor Podini, ist gleichzeitig noch Mensch und deutscher Staatsbürger. Den können Sie doch nicht einfach so ausliefern.«

»Tja, das haben wir auch gedacht.«

»Aber?«

Der Staatssekretär beantwortet Alexas Frage nicht.

Stattdessen ist der chinesische Botschafter aufgestanden und hat eine Ledermappe von seinem Schreibtisch geholt, die er Urs mit einer feierlichen Verbeugung überreicht. »Willkommen in der Volksrepublik China.«

Verwirrt schlägt Urs die Mappe auf. Die Urkunde, die sich darin befindet, enthält außer Urs' vollständigem Namen nur chinesische Schriftzeichen. Aber das kleine, rostrote Heftchen mit der Goldprägung erkennt er sofort: ein chinesischer Reisepass.

Diana nimmt ihm den Pass aus der Hand und blättert ihn ungläubig durch. »Wollen Sie damit sagen, dass Urs …?«

»Doktor Podini ist mit sofortiger Wirkung ein geschätzter Staatsbürger der Volksrepublik China. Herzlichen Glückwunsch.« Der Botschafter steht stramm, als wolle er die Nationalhymne seines Landes anstimmen.

»Moment, Moment«, bremst ihn Alexa. »Meine Staatsrechtsseminare sind schon eine Weile her, aber ich bin mir sicher, dass Sie Urs nicht einfach umbürgern können. Nicht ohne seine Zustimmung.«

Verschmitzt lächelnd lässt sich der Botschafter auf seinem Sessel nieder. Er schlägt die Beine übereinander und legt die Fingerspitzen zusammen. »Wir sind zu der Überzeugung gelangt, dass Herr Doktor Podini diese Zustimmung bereits gegeben hat.«

»Und wann soll das gewesen sein?«

Statt Alexa direkt zu antworten, wendet sich der Botschafter an Urs. »Herr Doktor Podini, Sie haben ja vorhin schon ein beachtliches Wissen zur Bedeutung des Xiongmao für die chinesische Kultur bewiesen. War Ihnen auch bewusst, dass alle Pandas weltweit Eigentum der chinesischen Regierung sind?«

Urs muss schlucken, denn er hat einen Verdacht, worauf die Frage des Botschafters hinausläuft. Dennoch nickt er gehorsam.

»Haben Sie das vor oder nach der Annahme Ihrer Wesenheit erfahren?«

Gute Frage. Seit wann weiß er es? Seit der gestrigen Autofahrt und dem Radiobericht zur Panda-Diplomatie? Nein, schon sehr viel länger. Er hört wieder den Weisen der Kulinarik von seiner Tochter schwärmen: »Außerdem ist sie seit Neuestem stramme Kommunistin.«

Genau, Pandas dürfen als Eigentum der Regierung nur von eingeschworenen Parteigenossinnen und -genossen gepflegt werden. Das hat ihm der alte Chinese erzählt.

Also hat Urs davon gewusst, noch bevor er den Suit gekauft hat. Lange vor dem Beginn der Kampagne zur Anerkennung seiner Wesenheit. Und jetzt? Soll er lügen?

»Vorher«, sagt er endlich.

Der Botschafter nickt zufrieden und putzt seine Brille mit einem umständlich hervorgekramten Brillenputztuch.

»Sehen Sie?«, wendet er sich schließlich an Alexa, »Herr Doktor Podini hat mit seinem Antrag auf Wesenheit auch seine Zustimmung zur chinesischen Staatsbürgerschaft gegeben. Damit liegt unserer Rechtsauffassung nach die Erteilung dieser Staatsbürgerschaft einzig im Ermessen unserer Regierung.«

Als Panda chinesisches Staatseigentum. Als Staatsbürger eingemeindet in die Volksrepublik China. Urs kann nicht mal mehr missmutig brummen.

»Und was passiert jetzt?« Alexa zündet sich eine weitere Zigarette an.

Der Botschafter blickt zu Staatssekretär Schneuff, der den Ball gerne aufnimmt: »Wir sind natürlich bemüht, eine diplomatische Lösung zu finden, die den Bedürfnissen aller Seiten gerecht wird. Die Verhandlungen auf höchster Ebene sind bereits anberaumt.«

»Anberaumt?« Endlich gelingt es Urs, etwas zu sagen. »Wie lange dauert das denn?«

Der Staatssekretär hebt ratlos die Schultern. »Drei Monate vielleicht. Maximal ein halbes Jahr.«

»Ein halbes Jahr?« Urs will ein lautes »Brumm!« ausstoßen, doch da hat ihn seine Kraft schon wieder verlassen.

»Und was geschieht mit meinem Mandanten bis dahin?«, fragt Diana.

»Herr Botschafter?«, gibt Schneuff den Ball weiter.

»Nun, Herr Podini kann diese Zeit zum Beispiel gerne als unser Gast hier in der Botschaft verbringen. Wir haben einige äußerst wohnliche Gästeapartments.«

»Kann ich nicht einfach nach Hause?«, fragt Urs.

»Leider nein. Das wäre Republikflucht. Dann müssten wir Ihre Auslieferung beantragen.«

»Und dank unseres verehrten Herrn Außenministers«, übernimmt Schneuff das Wort, »haben wir momentan kein diplomatisches Standing, solch ein Ansinnen zu verweigern.«

»Fehlauer ist ein Idiot«, murmelt Diana in sich hinein. Dann fährt sie lauter fort: »Also, ich kann meinem Mandanten nur raten –«

»Moment!« Alexa hat die Hand gehoben. »Was wäre denn die Alternative zur Botschaft?«

»Alternative?«, fragt Schneuff.

»Seine Exzellenz sagte eben ›zum Beispiel‹.«

Der so Angesprochene lächelt herzlich. »Alternativ ist Herr Doktor Podini eingeladen, sein neues Heimatland zu bereisen und sich von Kultur, Schönheit und wirtschaftlicher Leistungskraft der Volksrepublik China zu überzeugen. Natürlich auf Kosten unserer Staatsregierung.«

»Sie wollen ihn außer Landes schaffen?«, protestiert Diana. »Das kommt ja überhaupt nicht in Frage!«

»Nun, das sind die Alternativen. Botschaft oder China«, fasst der Botschafter kühl zusammen. »Im zweiten Fall reist Herr Podini entweder erster Klasse oder, im Falle einer Auslieferung, in Ketten.«

»Okay, dann Bot–«

»Moment.« Alexa ist aufgestanden. »Darf ich kurz mit meinem Geschäftspartner unter vier Augen sprechen?«

Die beiden uniformierten Chinesen haben Alexa und Urs in einen Konferenzraum ohne Fenster gebracht und die Tür hinter ihnen geschlossen.

Kaum sind sie allein, da stößt Alexa Urs bereits mit beiden Zeigefingern vor die Brust. »Du hast Diana Schuberth geknattert?«

Urs ertappt sich dabei, stolz zu nicken, bevor die Vernunft wieder das Ruder übernimmt: »Das ist die erste Frage, die dir einfällt?«

»Es ist jetzt offiziell: Ich hasse dich. – Und, wie war's?«

Urs ist schon drauf und dran, die Frage seiner besten Freundin zu beantworten – und sei es nur, weil er den blanken Neid in ihren Augen sehen will. Aber sie sind ja nicht zum Spaß hier.

»Was ist jetzt? Soll ich in der Botschaft bleiben oder nach China?«

Alexa schüttelt erstaunt den Kopf. »Nach China natürlich, du Klotzkopf! Weißt du, was du da für Kontakte knüpfen kannst?« Sie legt Urs verschwörerisch den Arm um die Schulter. »Und du hast dir den Urlaub wirklich verdient. Wann warst du das letzte Mal weg? Vor vier Jahren?«

Urs schaudert es. Sein letzter Urlaub liegt tatsächlich vier Jahre zurück. Eine Woche Norderney mit Karolin. Regen. Fisch. Genörgel. Parforceritt-Sex. Erholsam war das nicht.

Alexa muss seine Gedanken erraten haben. »Eben. Fahr du mal nach China.«

»Aber … Ich und Kontakte knüpfen? Du weißt doch, dass mir das nicht liegt.«

»Keine Sorge, die kommen bestimmt von selbst. Ich wette mit dir: Bei den Verhandlungen, die dieser Schneuff eben erwähnt hat, geht es vor allem um wirtschaftliche Zusammenarbeit. Die schleifen dich bestimmt durch alle Betriebe, die Interesse am Geschäft mit Deutschland haben.«

Urs seufzt. Aber Alexa hat recht. Er hat Urlaub verdient. Und warum nicht erster Klasse als chinesischer Staatsgast?

»Okay, also dann: Auf nach China!«

»Exzellent.« Alexa schlägt die Hände zusammen. »Und? Wie war jetzt der Sex mit Diana Schuberth? Erzähl mir alles.«

# Brumm

## *Ein Staatsbesuch*

»Panda-Diplomatie rückwärts.« So hat es Henning von Fehlauer genannt. Der Außenminister hat es sich nicht nehmen lassen, Urs am Flughafen mit staatsmännischem Handschlag zu verabschieden. »Na dann, Herr Doktor Podini: Heim ins Reich … der Mitte.«

Glücklicherweise klickten die Kameras der Reporter so laut, dass dieser Witz untergegangen ist.

Das hofft Urs zumindest. Nicht, dass seine künftigen Gastgeber ihn erbost ob dieser erneuten Respektlosigkeit über dem Gelben Meer abwerfen lassen. Sobald der Außenminister endlich seine Hand losgelassen hat, flüchtet Urs die Gangway hoch.

Der speziell für seine Reise abgestellte Airbus 380 der Air China ist bis zur Kapazitätsgrenze mit Wirtschaftsführern und politischen Unterhändlern besetzt.

Urs erhält jedoch seine eigene Suite in der ersten Klasse. Dort kümmern sich zwei Flugbegleiterinnen in langen Wickelröcken ausschließlich um sein Wohl. Vor der Landung flauschen sie mit silbernen Feinhaarbürsten noch einmal zärtlich sein Fell. Vergnügt nippt er an seinem Champagner, während die beiden Flugbegleiterinnen seine hochgelegten Beine striegeln.

Die Dämmerung ist drückend.

Es muss früher Morgen sein – oder ein besonders versmogter Tag –, als die Maschine auf dem Beijing Capital International Airport landet und mitten auf dem Rollfeld stehen bleibt. Eine Gangway wird an das Flugzeug herangefahren.

Hier steige nur Urs aus, erklären ihm die Flugbegleiterinnen in entzückendem Deutsch. Dem geschätzten Ehrenbürger des chinesischen Volkes erspare man selbstverständlich die Einreiseprozeduren.

Urs vergewissert sich, dass seine Plüschohren aufrecht stehen, und reckt die Brust vor. Dann tritt er auf die Gangway und versucht dabei, staatsmännisch zu wirken. Eine Hand hat er bereits zu jenem Winken erhoben, das er von Spitzenpolitikern auf Staatsbesuch kennt.

Doch ihn erwarten keine Massen, die er grüßen müsste. Nicht einmal Presse oder Fernsehkameras. Das Begrüßungskomitee besteht aus zwei jungen Chinesen, einem Mann und einer Frau. Sie kommen die Treppe der Gangway emporgehastet.

»Ich bin Bo, Ihre offizielle Dolmetscherin.« Die junge Frau deutet auf den Mann neben sich, der erst noch zu Atem kommen muss. »Und das ist Bo. Der von der deutschen Botschaft bestellte Übersetzer.«

Der junge Mann nickt knapp: »Was sie gesagt hat.«

»Ich begrüße Sie im Reich der Mitte«, fährt die Frau fort. Es kostet sie Mühe, ihre Arme beim Gestikulieren im Zaum zu halten. »Und hoffe, dass Sie einen angenehmen Aufenthalt im Land des Xiongmao haben werden. Darf ich Sie nun zu Ihrem Fahrzeug geleiten? In der Großen Halle des Volkes wird Sie Ministerpräsident Sun Bahu zum Lunch mit Köstlichkeiten aus Ihrer Heimat empfangen.«

»Was sie gesagt hat.«

Am Fuß der Gangway ist eine Fahrzeugkolonne vorgefahren. Urs zählt elf schwarz-weiß lackierte Qoros Xiongmao.

Kaum, dass Urs gemeinsam mit Bo und Bo in einen der Wagen geklettert ist, rast die Kolonne los, als hätte man zum Sturm auf Zhongnanhai, das Regierungsviertel von Peking, geblasen.

Ängstlich greift Urs zum Sicherheitsgurt, findet aber keinen. Bo und Bo nehmen es sportlich: der männliche, wortkarge Bo wohl im stoischen Wissen um die Vergänglichkeit allen Seins. Die weibliche Bo hingegen würde wohl am liebsten das Fenster herunterkurbeln und den Kopf hinausstecken, um sich den Fahrtwind um die Nase wehen zu lassen.

Stattdessen lenkt sie ihre Energie in die Erläuterungen zu den Sehenswürdigkeiten am Straßenrand – auf die Urs allerdings nur flüchtige Blicke erhaschen kann: Die Kolonne pflügt durch die Innenstadt Pekings wie ein Eisbrecher mit Atom-Turbo durch die Arktis.

Der Wagen stoppt so abrupt, dass Urs vom glatten Leder seines Sitzes in den Fußraum rutscht. Wortkarger Bo sieht mitleidig auf ihn herab, macht jedoch keine Anstalten ihm aufzuhelfen.

Die weibliche Bo, die Urs zunehmend an einen Cheerleader erinnert, hat seinen Sturz nicht bemerkt. Die Nase an der Fensterscheibe platt gedrückt, lässt sie Superlative zur Architektur und Geschichte des Tian'anmen-Platzes aus sich hervorsprudeln.

»Die große Halle des Volkes«, verkündet sie punktgenau, als die Wagentür aufgerissen wird. Zwei Soldaten mit Regenschirmen stehen Spalier, als Urs aussteigt und vorsichtig einen Fuß auf den roten Teppich stellt, der im fahlen Licht aus sich selbst heraus zu leuchten scheint.

Urs setzt seine Schritte behutsam.

Vielleicht, weil er befürchtet, dass rote Teppiche ausschließlich Politikern und Filmstars vorbehalten sind und dafür mit Normalbürgern wie ihm gefüttert werden. Vielleicht, weil der Platz von schwer bewaffneten Soldaten wimmelt.

Der Mann, der am Fuß der Treppe zur Großen Halle des Volkes auf ihn wartet, nimmt sich in seinem dunklen Zweiteiler, dem weißen Hemd, der schmalen Krawatte und dem Brillengestell aus den Siebzigern vor der monumentalen Architektur mit ihren in den Himmel ragenden Säulen doppelt bescheiden aus.

»Sun Bahu Zongli!« Cheerleader Bo jauchzt den Namen an der Grenze des Orgiastischen.

»Zongli heißt Ministerpräsident. Titel kommen bei uns ans Ende«, erklärt Wortkarger Bo. Sein deutscher Wortschatz besteht also doch nicht nur aus vier Vokabeln.

Der Ministerpräsident begrüßt Urs mit einem staatsmännischen Händedruck. Er hält Urs' Hand ein paar Sekunden länger fest als nötig. Die beiden Fotografen und der Kameramann, die dieser historischen

Begegnung aus gebührendem Abstand beiwohnen, sollen Gelegenheit bekommen, sie richtig abzulichten.

Die in Urs' Ohren eher knapp klingenden Begrüßungsworte des Ministerpräsidenten werden in Cheerleader Bos Übersetzung zu: »Sun Bahu Zongli ist erfreut Ihre Bekanntschaft zu machen und Sie als Ehrengast des chinesischen Volkes begrüßen zu dürfen. Er dankt Ihnen für Ihr Engagement im Namen des Xiongmao, jenes Tiers, das Willen und Sein des chinesischen Volkes verkörpert wie kein anderes. Möge Ihr Aufenthalt in der Volksrepublik China angenehm und lehrreich verlaufen.«

»Es ist mir auch ... also ... eine Ehre«, stottert Urs sich eine Erwiderung zusammen und kann sich angesichts des Wortschwalls, der sich nun aus dem Mund von Cheerleader Bo über den Ministerpräsidenten ergießt, des Eindrucks nicht erwehren, dass seine Dolmetscherin ein paar Höflichkeitsfloskeln ergänzt.

Der Ministerpräsident blickt zu Wortkargem Bo. Der stößt zackig ein paar Silben aus, deren Bedeutung Urs erraten kann: »Was sie gesagt hat.«

Dann nickt der Ministerpräsident freundlich in Urs' Richtung. »Kommen Sie!«

Das sagt er auf Deutsch, da ist sich Urs ganz sicher. Dennoch übersetzt Cheerleader Bo: »Sun Bahu Zongli bittet Sie, zu einem frühen Lunch sein Gast zu sein. Er wäre dem Ministerpräsidenten eine Ehre, Sie persönlich durch dieses geschichtsträchtige Gebäude zu führen.«

Mit militärisch zackigen Schritten geht Sun Bahu voran, als gelte es, den langen Marsch maßstabsgerecht nachzuspielen. Er führt Urs treppauf, treppab durch das Labyrinth der Gänge und Säle der Großen Halle des Volkes. Vor einem von gleich acht Soldaten bewachten Holzportal stoppt der Ministerpräsident abrupt. Mit geübtem Griff überprüft er den Sitz von Krawatte und Jackett. Urs greift unwillkürlich nach seinen Plüschohren und rückt sie zurecht.

»Die Begrüßungszeremonie und das Bankett aus dem Festsaal werden live im Fernsehen übertragen«, jubiliert Cheerleader Bo gerade noch, dann reißen zwei der Soldaten bereits das Portal auf.

Urs muss sich zwingen, nicht den *Imperialen Marsch* aus *Krieg der Sterne* vor sich hin summen, als sie durch das Spalier der uniform in graue Anzüge, weiße Hemden und dunkle, schmale Krawatten gekleideten Anwesenden schreiten.

Selbstsicher zu allen Seiten nickend marschiert der Ministerpräsident voran. Urs geht einen Schritt hinter ihm, seinerseits dicht gefolgt von Bo und Bo.

Am anderen Ende des Saales befindet sich ein Podium, darauf ein vergoldeter Stuhl und ein Rednerpult.

»Muss ich was sagen?«, flüstert Urs Cheerleader Bo zu. Sie schüttelt den Kopf, während sie sich ehrfürchtig umblickt. Zu gerne würden jetzt wohl die Superlative aus ihr herauspurzeln.

Stattdessen geleitet sie Urs die Stufen zum Podium empor. Dabei nimmt sie ihn unauffällig am Arm: Die Stufen sind frisch gebohnert und Urs' Bärenpfoten nicht gerade rutschfest.

Mit großer Geste bietet ihm der Ministerpräsident den Platz auf dem goldverschnörkelten Stuhl an. Urs setzt sich dankbar. Nach der Rennerei tun ihm bereits die Füße weh.

Applaus rauscht auf. Kameras klicken wie die Schritte einer tausendfachen Militärparade. Beides endet schlagartig, als der Ministerpräsident ans Rednerpult tritt und die Hände hebt, um der wohlchoreografierten Begeisterung Einhalt zu gebieten.

Er räuspert sich, blickt vor sich auf das Pult und hält verdutzt inne. Dann bellt er einem der an der Seite des Podiums wartenden Lakaien etwas zu.

Mit vor Schreck geweiteten Augen macht der Lakai einen Satz auf das Podium und öffnet noch im Sprung eine Aktentasche, aus der er mehrere Manuskriptblätter zieht. Die Blätter legt er unter hastig gestotterten Worten, vermutlich einer tausendfachen Entschuldigung, vor den Ministerpräsidenten auf das Pult, um sich gleich darauf zurückzuziehen. Er geht rückwärts und fällt vom Podium, ohne dass ihn seine Kollegen warnen oder gar auffangen.

»UND DAHER FREUT SICH DER MINISTERPRÄSIDENT außerordentlich, Sie zum Ehrenmitglied der Kommunistischen Partei zu ernennen und Sie für Ihre Verdienste um das Wohl und die Anerkennung unseres Nationaltiers mit dem Freundschaftspreis des chinesischen Volkes auszuzeichnen.«

Urs' Aufmerksamkeit hat schon längst vor dem eindringlich-begeisterten Flüstern kapituliert, mit dem ihn Cheerleader Bo durch die Rede von Ministerpräsident Sun Bahu geführt hat. Von der langjährigen Freundschaft beider Länder über die individuellen Leistungen im Tierschutz bis hin zur Verneigung des chinesischen Volkes vor der Weisheit der deutschen Regierung, Urs offiziell als Panda anzuerkennen, hat der Ministerpräsident einen sprachlichen Kosmos aufgespannt, in dessen strahlendes Zentrum er nun vorgestoßen ist – zum Grande Finale seiner Rede.

Ein kräftiger Stups in seinen Rücken lässt Urs erschrocken aufspringen. Er gerät ins Rutschen und kann sich gerade noch abfangen, bevor er der Länge nach hinschlägt.

Unterdessen hat Sun Bahu von zwei Lakaien eine edle lederne Mappe sowie eine Medaille auf einem Kissen herbeitragen lassen.

Als der Ministerpräsident die Medaille vom Kissen nimmt und die lange Nadel der Agraffe aufklappt, spürt Urs ein unbehagliches Knurren in sich aufsteigen. Er fürchtet um die zarte Haut seiner Brust.

Doch die Sorge ist unbegründet. Mit geschickten Fingern heftet der Ministerpräsident die Medaille an Urs' Brustfell und schüttelt ihm die Pfote. Ausführlich. Damit die Kameraleute und Fotografen das Bild gut einfangen können.

Dann signiert der Ministerpräsident die Urkunde in der ledernen Mappe mit einem von einem weiteren Lakaien herbeigetragenen und aufgeschraubten Füllfederhalter. Ein vierter Lakai schließlich tupft die Unterschrift mit einem Löschpapier-Stempel trocken.

Endlich kann der Ministerpräsident Urs die Mappe überreichen.

Auch das geht natürlich nicht so einfach, denn die Kameras verlangen nach einer Vielzahl von Motiven:

Handschlag und zugeklappte Mappe.

Handschlag und aufgeklappte Mappe.

Beide Männer, die aufgeklappte Mappe zwischen sich.

Urs, der sich den in der Mappe enthaltenen Mitgliedsausweis der Kommunistischen Partei vor die Brust hält.

Schließlich das Politiker-Männerfreundschafts-Foto: Ministerpräsident Sun Bahu legt den Arm um Urs' Schulter und reicht ihm einen eilends herbeigebrachten Bambuszweig.

Dann ist die Foto-Session vorüber. Der Ministerpräsident tritt einen Schritt zurück. Offenbar ist es jetzt an Urs, sich zu bedanken. Doch wieder ist sein Hirn leer gefegt. Nicht einmal auf Deutsch fallen ihm die richtigen Worte ein. Nur …

Nein, nicht diese verdammten fünf Buchstaben. Das geht doch …

Zu spät. Urs spürt, wie sich sein Körper ohne sein bewusstes Zutun verneigt: »Brumm!«

Als Urs sich traut, sich wiederaufzurichten, hat der Ministerpräsident die Verbeugung erwidert – und auch Urs' Gruß:

»Brumm!«

# Brumm

## *Ein Sightseeing*

Eisbein mit Sauerkraut.

Schon wieder.

Dreiundzwanzig Fabriken. Dreiundzwanzig Festessen in dreiundzwanzig Kantinen. Dreiundzwanzigmal ist dort gerade – welch glücklicher Zufall! – *Deutsche Woche*. Es ist seinen Gastgebern eine Freude, Urs mit Köstlichkeiten aus seiner Heimat zu bewirten.

Eisbein. Sauerkraut. Bier. Schnaps.

Genauer: Baijiu. Die aus Weizen gebrannte Spirituose brennt in Urs' Kehle wie Höllenfeuer.

Diese Diät hat allerdings auch ihre Vorteile. Wenigstens fällt es Urs angesichts der Riesenportionen nicht schwer, seinen Teller nicht leer zu essen. Das gälte in China als unhöflich. Bier und Baijiu sorgen zudem für die berauschte Entspannung, die es ihm erlaubt, noch eine Fabrikbesichtigung zu überstehen.

Dreiundzwanzig endlose Labyrinthe aus Montagehallen, dreiundzwanzig Arbeiterheere in grauen, blauen, weißen oder sogar leuchtend roten Overalls. Hände greifen nach Bauteilen, setzen diese zusammen, bedienen Knöpfe und Schalter, schwingen Schrauber und Lötkolben, legen die fertigen Produkte schließlich in Pappschachteln mit Logos, die Urs wohlvertraut sind.

Andere Arbeiter verpacken die Pappschachteln in größere Kartons, die dann auf Paletten gestapelt werden. Eine Armada von Gabelstaplern flitzt umher, um die Paletten ins Lager und von dort in die Transportcontainer zu bringen.

Urs bemüht sich, interessiert zu wirken, doch er ist sich sicher, dass sein Blick vom Alkohol glasig ist.

Selbst die zwischen den Montagehallen gespannten Netze, die in tragischen Unfällen vom Dach stürzende Arbeitnehmer auffangen und sicher zu Boden geleiten sollen, ringen Urs in diesem Zustand ein gewisses Maß der Anerkennung ab.

Allerdings muss er aufpassen, sich im Rausch nicht von der Begeisterung seiner Dolmetscherin anstecken zu lassen. Freudentänze anlässlich gelungener Suizidprävention oder gar ein Testsprung in eines der Netze wären sicher unangemessen.

Bo (weiblich) hat übrigens nicht nur in Deutschland, sondern auch in den USA studiert. Dort ist sie tatsächlich Cheerleader gewesen. Für die Kent State Golden Flashes. Diese Mentalität hat sie nach ihrer Rückkehr nicht ganz ablegen können. Wann immer sie jetzt die mit stoischer Miene vorgetragenen Worte irgendeines Honoratioren übersetzt, schwingt sie im Geiste ihre Pompons, während sie mit gut gelaunten Superlativen um sich wirft.

Ihr männliches Pendant, Wortkarger Bo – eine Leihgabe des Pekinger Goethe-Instituts an die Deutsche Botschaft – nimmt es Urs hingegen persönlich übel, dass er nicht Martin Walser heißt. Oder wenigstens Till Lindemann. Eigentlich soll Wortkarger Bo gleichberechtigt mit Cheerleader Bo übersetzen, doch zumeist beschränkt sich sein Beitrag auf vier mürrische Worte: »Was sie gesagt hat.«

Also: Eisbein mit Sauerkraut. Vor oder nach der Führung durch die Fabrik.

Kultureller Höhepunkt der Besichtigung ist stets die Leistungsschau der glücklichen Arbeitnehmerfamilie: Tai-Chi in perfekter Massenchoreografie oder Gabelstapler-Ballett. In einer Fabrik begrüßen Urs sogar fünfhundertfünfundfünfzig chinesische Arbeiter in Lederhosen, Hut mit Gamsbart und weißen Hemden mit einem zünftigen Schuhplattler.

Auf Eisbein, Sauerkraut, Bier, Schnaps, Werksbesichtigung und Showeinlage folgt dann das *Gesellige Beisammensein*. Regionale Honoratioren und Führungskräfte schütteln Urs die Hand und schießen Selfies mit dem Mann im Fell ihres Nationaltieres.

Selbstverständlich trägt Urs bei diesen Visiten seinen Fursuit. Er könnte auch gar nicht anders. Seine Zivilkleidung ist aus seinem Koffer verschwunden. Dafür hängt sein Fursuit jeden Morgen frisch gewaschen und aufgeflauscht für ihn bereit. Die Heinzelmännchen müssen irgendwann nach China ausgewandert sein.

Zum Grande Finale des Fabrikbesuchs darf Urs sich dann, von Bier und Baijiu berauscht, wie ein Rockstar fühlen: Sicherheitskräfte in schwarzen Anzügen und mit Sonnenbrillen bahnen ihm einen Weg durch die Menge der Arbeiter und Angestellten, die ihre Smartphones in die Höhe recken, um ein Bild von ihm zu erhaschen.

Die Leibgarde geleitet Urs zu seiner persönlichen Kolonne aus schwarz-weiß lackierten SUVs der Marke Qoros Xiongmao. Dort verabschiedet ihn dann die jeweils ranghöchste Führungskraft im Duett mit dem mächtigsten Regionalpolitiker. Einer von beiden übernimmt sogar die große Ehre, Urs die Autotür zu öffnen. Der andere reicht ihm dafür die Hand, damit er sicher einsteigen kann.

Es ist Urs peinlich, dass er bis jetzt noch immer keine chinesischen Abschiedsfloskeln aufgegabelt hat. Cheerleader Bo findet das jedoch unnötig. Was für Ministerpräsident Sun Bahu gut genug gewesen sei, reiche auch für die lokalen Stammesfürsten.

Also verneigt sich Urs stets vor seinen Gastgebern: »Brumm!«

Und diese erwidern Verbeugung und Gruß mit tiefem Ernst: »Brumm!«

# Brumm

## *Eine Forschungsbasis*

Hypnotisch ziehen die Regentropfen auf der Seitenfensterscheibe ihre Bahn. Urs schaut ihnen nach und unterdrückt ein Seufzen: Dunst und Regen verwandeln wohl jede Großstadt der Welt in einen düsteren Moloch.

»Chengdu wurde 2006 zur viertlebenswertesten Stadt Chinas gewählt«, sprudelt es aus Cheerleader Bo hervor, als wolle sie seinem unausgesprochenen Gedanken widersprechen.

Die Lippen des Wortkargen Bos kräuseln sich, als hätte er auf eine saure Gurke gebissen. Offenbar schluckt er einen galligen Kommentar zum Thema »lebenswert in China« herunter. Im Laufe der Rundreise ist er immer verbitterter geworden. Nach wortkarger Affirmation und einer Phase garstiger Bemerkungen kommuniziert er jetzt nur noch nonverbal.

»Das blühende Wirtschaftszentrum West-Chinas zählt vierzehn Millionen Einwohner. Fünf Millionen in den neun Stadtbezirken und neun Millionen im Umland«, referiert Cheerleader Bo, ihre sprachgewaltigen Pompons schwenkend, als verkünde sie Spielstände für eine Weltmeisterschaft. »Chengdu ist übrigens die Hauptstadt Sichuans. Deshalb wählte Bertold Brecht die Stadt auch als Schauplatz für sein berühmtes Stück *Der gute Mensch von Sezuan*.«

Sezuan. Sichuan. Sichuan-Küche. Auf Urs' Zunge versammeln sich die kulinarischen Echos seiner Frankfurter Lieblingschinesen und erinnern ihn daran, wie hungrig er ist.

Der Aufbruch an diesem Morgen ist hektisch gewesen; er ist nicht zum Frühstücken gekommen. Vom obligatorischen Eisbein mit Sauerkraut bei der ebenso obligatorischen Fabrikbesichtigung hat er trotzdem keinen Bissen runterbekommen.

Hätte er sich vor seiner Abreise nur mal besser informiert. Dann hätte er gewusst, dass Sun Bahu Zongli in München studiert hat; seither liebt der chinesische Ministerpräsident das Bayernland und dessen Spezialitäten. Rein kulinarisch wäre eine mehrmonatige Gefangenschaft in der Chinesischen Botschaft sicher abwechslungsreicher gewesen. Und kulturell auch nicht langweiliger.

Apropos: Urs verflucht sich dafür, den Wunsch nach mehr Kultur geäußert zu haben. Er hat dabei an Tempel, Paläste gedacht, an Verbotene Städte – seinetwegen auch an die Chinesische Oper. Stattdessen wird er in jede Filiale des Goethe-Instituts geschleift, die auch nur halbwegs auf dem Weg liegt. Interessanterweise existiert in allen Filialen eine Vitrine, in der ein Exemplar seiner Doktorarbeit ausgestellt ist. Die Schutzumschläge haben allerdings alle einen Knick an der gleichen Stelle, wenn Urs sich nicht schwer täuscht.

Verschlafenes Hochlandstädtchen? Durchzogen von Pagoden und alten Klöstern, in denen Mönch und Xiongmao Seite an Seite leben? Urs weiß nicht genau, wie er sich die *Hauptstadt der Pandas* vorgestellt hat. Ganz sicher hat er kein »blühendes Wirtschaftszentrum West-Chinas« vor Augen gehabt, dessen Tentakel weit ins Umland hinausgreifen.

Der Regen hat nachgelassen, daher hat Urs das Seitenfenster geöffnet, um der stickigen Luft im Wageninneren zu entkommen. Die Ellbogen auf den Rahmen des Fensters gestützt, beobachtet Urs das quirlige Straßenleben.

Als das Fahrzeug wieder einmal stoppt, lässt ihm der Duft nach Gemüse und Soja, nach scharf gewürztem, gebratenem Fleisch das Wasser im Munde zusammenlaufen. Auf dem Schild der Garküche schwingt ein grinsender Panda seine Essstäbchen. Urs kann die in allen Regenbogenfarben schillernden Schriftzeichen zwar nicht entziffern, stellt sich jedoch vor, dass sie frischen Bambus anpreisen.

Er hat sich schon aufgerichtet, um zu fragen, ob man wohl rasch etwas zu essen holen könne, wo sie doch ohnehin im Stau stünden, als unter lautem Sirenengeheul mehrere Polizeimotorräder heranrasen.

»Ah, die Ehreneskorte! Jetzt sind wir ratzfatz in der Panda Research Base!« Ratzfatz: eines der erklärten Lieblingswörter von Cheerleader Bo.

Urs wirft einen letzten sehnsüchtigen Blick auf die Garküche. Zwei junge Mädchen in schwarz-weißen Panda-Hoodies stehen unter dem Schild. Sie winken ihm zu. Er hebt schüchtern die Pfote, um zurückzugrüßen. Kichernd zücken die Mädchen ihre Handys für ein Foto.

Das grosse Portal, vor dem die Kolonne mit quietschenden Reifen zum Stillstand kommt, sieht aus wie das Eingangstor eines Weltraum-Flughafens. Urs muss dreimal hinschauen, um in der Form des Bauwerks den stilisierten Panda zu erkennen. Sie haben das vorläufige Ziel der Rundreise erreicht: die *Chengdu Research Base of Giant Panda Breeding*.

Das Wachpersonal, das sie durch die Einfahrt schleust, trägt die schwarz-weißen Plüschjacken mit stoischem Stolz. Zum Schutz gegen den Nieselregen haben sie die mit puscheligen schwarzen Ohren verzierten Kapuzen aufgesetzt. Einer der Wachleute nickt Urs zu, als wolle er sagen: »Wir wissen, was du durchmachst, Kumpel. Bambus?«

Im Schritttempo bahnt sich die Kolonne einen Weg durch die trotz des Regens zahlreichen Besucher der Research Base.

»1987 begann hier alles mit sechs aus der Wildnis geretteten Pandas«, weiß Cheerleader Bo zu berichten. »Heute beherbergt die Research Base mehr als einhundertzwanzig Tiere. Sie gehört zum großen Panda-Netzwerk des chinesischen Volkes, dass sich durch sechs Nationalparks erstreckt. Wir befinden uns hier am Fuße des mehr als zweihunderttausend Hektar großen Wolong Nationalparks, in dem etwa einhundertfünfzig wilde Pandas leben.«

Wortkarger Bo sagt etwas auf Mandarin. Der Chauffeur lacht keckernd und wirft im Rückspiegel einen Blick auf seinen Passagier im Fursuit.

Für einen kurzen Moment hat Urs die Vision, dass die Kolonne einfach weiterfährt – hoch in die hinter der Forschungsstation aufragenden bewaldeten Berge. Dort setzt man ihn dann aus. In einem Bambushain. Er bleibt auf alle Zeiten verschwunden – ausgewildert im Wolong Nationalpark.

Vielleicht halten sie auch vor einem Gehege. Dort zerren ihn dann zwei Wärter in schwarz-weißen Plüschjacken aus dem Wagen. Führen ihn in sein neues Zuhause. Der erste menschliche Xiongmao, ausgestellt zur Erbauung des chinesischen Volkes.

Die Kolonne stoppt vor dem gigantischen Bronze-Relief einer Panda-Mutter, die ihr Kind im Arm hält. Am Fuß des Denkmals warten drei Männer in frisch gestärkten weißen Kitteln auf sie.

Sicherheitskräfte schützen Urs und die beiden Bos mit Regenschirmen, die sie aber schließen und schultern wie Sturmgewehre, als sie merken, dass der Nieselregen inzwischen aufgehört hat.

Auch die Männer des Begrüßungskomitees falten ihre Schirme zusammen. Anders als die stoischen Sicherheitskräfte lächeln sie, als sie Urs sehen. Doch nicht spöttisch. Eher mit freundlicher Neugier.

Cheerleader Bo beeilt sich, Urs mit den Männern bekannt zu machen. Dabei rattert sie so viele Fakten und Ehrentitel herunter, dass Urs die Namen gleich wieder vergisst. Der zierliche Chinese mit dem gepflegten, grauen Bart in der Mitte könnte der jüngere Bruder des Weisen der Kulinarik sein. Urs bekommt jedoch mit, dass er einer der weltweit anerkanntesten Panda-Koryphäen und außerdem Direktor der Research Base ist.

Die drei Männer deuten eine Verneigung an.

Urs verneigt sich gleichfalls: »Brumm!«

Die drei Männer … lachen. Freundlich. Die Stimme des Direktors ist tief und sanft, was ihn besonders weise klingen lässt.

»Direktor Zhang ist stolz, Gastgeber für einen aus weiter Ferne angereisten Menschen zu sein, der das Sein des Xiongmao derart verinnerlicht hat, dass er ihm gleichen möchte«, übersetzt Bo in völliger Hingabe an die Poesie ihrer Worte. »Es wäre ihm jedoch eine Ehre, Sie in die Sprache der schwarz-weißen Herrscher des Hochlands einzuführen.«

Zur Illustration seiner Worte stößt der Direktor ein paar Beller aus, die nach Hundewelpen klingen …

… und Urs kann nicht anders: Er erwidert das Bellen.

Direktor Zhang hebt beide Daumen. Urs muss den Laut genau getroffen haben.

Sie haben eine Art überdimensioniertes Golf-Cart erklommen, das Platz für eine ganze Fußballmannschaft bietet. Auf dem Fahrersitz hat einer jener stoischen Wachleute mit schwarz-weißer Plüschjacke platzgenommen.

Die Bank dahinter teilen sich Urs und der Direktor. Die beiden Bos hocken auf der nächsten Bank. Zwecks Ausübung ihres Amtes hat Cheerleader Bo den Kopf zwischen Urs und den Direktor gesteckt.

Die restlichen Bänke sind von den Mitarbeitern des Direktors und ein paar Uniformierten besetzt, die sich der Besichtigungstour angeschlossen haben. Aufpasser? Honoratioren? Vielleicht sind sie auch einfach nur neugierig auf die Pandas menschlicher und animalischer Natur.

Der erste Abschnitt der Fahrt dauert nicht sehr lange. Das Golf-Cart hält von einer niedrigen Betonmauer. Direktor Zhang deutet stolz auf das große Gehege dahinter.

»Dies ist eines der Freigehege für auswachsende Pandas«, übersetzt Bo.

Das hätte Urs sich auch denken können. In dem Gehege …

Nein, Tummeln würde eine gewisse Dynamik voraussetzen. Doch die Pandas, die nicht gerade gemächlich an Bambusstangen knabbern, liegen schläfrig auf den Felsen oder haben sich in die Gabeln der Kletterbäume zurückgezogen.

Einer der fressenden Pandas hat aufgesehen. Er hebt die Pfote, als wolle er Urs zuwinken. Schüchtern winkt Urs zurück.

»Pandas sind wahre Meister der Entspannung und des kulinarischen Genusses«, erklärt der Direktor Urs auf dem Umweg über Cheerleader Bo. »Sie fressen zwischen zwölf und sechzehn Stunden am Tag. Dabei verzehren sie zwanzig bis vierzig Kilo Bambussprossen …«

Urs versucht, das in die kleinen Konserven aus der Chinaabteilung des Supermarktes umzurechnen, und ist angemessen beeindruckt.

»… zehn bis achtzehn Kilo Bambusblätter oder bis zu sieben Kilo Bambuszweige. Ihnen dienen sechzig unterschiedliche Bambussorten als Nahrung. Jeder Panda hat da seine ganz speziellen Vorlieben.«

»Und Pandas essen wirklich nichts anderes als Bambus?« Urs sieht es als Gebot der Höflichkeit, eine Frage zu stellen. Cheerleader Bo übersetzt und löst damit einen längeren Vortrag des Direktors aus.

»Gelegentlich fressen Pandas auch Fleisch und andere Pflanzen. Sie sind ja theoretisch Allesfresser«, fasst Cheerleader Bo zusammen. Die Erklärungen enthalten sogar für sie zu viele Fakten auf einmal. »Direktor Zhang ist der führende Experte für die Ernährung von Pandas«, sagt sie entschuldigend, bevor der Direktor in seinem Wortschwall fortfährt.

»Pandas sind jedoch sehr wählerisch, wissen genau, was ihnen schmeckt und was sie vertragen. Sie sind …« Cheerleader Bo sucht nach dem passenden Wort.

»Gourmets«, hilft Wortkarger Bo in einem Anfall von Geschwätzigkeit aus.

»Genau. Pandas sind Gourmets.«

»Gourmets.« Direktor Zhang lässt sich das Wort auf der Zunge zergehen und ähnelt so dem Weisen der Kulinarik noch mehr. Urs muss an die Ente mit frischem Bambus denken. An das Knacken der Bambusstücke in seinem Mund. Hoffentlich knurrt sein Magen nicht so laut, dass man es hört.

»Was ist mit Eisbein und Sauerkraut?« Urs hat diese Frage als Scherz gemeint. Doch Bo übersetzt sie in ernstem Ton. Direktor Zhang mustert Urs über den Rand seiner Brille, als hätte er ihm einen unsittlichen Antrag gemacht. Dann schüttelt er den Kopf.

»Kann er mir ein entsprechendes Attest schreiben?«, schiebt Urs hinterher.

Bo übersetzt erneut mit heiligem Ernst und ist perplex, dass der Direktor laut lachen muss.

»Es ist ihm eine Ehre und ein Vergnügen«, muss Wortkarger Bo für seine Kollegin einspringen.

Urs ist dem Beispiel des Direktors gefolgt, der in kontemplativer Betrachtung seiner Schützlinge die Ellbogen auf die Betonmauer gestützt hat. Die meditative Ruhe der Tiere ist angenehm ansteckend.

Der gemach an einem Zweig kauende Panda winkt ihm erneut zu. »Komm zu uns, Kumpel. Hier gibt es jede Menge Bambus.«

Urs schrickt hoch. Natürlich hat ihn der Panda nicht wirklich gerufen. Er ist nur kurz eingenickt. Kein Wunder, übermüdet wie er ist. Und hungrig. Was gäbe er jetzt für einen BambooStick.

Der zweite Halt der Tour führt sie zu einem Freigehege mit katzenartigen Tieren, die Urs an Waschbären erinnern. Niedlich anzuschauen, ja. Doch er findet das Gewusel auf Dauer anstrengend. Rote Pandas erinnern ihn an Cousins dritten Grades: Sie saufen auf Familienfeiern das Bier leer und begrapschen anschließend deine Freundin, während sie »Bleibt ja in der Familie!« grölen.

Direktor Zhang scheint es ähnlich zu sehen.

»Plagegeister«, muss Wortkarger Bo seiner Kollegin erneut aushelfen, die der Versuch, den schon klanglich recht eindeutigen Worten des Direktors einen positiven Spin zu geben, in einen mentalen Stupor versetzt hat.

Direktor Zhang zupft Urs am Ärmel und kichert dabei wie ein Pennäler, der im Schminktäschchen seiner Lehrerin ein Kondom entdeckt hat. Er deutet in das Gehege für die heranwachsenden Pandas – der nächsten Station ihrer Rundtour.

Genauer: Er zeigt auf ein kleines Gittertor, durch das gerade ein Mann im blauen Kittel das Gehege betritt. In den Händen hält er eine Harke und einen Korb.

Die beiden Kollegen von Direktor Zhang haben sich zu ihnen gesellt. Auch sie kichern hinter vorgehaltener Hand.

»Ein neuer Mitarbeiter«, übersetzt Cheerleader Bo flüsternd die Erklärung des Direktors. »Er hat in diesem Gehege noch nie gearbeitet.«

Der Mann hat inzwischen den Korb abgesetzt und beginnt, Laub zu harken.

Die erste Ladung verwelkter Blätter landet im Korb. Das ist der Startschuss für die halbstarken Pandas: Die Tiere stürmen auf den Pfleger ein, ziehen und zergeln an der Harke, ein paar andere schmeißen den Korb um und wühlen die Blätter hervor, wieder andere hängen sich an die Hosenbeine des Mannes und versuchen, an ihm emporzuklettern.

Behutsam will der Mann die Tiere absetzen, seine Harke zurückerobern, doch er ist der Übermacht nicht gewachsen. Schließlich fällt er der Länge nach hin. Dann schlagen die schwarz-weißen Fluten auch schon über ihm zusammen.

Endlich kommen zwei junge Frauen dem Mann zur Hilfe.

Die eine Frau verscheucht die Pandas mit scharfen Kommandos, die bis zu Urs hinaufschallen. Die andere Frau nimmt die kleinen Bären vom Mann und setzt sie ins Gras, doch die Tiere stürmen gleich wieder los.

Die beiden Frauen scheinen großen Spaß an diesem Spiel zu haben – genauso wie die Pandas. Der so zwischen die Fronten geratene Mann ist weniger amüsiert. Er rafft sich auf, erobert mühsam seine Harke zurück, blickt zum Korb, gibt ihn verloren und flieht durch das Gittertor.

Resolut packen die beiden Frauen je zwei der Rädelsführer der Panda-Gang, klemmen sie sich unter den Arm und setzen sie weit voneinander entfernt ab. Ein besonders frecher Panda landet auf einem Kletterturm, auf dem er irritiert herumturnt, bis er einen Weg nach unten findet.

Lachend wuscheln die jungen Frauen ein paar Tieren durchs Fell, schlichten eine Balgerei um einen Schaukelring, retten einen besonders dickköpfigen Panda aus einem Graben und schlendern schließlich vergnügt aus dem Gehege.

Direktor Zhang und seine Kollegen lachen und applaudieren, ebenso Cheerleader Bo. Selbst die Augen des Wortkargen Bo glänzen.

Doch Urs ist im Geiste zum Spielplatz zurückgekehrt. Zum Kletterturm. Zu Mats-Mika. Wie gerne hätte er mit den Pandas gespielt.

Direktor Zhang und seine Kollegen haben sich wieder beruhigt, auch wenn es eine Weile gedauert hat.

Das ist auch gut so, denn der nächste Ort auf der Tour verlangt Gravitas: Sie betreten das Panda-Hospital.

Der Direktor führt Urs und die beiden Bos durch einen Trakt mit kargen Zellen: künstliches Licht, Holzpritschen, Stroh auf dem Boden.

Es riecht stechend nach Desinfektionsmittel.

Nur eine Zelle ist belegt. Auf dem Boden, den Rücken an die Wand gelehnt, sitzt ein ausgewachsener Panda mit einem Gipsbein, neben sich einen geflochtenen Korb voller Bambus. Langsam kaut er auf einem Stängel. Seine Besucher würdigt er keines Blickes.

»Hier werden Tiere geheilt, die sich in Freiheit verletzen«, übersetzt Cheerleader Bo respektvoll flüsternd die Erklärungen des Direktors. »Dieser hier wurde mit einem gebrochenen Bein gefunden. Sein Name ist Hua Jiao. Das heißt ›Sichuan-Pfeffer‹. Wegen seines feurigen Temperaments.«

Als wolle er sich über Cheerleader Bo lustig machen, langt Hua Jiao in Zeitlupe in den Korb mit dem Bambus. Mit meditativer Sorgfalt wählt er seinen nächsten Leckerbissen aus.

»Der Direktor weiß: Hier sieht es aus wie im Gefängnis«, beantwortet Cheerleader Bo Urs' ungestellte Frage. »Aber das ist wegen der Hygiene. Und die Tiere sollen sich nicht zu heimisch fühlen. Sonst wird es schwierig, sie wieder …« Sie sucht nach einem passenden Begriff, doch selbst Wortkarger Bo ist diesmal überfragt, deswegen muss sie zu einer Umschreibung greifen. »Sie wieder in ihre Heimat zurückzubringen. Nach draußen. Ins Hochland.«

»Auswildern?«, schlägt Urs vor.

»Genau! Auswildern«, wiederholt Cheerleader Bo mit solcher Begeisterung, dass Urs fast befürchtet, dass sie ihm gleich um den Hals fällt wie einem Torschützen beim Weltmeisterschaftstreffer. »Es ist nämlich sehr schwierig … also fast unmöglich … die hier in der Station geborenen Pandas auszuwildern.« Bo lutscht diese neue Vokabel wie ein Bonbon.

»Warum das? Überleben sie nicht?« Urs muss besorgt geklungen haben, denn Direktor Zhang legt ihm tröstend die Hand auf die Schulter.

»Nein, sie … also, ihnen passiert nichts. Sie kommen nur zurück. Pandas haben einen guten Orientierungssinn, wenn es um Futter geht«, übersetzt Bo die beruhigenden Worte des Direktors. »Nur bei verschneiten Abhängen hapert es damit.«

Der Panda in der Zelle blickt auf. Hätte er Augenbrauen, würde er sie jetzt wohl runzeln. Doch dann widmet er sich wieder dem Stück Bambus in seinen Pfoten.

»Was passiert jetzt mit …?« Urs traut sich nicht, das chinesische Wort auszusprechen, um sich nicht zu blamieren. »Also, was passiert jetzt mit Pepper?«

»Wir warten, bis sein Bein ausgeheilt ist. Und bevor wir ihn in die Freiheit zurückbringen, versuchen wir ihn mit einem unserer Weibchen zu paaren. – Wenn er … und vor allem, wenn sie das will.« Direktor Zhang lacht.

Bo kräuselt säuerlich die Lippen, als der Direktor weiterspricht, und weigert sich die offenbar wenig schicklichen Worte zu übersetzen. Wortkarger Bo springt mit Vergnügen für sie ein. »Panda-Weibchen sind zickig. Genau wie ihre menschlichen Pendants.«

»Wie wahr, wie wahr«, meint Urs eine tiefe Stimme aus der Zelle zu vernehmen. Hua Jiao hat im Kauen innegehalten und betrachtet seine Besucher. »Aber wenigstens denken wir nicht ständig an Sex. Ficken, ficken, ficken. Mehr habt ihr Menschen doch nicht in der Birne.«

Der Panda beißt genüsslich in seinen Bambus.

Okay, da sind sie wieder, die Halluzinationen!

Urs schüttelt den Kopf, um sie zu verdrängen. Er muss dringend was trinken. Und was essen. Die dünne Hochlandluft scheint ihr Übriges zu tun. Er ist bestimmt dehydriert, unterzuckert und sauerstoffunterversorgt.

»Sorry«, sagt er trotzdem leise in Richtung des Pandas. »Es ist wirklich nicht sehr höflich, dein Liebesleben zu diskutieren.«

»Panda-Weibchen bringen ein bis zwei Junge zur Welt, manchmal auch drei«, erklärt Direktor Zhang via Cheerleader Bo, als sie die Säuglingsstation des Hospitals betreten. »Doch in der Natur entscheiden sie sich für eines und verstoßen die anderen. Die Verstoßenen ziehen wir von Hand auf.«

Ein halbes Dutzend winzige Panda-Babys liegen auf einem großen Wickeltisch. Quirlige Mitarbeiter wickeln und füttern sie, unterbinden Fluchtversuche und spielen mit den giggelnden, glucksenden Tieren.

Doch so niedlich der Anblick ist: Er kann Urs nicht von den quiekend-bellenden Schmerzenslauten ablenken, die aus dem Nachbarraum dringen.

Er solle sich keine Sorgen machen, erklärt Bo im Auftrag des Direktors, dort finde nur gerade eine weitere Geburt statt. Die verlaufe wohl etwas schwieriger als erwartet.

Genau in diesem Moment wird die Tür zum Nachbarraum aufgestoßen. Hindurch stürmt eine junge Frau in Chirurgenkleidung mit Kappe und Mundschutz. In ihren behandschuhten Händen hält sie etwas, was Urs zunächst für organischen Abfall hält – oder einen zu groß geratenen Wurm.

Direktor Zhang stoppt die junge Frau mit einem knappen Befehl. Er lässt sich zeigen, was sie auf der Hand hält. Dann bittet er wohl um Rapport, denn die Frau zieht sich den Mundschutz herunter und feuert eine rasante Salve von Silben ab.

Der Direktor blickt zu Cheerleader Bo, wohl mit der Bitte, für Urs zu übersetzen.

»Die Mutter hat nur ein einziges Junges zur Welt gebracht, ist aber noch zu geschwächt. Daher soll das Junge zunächst in den Brutkasten.«

Direktor Zhang gibt eine Anweisung. Die junge Frau dreht sich zu Urs um und hält ihm hin, was sie in der Hand trägt. Dieses kleine rosige Wesen, aus dessen nackter Haut nur ein paar borstige weiße Haare hervorragen wie Stacheln, soll wirklich ein Panda-Baby sein?

»Dies ist übrigens Doktor Lynn Gao«, beeilt sich Cheerleader Bo die junge Frau vorzustellen. »Sie ist die medizinische Leiterin des Hospitals.«

Dann sagt sie ein paar Worte zu der Tierärztin. Urs versteht seinen Namen. Er wird jetzt wohl seinerseits vorgestellt.

Dr. Lynn Gao mustert ihn mit strengem Blick. Offenbar wird ein Gruß von ihm erwartet.

Was soll er …? Am besten beim altbewährten Rezept bleiben. Er deutet eine Verneigung an. »Brumm!«

Die Tierärztin stößt einen genervten Seufzer aus. »Einer von *der* Sorte«, sagt sie – eindeutig auf Deutsch.

»Frau Doktor Gao ist erfreut Ihre Bekanntschaft zu machen und heißt Sie gleichfalls in der Research Base willkommen«, übersetzt Cheerleader Bo hilfsbereit.

Die Tierärztin hält Urs das Panda-Baby hin. »Also?«

»Also was?«, fragt Urs perplex.

»Den Namen!«

»Es ist den Mitarbeitern des Instituts eine Ehre, dem Gast die Wahl eines Namens für den neugeborenen Nachwuchs zu überlassen«, übersetzt Cheerleader Bo.

Urs macht den Mund auf.

Dann klappt er ihn wieder zu.

»Wird's bald?«, befiehlt die Ärztin. »Das Würmchen muss in den Brutkasten.«

Urs sagt den ersten halbwegs asiatisch klingenden Namen, der ihm durch den Kopf schießt. »Qui-Gon!«

Dr. Lynn Gao verdreht die Augen. »Star Wars Episode One? Ernsthaft? Warum nicht gleich Jar Jar?«

»Eine ausgezeichnete Namenswahl«, übersetzt Cheerleader Bo.

Die Tierärztin will sich abwenden, doch der Direktor hält sie erneut auf. Das hat ein Feuergefecht auf Mandarin zur Folge. Endlich seufzt die Ärztin resigniert.

»Frau Doktor Gao wird Sie als hohen und geschätzten Gast des chinesischen Volkes persönlich betreuen«, erklärt Cheerleader Bo mit vor Begeisterung glänzenden Augen.

Mit ausgefahrenen Ellbogen drängt sich die Ärztin endlich durch die Menschen hindurch. Mit dem Fuß tritt sie eine weitere Schwingtür auf. »Er wird schon sehen, was er davon hat!«

»Es ist ihr eine Freude und Ehre.« Wortkarger Bo bemüht sich gar nicht erst, sein schadenfrohes Grinsen zu verbergen.

»Dieses Dorf wurde eigens geschaffen, um Mitarbeitern, Wissenschaftlern und geschätzten Gästen der Research Base zeitweilige Heimat zu sein.« Die rasante Fahrt über schmale Schotterstraßen, bei der Urs zum ersten Mal an diesem Tage froh ist, nichts gegessen zu haben, muss Cheerleader Bos mentale Pompons noch einmal frisch aufgeflauscht zu haben.

Mit blumiger Begeisterung übersetzt sie die Worte von Direktor Zhang, der es sich nicht hat nehmen lassen, Urs durch sein neues Heim zu führen: einen kleinen, aber schmucken Bungalow mit dem vollmundigen Namen *Villa für den geschätzten Gast des chinesischen Volkes.*

Der »offene Wohnbereich mit Kamin« ist wohl von amerikanischen Sitcoms inspiriert. An der Wand hängt ein moderner Flachbild-Fernseher »aus chinesischer Produktion«, wie Cheerleader Bo betont. Unnötigerweise. Urs ist gezwungen gewesen, an einer Fabrikführung teilzunehmen, bei der ihm der stolze Fabrikleiter jeden einzelnen Produktionsschritt des Geräts en détail erläutert hat.

Auf einem kleinen Schreibtisch steht ein Monitor, unter dem Tisch ein PC – das gleiche leistungsstarke Modell, mit dem auch die chinesische eSports-Nationalmannschaft zahlreiche Titel errungen hat. Die Spieletitel, die Cheerleader Bo runterrattert, sagen Urs nichts. Seine Gamer-Karriere ist bereits am Versuch gescheitert, sich mit *World of Warcraft* anzufreunden.

Das Schlafzimmer präsentiert sich als Kreuzung aus China-Restaurant und Jahrhundertwende-Bordell. Das Bett scheint für Orgien gemacht. Es bietet Platz für eine halbe Fußballmannschaft.

Stolz schiebt Direktor Zhang eine aus dunklem Holz geschnitzte Wandverkleidung beiseite. Darin verbirgt sich der begehbare Kleiderschrank. Gute Geister haben Urs' wenige Habe bereits auf die Schubladen verteilt. Und auf einer langen Kleiderstange hängen …

… zwölf identische Fursuits.

Man habe sich bei der Herstellung ganz am Original orientiert, gibt Cheerleader Bo die Worte des Direktors wieder. Urs bittet sie, seinen Dank auszurichten. Doch gleichzeitig steigt Panik in ihm auf. Zwölf Fursuits? Die reichen doch für die Ewigkeit! Wie lang soll sein Aufenthalt in Chengdu denn dauern?

Endlich allein. Endlich Ruhe. Urs lässt sich rücklings auf das Bett fallen. Am liebsten würde er auf der Stelle einschlafen. Deshalb zwingt er sich wieder aufzustehen, holt sich einen der neuen Fursuits aus dem Kleiderschrank und geht ins Badezimmer.

Im ersten Moment ist er versucht, den Jacuzzi-Nachbau volllaufen zu lassen und sich ein langes Bad zu gönnen. Doch dann siegt die Vernunft und er steigt samt seinem alten Fursuit unter die Dusche. Er wäscht zunächst den Suit mit Baby-Shampoo, bevor er ihn abstreift und den Dreck des Tages von seinem Körper spült.

Als er aus der Dusche steigt, ist er versucht, einfach in den neuen Suit zu schlüpfen und den alten zum Trocknen aufzuhängen. Doch erneut mahnt er sich zur Disziplin. Er föhnt und bürstet seinen Suit, bis das Fell wieder flauschig glänzt. Dann hängt er ihn auf einem Bügel an den mannshohen Heizkörper.

Jetzt schlüpft er in den neuen Fursuit, der natürlich nicht ganz so gut sitzt wie das Original. Und ein paar Sparmaßnahmen haben die Schneider auch vorgenommen: Weder gibt es ein atmungsaktives Innenfutter noch den praktischen Reißverschluss im Schritt. Nun denn, es geht auch so.

Moment! Was ist …? Urs will gerade im Spiegel den Sitz der Kapuze überprüfen, als ihn der Juckreiz überfällt. Verzweifelt versucht er sich am Rücken zu kratzen, doch er ist natürlich nicht gelenkig genug. Bieten die glatten Oberflächen des Badezimmers irgendeine Möglichkeit zum Schubbern?

Der Türrahmen erfüllt diesen Zweck. Doch das Jucken wird nicht besser, sondern ergreift seinen ganzen Körper. Überall …

Nein, nicht überall.

Sondern überall dort, wo der neue Fursuit seine Haut berührt.

Panisch streift Urs den Suit ab. Tatsächlich. Seine Haut ist von roten Quaddeln übersäht.

Er springt zurück unter die Dusche. Das kühle Wasser lindert den Juckreiz und lässt die Quaddeln schließlich verschwinden.

Eine allergische Reaktion? Wer weiß, welche Chemikalien sich in dem Kunstfell verbergen. Er hebt den neuen Fursuit an die Nase.

Schnuppert. Der Suit riecht … Nein, nicht chemisch. Falsch! Unwillkürlich fühlt sich Urs an ein Mädchen erinnert, mit dem er im Studium mal ausgegangen ist. So hat sie gerochen. Nicht dreckig oder unhygienisch. Sondern falsch.

Sei es, wie es sei: Er wird darum bitten, die Suits noch einmal gründlich waschen zu lassen.

Oder nein, besser nicht: Das gäbe bestimmt Ärger für den Schneider.

Er würde einfach so tun, als hätte er sie getragen und sie in die normale Wäsche geben.

Nur in T-Shirt, Unterhose und Socken kehrt er ins Wohnzimmer zurück. Er schaltet sich durch das Fernsehprogramm, stolpert schließlich über eine Derrick-Folge. Auf Mandarin klingt Horst Tappert, als würde er Konfuzius zitieren – und nicht mehr wie ein trockener Alkoholiker, der eine Moralpredigt hält.

Urs schaltet den Fernseher ab und wendet sich dem Computer zu. Es gelingt ihm sogar, damit ins Internet zu kommen – doch er hat keinen Zugriff auf die Seiten seines E-Mail-Providers. Auch seine bevorzugten Nachrichtenseiten sind gesperrt.

Nur die deutsche Wikipedia kann er erreichen, weiß aber auch nicht, wonach er suchen soll, bis er sich erinnert, dass Resident Nerd Torsten regelmäßig Artikel schreibt und redigiert. Auf einer Diskussionsseite hinterlässt er eine knappe Botschaft für Torsten und Alexa. Dann schaltet er den Rechner wieder aus.

In der Küche inspiziert er die Lebensmittelvorräte. Das bei der Zusammenstellung herangezogene Handbuch muss lückenhaft gewesen sein: zehn Gläser Nutella, aber kein Brot. Fünf Sorten Nudeln, aber nichts, woraus er eine Sauce zaubern könnte. Eine hochmoderne Kaffeemaschine und fünf Kilo Gourmet-Kaffee einer bekannten Coffeeshop-Kette. Dafür weder Süßstoff noch Zucker. Im Kühlschrank entdeckt er wenigstens Soja-Milch. Der Morgenkaffee ist also gerettet.

In der Gemüseschublade liegt eine Packung frischer Bambussprossen. Im Tiefkühler findet er Hühnerfleisch. Ein paar Gewürze sowie Essig, Öl und drei Sorten Sojasauce stehen auf der Anrichte. Und es gibt einen Wok. Er wird also nicht verhungern.

Zufrieden lässt sich Urs mit seinem Teller auf das Sofa fallen. Das Kochen hat ihm gefehlt. Das Schnippeln, das Abschmecken, das Rühren im Wok.

Während er isst, schaltet er Derrick wieder ein. Dazu trinkt er ein Bier, das er im Kühlschrank gefunden hat. Bambus-Bier. Der Panda auf der Dose schwingt prostend ein Bierseidel.

# Brumm

## *Ein Pandaleben*

Frisch und grün und weich ist die Wiese unter seinen Pfoten. Die Halme kitzeln angenehm an den Sohlen. Soll er vielleicht im Bambushain einen Imbiss zu sich nehmen?

Die morgendliche Kühle lässt ihn schaudern. Also sucht er sich lieber eine sonnenbeschienene Stelle, lässt sich ins Gras fallen, streckt seine Beine aus und erfreut sich an den wärmenden Strahlen auf seinem glänzenden Fell.

»Urs?«

Die Stimme kennt er. Nur woher?

»Urs?«

Er öffnet die Augen, um zu sehen, wer ihn da ruft.

»Urs?«

Das kommt … von oben?

Poliertes Holz. Sauber gestutzte Äste bilden die Stufen einer Leiter. So ragt der Kletterbaum in den Himmel. Hat der eben auch schon dort gestanden?

»Urs?«

Er legt den Kopf in den Nacken.

»Urs?«

Da! Die Hand winkt über das Geländer der ganz oben auf dem Kletterbaum angebrachten Plattform.

»Urs? Komm! Die Pandas warten.«

Er rappelt sich auf und tappst zum Kletterbaum. Am Fuß bleibt er jedoch stehen. Seine Höhenangst lässt ihn schwindeln.

»Traust du dich etwa nicht?«, neckt ihn die Ruferin.

Doch! Natürlich traut er sich. Todesmutig setzt er die erste Pfote auf einen Ast.

Sprosse für Sprosse schiebt er sich nach oben. Nur nicht hetzen. Langsam und stetig kommt auch ans Ziel.

Endlich hat er den Einstieg zur Plattform erreicht, legt die Pfoten auf die Kante der Öffnung und will sich hochziehen.

»Und abwärts.« Mit diesen Worten tritt ihm Wortkarger Bo auf die Pfoten.

Grell. Kalt. Wo ist sein Fell? Sein weiches, wärmendes Fell?

Man hat ihn gehäutet!

Am Fußende des gigantischen Bettes steht Dr. Lynn Gao. Sie hält seine Bettdecke in der Hand wie eine Kriegstrophäe.

»Zeit, aufzustehen!«

Urs blinzelt den letzten Schlaf aus den Augen. »Wie spät ist es?«

»Schon zehn nach fünf.«

»Zehn nach fünf?« Er will eigentlich gar nicht entsetzt klingen.

»Wenn ich dich betreuen soll, dann musst du dich an meine Arbeitszeiten halten. Also raus aus der Falle und ab ins Bad. Ich mache inzwischen Kaffee.«

Im Bad spritzt sich Urs Wasser ins Gesicht. Doch das klebrige Gelee des Schlafes lässt sich nicht einfach so abwaschen. Da hilft nur eines: Er steigt unter die Dusche und dreht das kalte Wasser auf.

Gut, dass der Eisregen, der aus einem Dutzend Düsen auf ihn einprasselt, seinen Schrei erstickt. Mehr als zehn Sekunden hält Urs es nicht aus, dann flieht er in die zärtliche Umarmung eines großen Handtuchs. Aber wenigstens ist er jetzt wach.

»Ernsthaft? Schon wieder dieser Fussel?«

Dr. Lynn Gao lehnt an der Theke der Küche, einen Teller und eine Gabel in der Hand, und betrachtet Urs missbilligend.

»Sorry, ich habe nichts anderes.« Er streicht verlegen mit den Händen über das Fell des Fursuits.

Die Tierärztin unterdrückt ein Auflachen. »Übertreibst du es mit der Panda-Wesenheit nicht ein wenig?«

»Meine normale Kleidung ist aus meinem Koffer verschwunden.«

»Soso.« Dr. Gao schiebt sich eine Gabel voll Bambus und Hühnerfleisch in den Mund. Der Rest von Urs' Nachtmahl. Sie nickt in Richtung Kaffeemaschine. »Schenk mir auch einen ein, ja?«

Urs erinnert sich, dass er bei seiner Küchenexpedition am Vortag irgendwo Tassen gesehen hat und findet sie bereits hinter der dritten Tür, die er öffnet. Dann holt er die Soja-Milch aus dem Kühlschrank.

»Möchten Sie Milch, Frau Doktor Gao?«

Die Tierärztin schüttelt den Kopf. »Erstens heißt das Du und Lynn. Und zweitens nein. Ich mag meinen Kaffee wie meine Männer.«

»Stark und schwarz?« Verdammter Pointenzwang.

»Nein. Bitter und kalorienarm.« Lynn nimmt noch eine Gabel von dem Gemüse und kaut genüsslich, während Urs ihr Kaffee eingießt.

»Ich dachte, in China trinkt man keinen Kaffee?« Urs meint, das in dem China-Seminar gehört zu haben.

»War auch lange so. Aber dann kam Daddy Starbucks. Außerdem bin ich in Deutschland aufgewachsen. – Hast du dich noch nicht gefragt, woher ich Deutsch spreche?«

»Doch, natürlich.« Das ist eine glatte Lüge. Ist er wirklich so eurozentrisch, dass er Deutschkenntnisse einfach so als selbstverständlich akzeptiert?

Um die Peinlichkeit zu überspielen, deutet er auf den Teller in Lynns Hand. »Schmeckt es?«

»Papa kocht besser.« Lynn stellt den Teller ab und deckt die Frischhaltefolie wieder drüber. »Komm, wir müssen los.«

Urs reibt die klammen Finger aneinander und streift sich seine Pfotenhandschuhe über. Die Sonne ist noch nicht aufgegangen und draußen ist es bitterkalt.

»Und? Wo ist unser Wagen?«

Die Tierärztin stößt ein amüsiertes Schnauben aus. »Ein Spaziergang durch die Frische des Morgens hat noch niemandem geschadet.«

Spaziergang? Gewaltmarsch!

Urs kann kaum mit Lynn Schritt halten, die selbst im Halbdunkel des Sonnenaufgangs ihre Schritte mit tänzerischer Sicherheit setzt.

Ihr Weg führt sie direkt zum Hospital der Forschungsstation. Urs lässt sich außer Atem auf eine Bank vor dem Eingang fallen, während Lynn nach drinnen eilt. Er hat aber kaum Zeit zum Verschnaufen, denn wenige Minuten später steht die Tierärztin in ihrer blauen Chirurgenkleidung unter dem frisch gestärkten weißen Kittel wieder vor ihm.

»Keine Müdigkeit vorgeschützt«, scheucht sie ihn auf. »Wenn du hier schon Luft verbrauchst, kannst du dich auch nützlich machen.«

Mühsam erhebt sich Urs auf seine vom Gewaltmarsch schweren Beine und folgt ihr nach drinnen zu den Krankenzellen.

Lynn deutet auf einen Putzwagen mit Eimern, Besen und Schaufeln.

»Die Zelle von Hua Jiao muss sauber gemacht werden. Außerdem«, sie stellt einen Korb mit Bambusblättern auf den Putzwagen, »braucht er frisches Futter.« Zuletzt zieht sie eine Plastikdose aus einer Tasche ihres Kittels. »Dann kannst du ihn noch überreden, seine Pille zu nehmen, wenn du den Mumm hast. Lass dir aber nicht die Finger abbeißen. Pandas sind –«

»Raubtiere, ich weiß. – Und wie soll ich das anstellen?«

»Du kannst ihn ja einfach bitten. Wenn das nichts nützt, drohe mit der Spritze. Die hasst Hua Jiao nämlich. – Ach ja, du weißt vielleicht, dass Pandas äußerst territorial sind? Komm ihm also nicht zu nahe. Aber keine Sorge, hier sind überall Kameras und Alarm-Knöpfe. Wir sind rechtzeitig da, um deine Überreste in halbwegs ansehnlichem Zustand zu bergen.«

»Sorry, dass ich hier einfach so reinplatze.«

»Schon klar. Tu dir keinen Zwang an.« Hua Jiao gähnt und fischt mit den Pfoten im fast leeren Futterkorb nach dem letzten Bambusspross. Sein Gipsbein ausgestreckt sitzt er an der gleichen Stelle wie am Vortag.

Urs blickt sich um. Der Boden der Zelle ist bedeckt von Panda-Mist. Natürlich. Bambus besteht fast ausschließlich aus Ballaststoffen; und die wollen wieder raus.

Wie zur Bestätigung rappelt sich Hua Jiao auf, humpelt in eine Ecke und erleichtert sich. Wie viel Bambus passt denn in so einen Panda?, fragt sich Urs, während der Haufen unter lautstarken Blähungen größer und größer wird.

Vom Ballast befreit, steckt Hua Jiao seine Schnauze in das Trinkbassin und säuft. Minutenlang. Urs befürchtet schon, der Panda versuche, sich zu ertränken. Endlich richtet sich das Tier auf und rülpst herzhaft.

»Wohl bekomm's.«

»Danke.« Der Panda humpelt zu seinem Fleckchen an der Wand zurück und setzt sich wieder. Anklagend fischt er im jetzt gänzlich leeren Futterkorb.

»Möchtest du frischen Bambus?«, fragt Urs, der gerade die erste Schaufel Mist in den Eimer geschaufelt hat.

»Wärst du so freundlich?«

Vorsichtig nähert sich Urs dem Panda.

»Du brauchst dich nicht anzuschleichen. Ich habe dich schon gesehen.«

Okay. Urs beschleunigt seine Schritte. Mit ausgestreckter Hand angelt er nach dem Korb. Hua Jiao tappt ungeduldig mit der Pfote auf seinem Gipsbein.

Urs zieht den Korb zu sich heran, hebt ihn auf und geht zur Gittertür der Zelle. Doch sie ist verschlossen. Lynn hat ihm zwar erklärt, wie man sie von innen öffnen kann, aber …

»Hand durch das Gitter stecken, dann den Hebel nach oben schieben und nach links ziehen.«

Urs dreht sich zu Hua Jiao um. »Danke.«

Der Panda hebt die Pfote, als wolle er sagen: »Gern geschehen.«

Urs öffnet die Tür, schlüpft hindurch und nimmt den Korb mit dem frischen Bambus. Rasch zieht er die Tür wieder hinter sich ins Schloss.

Den Korb stellt er in sicherer Entfernung von Hua Jiao ab.

»Geht es vielleicht ein bisschen näher? Du siehst ja …« Mit der Pfote klopft der Panda auf sein Gipsbein.

»Natürlich.« Vorsichtig schiebt Urs den Korb auf die alte Position.

Zufrieden greift Hua Jiao hinein. »Lecker. Meine Lieblingssorte.« Er schiebt sich gleich ein ganzes Bündel Bambusblätter in den Mund. »Du kannst jetzt putzen.«

»Danke.« Urs weiß selbst nicht, ob er das jetzt sarkastisch oder ehrlich meint. Er beginnt, Mist in den Eimer zu schaufeln. Doch dann stockt er: »Du weißt, wie man aus der Zelle rauskommt?«

»Klar. Ich bin doch kein Schneeschwein.«

»Schneeschwein?«

»Selten dämliche Viecher.« Meditativ stöbert Hua Jiao in den Bambusblättern, bis er endlich ein Büschel hervorzieht, das die Ehre des nächsten Bissens verdient.

»Und du haust nicht ab?«

»Wozu? Jede Menge Bambus, gutes Wasser. Und die sorgen dafür, dass mein Bein wieder heil wird. Wenn da nicht dieses garstige Weibchen mit ihren Pikse-Nadeln wäre, würde ich glatt für immer hierbleiben.«

»Garstiges Weibchen?«

»Das Weibchen, das dich hierhergebracht hat. Ist sie wenigstens hübsch?«

»Hübsch?«

»Na ja, für meinen Geschmack hat sie zu wenig Fell. Und ein bisschen mehr auf den Rippen könnte sie auch vertragen.«

Urs lacht. »Ich werde es ihr ausrichten.«

»Lieber nicht. Mit der ist nicht gut Bambus essen.«

»Du meinst Kirschen.«

»Keine Ahnung, was das ist.«

»Eine Kirsche ist eine Frucht, die … Ist ja auch egal.«

Urs schaufelt weiter Mist in den Eimer. Doch dann fällt ihm auf, dass Hua Jiao ihn beobachtet.

»Was ist?«

Ertappt greift der Panda nach frischen Bambusblättern. »Nichts.«

Urs stützt sich auf die Schaufel. »Nun, komm schon. Heraus mit der Sprache.«

»Okay. Bist du …?« Der Panda scheint sich zu genieren. »Bist du ein Mensch?«

»Ja. Warum?«

»Du riechst nicht wie einer.«

»Sondern?«

»Keine Ahnung.« Damit ist das Thema für Hua Jiao offenbar erledigt und er wendet sich wieder seinem Bambus zu.

Erneut leert Urs einen Eimer voller Mist in den nun bereits dritten schwarzen Plastiksack. Näher und näher hat er sich beim Putzen an Hua Jiao herangearbeitet, dabei jedoch respektvollen Abstand gewahrt.

»Hier liegt auch noch was, weißt du?«, sagt der Panda schließlich. »Keine Angst, ich beiße nicht.«

»Versprochen?«

»Ehrenwort.«

Trotzdem ist Urs äußerst wachsam, als er den letzten Mist in den Eimer schaufelt. Schließlich deutet er aber auf das Gipsbein.

»Wie ist das denn passiert?«

»Die haben da einfach so weißes Zeug drumgeschmiert und das ist hart geworden. Soll angeblich gut für mich sein.«

»Nein, ich meine: Wie hast du dein Bein verletzt?«

»Ach, das war blöd. Da war dieser Schneeabhang. Und wie ich den Abhang so runtergekullert bin, steht dieser doofe Fels im Weg. Den habe ich nicht gesehen.«

»Runtergekullert? Bist du abgerutscht?«

»Nein, wieso das denn?«

»Warum bist du denn dann den Abhang runtergekullert?«

»Wie warum? Dafür sind Schneeabhänge doch da. Bist du noch nie einen Schneeabhang runtergekullert?«

Urs hält mit der Schaufelei inne. Doch. Natürlich ist er schon Schneeabhänge runtergekullert. Gerutscht. Gerodelt. Als Kind. Da hat er den Winter geliebt. Ja, wieder mal so einen Schneeabhang runterkullern – das wäre was.

»Komisch. Jetzt riechst du wie einer von uns.« Hua Jiao schiebt Urs den Korb hin. »Bambus?«

Auf dem Gang vor der Zelle schüttet Urs den letzten Eimer Mist in einen Plastiksack. Dann fällt sein Blick auf die Pillendose, die noch immer auf dem Putzwagen steht. Urs nimmt sie an sich und kehrt in die Zelle zurück.

»Du, Lynn hat mich gebeten, dir deine Pille zu geben.«

»Wer?«

»Das garstige Weibchen mit den Nadeln. Sie hat gesagt, wenn du die Pille nimmst, muss sie dich nicht piksen.« Urs klappert mit der Dose.

»Gib her.«

Urs schüttelt die große Pille aus der Dose und wickelt sie sicherheitshalber in ein Bambusblatt, das er Hua Jiao auf seiner ausgestreckten Pfote hinhält.

Behutsam nimmt der Panda das kleine Päckchen, kaut, schluckt.

Dann humpelt er zum Wasserbassin, wo er ausgiebig säuft.

»Bisschen trocken, aber nicht schlecht«, sagt er, nachdem er herzhaft gerülpst und sich wieder auf seinem Platz gesetzt hat.

In diesem Moment erklingt hinter Urs das langsame Klatschen eines einsamen Händepaars.

»Du hast es wirklich geschafft, ihm die Pille zu geben.« Lynn lehnt entspannt am Gitter. »Aber ›garstiges Weibchen mit den Nadeln‹? Wirklich?«

»Seine Worte«, will Urs sagen, doch er beißt sich auf die Zunge. Hat er sich wirklich mit Hua Jiao unterhalten? Die Höhenluft muss ihm stärker zusetzen als angenommen.

Nachdem Urs die Zelle verlassen hat, schiebt Lynn die Tür fest ins Schloss und rüttelt daran, um sicherzustellen, dass sie auch wirklich verschlossen ist. »Tja, leider war das nur eine Zuckerpille zum Testen. Eine Spritze bekommt er gleich trotzdem noch.«

»Weiber.« Geräuschvoll beißt Hua Jiao in seinen Bambus.

Urs dreht sich zu ihm um. »Sorry. Das wusste ich nicht.«

»Schon okay.« Der Panda winkt resigniert mit der Pfote.

Urs merkt erst, wie durstig er ist, als er vor dem Wasserspender steht. Fünf Becher braucht er, bis sich seine Kehle nicht mehr trocken anfühlt.

Lynn schmunzelt. »Typisch Panda. Die können auch nicht aufhören zu saufen, wenn sie mal angefangen haben.«

Urs füllt noch einen Becher, zwingt sich aber, nur noch schluckweise zu trinken.

»Und ich rede auch mit ihnen.«

»Was?« Überrascht setzt Urs den Becher ab.

»Ich rede mit den Pandas. Direktor Zhang übrigens auch. Er sagt, es sei ganz natürlich, mit Pandas zu reden. Problematisch wird es nur, wenn sie antworten. – Komm jetzt. Bei den Jungpandas muss Laub geharkt werden.«

Ein Déjà-vu? Urs stockt kurz, als er mit Rechen und Korb bewaffnet durch das Gittertor in das große Außengehege tritt.

Er blickt sich um. Hügel, Rasen, Felsen und Kletterbäume. Eine aus dicken, polierten Holzbohlen gezimmerte Rutsche. Ein paar Traktorreifen, die an Seilen von Bäumen herabhängen. Die Pandas im Gehege benehmen sich alle sehr erwachsen. Das heißt, sie dösen vor sich hin.

Doch dann entdeckt Urs die Zuschauermenge, die sich an der kleinen Betonmauer jenseits des Begrenzungsgrabens versammelt hat. Dort stehen auch …

… drei Männer in weißen Kitteln. Direktor Zhang und seine Entourage. Ihr Pennäler-Kichern dringt bis zu Urs hinunter.

Also kein Déjà-vu! Da vibriert auch schon die Erde unter seinen Füßen. Aus allen Richtungen stürmen die Pandas auf ihn ein. Sie zerren ihm den Rechen weg. Stoßen den Korb um. Klettern an seinen Beinen hoch.

Urs muss sich der flauschig schwarz-weißen Übermacht beugen. Er lässt sich ins Gras fallen. Auf dem Rücken liegend strampelt er mit den Füßen, doch für jeden Panda, den er abschüttelt, bekrabbeln ihn zwei neue.

Ein Laut steigt in Urs' Kehle auf. Doch es ist kein Schrei.

»Brumm!«

Er stemmt zwei besonders freche Pandas mit den Pfoten in die Höhe. Sie strampeln vor Vergnügen.

Natürlich! Das sind doch seine Spielkameraden!

Die kleinen Pandas fallen hell bellend in sein glückliches Lachen ein.

Die Pandas sind vom Rutschen ebenso begeistert wie die Kinder auf dem Spielplatz. Kaum sind sie auf ihrem weichen Fell das polierte Holz herabgeglitten, kommen sie schon wieder herangewuselt und Urs muss sie auf die Rutsche heben.

»Yippiiiiie!«, ruft er einem schon etwas größeren Jungtier hinterher, das aufgrund seiner Masse noch schneller die Bahn herabsaust als die anderen.

Dann klemmt er sich Ping und Pong unter die Arme. So hat er die beiden quirligen Rädelsführer des Pandamoniums getauft.

Mit den beiden Pandas im Arm erklimmt er die Holzbohlentreppe. Alle drei lassen sie sich den Fahrtwind der leider viel zu kurzen Rutschpartie um die Nase wehen.

Wegen des aufwirbelnden Sandes hat Urs vor der Landung die Augen geschlossen. Als er sie wieder öffnet, steht Lynn über ihm.

»Hiermit ernenne ich dich zum obersten Panda-Bespaßer.« Sie streckt Urs die Hand entgegen, die er feierlich schüttelt, bis er versteht, dass sie ihm beim Aufstehen helfen will.

Sie nimmt ihm auch Ping und Pong ab, die sich an Urs' Schultern festgeklammert haben, und setzt sie auf den Boden. Mit einem strengen »Schusch!« scheucht sie die beiden davon, bevor sie auf die Idee kommen, ihren menschlichen Kletterbaum erneut zu erklimmen.

»Die Tiere brauchen Ruhe! Außerdem ist Fütterungszeit.«

Urs hat geholfen, die kleinen Schüsseln mit Brei zu verteilen und dabei auch die eine oder andere Kabbelei um die vermeintlich größere Portion geschlichtet.

»Man könnte glatt glauben, die haben dich zum Alpha-Panda ernannt«, sagt Lynn nicht völlig unbeeindruckt. »Komm. Jetzt sind die Babys dran.«

Zum Abschied krault Urs Ping und Pong noch einmal den Pelz. Sie haben ihr Essen verschlungen und sich unter lautem Rülpsen ins Gras fallen lassen, wo sie jetzt friedlich dösen.

»Hast du eigentlich Kinder?«, fragt Lynn.

Sie haben die Panda-Babys gefüttert. Urs durfte dem kleinen Qui-Gon die Flasche geben. Begierig hat das rosa Würmchen die Milch in sich aufgesogen. Seine Mutter ist noch zu schwach, um ihn zu säugen.

»In ein paar Tagen«, hat Lynn dem kleinen Wurm versprochen, als sie ihn in die Wärme des Brutkastens zurückgelegt hat.

Jetzt sitzen Urs und sie auf einer Decke, die Lynn auf der Wiese hinter der Klinik ausgebreitet hat. In blaue Einwegkittel gekleidet widmen sie sich der Aufgabe, die kleinen Pandas zu streicheln und ihnen die Bäuche zu massieren, um ihre Verdauung zu fördern. Gleichzeitig müssen sie die schwarz-weißen Knäuel daran hindern, ihrem Weltentdeckungstrieb nachzugehen und von der Decke zu krabbeln.

Eines der Fellknäuel hat sich zum Gegenteil entschlossen: Zusammengerollt liegt es auf Urs' Schoß, schnarcht leise und murrt unwillig, als Urs es zu den anderen setzen will. Also lässt er das Panda-Baby, wo es ist.

»Hast du eigentlich Kinder?«, fragt Lynn also.

Urs versucht, die Traurigkeit mit einem Kopfschütteln zu verscheuchen.

»Hat sich nie ergeben.« Dieser Satz wird eines Tages auf seinem Grabstein stehen. Roman, Professur, Familie, Kinder: »Hat sich nie ergeben«, murmelt Urs noch einmal stumm zu sich selbst.

»Schlaf gut.« Urs legt das letzte Panda-Baby zurück in seine Wiege.

Lynn lächelt zufrieden. »So, jetzt hast du Freizeit. Außer, du willst mir bei einer OP assistieren. Ich muss eine Analfistel nähen.«

Urs schüttelt den Kopf. »Danke, nein.«

Also zeigt Lynn ihm, wo die Kaffeemaschine steht, und trägt ihm auf, einen großen Pott zu kochen. Danach solle er doch im Reservat spazieren gehen.

Er tut wie ihm geheißen.

Mit seinem Kaffeebecher in der Hand wandert er zum Gehege der erwachsenen Pandas. Er ignoriert die auf ihn gerichteten Videokameras der Touristen und lehnt sich an das Geländer.

Neben sich bemerkt er das Aufblitzen von etwas Weißem. Einem Kittel. Direktor Zhang leistet ihm Gesellschaft.

Gemeinsam versenken sie sich schweigend in den Anblick der friedlich fressenden oder dösenden Tiere. Ein Panda ist in einen großen Traktorreifen geklettert, der vom Ast eines knorrigen Baumes herabhängt. Er lässt sich vom Wind in den Schlaf schaukeln. Urs wäre gerne an seiner Stelle.

»Fast Feierabend«, reißt Lynn ihn schließlich aus seiner Panda-induzierten Trance. »Nur noch ein letzter Job für dich.«

Forsch und noch immer so frisch wie am Morgen geht sie Urs voran. Ihr Weg führt sie zu den Krankenzellen, wo Putzwagen, Schaufel und Eimer bereits ebenso auf ihn warten wie ein frischer Korb Bambus.

»Sorry«, sagt Lynn ohne einen Funken der Entschuldigung. »Aber du bist derjenige, der bisher am besten mit Hua Jiao zurechtkommt. Damit bist du zu seinem Chefpfleger aufgestiegen.« Sie zieht erneut eine Pillendose aus der Kitteltasche. »Ach ja, gib ihm die hier.«

Urs drängt das ärgerliche »Brumm!« in seine Kehle zurück. »Keine Lust, ihn wieder mit einer Zuckerpille zu verarschen.«

»Keine Sorge, diesmal ist es das echte Medikament. Wenn er es schluckt, erspart er sich wirklich die Spritze.«

»Ehrenwort?«

»Bei Leib, Seele und Kochkunst meines Vaters.«

Urs hat als Erstes den leeren Futterkorb gegen den vollen ausgetauscht, auch wenn Hua Jiao gerade vor sich hin döst und ihn nicht weiter beachtet. Dann beginnt er, Mist in den Eimer zu schaufeln und auf dem Gang erneut große Säcke damit zu befüllen. Er macht sich nicht die Mühe, die Zellentür zu verschließen.

Irgendwann ist Hua Jiao aufgewacht und hat sich ein Bambusrohr aus dem Korb gefischt. Gemächlich darauf herumkauend, beobachtet er Urs, schweigt jedoch. Einerseits findet Urs das beruhigend: Er scheint dem Wahnsinn doch noch mal von der Schippe gesprungen zu sein. Andererseits macht es ihn ein wenig traurig.

Endlich ist der Mist weggeräumt. Urs hat sogar die Zelle mit einem Schlauch ausgespritzt. Jetzt bleibt nur noch eine Aufgabe: die Pille.

Er schüttelt sie aus der Dose, angelt mit spitzen Fingern einen Bambusspross aus dem Korb und schiebt die Pille in den hohlen Stängel.

»Sei doch bitte so gut und nimm sie«, flüstert er Hua Jiao zu. »Lynn hat auch versprochen, dass es dann diesmal wirklich keine Nadeln gibt.«

Der große Panda beschnuppert den Bambusspross ausgiebig. Als Urs schon aufgeben will, öffnet Hua Jiao die Schnauze und nimmt ihm den Bissen aus der Hand. Missmutig kaut er darauf herum.

Dann erhebt er sich und humpelt zum Wasserbassin, wo er ausgiebig säuft.

Mit einem lauten Rülpser lässt er sich schließlich auf seinen Platz fallen und nimmt sich ein weiteres Bambusstück aus dem Korb.

»Danke«, sagt Urs. Er dreht sich um, um die Zelle zu verlassen. Seine Aufgabe ist erledigt.

»Nichts zu danken.« Hua Jiaos Stimme bringt Urs zum Stolpern. Er muss sich am Gitter der Zelle festhalten, um nicht zu stürzen.

»Ganz schön bitter, das Zeug«, sagt der Panda murrend. »Wehe, es gibt dann doch eine Nadel.«

»Lynn hat es versprochen.«

Hua Jiao stößt einen Beller aus, der Urs an ein Lachen erinnert. »Weibchen! Brings hinter dich und bespring sie. Dann hast du wieder deine Ruhe.«

# Brumm

## *Ein Abschied*

Urs hat endgültig den Überblick verloren. So sagt man das im Vogelsberg, wo seine Mutter herkam. Er kann sie vor sich sehen, wie sie über den Gartenzaun hinweg mit der Nachbarin die aktuellsten Dorfnachrichten austauscht. »Unsäh Urs hat ja wohl de Üwwerbligg verlore.« Sie habe es ihm ja immer prophezeit.

Nun denn, seine Mutter ist lange tot und muss sein Wandern durch den Bambushain des Wahnsinns nicht mehr miterleben.

Außerdem gibt es schlimmere Verirrungen des Gemüts als seine Gespräche mit Hua Jiao, während er dessen Zelle säubert und ihm frischen Bambus bringt.

Der Panda ist sein einziger richtiger Gesprächspartner.

Lynn schüchtert ihn zu sehr ein. Cheerleader Bo geht ihm mit ihrer frei flottierenden Begeisterung schon nach wenigen Minuten auf den Geist. Und Wortkarger Bo …

Urs hat einmal den Versuch unternommen, sich mit ihm über deutsche Literatur zu unterhalten. Der Dolmetscher hat am nächsten Tag empört seinen Rücktritt eingereicht und ist nach Peking abgereist.

So unterhält sich Urs eben mit Hua Jiao. Er genießt diese Gespräche trotz – oder vielleicht gerade wegen – der auf das Wesentliche eingedampften Weltsicht des Pandas.

»Sechs Dinge braucht man zu seinem Glück«, hat ihm Hua Jiao erklärt. »Bambus, Wasser, Schlaf, eine gesegnete Verdauung, einen Schneeabhang zum Runterkullern – und natürlich Franz Schubert.«

Ein besonders bildungsbeflissener Student, der sich sein Studium als Nachtwache des Panda-Hospitals verdient, hört bei der Arbeit stets klassische Musik auf seinem Gettoblaster.

Besonders hat es ihm die deutsche Romantik angetan und er hat den Panda mit seiner Leidenschaft angesteckt. An Schuberts *Abendlied* hat Hua Jiao besonderen Gefallen gefunden. Und so manches Mal haben er und Urs während der abendlichen Zellenreinigung im Duett gesungen:

»*Der Mond ist aufgegangen,*
*Die gold'nen Sternlein prangen*
*Am Himmel hell und klar.*«

»Bambus, Wasser, Schlaf, Verdauung, Schneehänge, Schubert«, wiederholt Urs Hua Jiaos Formel für die Essenz des Lebensglücks. »Und was ist mit Liebe?«

»Du meinst Weibchen bespringen?« Hua Jiao beißt in ein Stück Bambus und kaut nachdenklich darauf herum. »Das bringt man halt hinter sich, wenn es sich nicht vermeiden lässt.«

So gehen die Tage dahin. Die Wochen. Urs weiß nicht, wie lange er schon in Chengdu ist. Eigentlich ist es ihm auch egal.

Die wenigen Nachrichten, die ihm Torsten über Wikipedia vermittelt, lassen ihn kalt. In der Agentur herrscht der Alltagsirrsinn und Alexa schöpft Wert. Mehr muss und mehr will Urs nicht wissen. Und eigentlich auch nicht, ob und wann er wieder nach Deutschland zurückkann.

Denn, so muss er sich eingestehen: Obwohl er den Überblick verloren hat – oder vielleicht gerade deswegen –, ist er glücklich. Er schläft gut und wacht morgens bereits erfrischt auf, bevor Lynn ihn aus dem Bett werfen kann. Wenn sie kommt, um ihn abzuholen, wartet er mit frischem Kaffee auf sie, den sie auf ihrem Marsch in die Research Base trinken. Inzwischen kann er gut mit der jungen Tierärztin Schritt halten.

Seinen Arbeitstag beginnt er damit, Hua Jiaos Zelle zu säubern und mit dem Panda zu philosophieren. Dann darf er die jungen Pandas bespaßen – was ihn übrigens zu einem Publikumsliebling gemacht hat. Jeden Tag warten hinter der Betonmauer mehr Zuschauer auf seinen Auftritt.

Mittags füttert er die Panda-Babys. Qui-Gon ist allerdings nicht mehr darunter. Seine Mutter ist genesen und kann ihn säugen.

Danach sitzt Urs mit Lynn auf der Wiese und kuschelt die kleinen Pandas. Er träumt davon, mit der Tierärztin auszugehen. Aber er hat noch keine Gelegenheit gefunden, sie zu fragen. Genauer: Er traut sich nicht. Sie ist zu schön. Zu klug. Zu … alles.

Hua Jiao hat nur mit dem Kopf geschüttelt, als Urs ihm das erzählt hat. »Und ich dachte, bei uns wäre das mit den Weibchen kompliziert. Bambus, Kumpel?«

Einladend schiebt der Panda Urs seinen Futterkorb hin.

So gehen also die Tage dahin. Lynn hat Urs sogar erlaubt, in seiner Freizeit die großen Pandas in ihrem Gehege zu besuchen, nachdem sie festgestellt hat, dass sie seine Anwesenheit tolerieren.

Er hat sich einen Platz in einem der Lkw-Reifen erobert. Dort lässt er sich vom Wind schaukeln und kaut gemächlich auf einem Stängel Bambus. Vielleicht steckt wirklich ein Panda in ihm.

Hua Jiao zumindest attestiert ihm abends gerne, jetzt würde Urs riechen wie ein Artgenosse, der sich als Mensch verkleidet hat. Aber das liegt vermutlich daran, dass er so viel mit den Tieren zusammen ist und dabei stets denselben Fursuit trägt: seinen eigenen. Er hat es noch mehrfach mit den anderen Suits probiert, doch seine Haut hat stets allergisch reagiert.

Also wäscht er seinen Fursuit jeden Abend sorgfältig, föhnt ihn und bürstet ihn flauschig.

Dass der Anzug das mitmacht und das Fell noch immer so dicht und glänzend ist wie am Tag des Kaufs, spricht für die Qualität. Aber natürlich wird sich der Pandageruch mikroskopisch fein im Pelz festgesetzt haben.

Urs muss die Tränen unterdrücken, als ihn Lynn eines Tages besonders früh weckt und ihm eröffnet, es sei an der Zeit für Hua Jiao, in sein Revier zurückzukehren.

Am Vortag noch hat Urs den Panda zu einem Paarungsversuch überredet. Doch die Pandadame ist noch weniger begeistert von dieser Idee gewesen als Hua Jiao. Also ist er in seine Zelle zurückkehrt und hat sich nach einem mürrischen »Weibchen!« wieder seinem Bambuskorb zugewandt.

Nun muss er zurück in sein Revier. Ins Hochland. Auf über tausend Meter. Urs soll mit, denn auf ihn hört Hua Jiao.

»Es geht nach Hause.« Anders als erwartet (und vielleicht insgeheim erhofft) ist Hua Jiao erfreut über diese Nachricht. Bereitwillig folgt der Panda Urs in den Laderaum eines zu diesem Zweck umgebauten Geländewagens. Dort setzt er sich auf den gepolsterten Boden und widmet sich gleich dem dort auf ihn wartenden Bambus.

Lynn übernimmt das Steuer.

Sie beherrscht den schweren Wagen so gut, dass Urs, den Alexa immer als den schlechtesten Beifahrer aller Zeiten bezeichnet, sich nur ganz selten panisch an den Griff der Tür klammert – und das, obwohl die Fahrt sie auf engen, unbefestigten Serpentinen höher und höher führt.

Manchmal muss Urs sich sogar zwingen, ein Lachen zu unterdrücken. Denn er ist ja der Einzige, der Hua Jiaos Kommentare hört, die zwischen »Yippiieh!« und »Das ist ja schlimmer als ein bockiges Weibchen zu bespringen« schwanken.

Auf einer Lichtung hält Lynn den Wagen an. »So, weiter kommen wir nicht. Zeit, Hua Jiao zurück in die Freiheit zu entlassen.«

Sie will aussteigen. Doch Urs hält sie zurück. »Lass mich, bitte. Ich will mich noch von ihm verabschieden.«

Lynn zieht die Handbremse an und nimmt eine Thermoskanne aus der Halterung in der Mittelkonsole, um sich einen Tee einzuschenken. »Aber mach hin.«

Urs öffnet die Tür des Laderaums. Hua Jiao streckt die Nase hinaus.

»Doch, ein schönes Örtchen habt ihr ausgesucht. Mein Revier ist ganz nah.« Der Panda atmet tief ein. »Ah, kein Gestank nach Zwergen.«

Mit »Zwergen« meint er Panda-Babys. Hua Jiao ist nicht gerade ein großer Kinderfreund.

Ungeahnt leichtfüßig springt der Panda aus dem Wagen ins weiche Gras. Er will sich wohl schon auf den Weg in die Wildnis machen.

»Hey, Hua Jiao«, hält Urs ihn noch einmal auf.

Der Panda dreht sich um. »Ja?«

»Ich habe dich nie nach deinem Namen gefragt.«

»Wieso? Du kennst den doch: Hua Jiao.«

»Nein. Deinen richtigen Namen. Nicht den, den sie dir in der Research Base gegeben haben.«

Hua Jiao streicht sich mit der Pfote über den Kopf. »Bambus, Wasser, regelmäßiger Stuhlgang, Schlaf und einen Schneeabhang zum Runterkullern: Mehr brauche ich nicht. Also auch keinen Namen. Kann ich jetzt gehen? Ich habe Hunger.«

Urs braucht seine ganze Willenskraft, um die Tränen zurückzuhalten. »Natürlich. Tschüss. Und alles Gute.«

Hua Jiao kommt ein paar Schritte zurück und lässt sich von Urs zum Abschied den Nacken kraulen. »Nicht verzweifeln, Kumpel. Und bespring endlich das Nadelweibchen. Die ist so heiß auf dich, das ist ja nicht mehr auszuhalten.«

»Was?«

»Hey, weiterkraulen.«

»Okay.« Urs gehorcht. »Was meinst du mit ›heiß auf mich‹?« Er flüstert, damit Lynn seine Frage nicht mitbekommt.

»Na, die starrt dir immer dermaßen auf den Hintern. Also los. Rauf auf sie. Bring es hinter dich. Dann hast du wieder deine Ruhe.«

»Bei uns Menschen ist das nicht ganz so einfach.«

»Ach ja, richtig, du bist ein Mensch.« Der Panda kratzt sich gemächlich hinter einem Ohr. »Probier's doch mal mit Bambus bei ihr. Du servierst 1A Bambus. Wollte ich schon lange mal gesagt haben.«

»Danke für das Kompliment. Ich werde deinen Rat beherzigen.«

»Kommt ihr bald mal zu Potte?«, ruft Lynn aus dem Wageninneren.

»Oha, das Nadelweibchen wird böse. Okay, dann heißt das wohl Adé.« Hua Jiao will sich umdrehen, doch er stoppt mitten in der Bewegung.

»Warum kommst du nicht mit? Ich kenne ein paar tolle Schneeabhänge zum Runterkullern.«

Urs muss schlucken, um die kleine Stimme in ihm zum Schweigen zu bringen, die das für eine großartige Idee hält. Dann schüttelt er den Kopf.

»Na gut, dann eben nicht. Aber du weißt ja, wo du mich findest. Für einen guten Kumpel habe ich immer ein paar Stangen Bambus.«

Der Panda streckt die Pfote aus. Urs schlägt ein. Dann dreht sich Hua Jiao um und spaziert gemütlich über die Wiese davon. Schließlich verschwindet er zwischen den großen Bambuspflanzen. Nur sein Gesang ist noch zu hören:

*»Der Wald steht schwarz und schweiget*
*Und aus den Wiesen steiget*
*Der weiße Nebel wunderbar.«*

# Brumm
## *Eine Verabredung*

Urs starrt wie hypnotisiert auf den Scheibenwischer und dessen erfolglosen Versuch, der Regenmassen Herr zu werden, die auf den Geländewagen herabprasseln. Die Piste unter ihnen hat sich in eine Schlammrutschbahn verwandelt. Seine Gedanken wandern immer wieder zu Hua Jiao. Mit ihm in die Wildnis ziehen. Schneeabhänge herunterkullern. Das wäre doch was gewesen. Verrückt, ja. Aber eine Chance, glücklich zu sein.

Urs hat mal gelesen, dass Schizophrene sich einsam fühlen, wenn die Stimmen verstummen. Er jedenfalls vermisst Hua Jiao schon jetzt. Mit wem soll er denn nun reden?

Mit Lynn? Er traut sich doch kaum, mit ihr mehr als drei Sätze zu wechseln.

Mit Cheerleader Bo, die jedes Gespräch in ein Schaumbad der Begeisterung verwandelt?

Viele Mitarbeiter der Research Base sprechen ein passables Englisch, sind jedoch kaum je greifbar, und wenn, dann gibt es wenig Gesprächsstoff. Direktor Zhang trifft er zwar regelmäßig bei seinen Meditationen im Panda-Gehege. Ihr Verhältnis ist jedoch abgekühlt, seit Urs bei den Pandas willkommener ist als Zhang. Der Direktor hat sogar selbst einen Versuch im Fursuit gestartet. Die Tiere haben ihn jedoch mit Stupsern und Bissen aus dem Gehege vertrieben.

Urs wird Hua Jiao also vermissen. Wäre er doch mal mit dem Panda mitgegangen. So schließt sich der Kreis und Urs beginnt mit seinen Grübeleien wieder von vorne.

»Der Mond ist aufgegangen? Wie kommst du da denn jetzt drauf? So spät ist es doch wirklich noch nicht.«

Urs merkt erst jetzt, dass er leise Hua Jiaos Lieblingslied vor sich hin summt.

Er schweigt auf Lynns Frage und starrt weiter aus dem Fenster in den Regen, um den Zyklus seiner Grübeleien erneut zu beginnen. Doch so weit kommt er nicht.

»Und? Was war Hua Jiaos Rat?« Die Strecke ist jetzt halbwegs eben und führt geradeaus. Lynn fährt zwar weiterhin Schritttempo, kann sich jedoch entspannen.

»Rat?«, fragt Urs zurück.

»Das hast zum Abschied zu Hua Jiao gesagt: Du wirst seinen Rat beherzigen.«

Lynn hat von seinem Gespräch mit dem Panda also doch mehr mitbekommen, als er gedacht hat – und als sie sollte. Hoffentlich hat sie sein Geflüster davor nicht verstanden.

»Und?«, bohrt Lynn nach.

»Er hat gesagt, ich soll dich auf ein Date einladen.« Urs ist selbst ganz überrascht, dass ihm dieser Satz herausrutscht. Für den Bruchteil einer Sekunde meint er, im verregneten Spiegelbild in der Windschutzscheibe den Panda zu sehen. In seinem Kopf verhallt das Echo von Hua Jiaos bellendem Lachen.

Lynns Lachen hingegen klingt rau. Als hätte sie mit einem Schluck Baijiu gegurgelt. »Dating-Ratschläge von einem Panda? Das ist ja mal originell. – Und?«

»Und was?«

»Lädst du mich auf ein Date ein?«

»Hätte das denn Aussicht auf Erfolg?« Urs weiß auch nicht, warum er das fragt. Vermutlich, um das Gespräch auf das sichere Terrain des Hypothetischen zu lenken.

»Es gibt nur einen Weg, das herauszufinden, oder nicht?« Meint Lynn das wirklich ernst? Oder ist das nur wieder ihr staubtrockener Humor? Er ist noch nie besonders gut darin gewesen, Weibchen … Frauen! Frauen zu entschlüsseln fällt ihm schwer.

Wieder lacht Hua Jiao in seinem Kopf: »Bespring sie. Bring es hinter dich.«

»Darf ich dich auf ein Date mit mir einladen?« Urs hat den Satz gehört. Hat die Bewegungen von Zunge und Lippen gespürt. Aber er kann sich nicht erinnern, ihn bewusst ausgesprochen zu haben.

Der Geländewagen passiert ein Flussbett, das auf dem Hinweg nur ein Rinnsal gewesen ist, sich nun aber in einen reißenden Strom verwandelt hat. Lynn kämpft mit dem Steuer, um den Wagen auf der Spur zu halten. Das erfordert ihre ganze Konzentration und verschafft Urs eine Gnadenfrist.

»Was für ein Date soll das denn sein?« Lynn hat Urs' Frage nicht vergessen.

Und mit der Gegenfrage hat sie ihn kalt erwischt. So weit hat er natürlich nicht im Voraus gedacht. Von Chengdu kennt er doch nur die Research Base. Die beiden einzigen halbwegs romantischen Orte, die ihm dort einfallen, sind sein Schaukelreifen im Pandagehege und die Decke, auf der er und Lynn mittags die Panda-Babys kuscheln.

Soll er den Spieß umdrehen und Lynn fragen, was sie gerne machen möchte? Seine innere Karolin schlägt ihm aufs Hinterhaupt: Immer müsse sie alles planen und organisieren. Ob sie ihm denn so unwichtig sei, dass er über so etwas nicht einmal selbst nachdenken wolle? Die echte Karolin hat allerdings neun von zehn seiner Ideen abgelehnt und zuletzt sind sie dann doch immer im Theater gelandet (ihr Wunsch). Und bei irgendeinem Chinesen (sein Beitrag zum Abendprogramm).

Chinesen? Essen?

Kochen!

Natürlich! Seine Kochkünste sind immer seine Trumpfkarte beim anderen Geschlecht gewesen.

Lynn trommelt ungeduldig mit den Fingern auf dem Lenkrad. Urs hat vermutlich schon länger über eine Antwort nachgedacht als akzeptabel.

»Ich könnte für uns kochen«, schlägt er also vor und ärgert sich, dass er so schüchtern klingt.

»Oh ja! Deutsche Küche!«

Okay, doch keine gute Idee. Kann er die Situation retten, wenn er Lynn von seinen asiatischen Kochkünsten erzählt? Wohl kaum. Er ist schließlich in Sichuan, der Provinz mit der besten chinesischen Küche der Welt.

Er erschrickt, als sich Lynns Hand auf seine legt.

»Du kommst doch aus Frankfurt, oder?«

Warum will Lynn das denn jetzt wissen? Dennoch antwortet er gehorsam: »Also, zuletzt habe ich in Offenbach gewohnt, aber –«

»Kickers rule! – Weißt du, worauf ich wirklich mal wieder Lust hätte? Auf Grie Soß.«

Grüne Soße? Das Frankfurter Nationalgericht?

»Soll das ein Witz sein?« Wenn Lynn nicht mit ihm ausgehen will, soll sie es einfach sagen.

Urs wird nach vorne geworfen, als der Wagen abrupt zum Stillstand kommt. Lynn hat die Bremse bis zum Boden durchgetreten. »Mit Grie Soß spaßt man nicht!« Sie fragt eine Nuance sanfter: »Du glaubst, ich veralbere dich, oder?«

Urs braucht nicht zu antworten.

»Sorry. Aber ich meine es ernst. Einmal Hessen-Mädel, immer Hessen-Mädel. – Also, wenn du eine Grie Soß hinkriegst, hast du dein Date.«

Grie Soß? Und nur hinkriegen? Selbst Hardcore-Frankfurterin Alexa besteht darauf, dass er, der Zugereiste, zu Firmenfeiern seine Grie Soß macht!

# Brumm

## *Eine Einkaufsfahrt*

China ist der größte Nutzknollenproduzent der Erde. Jede vierte weltweit verzehrte Kartoffel stammt aus dem Reich der Mitte.« Cheerleader Bo hat Urs' Wunsch nach einer Einkaufsfahrt mit Enthusiasmus aufgenommen und beantwortet jede seiner Fragen mit einem begeisterten Referat zu den agrarwirtschaftlichen Spitzenleistungen ihres Heimatlandes.

Urs wünscht sich, sie würde es nicht tun. Oder dabei zumindest in moderater Lautstärke sprechen. Sie erwecken auch so schon genug Aufmerksamkeit, als sie über den großen Markt schlendern.

In seiner Zeit in Chengdu hat Urs nie vor dem Problem gestanden, selbst einkaufen zu müssen. Cheerleader Bo hat seine Wünsche in chinesische Schriftzeichen übersetzt und auf die an der Kühlschranktür angebrachte Schiefertafel gemalt. Am nächsten Tag ist die Tafel wieder sauber abgewischt. Dafür findet sich das Gewünschte im Kühlschrank oder bei den anderen Vorräten.

Urs will sich aber beim Einkauf für sein Date mit Lynn nicht auf die Heinzelmännchen verlassen. Sein Stolz als Koch verpflichtet ihn, alle Zutaten vom Markt bis zum Teller persönlich zu begleiten.

Also hat er sich einen freien Tag ausbedungen. Für das Kochen. Und für seinen Ausflug auf den Markt. Ob das wirklich eine gute Idee gewesen ist?

Der weiße Mann im Pandakostüm, die Frau, die enthusiastisch gestikulierend den Geist der chinesischen Landwirtschaft heraufbeschwört: Sie sind nicht gerade unauffällig unterwegs. Auch jetzt, am Kartoffelstand, hat eine Traube Schaulustiger ihre Handys und Videokameras auf sie gerichtet.

So etwas hat Urs schon befürchtet. Deshalb hat er sich eigens für den Einkaufstripp Zivilkleidung von einem Mitarbeiter Dr. Zhangs ausgeliehen und im Bad zurechtgelegt. Doch die Heinzelmännchen müssen sie für Schmutzwäsche gehalten haben: Als er am Morgen hineinschlüpfen will, sind Hose, Hemd und Jacke verschwunden. Einzig sein Fursuit wartet auf ihn, das Fell auf Hochglanz gebürstet.

Im Supermarkt, den sie ansteuern, um Joghurt und saure Sahne zu kaufen, hält sich die Aufmerksamkeit für Urs und Bo noch in Grenzen. Nur einmal spricht eine Frau Urs an, die ihn, soweit er Bos Übersetzung versteht, für einen Werbeträger des auch von ihm selbst geschätzten Bambusbiers hält und fragt, wo sie selbiges finden könne.

Sein »Da kann ich leider nicht weiterhelfen.« übersetzt Bo nonverbal, indem sie ihnen voran durch das Labyrinth der Supermarktgänge marschiert, bis sie endlich in der Getränkeabteilung landen. Urs ist sich sicher, dass Bo dabei genauso orientierungslos ist wie er selbst, doch offenbar will sie sich und ihn vor dem durch eine solche Wissenslücke drohenden Gesichtsverlust bewahren.

In Urs' Hirn hat sich die Idee festgesetzt, dass alle Chinesen laktoseintolerant sind. Daher ist er fast erschlagen von der Vielfalt der Milchprodukte im Kühlregal.

Bo umrahmt das Übersetzen der einzelnen Etiketten mit einem Vortrag zum gestiegenen Molkereiproduktkonsum in China. Milch und Milchprodukte, so erklärt sie, erfreuten sich erst seit Kurzem größerer Beliebtheit. Deswegen sei man in diesem Bereich noch vom Import abhängig. »Noch!«, betont sie gleich mehrfach.

Tatsächlich trägt ein Großteil der Produkte im Kühlregal das Markenzeichen einer deutschen Großmolkerei, deren Eigentümer dank Subventionsabzockerei und Steuerflucht eher berüchtigt als beliebt ist.

In Deutschland hat Urs diese Firma boykottiert. Glücklicherweise gelingt ihm das auch jetzt, denn der Bio-Boom hat auch vor China nicht Halt gemacht. Die Marken in einem zweiten, grün lackierten Kühlregal kennt er nicht, aber Cheerleader Bo verkündet stolz, es handele sich um

Produkte aus chinesischer, ja, sogar regionaler Herstellung. Urs kauft sicherheitshalber die dreifache Menge dessen, was er normalerweise brauchen würde. Bestimmt wird er beim Kochen experimentieren und improvisieren müssen.

Wie recht er mit dieser Vermutung hat, zeigt sich dann auf dem Markt. Doch statt mühsam nach Kartoffeln suchen zu müssen, wie er befürchtet hat, sieht er sich einem erschlagenden Erdapfel-Überangebot gegenüber. Der Stand, an dem Bo ihren Vortrag über China als Spitzennation der Nutzknollenproduktion hält, bietet dreiundzwanzig unterschiedliche Kartoffelsorten. Die Namen sagen Urs natürlich nichts, auch nicht in der blumigen Übersetzung von Cheerleader Bo.

So kauft Urs aufs Geratewohl drei unterschiedliche Sorten. Und dann noch eine weitere, die ihn aufgrund ihrer tiefvioletten Schale neugierig macht. Gut, dass Cheerleader Bo den in inniger Zuneigung zu ihr entflammten Chauffeur zum Tragen abkommandiert hat.

Als Urs dem Verkäufer das Geld reicht und dafür seine Einkäufe entgegennehmen will, hält der Mann mitten in der Bewegung inne und zwingt sein Gesicht in ein überhöfliches Lächeln. Urs folgt seinem Blick.

Oh nein! Um den Stand haben sich wenigstens ein Dutzend Menschen versammelt, Handys und Kameras gezückt, um diesen Augenblick für die Ewigkeit festzuhalten. Urs spürt ein Knurren in seiner Kehle aufsteigen, doch er ringt sich gleichfalls ein Lächeln ab. So zelebrieren er und der Verkäufer den Kartoffelkauf wie den Abschluss eines Staatsvertrags.

Zum Abschied deutet der Verkäufer eine Verneigung an. »Brumm!«

Nein, das kann nicht sein. Urs muss sich verhört haben. Dennoch verbeugt er sich seinerseits. »Brumm!«

Seine neue Fangemeinde bleibt Urs und Cheerleader Bo auch auf dem Weg zum Eierkauf auf den Fersen. Der Chauffeur, dessen Namen Urs nicht weiß, da Bo ihn immer »den Bleifuß« nennt, verbindet das Angenehme mit dem Nützlichen: Er rekrutiert zwei Teenagerinnen in schwarz-weißen Hoodies zum Tragen. Die beiden Mädchen halten die Taschen mit den Kartoffeln wie Devotionalien.

Huhn, Wachtel, Ente und ein paar Vogelsorten, von denen selbst Cheerleader Bo nur die chinesischen Namen kennt: Das Eierangebot erweist sich als ebenso ergiebig wie das Kartoffelsortiment.

Eigentlich ist Urs versucht, nach Straußeneiern zu fragen, doch er befürchtet, er wäre dann tatsächlich gezwungen, ein halbes Dutzend dieser gigantischen Eier zu erwerben. Außerdem überfordert ihn bereits das Sortiment an Hühnereiern: große braune Eier, kleinere weiße Eier. Soweit kann er noch folgen.

Doch dann gibt es da noch hellbeige Eier, die wiederum ein Stück kleiner sind als die weißen. »Special Chicken Eggs« nennt sie die junge Verkäuferin in zwitscherndem Englisch. »Magische Hühnereier«, übersetzt Bo. Man könne mit ihnen Schwindel oder Benommenheit behandeln und außerdem wohlschmeckende Omeletts zubereiten.

Zuletzt deutet Urs auf Eier, die – klein, wie sie sind – der Auslage eines Kinder-Kaufmannsladens entstammen könnten.

Das seien Bantum-Eier, erklären die Verkäuferin und Cheerleader Bo gemeinsam. Sie stammen von einer besonders kleinen Hühnerrasse; man könne sie aber verarbeiten wie normale Eier auch.

Urs entscheidet sich letztlich für die großen braunen Eier. Doch auch von den Bantum-Eiern nimmt er ein Dutzend mit. Einfach, weil er sie so niedlich findet.

Der Gewürzhändler – der Urs an den Abt des Klosters in der Fernsehserie *Kung-Fu* erinnert – runzelt die Stirn, als Urs seinen Laden betritt: weniger wegen des weißen Mannes im Pandakostüm. Sorge bereitet ihm wohl die noch weiter gewachsene Fangemeinde, die jetzt in den kleinen Laden drängt. Jeder möchte einen Logenplatz haben. Und jeder hat eine Meinung, denn dank der jubilierenden Übersetzung von Cheerleader Bo bekommen alle mit, was Urs erwerben will.

Urs folgt dem Rat des Ladenbesitzers, als er Salz und Pfeffer kauft – natürlich Sichuan-Pfeffer, Hua Jiao, was ihn ein wenig traurig stimmt.

Auch beim Essig kann ihm der Abt des Gewürzklosters weiterhelfen: Urs entscheidet sich für Baoning-Essig aus der Region und lässt sich dann auch noch zu einer Flasche roten Reisessigs überreden. Von dem hat er bisher nur gehört.

Der Senf stellt ein größeres Problem dar. Statt fertiger Zubereitungen in Gläsern oder Tuben (mild, mittelscharf, scharf und vielleicht noch irgendeine französische Geschmacksrichtung), führt der Laden ein breites Sortiment an Senfkörnern. Über die richtige Wahl entbrennt zwischen dem Ladenbesitzer und zwei besonders engagierten Mitgliedern von Urs' Entourage ein Streit: Es gehe um die »reine Lehre des chinesischen Senfs«, wie Cheerleader Bo erklärt. Drei Sorten landen schließlich in der engeren Wahl; Urs entscheidet sich zu einer salomonischen Lösung. Er lässt Cheerleader Bo ausrichten, er werde alle drei kaufen. Mit diesem Kompromiss sind dann alle Seiten zufrieden.

Der Händler mahlt ihm die Senfkörner in einer Handmühle zu feinem Pulver. Urs nimmt die Päckchen entgegen und dankt mit einer Verneigung. Ganz automatisch sagt er: »Brumm!«

Der Chinese verneigt sich gleichfalls und antwortet ungerührt mit »Brumm!«, als sei dies das Normalste der Welt. Vermutlich ist er an durchgeknallte Touristen gewöhnt.

Nach dem Erwerb von Zitronen sowie den Zutaten für einen Beilagensalat (beides erstaunlich unproblematisch) steht nun der letzte Kauf an – und Urs' bisher größtes Problem:

»Schnittlauch, Borretsch, Pimpernelle, Kerbel, Sauerampfer, Petersilie, Kresse.« Aus Cheerleader Bos Mund klingt die Liste der sieben Kräuter, die in eine echte Grie Soß gehören, so feierlich wie Gold, Myrrhe und Weihrauch.

Stände, die Kräuter anbieten, gibt es viele. Petersilie, Schnittlauch und Kerbel findet Urs recht rasch. Kresse lässt sich sicher durch chinesische Kresse ersetzen, die es gleichfalls überall zu kaufen gibt.

Doch bei Borretsch, Pimpernelle und Sauerampfer wird er wohl improvisieren müssen. Selbst Cheerleader Bo scheitert, als sie sich die Schwarmintelligenz des inzwischen auf mehr als fünfzig Personen angewachsenen Gefolges zunutze machen will. Zwar eilen einige übereifrig davon, doch die Kräuter, die sie bringen, erfüllen Urs nicht mit Zuversicht: Zu sehr erinnern sie ihn an Schierling.

Also entschließt er sich zum Durchschlagen des Gordischen Knotens: Kurzerhand sucht er den Stand mit der größten Kräuterauswahl auf.

Den Verkäufer, einen vierschrötigen Mann, dessen Mao-Mütze viel zu hoch auf seinem Kopf sitzt, lässt Urs durch Cheerleader Bo fragen, ob es unter seinen Kräutern welche gäbe, die giftig, in größerer Menge schädlich oder berauschend seien.

Vielleicht nicht der geschickteste Schachzug. Der Chinese beantwortet die Frage mit einer endlosen Kette ärgerlicher Silben, die Bo jedoch strahlend übersetzt: »Er übt das Handwerk des Kräuteranbaus nun bereits in dritter Generation aus. Seine Ware ist Spitzenklasse. Selbst die Küchenchefs der besten Restaurants Chengdus kaufen beim ihm ein. Mit Yu ist er sogar persönlich befreundet!«

»Mit wem?«, wagt Urs zu fragen.

Zum ersten Mal ist Cheerleader Bo ob seines Unwissens empört. »Yu ist der berühmteste Koch von Sichuan!«

Während der Übersetzung hat sich der Kräuterverkäufer durch seine Waren hindurch zu Urs geschlängelt. Er nimmt seine Mütze ab und hält sie Urs verstohlen hin. Urs erkennt natürlich, was in kleine Plastikbeutelchen verpackt mit Tesafilm in die Kopfbedeckung geklebt ist:

Marihuana-Blüten!

»Er hat aber dennoch, wonach es dich gelüstet«, übersetzt Cheerleader Bo viel zu laut.

Urs kommt nicht umhin, dem Mann eine der Blüten abzukaufen, damit sie beide das Gesicht nicht verlieren; so erklärt es ihm Cheerleader Bo.

Nachdem eines der Plastiktütchen und eine Anzahl Geldscheine ihre jeweiligen Besitzer gewechselt haben, kann Urs endlich auf seine Idee zurückkommen: Er deutet einfach auf alle Kräuter, die ihm optisch halbwegs geeignet erscheinen.

Der Verkäufer packt Päckchen um Päckchen und lässt ihn schließlich über Bo fragen, was er denn vorhabe.

Urs beschreibt Bo also die Zubereitung. Doch kaum hat sie angefangen, zu übersetzen, winkt der Chinese ab. »Grie Soß«, sagt er mit gerolltem R und langem offenen O. Dann überschüttet er Bo mit einem Wortschwall.

»Sein Freund Yu hat damit experimentiert«, übersetzt sie. »Zu Ehren eines Besuchs von Sun Bahu Zongli, der ein großer Freund deutscher Küche ist.«

»Und? Wie ist die Grie Soß gelungen?« Sollte Urs das Schicksal ausnahmsweise einmal in die Hände spielen? »Und weiß er die Kräuterzusammensetzung?«

Der Verkäufer wiegt den Kopf hin und her, während er Bos Übersetzung lauscht. Schließlich antwortet er.

»Die Zusammensetzung weiß er nicht. Selbst wenn er sie wüsste, würde er von der Mischung abraten. Yu ist dafür beinahe ins Gefängnis gekommen.«

»Warum das denn?« Urs blickt besorgt auf die vielen Päckchen mit Kräutern, die er gerade erworben hat. Sind davon vielleicht doch welche giftig?

»Sun Bahu Zongli hat das Gericht zu sehr gemundet.«

»Aber das ist doch gut, oder nicht?«

Ganz gegen ihre fröhliche Natur stößt Bo einen traurigen Seufzer aus. »Unser geliebter Ministerpräsident ist laktoseintolerant.«

# Brumm
## *Ein Date*

Schon wieder dieser Fussel?« Mit diesen Worten hat Lynn ihm vor die Brust getippt, als er ihr die Tür geöffnet hat.

Ja, leider!

Eigentlich hat Urs sich für sein Date anständig kleiden wollen. Daher hat er sich von Bo noch zu einem Herrenausstatter in der Innenstadt von Chengdu führen lassen. Dort hat er sich ein Ensemble zusammengestellt: Anzug, Hemd, Krawatte – selbst Gürtel und Schuhe. Endlich ist seine geringe Körpergröße mal von Vorteil; in China kann er Anzüge von der Stange kaufen, ohne sie ändern lassen zu müssen.

Doch dann hat das Lesegerät an der Kasse gleich beide seiner Kreditkarten verweigert. Auch die Geldautomaten in der Nähe sind ihm nicht wohlgesonnen gewesen: Eine Funktionsstörung des Kreditkartennetzwerks, wie ihm Cheerleader Bo die Schriftzeichen auf dem Bildschirm übersetzt.

Der Kauf Date-tauglicher Zivilkleidung fällt also aus. Es bleibt ihm nichts anderes übrig, als den Fursuit zu waschen, zu föhnen und auf Hochglanz zu bürsten.

Urs kann Lynns Enttäuschung also verstehen. Immerhin hat sie sich für ihn in Schale geworfen. Schwarzes Kleid, Schuhe mit Absatz, in denen sie Urs um einen Zentimeter überragt, ein Lidstrich, der ihre dunklen Augen betont, dezenter Lippenstift. Ihre glänzenden schwarzen Haare trägt sie zur Feier des Tages offen.

Urs bietet Lynn einen Platz am festlich gedeckten Esstisch an und rückt ihr sogar den Stuhl zurecht. Sie lässt sich diese Geste gerne gefallen. Ihr weiches Haar streicht über seine Hände. Gut, dass er wenigstens auf die Handschuhe des Fursuits verzichtet hat.

»Kein Bambus? So ein richtig orthodoxer Panda bist du nicht, oder?« Lynn blickt von dem kleinen Kräuterstrauß auf, den Urs in einem Wasserglas auf den Esstisch gestellt hat – Dekoration und Inhaltsprobe zugleich. »Originell und zumindest auf den ersten Blick unschädlich«, fällt ihr Urteil aus.

Urs ist erleichtert. Es hat ihn den halben Nachmittag und zahlreiche Anläufe gekostet, bis er endlich eine zufriedenstellende Kräutermischung für die Grüne Soße gefunden hat.

Sicherheitshalber hat er von allen Kräutern ein paar Stängel aufgehoben, um sie Lynn zu zeigen. Nicht, dass sich darunter Sichuan-Schierling verbirgt.

Lynn stellt seiner Grie Soss Bestnoten aus. Zweimal bittet sie um Nachschlag. Urs sind inzwischen die Bantum-Eier ausgegangen, mit denen er die ersten Teller dekoriert hat. Gut, dass er in weiser Voraussicht auch die anderen Eier hart gekocht und genügend Kartoffeln auf dem Feuer hat.

»Das muss ich meinem Vater schreiben. Chinesisch/Frankfodderisch Fusion. Das kann er glatt für sein Restaurant übernehmen.« Mit einem Stück Kartoffel wischt Lynn auch den letzten Tropfen Grie Soß vom Teller.

Moment! Restaurant? Vater?

»Oh, Lynn ist in China.« Die Stimme des alten Chinesen ist voll des väterlichen Stolzes gewesen. »Sie arbeitet als Panda-Kuschlerin.«

Lynn ist die Tochter von …? Natürlich! Warum ist er da nicht schon längst draufgekommen? »Dein Vater ist der Weise der Kulinarik?«

»Der Weise der Kulinarik?« Lynns Lachen klingt, als würde sie ihren Tag stets damit beginnen, mit Baijiu zu gurgeln. »Das würde ihm gefallen. Nein, er ist pensionierter Arzt. Doch statt seinen Ruhestand zu genießen, hat er ein Restaurant aufgemacht.«

»Ja, das Xiongmao. Im Tanngraben. In Frankfurt.« Urs berichtet von dem denkwürdigen Mittagessen zwischen all den Pandas. Und wie stolz der alte Mann auf seine Tochter gewesen ist – die oberste Panda-Kuschlerin von Chengdu.

Erst dann fällt ihm auf, dass Lynn den Stiel ihres Weinglases traurig zwischen den Fingern dreht.

»Hab ich …? Tut mir leid, wenn ich was Falsches gesagt habe.«

»Nein, nein. Schon in Ordnung.« Lynn nimmt einen Schluck Wein. »Ich würde mir nur wünschen, dass er mir das mal selbst sagt. Ich habe immer gedacht … Er war nicht glücklich, als ich nach China gegangen bin.« Sie zögert. »Seine Mutter ist mit ihm geflohen. Und sein Vater … Der ist während der Kulturrevolution umgekommen.«

Wohl, um das unangenehme Thema zu beenden, schlägt sich Lynn mit den Händen auf die Oberschenkel und steht auf. »Sag mal, hat das Haus eigentlich eine Terrasse? Ich würde gerne eine Zigarette rauchen.«

Lynn raucht? Fast ist Urs enttäuscht. Doch so ein kleiner Makel macht sie menschlich. Kleiner Makel, ja. Denn Lynn schiebt hinterher: »Keine Sorge, ich rauche vielleicht ein bis zwei Zigaretten am Tag.«

Der Abend ist lau und so sitzen sie auf der kleinen Terrasse der *Villa für den geschätzten Gast des chinesischen Volkes.*

Im Scherz hat Urs Lynn von den weniger legalen Kräutern angeboten, die er hat kaufen müssen. Sie lacht rau, als er ihr die Geschichte erzählt.

»Später vielleicht«, sagt sie. »Und nicht hier draußen. Marihuana rauchen wird in China streng verfolgt. Und in diesem Parteischranzennest gibt es doch recht viele neugierige Nachbarn.« Lynn nimmt einen tiefen Zug von ihrer Zigarette und bläst den Rauch in den Himmel. »Puh, bin ich voll.« Sie dreht sich zu Urs. »Und du bist sicher, dass du nicht verheiratet bist? Bei deinen Kochkünsten müssten dir die Frauen doch die Bude einrennen.«

Urs zuckt mit den Schultern. »Hat sich halt nicht ergeben. Und die letzte Beziehung … Aber das ist ein doofes Thema.« Er nippt am Rotwein. »Und du? Bist du eigentlich liiert?«

Lynns Baijiu-Lachen hallt so laut zwischen den Häusern, dass im Nachbargebäude das Licht angeht. Doch dort wohnt nur Cheerleader Bo, die aus dem Fenster blickt und Urs einen in die Höhe gereckten Daumen zeigt. Dann verlischt das Licht wieder.

»Etwas spät, das zu fragen, oder?«, sagt Lynn, nachdem sie sich beruhigt hat. »So was klärt man doch vor dem Date.«

»Ja. Sorry. – Aber bist du nun …?«

»Nein, ich bin nicht liiert. Dann säße ich kaum hier. – Tja, ich habe wohl die Macht der Tradition unterschätzt. Vielleicht hätte ich die Umsiedlung doch besser durchdenken sollen.«

»Macht der Tradition?«

»In China wird erwartet, dass Frauen sich in ihren Beziehungen nach oben orientieren. Sich Männer suchen, die erfolgreicher sind als sie. Mehr Geld verdienen, beruflich höherstehen und so weiter. Ich will nicht prahlen, aber: Ich bin Chefärztin. Da wird die Luft schon ziemlich dünn. Der einzige Mann hier, der traditionell infrage käme, wäre Direktor Zhang.«

»Ein interessanter Kandidat«, sagt Urs launig. »Ihr habt wenigstens schon mal gemeinsame Interessen. Aber er ist verheiratet, nehme ich an?«

Lynn lacht wieder ihr Baijiu-Lachen. »Nein, er ist das, was man im viktorianischen England einen ›confirmed bachelor‹ genannt hätte. Ich dachte, das wäre offensichtlich.«

»Du meinst, er ist schw–?«

»Sprich es nicht aus.« Lynn legt den Zeigefinger an die Lippen. »Es ist zwar nicht mehr illegal in China, doch es gilt als schlimmer Makel. – Wie dem auch sei: Die Auswahl der Männer, die sich überhaupt trauen, mit mir auszugehen, ist beschränkt. – Und dann ist der erste Mann, der mich fragt, auch noch ein Panda im Herzen.« Sie kichert verlegen. »Wie bist du überhaupt darauf gekommen? Ich meine, dass du ein Panda sein willst?«

Urs fühlt sich ertappt – warum auch immer. Er lacht gleichfalls beschämt. »Lange Geschichte. Aber ein wenig ist dein Vater daran schuld.«

»Echt? Erzähl. Dann kann ich ihm das demnächst mal unter die Nase reiben.«

»Und dann haben dich meine lieben Landsleute einfach einkassiert?«

Urs hat erzählt. Von der ersten Begegnung mit dem Fursuit. Wie Lynns Vater ihn ermutigt hat, dem Panda Gastfreundschaft anzubieten.

Und wie er sich an den Suit gewöhnt hat. Er berichtet vom abgebissenen Zeigefinger …

»Ja, typisch Panda«, bestätigt Lynn. »Die Viecher können echt garstig werden.«

… und von der Schlägerei auf dem Spielplatz. Vom Prozess. Vom Urteil. Wie er zum Faustpfand in Tammo Palmers Kampf um die Anerkennung der Wesenheit geworden ist.

Er erzählt vom Zoobesuch und von der Talkshow. Schließlich von seiner Festnahme durch den Staatsschutz und der Überstellung an die Chinesische Botschaft. Die Nacht mit Diana Schuberth lässt Urs allerdings aus: kein Thema für ein Date.

»Und jetzt bin ich eben hier«, schließt er seinen Bericht.

Lynn lacht wieder ihr Baijiu-Lachen. »Aber du fühlst dich nicht wirklich als Panda, oder?«

Urs zuckt mit den Schultern. »Ich weiß nicht genau, wie ich mich fühle.«

»Es klingt für mich eher so, als würde dir der Suit erlauben, all das rauszulassen, was du bisher zurückgehalten hast. Eine Maske.«

»Vielleicht. Das hat Evelyn auch gesagt.«

»Wer?«

»Von xier habe ich den Suit gekauft. – Außerdem …«

»Ja?«

Für einen Moment ist Urs versucht, ihr vom Panda zu erzählen, den er manchmal im Spiegel sieht. Und von seinen Gesprächen mit Hua Jiao. »Du riechst jetzt wie einer von uns«, hört er die Stimme des Pandas in seinem Kopf.

»Ich weiß nicht. Manchmal habe ich das Gefühl, als ob an dieser Idee von der Wesenheit wirklich was dran ist«, sagt er schließlich.

»Dann kann ich ja froh sein, dass der Panda in dir sich heute offenbar einen freien Abend genommen hat. – Männliche Pandas sind denkbar unromantisch. Sie würden sich niemals die Mühe machen, Weibchen zu bekochen. Die teilen ja nicht mal ihren Bambus. Und kinderlieb sind sie auch nicht. Ganz im Gegensatz zu dir übrigens.«

»Kinderlieb? Ich? Wie kommst du darauf?«

»Hast du doch gerade erzählt. Das Rutschen? Mit diesem Mats-Mika?«

»Ach, das hat Spaß gemacht.«

»Nun stell mal dein Licht nicht unter den Scheffel. – Willst du eigentlich Kinder?«

Die Frage kommt so plötzlich, dass Urs tief durchatmen muss, um den Fluchtreflex zu unterdrücken. Natürlich, es hätte ihm klar sein können, dass Lynn irgendwann seine Beziehungsfähigkeit testet. Aber dass sie dazu direkt mit dieser Frage einsteigt – die ihn dazu noch traurig stimmt?

Lynn versteht ihn, noch bevor er antworten kann. »Sorry, das war vorlaut von mir. Vergiss die Frage.«

Urs schüttelt den Kopf. »Schon gut. Kein Problem. Es ist nur … Ich bin steril.« Das ist ihm rausgerutscht, bevor er sich dessen selbst bewusst ist.

»Tut mir leid.«

Er zuckt mit den Achseln. »Na ja, selbst schuld. Ich hatte eine Vasektomie.«

»Warum das denn?« Lynn hat sich überrascht aufgesetzt.

Wenn schon, denn schon. »Meine letzte Beziehung –«

»Die der Panda rausgeworfen hat?«

»Ja. Genau. Karolin. Die hat gesagt, ich sei doch sowieso zu alt für Kinder. Außerdem mag sie keine Kondome und will die Pille nicht nehmen.«

»Und dann gleich eine Vasektomie?« Lynn lässt den Kopf in die Hände sinken. »Hat sie noch nie von der Spirale gehört? Oder von den hunderttausend anderen Verhütungsmethoden? Da hattest du dir ja ein Prachtweibchen ausgesucht.«

Nun ja, selbst schuld. Er hat es mit sich machen lassen. Urs schaudert es bei der Erinnerung an die Operation: die Betäubungsspritze, das Klacken der Instrumente, das taube Zupfen, der Eispack auf seinen Genitalien nach dem Eingriff. Karolin hat darüber gelacht. Später hat sie nach dem Sex manchmal gewitzelt, ob er wieder heißgelaufen sei und kühlen müsse.

»Der Golden Retriever unter den Männern.« Da hat Alexa ein wahres Wort gelassen ausgesprochen.

Nun denn, Karolin ist Vergangenheit. Er trinkt im Geiste darauf, die Trittbrettfahrerin los zu sein, während er schweigend an seinem Rotwein nippt.

Auch Lynn sitzt für eine Weile da und schaut in ihr Glas. Schließlich setzt sie es ab und steht auf.

»Also dann ...«

Urs erhebt sich gleichfalls, während er sich noch fragt, was er wieder Falsches gesagt hat. »Ich bringe dich zur –«

Doch da hat Lynn schon ihre Arme um seinen Hals geschlungen. »Wie jetzt? Du willst mich einfach so ziehen lassen?«

»Ich dachte …« Ja, was eigentlich?

»Denk nicht so viel.« Lynn lehnt sich vor, um ihn zu küssen. Doch dann weicht sie wieder zurück. »Den Fussel ziehst du aber aus. Pandas kuschele ich bei der Arbeit schon genug.«

Urs lässt unschlüssig die Hände sinken, doch Lynn nimmt sie gleich wieder und legt sie auf ihre Pobacken. »Küssen darfst du mich aber noch im Fussel.«

Sie will die Arme um seinen Hals schling…

Zeter und Mordio! Wo kommt der Lärm her?

»Fuck!« Lynn fummelt ihr Handy aus der Handtasche. Es plärrt wie eine Luftschutzsirene, das Display blinkt alarmierend rot.

Sie beantwortet den Anruf mit einer Kaskade von Silben auf Mandarin. Dann schweigt sie. Lauscht. Schließlich legt sie auf. »Fuck! Bai Yun ist kollabiert. Qui-Gons Mutter!«

# Brumm

## *Ein Trauerfall*

Warum hat er sich nur bereit erklärt mitzufahren? Panda-Solidarität? Sorge? Neugier? Urs wird auf dem Rücksitz des Jeeps hin und her geschleudert. Wenigstens ist Lynn vernünftig genug, nicht selbst zu fahren. Nicht nach drei Gläsern Wein. Stattdessen hat sie einen Kollegen aus dem Bett gescheucht, der in Urs' Nachbarschaft wohnt.

Jetzt peitscht sie ihren zwangsrekrutierten Chauffeur vom Beifahrersitz aus an. Der Jeep schlingert und schaukelt, der Fahrer kann ihn kaum auf den unbefestigten Wegen halten.

Der Kies knirscht protestierend, als der Jeep vor dem Hospital zum Stehen kommt. Lynn und der Fahrer springen aus dem Wagen. Urs rennt ihnen blind hinterher – bis in die Box der Mutter/Kind-Station, in der Qui-Gon und seine Mutter ihr vorläufiges Zuhause gefunden haben.

Er hockt sich neben Bai Yun ins Stroh. Das Pandaweibchen windet sich vor Schmerzen. Die hohen Belllaute zerreißen Urs das Herz. Er streichelt ihr den Kopf.

»Keine Sorge, Lynn ist da. Sie macht dich wieder gesund.« Beruhigt sich Bai Yuns Atem wirklich ein wenig, als sie das hört? Vielleicht ist es auch sein eigener.

Lynn hat Chirurgenkleidung übergestreift und ihr Haar zu einem nachlässigen Knoten gesteckt.

Mit dem Stethoskop, dann mit den Händen untersucht sie Bai Yun.

Das Tier windet sich unter den Berührungen. Urs streichelt Bay Yun durch das dichte Fell den Nacken.

»Der Bauch.« Er kann nicht sagen, woher er das weiß. Es ist auch egal. Lynn beachtet ihn nicht weiter.

Sie kommandiert zwei Pfleger heran. Urs wird unsanft beiseitegeschoben, dann wuchten sie das Tier auf eine Trage. Lynn eilt ihnen voran, die Schwingtür zum OP-Trakt mit der Schulter aufstoßend.

Urs bleibt im Stroh zurück. Natürlich. Er kann jetzt nicht helfen. Er ist kein Arzt. Kein Heiler. Nur ein lächerlicher kleiner Mann in einem Panda-Kostüm.

»MAMA!« Der Ruf zerreißt die unwirkliche Stille, die in die Mutter/Kind-Box eingekehrt ist. Urs kennt diese Stille. Aus dem Krankenhaus. Aus der Nacht, in der seine Mutter gestorben ist.

»Mama!«

Urs, der noch immer im Stroh sitzt, die Beine von sich gestreckt, erschrickt so sehr, dass sein Herz aus dem Takt gerät. Es pocht bis hinter die Schläfen.

»Mama!«

Qui-Gon! Wo ist Qui-Gon?

»Mama!«

Das kleine Pelzknäuel hat sich im Stroh zusammengerollt.

»Mama!«

Natürlich. Panda-Jungen bleiben lange bei ihrer Mutter. Erst letzte Woche hat Qui-Gon seine ersten Gehversuche unternommen, nur um gleich wieder in die schützenden Arme der Mutter zu purzeln.

»Mama!«

Das schwarz-weiße Fellknäuel mit dem viel zu großen Kopf streckt die Ärmchen nach ihm aus. Urs hebt ihn hoch. Drückt ihn an sich.

»Mama!« Qui-Gon klagt leise, während er sich an Urs klammert. Der kleine Panda stupst mit seiner Schnauze im Kunstfell des Fursuits herum.

Natürlich. Qui-Gon muss Hunger haben. Pandas werden doch acht Monate lang gesäugt.

Urs versucht aufzustehen, aber mit dem Panda auf dem Arm gelingt es ihm nicht. Qui-Gon wiegt immerhin bereits fünf Kilo, wie Direktor Zhang stolz verkündet hat.

Also setzt Urs den kleinen Bären ab, der sofort wieder wehklagt.

»Keine Sorge, ich lass dich nicht zurück!« Urs rappelt sich auf, dann beugt er sich zu Qui-Gon hinunter, um ihn aufzuheben. »Na, dann wollen wir mal schauen, ob wir nicht was zu essen für dich finden.«

In der Panda-Krippe ist natürlich um diese Uhrzeit kein Mensch. Urs bewegt sich auf extra-leisen Pfoten, um die Panda-Babys nicht zu wecken, die in ihren Wiegen schlafen.

In einem Kühlschrank findet er bereits vorbereitete Fläschchen. Eines davon stellt er in den Flaschenwärmer, so wie es ihm die Mitarbeiter gezeigt haben.

Während der Flaschenwärmer seine Arbeit tut, wickelt er Qui-Gon, wie sie es auch mit den mutterlosen Tieren machen.

»Hunger«, quäkt der kleine Panda jetzt.

Urs streichelt dem Tier das Fell. »Gleich! Gleich gibt es was zu essen.«

Qui-Gon trinkt gierig. Offenbar hat ihn seine Mutter schon länger nicht mehr richtig stillen können. Erst nach der zweiten Flasche ist der Panda satt. Und schläfrig. Urs massiert ihm den Bauch, damit der kleine Bär keine Koliken bekommt.

»Mama!«, klagt Qui-Gon schließlich wieder.

Urs wiegt ihn hin und her.

»Mama!«

Ziellos ist Urs durch die Nacht gewandert und hat dem kleinen Panda auf seinem Arm Geschichten erzählt. Märchen, die er noch aus seiner Kindheit kennt. Sie scheinen Qui-Gon gefallen zu haben. Zumindest hat er manchmal zustimmend gegluckst und nur noch selten nach seiner Mama verlangt.

Schließlich hat Urs sich vor der Haustür der *Villa für den geschätzten Gast des chinesischen Volkes* wiedergefunden.

Verdammt, jetzt muss er den ganzen Weg zurücklaufen. Mit einem fünf Kilo schweren Panda-Baby auf dem Arm.

Aber erst wird er sich etwas ausruhen.

Qui-Gon auf einem Arm ausbalancierend, tastet er mit der anderen Hand nach dem Schlüssel, den er oben auf dem Türrahmen deponiert hat. Es gelingt ihm, die Tür aufzuschließen. Innen macht er kein Licht, sondern lässt sich mitsamt seinem Passagier auf das Wohnzimmersofa fallen.

Qui-Gon kuschelt sich in seine Armbeuge. Urs wiegt ihn sanft und singt leise vor sich hin.

*»Der Mond ist aufgegangen,*
*Die gold'nen Sternlein prangen ...«*

»Ach, hier steckt ihr!«

Urs blinzelt orientierungslos in das grelle Licht. Dann fällt ihm wieder ein, wo er ist: auf dem Sofa in der *Villa für den geschätzten Gast des chinesischen Volkes*. Qui-Gon schläft in seinem Arm, die Schnauze auf Urs' Brust gebettet.

Lynn trägt noch immer ihre Chirurgenkleidung. Ihr Make-up ist verschmiert und verstärkt so die Ringe unter ihren Augen. In der Küche gießt sie sich Wein in ein Wasserglas und nimmt einen großen Schluck.

Dann ist sie gnädig und schaltet das grelle Deckenlicht wieder aus. Mit ihrem Glas lässt sie sich neben Urs auf das Sofa fallen. »Qui-Gons Mutter ... Sie ist –«

Urs legt ihr einen Finger auf die Lippen. »Nicht hier. Pandas verstehen uns besser, als wir denken.«

Lynns Mund verzieht sich zu einem traurigen Lächeln. »Ach ja, richtig, du bist ja der Panda-Flüsterer.«

Sie trinkt den Wein aus und stellt das Glas ab. Dann lässt sie den Kopf an Urs' Schulter sinken. Er legt den Arm um sie. Sie krault Qui-Gon das Fell. Eine Träne rinnt ihr über die Wange.

# Brumm

## *Ein Interruptus*

Zuhause.

Urs liegt in seinem Bett und sieht zur Decke. Die glasperlenbesetzten Fransen der rotgoldenen Deckenlampe funkeln im Schein eines Morgensonnenstrahls, der sich vorwitzig den Weg durch die Gardine gebahnt hat.

Zuhause.

Ausgerechnet hier fühlt er sich zuhause? Im Bordell-Restaurant-Schlafzimmer der *Villa für den geschätzten Gast des chinesischen Volkes*? Viele Tausend Kilometer von dem Ort entfernt, der noch am ehesten beanspruchen könnte, Heimat zu sein?

Zuhause.

Die Idee von Heimat ist Urs immer fremd gewesen. Dass Alexa den Bauernhof, den sie mit ihrer Gemahlin bewohnt, ohne jede Ironie »ihre Scholle« nennt, hat er stets suspekt gefunden.

Zuhause.

Urs muss lächeln. Nein, es ist ein breites Grinsen: Zuhause!

Lynn stößt einen Schnarcher aus und schmiegt sich enger an ihn, ihr Gesicht in seinem Brustfell vergraben. Auf der anderen Seite stupst ihn Qui-Gon mit der Schnauze in die Armbeuge. Er soll weiterstreicheln.

Haben sie nicht eben noch auf dem Sofa gesessen, Lynn, Qui-Gon und er? Irgendwie müssen sie wohl den Weg ins Schlafzimmer gefunden haben.

Haben er und Lynn etwa miteinander …? Vor den Augen von Qui-Gon?

Nein, Urs trägt ja noch seinen Fursuit. Und auch Lynn ist bekleidet.

Sie haben sich einfach nur ins Bett gekuschelt. Arm in Arm sind sie eingeschlafen.

Qui-Gon stuppst ihn erneut an. »Hunger.«

Natürlich. Der Kleine muss gefüttert werden. Und frisch gewickelt.

Lynn murrt im Schlaf, als er seinen Arm unter ihr fortzieht. Er gibt ihr einen Kuss auf die Stirn. Sie streichelt ihm mit den Fingern über die Wange und schläft weiter.

So behutsam wie möglich krabbelt Urs aus dem Bett. Dann nimmt er den kleinen Qui-Gon auf den Arm.

»Hunger!«

Womit soll er den Panda füttern? Er wird wohl improvisieren müssen.

Er hätte sich keine Gedanken zu machen brauchen: Auf dem Tresen der Küche steht eine Kühlbox. Daneben liegt eine Packung Windeln. Und eine Stofftasche mit feuchten Tüchern, Puder und allem, was man sonst so braucht, um ein Kind zu wickeln.

»Wir brauchen Vorräte«, hat Lynn gesagt. In der Nacht. Sie hat eigentlich jemanden rufen wollen, der Qui-Gon in die Säuglingsstation zurückbringt.

Doch der kleine Panda hat sich flehend an Urs' Schulter geklammert. Und Urs hat sich gewappnet, seinen ersten Streit mit Lynn zu bestehen: Er würde den kleinen Vollwaisen jetzt nicht im Stich lassen.

Qui-Gons Wehklagen ist so herzerschütternd gewesen, dass Lynn ganz von alleine ein Einsehen hatte. Sie hat ihr Handy hervorgezogen, um einen weiteren Untergebenen aus dem Bett zu scheuchen.

Die Kühlbox enthält ein Dutzend vorbereiteter Fläschchen. Urs setzt einen Topf mit Wasser auf, um darin eines der Fläschchen zu erwärmen. Dann widmet er kurzerhand den Couchtisch zum Wickeltisch um und versorgt Qui-Gon mit einer frischen Windel. Auch nicht schwerer als bei menschlichen Babys. Gut, dass er früher gerne auf die Kinder seiner Freunde aufgepasst hat. Innerlich dreht er Karolin eine Nase. Sie hat das Babysitten stets als Zeitverschwendung empfunden.

»Hast du den Kaffee schon aufgesetzt? Wenn *ich* mein Fläschchen nicht kriege, werde ich unleidlich.«

Urs, der gerade ein paar Tropfen Milch auf die Innenseite seines Unterarms gegeben hat, um die Temperatur zu prüfen, lässt vor Schreck das Fläschchen fallen.

Lynn fängt es geschickt auf. Automatisch überprüft sie gleichfalls die Temperatur der Milch, bevor sie Urs mit einem zustimmenden Laut das Fläschchen zurückgibt.

Sie schlurft zur Kaffeemaschine und schenkt sich eine Tasse ein. Dann deutet sie mit einer zweiten Tasse in Urs' Richtung. »Hm?«

Urs nickt. Die Milchtüte holt er sich selbst aus dem Kühlschrank.

Mürrisch stützt Lynn sich auf die Küchentheke, während sie ihren Kaffee in kleinen Schlucken trinkt. Urs hätte nicht gedacht, dass die junge Ärztin so ein Morgenmuffel sein kann. Aber vermutlich hat sie sonst schon eine größere Dosis Koffein intus, wenn sie ihn morgens abholen kommt.

Schließlich schenkt sie sich wortlos noch mal nach und schlurft ins Bad.

Urs schaut ihr hinterher, während er an seinem eigenen Kaffee nippt. Erst das Klicken der Badezimmertür beendet die durch Lynns wohlgeformten Hintern ausgelöste Trance.

Was wollte er noch?

»Hunger!«

Ach ja, richtig.

Er hat den kleinen Panda auf dem Wohnzimmerteppich abgesetzt. Während er das Fläschchen angewärmt hat, ist Qui-Gon zu einer Erkundungsreise aufgebrochen.

Urs zieht ihn unter einem Stuhl hervor, nimmt ihn auf den Arm und setzt sich mit ihm zum Füttern auf das Sofa. Der kleine Panda beginnt glücklich an der Flasche zu schnuckeln. Urs wiegt ihn und singt leise vor sich hin:

*»Der Mond ist aufgegangen,*
*Die gold'nen Sternlein prangen,*
*Am Himmel hell und klar.*
*Der Wald steht schwarz und schweiget*
*Und aus den Wiesen steiget*
*Der weiße Nebel wunderbar.«*

*»Wie ist die Welt so stille*
*Und in der Dämm'rung Hülle,*
*So traulich und so hold,*
*Gleich einer stillen Kammer,*
*Wo ihr des Tages Jammer*
*Verschlafen und vergessen sollt.«*

Lynn ist spontan und erschreckend textsicher in sein Singen eingefallen. Als sie aus dem Bad kommt, trägt sie seinen Bademantel – und wenig mehr. Ihre Haare umwehen ihre Schultern.

Sie beugt sich zu Urs und haucht ihm einen Kuss auf die Lippen. Doch gerade, als er den Kuss erwidern will, richtet sie sich auf.

»Erst ziehst du den Fussel aus. Ab ins Bad mit dir. Ich sorge derweil für eine sturmfreie Bude. Ich denke, nach dreißig Diensten in Folge kann ich uns einen freien Tag gönnen.«

Lynn nimmt den schlafenden Panda von Urs' Schoß. Qui-Gon fängt prompt an zu quäken.

»Er hat noch immer Hunger«, übersetzt Urs.

Lynn lacht. »Das hatte ich verstanden. Auch ohne den Panda-Flüsterer.«

Urs zwingt sich dazu, sich im Bad Zeit zu lassen.

Er putzt sich die Zähne, widmet sich seinem Duschritual – mit und ohne Fursuit –, dann föhnt er den Anzug sorgfältig und bürstet das Fell auf Hochglanz.

Endlich hat er sich so weit unter Kontrolle, dass seine Erektion nicht mehr gegen die Unterhose drückt. Schließlich kann er seine Erregung nicht hinter dem Frottee eines Bademantels verbergen; er hat keinen zweiten. Und er will Lynn nicht mit einem Ständer gegenübertreten – wenn er schon nur mit T-Shirt und Unterhose bekleidet ist. Er ertappt sich dabei, die Socken überzustreifen, zieht sie jedoch gleich wieder aus. Socken – darin sind Karolin und er sich ausnahmsweise einmal einig gewesen – sind die unerotischsten Kleidungsstücke, die es gibt.

Dann endlich nimmt er seinen Mut zusammen, atmet noch einmal durch und öffnet die Badezimmertür.

»Das hier ist ein Witz, oder? Du hast dir einen Künstlernamen eintragen lassen?« Lynn hält seinen chinesischen Reisepass hoch. Urs hatte ihn bei seinem Einkaufsbummel mitgenommen und danach achtlos auf den Schreibtisch gelegt. Dort muss Lynn ihn entdeckt haben.

»Wegen Urs, meinst du? Der Bär?« Danach haben ihn auch schon die Journalisten gefragt. Damals, nach der Anerkennung seiner Wesenheit. »Nein, das ist wirklich mein Taufname.«

»Okay, aber: Urs *Ailuro Podini*? Das hast du dir einfallen lassen, oder?«

»Nein.« Urs zuckt mit den Schultern. »Die Eltern meines Vaters gehörten zu den ersten italienischen Gastarbeitern. Ailuro ist so eine Art Erbstück. Der Name wird in meiner Familie von Generation zu Generation weitergegeben. Unser dunkles Geheimnis, wenn du so willst.«

Lynn mustert ihn noch immer verständnislos. »Du weißt es nicht, oder?«

»Ich weiß was nicht?«

»Ailuropoda Melanoleuca? Der wissenschaftliche Name des großen Pandas?«

Urs schüttelt den Kopf.

»Große Pandas bilden eine eigene Unterfamilie der Bären«, setzt Lynn ihre Erklärung fort. »Die *Ailuropodinae*.«

Endlich versteht Urs. Und ist so perplex, dass er sich auf das Sofa fallen lassen muss. Qui-Gon, der es sich auf Lynns Schoß bequem gemacht hat, wird in die Höhe geworfen und protestiert mit einem schnuffenden Beller.

Lynn schlägt den Reisepass zu und wirft ihn auf den Couchtisch. »Du hast das wirklich nicht gewusst, oder?« Sie stößt ihr Baijiu-Lachen aus. »Vielleicht ist ja doch was dran an dieser ganzen Wesenheits-Geschichte. – Immerhin hat man dir den Panda in die Wiege gelegt.«

»Urs Ailuro Podini – Bär der Pandafamilie«, übersetzt Urs halblaut. Dann fällt er in Lynns Lachen ein.

Sie lachen laut und lange. Auch Qui-Gon hat sein Schnäuzchen emporgestreckt und bellt vergnügt mit ihnen mit.

Endlich beruhigen sie sich. Lynn lehnt sich vor. »Küss mich, mein wilder Panda!«

Nichts lieber als das.

»Herr Doktor Podini, Sie können nach Hause!«

Staatssekretär Schneuff? Wieso steht denn der plötzlich mitten im Wohnzimmer der *Villa für den geschätzten Gast des chinesischen Volkes*?

Und was wollen die beiden Uniformierten mit den Maschinenpistolen, die den Staatssekretär rechts und links flankieren?

Vierter Teil:

# Brumm …

*Kein Happy End*

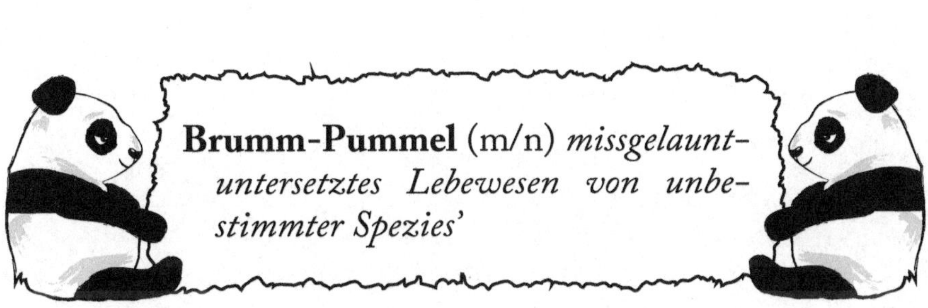

# Brumm

## *Ein Rückflug*

Das Jucken beginnt natürlich genau auf jenen zehn Quadratzentimetern Haut zwischen den Schulterblättern, die man als Nicht-Schlangenmensch nicht selber kratzen kann, ohne sich die Arme auszukugeln. Dort haben die Feuerameisen ihren Brückenkopf eingerichtet.
Dann haben sie feurige Straßen gezogen, über die sie jetzt mit vielen Tausend brennenden Ameisenfüßchen paradieren. Vom Rücken zu Brust und Bauch, die Beine runter, die Arme entlang bis in die Fingerspitzen. An seinen Fußsohlen haben die Tiere besonderen Gefallen gefunden und dort größere Siedlungen errichtet. Sie krabbeln in seine Achselhöhlen, über seine Scham. Selbst bis tief zwischen seine Pobacken haben sich die Feuerameisen Pfade gebahnt.

Nicht bewegen! Flach atmen! Nur keine weiteren Ameisen aufscheuchen. Schweiß rinnt Urs über den Rücken; die salzigen Tropfen ziehen brennende Spuren – neue Schnellstraßen für das Krabbelgetier.

Urs will schreien und toben.

Nein, er will eine eiskalte Dusche. Oder nackt durch den Novemberregen tanzen. Alles – nur um seine erhitzte Haut zu kühlen, die Ameisen fortzuscheuchen.

Aber das geht natürlich nicht.

Nicht hier. Nicht im Schloss Bellevue. Nicht eingeklemmt zwischen Bundeskanzlerin und Bundespräsident.

Die Bundeskanzlerin tippt heimlich SMS auf einem winzigen Smartphone, das sie geschickt zwischen ihren Fingern verbirgt.

Der Bundespräsident hingegen simuliert engagiertes Zuhören – sein markantes Kinn in die Handfläche gestützt, seine eisgrauen Locken in sorgsame Unordnung gezähmt.

Er widmet sein staatsmännisches Interesse den Worten von Staatssekretär Dr. Leonardt Schneuff, der den Reigen der Redner an diesem regnerischen Nachmittag eröffnet. Unterbrochen von Kammermusik werden nach ihm nicht nur der chinesische Wirtschaftsminister und die Bundeskanzlerin sprechen, sondern zuletzt auch der Bundespräsident höchstselbst.

Zu Urs' Ehren.

Genauer: Zu Ehren seiner Heimkehr sowie zum Lob der chinesischen Staatsführung, die in ihrer Weisheit entschieden hat, der Bundesrepublik Deutschland einen Botschafter des Friedens und der Freundschaft zwischen den Völkern zu senden: einen Panda namens Urs.

»Herr Doktor Podini, Sie können nach Hause!« Staatssekretär Schneuff ist an die dünne Luft des Hochland-Reservats nicht gewöhnt. In atemlos abgehackten Silben berichtet er von dem Deal, den er ausgehandelt hat: Urs würde als Dauerleihgabe an Deutschland gegeben werden – als flauschiger Botschafter der Panda-Diplomatie.

Die großzügige Gabe soll zum Schaden beider Länder nicht sein. Die Bundeskanzlerin und der chinesische Wirtschaftsminister unterzeichnen im Rahmen der Rückführung ein Abkommen zur engeren wirtschaftlichen und geopolitischen Zusammenarbeit.

»Sie schreiben Weltgeschichte, Herr Doktor Podini«, stößt Schneuff schließlich hervor. »Und Sie können nach Hause zurück!«

»Wann?«, fragt Urs, während der Staatssekretär hastig ein Glas Wasser herunterstürzt, das Lynn ihm gereicht hat.

»Die Abreise erfolgt unverzüglich.«

In Urs' Ohren klingt das wie ein Exekutionsbefehl – ein Eindruck, den die beiden Militärs in Schneuffs Begleitung nicht gerade vermindern.

Sie eskortieren ihn ins Badezimmer. Synchron deuten sie auf den Fursuit. Einer bellt ein paar Silben. Urs braucht keinen Dolmetscher, um ihn zu verstehen.

Hastig streift er den Fursuit über. Die Stiefel, die Handschuhe. Vielleicht reicht die Zeit ja noch …

Nein, Urs könne sich nicht mehr von den Mitarbeitern und Pandas in der Forschungsstation verabschieden, erklärt Schneuff. Der Wagen warte bereits vor der Tür.

Ob er sich dann wenigstens von Lynn und Qui-Gon verabschieden dürfe?

Zur Antwort tippt Schneuff auf seine Armbanduhr. »Fünf Minuten. Wir müssen noch heute Abend in Peking sein.«

Qui-Gon streckt verzweifelt die Arme nach Urs aus. »Papa!«

Urs nimmt ihn auf den Arm. Drückt ihn an sich. Streichelt sein Fell. Wiegt ihn hin und her, bis Lynn ihm den kleinen Panda abnimmt und auf das Sofa setzt.

»Papa!«, jammert Qui-Gon erneut.

Lynn ordnet Urs' Ohren. Ihr, der stoischen, streitbaren Panda-Chefkuschlerin, laufen tatsächlich zwei Tränen über die Wangen.

Sie küssen sich. Ihr erster richtiger Kuss. Und ihr letzter.

Schneuff räuspert sich lautstark. Urs und Lynn lassen voneinander ab. Lynn reibt sich mit den Handballen die Tränen aus den Augen.

»Papa!« Qui-Gon hat den Weg vom Sofa gefunden. Er klammert sich an Urs' Bein. Urs beugt sich herab, hebt den kleinen Panda hoch und drückt ihn noch einmal an sich, bevor er ihn Lynn reicht.

Qui-Gon streckt seine schwarzen Pfoten nach ihm aus. Ein sehnsuchtsvolles Abschiedswinken. »Papa!«

Urs muss schlucken, um die Tränen zurückzuhalten, als ihn die Militärs aus der *Villa für den geschätzten Gast des chinesischen Volkes* zum bereitstehenden Geländewagen eskortieren. Lynn bleibt auf der Veranda des kleinen Hauses stehen, Qui-Gon auf dem Arm. Erneut meint Urs, Tränen in ihren Augen glitzern zu sehen.

Schließlich wendet sie sich ab und geht zurück ins Haus. Qui-Gon winkt ihm über ihre Schulter noch einmal zu. »Papa!«, echot sein verzweifelter Ruf durch Urs' Gedanken.

Über Sand und Asphalt, Beton und Wellblech, manchmal auch querfeldein, doch stets mit Vollgas, auf den letzten hundert Kilometern begleitet von einer Polizeieskorte mit heulenden Sirenen: So chauffiert man Urs und den Staatssekretär in Rekordzeit zum Pekinger Flughafen – bis auf das Rollfeld, wo der Sonder-Airbus der Air China auf sie wartet.

Oben auf der Gangway steht bereits der chinesische Wirtschaftsminister. Er begrüßt Urs mit einer Verbeugung. »Brumm!«

»Brumm!«? Hat der Wirtschaftsminister wirklich gerade »Brumm!« gesagt?

Urs beeilt sich, Verbeugung und Gruß zu erwidern: »Brumm!«

Jubel! Kreischen! Sprechchöre!

Vor Schreck wäre Urs beinahe die Gangway hinuntergekullert. Erst jetzt bemerkt er die riesige Menschenmenge. Tsunamiwellen gleich drängen sich die Massen gegen die Kette aus Polizisten mit ineinander verschränkten Armen.

Männer, Frauen, vor allem aber junge Mädchen in schwarz-weißen Hoodies bejubeln ihn; ja, sie kreischen, wie Urs es nur aus Aufnahmen von Beatles-Konzerten kennt. Sie schwenken Transparente, auf vielen Urs' Bild mit einem Panda-Baby auf dem Arm, einige tragen chinesische Schriftzeichen, doch auf den meisten steht einfach nur: »Brumm!«

Urs ist perplex. Von dieser Begeisterung für seine Person hat er im Panda-Reservat in Chengdu gar nichts mitbekommen. Wie auch? Die Fernsehsender dort sind alle auf Mandarin gewesen, englisch- oder gar deutschsprachige Zeitungen gab es nicht und ins Internet ist er nur gegangen, um Alexa via Wikipedia die eine oder andere Nachricht zukommen zu lassen.

Der Wirtschaftsminister legt demonstrativ den Arm um Urs. Mit der anderen Hand winkt er der Menschenmenge und bedeutet Urs, es ihm gleich zu tun.

»Du Rockstar«, radebrecht er, bevor er ansatzlos ins Mandarin überwechselt.

»Du bist ein Liebling des chinesischen Volkes!« Cheerleader Bo steht so plötzlich neben Urs auf der Gangway, als hätte man sie dorthin gebeamt, und beeilt sich die Worte des Wirtschaftsministers zu übersetzen.

»Es war uns eine große Ehre, dich zu Gast zu haben. Und viele von uns träumen davon, dass du auf immer hierbleiben mögest. Mit

›Brumm!‹ hast du der chinesischen Sprache ein großes Geschenk gemacht: ein Wort mit Flügeln, mächtig wie das Fauchen des chinesischen Drachen. Die Bilder und Filme von dir mit unseren Nationaltieren haben Freude und Vergnügen in viele Häuser gebracht und unsere Herzen auch in dunkler Zeit erhellt. Wir danken dir.« Urs ist sich sicher, dass Cheerleader Bo die eher nüchtern klingenden Worte des Wirtschaftsministers ein wenig ausschmückt. »Du bist der größte Erfolg seit der Tour von Maroon 5. Und sehr viel zivilisierter als Justin Bieber«, steigert sich Cheerleader Bo zum Grande Finale, an dessen Ende sie Urs schwungvoll in den Arm nimmt und einen dicken Kuss auf die Wange drückt, von dem Urs hofft, dass er nicht im Auftrag des Wirtschaftsministers erfolgt.

»Wir lieben dich alle!« Offenbar hat sich Cheerleader Bos frei flottierende Begeisterung nun auch Urs als Objekt erwählt. »Komm bald wieder!«

An dieser Stelle räuspert sich der Wirtschaftsminister. Er hält Urs ein Mikrofon hin. Dann deutet er auf die Menschenmassen.

Die Menge schweigt und harrt in gebannter Erwartung. Tränen kullern über die Wangen der Mädchen in der ersten Reihe.

Was soll er sagen? Wie sich verabschieden?

Verdammt. Er ist jetzt seit Monaten in China. Da hätte er wirklich ein paar Worte Mandarin aufschnappen können. Er will das Mikrofon schon sinken lassen. Doch dann sieht er die Transparente. Und weiß, was von ihm erwartet wird.

Er verneigt sich tief.

Hebt das Mikrofon an den Mund.

Die PA verstärkt die eine Silbe, die ihm über die Lippen kommt, auf Rockkonzertniveau: »Brumm!«

Die Gangway bebt, als es ihm zur Antwort aus vielen Tausend Kehlen entgegenschallt: »Brumm!«

Im Flugzeug haben zwei Militärs Urs in eine First-Class Suite gebracht – mit Badezimmer, Salon und Bett. Die beiden Soldaten salutieren, bevor sie die Tür hinter sich schließen und Urs allein lassen.

Erleichtert lässt er sich in einen der ledernen Sessel fallen. Die Fahrt ist anstrengend gewesen. Er ist verschwitzt und schmutzig vom Staub der Straße. Gleich nach dem Start wird er in Ruhe eine Dusche nehmen.

Zu früh gefreut. Noch bevor das Flugzeug abgehoben hat, schleust die Pressebeauftragte der chinesischen Regierung einen deutschen Großjournalisten in die Suite: Chefredakteur einer intellektuellen Wochenzeitung. Talkshowgastgeber. Schlanke Finger, gelockte schwarze Haare, durchzogen von distinguierten Silberfäden. Storys wie die von Urs sind eigentlich unter seiner Würde – was er durch seine verschraubten Interviewfragen überkompensiert.

Endlich hat der Großjournalist sein Aufnahmegerät abgeschaltet, das Moleskin-Notizbuch zugeschlagen und den Füllfederhalter zugeschraubt. Nach einem jovialen Händedruck ist er zu seinem Platz zurück gerauscht, die vage Vermutung eines teuren Aftershaves zurücklassend.

Urs bittet die Pressebeauftragte, die sich ihm als »Leutnant Sun« vorstellt, ihm Zeit zum Duschen zu geben. Zur Antwort tippt Leutnant Sun mit dem Zeigefinger ein Stakkato auf dem laminierten Terminplan in ihrer Hand: ein Trommelwirbel, der für Urs so klingt, als drohe sie, ihn über dem Chinesischen Meer abzuwerfen, falls er sich widersetzen sollte.

Also keine Dusche. Dafür betreten im Viertelstundentakt immer neue Journalisten die Suite, um Urs zu interviewen. Das Team eines deutschen Nachrichtenmagazins bringt ihm einen großen Strauß BambooStixx aller Geschmacksrichtungen mit. Allerdings unterbindet die Pressebeauftragte seine Naschversuche, während die Kameras laufen. Er soll sich einzig an chinesischen Produkten laben. Daher trinkt er artig seinen grünen Tee und knabbert dann und wann an einem Krupuk-Chip.

Das lässt ihn an den Weisen der Kulinarik denken.

An dessen Tochter Lynn.

Und an Qui-Gon: »Papa!«

Urs muss die Tränen mit aller Macht zurückdrängen. Schließlich interviewt ihn gerade der Chefredakteur der *WirtschaftsWoche*.

Nach einer halben Ewigkeit drängt die Pressebeauftragte endlich die letzten Journalisten aus der Kabinentür.

»Jetzt Ruhe«, verkündet sie, bevor sie aus der Suite marschiert und die Tür hart hinter sich ins Schloss zieht. Das Klirren und Knirschen eines schweren Schlüssels im Schloss bleibt aus. So weit geht man wohl doch nicht.

Urs lässt den Kopf gegen das Leder seines Sessels sinken.

Endlich allein. Endlich duschen!

Begeistert springt er auf, doch gleich schnarrt ein Alarm los: Man erwarte Turbulenzen, meldet sich der Kapitän in einer Durchsage, alle Passagiere sollen unverzüglich ihre Plätze einnehmen und sich anschnallen. Urs will die Durchsage ignorieren. Wie schlimm können solche Turbulenzen in einem Airbus A380 schon sein?

Gleich die erste Erschütterung haut ihn von den Beinen. Mühsam zieht er sich in seinen Sessel und schnallt sich an.

Das Flugzeug bockt und schaukelt. An Schlaf ist nicht zu denken. Urs zieht also den an einem Schwenkarm angebrachten Tablet-PC zu sich heran und ruft den Browser auf. Erstaunt stellt er fest, dass er sich im Flugzeug nicht mehr hinter der chinesischen Firewall befindet und wieder unzensierten Zugriff auf das Internet hat.

Was hat er wohl alles verpasst in den vergangenen Monaten? Er ruft die wichtigsten Nachrichtenseiten auf – und erblickt sein Bild auf der Startseite der *New York Times*. Es ist zwar nur ein kleiner Artikel zu seiner Rückkehr nach Deutschland, aber immerhin.

In den deutschen Medien ist die Resonanz auf ihn und seine Rückkehr größer. Die meisten Artikel nehmen das neue Abkommen zwischen Deutschland und China als Pflicht und Auftakt zur Kür. Sie lassen Urs' Weg zur Wesenheit Revue passieren, um sich dann seiner Zeit in China zu widmen. Dabei haben sie sich besonders in ein Foto verliebt: Es zeigt Urs und Lynn, wie sie auf der Wiese neben dem Hospital sitzen und die Panda-Babys kuscheln.

Dieses Bild ziert auch eine Kolumne Karolins. Urs' Ex ist in der Zwischenzeit in der Welt der Meinungsmacher vorangekommen und schreibt jetzt für eine große Boulevardzeitung. Dort leitartikelt sie im ihr eigenen Theorie-Pastiche – natürlich noch immer ohne Quellenangaben. Sie bemängelt, dass Urs als Mann die Schlechterstellung der Frau in China nicht thematisiert habe. Im Gegenteil: Er habe sie befördert, indem er sich mehrfach mit einer Frau in der untergeordneten Stellung einer Tierpflegerin habe ablichten lassen – siehe Bild. Lynn? Sich jemandem unterordnen? Im Geiste hört Urs ihr Baijiu-Lachen.

Das Foto von Urs, Lynn und den Panda-Babys findet sich auch in der geistig-moralisch führenden konservativen Zeitung. Urs lacht herzlich über den Artikel, in dem die Star-Gerichtsreporterin ungewohnt launig und mit bissigen Aperçus noch einmal den Prozess Revue passieren lässt.

Auf der anderen Seite des Fotos findet sich eine Kolumne von Milöösh. Unter der Überschrift *Pandas kuscheln statt mit Grizzlys ringen?* mokiert er sich über »den feministischen Kampf gegen jede Form von Männlichkeit, der natürlich im Streichelzoo enden muss«.

Petra Beatrix von Höggemeulher hat sich des Fotos gleichfalls angenommen und es an ihre Facebook-Wand gepinnt. Unter der blutroten Überschrift: *SIEHT SO DIE DEUTSCHE FAMILIE DER ZUKUNFT AUS??!!* Ergänzt von einem längeren Erguss zum »Specieswahn« – eine Krise der Menschheit, gegen die natürlich nur die Nationale Alternative die richtigen Rezepte hat.

Von Höggemeulher hat wohl gehofft, so ein Meme zu schaffen und in der Internetwelt unsterblich zu werden. Stattdessen hat sie einen Shitstorm geerntet.

Urs' liebster Kommentar: *Ein Stinktier regt sich auf, denn es darf nicht in den Streichelzoo.* Er stammt vom Account *Diana Schuberth (official).*

Die junge Politikerin hat das Bild übrigens auch auf ihrer Facebook-Seite gepostet. Und auf Twitter. Und auf Xing. Und auf LinkedIn. Höggemeulhers garstige Überschrift hat sie durch ein einziges Wort ersetzt: *Flauschig!*

Endlich hat Urs genug vom Medienspiegel zu seiner Person.

Pflichtbewusst liest er auch noch ein paar andere Nachrichten, stellt aber fest, dass er nicht allzu viel verpasst hat. Die Welt geht noch immer unter, Deutschland »schafft das« auch noch immer – vom Kampf gegen den Klimawandel über die Digitalisierung der Wirtschaft und den inzwischen zum gemachen Bächlein abgeschwollenen Flüchtlingsstrom bis hin zum Erhalt der EU und des Euro erstreckt sich dieses Mantra. Die Nationale Alternative trollt, der Außenminister beleidigt, die Sozialdemokraten ergehen sich in Grabenkämpfen, dem Volk geht es gut und es ist unzufrieden.

Urs schließt die Nachrichtenseiten und loggt sich in sein E-Mail-Konto ein: Zeit, sich mal wieder um sein Leben jenseits des Pandas zu kümmern. Nachdem er ungefähr tausend Spammails aussortiert hat, ist das Ergebnis enttäuschend. In seinem Postfach warten nur drei halbwegs aktuelle Nachrichten. Von Alexa, von Diana Schuberth – und von Karolin.

Die Mail seiner Ex öffnet er als Erstes, um es hinter sich zu bringen: Sie enthält lediglich ein paar bemühte Zeilen des Glückwunschs zur Rückkehr, die Aufforderung zu einem Wiedersehen (das Speakeasy gäbe es noch immer) – und natürlich den Link zu ihrem »großen Artikel über ihn«.

Sehr viel mehr freut Urs sich über die Mail von Diana Schuberth. Sie weist ihn mit einem Zwinker-Smiley darauf hin, dass sie am Tag seiner Rückkehr im gleichen Hotel absteige und gerne bereit wäre, ihn wieder einmal trocken zu föhnen – und zwar »extra flauschig«.

*Panda-Business – Zwischenstand*: Seine geschätzte Geschäftspartnerin und beste Freundin Alexa hält sich nicht lange mit Höflichkeitsfloskeln auf. Ihre Mail ist wenig mehr als eine endlose Liste aller tatsächlichen oder potenziellen Deals und Verträge – nebst Einnahmen für die Agentur sowie für Urs persönlich:

Die ersten Zahlen der BambooStixx-Kampagne und weitere Anfragen.

Angebote für die Filmrechte an seinem Leben von den weltweit wichtigsten Streaming-Diensten. Der selbst ernannte »größte Filmstar Deutschlands« hat Interesse bekundet, Urs zu verkörpern, und erwarte ihn baldmöglichst in seinem Domizil in Florida.

Außerdem winke ein äußerst lukrativer Buchvertrag zu einem Ratgeber *Du und dein innerer Panda*. Sie hätte schon einen guten Ghostwriter gefunden, schreibt Alexa. Urs müsse das Manuskript nur absegnen und könne sich währenddessen ganz auf seinen Roman konzentrieren. Den könne er dann gleich im Anschluss veröffentlichen: Der Sog des Ratgebers würde ihn automatisch in die Feuilletons und auf die Bestseller-Listen katapultieren.

Sein Roman! Urs lässt den Kopf zurück an das Lederpolster sinken.

In Chengdu hat er gar nicht mehr daran gedacht. Aber Alexa hat recht. Jetzt hat er die Chance. Und wenn er der großen Zahl mit dem Eurozeichen dahinter vertrauen darf, mit der Alexas Mail endet, verfügt er auch über die Mittel. Mehr als das. Sehr viel mehr.

Er kann sich weitgehend aus der Agentur zurückziehen. Nur an den Aufträgen arbeiten, die ihn wirklich interessieren. Dann und wann das Wer-Bärchen spielen.

Ansonsten wird er …

Schreiben! Von morgens bis abends. An seinem antiken Schreibtisch. Auf seiner Galerie.

Er sieht sich selbst vor sich, auf seinem Laptop tippend – dann das Gerät zuklappend. In den Händen hält er jetzt seinen Reisepass. Nicht den chinesischen. Den deutschen.

Natürlich würde er sobald wie möglich wieder nach China reisen, um Lynn und Qui-Gon zu besuchen. Als Dr. Urs A. Podini, Schriftsteller. Und in Zivilkleidung.

Denn daheim wird er den Fursuit sorgfältig auf einen Bügel fädeln und in den ehrenvollen Kleidungsruhestand schicken. In Zukunft wird er nur noch bei besonderen Anlässen hervorgeholt. Bei Promo-Aufnahmen für sein Buch zum Beispiel. Oder um mit Diana Schuberth über die Matratzen zu flauschen.

Urs würde endlich wieder normale Kleidung tragen. Seine Anzüge würde er sich schneidern lassen – mindestens einen davon, für Lesungen und Presseauftritte, in schwarz-weiß: eine letzte Verneigung vor seiner ehemaligen Wesenheit.

Ja, ehemalig! Schöner als in Chengdu, mit Lynn und all seinen kleinen Freunden, mit Qui-Gon, kann es ohnehin nicht mehr werden. Zeit, das Panda-Fell endgültig abzustreifen.

Moment! Was …?

Das Jucken zwischen seinen Schulterblättern reißt ihn aus seinem Tagtraum. Als wären kleine Ameisen aus dem Leder des Sessels gekrabbelt und hätten es sich auf seinem Rücken emsig-häuslich eingerichtet, um von dort seinen ganzen Körper zu erobern.

# Brumm

## *Eine Ehrung*

Keine weinenden Fans, keine Transparente, keine Rockpalast-Chöre: Der Empfang am Frankfurter Flughafen ist geschäftsmäßig kühl – passend zum hartnäckigen Herbstregen, der in alle Ritzen und Poren dringen und die Welt ihrer letzten sommerlichen Wärme berauben will. Man führt Urs zu einem auf dem Rollfeld wartenden schmucklosen, schwarzen Van, der ihn und Schneuff nach Berlin bringen soll – zum offiziellen Empfang mit staatlichen Ehren.

Der chinesische Wirtschaftsminister folgt ihnen in einem zweiten Van. Die weitere Entourage und die Presse werden auf zwei Busse verteilt. Nur der Großjournalist ist über das Rollfeld davongeeilt – zum Anschlussflug nach Hamburg, denn dort geht an diesem Abend seine Talkshow live auf Sendung.

Der Chauffeur des Vans trägt einen schwarzen Anzug mit dünner Krawatte und eine Schirmmütze, die er während der ganzen Fahrt nicht absetzen wird. Er steuert den Wagen durch den Regenschleier vom Flughafengelände auf die Autobahn und dann Richtung Berlin – in deutlich zivilerem Tempo als sein Kollege in China und auch ohne Abkürzungen jenseits der regulären Straßenführung.

Dennoch schabt bei jeder Bodenwelle, jedem Schlagloch die Innenseite des Fursuits über Urs' Haut. Das scheucht die Feuerameisen auf, die sich in der Morgenkühle gerade erst beruhigt hatten.

*Schwarz und Weiss macht mich heiss* steht auf dem Schild der in Ehren ergrauten Dauerdemonstrantin, die bei Wind und Wetter vor dem Schloss Bellevue ausharrt. Daneben hat sie ein Zebra gemalt. Ihr normales *MAKE LOVE NOT WAR*-Schild lehnt am Zaun hinter ihr, durch eine Plastiktüte vor dem Regen geschützt. Die gemeinsam mit der Demonstrantin auf Urs wartende Menschenmenge ist überschaubar: ein paar Schaulustige, ein paar weitere Demonstranten, ein Gruppe Otherkin, die Urs auf einem Transparent für seinen Einsatz im Namen ihrer Bewegung danken. Die Polizisten, die diese Massen in Schach halten sollen, haben die Visiere ihrer Helme hochgeklappt und ihre Schilde neben das Transparent der Demonstrantin an den Zaun gelehnt. Statt Schlagstöcken halten sie Kaffeebecher in den Händen.

Der nieselregenfeuchte Wind kühlt lindernd die vom Juckreiz erhitzte Haut. Urs steht zwischen dem chinesischen Wirtschaftsminister und dem Bundespräsidenten auf den Stufen des Eingangsportals und gibt vor, ergriffen der Big Band der Bundeswehr zu lauschen. Auf den *Marsch der Freiwilligen* – der offiziellen chinesischen Nationalhymne – folgt, auf speziellen Wunsch des chinesischen Wirtschaftsministers, eine Bearbeitung des David-Bowie-Klassikers *China Girl*.

Dann ist die Begrüßung mit militärischen Ehren vorbei. Um Urs nach drinnen zu geleiten, legt ihm der Bundespräsident in kernig-kameradschaftlicher Verbundenheit die Hand auf die Schulter.

Diese Berührung fassen die Feuerameisen als Kriegserklärung auf. Sie schicken ihre Truppen in jeden Winkel von Urs' Haut. Er will sich am liebsten am Holm des großen Schlossportals schubbern. Doch er beißt die Zähne zusammen. Nur noch der Festakt. Danach direkt ins Hotel. Und dann runter mit dem Panda-Fell. Endgültig.

Salziger Schweiss zieht feurige Strassen für den Aufmarsch der Ameisen über den geschundenen Rücken. Urs traut sich kaum zu atmen, in der stickigen Luft des Festsaals wird ihm bereits schummrig.

Eine geschlagene halbe Stunde hat die als »kurzes Grußwort« angekündigte Rede des Dr. Schneuff gedauert. Die »historisch guten Beziehungen« zwischen China und Deutschland schildert er in all ihrem Glanz, bevor er sein Bemühen um die Leihgabe eines Pandas en détail schildert. Der ganze Saal atmet kollektiv auf, als er sich endlich für die Aufmerksamkeit bedankt.

»Ein Panda kommt in eine Bar«, gibt der uniformierte Dolmetscher in stoischer Gleichmut die eröffnenden Worte seines Wirtschaftsministers wieder. »Da sagt der Barkeeper: ›Bambus führen wir hier nicht.‹«

Das vereinzelte Gelächter der Menschen im Saal, die Mandarin verstehen, lässt Urs vermuten, dass die Übersetzung dem Humor des Witzes wohl nicht so ganz gerecht wird. Wo ist nur Cheerleader Bo, wenn man sie braucht?

Enttäuscht referiert der Wirtschaftsminister anschließend ebenso fachkundig wie staubtrocken die wichtigsten wirtschaftlichen Errungenschaften in den Beziehungen beider Länder, lobt die ausgeglichene Handelsbilanz und fügt in einem wohlplatzierten Seitenhieb über den Atlantik hinzu, man könne durchaus erfolgreich nach Deutschland exportieren, die Qualität der Waren müsse eben stimmen.

Anschließend überreicht er der Bundeskanzlerin die Leihgaben-Urkunde für Urs. In einer knappen Ansprache bedankt sich diese für die großzügige Geste und entschuldigt gleichzeitig die Abwesenheit des deutschen Wirtschaftsministers: Der ehemalige Bauunternehmer aus dem Westfälischen weile gerade in den USA, um dort mit einem ehemaligen Bauunternehmer aus Queens zu verhandeln. Auch der Außenminister glänzt durch Abwesenheit. Er befindet sich auf Wunsch der Bundeskanzlerin in Tuvalu.

Nach *Neun Variationen über ein chinesisches Volkslied*, dargeboten von einem koreanischen Streichquartett, tritt endlich der Bundespräsident ans Pult.

Der letzte Redner! Das Ende des Festakts ist zum Greifen nahe! Urs spürt schon das extraperligsamtige Prasseln der Dusche auf seiner Haut, das die Feuerameisen von ihm abspülen wird – zusammen mit den letzten Resten seiner Panda-Wesenheit.

Doch als er das fingerdicke Redemanuskript sieht, will er am liebsten weinen: Ausgerechnet an diesem Tag wird der Bundespräsident eine seiner gefürchteten Grundsatzreden halten.

»Der Panda verheißt uns Glück und Segen auf all unseren Wegen, so will es der chinesische Volksmund«, beginnt das Staatsoberhaupt.

»Er vereint das Schwarz und das Weiß, das Raubtier und den Frieden, aktiv und passiv, Yin und Yang. Und noch viel mehr ist er, das Symbol des Tierschutzes weltweit, zum Zeichen einer besseren Welt geworden, in der er und viele andere Tiere friedlich mit dem Menschen in einer Schöpfung zusammenleben können. Wie Jesus uns lehrt …«

Ach ja, richtig, der Bundespräsident ist Pastor gewesen, bevor ihn die Sorge um seine Mitmenschen in die Politik geführt hat.

Urs spürt, wie sein Blick glasig wird. Ihm bleiben zwei Möglichkeiten: der Rede zu lauschen oder sich von den Feuerameisen in den Wahnsinn treiben zu lassen. Momentan weiß er nicht, welches das kleinere Übel ist.

In immer neuen gedanklichen Schleifen, die stets beim Bild des Pandas enden wollen – der inzwischen für alles steht, vom Weltfrieden über die Menschenrechte bis hin zu Demokratie, Rechtsstaat und wirtschaftlichem Aufschwung –, lässt der Bundespräsident die deutsch-chinesischen Beziehungen im Allgemeinen und den gemeinsamen Kampf um das Wohl der Welt im Besonderen Revue passieren. Unter Freunden sagt man sich zudem die Wahrheit, also widmet sich der Bundespräsident ausgiebig seinem Lieblingsthema:

»Auch für den Kampf um die Freiheit des Einzelnen ist der Panda in seiner Beharrlichkeit und seinem Streben nach individuellem Glück ein Symbol!«

Der chinesische Wirtschaftsminister hat demonstrativ die Arme verschränkt und den Kopf auf die Brust sinken lassen. Seinem Dolmetscher bedeutet er zu schweigen. Kein Übersetzen soll das kurze Nickerchen stören.

Der Bundespräsident lässt sich davon nicht beirren. »Es steht jedem Staat gut an, die liberalen, demokratischen Geistesströmungen, die Kräfte des Widerstreits und des Dissens' genauso zu umsorgen wie jenes schwarz-weiße Hochlandtier.«

»Das schwarz-weiße Hochlandtier beißt dich gleich in die Nase, wenn du nicht mal zu Potte kommst«, denkt Urs. Zumindest denkt er, dass er das nur denkt.

Die Bundeskanzlerin, die neben Urs sitzt, muss sich die wie zum Gebet gefalteten Hände samt darin verborgenem Handy vor den Mund pressen, um ihr Auflachen zu verbergen.

Schneuff schüttelt tadelnd den Kopf in Urs' Richtung, zeigt ihm jedoch unter seinen verschränkten Armen einen in die Höhe gereckten Daumen.

Der chinesische Botschafter hingegen ist weniger zurückhaltend: Er strahlt wie ein Papierlampion-Mond beim Sankt-Martins-Zug.

Selbst der Dolmetscher des Wirtschaftsministers wagt es, sich neben das Ohr seines dösenden Chefs zu beugen und hineinzuflüstern. Der Wirtschaftsminister lacht laut auf.

Der Bundespräsident kann schließlich Urs als Quelle der frevelhaften Störung ausmachen. Sein Seitenblick gemahnt an einen Alligator, der aus den Sümpfen Floridas gekrochen kommt, um ein paar Golfspieler zu verspeisen.

»Und so komme ich dann zum Ende meiner Ausführungen, verehrte Damen und Herren. Und ich bedanke mich, dass Sie, dem Panda gleich, mit innerer Ruhe und im Wahren der Balance gelauscht haben.«

Der Bundespräsident schiebt sein Redemanuskript zusammen.

Überstanden! Endlich!

Begeistert springt Urs auf und klatscht in die bärenbefellten Hände.

Unglücklicherweise initiiert er damit jene stehenden Ovationen, die der Bundespräsident bei seinen Grundsatzreden erwartet und die er auch jetzt huldvoll entgegennimmt. Minutenlang. Auch als der Applaus schließlich abklingt, macht er keine Anstalten, das Rednerpult zu verlassen.

Stattdessen kommen vier junge Mädchen in geblümten Kleidern den Mittelgang zwischen den Zuschauern heraufgeschritten, jedes ein Kissen mit einem kleinen Kästchen darauf vor sich hertragend.

Oh nein! Der Bundespräsident widmet sich jetzt auch noch seiner zweiten Lieblingsbeschäftigung: dem Verleihen von Orden und Ehrenzeichen.

»Nicht nur für seinen Einsatz für die Beziehungen unserer beiden großartigen Länder, sondern auch für seinen mutigen Kampf für die Bürgerrechte in unseren Landen verleihe ich das Verdienstkreuz erster Klasse an Doktor Urs Ailuro Podini.«

Urs, der sich tapfer auf die Lippen gebissen hat, um sich vom Juckreiz abzulenken, blickt überrascht auf, als er seinen Namen vernimmt.

»Los jetzt. Lassen Sie sich das Blech anpinnen«, zischt die Bundeskanzlerin in sein Ohr. »Sonst kommen wir hier nie weg.«

Er gehorcht und tritt einen Schritt vor in das, was er für eine Art Hab-Acht-Stellung hält.

Der Bundespräsident nimmt das Kästchen vom Kissen des letzten Mädchens, das artig einen Knicks macht und eilig in den Kulissen verschwindet. Dem Kästchen entnimmt er den Orden, tritt vor Urs und stößt die Nadel durch das Brustfell des Fursuits.

Fast hätte Urs aufgeschrien. Der Bundespräsident hat auch die zarte Haut unter dem Fell durchstochen. Absichtlich? In jedem Fall grinst der hochgewachsene Mann wie ein hungriger Wolf beim Anblick eines wohlgenährten Rotkäppchens.

Urs zwingt seine Mundwinkel in ein Lächeln und seinen Kopf zu einem Nicken, von dem er hofft, dass es ergriffen-dankbar aussieht.

Der Bundespräsident schüttelt seine Hand.

Urs verneigt sich knapp und will wenigstens ein paar Worte finden; Standardformulierungen, wie er sie auch bei Branchenevents von sich gibt, wenn SummerPod wieder einmal einen Mittelstandspreis gewonnen hat.

Doch auf dem Weg vom Hirn zum Mund verwandeln sich die Worte – wenig überraschend. Leider ist er kleiner als der Bundespräsident und sein Mund somit ganz in der Nähe des an die Krawatte des Staatsoberhauptes geklemmten Lavalier-Mikrofons. Es nimmt die fünf Buchstaben auf und schickt sie verstärkt in die Welt hinaus:

»Brumm!«

Das ist die Initialzündung. Das Publikum beginnt befreit zu lachen. Immer lauter und lauter. Das Lachen steigert sich zum Orkan, der wiederum in Applaus mündet. In Standing Ovations.

Der Bundespräsident lächelt schmal. Schlagartig lässt er Urs' Hand los, steigt vom Podium und rauscht durch den Mittelgang davon. Der Knall des ins Schloss fallenden Portals übertönt selbst das Klatschen der Zuschauer.

# Brumm

## *Ein Wandel*

Endlich, endlich, endlich!

Alle Hände sind geschüttelt, alle Glückwünsche entgegengenommen, alle Chinesen mit Verbeugung und »Brumm!« ehrenvoll verabschiedet.

Urs und Schneuff sitzen in ihrer Limousine. Der Staatssekretär lässt die Scheibe zwischen Fahrerkabine und Fond hochfahren. Dann räkelt er sich genüsslich, seine frisch ausgezeichnete Brust stolz vorstreckend.

»Das ist doch hervorragend verlaufen. Die Chinesen sind glücklich, die Bundeskanzlerin ist begeistert und dem Bundespräsidenten haben Sie subtil vors Schienbein getreten. Was will man mehr?« Schneuff fischt eine Visitenkarte aus der Innentasche seines Jacketts. »Falls Sie mal wieder mal einen internationalen Zwischenfall auslösen wollen, Herr Doktor Podini.«

Urs dreht die Karte zwischen seinen Händen. Er öffnete den Mund, doch heraus kommt nur ein freundlich dankendes »Brumm«.

»Natürlich! Brumm! Das sage ich in Konferenzen demnächst auch immer. Oder besser ›Fauch‹. Meine Frau sagt ja immer, ich bin ein Tiger.«

Die Bundesregierung hat ihre neueste chinesische Leihgabe natürlich standesgemäß unterbracht: Urs lässt die Tür seiner Suite im Adlon hinter sich ins Schloss fallen und sperrt so den Pagen aus, der ihn aus der Lobby begleitet hat, obwohl Urs seine kleine Reisetasche selber trägt und auch versichert, er kenne den Weg. Vermutlich erwartet der Page jetzt trotzdem ein Trinkgeld, aber Urs hat seine Brieftasche nicht griffbereit.

Außerdem hat der Page auch nicht unbedingt eine Belohnung verdient. In letzter Sekunde ist Diana Schuberth zu ihnen in den Fahrstuhl gesprungen und hat zur Begrüßung ihre Hand über das Fell von Urs' Nacken bis zu seinem Hintern gleiten lassen, wo sie kurz, aber kräftig zupackt. Beides, Streicheln wie Zupacken, scheucht die Feuerameisen auf, doch Urs zwingt sich zu lächeln. »Brumm!«

»Flausch!«, haucht Diana zur Antwort in sein Ohr. »Bis später.« Noch einmal packt sie seinen Hintern und schwebt dann aus der Kabine.

Der Page hat seine Wange mit der Zunge ausgebeult. Allein dafür würde er jetzt trinkgeldlos ausgehen.

Die Erlösung ist nah! Verheißungsvoll glitzert die extra-perligsamtig-prasselige 25-Komfortdüsen-Dusche durch die offene Tür des Badezimmers.

Mit einem Seufzer der Erleichterung lässt sich Urs auf den gepolsterten Hocker vor der Schminktisch-Kommoden-Kombination fallen. Dann greift er nach dem Verdienstkreuz an seiner Brust. Vorsichtig löst er die Agraffe und zieht den Orden aus dem Fell. Der Bundespräsident hat tatsächlich seine Haut durchgestochen. Mit einem Kleenex aus dem Spender auf dem Schminktisch nimmt Urs den aus der Einstichstelle quellenden Blutstropfen auf, bevor er ins Fell sickern kann.

Das Fell! Endlich kann er es abstreifen! Für immer!

Okay, nicht für immer. Er würde es durch den Service des Hotels waschen lassen und später wieder hineinschlüpfen. Für sein Rendezvous mit Diana Schuberth.

Aber offiziell, so schwört er sich, findet seine Panda-Wesenheit hiermit ein Ende. Feierlich hebt er die Pfoten, um die Kapuze abzustreifen.

Es ziept schmerzhaft. Das Fell muss sich wohl in seinen Haaren verfangen haben. Noch einmal versucht Urs, die Kapuze abzusetzen, diesmal mit Nachdruck.

»Brummmmm!« Das Brennen und Reißen treibt ihm die Tränen in die Augen, doch die Kapuze bewegt sich keinen Millimeter. Was ist das denn?

Er beugt sich zum Spiegel vor, um die Kapuze vorsichtig abzulösen, doch …

Da ist keine Kante mehr. Kein Wulst vom Saum der Kapuze. Seine Stirn geht nahtlos in das Fell über, als sprössen die Haare direkt aus seiner Haut.

Wütend reißt er erneut an der Kapuze, doch gleich darauf lässt er mit einem Aufschrei los.

Im Spiegel sieht er, wie aus einer Wunde an diesem neuen Haaransatz Blut quillt. Er presst ein Taschentuch auf die Verletzung.

Um die Kapuze kann er sich gleich noch kümmern. Erst mal den Reißverschluss öffnen. Luft an seine von den Feuerameisen gemarterte Haut lassen.

Doch so sehr er auch sein Fell durchwühlt: Er findet den Reißverschluss nicht.

Natürlich. Erst mal die blöden Pfotenhandschuhe abstreifen.

Mit Macht zieht er an den Fingern, seine Knöchel knacken protestierend, doch der Handschuh rührt sich nicht. Fahrig sucht er den Ärmel des Suits nach dem Saum der Stulpe ab. Erfolglos.

Dann eben die Stiefel, die …

Keine Naht, kein Saum. Dafür fällt er beinahe vom Hocker, als er sich über die Sohle streicht: Das kitzelt!

Das kitzelt? Er probiert es noch mal. Es kitzelt so sehr, dass sich seine Hoden in den Unterleib verziehen wollen.

Zornig packt er seine Ohren. Jetzt würde er dem Fell …

»Bruhuhumm!« Es fühlt sich an, als hätte er versucht, seine echten Ohrmuscheln abzureißen.

Am liebsten möchte er sich übergeben, doch er schluckt die Galle herunter. Vorsichtig betastet er die beiden Plüschohren.

Tatsächlich: Er spürt jede Berührung, als wären sie sein Fleisch und Blut.

Noch ein Experiment! Er schnippt mit den Fingern neben den flauschigen Ohrmuscheln, dann dort, wo er unter der Kapuze seine echten Ohren vermutet. Das Schnippen neben den Plüschohren ist lauter. Eindeutig.

Er halluziniert! Wie damals im Zoo. Das ist die einzig mögliche Erklärung.

Bestimmt ist er lebensbedrohlich dehydriert. Und übermüdet. Schließlich hat er nicht mehr geschlafen, seit …

Wie lange ist das jetzt her, dass Schneuff zu ihm, Lynn und Qui-Gon in die *Villa für den geschätzten Gast des chinesischen Volkes* gestürmt ist und die frohe Kunde von Urs' Heimkehr überbracht hat?

Achtundvierzig Stunden? Sechsundsiebzig?

Schlafentzug. Wahnvorstellungen. Dehydrierung. Psychose. Schlaganfall. Höhenkrankheit. Hilfe!

Genau, er braucht Hilfe. Glasklar schiebt sich dieser Gedanke in sein Bewusstsein.

Urs will aufstehen, doch seine Beine wollen ihn nicht tragen.

Auf allen vieren krabbelt er zum Schreibtisch im Salon der Suite. Dort steht das Telefon.

Mühsam zieht er sich auf den Stuhl. Hebt den Hörer ab. Presst ihn ans Ohr.

Nur aus wattiger Ferne dringt das Tuten des Wähltons zu ihm durch. Er hebt den Hörer an, bis die Muschel über seinem Pandaohr liegt. Jetzt hört er den Wählton klar und deutlich. Aber so kann er nicht telefonieren.

Er will schon wütend seine befellte Faust auf das Telefon schlagen, da entdeckt er die Taste mit dem kleinen Lautsprechersymbol: eine Freisprecheinrichtung.

Verdammte Pfoten! Mit dem dritten Versuch trifft er endlich die Taste. Im nächsten Moment erfüllt das pulsierende Summen des Wähltons den Raum.

Sein Zeigefinger – wenigstens den kann er noch ausstrecken –, schwebt über der Tastatur. Doch wen soll er eigentlich anrufen?

Polizei? Feuerwehr? Einen Arzt?

Ja, das wäre wohl das Beste. Das Hotel hat sicher einen Bereitschaftsarzt!

Urs will schon auf die mit *Empfang und Zimmerservice* beschriftete Kurzwahltaste drücken, doch er zögert. Was soll er denen sagen? Die Wahrheit?

Kräftige Sanitäter würden ihn fortschleifen. Durch den Hinterausgang. Das feine Hotelpublikum soll ja nichts mitbekommen. In einen Krankenwagen würden sie ihn sperren. Auf der Liege mit dicken Lederriemen fixieren. Schließlich hat er schon einmal einen Menschen verstümmelt.

Krankenhaus.

Drogen.

Im Stupor endlose Kreise ziehen auf dem Hof der Klinik. Wie seine Großtante.

Nein!

Urs will wütend auf das Telefon hämmern, als er die Visitenkarte von Staatssekretär Schneuff entdeckt. Er hat sie beim Betreten der Suite achtlos auf den Schreibtisch geworfen.

Natürlich! Schneuff würde ihm helfen. Diskret. Er ist sicher nicht daran interessiert, dass sein eben mit dem Verdienstkreuz ausgezeichneter Schützling in der Klapsmühle landet. Und er hat ihn immerhin aus China heimgeholt. Vielleicht kann er Lynn auch herbringen.

Ja! Genau! Lynn ist doch Ärztin. Sie wird ihn gesund machen.

Schneuff soll Lynn holen!

Urs zieht die Karte zu sich heran und beginnt zu wählen. Dreimal muss er wieder auflegen, weil er mit seinen nervös-zittrigen Pfoten die falsche Taste erwischt. Dann endlich hat er alle Ziffern richtig abgetippt.

Bereits nach dem ersten Läuten knackst es in der Leitung. »Schneuff?«

»Herr Doktor Schneuff, ich brauche Ihre Hilfe. Ich kann mein Fell nicht mehr ausziehen. Ich glaube, ich bin damit verwachsen. Oder ich halluziniere. Ich will nicht ins Irrenhaus. Bitte holen Sie Lynn. Kommen Sie und helfen Sie mir. In bin in meiner Suite. Bitte, bitte!«

All das will Urs sagen.

Doch aus seiner Schnauze kommt nur ein einziger flehender Laut: »Brumm!«

»Herr Doktor Podini? Sind Sie das?«

»Brumm!«

»Kommen Sie, das war ja alles sehr witzig, aber jetzt –«

»Bruhuhuhumm!«

»Herr Doktor Podini? Alles in Ordnung bei Ihnen?«

»Bruhuhuhuhuhumm!«

»Stecken Sie in Schwierigkeiten?«

Urs nickt heftig mit dem Kopf, in der Hoffnung, dass sich sein »Brumm!« so bejahend anhört.

»Sind Sie in Ihrem Hotelzimmer?«

»Brumm!«

»Bleiben Sie, wo Sie sind. Ich bin in zehn Minuten bei Ihnen. Und lassen Sie niemanden ein außer mir.«

Dann klickt es in der Leitung. Urs lässt sich auf den weichen Teppichboden der Suite sinken und rollt sich zusammen.

Die Stille hat ihn so umfangen, dass Urs hochfährt, als es laut an die Tür der Hotelsuite klopft. Verzweifelt versucht er aufzustehen, doch seine Beine versagen den Dienst und zwingen ihn immer wieder auf seine Knie zurück. Endlich gelingt es ihm, sich halbwegs aufzurichten.

Die Welt dreht sich, als er mühsam Richtung Tür tappt.

Es klopft noch lauter. »Herr Doktor Podini? Alles in Ordnung? Können Sie nicht zur Tür kommen?«

»Alles klar. Ich komme. Moment«, will Urs rufen. Doch wieder verwandeln sich die Worte auf dem Weg über seine Stimmbänder: »Brumm!«

»Meinetwegen. Aber brummen Sie laut, wenn Sie die Tür nicht selbst öffnen können.«

Doch da hat Urs die Tür schon erreicht. Mit letzter Kraft schlägt er die Pfote auf die Klinke.

Pfote? Nein. Hand! Mit diesem Gedanken verlässt ihn die Kraft. Er fällt rückwärts auf seinen Hintern, während die Tür aufgeschoben wird.

Schneuff betritt den Raum, gefolgt von einem Mann mit silbernem Haarkranz und Nickelbrille, der eine altmodische Arzttasche trägt.

Schneuff und der zweite Mann, der sich als »Doktor Olivier. Keine Sorge, ich bin Arzt« vorgestellt hat, haben Urs hochgehoben und ins

Schlafzimmer getragen. Dann haben sie ihn behutsam auf der Bettkante abgesetzt.

Dort hockt Urs jetzt, während Dr. Olivier ihn eingehend untersucht.

»Und? Was fehlt mir?«, dringt natürlich als fragendes »Brumm?« aus Urs' Kehle.

Statt einer Antwort streckt Dr. Olivier seine Hand aus und reißt Urs ein Haar aus dem Fell.

»Brumm!« Das tut weh.

Der Arzt beachtet ihn nicht. Er besieht sich das Haar mit einer Lupe, die er aus seiner Arzttasche genommen hat. »Ja, das dachte ich mir.« Er hält Schneuff Haar und Vergrößerungsglas hin. »Sehen Sie den Follikel?«

Der Staatssekretär würdigt das Haar keines Blickes. »Das heißt?«

»Sie wissen genau, was das heißt, Herr Doktor Schneuff.«

»Sicher?«

Die Luft aus den geblähten Backen pustend nimmt der Arzt eine Ohrlampe aus seiner Tasche und schaltet sie ein. Dann untersucht er Urs' Ohren. Die aus Fell. Es kitzelt! Urs will mit den Pfoten strampeln, doch Dr. Olivier hält ihn mit eisernem Griff fest.

Endlich lässt der Arzt Urs los, schaltet die Lampe wieder ab und legt sie zurück in die Tasche.

»Ja, ich bin sicher.« Aus dem Mund von Dr. Olivier klingt das wie ein Todesurteil.

Die Panik treibt die Feuerameisen aus ihren Verstecken. Unwillkürlich kratzt sich Urs. Doch das lockt nur noch mehr Ameisen hervor, was ihn dazu verleitet, sich noch stärker zu kratzen. Schließlich wälzt er sich auf dem Bett, mit Händen und Füßen über seinen Körper schabend.

Der Arzt hält Urs an den Schultern fest. »Es juckt, oder? Keine Sorge, das bald vorüber. Ich spritze Ihnen jetzt aber erst mal ein Antihistamin. Das sollte Erleichterung verschaffen. Außerdem gebe ich Ihnen ein leichtes Beruhigungsmittel.«

Er nimmt zwei Ampullen aus seiner Tasche und zieht sorgfältig eine Spitze auf. Schneuff muss Urs festhalten. Der Arzt sprüht ihm ein Desinfektionsmittel auf die Schulter. Es beißt so sehr in der Nase, dass Urs niesen muss.

»Das riecht furchtbar, ich weiß. Aber Sie sollen ja keine Infektion bekommen. Achtung! Piks!«

Als ob der kleine Nadelstich jetzt noch eine Rolle spielt.

Kaum hat der Arzt den Kolben der Spritze ganz eingedrückt und die Nadel aus dem Fell gezogen, spürt Urs schon, wie die Ameisen sich an ihre Ruheplätze zurückziehen und das Jucken, das Krabbeln unter seiner Haut nachlässt. Gleichmut legt sich über sein Gemüt wie ein besänftigend weicher Nebel.

Der Arzt verpackt die Spritze sorgfältig und streift dann die Einweghandschuhe ab. »Ich denke, Sie sollten jetzt den Anruf tätigen, Herr Doktor Schneuff.«

Der Angesprochene stößt ein trockenes Stressräuspern aus, holt sein Handy aus dem Jackett und blättert sich durch die Kontaktliste, bis er die richtige Nummer gefunden hat.

»Operation Gregor Samsa«, sagt er mit vorgehaltener Hand in das Telefon. Doch gleich lässt er perplex die Hand sinken. »Nein. Nicht Samstag! Samsa. Siegfried, Anton, Marta, Siegfried, Anton. – Nein, Sie Banause. Ich will nicht die Operationen Siegfried oder Anton. Operation Samsa. Gregor Samsa. Arbeiten bei Ihnen im Landwirtschaftsministerium eigentlich nur ungebildete Bauern? – Ja. S-A-M-S-A. GRE-gor. Nicht I-gor. Das ist doch …! – Na endlich. Bestätigungscode …« Schneuff schnauzt sieben Ziffern in den Hörer, dann schiebt er das Handy so heftig in die Tasche zurück, dass Urs Stoff reißen hört. »Soll man das glauben? Samsa! Einfacher geht es ja wohl nicht.«

Samsa. Samsa. Samsherum. Urs umschweben die Silben wie geistige Nebelschwaden. Natürlich. Gregor Samsa. Ausgerechnet jetzt rappt sich der kleine Scheißer in sein Hirn:

*»Bin isch Gregor Samsa.*

*Kein Beetle, sondern Panda.*«

»Brumm!« Urs' Verzweiflungslaut bringt zwar den kleinen Scheißer zum Verstummen, zieht jedoch die Aufmerksamkeit der beiden Männer auf sich. Wer sind die noch mal? Der Große mit den pomadig glänzenden Haaren und der Hornbrille ist sicher der Prokurist. Aber der andere?

# Brumm

## *Eine Verschleppung*

Wenigstens ist es diesmal keine schwarze, nach Angst stinkende Kapuze. Schneuff und Dr. Olivier haben Urs die Überdecke des Kingsize-Luxusbettes über den Kopf geworfen. Dennoch fühlt sich Urs an das letzte Mal erinnert, als ihn zwei starke Männer durch die Flure des Adlon geführt haben. Damals hat ihn der Staatsschutz in die Chinesische Botschaft gebracht. Dort hat es frischen Bambus gegeben. Bringen ihn die Männer jetzt auch zu frischem Bambus? Bringen sie ihn …

Zurück nach China? Nach Chengdu? Zu Lynn?

Lynn! Sie wird ihm helfen können. Sie ist doch die Panda-Kuschlerin.

Sie wird ihn gesundkuscheln. Auf der Wiese hinter der Klinik. Dort wird er zwischen den ganzen Panda-Babys liegen, den Kopf auf Lynns Schoß.

Sie werden sich seinen großen Autoreifen teilen. Gemeinsam in den Himmel schauen. Frischen Bambus knabbern.

Dann fahren sie Hua Jiao besuchen. Schneeabhänge runterkullern.

Kullern! Jawohl. Urs will kullern. Jetzt gleich. Der Teppich, über den sie gehen, ist so verlockend weich unter seinen Füßen.

Die Männer halten ihn fest, bevor er den ersten Purzelbaum schlagen kann.

»Jetzt reißen Sie sich zusammen, Herr Doktor Podini!« Das ist der Mann mit dem komischen Namen. Schneuff. Schneuffchen. Urs' Kichern kommt als helles Bellen aus seiner Kehle.

»Nun seien Sie schon ruhig. Oder muss ich Sie sedieren?« Das ist dieser andere. Dieser Dr. Olivier, der so beißend nach Zahnarzt riecht.

Die beiden Männer packen ihn fest an den Armen. Urs will nach ihnen schnappen, doch er verheddert sich in der Decke, die ihm über dem Kopf hängt. Er stolpert. Stößt sich das Schienbein. »Brumm!«, protestiert er gegen den Schmerz.

»Sehen Sie, das haben Sie vom Rumalbern!«

Okay, okay. Urs geht ja schon mit.

Ein Ping verkündet die Ankunft des Fahrstuhls.

Die absackende Kabine lässt den Magen flau werden.

Die Fahrstuhltür öffnet sich summend, es riecht nach Abfall und Benzin: die Tiefgarage.

Sie müssen jetzt schon Stunden unterwegs sein. Die Wirkung des Beruhigungsmittels ist verflogen. Doch die Feuerameisen halten still. Wenigstens etwas.

Zu Beginn der Fahrt hat Schneuff auf Urs eingeredet. In jenem freundlich-herablassenden Ton, in dem er Urs auch schon sein chinesisches Schicksal verkündet hat. Er wisse genau, was jetzt zu tun sei. Wer Urs helfen könne. Und wie. Und wo. Dort würde man Urs jetzt hinbringen. Bald sei man da.

Bald? Das klingt nicht nach China. Nicht nach Lynn.

Urs will protestieren, schimpfen, sich beklagen, seinen Anwalt fordern oder zumindest den Tierschutzverein. Die Worte formen sich zwar in seinem Kopf, doch auf dem Weg zum Mund verflüssigen sie sich zu jener fünfbuchstabigen Silbe, erst missmutig, dann zornig, dann flehend, dann resignierend: »Brumm.«

Hat er dieses Wort zu oft benutzt? Sich einlullen lassen von der Begeisterung, mit der diese Silbe aufgenommen worden ist? Am Pekinger Flughafen haben sie Transparente mit diesen fünf Buchstaben geschwenkt. Junge, hübsche Chinesinnen. Sie hatten Tränen in den Augen. »Brumm!«, haben sie begeistert gerufen. Und gekreischt, wie man es sonst nur noch von alten Konzertaufnahmen der Beatles kennt.

Beatles. Käfer. Gregor Samsa. Operation Samsa. Dies hier ist die Operation Samsa. Er würde sich doch nicht wirklich verwandeln, oder?

Vielleicht träumt er das alles? Vielleicht halluziniert er?

Vielleicht liegt er im Koma? Im Krankenhaus?

Niedergestreckt vom Schlaganfall? Oder von Drogen?

Dro-gen-in-du-zier-te Psy-cho-se: Urs muss sich die Wörter Silbe für Silbe ins Hirn zwingen.

Hat man ihn unter Drogen gesetzt? Wer? Die geheime Schutztruppe des Bundespräsidenten? Aus Rache?

Oder liegt er in Wahrheit in seinem Fußballteambett in der *Villa für den geschätzten Gast des chinesischen Volkes* und träumt?

Dann wird er gleich aufwachen. Lynn wird sich an ihn kuscheln. Qui-Gon wird ihn mit seiner Nase anstupsen, weil er Hunger hat. Oder weil er spielen will. »Papa!«

Urs holt tief Luft, spannt alle Muskeln an, will sich zwingen, endlich wach zu werden. Doch ihm entfährt lediglich eine knarzende Blähung.

Gut, dass dieser Schneuff noch immer redet. Mit erhobener Stimme. Die Worte des Staatssekretärs tropfen auf Urs nieder wie klebriger Novemberregen.

Er schläft also nicht.

Aber …

Er könnte doch schlafen, oder? Kurzerhand rollt Urs sich auf dem Sitz zusammen. Zieht den Kopf zwischen die Knie. Presst die Pfoten auf seine Ohren.

»Alles wird gut.« Mit seinen viel zu weichen Händen wagt Schneuff es, Urs den Nacken zu kraulen. Na warte. Gleich geht es dem Staatssekretär wie dem kleinen Scheißer.

Doch dann geniert sich Urs für diesen Gedanken. Am liebsten hätte er die in sein Gehirn blubbernde Erinnerung an den Geschmack nach Schweiß und Blut, an die weich-knorpelige Textur der Fingerkuppe ausgespuckt.

Er rollt sich noch fester zusammen. Und wünscht sich einen BambooStick. Große Gläser voll haben überall in seiner Suite gestanden. Warum hat er keinen Proviant mitgenommen?

Also kein beruhigendes Fruchtgummi. Urs tut so, als ob er schläft, stößt sicherheitshalber zwei kleine Schnarcher aus.

Es hilft: Schneuff hört auf zu reden.

Unter ihnen gleitet die Straße dahin. Nur gelegentlich fährt die Limousine über eine Unebenheit oder durch ein Schlagloch, doch die luxuriöse Federung verwandelt die Erschütterungen in das sanfte Schaukeln des Baumhauses, wenn eine Bö den Kletterbaum zum Schwanken bringt. Er spürt die warmen Bohlen der hölzernen Plattform im Rücken. Die Sonne auf dem Fell. Die kraulende Hand zwischen seinen Ohren. Lynns Hand? Oder Aylas?

Die Welt kippt. Unaufhaltsam rutscht er auf den Rand der Plattform zu. Er will sich festklammern, doch seine Pfoten finden keinen Halt. Er stürzt und …

Urs öffnet die Augen. Hebt den Kopf. Wenigstens ist er nicht tief gefallen: Er liegt im Fußraum der Limousine. Im Schlaf muss er vom Sitz gerutscht sein.

Wie lange fahren sie schon?

Oder … Moment …

Sie fahren nicht mehr. Die Limousine hat angehalten.

»Wach auf. Wir sind da.« Schneuff klopft ihm auf die Schulter. Unverschämtheit. Seit wann duzen sie sich?

Urs richtet sich auf, soweit es geht. Das Fell scheint schon wieder enger geworden zu sein. Er reckt und streckt sich, will auf den Sitz zurückklettern, doch er rutscht am glatten Leder ab. Plumpst zurück in den Fußraum.

»Brumm!«

In diesem Augenblick wird die Tür zum Fond aufgerissen. Ein Mann steckt den Kopf hinein. Sein Bart ist zerzaust, seine Haut von Wind und Wetter gegerbt, doch er kann nicht älter sein als Urs.

»Na, wo ist denn unser Patient?«

Patient? Soll dieser Mann etwa ein Arzt sein? In seiner blauen und wenig reinlichen Latzhose, dem Flanellhemd und der Stoffkappe mit Schirm sieht er aus wie ein Mechaniker. Und er riecht nach Tiermist!

Der Mann geht neben der Tür in die Hocke, um mit Urs, der noch immer im Fußraum liegt, von Angesicht zu Angesicht zu reden.

»Na, mein Kleiner?«

Kleiner? Wirklich? »Brumm!«

»Genau! ›Brumm‹!«

Was fällt diesem Kerl ein, ihn jetzt auch noch nachzuäffen? Muss Urs ihm erst mit der Pranke das Grinsen aus dem Gesicht putzen? Er will ausholen, zuschlagen, doch in der Enge des Fußraums misslingt es ihm.

Der Mann nimmt Urs' hingestreckte Tatze, die doch eigentlich sein Nasenbein zertrümmern sollte, und schüttelt sie feierlich. »Ich bin Thomas. Und du bist?«

»Brumm!« Der Ton in Urs' Kehle fühlt sich kläglich an.

»Keine Angst, mein Kleiner. Komm! Ich bring dich rein.«

Urs bleibt unschlüssig im Fußraum sitzen.

»Na? Was ist?« Der Mann namens Thomas schiebt seine Hand weiter ins Fahrzeuginnere, um Urs an der Schulter zu packen und ihn so zu bewegen, auszusteigen. Was für ein Idiot! Hier ist es doch viel zu eng für so ein Herumgezerre.

»Na, nun komm schon.« Der Mann zieht kräftiger. Urs schubst seine Hand mit der Pranke weg.

»Du bist aber ein störrischer Kleiner.«

»Versuchen Sie es hiermit.« Über den Kopf von Urs hinweg reicht Schneuff dem Mann etwas. Thomas dreht die Plastikpackung zweifelnd in den Händen.

BambooStixx! Cola-Zitrone! Urs läuft das Wasser im Mund zusammen.

»Na ja, einen Versuch ist es wert.« Thomas reißt die Packung auf und zieht einen einzelnen Stick heraus, den er Urs hinhält. Gerade eben aus seiner Reichweite. Das ist jetzt wirklich entwürdigend.

Aber vielleicht sollte Urs wirklich aussteigen. Der Mann meint es wohl gut mit ihm. Urs stemmt sich hoch, zieht sich mühsam auf den Sitz und robbt vorsichtig zur Tür.

Dieser Thomas wedelt noch immer mit dem BambooStick.

Nur nicht anmerken lassen, wie viel Lust er gerade jetzt auf diese Süßigkeit hat. Mit Würde aussteigen. Urs schiebt die Beine über die

Kante des Sitzes aus der Tür. Seine Füße reichen nicht auf den Boden. Zentimeter für Zentimeter lässt Urs sich vorwärts gleiten. Sein Hintern passiert die Kante des Sitzes. Endlich spürt er Asphalt unter den Pfoten. Er richtet sich auf …

… und fällt im nächsten Moment nach vorne. Verdammt. Er muss abgerutscht sein. Er will sich erneut aufrichten, doch wieder wird er von der Schwerkraft auf alle viere zurückgezwungen.

Was ist …?

Oh nein. Seine Beine …

Er kniet nicht, wie sonst, wenn man sich als Mensch auf alle viere niederlässt. Seine Füße stehen fest auf dem Boden. Ebenso wie seine Vorderpfoten. Und es fühlt sich …

Verdammt, das fühlt sich normal an!

Dysmorphophobie haben sie das bei seiner Großtante genannt. Sie hat oft geglaubt, drei Meter groß zu sein, dann wieder winzig klein wie eine Maus.

Und er glaubt also, nur auf allen vieren gehen zu können.

»So ist es brav.« Der Mann namens Thomas lächelt freundlich und hält ihm den BambooStick hin. Direkt vor seinen Mund.

Frechheit! Er kämpft hier gerade um die Essenz seiner Existenz! Da kann man ihm doch nicht mit Süßigkeiten kommen.

Andererseits …

Urs streckt den Arm aus, um nach dem Stick zu greifen, verliert jedoch die eben erst auf allen vieren gefundene Balance. Schnell setzt er die Pfote wieder ab und nimmt die Stange vorsichtig mit den Zähnen.

»Na, du bist aber ein höflicher Kleiner. Andere hätten sie mir aus der Hand gerissen.« Thomas wuschelt ihm über den Kopf. Frechheit!

Aber immerhin hat er jetzt den BambooStick.

Essen. Nachdenken. Wenigstens kann er sich problemlos auf seinen Hintern setzen. Seine viel zu kurzen, schwarzbepelzten Beine streckt Urs von sich. Er klemmt den BambooStick zwischen seine Vorderpfoten und beißt ein Stück ab, das er mit Bedacht zerkaut. Zucker und zitronige Säure fließen von seiner Zunge in sein Hirn; sein Herzschlag beruhigt sich.

»Na, wollen wir reingehen?« Langsam rückwärtsgehend wedelt Thomas Urs mit einem weiteren Stick vor der Nase herum. Wie demütigend.

Aber er sollte besser mitgehen. Vielleicht ist dieser Thomas so eine Art verschrobener Wunderheiler. Schneuff scheint ihm zu vertrauen; und der Staatssekretär hat ihn ja auch aus China heimgeholt.

Urs will also aufstehen. Ach ja! Das geht nicht. Also rollt er sich zur Seite, bis er auf dem Bauch liegt, und stemmt sich auf allen vieren in die Höhe.

Doch wie soll er jetzt seine Füße setzen? Gleichseitig oder wechselseitig? Versuchsweise setzt den rechten Arm und den rechten Fuß vor: Er fällt der Länge nach hin. So offenbar nicht.

Noch ein Versuch: rechter Arm und linker Fuß vor. Linker Arm und rechter Fuß. Rechter Arm und linker Fuß. Ja, das fühlt sich halbwegs natürlich an.

Thomas geht immer noch rückwärts vor ihm her, den BambooStick schwenkend. »Na komm, mein Kleiner.«

Schritt für Schritt arbeiten sie sich in Richtung eines flachen Betongebäudes vor. Thomas rückwärts, mit dem BambooStick lockend, Urs vorsichtig vorwärts, um nicht wieder zu stolpern und zu fallen.

Ein paar Stufen hoch. Auch das geht ohne Schwierigkeiten.

Urs' Pelz spiegelt sich zwischen den Beinen von Thomas hindurch in einer offenbar frisch geputzten Glastür.

»Brumm!«, brüllt Urs in animalischem Protest, noch bevor er selbst weiß, warum. Er drängt sich an Thomas vorbei …

»Nanana, mein Kleiner. Jetzt auf einmal so eilig?«

… und bleibt abrupt stehen, Nase an Nase mit seinem Spiegelbild im Glas der Tür.

Ihm blicken zwei von schwarzem Pelz umrandete Augen entgegen. Seine Nase … seine Schnauze ist spitz und weißbehaart. Seine schwarzen, pelzigen Ohren zucken.

Dort im Spiegel … Das ist ein Panda. Ein ausgewachsener Panda.

Mit seinen Tatzen trommelt Urs auf sein Spiegelbild ein. Er will schreien, brüllen, doch alles, was aus seiner Kehle kommt, sind die vermaledeiten fünf Buchstaben: »Brumm!«

Zwei kräftige Hände packen ihn an der Schulter. Zerren ihn weg von der Tür. »Aber, aber, mein Kleiner. Das ist doch nur dein Spiegelbild. Kein böser Artgenosse.«

»Brumm!«

»Genau! Brumm! Das will ich auch immer sagen, wenn ich mich im Spiegel sehe.« Thomas hat sich neben Urs auf den Boden sinken lassen, legt die Arme um ihn und zieht ihn an sich. Weg vom Spiegel. Weg von seinem Panda-Ebenbild. Urs lässt es geschehen.

»So ist es brav. BambooStick?« Mit einer Hand hält ihn Thomas umarmt, mit der anderen bietet er Urs die Süßigkeit an.

Ausgerechnet jetzt? Mitten in seiner existenziellen Krise?

Obwohl ...

Urs nimm Thomas die Stange mit den Zähnen aus den Händen und beginnt, darauf herumzukauen. Seine Gedanken finden zur Ruhe. Wie Laubblätter, die – aufgewirbelt von einer herbstlichen Bö – wieder auf die Wiese herabsinken.

Vielleicht hat er es nicht anders verdient. Er hat doch über Monate hinweg behauptet, er sei ein Panda. Jetzt hat sich der Wunsch erfüllt, den er so laut geäußert hat – und manchmal insgeheim empfunden: Wie gerne wäre er ein Panda in Lynns fürsorglich streichelnden Armen gewesen.

*Konsequentes Insistieren – barba decet virum – verwandelt langfristig jede Aussage in eine universell akzeptierte Wahrheit.* So hat es Karolin in ihrem »großen Artikel« formuliert. Den *Triumph des Postfaktischen* hat sie das genannt.

Ist das jetzt dieser Triumph? Hat sich das Omen seines Namens erfüllt? Ist er kein untersetzter Mann in einem Kostüm mehr, sondern wirklich ein Ailuropoda Melanoleuca?

Urs nimmt noch einen Bissen von seinem BambooStick und lässt die saure Süße wirken. Es hätte schlimmer kommen können. Er könnte ein Golden Retriever sein, ewig hechelnd auf die Leckerchen wartend, die ihm Karolin hinwirft.

Ein Panda also. Mit dem Leben eines schwarz-weiß-bepelzten Vierfüßlers. Keine Dr.-Ing. Herzogs oder Christian Waengels mehr. Keine kleinen und großen Scheißer. Und vor allem keine Karolins. Nicht schade drum.

Aber … Sein Roman! Er will doch seinen Roman schreiben. Jetzt hätte er wenigstens etwas zu erzählen. Kann er noch schreiben oder bringen seine Pfoten auch nur diese fünfbuchstabige Silbe zustande?

Urs sieht sich im Geiste an seinem Laptop sitzen, doch das Keyboard hat nur eine einzige Taste. Darauf steht in silbernen Lettern: *Brumm!*

Darüber muss Urs lachen; aus seiner Kehle dringt ein helles Bellen.

»Nun komm, mein Kleiner. Lass uns reingehen. Und dann wollen wir mal schauen, was wir für dich tun können.«

Thomas ist aufgestanden. Misstrauisch sieht Urs zu ihm hoch. Hoffentlich entspricht Thomas' Heilkraft dem ruhigen Selbstvertrauen, das er ausstrahlt.

DIE ENGEN, NIEDRIGEN, SCHLECHT BELEUCHTETEN und ebenso schlecht nach Tieren und Mist riechenden Gänge, durch die ihn Thomas führt, erstrecken sich endlos. Und ausgerechnet an diesem düsteren Ort soll man ihm helfen können?

Oder will man ihn nur verwahren? Verbergen vor dem Rest der Welt?

Nein, das ist paranoid. Thomas meint es offenbar gut mit ihm. Redet freundlich auf ihn ein. Wie schön es werden, wie gut es ihm gehen würde.

Urs will ihm glauben. Andererseits: Klingt Thomas' Stimme nicht angespannt? Bemüht er sich nicht zu sehr?

Immer wieder kommen sie an schweren Stahltüren vorbei, die mit starken Riegeln gesichert sind. Zellen? Sind dahinter Leidensgenossen eingesperrt?

Oder noch schlimmer!

Wie hat Staatssekretär Schneuff das Ganze genannt? »Operation Gregor Samsa«?

In Kafkas *Verwandlung* hat sich Gregor Samsa schließlich freiwillig zum Sterben zurückgezogen.

Erwartet man das auch von ihm?

Und was, wenn er nicht gehorcht? Würde man ihn dann … einschläfern?

»Hoppla! Träumst du etwa?« Thomas ist so abrupt stehen geblieben, dass Urs – im Geiste mit den düsteren Visionen seiner Zukunft beschäftigt – gegen ihn gelaufen ist. Der Wunderheiler/Gefängniswärter pocht lächelnd an eine große Stahltür. »Da wären wir, mein Kleiner. Dein neues Zuhause.«

Zuhause? Also wirklich ein Aufenthalt für die Ewigkeit!

Urs will davonhoppeln. Aber wohin? Er hat in diesem Irrgarten doch schon längst die Orientierung verloren. Und selbst, wenn er den Ausgang finden sollte: Was dann? Wohin sollte er fliehen als Panda, dessen Wortschatz sich in einer einzigen lautmalerischen Silbe erschöpft?

Thomas zieht den massiven Stahlriegel zurück und wuchtet die Tür auf.

Grell! Urs presst die Pfoten auf die Augen.

»Keine Angst, mein Kleiner. Das ist nur die Sonne. Daran gewöhnst du dich gleich.«

Vorsichtig öffnet Urs die Augen wieder. Tatsächlich. Die Tür führt ins Freie. Zurück ins Tageslicht. Der Nieselregen hat aufgehört. Die Sonne scheint.

»Na, wie gefällt dir dein neues Zuhause? Komm! Schau dich um.«

Wohl, um ihn zu motivieren, zieht Thomas die restlichen BambooStixx aus seiner Tasche und wirft sie in hohem Bogen durch die Tür.

Lächerlich. Er ist doch kein Apportierhündchen!

Denkt Urs noch. Dann spürt er schon die Wiese unter seinen Füßen. Die Luft da draußen riecht zu gut. Nach frisch gemähtem Gras und Blumen und Bambus!

Besser als der stickige Gang ist das allemal. Und es ist ja nicht so, als hätte Urs eine Wahl.

Er tastet sich vorsichtig bis zum ersten BambooStick vor, hebt ihn mit der Schnauze auf und setzt sich hin. Gemächlich knabbernd schaut er sich um.

Die saftig grüne Wiese mit den vielen Gänseblümchen. Der Bambushain. Der knorrige Kletterbaum, der dort in den Himmel wächst …

Das ist der Ort, von dem er so oft geträumt hat!

»Guck mal, Mama! Ein Bärchen.« – »Oh, wie süß. Er knabbert an seiner Zuckerstange.« – »Huhu, Bärchen. Schau mal hierher.«

Diese Rufe hat es in seinem Traum nicht gegeben. Auch den Graben nicht. Die niedrige Betonmauer dahinter. Fast erwartet Urs, dort Direktor Zhang und seine Lakaien stehen zu sehen, kichernd wie Pennäler.

Die Menschen, die ihn von jenseits der Mauer neugierig anstarren, sind nicht so diszipliniert wie die Besucher in Chengdu. Sie pfeifen. Sie rufen.

»Huhu, Panda!«

Urs zieht erschrocken den Kopf ein.

»Guck mal, gleich kullert er!«

»Komm, Bärchen. Noch eine Zuckerstange.«

»Hallo.« – »Süß!« – »Niedlich.« – »Spiel doch mal.« – »Hierher! Hierher!« Immer lauter rufen die Zuschauer. Und dann beginnt einer zu skandieren: »Bär-chen! Bär-chen!« Andere fallen ein. Klatschen in die Hände und glauben wohl, sie täten es rhythmisch.

Der Lärm tut Urs in den Ohren weh. Instinktiv presst er sich die Pfoten auf die weichen, schwarzen Fellmuscheln. Doch das Lärmen, das Klatschen und Rufen wird nur noch lauter.

Sie sollen weggehen. Mit so viel Emphase, wie er vermag, richtet Urs sich auf, macht mit den Armen scheuchende Bewegungen und brüllt aus voller Kehle: »Brumm!«

Sinnlos. Die Menschen recken gleichfalls die Arme in die Luft. Sie denken wohl, er winke ihnen zu.

Erschöpft lässt Urs sich rückwärts ins Gras fallen.

Was jetzt? Wohin?

Zurück zu Thomas. In die stickigen, aber sicheren Gänge!

Hoffnungsvoll dreht er sich um, doch die Stahltür ist schon wieder geschlossen. Er ist eingesperrt.

Natürlich.

Das hier ist ein Zoo.

Nein. *Der* Zoo! Der Zoo jener vermaledeiten Pressekonferenz.

Jetzt weiß Urs auch, in welchem Gehege er sitzt. Es war damals geheimnisvoll verhängt, weil es »auf seinen neuen Bewohner wartet«.

»Einer Ihrer Art.« Das hat der Pfleger ihm damals zugeraunt. Dieser Pfleger, das war …

Thomas! Möchtegern-Wunderheiler Thomas! Hat er damals schon gewusst, dass Urs dieser neue Bewohner sein wird? Hinter seinem Rücken gelacht und gefeixt?

Er ist gefangen. In diesem Zoo, diesem Gehege, diesem Körper. Missmutig hebt Urs einen weiteren BambooStick auf und knabbert daran. Früher haben ihn die Stangen immer getröstet. Doch unter dem schrillen Jubel der Menge will ihm der Stick nicht mehr schmecken.

Der Baum! Natürlich. In seinem Traum ist er immer auf den Baum geklettert. Zwar ragt dieses Exemplar nicht in die Wolken, doch da oben, auf der abgesägten Spitze, ist eine Art Hütte montiert.

Ein Baumhaus! Dort kann er sich verkriechen.

Urs tappt zu dem Baum, starrt am glatten, polierten Stamm empor.

»Na los! Auf geht's! Hoch mit dir!«, ruft ein Mann mit Pilotensonnenbrille, grauen Haaren, Sonnenstudioteint und Bierbauch unter der Designerlederjacke. »Ein bisschen Sport wird deinem dicken Hintern guttun.«

Andere fangen wieder an, rhythmisch zu klatschen und zu skandieren: »Bär-chen! Bär-chen! Bär-chen!«

Also gut. Schließlich ist er ein Panda. Und Pandas klettern.

Er schwingt sich auf den untersten Ast.

Die Menschen jubeln. Natürlich.

Dann robbt er den Stamm empor. Das Holz ist zwar glatt, hat aber genügend knorrige Auswüchse und Äste: Sprossen einer Leiter, an denen Urs sich jetzt höher und höher zieht.

Knirschen. Der Ast, an den Urs sich klammert, biegt sich unter seinem Gewicht dem Abgrund entgegen …

Doch er hält.

Noch mal gut gegangen.

Urs sieht nach unten. Großer Fehler! Panisch klammert er sich an den Stamm, traut sich weder vor noch zurück.

»Zu fett zum Klettern«, ruft der Mann mit der Pilotensonnenbrille.

Zu fett? Dem würde Urs es zeigen. Mutig löst er einen Arm …

Im nächsten Moment kullert er über die grüne Wiese. Zwar haben sein Fell und das weiche Gras den Aufprall gedämpft, trotzdem sieht er Sterne.

»Er hat Bautz gemacht«, ruft ein kleiner Junge.

»Sag's ja: zu fett!«

Lachen. Skandieren.

Urs rappelt sich auf und galoppiert los.

Noch lauter lachen die Menschen.

Da, endlich! Der Bambushain!

Urs drängt sich zwischen die hohen Halme. Tiefer und immer tiefer in den Hain hinein.

Bis das Lachen, das Klatschen, die Rufe so leise werden, dass er sie kaum noch hört.

Er stößt auf eine kleine Lichtung. Erschöpft lässt er sich auf das weiche Moos des Bodens fallen und rollt sich zusammen.

Dann fängt er bitterlich an zu weinen.

# Fiep!
## *Kein Epilog*

Lynn? Was macht sie hier?

Urs blinzelt. Er muss sich getäuscht haben. Es ist nicht Lynn, sondern Ayla, die da in vollem Wind durch die Erdmännchen-Kolonie auf ihn zu segelt. Vor seinem Schreibtisch geht sie vor Anker und legt einen dicken Schnellhefter vor ihn hin. »Das muss noch erledigt werden.« Und dann hat sie ihren Anker auch schon wieder gelichtet und ist auf den Wellen ihres Hüftschwungs davongeglitten.

Urs sieht ihr nach, dann wendet er sich dem Hefter vor ihm zu.

Ein weiterer Hefter fällt auf die eben aufgeschlagenen Seiten.

»Erledige das mal.« Alexa ist davongestapft, bevor er noch bestätigend nicken kann.

»Das Konzept brauche ich vorgestern.« Hörb wirft einen weiteren Hefter auf den Stapel.

Und dann kommen sie alle. Erst einer nach dem anderen. Schließlich in Gruppen. Stapeln Hefter auf Hefter. Seine Brust biegt sich unter der Last.

Ja. Seine Brust.

Er liegt auf dem Rücken. Auf seiner Brust stapeln sich die Hefter in den Himmel.

Ein Schatten fällt auf sein Gesicht. Er schaut auf. Lynn. Diesmal ist sie es wirklich. Riesenhaft ragt sie über ihm auf.

Sie wird ihm helfen. Ganz bestimmt.

Doch sie legt nur einen letzten Hefter auf den Stapel und geht davon, ohne sich noch einmal umzudrehen.

Und dann …

… stürzt dieser Aktenturm zu Babel in sich zusammen und begräbt ihn unter sich.

Urs’ Herz pocht schwer. Außer Atem starrt er in die sich über ihm in den Himmel reckenden Bambuspflanzen.

Natürlich. Er ist noch immer im Zoo. In seinem Gehege.

Er streckt die Hände vor. Die Pfoten! Ja, er ist noch immer ein Panda.

Urs weiß nicht, was ihn mehr bedrückt: Traum oder Realität.

Bedrücken …

Druck …

Der malmende Druck auf seiner Brust ist noch da!

Okay, dann ist das jetzt wohl das offizielle Ende.

Herzinfarkt zwischen Bambuspflanzen.

Dabei ist er doch ein Panda. Tierischer Schutzpatron von Ruhe und Gelassenheit.

Die Last auf seiner Brust ruckt und verändert sich.

Unwillkürlich hebt Urs den Kopf …

… und sieht in zwei große, glänzende Augen.

»Fiep!«

Ein braunes Flirren. Schlagartig lässt der Druck nach. Tief strömt der Atem in Urs’ Brust. Abrupt setzt er sich auf.

Dort, zwischen zwei Bambuspflanzen …

Verzweifelt bemüht, sich hinter den langen dünnen Rohren zu verbergen …

Ihn aus großen Augen anstarrend …

… steht ein Känguru.

Schüchtern neugierig streckt es seinen Kopf vor. »Bist du auch ein Samsa?«

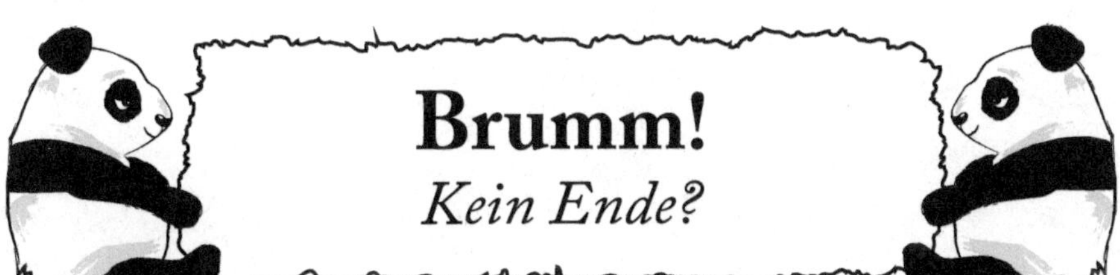